Heuschreckentanz

HERMANN SEVERIN

Heuschreckentanz

Die Geschichte eines Verbrechens

Bibliografische Information der Deutschen Nationalbibliothek
Die Deutsche Nationalbibliothek verzeichnet diese Publikation in der
Deutschen Nationalbibliografie; detaillierte bibliografische Daten sind im
Internet über http://dnb.dnb.de abrufbar.

© 2017 Hermann Severin
Satz, Herstellung und Verlag: BoD – Books on Demand
ISBN 978-3-7448-2364-7

Prolog

Er erzählte ihr also, dass ein Karzinom an seiner Lunge festgestellt worden war und dass er sich entschlossen habe, sich in seinem Alter keinen sinnlosen Therapien mehr zu unterziehen. Er betrachte es als eine ihm gewährte Gnade, sein Leben geordnet beenden zu können. So ein Alterskrebs kann sich lange hinziehen, meinte er. Die Oberstaatsanwältin hatte dem alten Anwalt sehr aufmerksam zugehört und erwiderte ihm, sie hoffe, dass ihn die Situation nicht dazu verleite, noch Unordnung in ein bisher geordnetes Leben zu bringen und fragte, wie er die ihm verbleibende Zeit gestalten wolle. Er werde an seinem Leben nichts mehr ändern. Wohl auch nichts mehr ändern können, antwortete er. »Halten Sie sich heraus aus den Geschäften dieser Welt«, sagte sie. »Das ist nichts für uns. Wir sind wie Ärzte. Wir sehen nur die Kranken. Die Gesunden und Anständigen landen nicht bei uns.« Erschöpft erkundigte sich der Greis: »Woher nehmen Sie Ihre Sicherheit, Marlene?« Und die so vertraut Angesprochene entgegnete: »Wieso glauben Sie, lieber Alexander, dass ich sicher bin?« Frauen zu verstehen, war Alexanders hervorstechendste Stärke nie. Nicht einmal dann, wenn sie Staatsanwältinnen waren. Als sie sich verabschiedeten, nahm die Oberstaatsanwältin den alten Mann in den Arm und drückte ihre schmalen Lippen auf seine gelbe, kalte Wange. »Das Leben wird vorwärts gelebt und rückwärts beurteilt. Pass auf dich auf, Alexander«, flüsterte sie und verließ das Lokal, ohne sich nochmals umzusehen.

Erster Teil

1

Als Mark erwachte, wusste er, dass es kein guter Tag werden würde. Er war genauso müde wie vor dem Schlafengehen. Sein Schädel brummte wie nach einem Besäufnis, und die Knochen schmerzten, als hätte er in eisiger Kälte einen halben Tag lang Kaminholz gehackt. Hätte er gewusst, was ihm heute bevorstand, hätte er zwei Finger bis zum Anschlag in seine Nase gesteckt, um den Kaffee nicht zu riechen und sich wie ein Grizzlybär beim ersten Schnee in seiner Winterhöhle vergraben. Unglücklicherweise roch er das anregende Aroma des Kaffees, den seine Haushälterin unten in der Küche bereits vorbereitet hatte, quälte sich aus dem Bett und schlurfte, wie jeden Tag zwischen Aufstehen und Erwachen ins Bad. Erst nach einer ausgiebigen Dusche brachte er sein Aussehen mit dem Alter von 56 Jahren zusammen. Dann suchte er nach den Kleidern für den bevorstehenden Tag. Er wählte ein braun und grün kariertes Jackett, eine braune Hose, Hemd und Krawatte in zarten Grüntönen und braune Schuhe.

Seit seine Frau des unbefriedigenden Ehelebens überdrüssig ihrem Drang nach Selbstverwirklichung gefolgt war und das Haus verlassen hatte, wählte er die Garderobe nach seinem eigenen Geschmack. Zur gemeinsamen Ehezeit trug er blau, schwarz und grau, wie es sich für einen Fabrikanten gehörte. Er konnte diese Farben nicht mehr sehen.

Nach dem Frühstück holte ihn sein Fahrer wie jeden Tag Punkt acht Uhr zur Fahrt in das Werk ab. Mark ließ sich auf den Beifahrersitz fallen und schloss die Augen. Er zwang den Tag, der vor ihm stand, in seine Gedanken.

Zunächst stand ein Gespräch mit seinem Finanzvorstand an, dann eine Konferenz mit den Vertretern der Banken, mit denen die Firma zusammenarbeitete, schließlich ein Zusammentreffen mit Betriebsräten und Gewerkschaftern und für den Abend ein sicher angenehmes Meeting mit einem befreundeten iranischen Geschäftspartner.

Mark trug den Namen eines Maschinenbaukonzerns, den sein Vater aus einer Schlosserwerkstätte heraus gegründet hatte und der zwischenzeitlich unter der Firma Maschinenwerke Attelmann AG weltweit tätig war.

Sein Vater hatte sich vor einigen Jahren mit fast achtzig Jahren aus dem Unternehmen zurückziehen und die Zügel übergeben müssen. Er war in das Kreuzfeuer von Gewerkschaften und Steuerfahndern geraten, und ein Journalist entlockte ihm ein Statement, in dem er die Gewerkschafter als linke Faulpelze und die Steuerfahnder als windige Beamtenärsche titulierte. Nach der Veröffentlichung des Artikels waren seine Tage als angesehener Patriarch gezählt. Verbittert zog er sich in sein Haus zurück und ließ nur noch seine ehemalige Sekretärin an sich heran, die ihn penibel über die Vorgänge im Unternehmen auf dem Laufenden hielt.

Mark hatte eher widerwillig die Unternehmensführung übernommen, bei der jetzt jeder Schritt argwöhnisch vom Alten beobachtet wurde. Zusammen hatten sie nicht arbeiten können. Der Vater duldete keine andere Meinung als die seine. Wenn er auf Argumente hörte, so eher auf diejenigen von Fremden als von Angehörigen der eigenen Familie. Er hatte Mark in angesehene Privatschulen geschickt. Schulen, die er selbst nie hatte besuchen können. Sein Schicksal war es gewesen, von Kind an unter strenger Anleitung in der großväterlichen Schlosserei den Beruf eines Werkzeugmachers zu erlernen. Nach der Meisterprüfung übernahm er den Betrieb und wurde außerordentlich erfolgreich. Für sein Lebenswerk als Unternehmer überhäufte ihn seine Heimatstadt mit Ehrungen. Das Verdienstkreuz der Bundesrepublik

Deutschland befand sich hinter Glas im Foyer des Firmengebäudes.

Mark erweiterte das Spektrum des Unternehmens und wandelte die Familiengesellschaft in eine Aktiengesellschaft um. Alle Anteile blieben im Besitz der Familie. Ein Drittel behielt er für sich selbst und je ein Drittel teilte er seinen beiden Halbschwestern zu. Einige Jahre später, nachdem er mit den Spielregeln auf dem Parkett vertrauter war, führte er die Gesellschaft an die Börse. Dank professioneller Beratung verlief der Börsengang sehr erfolgreich. Die Aktien verkauften sich gut. Knapp mehr als die Hälfte behielten die drei Familienmitglieder, der Rest fand reißenden Absatz. Zur weiteren Expansion stellten die Familienmitglieder einen großen Teil des Erlöses aus dem Aktienverkauf der Firma als Darlehen zur Verfügung. Nach der Börsennotierung änderte sich zwangsläufig der Führungsstil des Hauses. Die Entscheidungen konnten nicht mehr autokratisch gefällt, sondern mussten kollegial vorbereitet werden. Die Verantwortung und auch die Macht waren mit Beratern und Vorstandskollegen zu teilen. Als Vorstandsvorsitzender musste er seine Pläne gegenüber Mitvorständen, Aufsichtsrat, Betriebsrat und Banken rechtfertigen. In der jährlichen Hauptversammlung den oft lästigen und wichtigtuerischen Kleinaktionären und ihren Vertretern zuzuhören und Rede und Antwort zu stehen, fiel ihm zunächst schwer. Nach einer kurzen Phase der Gewöhnung bereitete ihm aber auch dies keine schlaflosen Nächte mehr. Seine hervorragende Ausbildung war ihm bei diesen unternehmerischen Umwandlungen zugutegekommen. Sie befähigte ihn, seine Argumente in jedem Gremium erfolgreich zu vertreten, und außerdem besaß die Familie auf Grund ihres Aktienbesitzes nach wie vor in der Hauptversammlung die Stimmenmehrheit. Sämtliche Stammaktien befanden sich im Familienbesitz. An der Börse wurden nur stimmrechtslose Vorzugsaktien gehandelt.

Die Banken, mit denen die Attelmann AG zusammenarbeitete, hatten sich zur Risikominimierung und zur Erhöhung ihres Einflusses in einem Pool vereinigt. Auf ihr Anraten hin hatte Mark schon vor einigen Monaten das Team der international tätigen Unternehmensberatungsgesellschaft *IMC* engagiert. Die jungen und eifrigen Leute hatten gerade ihr Betriebswirtschaftsstudium beendet und wurden von einem agilen Restrukturierungsexperten, dem Rechtsanwalt, Steuerberater und Gesellschafter der *IMC* Richie Machlik geführt. Beflissen durchforsteten sie das Unternehmen nach organisatorischen Schwachstellen.

Von Machlik war Mark die Berufung eines neuen Finanzvorstandes empfohlen worden. Dr. Assfort war ein ruhiger und besonnener Mann im Alter von sechzig Jahren, bei dem Mark die finanziellen Angelegenheiten des Unternehmens in verantwortlichen Händen wusste. An ihn delegierte er die Auswertung der Unmenge an Papieren, die die jungen Leute der Unternehmensberatung produzierten. Eine Besprechung mit ihm war der erste Termin des heutigen Tages.

Das Gespräch mit den Vertretern der Hausbanken dürfte problemlos verlaufen. Mark sah sich dabei mehr in der Zuhörerrolle. Assfort würde die Last der Darlegung der Unternehmenssituation tragen. Ermüdend würde die Länge der Konferenz werden, da die Bankenvertreter die Gespräche regelmäßig so lange ausdehnten, dass sie von der Firma nicht mehr in ihre Bank zurückkehren mussten, sondern sich direkt in den Feierabend verabschieden konnten.

Auf das Abendessen mit seinem Geschäftsfreund aus Teheran freute sich Mark. Mr. Humbeni belieferte die Attelmann AG seit Jahren mit Stahlteilen. Die Geschäftsbeziehung erwies sich als zuverlässig und frei von vermeidbaren Reibungen. Die außerhalb ihres Einflussbereiches aufgestellten politischen Hürden belasteten die Beziehung nicht. Gemeinsam fanden sie immer einen Weg durch den Dschungel von häufig wechselnden Vorschriften. Die Behörden beider Länder erwiesen sich dabei regelmäßig als sehr flexibel und hilfreich. Humbeni liebte es, geschäftliche Dinge beiläufig bei einem entspannenden und ausschweifenden Abendessen zu erörtern. Die Ergebnisse des Gesprächs am Abend konnte der Einkaufsleiter am folgenden Tag in Vertragsform bringen. Vor ihm läge ein angenehmer Tag, dachte Mark.

Philipp Assfort saß aufrecht hinter einem mächtigen Schreibtisch. Einen kleinen, aufgeschlagenen Terminkalender hatte er vor sich liegen. Daneben stand eine Tasse Tee.

Die linke hintere Ecke des Schreibtisches begrenzte ein großer Fotorahmen mit einem Bild, auf dem vier Frauen in perfekter Pose abgebildet waren. Dr. Assfort war verheiratet und hatte drei erwachsene Töchter. Die ältere Frau auf dem Bild, seine Ehefrau und Mutter der drei Töchter, lebte in dem Heim der Familie bei Frankfurt.

Assfort wechselte seinen Arbeitsort häufig. Auf Empfehlung der Beratungsgesellschaft und großer Banken übernahm er kurzfristig die Verantwortung und mehr noch die Kontrolle über die Finanzen von Unternehmen. Er mietete dann jeweils ein luxuriöses Penthouse im bestrenommierten Teil der Stadt, in der das jeweilige Unternehmen seinen Sitz hatte. Mit diesem Komfort belohnte er sich für seine anstrengende Mobilität und versuchte, sich für den Verlust eines alltäglichen Familienlebens schadlos zu halten. Die Kosten brauchten ihn nicht zu interessieren; sie wurden von der jeweiligen Firma getragen. Das Familienfoto begleitete ihn an jede seiner Wirkungsstätten.

Eine Längsseite seines Büros bestand nur aus Fenstern, durch die er über das umliegende Industriegebiet bis hin zum hoch aufragenden spitzen Turm des gotischen Münsters sehen konnte, einem weltbekannten Wahrzeichen der Stadt.

Seinem Schreibtisch gegenüber stand lässig rückwärts an einen Besprechungstisch gelehnt der Chef der Beratungsgesellschaft. Sein schwarzer Anzug saß knapp wie bei Pep Guardiola. Richie Machlik war Coach der Mannschaft aus jungen Betriebswirten, die das Unternehmen Attelmann als ihr Spielfeld betrachteten.

»Wir müssen jetzt endlich vorwärtskommen«, sagte er mit ruhiger Baritonstimme vor sich hin. »Ich habe die Absicht, den

Banken in der heutigen Sitzung Zahlen zu präsentieren, damit die Kugel nun endlich ins Rollen kommt.«

Assfort hörte aufmerksam zu, erhob sich langsam, geradezu vorsichtig, aus dem Sessel und trat neben seinen Schreibtisch. Er war klein gewachsen und zartgliedrig. Ihn kleidete ein Dreiteiler. Der Schneider hatte vorzügliche Arbeit geleistet. Für einen Sechzigjährigen besaß der Finanzvorstand eine tadellose Figur, die er durch straffe Körperhaltung unterstrich. Hose, Jacke und Weste schienen farblich mit den Haaren abgestimmt. Der ganze Mann war graumeliert. Ein feiner Geruch umwehte ihn, und warme wasserblaue Augen blickten hellwach aus einem fein modellierten Gesicht. »Unser Bonsaivorstand«, spotteten die Sekretärinnen respektvoll, denn die Hände und Gesichtszüge des Mannes waren sorgfältig und ausdrucksstark ausgeformt, nur eben etwas kleiner als üblich. Eine distinguierte Erscheinung ohne jede Unordentlichkeit von der Sohle bis zum Scheitel.

»Wie stellen Sie sich das vor, Herr Machlik?«, fragte er leise. »Die Zahlen der Firma sind nicht schlecht. Der Professor hat sich zwar etwas übernommen und in letzter Zeit ziemlich unkoordiniert eingekauft. Die Banken machen wir damit aber nicht nervös. Es bestehen hervorragende Sicherheiten, und die individuelle Geschäftsentwicklung folgt den allgemeinen Konjunkturdaten.«

Mark wurde »*der Professor*« genannt, seit ihn die Universität von Omsk, Sibirien, zum Professor honoris causa berufen hatte. Er hatte dort eine Stiftung errichten und finanziell ausstatten müssen, über deren Zweck und Mittel das dortige Kollegium selbständig entscheiden konnte. Der regionale westsibirische Provinzfürst hatte ihn dazu genötigt, sonst wäre ein beabsichtigtes Joint Venture zwischen der Attelmann AG und dem Omsker Maschinenbaukombinat von der postsowjetischen Oligarchie nicht genehmigt worden. Zum Dank schmückte ihn nun ein Professorentitel. In der Firma munkelten die üblichen Klatschtanten, dass der Chef nicht nur wegen der Geschäfte eine intensive Bindung zu dieser Industriestadt am Irtysch unterhielt, sondern dass er sich dort diejenigen Freiheiten nahm, auf die er zu Hause wegen seiner hohen Bekanntheit verzichten musste.

Marks Spesenabrechnungen nach jeder Russlandreise erregten die geballte Neugier der Sachbearbeiterinnen in der Personalabteilung, und sie ließen ihrer Fantasie freien Lauf. Mark wurde bei seinen Besuchen, die zum Aufbau der Beziehungen erforderlich waren, eine junge Frau als Begleiterin beigestellt. Dies gehörte wie der obligatorische Jagdausflug zum Umfang des Geschäfts. Mit ihr traf er sich jedes Mal, wenn er nach Omsk flog. Dies arrangierte er etwa dreimal im Jahr. Mark genoss diese Begegnungen. Olja erwartete nichts von ihm, sondern erfüllte seine und ihre eigenen Wünsche mit temperamentvoller Leidenschaft. Außerdem war sie eine ausgezeichnete Begleiterin bei der Jagd. Sie kannte die Hintergründe bei personellen Veränderungen und teilte ihr Wissen mit Mark. Ihre Informationen waren unbezahlbar. Wenn er ihr Geld zusteckte, so bedeutete es ihm nichts, und sie nahm es ohne Aufhebens und als selbstverständlich, ohne ihn durch Gesten des Dankes in Verlegenheit zu bringen.

Der Finanzvorstand liebte es, Mark mit seinem Professorentitel zu benennen. Es zierte ihn selbst, mit einem Professor zusammenzuarbeiten.

»Assfort, es ist Ihre Aufgabe aus Sicht des Unternehmens darzulegen, dass weitere Finanzmittel benötigt werden.«

Machlik redete mit Nachdruck auf den obersten Finanzchef des Unternehmens ein. »So etwas lässt sich immer begründen. Ich werde dann als externer Berater, der auch die Interessen der Banken zu beachten hat, von denen ich ja schließlich die Aufträge zugeschanzt bekomme, zur Vorsicht raten. Wir werden sie schon hellhörig machen.«

Philipp Assfort hörte genau zu, und mit dünner, aber nuancierter Stimme stellte er seine Fragen:

»Worauf wollen Sie hinaus, Herr Machlik? Welche Ziele verfolgen Sie, und wohin soll die Reise gehen? Sie müssen mir schon Ihre Optionen sagen, wenn Sie meine Kooperation erwarten. Aus

Sicht des Unternehmens sind weitere Finanzmittel zum jetzigen Zeitpunkt nicht vorrangig.«

Richie Machlik antwortete entsprechend seiner Art direkt und ohne Umschweife:

»Ich habe einen potenten Interessenten, der mit der Firma Großes vorhat. Voraussetzung für sein Engagement ist, dass er in der Hauptversammlung die Mehrheit stellen kann. Im Augenblick halten der Professor und seine Familie alle Stammaktien. An einen Verkauf denken die nicht. Also kommt nur eine Kapitalerhöhung in Betracht, um unserem Investor zu helfen. Dazu brauchen wir durchschlagende Argumente. Wir müssen das Unternehmen internationalisieren. Wir müssen es an den globalen Markt führen. Dazu benötigen wir Kapital. Der Professor hat es nicht, die Banken werden es nicht geben, das habe ich mit Schwarzmann abgesprochen, also zaubern wir einen Investor herbei. Dieser übernimmt die Gesellschaft auf dem Weg der Kapitalerhöhung. Die Leute werden ihm in die neue Liga begeistert folgen. Bis der Professor merkt, was läuft, ist er schon in der Minderheit.«

»Und warum sollte ich hier mitspielen?«, warf Assfort fragend ein.

»Sie beenden Ihre Tätigkeit hier mit einem riesigen Erfolg und erhalten eine ordentliche Prämie. Objektiv gesehen führen Sie das Unternehmen nach oben und sichern dadurch seinen Bestand. Für Ihre Anschlussaufträge ist gesorgt, Herr Assfort. Schwarzmann hat mir dies ausdrücklich versichert. Ich habe den Deal vermittelt und durchgeführt. Das gibt eine saftige Provision und anschließend einen Fünfjahresvertrag für meine Beratungsgesellschaft, falls Sie mich nach meinen Motiven fragen.«

»Meinen Sie wirklich, dass Professor Attelmann den Braten nicht riecht, Herr Machlik? Der Mann ist hervorragend ausgebildet und führt die Firma schon viele Jahre. Vergessen Sie nicht, dass sich hier Loyalitäten aufgebaut haben.«

»Ach lieber Assfort«, seufzte der Unternehmensberater herablassend, »Sie sind nun mal ein Buchhalter und bleiben einer. Dann kommt Plan B. Wofür bin ich bekannt? Ich restrukturiere Unternehmen, notfalls auch über eine geplante Insolvenz. Und genau dazu brauche ich Sie. Macht der Professor die Kapitalerhöhung nicht mit und versucht auszubrechen, bekommen wir Probleme mit der Zahlungsfähigkeit. Eine Überschuldung kriegen wir nicht hin, aber drohende Zahlungsunfähigkeit lässt sich immer darstellen. Ich lege einen Insolvenzplan vor, der Professor und die Familie sitzen auf ihren wertlosen Aktien, und wir gründen eine Auffanggesellschaft mit dem Investor. In diesem Fall haben wir bei der Anpassung des Personals zusätzlich nahezu freie Hand. Wo ist das Problem?«

Über den ohnehin blassen Teint in Assforts Gesicht legte sich während dieses Vortrags ein grauer Schatten. Offensichtlich existierte eine Strategie, die ihm bisher verborgen war.

»Wer soll Insolvenz anmelden?«, fragte er mit gespielter Ruhe. Er sah von unten her dem Berater direkt in die Augen.

Machlik wurde ungeduldig. Mit rauer Stimme antwortete er unwirsch:

»Natürlich die Gesellschaft selbst, also der Vorstand. Klar, im Augenblick ist Attelmann noch Vorsitzender. Das können wir mit Hilfe der Banken ändern. Es entspricht nicht mehr der modernen Unternehmensführung, dass der Familienaktionär im Vorstand des Unternehmens sitzt. Wir stellen es als eine exzellente vertrauensbildende Maßnahme dar, wenn wir eine gleiche Distanz des Managements zu Banken und Anteilseignern schaffen. Die Zahlen werden transparenter und objektiver, und die Unternehmensberichte eines neutralen Managements sind aussagekräftiger und weniger verdächtig als diejenigen des geschäftsführenden Hauptaktionärs. Die Banken und auch die Kleinaktionäre werden den Rückzug des Hauptaktionärs geradezu verlangen, wenn sie unsere Argumente hören.«

»Wir können den Professor nicht zwingen«, warf Assfort ein, »und ich bin eigentlich nicht gekommen, um einen Insolvenzantrag zu stellen«, setze er mit feinem Lächeln hinzu.

Machlik blieb unbeeindruckt.

»Nein, aber überzeugen können wir ihn. Schauen Sie, wir erklären ihm, dass ein familienunabhängiges Management mit der Belegschaft wesentlich problemloser verhandeln kann als der Eigentümer. Sozusagen von Arbeitnehmer zu Arbeitnehmer. Ohne den Neid und die Emotionen, die der Kapitaleigner a priori auf sich zieht. Dem Professor gehen die ewigen Verhandlungen mit den Betriebsräten und Gewerkschaften ohnehin auf die Nerven. Auf diesem Ohr wird er hören. Für seine Unternehmerfreunde liefern wir ihm hervorragende Argumente für sein Ausscheiden aus dem Vorstand. Außerdem bieten wir ihm einen Beratungsjob und den Titel des Generalbevollmächtigten, der ihm ermöglicht, in der Welt herumzureisen. Das kommt seinen Neigungen entgegen. Sie wissen schon, er ist sicher lieber in Sibirien auf der Jagd als zu Hause.«

Die Tür öffnete sich und Marks Erscheinen unterbrach abrupt Machliks Vortrag.

»Hallo, guten Morgen! Ich sehe mit Freuden die Stützen des Unternehmens bereits bei der Arbeit«, begrüßte er gut gelaunt die beiden Herren.

»Guten Morgen, Herr Professor.« Dr. Assfort reichte Mark die Hand. Auch Richie Machlik begrüßte den Professor mit Handschlag, fragte aber, ohne sich auf einige verbindliche Worte einzulassen: »Können wir anfangen? Ich sehe ein Problem auf uns zu kommen.« Während sich Mark und Assfort noch setzten, begann Machlik zu dozieren. »Unser Fertigungsprogramm ist zu breit und zu tief. Die Produktionswege sind zu lang. Zusammen führt dies zu einem unwirtschaftlichen Personalbedarf, zu erhöhten Stückkosten und außerdem zu starker Mängel-anfälligkeit. Unsere Konkurrenz ist uns bei der Vereinfachung der Modelle und der Verschlankung des Betriebs schon mehrere Schritte voraus. Wir haben Handlungsbedarf.«

»Bisher sind wir doch ganz gut gefahren«, warf Mark ein. »Was hat sich denn verändert, dass Sie die Alarmglocken so heftig läuten, Machlik?«

»Verändert hat sich die Konkurrenz, verändert hat sich der Markt. Die bauen drei, vier Standardmodelle, und wir kommen allen möglichen Kundenwünschen nach. Jede Abweichung vom Standard ist arbeitsaufwändig und störanfällig. Wir kommen nicht mehr mit. In der vorigen Woche haben unsere Leute ein Briefing im Vertrieb durchgeführt. Wissen Sie, was die Vertreter dort sagen? Standardmodelle kauft man bei Weber und Andechser, also unseren stärksten Konkurrenten. Die liefern schneller und termingerechter und geben außerdem Nachlässe, dass uns die Ohren pfeifen.

Wenn man was Besonderes braucht, kommt man zu uns. Wir schicken unsere Konstrukteure zum Kunden und tüfteln und bauen, und wer zahlt das? Keiner! Weil es nicht zu bezahlen ist. Außerdem bekommen wir ein Imageproblem, weil bei uns ständig nachgebessert werden muss, während die Nullachtfünfzehn-Modelle der Konkurrenz laufen wie ein Uhrwerk. Wir müssen die Produktion und die Entwicklung rationalisieren, die Modellzahlen reduzieren und die Fertigung lokal auf einen Standort konzentrieren. Dies bedeutet: Auflösung von drei Zweigbetrieben und weitere Investitionen im Hauptwerk.«

Machlik lehnte sich zurück, streckte die Beine von sich, faltete die Hände und steckte seine gespreizten Finger zwischen den geschlossenen Knöpfen unter das stramm sitzende Jackett.

Mark hatte mit wachsender Verwirrung zugehört. Auf einen solchen Vortrag war er nicht vorbereitet. Seiner Ansicht nach genügten in der Firmenpolitik kleinere Anpassungen. Einschneidende Maßnahmen wie Werksschließungen und Investitionen in Millionenhöhe standen nicht auf seinem Programm.

»Wir haben doch erst vor ein paar Jahren das neue Werk für über zweihundert Millionen von Wurstfeiler gekauft und umgebaut. Vor zehn Jahren haben wir im Osten zwei Werke gekauft und modernisiert. Gut, die Investitionshilfen haben es uns erleichtert; aber wir können doch jetzt nicht schon wieder eine solche Aktion auflegen. Assfort, was meinen Sie? Werksschließungen können wir uns auf keinen Fall leisten. Die Sozialpläne bringen uns um.«

»Zur Technik kann ich nichts sagen, Herr Professor«, antwortete Assfort. »Das fällt nicht in meine Kompetenz. Zur Finanzlage nur so viel: Unsere Mittel nach den Investitionen der letzten Jahre sind begrenzt. Jede Investition schmälert unsere freien Finanzmittel und belastet letztlich die Zahlungsfähigkeit. Ohne neue Kapitalzufuhr rate ich von solchen Investitionen ab.«

»Wie stellen Sie sich die Kapitalbeschaffung vor?« Mark zog die Augenbrauen zusammen. Sein anfänglich entspanntes Gesicht veränderte sich. Es sah aus, als würde es sich zuspitzen. Irgendetwas stimmte nicht. Mark war Jäger. Er pflegte diese Leidenschaft nicht passioniert, sondern eher wegen der Geselligkeit, die sich um eine Jagd herum einstellt. Aber wie Rehe plötzlich verhalten und ihre Lauscher in den Wind stellen, so witterte Mark eine Gefahr. Er wusste nicht, woher und warum. Aber ein Unbehagen erfasste ihn.

Der Tag verlief nicht wie erwartet.

»Es gibt zwei Möglichkeiten«, begann Assfort vorzutragen, und Mark hörte die Stimme wie durch eine Nebelwand. »Entweder wir nehmen weitere Kredite auf, oder wir erhöhen das Kapital. Andere Möglichkeiten sehe ich nicht.«

»Eine Kapitalerhöhung kommt nicht in Betracht«, antwortete Mark schroff mit fast drohendem Unterton.

»Mein Geld in der Firma bleibt ein Darlehen. Meine Schwestern und ich haben das Geld nach dem Aktienverkauf der Firma zur Verfügung gestellt. Es ist unser gesamtes Kapital. Assfort, das steht nicht zur Disposition. Sie können nachher den Banken das Problem vortragen. Die kommen ja gleich.«

Er schob seinen Stuhl zurück und verließ, ohne die beiden Herren nochmals anzusehen und ohne weiteres Erklärendes zu sagen, das Büro des Finanzvorstands. Der Tür gab er von außen so wenig Schwung, dass sie nicht in das Schloss fiel, sondern einen Spalt geöffnet blieb.

Richie Machlik schaute Mark schweigend nach, stand auf, durchmaß das Büro in ganzer Länge und schloss die Tür. Dann drehte er sich um, blieb stehen, nahm Dr. Assfort fest ins Visier und sagte hart:

»Das hat gesessen. Er schweißt schon.«

Machlik bediente sich der Sprache der Jäger, denn er fühlte sich als solcher. Sein Jagdgebiet lag nicht in Wald und Flur, sondern in den obersten Etagen von Banken und Unternehmen. Dann wandte er sich zu Assforts Schreibtisch und griff mit vertrautem Griff, ohne den Finanzvorstand anzusehen oder gar zu fragen, nach dem in einer Schublade versenkten Telefon und tippte eine Nummer ein.

»Ja, hier Machlik, bitte Dr. Schwarzmann.«

Während der kurzen Verbindungspause betrachtete Machlik ungeniert neugierig Assforts Terminkalender, der aufgeschlagen auf der Schreibtischplatte lag.

»Hallo Heinz, ja hier Richie. Wir treffen uns nachher beim Meeting. Die Sache rollt, wie besprochen. Du sprichst für den Pool? Okay. Also es bleibt dabei, kein weiteres fresh money.«

Philipp Assfort saß immer noch am Besprechungstisch und sah quer durch das Büro auf Machlik, der an seinem Schreibtisch stand, sich zu ihm drehte und zufrieden lobte:

»Gut gemacht, Assfort. Also auf in die nächste Runde!«

Mark schritt den langen Korridor der Vorstandsetage entlang, vorbei an den Türen, die links und rechts in die Vorzimmer der leitenden Mitarbeiter führten. Am Ende des Korridors öffnete er die schwere Mahagonitür zu seinem eigenen Büro. Am Schreibtisch saß eine schwarzhaarige, schlanke Frau in mittleren Jahren und telefonierte. Sie ließ sich durch den eintretenden Chef nicht stören.

»Ja, heute schon wieder. Alle Banker und die Leute von der Unternehmensberatung«, hörte er sie sagen. Im Vorbeigehen warf Mark einen Blick auf das Display und erkannte in der aufgeleuchteten Telefonnummer die seines Vaters. Schweigend ging er in sein Büro. Der Schreibtisch war überladen mit Papieren und Mappen.

Mark Attelmann trat ans Fenster, blickte über die Produktions- und Verwaltungsgebäude des Industriegebietes, das weit unter ihm lag und strich sich mit der flachen linken Hand über das Gesicht. Von den Augen bis zum Kinn, als wische er sich ab. Diejenigen, die ihn kannten, wussten, dass er diese Geste immer gebrauchte, wenn er mit sich im Unreinen war und für ein Problem noch keine Lösung gefunden hatte.

Jasmin Weiß, die Frau, die seinen Berufsalltag managte und eben mit seinem Vater telefoniert hatte, stand im Türrahmen. Sie hielt ein Tablett mit einer Tasse Kaffee in Händen und suchte auf dem Schreibtisch einen Platz, um es abzustellen.

»Guten Morgen, Chef. Um elf kommen die Bankleute. Wäre gut, wenn Sie von Anfang an dabei wären. Ich glaube, Machlik und seine Leute hecken eine Gemeinheit aus. Ich traue denen nicht über den Weg. Jetzt sind es schon neun, die ständig im Haus sind. Die blonde Schönheit von Machlik hat heute ein eigenes Büro angefordert. Was glaubt die wohl, wer sie ist. Cora Christiansen! Wenn ich das schon höre! Das Weib ist Machliks Geheimwaffe, mit der er von seinen krummen Geschäften ablenkt. Von der Buchhaltung habe ich erfahren, dass im letzten Monat über vierhundert tausend Euro an die IMC bezahlt worden sind. Die fressen uns noch auf, Chef, glauben Sie mir.«

»Wie geht es dem Senior?«, fragte Mark ablenkend.

»Gut, dass er nicht mehr alles mitbekommt. Das gäbe Mord und Totschlag in der Firma. Er hat in der Zeitung gelesen, dass die Firma expandiert und wollte wissen, was wir vorhaben. Ich konnte ihm nichts sagen. Ich weiß selber nichts«, sagte sie mit einem gewissen Vorwurf in der Stimme.

Mark sah rote Flecken am Hals der Weiß, ein Zeichen erhöhter Betriebstemperatur, und schwieg. Die Frau kümmerte sich um seinen Vater und ermöglichte ihm, die Zeiträume zwischen seinen Besuchen immer weiter auszudehnen. Diese Besuche verliefen unerfreulich. Anfangs versuchte Mark seinem Vater zu vermitteln, dass er das Unternehmen nicht mehr nach Gutsherrenart führen könne. Er musste Entscheidungen kollegial vorbereiten und Vorstandskollegen, Aufsichtsrat, Banken und sogar den Betriebsrat in die Prozesse einbinden. Sein Vater wies alle diese Argumente als Geschwätz, das nur Flucht vor Verantwortung und Führungsschwäche überdecken solle, zurück. Wie hätte er ihm, der nicht einmal den Begriff des kollektiven Führungsstils kannte oder kennen wollte, erklären sollen, dass er nicht nur Aufgaben, sondern auch die Befugnis, Entscheidungen zu treffen, auf mehrere Schultern verteilen musste. Aussichtslos! Sein Vater verschloss sich Marks Argumenten wie eine gereizte Auster. Er lebte in einer Welt, die nicht mehr existierte. Deshalb überließ er den Alten der Obhut seiner Sekretärin und reduzierte seine Besuche auf ein Minimum.

Mark schätzte die Weiß wegen dieser Entlastung und sah ihr, an deren Loyalität zur Familie es keinen Zweifel gab, manches nach. Jasmin Weiß nutzte diese Freiräume nicht zum eigenen Vorteil, sondern um ihre Meinung auch dann zu sagen, wenn sie wusste, dass sie Mark damit nervte. Manchmal musste sich Mark eingestehen, dass Jasmin Weiß, die bereits über zehn Jahre die Sekretärin seines Vaters gewesen war, nicht ganz unrecht hatte. Seit die IMC im Hause war und den neuen Pressesprecher eingesetzt hatte, erschienen über das Unternehmen öfters Veröffentlichungen, die mit Mark nicht abgesprochen waren. Bisher machte er sich keine Gedanken darüber, sondern lobte die Selbständigkeit des neuen Mitarbeiters, zumal der Inhalt aller Artikel und Interviews sehr optimistisch war, und die herausgegebenen Zielbeschreibungen, Prognosen und Berichte auch in der Fachpresse durchweg positiv kommentiert wurden. Das Unternehmen erschien im besten Licht. Die Chefs von Weber und Andechser, mit denen sich Mark bei Sitzungen des Unternehmerverbands hin und wieder traf, mokierten sich zwar manchmal über die euphorischen Nachrichten aus seinem Hause. Er tat dies aber als missgünstige Flachsereien seiner Konkurrenten ab und genoss den Neid, den er aus ihren fast boshaften Worten zu erkennen glaubte.

»Was muss ich wissen, Jasmin? In einer Stunde beginnt die Bankensitzung.« Mark deutete fragend auf das Chaos auf seinem Schreibtisch.

»Der neue Betriebsrat hat einen Vorschlag für eine Betriebsvereinbarung zur verblockten Altersteilzeit hereingegeben. Das Papier liegt auf Ihrem Schreibtisch. Sicher will er mit Ihnen heute Nachmittag darüber reden. Stunk gibt es wegen der ungenehmigten Überstunden in der Lackiererei. Das Schreiben von der Gewerkschaft kam heute mit der Post.

Außerdem hat sich der Vertriebsleiter heute schon beschwert. Er kommt an Sie nicht mehr ran. Die Leute von der IMC schleichen um seine Vertreter herum und lassen sie Fragebögen ausfüllen. Er ist stinksauer. »Die sollen raus zu den Kunden und nicht diesen Kram machen«, sagt er. Er möchte wissen, ob Sie das angeordnet haben. Übrigens hat Schwarzmann vor einer Stunde angerufen, wollte aber nicht zurückgerufen werden. Er sieht Sie bei der Bankensitzung sowieso. Passen Sie auf Chef! Der Machlik und die Christiansen sind ein Paar. Wie ein Arsch und ein Gesicht. Ich habe ein ganz schlechtes Gefühl.«

Mark hatte sich hinter seinen Schreibtisch gesetzt und hob kurz den Kopf. Ein tüchtiges Mädchen, diese Weiß, dachte er sich. Sie war bereits die rechte Hand seines Vaters und kannte die Firma und auch den üblichen Klatsch mit den kleineren und größeren Rivalitäten und Intrigen genau. Ihre Röcke sind immer ein wenig zu kurz oder zu lang, wie es vor zwanzig Jahren in ihrer Jugend Mode war. Aber bei ihrer Figur konnte sie es sich leisten, und wenn er ehrlich war, dann sah er es eigentlich recht gerne. Kurz war ihm lieber, lang zu gouvernantenhaft. Er verkniff sich dazu aber jeden Kommentar.

Während Mark versuchte, einen Überblick über die Akten vor ihm zu bekommen, trafen im Foyer nach und nach die Vertreter der Banken ein. Gelangweilt betrachteten sie die Bilder an der Wand: den eingerahmten Meisterbrief des Firmengründers von 1925, daneben das Bundesverdienstkreuz und den Ehrenbürgerbrief der Heimatstadt. Auf der anderen Seite diverse Urkunden über die bedeutendsten Firmenpatente und dazwischen das Gemälde eines Künstlers der Stadt, das ein abstraktes Portrait des Seniorchefs darstellen sollte. Auf kleinen Glastischen neben schwarzen Ledersesseln lagen Prospekte verstreut, in denen der Attelmannkonzern sich und seine Produkte in mehreren Sprachen vorstellte.

Die Herren bildeten Grüppchen und unterhielten sich. Hinter der Edelholzbarriere in der Empfangshalle, die in die Rezeption eines jeden Luxushotels gepasst hätte, versuchte die Empfangsdame aus dem Gemurmel einige Wörter aufzufangen. Die dezent leise Sprechweise der zehn Herren ließ dies aber nicht zu. Bisher war es nie vorgekommen, dass so viele Banker auf einmal in die Firma kamen. Grund genug für eine wache Angestellte, aufmerksam zu sein. Die Herren waren alle irgendwie uniformiert. Dunkle Anzüge. Dunkelblau oder dunkelgrau. Mit Weste oder ohne. Gedeckte Krawatten, dazu goldene Krawattennadeln und Manschettenknöpfe an den weißen Hemdsärmeln, die fingerbreit unter den Jacken hervorschauten. Die meisten der schwarzen Schuhe waren mit einer auffälligen Ziernaht versehen. Sie schienen vom gleichen britischen Hersteller bezogen zu sein. Alle glänzten frisch gewichst.

Die leise Konversation unter den Herren verstummte, als eine große, schlanke Dame im schwarzen Kostüm aus dem Aufzug ins Foyer trat, einige Schritte auf die Bankenvertreter zuging und ein strahlendes Lächeln auf ihr Gesicht zauberte. Die etwa dreißig Jahre alte Frau trug eine weiße Bluse, bei der die oberen zwei Knöpfe geöffnet waren. Vor ihrem Dekolleté schaukelte an einem unauffälligen Silberkettchen ein kleines Kreuz. Die blonden Haare waren hochgesteckt und mit Kämmen, deren Vorhandensein man nur vermuten, aber nicht erkennen konnte, gebändigt. Der schlichte Rock des gediegenen schwarzen Kostüms endete eine Handbreit über dem Knie und erlaubte einen Blick auf mit hellglänzenden Seidenstrümpfen bedeckte, makellos geformte Beine.

Als sie der Aufmerksamkeit aller Herren sicher war, trat sie zielstrebig auf einen stattlichen Mann zu, reichte ihm die Hand und sagte mit einer angenehmen Altstimme gerade so laut, dass alle es hören konnten:

»Guten Tag, Herr Dr. Schwarzmann, schön, dass Sie alle da sind. Darf ich Sie in den Konferenzraum bitten? Unsere Herren erwarten Sie schon. Bitte folgen Sie mir.«

Sie ging in den Aufzug voran. Alle zehn Herren drängten nach ihr in die Kabine, die eigentlich auf eine Personenzahl von acht angelegt war. Cora Christiansen lächelte unmerklich, drückte den Knopf zum achten Stock und schwieg.

Oben angekommen verließ sie als erste die Kabine, richtete ihre Schrittgeschwindigkeit so ein, dass sie dem ihr folgenden Pulk um mindestens drei Meter voraus war und steuerte dem Konferenzraum entgegen. Auf den zu einer U-Form geordneten Tischen standen Getränke und belegte Brötchen für die Gäste bereit, und neben den Namensschildern lagen in schwarzes Leder gebundene Notizblöcke mit dem goldenen Aufdruck »IMC«.

»Ich darf Sie bitten, Ihre Plätze einzunehmen. Ich sage unseren Herren Bescheid. Sie entschuldigen mich.«

Cora Christiansen drehte sich langsam um, wobei sie versuchte, noch jedem der im Raum befindlichen Herren einen Blick zuzuwerfen, den jeder als nur für ihn bestimmt wertete, und verließ den Raum.

Der Duft eines teuren Parfüms hing noch eine kurze Weile im Raum, bis er verwehte. Die Herren sahen sich gegenseitig an, als hätten sie eben ein edles Pferd zu begutachten gehabt. Sie suchten ihre Plätze. Ein Gespräch kam nicht mehr auf.

Als der Finanzvorstand den Konferenzsaal betrat, erhoben sich die Bankenvertreter, als hätte ein unsichtbarer Unteroffizier ein

Kommando gegeben. Der kleine, zarte Mann ging in aufrechter Haltung von Mann zu Mann und reichte jedem formvollendet die Hand. In seinem hellgrauen Anzug stach er trotz seiner geringen Körpergröße unter den einheitlich dunkel gekleideten Herren freundlich hervor.

Machlik hatte sich bereits unauffällig unter die Gäste gemischt. Man hätte auch ihn für den Vertreter einer Bank halten können. Auf seine Initiative hin fand diese Zusammenkunft statt. Während er mit den ihm offensichtlich gut bekannten Bankern plauderte, behielt er die Tür aufmerksam im Auge. Dort erschien schließlich Mark Attelmann, der Vorstandsvorsitzende und Mehrheitsaktionär der Gesellschaft.

Philipp Assfort eröffnete als zuständiger Finanzvorstand das Meeting und bat *Professor Attelmann,* einige Begrüßungsworte zu sprechen. Mark, der mit der ganzen Veranstaltung wenig anfangen konnte und außerdem von dem zurückliegenden Gespräch mit Machlik und Assfort noch angesäuert war, kam seinen Gastgeberpflichten lustlos nach und fasste sich dabei äußerst kurz. Zum Sinn und Zweck des Zusammentreffens sagte er nichts.

Interessiert verfolgte er den Auftritt des Initiators dieser Veranstaltung. Machlik trat, bevor er zu sprechen begann, hinter seinen Stuhl und umklammerte die Lehne so krampfhaft, dass seine Handknöchel weiß hervortraten. Als habe Mark dies nicht schon erledigt, hieß Machlik die Gäste nochmals willkommen. Er wies daraufhin, dass seine Firma, die weltweit tätige IMC, seit nahezu zwölf Monaten die Gesellschaft analysiere. Es zeichne sich ein positives Ergebnis ab. Die Gestaltung der weiteren Entwicklung des Erfolg versprechenden Unternehmens mache die sofortige Installierung eines Lenkungsausschusses erforderlich. Diesem Ausschuss sollten Vertreter der Banken, der Finanz- und Technikvorstand und natürlich er selbst angehören. Der Vorstandsvorsitzende sei immer gerne willkommen, und aus anderen Fachbereichen würden Kräfte je nach zu behandelnden Themen von Fall zu Fall und bei Bedarf hinzugezogen.

Dann führt er aus, dass seine Mannschaft an Bord über hohe Qualifikationen verfüge, und dass beträchtliche Schwachstellen aufgefunden worden seien. Die Unternehmensstrategie stehe insgesamt auf dem Prüfstand. Es sei absehbar, dass einschneidende Veränderungen nicht vermieden werden könnten. Nachdem er diese Erkenntnis gewonnen habe, habe er sofort vorgeschlagen, die Banken, die sich in einem Pool zusammengeschlossen hätten, zu informieren und von Anfang an mit ihnen vertrauensvoll zusammenzuarbeiten und alle Schritte gemeinsam zu beraten. Deshalb begrüße er es außerordentlich, dass alle Beteiligten die Zeit gefunden hätten, seiner Einladung zu folgen, insbesondere danke er Herrn Dr. Heinz Schwarzmann, der die Poolführerin vertrete und der mit der Materie bereits befasst sei, für seine Teilnahme. Schweigendes Nicken der Herren signalisierte Zustimmung und ermunterte Machlik fortzufahren:

»Es kann keinen vernünftigen Zweifel daran geben, dass das Unternehmen zur Realisierung der ehrgeizigen Restrukturierung frisches Kapital benötigt. Die Kapitaleigner sind mit dem Problem vertraut gemacht worden und haben eine Erhöhung definitiv abgelehnt. Also bleibt nur die Ausweitung des Engagements der Banken.«

Machlik ließ einen fragend auffordernden Blick über die Runde schweifen und zuckte dann ratlos mit den Achseln. Niemand schien antworten zu wollen. Schließlich nahm Dr. Schwarzmann das Wort und äußerte mit bekümmertem Gesicht und belegter Stimme, dass man verstehen müsse, wenn in der derzeitigen Konstellation eine Ausweitung der Kreditlinien nicht möglich sei.

»Wir müssen uns alle vor unseren Gremien rechtfertigen. Ich kann mir nicht vorstellen, dass meine Kollegen eine andere Meinung dazu haben.«

Wieder lief stummes, zustimmendes Nicken wie eine Welle durch die Sitzreihe.

»Andererseits erkennen wir die Notwendigkeit und die Chancen der Investitionen. Das Management muss aber deutlich den neuen Herausforderungen angepasst und entsprechend verstärkt werden«, betonte er.

Alle Augen richteten sich nach diesen überraschenden und deutlichen Worten auf den Vorstandsvorsitzenden. Mark war dem Verlauf der Veranstaltung immer erstaunter gefolgt, erhob sich jetzt langsam, schob seinen Stuhl zurück und wandte sich direkt Schwarzmann zu:

»Ich verstehe diesen Angriff von Ihrer Seite nicht, Herr Schwarzmann. Ich bin bisher davon ausgegangen, dass die Organe der Gesellschaft und insbesondere ich für den Vorstand reibungslos mit Ihnen zusammengearbeitet haben. Wenn Sie jetzt daran Kritik üben, verwundert mich das, und ich hätte erwartet, dass so etwas zunächst vertraulich geschehen wäre. Sollte die weitere Entwicklung tatsächlich eine Veränderung im Vorstand erfordern, so werde ich diese vornehmen, wenn dies dem allgemeinen Wunsch entspricht«, sagte er bestimmt und nahm dabei Machlik und Assfort ins Visier. Machlik hielt seinem Blick stand. Assfort aber machte sich in seinem Stuhl noch kleiner als er ohnehin war und starrte geradewegs auf Schwarzmann, um dem Blick des Professors nicht begegnen zu müssen.

Es entstand eine peinliche Stille im Saal. Nach einigen langen Sekunden fuhr Mark fort:

»Dazu fehlen mir im Augenblick aber überzeugende Argumente.« Wieder antwortete niemand. In die Stille hinein sagte Mark, dass er die Sache beraten und seine Entscheidung mitteilen werde. Dann verließ er mit trotzigen Schritten den Raum.

Kaum hatte er die Tür hinter sich geschlossen, standen alle Teilnehmer auf und gruppierten sich aufgeregt um Machlik und Schwarzmann.

»Was machen wir jetzt?«, fragte Schwarzmann in Richtung Machlik.

»Er wird unserem Vorschlag folgen, Heinz. Der Professor ist nicht das Problem.«

Mit einer Kopfbewegung wies er die anderen auf den allein am Fenster stehenden Finanzvorstand hin. Der kleine Mann schien in Gedanken versunken und blickte mit versteinerter Miene auf den hohen Turm des Münsters, der in der Ferne über die Dächer der Stadt herausragte.

Nach diesem Eklat leerte sich langsam der Raum. Die Bankenvertreter strebten dem vorzeitigen Ende des Bürotages entgegen, und Assfort kehrte an seinen Schreibtisch zurück, ohne mit Machlik und Schwarzmann noch ein Wort zu wechseln. Diese beiden setzten sich an einer Ecke des Konferenztisches zusammen. Richie Machlik schenkte zwei Tassen Kaffee nach.

»Wir müssen den Vorstand neu besetzen, Heinz. Wichtig ist, dass Attelmann ausscheidet. Dann ist der Weg für die Kapitalerhöhung frei.«

»Das hilft doch nichts«, gab der Banker zu bedenken, »in der Hauptversammlung hat er doch die Mehrheit. Er wird uns niederstimmen.«

»Das ist ein überwindbares Hindernis«, antwortete Machlik hintersinnig. »Lass das meine Sorge sein. Jetzt loben wir ihn in den Aufsichtsrat. Komm, wir gehen zu ihm.«

Machlik war gewohnt, Eisen zu schmieden, solange sie heiß waren.

Die beiden Männer durchschritten den langen Flur, betraten Marks Vorzimmer, ohne die Weiß eines Blickes zu würdigen, und gingen an der sprachlosen Chefsekretärin vorbei direkt in Attelmanns Büro.

Mark saß mit ausgestreckten Beinen in seinem Sessel und blickte erstaunt auf, als er die beiden in der Tür erblickte.

»Können wir Sie kurz sprechen, Herr Attelmann. Es ist dringend.« Machlik wartete eine Antwort erst gar nicht ab und ging zielstrebig auf den großen, runden Besprechungstisch zu.

Die beiden Herren setzten sich, und Mark verließ seinen Platz hinter dem Schreibtisch und stellte sich zu ihnen. Er blickte Machlik fragend an.

»Herr Attelmann, im Interesse Ihres Unternehmens haben wir eine große Bitte an Sie.«

Mark schwieg und wartete.

Machlik sah zu Schwarzmann, und als der ermutigend nickte, sagte er:

»Wechseln Sie in den Aufsichtsrat. Übergeben Sie das operative Geschäft einem familienunabhängigen Topmanager. Als Vorsitzender des Aufsichtsrats und mit ihrer Aktienmehrheit bleiben Sie der Herr im Hause, und das Rating Ihres Unternehmens wird dadurch so angehoben, dass es den Banken unmöglich wird, ihr finanzielles Engagement nicht auszuweiten.«

Marks Blick wanderte zu Heinz Schwarzmann. Dieser nickte.

»Sie haben lange genug die Kärrnerarbeit geleistet, Herr Attelmann«, schmeichelte er. »Es wird Ihrer Gesundheit guttun, wenn Sie etwas kürzertreten. Und Ihre Leistung haben Sie ja nun wirklich erbracht«, führte Schwarzmann Machliks Gedanken weiter. »Wenn Sie in den Aufsichtsrat gehen und der Vorstand neutral besetzt wird, gibt es für den Pool keine Veranlassung mehr, die Eigentümer für überrepräsentiert anzusehen. Bedenken Sie, Piëch sitzt auch nicht im Vorstand bei VW. Er regiert vom Aufsichtsrat aus. Und wie man bei der Auseinandersetzung mit den Vorständen beobachten konnte, nicht machtlos.«

»Das ist ein gutes Beispiel«, bekräftigte Machlik, als er sah, dass dieses Argument bei Mark wirkte.

»An wen denken Sie?«, unterbrach Mark den Unternehmensberater abrupt, der bereits zu weiteren Ausführungen ansetzte.

»Sie haben doch schon eine Vorstellung, wer an meine Stelle treten soll.«

Schwarzmann neigte sich zu Mark vor.

»Eigentlich wollten wir Ihnen nicht vorgreifen. Aber wir können uns Dr. Kleiner gut vorstellen. Er ist eine erfahrene und integre Persönlichkeit. Er besitzt einen hervorragenden Ruf.«

Mark blickte überrascht auf. Er kannte Kleiner. Bei verschiedenen Anlässen war er ihm in den zurückliegenden Jahren begegnet und es stimmte: Der Mann stand in Wirtschaftskreisen in hohem Ansehen. Er war hochgewachsen, sehr gepflegt, Mitte vierzig und fiel durch seine schlohweißen Haare auf, die seltsam mit dem jungenhaften Gesicht kontrastierten.

»Ist der denn frei?«, fragte Mark überrascht. »Er führt doch ein Unternehmen.«

»Ich habe gehört, er sucht eine neue, größere Aufgabe«, antwortete der Banker.

»Wenn Sie es wünschen, nehme ich Kontakt zu ihm auf«, erbot sich Machlik, »Headhunting gehört schließlich auch zu unseren Aufgaben.«

»Nein, nein, das mache ich schon selbst«, stoppte Mark den Berater. Er ging zu seinem Schreibtisch, schlug den braunen, ledernen Kalender auf und tippte eine Nummer in das Telefon. Nach einem kurzen Gespräch, das er vom Vorzimmer aus führte, wandte er sich an die beiden Herren:

»Er macht es«, sagte er knapp. »Ich werde mich noch heute Abend mit ihm treffen. Meine Herren, ich halte Sie auf dem Laufenden.«

Machlik und Schwarzmann verließen zufrieden Marks Büro. Noch auf dem Flur nahm Machlik sein Handy aus der Tasche:

»Also, Dr. Kleiner, was habe ich Ihnen gesagt? Der Job ist Ihnen sicher. Es läuft wie besprochen. Ich freue mich auf unsere Zusammenarbeit. Es gibt viel zu tun.«

Er müsse noch kurz mit seiner Mitarbeiterin Christiansen sprechen, entschuldigte Machlik seinen abrupten Abschied bei Schwarzmann. Der nickte verständnisvoll.

„Eine gute Kraft haben Sie da. Gratuliere!"

Mark schob die Papiere auf seinem Schreibtisch zusammen. Ihm war speiübel. Die Unverfrorenheit, mit der ihm Machlik und Schwarzmann begegnet waren, lag ihm wie ein unverdaulicher Klumpen im Magen. *Bevor ich mich hier übergebe, gehe ich nach Hause*, entschied er. Als er an der wegen ihrer Missachtung immer noch empörten Weiß vorbeiging, hörte er sie sagen, dass beim Senior niemand gewagt hätte, sich so rüpelhaft zu benehmen. Mark zog den Kopf ein und zuckte wie unter einem Peitschenhieb zusammen. Auf der Fahrt zu seinem Haus hielt er die Rede, die er vor einer Stunde nicht gehalten hatte: *Was glaubt ihr eigentlich, wer ihr seid. Ich habe in St. Gallen Wirtschaft studiert. Ich habe das Unternehmen an die Börse gebracht. Ich habe einen Konzern daraus gemacht. Mit meinem Geld! Auf mein Risiko! Ich bezahle euch dafür, dass ihr mich beratet. Entscheidungen fälle ich! Habt ihr mich verstanden?*

Zuhause angekommen holte er eine Whiskyflasche aus dem Barschrank, schenkte sich ein Glas voll und trank es aus. Dann packte er hastig seinen Reisekoffer und warf ihn in den Jaguar.

Die können mich doch alle! Ich bin doch kein Depp!

Mark startete das Auto und fuhr los.

2

Horst Leicht bot sich ein Anblick, den er in seiner bisherigen Laufbahn als Kriminalist noch nicht erlebt hatte, und er leitete die Mordkommission der Stadt schon seit zehn Jahren. In dem Bett des Hotelappartements, in das er gerufen wurde, lag eine nackte Frau. Tot, aber noch nicht lange. Weniger als zwei Stunden vermutlich. Ihr Kopf war nach hinten geneigt, so dass der Hals einen fast halbkreisförmigen Bogen bildete. Ihre Arme ruhten entspannt neben dem Körper. Die Handflächen zeigten nach oben. Das auffallend schöne Gesicht war von einer üppigen blonden Haarmähne umrahmt. Beide Beine lagen gespreizt auseinander. Das rechte Knie war angewinkelt.

In der unteren Hälfte des französischen Bettes lag ein Mann, dessen Gesicht zwischen den Schenkeln der Frau eingeklemmt war. Seine ausgestreckten Beine reichten mit den Füßen knapp über die untere Bettkante hinaus. Es handelte sich offensichtlich um einen kleinen, fragilen Menschen. Er musste schon älter sein, denn seine Haare waren grau. Beide Personen waren tot, wiesen aber keine sichtbaren Verletzungen auf. Der Nachtportier hatte gegen Mitternacht die Polizei verständigt. Er war nach seinen Aussagen um zehn Uhr von der Mieterin des Appartements beauftragt worden, eine Flasche Châteauneuf du Pape für sie bereitzustellen und sie zwei Stunden später zusammen mit einem Dutzend Austern zu servieren. Um Mitternacht öffnete trotz heftigen Klopfens niemand. Der Ober benutzte den Zweitschlüssel und fand die beschriebene Szene vor.

Der Hauptkommissar betrachtete alles genau, rührte die beiden Körper aber nicht an. Er wartete auf die Spurensicherung. Routiniert sah er sich im Zimmer um. Es handelte sich um den Schlafteil einer Suite, wie sie sich in ähnlicher Ausstattung in allen gehobenen Hotelkategorien finden. Neben dem französischen Bett stand ein Beistelltisch aus Chromröhren mit zwei eingesetzten Rauchglasplatten. Auf der oberen Glasplatte brannte eine Jugendstil-Lampe und daneben stand eine kleine Schale, in die drei Fingerringe, eine Armbanduhr und ein Silberkettchen mit Kreuz gelegt waren.

Auf der unteren Glasplatte sah er eine angebrochene Packung Papiertaschentücher und eine Schachtel mit hochgeklapptem Deckel. »*Lindt. Hauchdünne Plättchen feinster Schokolade*« war aufgedruckt.

So möchte ich auch mal sterben, dachte Leicht, als er einen zusammenfassenden Rundumblick auf die vor ihm ausgebreitete Szene warf.

Die Kleidung des Mannes war sorgfältig über die Lehne eines Stuhls am Fußende des Bettes gehängt. Sie bestand aus einem grauen Anzug mit Weste. Die schwarzen, blank polierten Schuhe standen ordentlich darunter. Lediglich die Unterwäsche, die Socken und das weiße Hemd, wie auch die Krawatte waren etwas unordentlich auf die Sitzfläche geworfen. Im Hemd steckten noch die goldenen Manschettenknöpfe. Offensichtlich hatte der Mann die Ärmel über die Hände ziehen können, ohne die Manschettenknöpfe öffnen zu müssen. Der Kommissar wurde aus seinen Gedanken gerissen, als sich zwei Beamte der Spurensicherung mit einer schweren Tasche durch den engen Flur zwischen Bad und Garderobe zwängten. Sie wurden von einer etwa fünfzigjährigen Frau begleitet.

»Wir haben unsere Frau Doktor auch gleich mitgebracht«, erklärte einer und holte die Kamera aus der Tasche.

Der zweite sah sich suchend um, während die Ärztin nach einem kurzen Berühren der beiden Körper wieder zurücktrat und die Männer ungestört arbeiten ließ. Der Fotograf lichtete den

Raum aus allen Perspektiven ab und dokumentierte die Details. Er öffnete die beiden großen Spiegeltüren des Kleiderschranks. In ihm befanden sich ausschließlich weibliche Kleidungsstücke: ein schwarzes Kostüm, mehrere Röcke und Blusen und Unterwäsche.

Der zweite KTU-Mann durchsuchte das Apartment nach etwaigen Spuren. Schweigend arbeitete er sich von der Eingangstür bis zum Bett vor. Die Gerichtsmedizinerin kannte der Hauptkommissar aus jahrelanger Zusammenarbeit. Ute Werr war eine resolute, hagere Frau, die im Ruf stand, ihr Handwerk nicht nur zu beherrschen, sondern eine eine Koryphäe in der Kunst zu sein, Tote zum Sprechen zu bringen und ihnen ihre verborgensten Geheimnisse entreißen zu können. Anstrengend für Leicht war es, auf die flapsige Art einzugehen, die sich die Medizinerin im Laufe ihrer Berufsjahre angeeignet hatte und mit der sie sich gegen das Elend, das ihr täglich begegnete, wappnete. Er erwartete zutreffend eine entsprechende Bemerkung, als sich Ute Werr neben ihn stellte.

»Da haben Sie heute etwas ganz Besonderes zu bieten, Herr Kommissar. Respekt! Sieht man nicht alle Tage.« Sie lächelte süffisant und trat entschlossen zum Bett. Sie fasste den Mann an Schulter und Becken und drehte ihn auf den Rücken. Alles an ihm war klein und graziös.

»Den kenne ich doch. Ich habe sein Foto irgendwann in der Zeitung gesehen.« Leicht wandte sich fragend an die beiden Kollegen, die mit übergestreiften Latexhandschuhen die beweglichen Gegenstände in Plastikbehälter sammelten. Alle schauten nun auf den Mann.

»Frau Doktor, kommt der Ihnen nicht bekannt vor?«

Die Medizinerin ließ sich nicht stören und setzte ihre Untersuchungen konzentriert fort. Nachdem der Kopf des Mannes weggedreht war, lag der Körper der Frau unbedeckt da. Er war selbst im Tod außergewöhnlich schön und attraktiv. Nachdem sie ihre Untersuchungen abgeschlossen hatte, kam Ute Werr auf Leichts Frage zurück.

»Ich kenne den nicht. Hat mich noch nie beehrt. Scheint aber ein fantasievoller Liebhaber gewesen zu sein. Da sehen Sie, Leicht – auf die Größe kommt es nicht an.« Mit leicht süffisantem Lächeln betrachtete sie Leichts Hundertkilokörper.

»Können Sie schon etwas sagen, Frau Doktor?«, lenkte der Kommissar ab.

»Geduld, Herr Kommissar. Ich bekomme die beiden noch exklusiv auf meinen Tisch. Mal sehen, ob sie mir etwas über ihr Abenteuer ins Ohr flüstern. Lassen wir uns überraschen.«

Um die Mittagszeit besuchte Leicht die Pathologin in ihrem Reich.

Die Gerichtsmedizin war in einigen Kellerräumen der Universitätsklinik untergebracht. Es war ein herrlicher Sommertag und unter dem Vorwand, sie zum Mittagessen aus ihren Katakomben an die Sonne zu holen, wagte es der Kommissar, die Werr so kurz nach dem Auffinden der Leichen nach eventuellen Ergebnissen der Autopsien zu fragen. In der Stadt schwirrten bereits die Gerüchte. Der Finanzvorstand der Attelmann AG Philipp Assfort war in einschlägigen Kreisen wohlbekannt. Sein rätselhafter und plötzlicher Tod schlug ein wie eine Bombe. Und auf welchen Wegen Informationen über gewisse peinliche Umstände in Umlauf kamen, war rätselhaft. Leicht hatte sich schon nach kurzer Zeit als Leiter der Mordkommission daran gewöhnt, dass nichts geheim zu halten war und aufgegeben, nach Lecks in seiner Behörde zu suchen.

Ute Werr nahm seine Einladung zum Mittagessen an.

»Woran sind die beiden denn nun gestorben?« Horst Leicht tappte im Dunkeln, und dies machte ihn nervös. »Weiß die Zauberin der Pathologie mehr?«

Die hagere Frau genoss zweierlei: Sie saß in einem Biergarten unter der mächtigen Krone einer blühenden Kastanie, und ihr gegenüber schwitzte der Hauptkommissar vor unterdrückter Neugier. Sie spannte ihn auf die Folter.

»Es roch nicht nach Pulver im Zimmer, und Einschusslöcher

habe ich nicht gefunden. Strangulationswunden? Fehlanzeige. Keine Würgemale. Gleichzeitiger natürlicher Tod? Unwahrscheinlich.

Es war wohl Gift im Spiel. Äußerst schnell wirkend. Über die Schleimhäute. Im Mund des Mannes habe ich Reste von Schokolade gefunden. Kontaminiert. Die Todesursache des Mannes ist geklärt. Er hat vergiftete Schoko-Plättchen gegessen.«

»Und woran starb die Frau?«, fragte der Kommissar.

Die Ärztin lächelte verschmitzt.

»Ihr Männer habt Schleimhäute im Mund und manchmal in der Nase. Wir Frauen noch an anderer Stelle. Erinnern Sie sich, wie die Toten aufgefunden wurden?«.

Leicht grübelte und kratzte sein Kinn. Den letzten Worten von Frau Werr hatte er nur mit halbem Ohr zugehört.

»Auf dem Nachttisch lag eine Schachtel Lindt-Schokolade. Haben wir die untersucht?«

»Ich nicht«, sagte die Pathologin. »Wäre aber interessant. Jedenfalls ein schöner Tod für beide. Ich denke, ich kann nicht mehr weiterhelfen. Viel Glück. Die genaue Bezeichnung des Gifts werden wir bald wissen.«

Zwei Stunden später stand Hauptkommissar Horst Leicht in seinem Büro im Polizeipräsidium der Stadt vor einer der in das metertiefe Mauerwerk eingelassenen und wie Schießscharten angeschrägten Fensterluken. Er schaute auf den benachbarten Münsterturm. Sein Blick wanderte über das filigrane und doch wuchtige gotische Bauwerk. An einem der Sandsteinteufel, durch dessen Rachen das Regenwasser abgeleitet wird, klebte ein Steinmetz und bemühte sich, die Figur zu restaurieren.

»Was gibt das für einen Sinn? Der Mörder stirbt mit. Zu was Menschen nicht alles fähig sind«, brummelte er vor sich hin.

3

»Es ist eine interessante Sache, Nelson. Ich glaube, ich mache mit. Lass mich jetzt nach Deutschland zurückfliegen. Wahrscheinlich bin ich schneller wieder da als du mich erwartest. Und passe auf unser Konto auf und auf Amara, natürlich!«

Mark lachte und nahm seinen Gesprächspartner in den Arm. Der bullige Schwarze drückte ihn an sich und klopfte ihm kräftig auf den Rücken. Sie hatten mehrere Tage miteinander verbracht, und als Nelson die Terrasse der »Oyster Box« verließ, winkten sie sich nochmals freundschaftlich zum Abschied zu.

Mark saß mit weit aufgeknöpftem Hemd bei einem Glas Wein in der Sonne. Vor ihm lag der Pool des Hotels, und wenn er seinen Blick hob, sah er weit hinaus über die Wellenkämme des Indischen Ozeans. Rechts am Strand fand das Auge einen nahen Ruhepunkt im rotweißen Leuchtturm, den sie hier als Besonderheit empfanden. Er war nicht vergleichbar mit den Leuchttürmen an der Nord- oder Ostseeküste. Er erinnerte mehr an denjenigen an der Hafeneinfahrt in Lindau, der dem Löwen gegenübersteht. Eher klein – aber er ist das Wahrzeichen der Küste bei Umhlanga Rocks.

Wäre die Fähigkeit seines Auges nicht begrenzt gewesen, so hätte Mark bis Madagaskar sehen können. So aber endete seine Sicht bei den schwer beladenen Frachtern, die zehn Meilen vor der Küste lagen und auf die Einfahrt in den Hafen von Durban warteten, wo ihre Ladung gelöscht würde.

Dass Durban der größte Hafen des gesamten afrikanischen Kontinents war, interessierte Mark erst, seit er sich mit dem Projekt beschäftigte, das ihm sein Gesprächspartner seit mehreren Tagen versuchte schmackhaft zu machen, und von dem er selbst immer mehr in Bann gezogen wurde.

Mark Attelmann war nach Südafrika gereist, um Abstand zu gewinnen. Dazu hatte er genügend Grund. Er wollte sein Leben neu ordnen. Am Abend nach dieser überraschenden Bankensitzung in seiner Firma war er im Zorn nach München zum Flughafen gefahren, hatte sich dort mit Dr. Kleiner getroffen und mit ihm die Situation ohne Beschönigung besprochen. Offenbar war die Zeit der großen Familienunternehmen zu Ende. Es hatte keinen Sinn, sich dagegen zu stemmen. Wenn die Banken und die Öffentlichkeit keine Familienmanager mehr ertragen wollten, dann musste man sich eben darauf einstellen. Er würde zunächst etwas kürzertreten, und wenn sich etwas Interessantes ergeben sollte, eine neue Aufgabe übernehmen. Es war ihm klar, dass ihn die Aufsichtsratätigkeit allein nicht ausfüllen würde. Seine Anteile an der Firma machten ihn zu einem wohlhabenden und unabhängigen Mann. Mit Kleiner und Assfort sah er den Vorstand der Attelmann AG gut besetzt, und so begann er, sich mit der neuen Lebenssituation anzufreunden, obgleich er nicht verdrängen konnte, dass sein Ausscheiden gegen seinen Willen erzwungen war. Das Verhalten von Schwarzmann und insbesondere das von Machlik empfand er als persönliche Niederlage. Sein Vieraugen-Gespräch mit Kleiner war der Versuch, sein Gesicht zu wahren.

Nachdem er seine Nachfolge geregelt hatte, buchte er trotzig einen Flug nach Windhoek. In Namibia würde er seinen Jugendfreund besuchen, der kurz nach dem Studium dort hängengeblieben war und die Bewirtschaftung einer Farm einer Karriere in Deutschland vorgezogen hatte. Auf Peters Farm war er schon einmal einige Tage gewesen, als seine Ehe in die Brüche gegangen war. Im »Kempinski« buchte er für die Nacht ein Zimmer, legte sich auf das Bett und ließ sich die Ereignisse des Tages nochmals durch den Kopf gehen. Dabei fiel ihm ein, dass er den Aufsichtsratsvorsitzenden noch nicht unterrichtet hatte. Vom Zimmertelefon aus rief er Dr. Domler an und teilte ihm mit, dass in der Bankensitzung beschlossen worden sei, ihn als Vorstandsvorsitzenden abzulösen. Es war ihm bewusst, dass diese Mitteilung nicht ganz korrekt, sondern überzogen war. Seinem verletzten Empfinden nach entsprach der Inhalt dieser Nachricht aber der tatsächlichen Situation. Er informierte Domler, dass er sich mit Dr. Kleiner über seine Nachfolge einig geworden sei und der Aufsichtsrat diesen berufen müsse. Er selbst werde einige Tage verreisen und sich nach seiner Rückkehr wieder melden. Bis dahin solle Dr. Domler sich besonders um das Unternehmen kümmern. Der Aufsichtsratsvorsitzende versuchte, Mark zu beruhigen und versicherte, er werde sich unverzüglich mit Dr. Assfort und Machlik in Verbindung setzen.

»Fahren Sie und seien Sie versichert, dass wir alle in Ihrem Sinne handeln. Gute Reise, Professor, kommen Sie gesund wieder«, beendete er das Gespräch.

Nach einem ruhigen, fast zehnstündigen Flug mietete Mark am Flughafen Windhoek bei Avis einen geländegängigen Land Rover und fuhr zum Kalahari Sands Hotel in die City. Zunächst bezog er für die Nacht ein Appartement. Dann zog er sich eine Badeshorts an, warf sich das weiße, flauschige Hotelhandtuch über die Schultern und fuhr mit dem Lift auf das Dach, wo sich der hoteleigene Pool befand. Um das Schwimmbecken standen ungeordnet einige Liegestühle. Er suchte sich einen aus, von dem er einen bequemen Blick über die Stadt hatte, legte sein Handtuch darauf und stieg in das Wasser. Erst nachdem er einige Runden geschwommen war, fiel ihm auf, dass er völlig allein war. Er genoss die warme afrikanische Sonne auf seinem Körper, legte sich in den Liegestuhl und schloss seine Augen.

Mit Disziplin drängte er alle Gedanken an sein Unternehmen und an die Ereignisse, die ihn zu dieser Reise veranlasst hatten, aus dem Kopf und verschob sie auf später. Mark entspannte sich und schlief ein.

Amara war eine schöne Frau. Sie war dreißig Jahre jung, intelligent und willensstark und besaß einen Körper, der Männer den Kopf verlieren ließ. Sie arbeitete als Abteilungsleiterin im Wirtschaftsministerium in Windhoek und war zuständig für die Organisation des Außenhandels.

Sie hatte es sich zur Angewohnheit gemacht, nach Verlassen ihres Büros, wenn es sich irgendwie einrichten ließ, zur Erfrischung im Pool des Kalahari Sands zu schwimmen und sich von der Hitze des Tages abzukühlen, bevor sie den alten und gepflegten Teil Windhoeks verließ, um nach Katutura in ihre Wohnung zu fahren.

Amara war eine Wambo und schwarz wie Ebenholz.

Das Bad auf dem Dach des Hotels war erstaunlicherweise wenig besucht. Wahrscheinlich hatten die Besucher Windhoeks anderes zu tun, als sich an einem schmucklosen Hotelpool aufzuhalten.

Der schlafende Mann im Liegestuhl störte Amara nicht. Er war wegen seiner noch ungebräunten weißen Haut problemlos als Neuankömmling zu erkennen. Sie streifte ihr Kleid über dem tomatenroten Bikini ab, schlüpfte aus ihren Sandaletten und befühlte mit den Zehenspitzen vorsichtig die Temperatur des Wassers. Dann schüttelte sie kräftig den Kopf, um ihre Haare zu lockern und hechtete mit einem entschlossenen Sprung ins Becken. Mark hörte ein Planschen und erwachte aus dem Halbschlaf. Beim Versuch, die Augen zu öffnen, schmerzte das helle Licht. Deshalb kniff er sie zu Schlitzen zusammen und versuchte sich, noch benommen von den Ereignissen der letzten Stunden, zu orientieren.

»Du bist im Kalahari Sands und fährst morgen früh zu Peter auf die Farm. Aus Deutschland bist du weg, weil sie dich nicht mehr in deiner eigenen Firma wollen. Vielleicht war das doch keine so gute Idee. Wahrscheinlich hättest du dortbleiben sollen. Aber jetzt bist du schon hier. Also mache das Beste daraus. Wenn du zurück bist, schaffst du Ordnung. Jetzt denke nicht daran.«

Dann strich er sich mit der flachen linken Hand über das Gesicht und wischte sich diese unangenehmen und dem Ort seines Aufenthalts nicht angemessenen Gedanken aus dem Kopf.

Als er sich ein wenig aufrichtete, sah er, dass er nicht mehr allein war. Im Becken schwamm eine Frau. Sie trug einen leuchtend roten Bikini und kraulte die Bahn entlang von ihm weg. Die Bewegungen ihres runden Hinterns erinnerten ihn an die ruhige und kraftvoll elegante Erscheinung eines auftauchenden Wals.

Erst auf den zweiten Blick fiel ihm auf, dass die Frau eine schwarze Hautfarbe hatte. Seltsamerweise deshalb, weil die Fußsohlen leuchtend weiß aus dem Wasser blinkten. An der Stirnseite des Pools zog sie sich mit den Armen an die Wand und warf sich rückwärts in die Bahn zurück. Mark beobachtete den nasslockigen schwarzen Haarschopf, die kräftigen Oberarme, mit denen sie sich durchs Wasser zog, ihren muskulösen Bauch, wie er sich bei jedem Schwimmstoß zusammenzog und aufwölbte, und die langen, auffallend geraden Beine, mit denen sie das Wasser zu Schaum schlug, der dann ihre prallen schwarzen Schenkel umperlte. Hat sich doch einiges getan hier, dachte er sich. Bei meinen ersten Besuchen hier wäre es unmöglich gewesen, dass eine Schwarze im Pool dieses Hotels geschwommen wäre. Sie hätte höchstens Handtücher verteilen und Getränke bringen dürfen.

Die Sonne hatte begonnen, die dunklen Nebel aus Marks Seele zu saugen. Er lehnte sich wieder in den Liegestuhl zurück, und ein zartes Lächeln spielte um seine schmalen Lippen.

Amara zog ihre Bahnen weiter, als hätte sie den weißen Mann im Liegestuhl nicht gesehen. Tatsächlich aber taxierte sie ihn genau. Mindestens eins achtzig groß, blond, fast rötlich, also Engländer, Skandinavier oder Deutscher. Was macht er hier? Vermutlich Tourist oder im schlimmsten Fall irgendein Hobbyjäger auf der Suche nach den Big Five. Andererseits hatte sie das Gefühl, der Mann sei zurückhaltend, zerbrechlich, gar nicht auf der Jagd nach irgendetwas. Sie spürte, dass von diesem Mann auf dem weißen Badetuch keinerlei Aktion oder gar Belästigung zu befürchten war.

Mark fühlte sich wohl. Seine Haut war erwärmt, er selbst fand sich fast seinem Körper entrückt und über sich schwebend. »Die unerträgliche Leichtigkeit des Seins«, lächelte er und fand sogar den Namen »Milan Kundera« in seinem Gedächtnis.

Amara hatte das Becken verlassen und hüpfte, auf den Fußballen federnd, um sich zu trocknen. Sie schaute hinüber zu dem weißen Mann im Liegestuhl, der sich das Handtuch lässig über die durch die aggressive afrikanische Sonne schon leicht gerötete Bauch- und Brustpartie gezogen hatte. Sie wusste, dass ein solches Handtuch nur Hotelgästen zur Verfügung stand. Der Mann wohnte also im Haus. Er schien in Gedanken versunken und unterschied sich wohltuend von den anderen europäischen Männern, die ihren Körper manchmal impertinent, manchmal zurückhaltender, aber jedenfalls begierig, musterten. Sie brauchte nicht viel Fantasie, um die Gedanken in deren Augen zu lesen. Amara wusste, dass sie eine schöne Frau war und einen Körper besaß, der Männer, insbesondere Weiße, um den Verstand bringen konnte. Sie setzte dieses Geschenk der Natur durchaus bewusst ein; aber bitte nach ihren Spielregeln! Sie gehörte zu jenen schwarzen Frauen, die in erster Generation nach außen zeigen konnten, dass Namibia ihr Land war, und denen man ansah, wie stolz sie auf dieses Besitzrecht waren. Ihre Mutter führte noch den Haushalt eines weißen Kaufmannes, der zwischen Windhoek, Swakopmund und Johannesburg reiste, um mit den Bodenschätzen des Landes reich zu werden. Sie hatte in seinem Haus Mädchen und Männer ihrer eigenen Hautfarbe anzuleiten und erwehrte sich manchmal erfolgreich, aber oft auch vergebens der Übergriffe des Hausherrn. Amara hatte dies alles selbst erlebt, da ihre Mutter die Kinder immer zu ihrer Arbeit mitnahm. Ihr Spielplatz war die große Küche und der Hof des geräumigen Anwesens. Dies alles war gewaltlos, nahezu selbstverständlich und durchaus mit Zärtlichkeit vor sich gegangen. Heimlich musste es geschehen, da ansonsten das öffentliche Ansehen des Kaufmanns bei seinesgleichen gelitten hätte. Dabei gab es kein Dach, das einem Weißen gehörte, unter dem es anders zugegangen wäre. Amara war, als sie es später verstand, weder verletzt, noch beleidigt, eher verwundert. Eigenartige Leute, diese Männer mit der weißen Hautfarbe. Sie haben Geld, können sich alles kaufen und leben nicht, wie sie wollen. Die Heimlichtuerei der Schwarzen war lebensnotwendig. Die Heuchelei der Weißen schien ihr unverständlich. So empfanden sie es als Kinder. Heute war dies alles abgeschlossene Vergangenheit. Sie war eine selbstbewusste Frau, hatte einen guten Job bei der Regierung und konnte sich die Männer auswählen, mit denen sie näheren Kontakt pflegen wollte.

Nach einem prüfenden Blick auf Mark kam sie zu dem Ergebnis, dass dieser Mann sie nicht ansprechen werde. Sie gewann den Eindruck, er bemerke sie nicht; aber nicht etwa aus Überheblichkeit, sondern einfach aus Diskretion. Er akzeptierte, dass sie den Pool zu ihrem eigenen Vergnügen benutzte. Ihm war dabei keine Rolle zugedacht. Ein Engländer hätte sich bemerkbar gemacht, ein Schwede hätte seine Begehrlichkeit nicht verbergen können. Also versuchte sie es mit Deutsch, das sie akzentfrei beherrschte:

»Entschuldigen Sie bitte, ich möchte nicht stören. Aber ich sehe, Sie sind Hotelgast. Würden Sie so freundlich sein und einen Service herbeirufen. Ich hätte gerne etwas bestellt.«

Mark war zufrieden. Also doch. Ein guter Jäger läuft nicht, er wartet. Als er Anstalten machte, aus dem Liegestuhl aufzustehen und vor sich hinmurmelte »aber selbstverständlich«, legte sie ihm eine Hand auf die Schulter und hinderte ihn, den Liegestuhl zu verlassen.

»Nein, Sie haben doch einen Schlüssel. Drücken Sie auf den Sensor. Auf das Signal hin kommt ein Kellner vorbei.«

Mark hatte den Schlüssel neben sich auf die Fliesen gelegt, lehnte sich unter dem angenehmen Druck der Hand auf seiner Schulter wieder zurück und ertastete mit der rechten Hand den Türöffner. Er reichte ihn ihr ohne Hast. Wenn das Schicksal dir einen Finger reicht, dann musst du auch zugreifen, dachte Mark. Amara nahm ihm den Schlüssel aus der Hand, legte ihren Daumen auf den leuchtenden Punkt und gab ihn Mark wieder zurück. Dabei berührten sich ihre Hände. Mark hatte eine ausgeprägte, zu seinem übrigen Körperbau passende, knochige Hand. Amaras war fleischiger. Die Berührung war ihm angenehm. Sie muss die Zimmernummer gesehen haben, dachte er.

Er hat das Zimmer 316, das teuerste im Haus, dachte sie.

Mark besaß die Fähigkeit, sich selbst beobachten zu können. Er schwebte dann über sich und betrachtete, wie er sich auf der Bühne des Lebens in der jeweiligen Situation verhielt. Dabei konnte er sich dann wie ein Zuschauer Beifall spenden oder kritisieren, er konnte auch über sich lächeln oder spotten.

Diese Bühne wurde nun von einer pittoresken Figur betreten. Mark sah einen riesigen, grüngrauen Maikäfer aus dem Lift treten. Der schwere, gedrungene Körper eines prächtigen schwarzen Mannes im letzten Drittel seiner Lebenszeit war in eine graue lange Hose gezwängt. Eine Weste gleicher Farbe bändigte einen mächtig gewölbten Bauch. Die Füße steckten in schweren, klobigen, schwarzen Halbschuhen mit dicken Gummisohlen, und über allem trug der Koloss im samtenen Grün einen Schwalbenschwanz als Gehrock und einen grauen Zylinder. Über die Hände hatte er weiße Fingerhandschuhe gezogen. Mit einem ruhigen Rundblick übersah dieses Monstrum die Dachetage, und in einer Gangart zwischen Schlurfen und Schreiten näherte er sich hoch aufgerichtet Marks Liegestuhl. Es war Mark in dieser Situation unmöglich, lässig im Stuhl liegen zu bleiben. Er musste sich erheben. Mark war ungefähr einen Meter achtzig groß und gut siebzig Kilogramm schwer. Der Schwarze maß mit Zylinder mindestens zwei Meter zehn, und sein Gewicht lag sicher nicht unter drei Zentnern. Mark in seinen Badeshorts musste neben diesem Kostüm ein jämmerliches Bild abgeben. Der Zuschauer über ihm amüsierte sich köstlich.

Die großen braunen Augen dieses Mannes sahen Mark mit unendlicher Ruhe an. Er sprach kein Wort und formte in sein Gesicht den Ausdruck des Erwartens.

»Wozu darf ich Sie einladen?« Mark wandte seinen Kopf zu Amara. Der Riesenmaikäfer bewegte seine Füße und drehte seinen ganzen Körper zu der jungen Frau. Der Kopf bewegte sich nicht. Als sei er zwischen den Schultern festgeschraubt, drehte er sich mit den Schultern. Amara sagte einige Worte zu ihm, die Mark nicht verstand. Wohl Suaheli, dachte er. Zum Zeichen, dass er verstanden hatte, knickte der Maikäfer leicht ein. Dort, wo bei dieser Maskerade die Hüfte vermutet werden konnte. Dann machte er den ausgeführten Drehvorgang wieder rückgängig und wandte sich Mark zu, und weil dieser spürte, dass von ihm etwas erwartet wurde, bestellte er einen Whisky, irisch mit viel Soda, bitte.

Der massige Körper wendete und setzte sich in Richtung Aufzug in Bewegung.

»Sind Sie das erste Mal hier? Seien Sie vorsichtig, man sagt, keiner kommt von Afrika wieder los, der länger als eine Woche hier zu Besuch war.«

Mark, da er nun einmal stand, verbeugte sich leicht.

»Ich heiße Mark Attelmann. Ich freue mich sehr, Sie kennenzulernen. Ich werde einen Freund besuchen. Oben im Norden. Peter betreibt eine Farm, hinter Waterberg, direkt an der Etosha. Ich will ein paar Tage richtig ausspannen. Ich habe ihn schon zehn Jahre nicht mehr gesehen.«

»Angenehm, Amara Zaka.«

Sie reichte ihm ihre Hand. »Gehen Sie auf die Jagd?«

»Nein, diesmal nicht. Ich möchte nur meine Ruhe.«

»Oh, haben Sie Sorgen; in Afrika vergessen Sie alles. Glauben Sie mir.«

Mark war mit sich nicht zufrieden; diese Vorstellung ging gründlich daneben. Ein schwarzes Mädchen im dunkelblauen Rock und weißer Bluse brachte die Getränke. Mark fiel auf, dass sie trotz der hohen Temperaturen eine Bluse mit langen Ärmeln trug. Die Serviererin stellte ein Glas mit irgendeinem Cocktail und Früchten und Marks Whisky auf einen kleinen Tisch, neben dem zwei Stühle standen, und ging wieder, ohne ein Wort zu sagen. Gemächlich schlenderten Mark und Amara zu den Getränken und setzten sich.

»Sie sprechen hervorragend Deutsch«, nahm Mark das Gespräch wieder auf. »Waren Sie schon in Deutschland?«

»Oh ja, öfters. Erst vor kurzem in Berlin.«

»Wie gefällt es Ihnen bei uns?«, fragte Mark.

»Gut, Deutschland ist schön; aber ich bin gerne wieder zu Hause. Das Leben ist leichter hier.«

Mark war irritiert. Bei allem, was er über die Lebensumstände in Afrika wusste, überraschte ihn diese Antwort.

»Sie sind müde vom Flug. Sind Sie heute erst angekommen?«, hörte er ihre Stimme sagen.

»Vor einer Stunde«, antwortete Mark.

»Dann müssen Sie erschlagen sein. Vielleicht sehen wir uns einmal wieder. Ich bin am Samstag in Namatoni. Eine Freundin von mir arbeitet auf der Mokuti Lodge. Wenn Sie wollen, lassen Sie was von sich hören. Es ist nicht weit von Ihrem Freund. Ich wünsche Ihnen einen guten Aufenthalt und vielen Dank für die Einladung. Schlafen Sie sich aus. Herr Attelmann, richtig?«

Sie sah ihn fragend an, und ehe er erwidern konnte, erhob sie sich, reichte ihm ihre Hand, und mit einem kleinen kessen Hüftschwung ging sie auf den Stuhl zu, über dem ihr Kleid hing. Der Bikini war zwischenzeitlich so trocken, dass sie das Kleid überstreifen konnte. Eine kurze Handbewegung über ihrem Kopf deutete einen Abschiedsgruß an. Dann verschwand sie im Aufzug.

»Prosit und willkommen auf Streben.« Peter, der drei kalte Bierflaschen bei sich trug, und seine Frau Elisabeth begrüßten Mark im Hof vor dem Farmgebäude. Alle drei setzten die Flaschen an die Lippen und nahmen einen kräftigen Zug.

»Du wirst hungrig sein. Anna hat uns Steaks gemacht.«

Sie betraten den geräumigen Wohnraum.

Aus dem hinteren wenig beleuchteten Teil kam Anna, eine

schwarze Frau um die vierzig, und stellte die Teller mit dem Besteck auf den Tisch. Sie ging genau in ihrer Spur wieder zurück. Und noch während Elisabeth die Teller verteilte und die Messer und Gabeln zurechtlegte, kehrte sie wieder mit einer langen Platte, aufgehäuft mit gegrillten Fleischstücken und einer randvollen Schüssel mit gebratenen Kartoffelecken zurück. Beides stellte sie in die Mitte des Tisches und verschwand. Mark hatte während der Fahrt Appetit bekommen, und der köstliche Geruch des dampfenden Fleisches regte ihn weiter an. Er holte sich wie seine Gastgeber Fleisch und Kartoffeln aus den beiden Schalen. Peter legte ihm nach und Elisabeth ebenfalls. Seit er sich erinnern konnte, hatte er keine drei Steaks bei einer Mahlzeit essen können.

Währenddessen erzählte Peter von der Arbeit auf Streben, die hauptsächlich aus der Instandhaltung der Zäune und der Reparatur der Wasserpumpen bestand. Peter betrachtete seine Farm als zwölftausend Hektar umfassendes Wildgehege. Die herumlaufenden Rinderherden wurden von den Familien der Farmarbeiter versorgt. Sie mussten ab und zu durch extra gegrabene Wasserbäder getrieben werden, damit das sich im Fell festgesetzte Ungeziefer abfiel und die Tiere nicht erkrankten. Zweimal im Jahr kam ein Fleischaufkäufer aus Südafrika und suchte sich die schlachtreifen Rinder aus. Zu handeln gab es nichts. Die Preise setzte die Regierung fest.

»Ich muss heute Nacht auf die Jagd. Meine Leute brauchen Fleisch. Es ist Vollmond. Willst du mitkommen?«

Als Mark nickte, wünschte ihm Peter eine gute Nacht.

»Ich wecke dich um drei.«

»Warum bist du nach Afrika gekommen?«, fragte ihn Peter, als sie zusammen auf dem Hochsitz saßen. »Ich habe den Eindruck, du bist gar nicht richtig da.«

»Ach Peter«, so begann Mark seinem Freund aus gemeinsamen, längst vergangenen Studentenjahren sein Leben seit ihrem letzten Zusammensein vor zehn Jahren zu erzählen. Wie er den erfolgreichen Börsengang organisierte, und wie er jetzt ratlos vor einer Situation stand, die er einfach nicht verstehe.

»Ich habe alle diese Leute geholt, ich bezahle sie und das nicht schlecht, und jetzt werde ich aus meiner eigenen Firma gedrängt.«

Mark schaute in die afrikanische Nacht. Er sah nicht die Wasserstelle, an der sich Oryxe und Springböcke zur Tränke einfanden. Er sah nicht den vollen Mond, der ein gutes Büchsenlicht abgab. Er bedauerte nicht, keine Flinte zur Hand zu haben, obwohl er gerne zur Jagd ging. Er blickte einfach ins Leere.

Wie aus weiter Ferne hörte er Peter sagen:

»Genau deshalb bin ich nach dem Studium hierher gegangen. Komm, Mark, mit der Jagd wird es heute nichts mehr. Gehen wir zurück und trinken ein Bier.«

»Du musst nicht glauben, dass es bei uns keine Probleme gibt.« Peter hatte einen ganzen Korb voller Bierflaschen auf den Tisch gestellt. Offensichtlich dachte er nicht mehr daran, sich nach der abgebrochenen Jagd nochmals ins Bett zu legen.

»Viele von uns Farmern suchen nach einer anderen Existenz, manche in Australien. Nicht einmal mit einer Jagd-Farm hast du ein vernünftiges Auskommen. Zurzeit träumen viele in Südafrika vom Anbau von Öl.«

Peter holte neben einem weiteren Bier einen Packen Papier und breitete ihn vor Mark aus.

»Das musst du dir anschauen. Du bist doch Wirtschaftler. Das ist die Zukunft für Afrika. Lies!«

Automatisch begann Mark zu lesen und die Papiere zu sortieren. Er hatte noch nie zuvor etwas von einer Jatropha-Pflanze gehört.

»Was hältst du davon?«, fragte ihn Peter einige Biere später.

»Sieht ganz interessant aus«, erwiderte Mark höflich.

»Aber wo willst du das Startkapital hernehmen?«

»Aus Deutschland, natürlich. Ihr seid doch das Zahlen gewöhnt.« Peter lachte vor sich hin.

»Jeder Mensch braucht einen Traum. Ohne bist du tot.«

»Du sagst es«, nickte Mark und lächelte.

Amara saß mit ihrer Freundin auf der Veranda der Mokuti Lodge. Sie boten ein Bild, als spielten sie die Hauptrollen in einem Werbefilm für das moderne Afrika.

Amara tiefschwarz in einem Wickelkleid aus roter Seide mit großflächigen schwarzen Blüten; Christina in einem Kleid nach gleichem Schnitt, grüngrundig mit gelbem Aufdruck. Amaras halblanges schwarzes Haar war in viele kleine Zöpfe geflochten. Christinas semmelblonde Mähne baumelte als dicker Pferdeschwanz zwischen ihren Schulterblättern. Beide trugen teure Sonnenbrillen. Black and White in Southern Africa. Beide hatten die Beine übereinandergeschlagen, die Kleider fielen kurz über den Knien auseinander und die in die Höhe gestreckten Zehen jonglierten wippend mit den silberfarbenen Ledersandaletten.

In der rechten Hand hielten beide, spielerisch eingeklemmt zwischen Zeige- und Mittelfinger, eine Zigarette. Die linken Unterarme ruhten auf dem Beistelltisch, und ihre langfingrigen Hände hielten lässig die Cocktailgläser. Sie sahen auf den weiten grünen Park hinaus und beobachteten die Giraffen, wie sie mit ihren kleinen Mäulern aus den Baumwipfeln Blätter abfraßen. Der Park war menschenleer. Selbst am Pool bewegte sich keine Menschenseele. Es war früher Nachmittag, und die afrikanische Sonne brannte erbarmungslos nieder. Die beiden Frauen saßen unter dem vorgezogenen Schleppdach des Restaurants im Schatten. Ihre Bewegungen waren langsam und träge, aber gerade deshalb grazil und voller Anmut.

Als Amara von hinten aus dem Inneren des Restaurants ein Telefon gereicht wurde, drückte sie langsam und mit Gründlichkeit ihre erst halb abgebrannte Zigarette aus und übernahm dann das Gerät.

»Ja, ich erinnere mich. Ich hatte nicht erwartet, dass Sie sich melden, Mark Attelmann. Stimmt doch, oder?«

Amara war stolz auf ihr Namensgedächtnis.

»Natürlich sind Sie willkommen. Wenn Sie gegen 18 Uhr da sind, können wir zusammen das Dinner nehmen. Gut, ich freue mich.«

Amara reichte das Telefon nach hinten, ohne sich umzusehen.

Sie zündete sich eine Zigarette an, saugte mit träger Sinnlichkeit den ersten Zug und ließ den Rauch zwischen den halb geöffneten Lippen entweichen.

»Interessanter Besuch?« Christina durchbrach die schwüle Stille. Ihre samtene dunkle Stimme passte nicht zu ihrem blonden Aussehen. Man hätte eine höhere Lage erwartet.

»Weiß noch nicht. Ich habe den Mann im Kalahari Sands in Windhoek getroffen. Vor ein paar Tagen. Angenehm zurückhaltend für einen Europäer. Ich habe nicht damit gerechnet, dass er sich meldet. Na, du wirst sehen. Er leistet uns beim Abendessen Gesellschaft.«

»Wenn ich störe, ziehe ich mich zurück.«

»Unsinn. Er sah nicht aus, als bekäme er Angst, wenn wir zu zweit sind.«

Die beiden Frauen tranken ihre Gläser leer, gingen gemeinsam am Pool vorbei und verschwanden in einem der kleinen Bungalows im Park.

Die stehende Mittagshitze wurde vom nachmittäglich aufkommenden leichten Wind abgelöst, und die Menschen wagten sich wieder aus ihren Bungalows und Appartements. Um den Pool herum vergnügten sich mehrere Kinder, und unter einem mit Bambus gedeckten Dach versammelten sich Männer an der Bar. Der Knobelbecher kreiste.

Die beiden Frauen, die in orangefarbenen Overalls dem Parkausgang zustrebten, zogen als willkommene Abwechslung alle Aufmerksamkeit auf sich. Amara und Christina hatten sich entschlossen, noch eine Runde über dem östlichen Teil der Etosha bis Halali zu fliegen. Auf dem Areal konnten Motordrachen gemietet werden. Wie Sandbahnfahrer rasten die beiden Frauen auf der Piste los, zogen eine Staubwand hinter sich her und erhoben sich in die Lüfte. Bald verebbte das laute Geknatter des Motors, und wie zwei exotische Vögel schwebten die Drachen über den Baumwipfeln davon.

Die beiden Frauen genossen es, die wie Ameisen über die Erde krabbelnden Kreaturen aus ihrer Schwerelosigkeit schwebend zu beobachten und sich dabei selbst zu umkreisen. Sie waren schön, und ihr Leben war es auch. Christina arbeitete als Immobilienmaklerin. Sie vermittelte Domains von Kapstadt bis Durban. Regelmäßig erreichte sie mit Abstand den größten Jahresumsatz aller Agenten. Amara hatte sie vor Jahren kennengelernt, weil ihr Bruder Nelson in der Real Estate Corporation, der das Maklerbüro gehörte, das Black Empowerment repräsentierte. Die südafrikanischen Funktionäre unter Mandela hatten sich zur schnelleren Teilhabe der schwarzen Bevölkerungskreise am wirtschaftlichen Wohlstand dieses Instrumentarium ausgedacht. Kein Unternehmen, kein Geschäft von nennenswertem Umfang konnte durchgeführt werden ohne gesetzlich vorgeschriebene Beteiligung eines Schwarzen. Man nannte dies »Black Empowerment«.

Die unterschiedliche Hautfarbe stellte für die beiden etwa gleichaltrigen, intelligenten Frauen, wie für die meisten ihrer Generation, kein Problem dar. Diejenigen im Land, die am aufkommenden Wohlstand nicht partizipierten und ihr tristes Leben durch politische, religiöse oder rassistische Hetzparolen anreicherten, blendeten sie aus ihrem Leben aus.

Während die beiden sich losgelöst umkreisten, entdeckte Christina im Westen, weit hinter dem massigen Fortgebäude, einen Staubteufel. Er mochte etwa sechzig Meter hoch sein. Mit dem ausgestreckten rechten Arm machte sie Amara auf den Wirbelwind aufmerksam. Diese schaute sich um, überlegte kurz und legte dann beide Handflächen aneinander, streckte die Arme über den Kopf und ließ sie in Richtung Mokuti fallen. Nichts als runter, hieß das.

Mark hatte sich verfrüht. Er saß auf der Veranda am gleichen Tisch, den vor einigen Stunden noch die beiden Frauen besetzt hielten. Unter all den Touristen und Urlaubern, die die Mokuti Lodge bevölkerten, fiel er aus dem üblichen Rahmen. Er war sehr schlank und gepflegt, lümmelte nicht im Sessel, sondern saß aufrecht entspannt mit übergeschlagenen Beinen und hielt ein Zigarillo zwischen den Fingern. Vor ihm stand ein Glas Rotwein. Er trug ein hellbraunes, langarmiges Hemd, an dem nur ein Kragenknopf geöffnet war. Die graue Flanellhose besaß eine tadellose Bügelfalte, und die zwischen Hose und braunen Lederhalbschuhen sichtbaren grauen Socken ließen keinen Fingerbreit Wade frei. Die meisten anderen Männer waren in Khakihemden und -hosen gekleidet, lang oder kurz, mit vielen aufgenähten Taschen und Schulterstücken. Sie liefen entweder ohne Schuhe oder in Sandalen, eventuell noch in leichten Wanderschuhen aus braunem Wildleder.

Mark wäre mit seiner Erscheinung an einem sonnigen Spätnachmittag in einem Straßencafé auf dem Corso Vittorio Emanuele in Mailand nicht aufgefallen. Hier umso mehr. Gesicht, Hals und Hände waren schon leicht gebräunt. Allein die Falten an seinem Hals ließen ahnen, dass er schon weit in den Fünfzigern war.

Er freute sich, die Farm seines Freundes für ein paar Stunden verlassen zu können. Das Gespräch auf dem Hochsitz und der weiteren Nacht hatten gezeigt, wie sehr auch sie beide sich auseinanderentwickelt hatten. Jeder trug seine Sorgen, und die Gesellschaft von Peter und Elisabeth wurde ihm schon nach kurzer Zeit schwer. Er hatte sich von seinem Besuch Ablenkung und Inspiration erwartet. Stattdessen musste er sich mit den unausgegorenen Plänen von Peter beschäftigen. Tief in seinem Innersten glühte eine kleine Hoffnung, dass sein Besuch heute etwas Leichtigkeit in seine Seele bringen könnte. Er trank einen Schluck Wein, zog am Zigarillo und beobachtete, was um ihn herum geschah. Nicht mit Anteilnahme oder Aufmerksamkeit, sondern mit dem unauffälligen Interesse eines Weitgereisten.

»Hatten Sie eine gute Fahrt? Schön, dass Sie mich angerufen haben.« Amara reichte Mark die Hand zu einem festen Händedruck. »Das ist Christina, eine gute Freundin von mir. Wir verbringen einige Tage zusammen.«

Mark hatte sich erhoben, als er die beiden Frauen aus dem Park auf die Veranda kommen sah.

»Kommen Sie!«, forderte ihn Amara auf, ihr zu folgen.

Sie durchquerte die mit schweren dunklen Holzmöbeln ausgestattete Halle und setzte sich an einen für sie vorbereiteten Tisch neben dem mächtigen offenen Kamin. Zu dieser Jahreszeit war der Kaminrost sauber geputzt und unbenutzt.

»Ich hoffe sehr, nicht zu stören.« Mark sah Amara in die Augen und wandte sich dann Christina zu.

»Oh Gott nein, wir freuen uns auf einen schönen Abend.«

Amara legte kurz ihre Hand beschwichtigend auf Marks Unterarm.

»Wie gefällt es Ihnen? Haben Sie Ihren Freund getroffen?«, fragte sie. Der Kellner in schwarzem Anzug mit blütenweißem Hemd und roter Fliege stellte sich hinter Amara. Sie wandte sich leicht um.

»Eine Flasche Lynx Xanache, Jahrgang 2003, wenn möglich, und dreimal das Menü, Tomtom«, bestellte sie in familiärem Ton. Sie schaute fragend nach Mark und Christina. Beide nickten zustimmend, ohne zu wissen, was bestellt worden war. Amara führte in stummem Einverständnis die Regie.

Gut die Hälfte der etwa zwanzig Tische war kurz nach achtzehn Uhr besetzt, und die Gespräche der Gäste erfüllten den Raum mit angenehmem Gemurmel.

Christina erzählte, dass sie in Umhlanga Rocks, etwa zwanzig Kilometer nördlich von Durban, zweihundert Appartements zu verkaufen hätte und sich hierfür Interessenten aus aller Welt vormerken hätten lassen, und dass die Immobilienpreise die letzten Jahre jährlich um mindestens zwanzig Prozent gestiegen seien, und ein Ende dieser Entwicklung nicht absehbar wäre. Und als Amara anmerkte, dass auch sie selbst mit ihrem Bruder direkt am langen Sandstrand des Indischen Ozeans im siebten Stock des Pearl Building eine Einheit mit zweihundertundsechzig Quadratmetern, Balkon, Tiefgaragenplatz und Lift ins Wohnzimmer um sechs Millionen Rand gekauft hätte, und dass sie gleich nach dem Kauf vier Wochen darin gewohnt hätte und dabei ins GATEWAY, dem schönsten Kaufhaus Afrikas, zum Einkaufen gegangen sei, und dass die Finanzierung kein Problem wäre, weil das Haus als Hotel geführt und das Appartement für eintausend Rand pro Tag vermietet werde, wenn man es selbst nicht benötige, und der Leerstand gleich Null sei, und sie kein Eigenkapital zum Kauf hätten aufwenden müssen, fühlte sich Mark in einer anderen Welt. Wie weit war er entfernt von den Werbefuzzis mit den dümmlichen Geiz-ist-geil-Sprüchen. Einen Moment dachte er auch an die letzte Besprechung in seinem Unternehmen, als ihm alle die Daumenschrauben anlegten, wischte dieses Bild aber als unangenehm und seine Stimmung störend vor seinen Augen weg. Er fuhr sich dabei mit der rechten Handfläche über Stirn, Nase und Mund. Unter dem Kinn ballte er die flache Hand dann zur Faust, als wollte er ein Taschentuch zerknüllen. Die beiden Frauen sprühten vor Lebensfreude und Optimismus. Ihr kaskadenartiger Wortschwall begann Mark zu amüsieren. Er fing an, sich in ihrer Gesellschaft wohlzufühlen.

»Wollen Sie auch bei uns investieren? Sie kommen spät, aber nicht zu spät. Wir sind froh über jeden Investor, der kein Chinese ist.« Christina wandte sich Mark direkt zu.

Amara schaute ihren Tischnachbarn ebenfalls mit großen fragenden Augen an. Der Kellner trat an Mark heran, zeigte ihm das Etikett der Weinflasche und reichte ihm den gezogenen Korken zur Prüfung. Dann stellte er die drei Gläser auf den mit einer feinen weißen Damastdecke bedeckten und zum Dinner vorbereiteten Tisch und schenkte einen Schluck Wein in das vor Mark stehende Glas ein. Bevor er reagieren konnte, hatte Amara danach gegriffen und den Wein sorgfältig mit Nase und Lippen degustiert. Sie nickte dem Kellner kurz zu und schob ihr leeres Glas von sich. Daraufhin schenkte Tomtom Amaras Glas nach und füllte auch die beiden anderen für Mark und Christina.

Als sie die Gläser sanft zusammenstießen, erklang ein dunkler, samtener Ton, der bis in Marks Seele schwang.

Er hatte die Unterbrechung genutzt, um zu überlegen, wie er

auf Christinas Frage antworten solle. Er hatte nicht die Absicht, in Afrika geschäftlich tätig zu werden. Eine solche Antwort schien ihm jedoch reizlos, und er befürchtete, dass dadurch der so straff gespannte Gesprächsfaden erschlaffen und der frische Quell, der so angenehm sprudelte, versiegen könnte. Also nutzte er die Informationen, die er aus dem ihm von Peter aufgedrängten Studium seiner Papiere über Energiegewinnung behalten hatte, und plauderte über die Möglichkeit, regenerative Energien zu gewinnen, und als seine Gesprächspartnerinnen freundlich, aber gelangweilt, sichtbar ihm zuliebe eine Konversation über das breitgetretene Feld der Solarenergie zu führen begannen und anmerkten, dass dafür aber die klimatischen Voraussetzungen im Norden des Kontinents geeigneter wären, spielte Mark mit des Teufels kleinem Finger und sagte, nein, er denke ganz und gar nicht an Solarenergie, sondern an die Anlage von Plantagen, in denen der Jatropha-Strauch kultiviert und genutzt werde. Dieser bringe sehr ölhaltige Früchte hervor. Man könnte die Plantagen mit Ölmühlen ausstatten und das Öl dann in einer Bio-Diesel-Raffinerie weiterverarbeiten, so dass normale Dieselmotoren damit gefahren werden könnten. Selbst Kerosin könne durch dieses Bio-Öl ersetzt werden. Die Vorteile lägen auf der Hand, improvisierte Mark als Volkswirtschaftler weiter: Zum einen entstünden Arbeitsplätze, und zum anderen würden Devisen geschont, da der benötigte Rohstoff im eigenen Land nachwachse. Er habe sich mit der Sache schon etwas beschäftigt, müsse sich aber mit der Materie erst noch intensiver vertraut machen, bemerkte er und schuf sich damit ohne nachzudenken mit der Erfahrung seiner vielen Verhandlungen instinktiv eine Rückzugsmöglichkeit. Mark spürte, wie er zunehmend die Aufmerksamkeit von Amara gewann. Sie hörte ihm interessiert zu, und als sein Redefluss kurz stockte, unterbrach sie ihn mit der Frage, ob er in Deutschland an einem solchen Projekt arbeite, und ob er Regierungsbeamter sei. Er konnte die Frage unbeantwortet lassen, da der Kellner die Unterhaltung durch das Auftragen der Vorspeise unterbrach.

Noch nirgendwo auf seinen Reisen war Mark ein so herrliches Carpaccio serviert worden. Er vermied es, die hauchdünnen Scheiben zu schneiden, sondern teilte sie vorsichtig und zerdrückte sie genüsslich mit der Zunge am Gaumen, bevor er bedächtig zu kauen begann.

»Vom Springbock«, bemerkte Amara, als sie sah, mit welcher Andacht er die rohen Filetblättchen verzehrte. Die Frauen lächelten sich zu. Ein Mann, der zu genießen versteht, dachte Amara, und Christina las ihre Gedanken und stimmte ihr stumm bei.

»Ich bin erstaunt, wie sehr Sie über das Projekt Bescheid wissen«, nahm Amara das Gespräch wieder auf, nachdem Tomtom die Teller abgetragen hatte.

»Wissen Sie, das Department of Agriculture and Environmental Affairs befasst sich schon seit Jahren mit solchen Plänen. Mein Onkel ist dort einer der einflussreichsten Direktoren.«

Amara hatte sich warm geredet. Sie selbst war als Sachbearbeiterin mit diesem Projekt befasst gewesen und hatte sich engagiert in die Materie eingearbeitet. Schien es doch so, als könne mit der Anlage von Plantagen und der Erzeugung von Bio-diesel ein neuer starker Wirtschaftszweig geschaffen werden.

»War dein Bruder deshalb neulich in Mosambik?«, fragte Christina. »Er hat mich um meinen alten Ford gebeten. Er wollte den National Director of Agriculture in Maputo treffen.«

Amara staunte.

»Wozu braucht er dein Auto? Er hat doch erst kürzlich den neuen Chrysler bekommen.«

»Mit Neuwagen und auch mit Leihwagen dürfen wir doch nicht nach Mosambik. Die Versicherung macht Schwierigkeiten. Es verschwinden dort zu viele Autos. Deshalb hat er mein altes Auto gebraucht.«

»Wie bei uns früher mit Polen«, warf Mark grinsend ein.

Der Kellner trug wieder drei Teller auf und stellte einen Korb mit verschiedenen Brotarten dazu. Der Gang bestand aus ausgelösten Langustenstücken in Krebsschaum. Es roch so delikat, wie es dann auch schmeckte.

»Wir haben miteinander gesprochen, und ich habe ihm gesagt, dass wir alle sehr enttäuscht sind, mit dem Projekt nicht weiterzukommen«, erklärte Amara. »Ich sagte ihm noch, hätten wir hier in Namibia eine Feuchtsavanne wie in Mosambik, dann wäre die Aufforstung möglich. Ich wusste aber nicht, dass er sich sofort auf den Weg gemacht hat; typisch Familie Zaka.«

Nach einer kleinen Pause wandte sich Amara wieder an Mark: »Und Sie wollen in ein solches Projekt investieren? Drüben in Madagaskar haben ein paar amerikanische Gauner eine Firma gegründet, haben behauptet, Plantagen aufzuforsten und sind mit dem Geld der Anleger verschwunden. Nichts passierte, außer dem Druck von viel buntem Papier. Die Sache verursachte eine Menge Schlagzeilen und hat potenzielle Finanziers misstrauisch werden lassen. Das ganze Projekt ist dadurch diskreditiert. Außerdem sind die großen Investoren sehr zurückhaltend. Die Petrolindustrie ist sehr stark und duldet keine Konkurrenz. Wie stark sind Sie, Mark Attelmann?«

Amara lächelte zweideutig, fand Mark.

Er tunkte mit einem Stück weißem Brot den Rest der Krebsschaumsauce auf und schob es sich mit sichtbarem Genuss in den Mund. Dabei überlegte er, wie weit er das Spiel noch treiben solle.

»Wenn eine Sache Hand und Fuß hat und sich rechnet und die richtigen Leute zusammenkommen, dann lohnt es sich bestimmt, zu investieren.«

Amara winkte spontan Tomtom herbei und verlangte ein Telefon. Ihren beiden Tischgenossen gegenüber schloss sie abweisend die Augen und lehnte sich konzentriert zurück. Der Ober brachte ein schnurloses Gerät, und sie drückte eine lange Nummer. Den Inhalt des Gesprächs, das Amara führte, konnte Mark nicht verstehen. Vermutlich wieder dieses verdammte Suaheli, dachte er.

Nach einem Palaver von mindestens vier Minuten reichte Amara das Telefon an Christina weiter, ohne die Verbindung zu unterbrechen, und diese übernahm das Gespräch in der gleichen Sprache.

»Wann fliegen Sie nach Europa zurück?« Die Stimme Amaras war plötzlich geschäftsmäßig, und die Frage schien ohne persönliches Interesse.

»Sonntag«, antwortete Mark.

»Mein Bruder möchte mit Ihnen sprechen.«

Christina telefonierte immer noch.

Mark und Amara tranken sich zu. Die Flasche war leer geworden. Mark wandte sich um und winkte den Kellner herbei. Dieser hatte den Blick von Amara aber bereits aufgefangen. Er wandte sich ihr zu. »Noch eine Flasche, bitte«, flüsterte Amara zu Tomtom und legte ihm eine Hand vertraut auf den Unterarm, um das Telefonat Christinas nicht zu stören und den Ober für seine Aufmerksamkeit zu belohnen.

Sie zog eine Augenbraue hoch und schaute fragend zu Mark. Der nickte zustimmend. Der Wein war gut.

Christina klappte das Telefon zusammen und legte es neben sich.

»Also, Sie treffen sich am Dienstag in Durban. Der Rückflug nach Deutschland kann umgebucht werden. Durban-Kapstadt-München, am Donnerstag. Der Flug Windhoek über Joburg nach Durban am Montag.«

Die Stimme erinnerte Mark an die der Weiß in seinem Vorzimmer. Irgendwie weicher, samtener, aber nicht weniger professionell. Er fühlte sich angenehm wohl und ließ sich einfach mittragen, obwohl die Damen wie selbstverständlich über seine Zeit bestimmten.

Das Steak vom Kudu, englisch belassen und zwischenzeitlich aufgetischt, schmeckte vorzüglich. Der Wein passte hervorragend dazu.

»Was machen Sie in Deutschland?« Christina wandte sich an Mark.

»Wollen Sie es wirklich wissen oder fragen Sie aus Höflichkeit?«, versuchte Mark abzuwehren.

»Aber klar interessiert es mich«, durchschlug Christina seine Deckung. Mark suchte umständlich nach einer Formulierung.

»Also, ich manage ein Maschinenbauunternehmen. Ärgere mich jeden Tag mit einem Haufen Leuten, die selber nichts riskieren, aber alles besser wissen, und letztendlich habe ich die Chose zu zahlen.«

»Oh, entschuldigen Sie, ich wollte sie nicht verärgern«, brach Christina das Thema ab, denn sie merkte, dass ein Schatten über den Abend zu fallen drohte.

»Wie schmeckt Ihnen das Steak?«

»Habe selten was Besseres gegessen«, antwortete Mark und meinte es völlig ehrlich.

Trotz des wirklich ausgezeichneten Essens stürzte seine Hochstimmung plötzlich ab.

Eigentlich geht es mir beschissen, dachte er. Ich will raus aus diesem Leben. Ich spiele hier schon wieder Theater. Kaum hatte sich der Gedanke in seinem Kopf festgesetzt, erschrak er. Vorsicht, alter Freund, trink nicht zu viel. Du zahlst die Zeche, wenn nicht aus dem Portemonnaie, dann aus der Seele. Und fürs zweite bist du zu alt, rief er sich zur Ordnung.

Amara legte ihm ihre Hand auf den Arm, ließ sie dort ruhen, bis er die Wärme der Handfläche durch das Hemd fühlte, schaute ihm ganz nah in seine flackernden Augen und sagte einfühlsam:

»Fliegen Sie nach Durban und sprechen Sie mit ihm. Nelson Zaka, mein Bruder. Er hat beste Beziehungen. Und jetzt wollen wir über andere Dinge reden.«

Mark zündete sich ein Zigarillo an und bot den beiden Feuer für ihre Zigaretten. Eine Frau trat an ihren Tisch und nahm Amara in den Arm. Mark fielen die langsamen, bedächtig intensiven Bewegungen auf. Die Umarmung war überaus herzlich. Gar nicht so flüchtig, schnell und bedeutungslos wie in Europa, dachte er.

»Das ist unser Freund Mark aus Deutschland, ein reizender Mann, und das ist Maria, unsere Gastgeberin auf Mokuti. Sie leitet den Laden hier.«

Maria und Christina schienen sich bereits zu kennen. Einer Vorstellung bedurfte es offensichtlich nicht.

Maria war eine Farbige, lange nicht so schwarz wie Amara, aber auch keine Mulattin, vielleicht vierzig Jahre alt und etwas füllig. Ihre glänzend schwarzen Haare waren wie ein Korb auf den Kopf geflochten. Sie war dezent und sorgfältig, aber deutlich sichtbar geschminkt. Mark reichte ihr die Hand und wurde von ihr sofort in den Arm genommen.

»Herzlich willkommen auf Mokuti. Ich hoffe, Sie fühlen sich wohl.«

»Immer mehr«, versuchte Mark ein Kompliment.

»Wenn ihr mit dem Dinner fertig seid, kommt doch vor an die Bar zu einem Kaffee«, lud Maria ein.

Die Theke dort war vollbesetzt, und nachdem sie ihren Kaffee ausgetrunken hatten, kamen sie auf einen Wink von Maria an die Tür.

»Wenn ihr wollt, machen wir noch einen kleinen Ausflug zu den Two Trees.«

»Kommen wir noch rein? Das Tor ist doch ab 18 Uhr zu, oder?« Amara schaute in die Runde und ihr Blick blieb fragend an Maria hängen.

»Wir schon. Also los. Kommt mit!»

Maria kletterte in ihren Toyota Pick-up, Mark und Amara sprangen auf die Ladepritsche und Christina setzte sich neben Maria in das Fahrerhaus. Als sie an das östliche Eingangstor zum Park kamen, sahen sie es verschlossen. Aus der Dunkelheit rannten zwei Männer, sprachen einige Worte mit Maria und öffneten einen Flügel. Maria rief ihnen noch zu, dass sie in zwei Stunden wieder zurückkämen.

Die Straße führte, gerade wie mit dem Lineal gezogen, auf das mächtige Fort Namutoni zu. Mark und Amara auf der Ladefläche hielten sich mit beiden Händen an dem Chrombügel fest und konnten so über das Fahrerhaus hinwegsehen. Der laue Fahrtwind kühlte die Hitze des Tages in ihren Gesichtern. Es war stockdunkel, und außer dem Motorengeräusch war kein Laut zu hören. Mark konnte selbst das schwarze Gesicht und den Kopf mit den vielen kleinen Zöpfen neben sich nur ahnen. Ihre Hände am Haltebügel rutschten zusammen. Vor dem Fort folgte Maria der Straße nach rechts. Zu dieser Zeit waren sie völlig allein. Die anderen Besucher hatten den Park längst verlassen. Der Sternenhimmel zeigte sich ohne jede Wolke und so intensiv, dass selbst Mark, der es als Jäger gewohnt war, manche Nachtstunde unter freiem Himmel zu verbringen, erschauerte. Als er ein zartes Klopfen auf seinem Handrücken spürte, neigte er sich Amara zu und folgte ihrem ausgestreckten Arm. Sie wies seine Blicke zum Kreuz des Südens. Ein Sternbild, das sich hell und klar aus dem übrigen Meer der Lichter des gestirnten Himmels hervorhob.

In Gedanken versunken, stumm und einsam stand er neben der schwarzen Frau auf dem sich durch die Nacht tastenden Fahrzeug. Plötzlich bog das Auto rechtwinklig von der Straße ab, und Amara wurde kurz an ihn gedrückt. Sie blieben danach aneinander gelehnt. Nach wenigen Minuten Geschaukel hielt das Auto neben einem mächtigen Baum an. Der Scheinwerfer wanderte über einen kleinen Teich, hinter dem zwei Palmen in den Nachthimmel ragten, und erlosch.

Maria öffnete die Tür, und ohne auszusteigen sagte sie ruhig und mit gedämpfter Stimme:

»Ihr beide kommt jetzt lieber rein. Setzt euch nach hinten.« Amara sprang von der Pritsche und zwängte sich auf den Rücksitz. Mark folgte von der anderen Seite. Mit einem Knopfdruck verriegelte Maria die Türen und ließ die Scheiben zur Hälfte hinunter. Am Aufflammen eines Feuerzeuges sah Mark, dass sich Amara neben ihm eine Zigarette anzündete. Er tat es ihr mit einem Zigarillo gleich. Alle vier beobachteten vom Auto aus das gegenüberliegende Ufer des Tümpels. Ihre Augen hatten sich zwischenzeitlich an die Dunkelheit gewöhnt, und das Licht der Sterne reichte aus, die Umgebung schemenhaft erkennen zu können.

Wenige Meter vom flach ansteigenden Ufer entfernt, auf der gegenüberliegenden Seite des Wasserloches, sahen sie einen Baum mit einer dachförmigen Krone. Unter diesem Baum bewegten sich einige Tiere. Mark erinnerte sich, um wie viel dunkler es heute war als vor zwei Tagen bei Peter. Er hatte ein wesentlich besseres Büchsenlicht gehabt. Allerdings war es jetzt zehn Uhr und vor zwei Nächten nahezu sechs Stunden später.

»Zehn Uhr ist Farmers Mitternacht«, hatte Peter gesagt. Ist wohl so, dachte Mark.

Er konnte den Baum rechts vor sich sehen und spürte, wie Amara an seiner linken Seite näher rückte, sich an ihn lehnte und an ihm vorbeischauend die Szene beobachtete.

»Löwen«, flüsterte sie. »Gut, dass wir nicht mehr hinten stehen. Wir wären nicht die ersten, die sie sich holen.«

Maria hörte das Gewisper hinter sich.

»Warum meint ihr, dass ich euch reingeholt habe. Ich weiß, wo die Löwen sind. Das hier ist ihr Wasserloch. Sie haben Junge. Eine ganze Familie lässt sich selten beobachten.«

Nur wenige Meter neben den Löwen standen seelenruhig einige Gazellen und Gnus; Mark meinte auch die größeren Antilopen zu sehen.

»Seltsam«, murmelte er vor sich hin, »sind die lebensmüde?«

Maria drehte sich zu ihm um und sah, dass sich Amara vertraut lässig an Mark gelehnt und ihren Kopf auf seine Schulter gelegt hatte. Sie erklärte leise, dass Beutetiere merkten, ob Löwen hungrig oder friedlich und satt seien.

»Sie jagen nur, wenn sie hungrig sind. Anders als wir Menschen.« Sogar Zebras würden zwischen einer ganzen Löwenfamilie herumlaufen, und es passiere gar nichts. Sobald die Löwen ihre Absicht änderten, spürten dies die Tiere und würden für den Beobachter völlig unmotiviert die Flucht ergreifen.

»Bist du satt?« Mark blitzte in Richtung Amara.

»Ja«, brummte sie müde. »Aber lass das, nicht dein Niveau«.

»Touché«, dachte er laut.

Mark betrachtete interessiert die Löwen, die keine zwanzig Meter entfernt träge unter dem Baum lagen und ihren Jungen, die sich nach Katzenart balgten, gleichmütig zusahen.

Vor Jahren hatte er wegen der zeitaufwändigen Verkaufsverhandlungen mit der Treuhand in Berlin an einem regnerischen Nachmittag Zeit gefunden, das Kupferstichkabinett zu besuchen. Dort befinden sich die zwei Löwen von Albrecht Dürer. Er erinnerte sich, dass er damals eine Diskrepanz im Bild empfand. Die ruhige sichere Körperhaltung der Tiere passte nicht zu den geschlitzten, listigen und tückischen Augen und den kleinen, spitzen Ohren, mit denen der Künstler seine Löwen dämonisiert hatte. Das Genie wollte in seinem Werk nicht die Löwen des Tierreichs porträtieren, sondern die zweibeinigen Majestäten kennzeichnen und hat den Tieren deren Charakter mimisch aufgezwungen.

Mark erkannte im Sternenlicht die Augen der Tiere nicht. Er hielt es aber für ausgeschlossen, dass etwas Hinterhältiges oder Tückisches darin verborgen sein könnte. Sind halt keine Menschen, dachte er.

Während sich die Blicke der vier nächtlichen Betrachter auf die paradiesische Szene richteten und sich das biblische Gleichnis von den Wölfen und Lämmern aufdrängte, obwohl gerade diese Tiere nicht beteiligt waren, entstand im Hintergrund, am Horizont der kleinen Bühne, wohin das Auge noch reichte, eine Unruhe. Einige Schakale rochierten flink wie neugierige Zaungäste hin und her, ohne aber dem Wasser näher zu kommen. Durch diese Bewegung übertrug sich auf die Impalas, Springböcke und Gazellen eine merkliche Nervosität. Sie verhielten, streckten ihre Köpfe in die Luft, stellten ihre Lauscher und trippelten und hüpften auf der Stelle. Die Antilopen und Zebras wurden von der Aufregung seltsamerweise weniger erfasst, konzentrierter und aufmerksamer wurden aber auch sie. Mark konnte sehen, wie ein großmähniger Löwe, der gelangweilt über den Tümpel in die Nacht hineingeschaut hatte, im Liegen seinen Muskelhals zur Seite bog. Ein tiefes Grollen durchzitterte die Nacht. Kein Gebrüll, nur ein langanhaltendes, dumpfes Gegroll. Hinter dem Geräusch waren die Reserven an Kraft zu erahnen, über die das Tier verfügte. Der Langmähnige ließ seinen Hals wieder nach vorne schwingen, knurrte kurz seiner eigenen, verhallenden Stimme hinterher, und es kehrte Ruhe ein. Mark meinte, den warmen und fauligen Atem des Alten zu spüren. Wie auf ein unsichtbares Zeichen der Regie verschwanden die Schakale aus dem Bild in die Dunkelheit, und mit ihnen die Nervosität der Tiere. Kudus, Gnus, Springböcke und alles, was Klauen oder Hufe hatte, äste, knabberte und scharrte wieder vor sich hin. Sie bissen sich gegenseitig die bohrenden und saugenden Quälgeister aus dem Fell. Nur die jungen Löwen hatten unbeeindruckt weiter gebalgt.

Kein kollegialer Führungsstil, schoss es Mark durch den Kopf, aber zweifellos effektiv. Ihm kam kurz und schmerzhaft bohrend die Besprechung am Tag seiner Abreise in der Firma in den Sinn.

Maria startete den Pick-up und stieß einige Meter zurück, um dann den Vorwärtsgang einzulegen und nach einer weiten Rechtskurve den Tümpel hinter sich zu lassen. Erst jetzt schaltete sie die Scheinwerfer ein. Sie war offensichtlich mit dem Gelände vertraut.

Als der Wagen auf die weitläufige Lodge einbog, lag das Gelände in völliger Dunkelheit. Es schienen auch keine Gäste mehr im Restaurant oder auf der Veranda zu sein.

Maria verabschiedete sich mit einer innigen Umarmung von Mark und Amara, dann nahm sie Christina am Arm und führte sie in die Eingangshalle.

Amara hakte, ohne mit einem Wort die wunderbare Stille in dem großen Park zu stören, Mark unter und führte ihn quer über die Rasenfläche, vorbei am Pool und einigen süß duftenden Büschen auf einen Bungalow zu.

Sie schloss auf, legte ihre Hand auf seine Schulter und schob ihn durch die Tür.

Zurück blieb ein menschenleerer, stiller Park unter einem prunkvoll flackernden Himmel im Süden Afrikas.

Tomtom, der den Weg der zwei Schatten von der Veranda aus der Dunkelheit verfolgt hatte, wandte sich um, schob die große Schiebetür zu und verriegelte sie.

»Nein«, sagte er zu Maria, die hinter ihm stand, »er ist nicht mehr gefahren.«

»Da bin ich froh. Es ist zu spät geworden.«

Maria lächelte vor sich hin und griff nach Tomtoms Hand.

Mark hatte sich viele Stunden mit Amaras Bruder unterhalten, bevor sie sich zu einem abschließenden Gespräch in der Oyster Box in Umhlanga Rocks trafen. Das Projekt begann ihn ernsthaft zu interessieren und nahm immer konkretere Formen an.

Er verschob seinen Rückflug nach München um eine Woche, weil er die zuständigen Regierungsstellen in Pretoria und Maputo kontaktieren wollte. Nelson öffnete alle Türen, stellte ihn seinem Onkel vor, der Direktor im zuständigen Ministerium war, und brachte ihn als potenten Investor aus Deutschland ins Gespräch. Mark spürte überrascht, dass er als Europäer und Deutscher herzlich willkommen war und den zahlreich auftretenden Chinesen vorgezogen wurde. Amaras Bruder erwies sich als zuverlässig; für südafrikanische Verhältnisse sogar als äußerst zuverlässig, und es begann zwischen ihnen über die rein geschäftlichen Interessen hinaus eine Freundschaft zu wachsen. Ein Glück in diesem Lebensalter, das Mark dankbar annahm. Deshalb hatte er auch keine Bedenken, ein Konto zu eröffnen, als Nelson ihm dies vorschlug. Bei einem gemeinsamen Geschäft war dies ohnehin erforderlich, und es gab keinen Sinn, dies nicht gleich zu erledigen. Ein Risiko konnte erst dann entstehen, wenn er auf dieses Konto Geld eingezahlt hatte. Soweit war es aber noch nicht. Mark liebte es, sich einen Rückzug längst möglich offen zu halten.

Zusammen mit Nelson sammelte er Informationen, lernte jede Menge neue Leute kennen, führte Gespräche mit Regierungsstellen und trug alles zusammen, was er meinte, für eine abgewogene Entscheidung zu benötigen. Besonders hilfreich erwies sich das enge Verwandtschaftsverhältnis Nelsons zum zuständigen Regierungsdirektor. Dieser bezog Mark in die herzliche Beziehung mit ein und erteilte bereitwillig alle Auskünfte, die Mark erfragte.

Persönlich, natürlich in Begleitung des personifizierten Black Empowerments, empfing ihn der Hafendirektor von Durban. Mit Hilfe Nelsons, der dort bestens eingeführt und wohl angesehen war, nahm er aus dem Gespräch eine Abnahmegarantie für jede realistische Menge an Bio-Diesel mit.

Diese Informationen und mehr hatte Mark gesammelt. Er war fest davon überzeugt, dass sich der Einsatz von Privatkapital lohnte. Das Projekt würde ihm darüber hinaus noch die Chance eröffnen, ein zweites Leben zu beginnen, an dem er immer mehr Gefallen fand.

Mark fühlte sich jung, ausgeruht, neugierig und ungeduldig wie seit seiner Studentenzeit nicht mehr. Er lehnte sich zurück, streckte die Beine aus, reckte die Arme in die Luft bis es in den Schultern knackste und bestellte einen Whisky.

Vor fast dreißig Jahren hatte er eine Reise durch Schottland gemacht, und er erinnerte sich wie an ein früheres Leben, dass ihm damals bei einem Besuch in einer Destillerie die gälische Herkunft des Wortes erklärt wurde: »uisge batha« bedeutet Lebenswasser.

Er nahm das Whiskyglas fest in die Hand, trank einen tiefen Schluck und dachte an die Nacht mit Amara.

4

Der »Stanglwirt« in Going bei Kitzbühel im Wilden Kaiser ist für jeden, der zu den alpenländischen Upper Ten gehören will, ein Begriff. Wer zum dortigen Silvesterball Einlass bekommt, hat es geschafft in seinem Leben.

Auf einer Eckbank ganz hinten in der holzgetäfelten Wirtsstube im Herrgottswinkel saßen vier Männer im Gespräch vertieft. Sie hatten keine Augen für die extravagante Gemütlichkeit des Raumes. Nicht einmal die große Glaswand, durch die man von dem mit Zirbelholz getäfelten Gastraum direkt in den Stall sehen und die Kühe beim Wiederkäuen beobachten konnte, erregte ihre Aufmerksamkeit.

Drei Männer sprachen miteinander, kurz und leise. Offensichtlich führten sie ein intensives Gespräch. Der vierte Mann am Kopfende des Tisches hörte zu. Es schien, als ob er am Gespräch nicht teilnähme.

Bis auf den großen, weißhaarigen Mann, der einen blauen Anzug mit Weste trug und auf der Bank mit dem Rücken zur Glaswand saß, waren alle anderen in Tracht gekleidet. Seine schlohweißen Haare standen im Widerspruch zu dem jugendlich gebräunten Gesicht. Er mochte zwischen vierzig und fünfzig Jahre alt sein. An seinen Hemdkragen waren Monogramme eingestickt, etwas dezenter als in der Art wie Sportprofis sie benutzen, die sich als Werbeträger verkaufen. Goldene Manschettenknöpfe, die das gleiche Monogramm zierte, hielten an schmalen Handgelenken das unter den Ärmeln des Jacketts hervorstehende Hemd zusammen.

Bei ihm saßen zwei schlanke Männer auf für Bauernstuben typisch bunt gepolsterten Holzstühlen. Ihre Art zu sprechen und zu gestikulieren, ja auch ihr Gesichtsausdruck, passten so gar nicht zu den Trachtenanzügen, die sie trugen.

Allein der Mann auf der Bank am Kopfende im weißen Leinenhemd, mit Mascherl, grüner Weste und dunklem Trachtenjanker fügte sich widerspruchslos in das Ambiente des Raumes. Sein schwarzes Haar fiel weich auseinander. Seine Gesichtszüge waren fein und anmutig. Der sinnliche, volllippige Mund war schmal, die Nase kurz und gerade und die braunschwarzen intelligenten Augen erweckten Vertrauen. Sein Blick vermittelte Zuneigung zum jeweiligen Gesprächspartner. Die langsamen und bedächtigen Bewegungen strahlten überlegene Sicherheit aus. Sein Teint war gebräunt, und der Mann erweckte den Eindruck eines jugendlichen Fünfzigers, der es im Leben zu etwas gebracht hatte und sich hier zu Hause fühlte.

Auf dem Tisch standen drei Tassen Kaffee und eine Tasse Tee. Der große Weißhaarige trank Tee. Es war Dr. Kleiner, der neue Vorstandsvorsitzende von Marks Firma. Ihm gegenüber hatte Richie Machlik Platz genommen, der das Gespräch bestritt. Links von ihm saß der Geschäftsführer einer bekannten Münchener M&A Gesellschaft, Dr. Arnulf Mitterer, und am Kopfende präsidierte Bastian Milla.

Milla stammte aus einer kleinen bayerischen Stadt und hatte Ende der neunziger Jahre sehr viel Geld verdient, indem er Firmen gründete und an die Börse brachte. Kurze Zeit später waren sie ein Fall für den Insolvenzverwalter. Milla selbst wurde von Leuten gerichtlich verfolgt, die vorgaben, ihm persönlich vertraut und deshalb Aktien seiner Firmen gekauft zu haben. Sie hatten ihre Einsätze verloren.

Er wurde wegen der Veröffentlichung von unzutreffenden Gewinnprognosen, die den Aktienkurs nach oben trieben, verurteilt. Die anstehenden Schadensersatzprozesse der Kleinaktionäre ließen seinen Blutdruck jedoch unbelastet, da er abgeschirmt von einer Armada von Anwälten bisher jede Klage mit dem Argument abwehren konnte, der Aktienkauf des jeweiligen Klägers sei unabhängig von seinen unzutreffenden Ankündigungen gewesen. Bisher gelang es keinem Aktionär, diese Deckung zu durchschlagen.

In der guten Gesellschaft des Business und des Geldes hatte das Ansehen von Milla keinen Schaden genommen. In Zeiten, in denen die Schlagzeilen von den Zumwinkels, Breuers, Ackermanns, Wiedekings und Winterkorns bestimmt wurden, und in denen Zockerbanken weltweit von den Steuerzahlern gerettet werden, befand er sich in Gesellschaft wohlklingender Namen. Das Geld, das Milla erlöst hatte, lag in Zürich, in Saint-Barthélemy und auf Guernsey. Durch sein bescheidenes, gewinnendes und mit charmantem Lokalkolorit unterlegtes Auftreten gewann er nicht nur Wohlwollen, Vertrauen und Verständnis bei seinen Geschäftspartnern, sondern auch bei manchen Richtern, denen er in seinen Prozessen begegnete. Er war sich aber immer bewusst, dass er sich im Visier der Staatsanwälte befand, die den Bereich der Wirtschaftskriminalität bearbeiteten.

Deshalb verschachtelte er vorsichtshalber seine Beteiligung an den Geschäften, die er betrieb, in so hohem Maße, dass sein eigener Name nicht mehr aufzufinden war.

Als seine rechte Hand, zu der keinerlei vertragliche Bindung geknüpft und verfolgbar war, handelte Graf Hubertus von Rabenstein.

Dieser hatte im Handelsregister immer einige Blitz-GmbHs eingetragen. Sie dienten als Vorrat und besaßen den Vorteil, dass sie ohne die zeitliche Verzögerung einer Gründungsphase sofort mit einem passenden Firmennamen versehen zur Verfügung standen, wenn gehandelt werden musste.

Er selbst betrieb zur Erklärung seiner wirtschaftlichen Existenz eine kleinere Spedition mit Spezialfahrzeugen, die penibel genau geführt wurde und zu jeder Tages- und Nachtzeit von Zoll oder Steuerfahndung hätte durchsucht werden können.

Richie Machlik war Rechtsanwalt und Wirtschaftsprüfer. Er übte diese Berufe aber nicht aus, sondern leitete zusammen mit zwei weiteren Geschäftsführern eine international tätige Unternehmensberatungsgesellschaft, die IMC. Diese durchleuchtete mit einer Mannschaft von jungen Mitarbeitern seit mehreren Monaten Marks Firma.

Dr. Arnulf Mitterer hatte sich einen Platz als anerkanntes Mitglied im Münchener Jet Set erkämpft. Für einen Hamburger, den das Studium in die bayerische Landeshauptstadt geführt hatte und der nach dem Examen dort hängengeblieben war, eine durchaus beachtliche Leistung. Der gebürtige Hanseat konnte aber hinter einem noch so urigen Trachtenanzug nicht verborgen werden. Nach einigen Jahren mühseligen Arbeitens als Rechtsanwalt in der größten Wirtschaftskanzlei der Stadt zog er es vor, eine eigene M&A Gesellschaft zu gründen. Seine Auftraggeber wurden Banken und Unternehmen oder deren Berater auf der einen Seite und Finanzinvestoren oder Hedgefonds auf der anderen Seite. Wo immer ein Unternehmen einen Investor oder ein Investor ein Unternehmen suchte, Dr. Arnulf Mitterer war der zutreffende Ansprechpartner.

Dr. Michael Kleiner hatte noch während seines Betriebswirtschaftsstudiums in eine Zement- und Betondynastie eingeheiratet. Nach einigen Jahren der Zusammenarbeit mit den Mitgliedern seiner neuen Familie entschied er sich, aus komfortabler, wirtschaftlich abgesicherter Position heraus interessante Aufgaben in Drittfirmen zu übernehmen. Über die Beziehungen, die ihm seine Familie eröffnete, wurde er von Banken in Aufsichtsräte und Vorstände empfohlen und vermittelt. Diese konnten sich wegen ihrer Protektionen seiner Loyalität sicher sein. Den Doktortitel hatte er sich en passant gegen eine Zuwendung von dreißigtausend Euro diskret erworben. Er zierte seine Visitenkarte. Hinterfragt wurde er von niemandem. Zurzeit bekleidete er auf Empfehlung von Dr. Schwarzmann, dem Repräsentanten der Poolbanken, den Vorstandsvorsitz der Attelmann AG.

»Der Professor ist wieder im Land«, informierte Machlik die übrigen Gesprächsteilnehmer. »Er hat mich angerufen und ich bin etwas beunruhigt, weil ich nicht weiß, was er plant.«

»Hat er den Sitz im Aufsichtsrat schon eingenommen?«, fragte Mitterer.

»Nein. Er will keinen Gerichtsbeschluss, sondern sich in der nächsten Hauptversammlung wählen lassen, hat er wenigstens angedeutet. Er hat mitgeteilt, dass er sein Darlehen abziehen möchte, sobald die Banken die Ausweitung ihres Engagements zugesagt haben. Es sind immerhin fünfundzwanzig Millionen plus Zinsen.«

»Soweit ich bisher sehe, ist das zu verkraften«, warf Dr. Kleiner ein.

»Das muss verhindert werden!«

Dr. Mitterer neigte den Oberkörper über den Tisch.

»Die Darlehen sind das Sahnehäubchen auf dem Deal. Machlik, jetzt sind Sie gefragt. Das ist doch Ihr Metier.«

Machlik stützte beide Ellbogen auf den Tisch und legte sein Kinn auf die ineinander geschobenen Finger.

»Wir haben nicht viel Zeit. Offiziell gekündigt hat er noch nicht. Wir können aus dem Darlehen Eigenkapital machen. Dann ist es nicht zurückzuzahlen. Es ist nicht leicht, aber möglich.«

Dann stoppte er seine Erklärungen und fragte:

»Was ist mein Interesse?«

Mitterer schaute hinüber zu Milla. Der schlug die Augen langsam nieder und nickte.

»Zehn Prozent, Machlik, und nicht handeln«.

»Wovon zehn Prozent?« Machlik hob den Kopf und blickte Mitterer voll in die Augen.

»Von allem.« Mitterer erwiderte den Blick.

»Das heißt?«

»Vom Gewinn.«

»Wann fällig?«

»Nach Realisierung.«

»Sehr unbestimmt. Zu unbestimmt.« Machlik sprach vor sich hin und senkte den Blick.

»No risk, no fun, Machlik. Sie erwarten nicht, dass wir in Vorleistung gehen.«

»Wie ist Ihr Timing?«

»Zwei Jahre, realistischerweise.« Mitterer suchte wieder den Blick von Milla. Der zeigte keine Reaktion.

»Also gut, ich verlasse mich auf Sie«. Machlik entflocht seine Finger und rieb die Hände.

»Ihr Anwalt in Paris ist bereit, oder braucht der noch Zeit?«

»Ich werde heute noch mit ihm sprechen.«

Dr. Mitterer lehnte sich wieder entspannt zurück.

»Da können Sie ja von Glück sagen, dass Sie keinen Finanzvorstand mehr haben. Das vereinfacht die Sache gewaltig«, warf er lächelnd ein.

Machlik tat, als habe er diese Bemerkung nicht gehört.

»Das war aber auch eine schreckliche Geschichte«, nahm Dr. Kleiner die Bemerkung Mitterers auf. »Wer hätte das unserem kleinen Assfort zugetraut. Und das mit Ihrer Vorzeigedame, Machlik. Stille Wasser – na Sie wissen schon«, stoppte er seinen eigenen Redefluss, als er merkte, dass ihm niemand zuhörte.

»Dann hätten wir für heute ja alles besprochen, oder gibt es noch was?«, griff Milla in das Gespräch ein. »Ich fahre dann nach Kitz zurück. Wenn etwas ist, Sie haben ja meine Nummer.«

Jeder am Tisch wusste, dass Milla in Kitzbühel aus einem dreihundert Jahre alten Bauernhaus mit viel Liebe und Geld ein schmuckes Anwesen gemacht hatte, in das er sich genauso gerne zurückzog wie auf seine Yacht, die im Hafen von Monaco lag. Seine Gunst verteilte er wählerisch und gezielt. Höchster Beweis dafür war eine Einladung nach Kitz oder Monaco. Dr. Arnulf Mitterer gehörte zum engsten Kreis dieser »Freunde von Basti«, wie sie sich nannten. Nach den Gerichtsverfahren und den Pressemitteilungen darüber scheute sich Milla, öffentliches Aufsehen zu erregen. Er lebte zurückgezogen und der persönliche Umgang mit ihm war äußerst angenehm. Er war aufmerksam und charmant und pflegte seine Freundschaften mit feinem Gespür.

Der Kellner bemerkte die Unruhe, die am Tisch von Milla entstand, eilte herbei und fragte, ob noch etwas gewünscht werde. Dr. Kleiner winkte ab und bat um eine absetzfähige Rechnung.

Milla verabschiedete sich, gab dem Kellner die Hand, klopfte ihm freundschaftlich auf die Schulter und wechselte ein paar freundliche Worte. Auch der Bedienung hinter dem Tresen lachte er zu, bevor er durch den Hausflur, dessen Wände die signierten Fotografien prominenter Gäste zierten, ins Freie eilte.

Auf einen Wink von Machlik brachte der Kellner mit der Rechnung noch drei Obstler, und die drei Herren prosteten sich zu.

»Jetzt drängt die Zeit, Herr Kleiner«, sagte Machlik. »Was wir jetzt machen, bleibt unter uns.«

»Was haben Sie denn vor?« Kleiner fragte interessiert, und auch Mitterer wandte sich Machlik aufmerksam zu.

»Das erkläre ich Ihnen auf der Heimfahrt.«

Dr. Kleiner saß am Steuer des schwarzen Audi A 8, Machlik neben ihm und Mitterer zwischen den beiden im Fond des Wagens.

Bis zur Autobahnauffahrt bei Wörgl sprach keiner ein Wort.

In Höhe von Innsbruck zog Machlik das linke Bein an, fasste mit der Hand nach dem Fußgelenk und zog es hoch. Er saß nun seitwärts auf dem Beifahrersitz und hatte sowohl Kleiner als auch Mitterer im Auge.

»Wir haben einen Cashflow zwischen dreißig und vierzig Millionen«, begann er. »Der muss weg. Mit der Liquidität verlieren wir unsere Zahlungsfähigkeit. Haben wir Probleme mit der Zahlungsfähigkeit, dann halten wir unsere Termine nicht ein und sausen im Rating runter. Sinkt das, kriegen wir Kreditprobleme. Dann können der Professor und seine Familie das Darlehen abschreiben. Weinen müssen wir deswegen nicht mit ihm. Ist alles Geld aus dem Börsengang vor ein paar Jahren. Am Hungertuch nagt er auch dann nicht.«

»Wir können doch das Geld nicht verschwinden lassen?« Kleiner zuckte zusammen. »Da bin ich ein toter Mann. Die ziehen mir die Haut bei lebendigem Leib herunter. Damit überstehe ich keine Hauptversammlung.«

»Wir investieren, Kleiner. Man wird Ihnen ein Denkmal setzen. Warten Sie ab. Wichtig ist, dass Sie den Aufsichtsrat in der Tasche haben. Den müssen Sie begeistern. Rabenstein hat doch einige Blitz-GmbHs einsatzbereit?«

»Aber sicher, immer«, nickte Dr. Mitterer.

»Wer hält die Anteile?« Machlik hatte sich jetzt vollständig nach hinten gedreht.

»Meistens die Concura Limited auf Guernsey«.

»Gut.« Machlik lehnte sich mit dem Rücken an den schweren Seitenwulst des Beifahrersessels und zog sein iPhone aus der Jackentasche. Mit einem Fingerdruck stellte er die gespeicherte Verbindung her.

»Ja Graf, hier Machlik. Wo sind Sie gerade? In München. Das trifft sich gut. Haben Sie in zwei Stunden Zeit? Nein, nicht lange.«

Machlik unterbrach das Telefonat und wandte sich an Dr. Kleiner.

»Haben Sie den Handelsregisterauszug und ihre Bestallung dabei?«

»Immer am Mann«, sagte Kleiner und deutete auf eine schwarze Ledertasche, die im Seitenfach der Fahrertür steckte.

»Dann treffen wir uns beim Stein«, sprach Machlik wieder ins Telefon. »Sie müssen dem Kleiner vierzig Prozent einer GmbH verkaufen. Ja, erkläre ich Ihnen. Am besten treffen wir uns vorher unten im Franziskaner. Nein, lassen Sie den Stein oben. Je weniger er weiß, umso besser. Notare sind manchmal fürchterliche Feiglinge oder teuer. Also« – Machlik sah auf seine locker am linken Handgelenk hängende goldene Rolex – »so gegen sechs. Ja, ja bei der Oper.«

Konzentriert wählte er eine andere Verbindung.

»Dr. von Stein bitte. Hier Machlik.«

Während er die Verbindung vom Sekretariat zum Notar abwartete, schaute der halb im Sitz liegende angespannte Mann im gemütlichen Trachtenanzug mit leeren Augen aus dem Autofenster, ohne die vorbeifliegende, herrliche Gebirgslandschaft zu sehen.

»Herr Doktor. Ich habe ein Attentat auf Sie vor. Ich brauche dringend einen Termin, heute sechs, halb sieben. Würde ich Sie bitten, wenn es nicht wichtig wäre?«, wehrte sich Machlik gegen eine drohende Absage. »Es muss gehen. Wir machen es kurz. Graf von Rabenstein kommt auch. Nur Verkauf von Gesellschaftsanteilen. Nullachtfünfzehn. Satzungsänderung? Ja auch, vielleicht. Verwaltungs- und Beteiligungsgesellschaft.

Ja. An Unternehmen aller Art. Alle sind sich einig. Gut. Ich danke Ihnen.«

Machlik hatte erreicht, was er wollte.

Der neue Vorstandsvorsitzende am Steuer hatte interessiert dem Telefonat zugehört und sich aus den Bruchstücken einen Reim gemacht.

»Meinen Sie nicht, dass ich genauer Bescheid wissen müsste, was Sie vorhaben, Machlik?«, fragte er den Mann neben sich. »Ich kann doch nicht ohne Beschluss und ohne Aufsichtsrat einen Beteiligungsvertrag abschließen.«

»Können Sie, Kleiner, können Sie. Denken Sie an Karl Valentin: »Können hätte er schon dürfen, aber wollen hat er sich nicht getraut. Oder so ähnlich«, grinste Machlik aufgekratzt. »Also keine Scheu. Die werden das alles genehmigen. Dafür sorge schon ich. Verlassen Sie sich auf den alten Machlik. Sie müssen nur an Bord bleiben und die Nerven behalten.«

»Na, gut. Wenn Sie sicher sind«, beruhigte sich Kleiner selbst. »Sie kennen die Leute länger als ich.«

»Auf mich können Sie sich immer verlassen«, sagte Machlik und warf dem Mann im Fond einen langen, prüfenden Blick zu.

Dann lümmelte sich der Berater in seinen Sitz und schien doch noch ein Auge für die Berge um sich zu haben.

Milla ging in der Wohnhalle seines Kitzbüheler Anwesens auf und ab. Von der Stirnwand zum offenen Kamin zwanzig Schritt und zurück. Er hatte die Hände auf dem Rücken gekreuzt. Eine Körperhaltung, die man von Prinz Philipp kennt. Sein Jackett hatte er abgelegt. Die dunkelgraue eng geschnittene Hose und die grüne vielknöpfige Weste über dem weißen Hemd unterstrichen das jugendliche und sportliche Aussehen des Mannes.

Auf einem weiß und blau gemusterten Sofa saß in einem hellblauen Dirndlkleid mit rosafarbener Schürze eine schwarzhaarige Frau um die vierzig. Neben ihr auf dem Sofa lag ein aufgeschlagenes Buch mit den offenen Seiten nach unten, und auf dem Tisch vor dem Sofa stand ein halbvolles Weißweinglas. Frau Milla hatte ihre Lektüre unterbrochen und beobachtete ihren Mann bei seinen Raumdurchquerungen aufmerksam.

»Komm, setze dich her, Basti. Trink ein Glas mit mir und erzähle, was los ist.«

Milla holte sich ein Glas aus dem Wandschrank, ging in die Küche und kam mit einer angebrochenen Flasche Wein, die er locker am Hals hielt, zurück. Er setzte sich auf das Sofa. Dann hob er das Buch, legte es gleich aufgeschlagen auf den Tisch und rückte nahe an seine Frau. Nachdem er ihr nachgeschenkt hatte, füllte er sein leeres Glas, und sie prosteten sich zu. Behutsam legte er seinen rechten Arm um ihre Schultern und nahm mit dem halb abgespreizten Daumen einen Teil ihres offenen Haares mit. Sie drehte sich langsam von ihm ab und lehnte sich mit dem Rücken zärtlich an seine Seite.

»Arnulf Mitterer hat wieder ein Geschäft in der Hand. Er will, dass wir einsteigen. Alles, was er sagt, klingt gut. Er hat von einer Unternehmensberatung eine Due Diligence mit schönen Zahlen. Aber irgendwie habe ich ein flaues Gefühl bei der Sache. Ich weiß nicht, warum.«

»Basti, nix riskieren, gell. Kein Geld mehr und auch den Namen nicht. Du weißt schon, wenn die Meute was spitzkriegt, stehst wieder in allen Zeitungen. Das müssen wir nicht mehr haben. Nicht für viel Geld. Du weißt: Die uns heute hinten reinkriechen, neiden es dir am meisten. Denen würde es grad gefallen, wenn man dir was anhängen könnt.«

»Ich weiß, Tonia, ich weiß doch. Aber es ist wirklich eine interessante Sache. Keine Spekulation. Eine renommierte Firma mit tausenden von Leuten und eine ausgezeichnete Produktion. Aus einem Konkurs können wir noch ein gleich großes Werk in Frankreich dazu kaufen. Für einen Apfel und ein Ei. Das passt alles. Weißt du, Tonia, eigentlich wollte ich immer mal eine richtige Produktionsfirma, wo es nach Öl riecht und nach Schweißgeräten. Nicht nur Börsensachen. Du weißt doch, mein Papa hatte eine Autowerkstatt. Da sind die Leute gekommen, auch die Bauern mit ihren Traktoren, und wir haben repariert. Den Geruch habe ich heute noch in der Nase.«

Tonia nahm das Gesicht ihres Mannes in beide Hände und küsste ihn zärtlich auf den Mund.

»Ach Basti, du alter Romantiker, mache doch, was du willst. Aber denke dran, die sind immer noch hinter uns her.« Sie nahmen ihre Gläser und tranken sich vertraut zu.

»Ist eigentlich der Fabian auch in Kitz? Kommt er vorbei?«, erkundigte sich Milla nach seinem jüngeren Bruder.

»Ja, ich glaube schon. Aber für uns hat der keine Zeit. Ist halt immer hinter den Hasen her, der Fabi. Und dann wundert er sich, wenn er wieder in der Abendzeitung steht. Ich bin gespannt, wann der gescheit wird.«

In die Unterhaltung hinein läutete das Telefon. Bastian Milla stand auf und fand der Signalmelodie folgend sein Handy. Es lag auf dem Kaminsims. Er blickte kurz auf die aufgeleuchtete Nummer.

»Hallo Graf, gibt es was Neues?«

Milla lehnte sich an den Sims, überkreuzte die Beine und hörte zu. Dann antwortete er:

»Ja, ich habe mich heute mit den Dreien getroffen. Drüben in Going. Dr. Kleiner ist Vorstandschef der Attelmann AG. Das ist richtig. Was macht ihr denn beim Notar?«

Nach einer kleinen Pause fragte er: »Vierzig Prozent. Und warum?« Milla hörte interessiert den Ausführungen des Grafen von Rabenstein zu. Schließlich sagte er: »Wenn es nicht anders geht, dann machen Sie es. Es darf uns aber nichts kosten. Auch keine Haftung. Sie halten mich auf dem Laufenden.«

Milla kehrte nachdenklich auf das Sofa zu seiner Frau zurück und schenkte sich einen Wein nach. Dann wandte er sich Tonia zu:

»Schau, das ist das komische Gefühl, das ich habe. Es geht nichts ganz gerade in der Sache. Der Mitterer kommt und sagt, ich kann die Mehrheit bei Attelmann bekommen. Ich bin interessiert, lasse die Unterlagen prüfen und frage, was die Sache kostet. Er sagt, so einfach ist das nicht, die Attelmannfamilie weiß nicht Bescheid. Der Deal wird vom Management über eine Kapitalerhöhung gemacht. Okay, das leuchtet mir ein, und ich habe auch keine Probleme damit. Jetzt ruft der Graf an und baut eine Gesellschaft zusammen mit der Attelmann AG, die den französischen Konkursladen kauft. Ich frage mich, warum? Er sagt, ohne Attelmann geht es nicht. Das französische Insolvenzgericht gibt keinem reinen Finanzinvestor den Zuschlag, sondern nur einem strategischen Produktions- und Vertriebspartner wie der Attelmann AG. Also gründen die heute hoppla hopp eine gemeinsame Gesellschaft. Na ja, die werden schon wissen, was sie tun«, beendete er seinen Monolog.

»Der Graf war doch bisher immer zuverlässig, oder?« Tonia schaute ihren Mann fragend an.

»Aber ja, ohne jeden Zweifel. Nach dem Arnulf ist das mein bester Mann.« Milla legte seinen Arm wieder um Tonia und sie schmiegte sich in ihn hinein.

Die Berge des Wilden Kaisers leuchteten rot in der untergehenden Sonne.

»Morgen wird wieder ein schöner Tag. Hast du schon was vor?« Milla schüttelte den Kopf, und Tonia lächelte zufrieden.

Machlik und Kleiner hatten ihren Mitfahrer, nachdem sie in München angekommen waren, in dessen Büro gleich um die Ecke beim Feinkost-Käfer abgesetzt. Ihren Wagen parkten sie in der

Tiefgarage bei der Oper, und nun saßen sie im Franziskaner und warteten auf Graf Hubertus von Rabenstein.

Jeder hatte ein Glas Weizenbier in der Hand und in der Mitte des Tisches stand ein gefüllter Brezen Korb.

Machlik schwärmte Kleiner von den Chancen vor, die dadurch entstünden, wenn die Attelmann AG mit dem französischen Unternehmen Charon SA fusionierte:

»Unser Fertigungsprogramm ergänzt sich auf das Feinste. Dort, wo wir schwach sind und ständig ohne nachhaltigen Erfolg verschlimmbessern, liegt die Stärke der Franzosen. Wir können das Werk in Chemnitz sofort schließen, wenn wir Charon haben. Die vereinbarte Zehnjahresfrist mit der Treuhand ist ohnehin abgelaufen, sodass wir nicht gehindert sind, Chemnitz zuzusperren. Die kommen dort sowieso auf keinen grünen Zweig. Das ist ein Fass ohne Boden. Vielleicht übernimmt es sogar der dortige Geschäftsführer. Ein Management-Buy-out wäre die billigste Variante.

Sie machen hundertprozentig keinen Fehler, Dr. Kleiner, wenn Sie diesen Vertrag mit dem Insolvenzgericht in Frankreich über die Bühne bringen. Ich hoffe nur, die warten noch auf uns. Sicher sind wir nicht die einzigen Schnäppchenjäger auf dem Markt. Weber und Andechser haben ihre Nasen auch schon an dem Geschäft.

Maitre Bussier, der Pariser Anwalt, der die Sache für das Gericht erledigt, hat mich darüber informiert. Noch haben wir ihn auf unserer Seite. Bis jetzt hält er sich an die abgesprochenen Konditionen und Termine. Sie wissen«, Machlik umfasste mit der linken Hand den gestreckten Daumen der rechten – »Erstens, Garantie der Arbeitsplätze – circa zwanzigtausend Stück, brauchen wir eh – Zweitens«, Machlik packte den Zeigefinger, »Zuführung von neuem Geld in die eigene Firma in Höhe von circa hundert Millionen, brauchen wir eh. Drittens«, Machlik griff sich den Mittelfinger, »läppische zweihundertfünfzig Millionen für den Insolvenzverwalter als Kaufpreis für den ganzen Laden, schuldenfrei mit allen Patenten und dem Firmennamen. Wert mindestens siebenhundert. Herr Kleiner, es wäre ein Riesenfehler, nicht zuzugreifen.

Ich bin jetzt fünfzehn Jahre im Geschäft. Eine solche Chance habe ich noch nie erlebt.«

Richie Machlik trank einen Schluck Bier, brach eine Brezel auseinander und kaute auf dem harten Mittelkreuz herum. Er schaute seinem großen Nachbarn von unten triumphierend in dessen gerötetes Gesicht.

»Sie sind dann der Vorstand eines deutsch-französischen Konzerns und haben mit einem Schlag eine dringend notwendige Marktbereinigung erreicht. Außerdem ziehen sie an Weber und Andechser vorbei.«

Machlik brach seinen Redefluss ab und wartete auf die Reaktion des Mannes, dessen Mitwirkung er brauchte.

»Das klingt alles sehr überzeugend, Machlik, und ich habe mir selbst auch schon Gedanken gemacht, die zu ähnlichen Ergebnissen kamen.«

Kleiner hatte zunehmend missmutiger erkannt, dass Machlik an diesem Tag zu sehr die Oberhand gewonnen hatte und seine eigene Bedeutung und Funktion zu kurz gekommen waren. Er versuchte, das Heft wieder in seine Hände zu bekommen.

»Ich habe diesbezüglich sogar schon mit dem Aufsichtsrat gesprochen, und Dr. Domler, der Vorsitzende, steht der Sache durchaus positiv gegenüber.«

Dies war glatt gelogen, klang aber gut.

»Wir dürfen natürlich keine Verpflichtungen eingehen, die wir nicht erfüllen können. Solange ich mich in diesem Rahmen bewege, habe ich das grüne Licht des Aufsichtsrats.«

Ein bisschen Zucker noch, dachte Richie Machlik, dann turnt der Affe und legte seinerseits nach.

»Es ist ein absoluter Glücksfall, dass gerade vor einer solchen Entscheidung die Banken den Vorstandsvorsitzenden ausgewechselt haben. Der Professor hätte die Tragweite nicht erkannt. Man muss über sein eigenes Unternehmen hinausgeschaut und Erfahrungen gesammelt haben, um die Chancen zu sehen, die in dieser Fusion liegen. Außerdem wird ein positiver und selbstbewusster Manager benötigt, der nicht die Risiken scheut, sondern die sich eröffnenden Potentiale ausschöpft. Da sind wir alle glücklich, dass Sie sich haben breitschlagen lassen. War sicher keine leichte Entscheidung für Sie.« Machlik trank einen Schluck und wartete.

Hoffentlich nicht zu dick, dachte er, während sich Kleiner in seinem Stuhl aufrichtete. »Es ist mir und insbesondere meiner Familie nicht leichtgefallen. Aber wir wissen, dass wir Verantwortung tragen, und dazu sind wir auch bereit. Ich bin noch nie vor einer Aufgabe davongelaufen, die mir gestellt wurde.«

Angebissen, dachte Machlik. Wenn der Graf endlich kommt, dann können wir die Gesellschaft gründen.

»Aber Machlik, wozu brauchen wir eine weitere Gesellschaft? Ich dachte, Attelmann kauft Charon und damit basta. Das wäre doch der einfachste Weg.«

Der hünenhafte Mann mit dem jungenhaften Gesicht und dem sorgfältig gescheitelten weißen Haar zog unsicher seine Manschetten unter der Jacke hervor.

»Eben nicht«, antwortete Machlik erklärend. »Wir müssen Ihr Restrisiko vermindern und Sie brauchen doch mehrere Pferde vor diesem Wagen. Für Sie ist das sicher kein Problem. Sie können diesen Wagen schon fahren. Aber wir müssen auch den Investor ins Boot holen, oder wollen Sie, dass die Attelmanns im Ernstfall wieder den Professor an Ihren Platz setzen? Als Familienbetrieb kann man einen solchen Konzern nicht organisieren.

Diese Unsicherheit ist für jeden Investor unzumutbar. Auch für Mitterer und Milla.«

Machlik stand auf und winkte zum Eingang. Von dort näherte sich ein schwerer, massiger Mann mit grauer Hose und offenem Hemdkragen unter einem braun karierten Jackett. Der großflächige Schädel erschien durch die glänzende Stirnglatze noch größer. Die langen, nach hinten gekämmten dunkelblonden Haare standen im Nacken strähnig auf. Zu Dr. Kleiner bildete diese Erscheinung einen auffallenden Gegensatz. Während an dem großen weißhaarigen Mann alles seine Ordnung hatte und peinlich sauber war, erweckte der massige Graf eher einen schmuddeligen Eindruck. Vielleicht hatte er auch einen anstrengenden Arbeitstag hinter sich und war direkt vom Büro hierhergeeilt. Er reichte den beiden Herren am Tisch seine fleischige, feuchtwarme Hand, wobei Kleiner der große, goldene Siegelring des Adeligen ins Auge stach. Unter dem linken Arm klemmte eine kleine weinrote Ledertasche.

»Hallo Herr Machlik, wir haben uns ja schon lange nicht mehr gesehen. Das letzte Mal in Frankfurt, glaube ich, oder in Augsburg in den leidigen Baugeschichten.« Mit lauter Stimme begrüßte Graf von Rabenstein Richie Machlik.

»Freut mich heute noch, dass sich die Minister blutige Nasen geholt haben. Die reden aber auch immer einen Scheiß.«

»Also gehen wir hoch, oder gibt es noch was zu besprechen?« Der Graf schaute Machlik und Kleiner fragend an. »Aus meiner Sicht ist alles klar. Die Blitz hat ein Kapital von fünfzigtausend. Wir gehen immer aufs Doppelte, es sieht sonst so mickrig aus. Ich bin Geschäftsführer. Die Limited hält alle Anteile an der Blitz und verkauft vierzig Prozent an Attelmann. Kaufpreis zwanzigtausend. Also los. Der Stein wird auch froh sein, wenn er Feierabend machen kann.«

Dr. Kleiner bezahlte gegen Beleg, nahm seine Tasche und eilte den beiden anderen nach.

Das Notariat Dr. Andreas von Stein befindet sich im Franziskanerkomplex. Die drei Herren benutzten den Fahrstuhl, und als sie im fünften Stockwerk angekommen waren, drückte der Graf den unter einem Löwenkopf aus Messing angebrachten Klingelknopf. Darüber prangten das Bayerische Staatswappen und ein Metallschild mit den verschnörkelten Buchstaben: Notariat Dr. A. v. Stein. Nachdem der Öffner zu summen begonnen hatte, drückte Hubertus von Rabenstein einen Flügel der schweren dunklen Eingangstür auf. Offensichtlich war das Öffnen technisch unterstützt, denn der Graf konnte die Tür des massiven Portals mühelos bewegen.

Der hohe, breite Flur, in dem sie standen, ging rechts hinter dem Eingang in eine geräumige Garderobe über. Geradeaus führte er an mehreren ebenfalls hohen, dunklen, zweiflügeligen Türen vorbei auf ein Sekretariat zu. Beide Türflügel zu diesem Raum standen offensichtlich immer offen, denn sie waren mit Zierketten an den Wänden festgemacht. Hinter einer Barriere aus weißem Metall, Chrom und Glas saß inmitten einer dazu passenden Bürolandschaft Frau von Smirnow, eine stattliche Dame, etwa vierzig Jahre alt, mit schwarzen hochgesteckten Haaren, in der korrekten Kleidung der adeligen Vorzimmerdame eines etablierten Münchner Notars. Ihre Finger waren mit so vielen Ringen geschmückt, dass zu bezweifeln war, ob sie mit diesen Händen überhaupt eine Tastatur bedienen konnte. Sie war sorgfältig geschminkt, und der Duft eines schweren Parfüms füllte den Raum.

»Hallo Charlotte, besten Dank, dass Sie mir den Termin so schnell gemacht haben.« Der Graf ergriff die beiden ringschweren Hände und deutete einen Handkuss an. »Diese Frau ist die Seele des Betriebs, Charlotte von Smirnow«, stellte er die Frau seinen zwei Begleitern vor. Der Graf entnahm seiner Ledertasche einige Dokumente und legte seinen Reisepass obenauf. Dr. Kleiner seinerseits übergab einen Handelsregisterauszug der Attelmann AG, seine Berufungsurkunde zum Vorstandsvorsitzenden und ebenfalls den Reisepass.

Charlotte von Smirnow legte die Dokumente sorgfältig übereinander und verschwand mit ihnen durch eine Zwischentür im nächsten Raum.

»Meine Herren, womit kann ich Ihnen dienen?« Der Notar saß am oberen Ende eines mindestens fünf Meter langen ovalen Mahagonitisches. Vor ihm lag ein Papierstoß mit den übergebenen Dokumenten und ein mit schwarzem Leder eingebundenes, aufgeschlagenes Heft. Daneben lag fein säuberlich ein großer schwarzer Füllfederhalter mit Goldrand.

»Nach meinem bisherigen Wissensstand übernimmt die Attelmann AG vierzig Prozent der Blitz GmbH. Über den Kaufpreis von zwanzigtausend Euro sind sie sich einig. Ist das richtig?« Dr. Kleiner betrachtete die mit reichlich Stuck verzierte Decke.

»Soll an der Vertretungsmacht etwas geändert werden? Bisher ist es so geregelt, dass der Geschäftsführer, Herr Graf von Rabenstein, persönlich bekannt, die Gesellschafterin, eine Limited, und die Gesellschaft vertreten kann und natürlich von den Beschränkungen des § 181 BGB befreit ist. Sollen hier Veränderungen vorgenommen werden?«

Der Notar schaute in die Runde. Machlik schüttelte den Kopf, auch Graf von Rabenstein signalisierte Zustimmung, und der Vorstandsvorsitzende war immer noch in die Betrachtung des repräsentativen Raumes vertieft. »Also dann übernehmen wir das, wie gehabt, oder?« Alle drei Herren nickten stumm vor sich hin.

›Der Geschäftszweck ist die Beteiligung an und die Verwaltung von anderen Unternehmen. Soll das verändert oder konkretisiert werden?« Graf von Rabenstein hob die Hand:

»Ja, wir beabsichtigen durch eine noch zu gründende französische Akquisitionsgesellschaft eine in Insolvenz befindliche Gesellschaft zu erwerben. Das gesamte Nominalkapital wird aber dann von der Blitz gehalten. Wir wollen natürlich das Anlagevermögen und alles was dazugehört mit übernehmen.

»Das führt aber nicht zwingend dazu, den Geschäftszweck zu ändern«, warf der Notar ein. »Ich warne immer vor einer zu engen Fassung.«

»Also, dann lassen wir es«, zog sich von Rabenstein zurück.

»Geschäftssitz bleibt München? Wird ein weiterer Geschäftsführer ernannt? Soll die Satzung sonst geändert werden? Ich gehe davon aus, dass den Herren die Satzung genauestens bekannt ist.« Der Notar hakte die Punkte nacheinander ab. Machlik, Kleiner und Rabenstein saßen mit gesenkten Köpfen und ließen die Fragen über sich ergehen. Als er keine Einwendungen hörte, stellte Dr. von Stein fest:

»Es besteht also Einigkeit in allen Punkten. Gibt es noch Fragen? Keine! Ich habe den Vertrag bereits vorbereitet. Sie sind alle hochkarätige Kaufleute. Ich denke, wir können es kurz machen.«

Der Notar erhob sich, ging zu seinem Schreibtisch und drückte auf einen Knopf der Sprechanlage.

»Haben Sie die Personalien ergänzt? Sind Sie fertig? Dann bringen Sie bitte die Unterlagen. Ja, dreifach.«

Ein Mädchen betrat den Raum und legte, ohne die Männer zu beachten, einen Stoß Unterlagen auf den Platz des Notars und verschwand wieder.

Der Notar zog die Papiere auseinander, reichte jeweils einige Blätter an Dr. Kleiner und an Graf von Rabenstein und begann leise und schnell vor sich hin zu lesen:

»Geschehen zu München...«

Als er nach mehreren Minuten einschläfernden Genuschels ein Ende gefunden hatte, reichte er sein Exemplar, aus dem er vorgelesen hatte, an Dr. Kleiner und übergab mit ausladender Geste seinen goldenen Kugelschreiber. Der Vorstandsvorsitzende unterschrieb und schob den Vertrag zu Graf von Rabenstein weiter. Als auch dieser unterzeichnet hatte, nahm der Notar den großen, schwarzen Füllfederhalter, schraubte ihn bedächtig auf und setzte seine Unterschrift dazu. Den Packen Papier ordnete er wieder, und die beiden Reisepässe reichte er zurück.

»Sie erhalten die Dokumente ausgefertigt zweifach. Die Rechnung geht an den Käufer mit der Bitte um zeitnahen Ausgleich.«

Mit den Worten, er wünsche den Herren für Ihre Vorhaben viel Erfolg, komplimentierte er die drei aus dem Büro. Kleiner überhörte den ironischen Unterton in der Stimme des Notars.

5

Mark saß in der Sofaecke seines Wohnzimmers und ließ die Vorwürfe seiner Schwestern über sich ergehen.

Er war nach einem Nachtflug am Vormittag in München gelandet und hatte, nachdem er seinen Wagen aus dem Parkhaus ausgelöst hatte, die Heimfahrt noch etwas hinausgezögert.

Er fuhr nicht direkt nach Hause, sondern kaufte bei Dallmayr noch Kaffee, Tee und eine Zusammenstellung von Pralinen, wie er meinte, dass seine Schwestern sie liebten. Anschließend bummelte er über den Viktualienmarkt, und als er sich nach seinen Erlebnissen in Afrika genug akklimatisiert fühlte, setzte er sich in den braunen Jaguar und fuhr nach Hause.

»Du kannst doch nicht zwei Wochen wegfahren und dich nicht melden. Es geht ja gar nicht darum, dass nur wir uns Sorgen machen. Sogar die Kriminalpolizei hat nach dir gefragt. In der Firma werden Leute umgebracht, du setzt einen neuen Vorstand ein, und wir erfahren alles aus der Zeitung. Deine Weiß macht sowieso aus allem ein Geheimnis, wenn wir etwas wissen wollen. Ich könnte mich sonst wohin beißen, dass ich aus dem Vorstand ausgeschieden bin. Jetzt sitzen nur noch fremde Leute drin.«

Mathilde war richtig wütend, und Carmen saß schweigend dabei. Seine kleinen Geschenke waren wirkungslos verpufft. Es musste mehr vorgefallen sein als seine überhastete Abreise. Etwas, von dem er noch nichts wusste.

»Die Kripo hat gebeten, dass du sie anrufst, sobald du zurück bist. Die Visitenkarte mit Telefonnummer liegt auf deinem Schreibtisch oben. Hast du schon einen Ersatz für Assfort?«

Kann sie nicht aufhören zu schreien, dachte Mark. Mathildes Stimme erreichte sein Ohr wie durch Watte aus weiter Ferne. Er wusste aus der gemeinsamen Tätigkeit im Vorstand, dass es klug war, wenn er sich in solchen Situationen am Gespräch nicht beteiligte. Das Feuer musste abbrennen, und er durfte kein neues Material einlegen. Aber was meinte sie mit Ersatz für Assfort?

Nur nichts fragen, bremste er sich, sonst geht das ewig weiter.

»Assfort ist tot. Die Stadt zerreißt sich das Maul wegen des Weibs. Du bist nicht zu erreichen, und die Firma hat einen neuen Vorstand. In der Zeitung steht, dass die bevorstehenden großen Herausforderungen nur durch ein qualifiziertes, familien-unabhängiges Management bewältigt werden können.« Mathilde sprach die letzten Worte betont gespreizt.

»So ein Unsinn«, ereiferte sie sich weiter, und jedes Wort dieses fachchinesischen Artikels einzeln betonend, zitierte sie: »Um die Herausforderungen zu bestehen, die Globalisierung und Spezialisierung dem Management stellen, musste die Attelmann AG ihre Führungsstruktur aktualisieren und ergänzen. Die Turn-around-Maßnahmen bedürfen einer konsequenten Umsetzung und eines Maßnahme Managements inklusive eines strikten Controllings. Die Kernprozesse sind zu optimieren. Ein weiter so wie in der Vergangenheit wäre tödlich. ... und so weiter und so fort.«

Mathilde schnappte nach Luft und streckte die Arme hoch, wobei sie die Finger wie im Krampf von sich spreizte.

»So ein Dreck steht in der Zeitung, und du bist nicht da und lässt dir die Sonne auf den Bauch scheinen, wenn ich es richtig sehe. Ich habe dir die Zeitungsausschnitte auf den Schreibtisch gelegt.«

Sie drehte sich um und verschwand in Richtung Küche.

Mark schaute Carmen fragend an. Sie sagte nur:

»Richtig war das nicht, Mark. Die Leute reden über uns. Wenn das Papa wüsste.«

Er erhob sich und stieg die Treppe zu seinem häuslichen Arbeitszimmer hinauf.

Auf dem Schreibtisch lagen mehrere ausgetrennte Zeitungsseiten, und eine einzelne Visitenkarte. »Horst Leicht, Hauptkommissar.«

Die oberste Zeitungsseite trug über vier Spalten die Schlagzeile: »Finanzvorstand der Attelmann AG ermordet?«

Mark überflog den Artikel. Demnach wurde Assfort im Appartement einer ungenannten Dame tot aufgefunden. Auch die Frau, deren Name im ganzen Bericht nicht genannt wurde, sei ums Leben gekommen. Irgendwelche Spuren von Gewalt seien nicht gefunden worden. Nach Augenzeugenberichten eines anonymen Informanten sei die Situation, in der die Leichen gefunden wurden, »verfänglich« gewesen.

Mark legte das Blatt zur Seite und stieß auf den nächsten Artikel aus der gleichen Zeitung, einige Tage später mit der Aufmachung: »Mord oder Unfall im Sexrausch?«

Der Redakteur war anscheinend ein gebranntes Kind und sicherte sich bei seinen reißerischen Formulierungen durch die Verwendung von Fragezeichen und Konjunktiven ab. Beide Tote seien unbekleidet in einem französischen Bett in eindeutiger Position gefunden worden. Die Polizei gehe nicht davon aus, dass sie gleichzeitig eines natürlichen Todes gestorben wären. Der Tathergang sei aber noch ebenso ungeklärt wie das Vorliegen von gewaltsamen Einwirkungen dritter Personen.

Ein weiterer Polizeibericht werde erst wieder herausgegeben, wenn das Ergebnis der Autopsien vorläge. Zwischenzeitlich sei die zu Tode gekommene Frau ebenfalls identifiziert. Es handele sich um eine hochqualifizierte Mitarbeiterin der international tätigen Unternehmensberatungsgesellschaft IMC, die seit Monaten bei der Attelmann AG tätig sei.

Auf dem nächsten Zeitungsblatt fand sich nur noch ein Zweispalter, in dem mitgeteilt wurde, dass im »Mordfall Attelmann« nach der Autopsie der Leichen feststünde, dass es sich bei beiden Todesfällen um plötzliches Herzversagen handele, und Experten danach forschten, wodurch dieser Herztod zeitgleich bei beiden Personen verursacht worden sein könnte. Weder gäbe es Hinweise auf einen Täter, noch auf ein Motiv. Die Polizei tappe im Dunkeln.

Die Artikel auf den nächsten Blättern beschäftigten sich mit dem Führungswechsel im Vorstand der Attelmann AG. Berti Brandt, der Pressesprecher, hatte offenbar einige Nachrichten lanciert. Mark war enttäuscht darüber, dass sein Ausscheiden durchaus positiv kommentiert wurde. Mit dem Eintritt von Dr. Michael Kleiner böten sich dem Unternehmen neue Chancen, weil nun ein sehr erfahrener Manager in rauer See das Ruder in seine Hände nehme. Für den Aufsichtsrat wurde Dr. Domler mit den Worten zitiert, dass aus der etwas gemächlich gewordenen Fregatte ein Schnellboot werden müsse, das auf jede Steuerbewegung sofort reagiere. Dr. Kleiner und seine Mannschaft seien hierfür genau die richtige Besatzung.

»Korrupte Schlange«, brummte Mark vor sich hin. Mark kannte die Redakteure, die die Artikel geschrieben hatten, seit mehreren Jahren persönlich. Sie waren bei seinen Bilanzpressekonferenzen anwesend und wurden regelmäßig zu Hintergrundgesprächen eingeladen, die er halbjährlich mit ihnen führte.

»Ein einziger fauler, dummer und schleimiger Haufen«, zürnte er in sich hinein.

Abgesehen von der Bewertung seiner Person schienen die Berichte für das Unternehmen selbst durchweg positiv. Im Tenor schlossen alle Artikel ziemlich gleich:

Mit Hilfe weiterer Investitionen und der Forcierung der Produktstandardisierung hin zur reinen Serienfertigung ließen sich Kosten verringern und weitere Märkte erschließen. Die Banken brächten dem neuen Management volles Vertrauen entgegen und würden es auf diesem zukunftsträchtigen Weg tatkräftig begleiten.

Mark schob die Zeitungsblätter wieder zusammen und wandte sich der Visitenkarte zu. Er nahm sie zwischen die Finger und spielte damit, während er sich überlegte, was die Kripo von ihm wollen könne. Erst jetzt wurde ihm richtig bewusst, dass der kleine Assfort nicht mehr vorhanden war. Wer sollte die Finanzen in die Hand nehmen? Man wird einen Mann von außen holen müssen, sinnierte er vor sich hin. Bevor er den Kommissar Leicht anrief, brauchte er weitere Informationen. Fast automatisch drückte er die Durchwahlnummer zur Weiß. Wenn jemand etwas weiß, dann die, dachte er und presste den Hörer ans Ohr. Nach kurzem Läuten meldete sie sich.

»Hallo Chef, wir haben alle gedacht, Sie sind verschollen.«

Mark erkundigte sich, was denn in seiner Abwesenheit alles vorgefallen sei. Das könne sie unmöglich am Telefon sagen, zumal sie nicht wisse, wer noch alles in der Leitung sitze.

»Was meinen Sie, treffen wir uns zum Abendessen im Löwen? Dann können Sie mir doch alles erzählen.«

Eigentlich keine schlechte Idee, meinte die Weiß, und sie würde sich auch sehr freuen. Aber zurzeit sei es besser, sie würden nicht zusammen gesehen, und im Löwen treffe man doch immer Leute, die sie kannten.

»Also Jasmin, dann kommen Sie doch bei mir vorbei. Dann können wir uns in Ruhe unterhalten.«

»Ja, das ist besser. Ich kann so gegen sieben Uhr bei Ihnen sein.«

Mark legte den Hörer auf und schüttelte verwundert den Kopf.

Bisher hatte sich niemand gescheut, sich mit ihm zum Essen zu treffen. Im Gegenteil: Jeder wurde gerne in seiner Gesellschaft in der Öffentlichkeit gesehen.

Mark zündete sich ein Zigarillo an und drehte die Visitenkarte in seinen Fingern.

Als das Telefon zum vierten Mal klingelte, hob Mark den Hörer ab.

»Hier Hauptkommissar Leicht. Ich habe gehört, Sie sind wieder im Land. Wir hätten Sie gerne gesprochen, Herr Attelmann. Können wir bei Ihnen vorbeikommen?«

»Um was handelt es sich denn?«, fragte Mark, auch um Zeit zu gewinnen.

»Sie werden doch erfahren haben, was mit Dr. Assfort geschehen ist. Wir müssen die Sache aufklären und haben einige Fragen an Sie.«

»Herr Kommissar, ich habe eine Bitte. Verstehen Sie, ich bin die ganze Nacht geflogen und erst vor ein paar Minuten nach Hause gekommen. Ich nehme gerade ein Bad und würde heute gerne früh schlafen gehen. Können wir unser Gespräch auf morgen verlegen? So dringend wird es doch nicht sein, zumal ich Ihnen zur Aufklärung nichts beisteuern kann.«

»Herr Attelmann, wir kommen in dieser Geschichte nicht weiter und sind auf jeden noch so kleinen Hinweis angewiesen. Die Zeit sitzt uns im Nacken. Wir würden Sie schon sehr gerne heute noch sprechen«, drängte der Kommissar.

»Aber ich kann Ihnen doch nicht helfen. Ich weiß buchstäblich gar nichts«, wehrte Mark ab.

»Das wissen wir erst, wenn wir miteinander gesprochen haben. Was für Sie ohne Bedeutung ist, kann uns trotzdem weiterhelfen. Wann sind Sie denn abgereist?«

Mark überlegte kurz.

»Am Dienstag vor zwei Wochen bin ich abgeflogen. Am Montag spätnachmittags bin ich zum Flughafen nach München gefahren«

»Seltsam, warum sind Sie denn schon am Montag gefahren? Sie brauchen doch nur knapp neunzig Minuten. Aber«, unterbrach sich der Kommissar, »das können wir alles persönlich besprechen. Wir sind in zwanzig Minuten bei Ihnen.«

Mark reagierte gereizt:

»Ich habe Sie doch gebeten, den Termin auf morgen festzusetzen. Ich bin müde und möchte mich ausruhen.«

»Also gut«, lenkte Leicht ein, »wir sehen uns morgen früh gegen neun. Vielleicht haben Sie das Flugticket und einen Übernachtungsbeleg zur Hand. Wo haben Sie denn am Montag übernachtet?«

Mark knallte den Telefonhörer genervt auf den Apparat.

»Verdammt noch mal«, schimpfte er verärgert vor sich hin: »Was ist hier eigentlich los?«

Hauptkommissar Leicht hielt das Telefon immer noch in der Hand. Er schaute nachdenklich zu seinem Assistenten, der erstaunt aufblickte, als das Gespräch so abrupt endete. Er sah in das verdutzte Gesicht seines Chefs.

»Otto, ich glaube, du solltest das Haus vom Attelmann im Auge behalten. Ich möchte wissen, ob der wirklich ins Bett geht.«

»Okay, Chef, wie lange?«

»Wenn sich nichts tut, bis zehn. Sonst länger. Tut mir leid. Aber es muss sein.«

»Ist schon in Ordnung. Wir sehen uns dann morgen früh.«

»Du kannst mich natürlich immer anrufen, wenn es nötig ist.«

Otto nahm den Wagenschlüssel vom Schreibtisch und verließ das Kommissariat.

Die Attelmann-Villa liegt am Ende einer etwa dreihundert Meter langen Stichstraße, die von einer Nebenstraße steil einen Hang hinaufführt. Das Haus ist an einen Hügel gebaut, der so steil abfällt, dass der Garten fast nicht genutzt werden kann. Zehn Meter neben der Sackgasse beginnen die vier Garagentore. Von dem Vorplatz aus führt eine steile Steintreppe in Serpentinen zum Haus empor. Der Zugang zur Treppe ist durch ein Gartentor verschlossen. Daneben befindet sich eine Gegensprechanlage mit Kamera. Von oben kann das Gartentor durch einen Druckknopf geöffnet werden, wenn sich ein Besucher gemeldet hat und eingelassen werden soll.

Ein weiterer Weg ins Haus führt durch die Garagen. Dort wurde ein Aufzug eingebaut, der in den Flur der Villa führt. Zum einen lässt sich im Winter der beschwerliche Weg über die steilen Stufen durch den Garten vermeiden, zum anderen können Lasten eines Einkaufs leichter mit dem Aufzug transportiert werden.

Otto fuhr in die Straße hinein, wendete vor den Attelmannschen Garagen und parkte sein Fahrzeug nach hundert Metern. So hatte er einen Überblick über alle Besucher, die kamen und bemerkte auch, falls Attelmann das Haus verließ. Es gab keinen anderen Weg.

In dieser Straße herrscht kein Verkehr. Sie erschließt lediglich drei Anwesen. Das erste davon gehört der Universität. Es dient als Gästehaus für ausländische Kapazitäten, die zu Seminaren oder Gastvorlesungen kommen. Das andere wird vom Inhaber einer Kette von Bäckereien und Getränkemärkten bewohnt. Das dritte und letzte ist die Attelmannsche Villa.

Als Jasmin Weiß mit ihrem roten Fiat Spider zum Haus hinauffuhr, fiel ihr der geparkte, weiße Mercedes auf, weil hier üblicherweise keine Autos auf der Straße abgestellt sind. Vor den drei Anwesen gab es genug Abstellplätze für die Bewohner und deren Gäste. Sie maß der Sache aber keine Bedeutung bei.

Ihr Fahrzeug stellte sie vor einem der geschlossenen Garagentore ab und klingelte am Gartentor. Der Öffner summte, die Weiß drückte das Tor auf und stieg die mit Naturstein belegten Stufen zum Haus empor.

Mark erwartete sie an der Eingangstüre.

Heute hatte er keinen Blick dafür, dass sie einen sehr kurzen schwarzen Lederrock und Wildledersstiefel in der gleichen Farbe trug. Nicht einmal der schwarze Wollhut, unter dem wie aus einem Topf die üppigen Haare hervorquollen, konnte seine Aufmerksamkeit erregen. Er wusste, dass die Weiß bezüglich ihrer Kopfbedeckungen einen Tick hatte und ein Arsenal von unmöglichsten Hüten besaß und auch verwendete. Aber das interessierte ihn früher nicht und heute schon gar nicht.

»Also Jasmin, was ist denn eigentlich los hier?« Er kam ihr ein paar Schritte entgegen, schüttelte ihre Hand und führte sie in das Wohnzimmer.

Mark saß an die Armlehne gedrückt auf einer breiten, braunen Ledercoach, daneben die Weiß in einem tiefen, zum Sofa passenden Sessel, den sie lediglich zur Hälfte ausfüllte. Sie schlug die Beine übereinander, und ihr Rock rutschte weit nach oben. Ihre Stiefel endeten knapp unter dem Knie und umschlossen stramm die vom Fahrradfahren muskulösen Waden. Ausgedehnte Ausflüge mit dem Rad gehörten zu ihren Freizeitvergnügungen.

Wenn es das Wetter und die Jahreszeit zuließen, legte sie täglich den etwa sechs Kilometer langen Arbeitsweg zwischen ihrer Wohnung und dem Betrieb mit dem Fahrrad zurück und ließ das Auto stehen.

Nachdem der rote Fiat vor den Garagen geparkt hatte und die Frau die Gartentreppe hinaufgestiegen war, zwängte sich Otto aus seinem Auto, sah sich vorsichtig um, ob er nicht gesehen würde, und schlenderte wie zufällig zu dem Fahrzeug. Er merkte sich Farbe, Autotyp und Kennzeichen und gab diese Daten an seine Kollegen von der Verkehrspolizei weiter.

Kurze Zeit später erhielt er die Mitteilung, dass die Halterin eine Frau Jasmin Weiß sei, 38 Jahre alt, und bei der Attelmann AG beschäftigt.

Otto sah zum Anwesen hinauf. Die ganze talseitige Glasfront war beleuchtet und während er das Haus beobachtete, schlossen die Rollläden gleichmäßig an allen Fenstern, als würde die Villa langsam ihre Augen schließen. *Punkt zwanzig Uhr. Elektrische Schaltung. Kein Problem für den. Der hat ja tausende Leute, die für ihn arbeiten.* Otto war kein missgünstiger Mensch. Bei diesem Anwesen stieß seine Gleichmütigkeit aber an ihre Grenzen.

Er wählte die Nummer des Kommissars, unterrichtete ihn kurz und fragte, ob er weiter observieren solle.

»Ja bitte, Otto. Ich möchte gerne wissen, wie lange die Dame bleibt. Wenn er mit ihr nicht im Bett ist, dann hätte er uns ja auch empfangen können, der Heuchler.«

Inzwischen hatte die Weiß ihren Bericht fast beendet. Mark holte belegte Brötchen und für sie einen Kaffee aus der Küche. Er trank ein Bier. Einen Augenblick ertappte er sich, wie seine Gedanken abzuschweifen drohten. *Das Bier in der Mokuti war besser*, ging es ihm durch den Kopf. Schnell fuhr er sich mit der Handfläche über das Gesicht und wischte die Erinnerung weg.

»Dann arbeiten Sie jetzt für den Kleiner? Ist der in mein Büro gezogen?«

»Nein, Ihr Büro ist unberührt. Alles, wie es war. Dafür habe ich schon gesorgt, Chef. Dr. Kleiner hat sich das Büro vom Bonsai genommen. Der neue Finanzvorstand ist noch nicht da.«

»Wurde denn schon einer berufen?«, fragte Mark erstaunt.

»Ich weiß nicht, ob er schon einen Vertrag hat, aber ein Leo Manns hat sich bei Dr. Domler vorgestellt. Übrigens, der Domler macht sich ganz schön wichtig. Und geheimnisvoll tut er auch. Früher habe ich seine ganze Korrespondenz erledigt und für ihn geschrieben. Er bringt mir nichts mehr. Der Manns kommt auf Empfehlung von Dr. Schwarzmann, offiziell, wahrscheinlich steckt aber Machlik dahinter.

Übrigens dem Senior habe ich von der ganzen Sache nichts erzählt. Er baut zurzeit gewaltig ab, und ich wollte ihn nicht aufregen.«

Die Weiß hatte ihre Beine nebeneinandergestellt und Mark musste jetzt aufpassen, dass seine Blicke nicht an dem tiefen Einblick hängenblieben, der sich ihm bot.

»Weiß man denn schon Genaueres über Assfort?« Mark neigte sich nach vorn und wartete gespannt auf den Klatsch. Ich muss ja was wissen, wenn morgen die Kripo kommt, dachte er.

»Oh je, Chef, die ganze Firma war in Aufruhr. Der Assfort hatte ein Verhältnis mit der Schönheit vom Machlik. Das hat ihm keiner zugetraut. In ihrem Apartment sind die beiden gefunden worden. An dem Tag, an dem Sie abgereist sind. Seien Sie froh, dass Sie weg waren. Am Tag darauf, es war der Mittwoch« – die Weiß grübelte nach – »ja am Mittwoch kam ein Hauptkommissar Leicht mit seinem Adlatus und hat die unmöglichsten Fragen gestellt. Kein Mensch hat gewusst, dass die zwei was miteinander hatten. Zuerst hat es geheißen, die haben es zu toll getrieben und sind dabei umgekommen. Weil der Kommissar am nächsten Tag wiedergekommen ist, glaubte niemand mehr daran.

Jetzt gehen alle davon aus, dass es Mord war. Aber niemand weiß, wie und schon gar nicht, wer. Gegenseitig werden sie sich ja nicht umgebracht haben.«

»Was fragt die Polizei? Was vermuten die denn?« Mark dachte an sein morgiges Gespräch mit dem Kommissar.

»Zuerst wollten sie alles über den Assfort wissen. Privat und so. Ob er uns angemacht hätte, und mit wem er alles Umgang hatte. Als ob der ein Grapscher gewesen wäre! War natürlich totale Fehlanzeige. Dann fragten sie nach der Cora Christiansen. Die kennt bei uns kein Mensch. Wir wissen nicht mal, ob die verheiratet ist oder nicht. Dann wollten sie wissen, ob die beiden Feinde gehabt hätten im Betrieb. War auch nichts. Schließlich hat der Kommissar herumgefragt, ob wir jemand kennen, dem wir einen Mord an den beiden zutrauen würden. Also bitte! Was soll man darauf sagen?«

Die Weiß breitete in einer hilflosen Geste die Arme aus und streckte die Handflächen nach oben.

»Das ist der Stand der Dinge. Letzte Woche hatten wir keine Polizei mehr im Haus.

Aber Chef, was haben Sie denn vor? Kommen Sie morgen wieder ins Büro? Wir warten alle darauf. Der Machlik und seine Leute werden immer stärker. Die machen sich richtig breit. Der Kleiner schafft das nie. Wir kommen vor lauter Analysen und Konferenzen zu keiner Arbeit mehr. Sogar der Humbeni hat mich gefragt, bevor er wieder nach Teheran geflogen ist, ob bei uns alles in Ordnung ist. Der Brandt macht eine Pressemitteilung nach der anderen, und kein Mensch weiß, wer das Sagen hat.«

Mark schaute die Weiß ruhig an. *Ist schon eine treue Seele*, dachte er.

»Tja, morgen kommt die Polizei zu mir, und dann werde ich einen Termin mit Domler machen. Ach, Jasmin, das können Sie doch für mich erledigen. Wenn es geht, irgendwo zum Abendessen.«

»Klar Chef, wird gemacht. Aber, ich glaube, ich muss jetzt weiter.

Wo waren Sie eigentlich? Sie sehen gut aus.« Sie erhob sich aus dem Sessel und strich ihren Rock gerade.

»Ich war in Afrika. Aber das ist eine Geschichte für sich. Jedenfalls bin ich Ihnen dankbar, dass Sie vorbeigekommen sind.«

Er half ihr in den Mantel und verabschiedete sich an der Tür. Dort wartete er, bis sie unten am Tor angekommen war, drückte den Öffner, und als er das Gartentor in das Schloss fallen hörte, ging er langsam in das Haus zurück.

Otto bemerkte das Aufleuchten der Scheinwerfer, und als der rote Fiat an seinem Auto vorbeifuhr, sah er auf die Armbanduhr.

»Zehn nach zehn«, murmelte er vor sich hin. »Bei uns hätte es nicht so lange gedauert.«

Er wartete, bis die Rücklichter des Fiat verschwunden waren, ließ den Motor an und fuhr ebenfalls los.

Mark ging von der Haustüre zurück gleich die Treppe hoch ins Badezimmer, stellte den Regler an der Armatur über der schwarzen Eckbadewanne auf vierzig Grad und drückte den Hebel nach oben. »Mensch, wäre ich doch gar nicht zurückgeflogen in dieses Schlamassel. Man kann auch anders leben«, sagte er wehmütig vor sich hin, als er sich in der Wanne ausgestreckt hatte.

Punkt neun Uhr läutete es am Gartentor. Mark hatte bereits gefrühstückt. Außer der Haushälterin war niemand im Hause. Jetzt wartete er auf den Kommissar. Nach dem Klingelzeichen sah er auf den Monitor und erkannte zwei Männer. Er betätigte die Sprechanlage, und als sich Kommissar Leicht vorstellte, entriegelte er die Gartentür. Er wartete eine Weile, bis er vor das Haus trat. Die beiden Männer waren schnell die Treppe hochgestiegen und standen schon vor der Haustür.

»Guten Morgen, die Herren. Kommen Sie herein.« Mark ging den langen Flur in das Wohnzimmer voraus. Er deutete auf zwei Sessel und setzte sich wieder in seine Sofaecke.

»Was kann ich für Sie tun?«, fragte er förmlich.

»Das werden wir sehen, Herr Attelmann. Dies ist mein Mitarbeiter, Herr Kommissar Müller«, stellte Leicht Otto vor.

»Haben Sie gut geschlafen? Wir hätten Sie gestern gerne noch gesprochen«, begann Leicht. »Aber wir verstehen natürlich, dass Sie früh ins Bett wollten nach dieser Reise. Sie wissen, warum wir hier sind? Zwei ihrer Angestellten sind auf mysteriöse Weise ums Leben gekommen. Sie könnten ermordet worden sein.«

»Ein Angestellter, mein Finanzvorstand. Die Dame war nicht bei uns beschäftigt. Ich kenne sie nicht«, unterbrach Mark.

»Das ist aber seltsam. Sie arbeitete im Büro direkt unter dem Ihren. Und ganz unauffällig war die Dame wohl auch nicht.« Leicht wechselte einen Blick mit Otto. Der lächelte und nickte.

»Herr Attelmann, wir wissen, dass Sie an dem fraglichen Montag unter eigenartigen Umständen Ihr Büro verlassen haben. Sie hatten eine Auseinandersetzung mit Dr. Assfort. Worum ging es?«

Mark stutzte.

»Ich hatte keine Auseinandersetzung mit Assfort, sondern ein unschönes Gespräch mit Herren, die hier wohl keine Rolle spielen. Es ging ausschließlich um betriebliche Angelegenheiten. Es handelt sich um Interna.«

»Wir ermitteln in einer Mordsache, Herr Attelmann. Da spielt alles eine Rolle, und es gibt keine Interna. Warum hatten Sie Streit mit Ihrem Finanzvorstand? Damit wir uns recht verstehen, wir sind weder vom Finanzamt, noch von der Steuerfahndung.«

Mark lehnte sich zurück.

»Meine Herren, Sie sind sicher auf dem Holzweg, wenn Sie ein Motiv im Aufgabenbereich des Herrn Assfort in meinem Unternehmen suchen. Sie vergeuden ihre Zeit.«

Leicht lächelte amüsiert.

»Um den Täter zu finden, müssen wir viele Wege gehen. Auch Holzwege, wie Sie meinen. Es entscheidet sich immer erst hinterher, ob ein Weg ein Holzweg war. Aber verstehen Sie uns bitte: Es muss doch etwas Ernstes vorgefallen sein, wenn Sie ihr Büro fluchtartig verlassen und Ihren Vorstandsjob hinwerfen. So was macht man doch nicht ohne triftigen Grund.«

Mark erhob sich aus seiner Sofaecke und stellte sich hinter den Sessel, in dem der Kommissar saß.

»Das erkläre ich Ihnen gerne, auch wenn Ihre Formulierung

nicht zutrifft. Aber ich muss darauf bestehen, dass nichts davon an die Öffentlichkeit kommt. Es könnte der Firma schaden.«

Die beiden Kommissare nickten verständnisvoll und Mark fuhr fort:

»Die leitenden Herren und die Banken sind der Überzeugung, dass das Unternehmen weitere Investitionen vorzunehmen hat. Dazu benötigt es frisches Kapital. An diesem besagten Montag haben die Banken zu erkennen gegeben, dass sie nur dann zu einer Ausweitung ihres Engagements bereit sind, wenn ein Wechsel im Vorstand stattfindet. Ich habe mich diesem Druck gebeugt. Heute bin ich mir nicht mehr sicher, ob dies richtig war.«

Leicht drehte sich im Sessel um und sah zu Mark hoch.

»Wir danken Ihnen für die offenen Worte, Herr Attelmann. Sind Sie auch der Meinung, dass die Investitionen durchgeführt werden müssen?«

»Ich bin mir nicht sicher«, antwortete Mark spontan. »Aber es bestand völlige Einigkeit zwischen allen Verantwortlichen.«

»Sie haben dann die Firma verlassen. Wann war das, und wie ging ihr Tag weiter?«

Mark versuchte sich zu erinnern. Obwohl die Ereignisse erst knapp drei Wochen zurücklagen, erschien ihm dieser Tag weit in die Vergangenheit entrückt.

»Ich denke, so gegen fünfzehn Uhr. Ich bin dann nach Hause und habe mich anschließend noch mit Dr. Kleiner getroffen. Diese Unterredung dauerte bis gegen neunzehn Uhr. Aber warum fragen Sie das? Das ist doch völlig unwichtig.«

Mark ging am Tisch auf und ab und knetete die Hände. Der Kommissar reagierte auf diese Frage nicht, sondern fragte seinerseits weiter.

»Wann sind Sie dann abgefahren? Mit Ihrem Auto nehme ich an.«

»Ja, ich werde so gegen siebzehn Uhr losgefahren sein. Ich war gegen halb acht am Flughafen.«

Mark grub in seinem Gedächtnis weiter. »Ich habe mich dann

nach dem Flug erkundigt, das Ticket nach Windhoek gekauft und bin in das Hotel gegangen. Das war alles.«

»Was haben Sie dann gemacht? Verstehen Sie uns nicht falsch, Herr Attelmann, dies sind alles Routinefragen, die wir stellen müssen«, entschuldigte sich Leicht und hob, um Verständnis bittend, die Schultern.

»Ist schon gut«, nahm Mark die Geste zur Kenntnis. »Ich habe zu Abend gegessen und bin auf mein Zimmer gegangen. Der Flug startete am nächsten Morgen vor fünf. Check-in war um vier. Also bin ich früh ins Bett.«

»In welchem Hotel haben Sie übernachtet?« Leicht erhob sich bei dieser Frage aus seinem Sessel und trat neben Mark.

»Im Kempinski direkt am Flughafen«, antwortete Mark.

»Und wie hat es Ihnen in … wohin sind Sie gleich wieder geflogen?«

»Windhoek«, sagte Mark

»… in Afrika gefallen?« Auch Otto Müller erhob sich nun. Offensichtlich wurde von Mark keine Antwort auf die letzte Frage erwartet. Er machte auch keinen Versuch, eine zu geben.

Im Flur wandte sich Leicht nochmals an Mark:

»Sie haben natürlich auch keine Ahnung, was hinter den zwei Morden steckt. Oder können Sie uns da weiterhelfen?«

»Nein, beim besten Willen nicht.«

»Das habe ich mir schon gedacht«, sagte der Kommissar vor sich hin.

Mark schaute den beiden Männern nach, wie sie langsam die Treppe hinunterstiegen und entließ sie durch die Gartentür auf die Straße. Als er in das Wohnzimmer zurückkehrte, öffnete er die Veranda, um frische Luft ins Zimmer zu lassen. Dann ging er zum Barschrank und schenkte sich einen Whisky ein. Es war halb elf am Vormittag. Den brauche ich jetzt, entschuldigte er sich vor sich selbst.

Mit einem kräftigen Schluck trank er das Glas aus und auf dem Weg zur Küche, wo er das leere Glas ausspülen wollte, hörte er das Telefon.

Auf dem Display erkannte er seine Büronummer.

»Hallo Chef«, meldete sich die Weiß. Der Termin mit Dr. Domler geht in Ordnung, heute Abend. Ich habe im Karpfenfischer einen Tisch bestellt. Nur er und Sie. Ab zwanzig Uhr.«

Mark bedankte sich, spülte das Glas sauber und stellte es wieder an seinen Platz. Die Haushälterin brauchte ja nicht zu wissen, dass er schon am Vormittag einen Whisky trank.

»Was hältst du denn von dem?« Otto lenkte den Wagen, und Leicht saß neben ihm.

»Ein Motiv hat der auf jeden Fall. Ich wäre auch sauer, wenn man mich aus meiner eigenen Firma rausmobben würde.« Leicht kratzte sich am Kopf. »Kläre vorsichtshalber ab, ob er tatsächlich die Nacht im Kempinski war.«

Der Karpfenfischer ist eine versteckt an einem kleinen Flüsschen liegende alte Getreidemühle, die mit viel Geschmack und Geld in ein Lokal umgebaut wurde. Man muss das Anwesen kennen, wenn man zu ihm finden will. Der Wirt hat die Mühle vor vielen Jahren, nachdem der Müller den Betrieb eingestellt hatte, erworben, einige Pensionszimmer eingerichtet und die Gastronomie von einer kleinen Ausflugsgaststätte zu einem Feinschmeckerrestaurant hochgearbeitet. Durch gute Qualität, freundlichen Service, gediegene Ausstattung und ein gehobenes Preisniveau schuf er sich einen Gästekreis aus dem oberen Drittel der Gesellschaft. Die Gaststätte liegt einige Kilometer außerhalb der Stadt, und die Geschäftsleute und überhaupt diejenigen, die den Cent nicht zweimal umdrehen müssen und gepflegt speisen und dabei ihre Ruhe haben wollen, schätzen den Aufenthalt dort. Wenn ein Gast das Lokal betritt, so begrüßt ihn der Wirt mit Handschlag und geleitet ihn mit einigen freundlichen Worten an seinen Tisch, wobei er ihn mit den besonderen kulinarischen Empfehlungen des Tages vertraut macht. Erkennt ein Neuankömmling eine bereits im Gastraum befindliche Person, so werden Grüße sehr dezent ausgetauscht; kann es doch sein, dass entweder der andere seine

Ruhe haben oder, je nach Begleitung, nicht erkannt werden will. Die Gesellschaft der Stadt legt manchmal wert auf Diskretion.

Punkt acht Uhr bog Mark auf den weitläufigen Parkplatz vor der Gaststätte ein. Während er aus seinem Auto stieg, wurde er bereits von zwei Personen in einem Audi A 8, der etwas abseits auf dem Platz geparkt war, beobachtet.

Nachdem er hinter dem Eingang des Lokals verschwunden war, verließen auch diese beiden Männer ihr Fahrzeug, strichen sich die Anzüge glatt und gingen quer über den Vorplatz auf das Lokal zu.

Mark wurde als gern gesehener Gast empfangen und an den von der Weiß reservierten Tisch geleitet, als die beiden weiteren Gäste den Raum betraten. Sie sahen sich kurz um, und der kleinere ältere Herr in grauer Hose und anthrazitfarbenem Jackett mit auffallenden Goldknöpfen eilte beflissen, flüchtig nach links und rechts grüßend, allerdings ohne den herbeikommenden Wirt zu beachten, mit ausgestrecktem Arm auf Mark zu. Hinter ihm folgte in sich vergrößerndem Abstand langsam ein großer, stattlicher Mann mit auffallend weißem, sauber gescheiteltem Haar.

»Guten Abend, Herr Attelmann. Sie sind wieder gut angekommen. Das freut mich. Ich habe gedacht, ich nutze die Gelegenheit und bringe Herrn Dr. Kleiner gleich mit. Er hat sich freundlicherweise bereiterklärt, den Vorstandsvorsitz zu übernehmen und uns aus einer Verlegenheit geholfen. Ihre Demission kam doch etwas plötzlich.«

Dr. Domler war hinter Mark her gewieselt und hatte ihn mit der Begrüßung überfallen, bevor dieser die Möglichkeit hatte, Platz zu nehmen.

Mark entging der vorwurfsvolle Ton nicht, den der Aufsichtsratsvorsitzende in seine Stimme gelegt hatte. Er ärgerte sich, denn er hatte erwartet, bei einem Abendessen ein vertrauliches Gespräch mit Domler allein führen zu können. Auch mit Dr. Kleiner hätte er gerne getrennt gesprochen. Da diese gemeinsam erschienen waren, bestand diese Gelegenheit jetzt nicht. Er fühlte sich überrumpelt, da er die Weiß ausdrücklich gebeten hatte, ein Vieraugengespräch zu arrangieren.

Dr. Kleiner knüpfte an das Gespräch mit Mark am Flughafen an und legte nochmals dar, warum er bereit war, in der Firma Attelmann den Vorstandsvorsitz zu übernehmen. Dabei betonte er, dass er es finanziell nicht nötig habe, für andere Gesellschaften tätig zu werden. Nachdem aber Herr Attelmann ihn persönlich gebeten habe, nachdem zuvor bereits Dr. Schwarzmann und die IMC auf ihn zugekommen seien, dieses anspruchsvolle Engagement zu übernehmen, habe er sich der Verantwortung nicht entziehen wollen und sich entschlossen, an Bord zu kommen und das Steuer zu übernehmen. Inzwischen habe er festgestellt, dass auch die Chemie zwischen Dr. Domler und ihm stimme, und er sehe sich schon jetzt in seiner positiven Entscheidung bestätigt. An großen Herausforderungen fehle es ihm in der neuen Aufgabe nicht. Dies habe er bereits erkennen können.

Schwarzmann und Machlik waren also schon vor meinem Telefonat bei ihm, stutzte Mark irritiert. Als Kleiner seinen selbstgefälligen Monolog beendet hatte, bat Mark die Herren, den Stehkonvent zu beenden und sich zu setzen.

»Ich konnte mir das Unternehmen zwischenzeitlich ansehen und mit den Leistungsträgern sprechen«, plauderte Kleiner weiter, als sie Platz genommen hatten. »Es sind einige tüchtige Leute darunter, aber man wird wohl Veränderungen vornehmen müssen. Das ist für einen, der von außen kommt, sicher leichter als es für Sie gewesen wäre. Mit dem Aufsichtsrat besteht darüber völlige Einigkeit.«

Die Bedienung hatte einige Töpfchen Amuse-gueule, einen Korb mit verschiedenartigen Minibrötchen und drei kleine Teller mit Messerchen vor die Herren gestellt.

Sie wollte den Redefluss des imposanten Mannes, der offensichtlich eine bedeutende Persönlichkeit war, nicht stören und wartete etwas abseits, den Tisch unauffällig im Auge behaltend, darauf, die Bestellung entgegennehmen zu können.

Mark nickte sie herbei. Sofort trat sie freundlich lächelnd an den Tisch. Die drei in braunes Rindsleder gebundenen Speisekarten lagen noch geschlossen auf dem Tisch.

»Einen Aperitif vielleicht?« Das Mädchen schaute von einem zum anderen. Als die beiden einen trockenen Sherry bestellten, bat Mark demonstrativ um ein großes Bier. Er hatte das Abendessen nutzen wollen, um mit dem Aufsichtsratsvorsitzenden ein vertrauliches Gespräch zu führen. Stattdessen erlebte er einen Rad schlagenden Pfau und eine Demonstration seiner eigenen Entbehrlichkeit.

Der Wirt nutzte die Unterbrechung am Tisch und empfahl heute besonders Karpfen in feinem Kräuterwurzelsud oder den ganz vorzüglichen Donau Waller. Sollten aber Fleischgerichte vorgezogen werden, so habe er eine zartmürbe Ochsenbrust mit gedünsteten Schwarzwurzeln oder aber – und er machte große runde Augen – für alle drei einen ganzen Rehrücken. Gut abgehangen, schon zwei Tage eingelegt und aus dem eigenen Revier stammend. Im Übrigen könne er natürlich jedes Gericht aus der Karte empfehlen – alles frisch und alles aus der Region.

Mark bemerkte, dass die beiden anderen bei der hervorgehobenen Empfehlung des Rehrückens bereits ihr Einverständnis signalisierten. Er hatte eigentlich nichts dagegen, obwohl er als Jäger eine Gefriertruhe voller Wildbret im Keller stehen hatte, und seine Haushälterin eine wirklich gute Köchin war.

Mark war verärgert, weil sich Dr. Domler über seinen Wunsch nach einem vertraulichen Gespräch hinweggesetzt hatte, und weil er bereits mit einem unangenehmen Wortschwall überfallen wurde. Er wollte jetzt keine Gemeinsamkeit. Deshalb bestellte er schnell die Ochsenbrust für sich.

Das Vorpreschen von Mark bei der Bestellung wurde von den beiden als der Affront empfunden, als der er gemeint war.

Domler und Kleiner griffen erneut nach der Karte und einigten sich auf je ein Steak medium vom Alb-Rind.

Nach kurzem Schweigen am Tisch unterbrach Domler die peinliche Stille und informierte Mark darüber, dass der Aufsichtsrat einen Herrn Leo Manns als neuen Finanzvorstand verpflichten wolle. Er fragte, ob Mark seinen Sitz im Aufsichtsrat vor der nächsten Hauptversammlung einnehmen werde. Er halte diesen Aufwand einer gerichtlichen Bestellung für nicht erforderlich. Der Aufsichtsrat werde Mark ab sofort formlos zu jeder Sitzung hinzuziehen.

»Mit der unappetitlichen Geschichte Dr. Assfort wollen wir uns wohl nicht befassen. Wir möchten Sie aber über eine interessante Perspektive unterrichten und Ihre Meinung einholen. Herr Kleiner hat da eine konkrete Vorstellung. Bitte erklären Sie es doch am besten selbst.« Domler tippte mit seiner Hand vertraut auf Kleiners Unterarm.

Die sind sich aber schnell nahegekommen, schoss es Mark durch den Kopf.

»Wir haben eine einmalige Chance, Herr Attelmann«, begann der neue Vorstandsvorsitzende vorzutragen. »Sie wissen, dass wir im Bereich der Gewinde größte Probleme haben. In Frankreich ist die Firma Charon zu kaufen. Einer der besten Hersteller der Welt. Wir lösen alle unsere Probleme, wenn wir Charon an Bord holen.«

Mark wurde aufmerksam.

Auch ihm war geläufig, dass Charon der Attelmann AG in diesem Sektor überlegen war. Man hatte in den zurückliegenden Jahren immer versucht, die Qualitätsstufe zu erreichen, die bei Charon Standard war. Es war nicht gelungen. Sollte es wirklich möglich sein, dieses Unternehmen zu erwerben? Marks Jagdinstinkt erwachte. Hatte nicht auch er mehrere Firmen dazugekauft und einen Konzern zusammengebaut?

Aber ein Unternehmen wie Charon, so groß wie die Attelmann AG selbst, konnte doch nicht gekauft werden. Ein solches Geschäft war mindestens eine Nummer zu groß. Wenn man sich mit Weber oder Andechser zusammenschlösse, dann vielleicht. Aber allein, ausgeschlossen.

Trotz seiner Verärgerung über die unabgesprochene Teilnahme Kleiners an seinem Treffen mit Domler nahm Mark den Gesprächsfaden auf. »Wollen Sie einen Kooperationsvertrag mit Charon abschließen?« Domler, den Mark angesprochen hatte, schaute etwas hilflos zu Kleiner, und der antwortete:

»Nein, Herr Attelmann, kaufen, übernehmen, fusionieren. Nicht kooperieren. <<

Mark wandte sich Kleiner zu und sagte nachsichtig wie ein Verständiger zu einem Träumer.

»Ja, ja. Aber dieses Kapital haben wir nicht.«

»Doch, Herr Attelmann, diesen Deal können – ja müssen wir sogar schultern.«

Domler hing an den Lippen des selbstsicheren, großgewachsenen Mannes. Der Vorsitzende des Aufsichtsrats führte die Mehrheitsfraktion im Stadtrat und sonnte sich bei jeder Erwähnung seines Namens in den Lokalzeitungen. Sollte es ihm gelingen, dass unter seiner Ägide als Aufsichtsratschef eines der größten Unternehmen der Stadt ein ähnlich großes in Frankreich aufkaufte, dann würde so viel Glanz auf ihn fallen, dass er den Oberbürgermeister an Ansehen bei der Bürgerschaft auf den zweiten Platz verweisen konnte. Er selbst hielt sich ohnehin um die Position des Stadtoberhauptes betrogen. Er hatte die ganze Arbeit zu machen, die Mehrheiten zu organisieren, in den Ausschüssen, insbesondere dem undankbaren Finanzausschuss, herumzulavieren und im Stadtparlament die Abstimmungen so vorzubereiten, dass kein Unglück passierte. Der Oberbürgermeister residierte in dem prunkvollen Rathaus der einst mächtigen Reichsstadt und heimste die Erfolge als eigene ein. Domler war erst im Alter von vierzig Jahren aus Köln in diese süddeutsche Stadt zugezogen. Seinen rheinländischen Dialekt konnte er nie vollständig ablegen. Deshalb blieb ihm der Weg zum höchsten Amt der Stadt trotz seines immensen Ehrgeizes verwehrt. Die Bürger schätzten ihn zwar wegen seiner Umtriebigkeit und Kompetenz, und immer wenn es darum ging, jemanden für einen arbeitsintensiven Posten zu wählen, erhielt er die höchste Stimmenzahl. War aber ein repräsentativer Posten oder ein gut dotiertes Amt zu vergeben, verteilten die alten Reichsstädter diese unter sich.

Mit einem solchen Erfolg, wie er sich jetzt abzeichnete, könnte er den Stallgeruch der Stadt gleich einem Ritterschlag von seinen Mitbürgern erwerben. Es führte dann kein Weg mehr an ihm vorbei. Nichts lag ihm mehr am Herzen.

»Aber Herr Kleiner«, wandte sich Mark jetzt seinem Nachfolger im Vorstand zu, »vor wenigen Tagen waren die Banken im Hause, und Machlik und Assfort haben drastisch dargelegt, dass frisches Kapital benötigt würde. Wo wollen Sie denn das Kapital zu einem solchen Unternehmenskauf hernehmen?«

»Herr Attelmann«, die Rolle des Belehrenden reklamierte nun Kleiner für sich, »Charon S. A. ist in finanzielle Schwierigkeiten geraten, weil sich Monsieur Charon mehr um seinen Rennstall als um sein Unternehmen gekümmert hat. Unter seinem Vater war es ein blühendes und gesundes Unternehmen. Das weiß ganz Europa in dieser Branche. Die Qualität ist nach wie vor gegeben.

Jetzt ist das Unternehmen in Insolvenz und für einen Apfel und ein Ei zu bekommen. Ich kenne den Anwalt in Paris, der die Sache abwickelt. Wir erreichen einen Irrsinnsrabatt, weil wir in der gleichen Branche tätig sind und glaubhaft vortragen können, einen europaweiten Synergieeffekt erzielen zu können. Es sind sogar Zuschüsse aus Brüssel drin.

Natürlich können wir das Geld nicht aus dem Cash-Flow auf den Tisch legen. Aber wenn wir mit einem starken Partner eine Übernahmegesellschaft gründen, dann ist das Problem doch gelöst. Charon bleibt eine S. A., die Übernahmegesellschaft übernimmt sämtliche Anteile, und wir sind mit drin. Charon erwirtschaftet seinen Kaufpreis selbst.«

Kleiner reportierte Machliks Argumente und berauschte sich daran. Domler nickte ihm zu. Mark wusste, dass Charon ins Trudeln gekommen war, hatte sich aber nicht ernsthaft damit beschäftigt, darin eine Chance für das eigene Unternehmen zu sehen. »Das hat natürlich nur Sinn, wenn wir diese Übernahmegesellschaft dominieren. Sonst schöpfen die uns mit der Preisgestaltung ab.«

»Aber natürlich muss gewährleistet sein, dass unsere Interessen durchgesetzt werden können. Sonst wedelte ja der Schwanz mit dem Hund«, bestätigte Kleiner, obgleich er wusste, dass die Gesellschaft mit einem Verhältnis vierzig zu sechzig beim Notar bereits gegründet war, und sich die Attelmann AG in der Position der Minderheitsgesellschafterin befand.

Während des Essens bohrte es in Kleiner, wie er aus dieser winzigen Lüge herauskommen könne. Die schon vollzogene Gesellschaftsgründung in München offen darzulegen, kam nicht in Frage. Er hätte dafür keine Zustimmung erhalten. Das brauchte er erst gar nicht zu versuchen. Also wählte er einen anderen Weg:

»Herr Attelmann, können Sie sich vorstellen persönlich in diese Übernahmegesellschaft einzutreten. Ein Investor, die Attelmann AG und Sie als Person? Das wäre doch die eleganteste Lösung. Dann wäre Ihr Mitspracherecht auf jeden Fall gesichert.«

Mark dachte nach. Er kannte den jungen Charon persönlich. Michel war etwa vierzig Jahre alt und hatte tatsächlich eine Vielzahl von Interessen außerhalb seiner Firma. Er liebte schnelle Autos und den ganzen Rennzirkus. Man sagte ihm auch nach, dass er seinen Freundinnen gegenüber äußerst großzügig sei. Dass dies aber der Grund für die Insolvenz des Unternehmens sein sollte, bezweifelte Mark. Ihm fiel das Wort des Fürsten von Thurn und Taxis ein, der zu sagen pflegte, dass man ein großes Vermögen nicht versaufen und verhuren, sondern allenfalls verdummen könne. Michel Charon war aber ganz sicher nicht dumm. Er war ein blitzgescheiter, kultivierter und äußerst amüsanter Gesellschafter voller Esprit. Bevor er, Mark, sich persönlich an einer Übernahmegesellschaft beteiligte, musste er mit Michel sprechen. Gegen dessen Willen würde er es nicht tun. Irgendwie müssen die Eigentümer von solchen Unternehmen doch noch zusammenhalten. Mark empfand jedenfalls so.

Da er auf die Frage von Kleiner nicht antwortete, griff Domler, dem der Vertragsinhalt mit der Blitz-GmbH bezüglich der Mehrheitsverhältnisse im Einzelnen nicht bekannt war, die Frage aus seiner Sicht auf:

»Wir haben uns das so gedacht. Wir gründen eine Auffanggesellschaft für Charon S. A. Diese Gesellschaft übernimmt alle Anteile. Anschließend übernehmen wir über eine Kapitalerhöhung die Auffanggesellschaft als Sacheinlage in die Attelmann AG.

Ihre Aktienmehrheit bleibt bestehen, und der Wert der Gesellschaft ist um das Doppelte gestiegen. Wenn es Ihnen persönlich schwerfällt, in dieser Transaktion eine Rolle zu spielen, so ist dies gar nicht erforderlich. Dies kann alles von uns geregelt werden. Wichtig ist nur, dass wir Ihre generelle Zustimmung haben, weil wir ja die Stimmen der Familie in der Aktionärsversammlung benötigen.«

Der Abend verlief völlig anders, als Mark es sich vorgestellt hatte. Er wollte im Gespräch mit Domler herausfinden, was in seiner Abwesenheit in der Firma geschehen war, auch Einzelheiten über die Geschichte Dr. Assfort. Er wollte ihn über das Gespräch mit Schwarzmann und Machlik genau informieren. Und besonders wollte er über die Person und Rolle von Kleiner sprechen.

Keines seiner Themen konnte er ansprechen und lediglich zusehen, dass sich Domler und Kleiner offensichtlich gut verstanden und wie gebannt auf diese Charon-Geschichte abfuhren.

Ein Kauf würde sicherlich sein eigenes Unternehmen beträchtlich weiterbringen. Gegen die Idee, die Charon S. A. zu übernehmen, hatte er eigentlich nur einzuwenden, dass sie nicht von ihm stammte, sondern ein Erfolg für das neue Management sein würde. Hatten die Banken vielleicht doch Recht, wenn sie auf sein Ausscheiden gedrängt und eine neue Führung verlangt hatten? War er doch zu alt und zu verbraucht, einfach zu lange im Geschäft, um die sich überraschend bietende Chance entschlossen zu ergreifen?

Wenn die Darstellungen der beiden Herren wirklich realistisch waren, dann bot sich für die Attelmann AG eine einmalige

Chance. Natürlich musste die Zwischenfinanzierung gesichert sein. Aber dieses Problem hatten die Herren ja erkannt und angesprochen. Während er in Afrika durch die Gegend tourte, hatte sich zu Hause das Gefüge in der Firma völlig verändert. Es herrschte ein fremdes Management. Mark, der vor diesem Gespräch entschlossen gewesen war, sich rigoros von seinen Beratern zu trennen, begann zu zögern.

Sein Teller war noch nicht leer. Die Ochsenbrust war wie erwartet ausgezeichnet. Aber er hatte keinen Appetit mehr. Er legte sein Besteck zur Seite und breitete die Serviette so darüber, dass der Teller bedeckt wurde. Über den noch nicht abgeräumten Tisch hinweg wandte er sich betont förmlich an Domler und Kleiner:

»Meine Herren, mir steckt der Flug immer noch in den Knochen. Vielleicht werde ich langsam alt. Ich halte Ihre Pläne für interessant. Die Mehrheit in der Hauptversammlung erhalten Sie, wenn sichergestellt ist, dass die Transaktion finanziert werden kann und wenn die Mehrheit immer bei uns bleibt. Wir dürfen das eigene Unternehmen nicht gefährden. Es darf kein Einfallstor geöffnet werden für spekulatives Geld, das wir nicht mehr beherrschen, wenn es erst einmal da ist. Beachten Sie das! Ich werde künftig an jeder Aufsichtsratssitzung teilnehmen, und ich möchte genauestens informiert werden. Dies bin ich auch meinen Schwestern schuldig. Und übrigens richten Sie sich darauf ein, dass ich in absehbarer Zukunft mein Darlehen benötige.

Sie haben sicher Verständnis, wenn ich etwas früher aufbreche. Sie können ja noch bleiben. Bitte entschuldigen Sie mich. Sie können mich sicher mit auf der Rechnung unterbringen. Guten Abend.«

Mark stand auf, reichte den erstaunten Herren die Hand, und bevor sie etwas erwidern konnten, eilte er bereits dem Ausgang entgegen.

Auf der Rückfahrt dachte er an den Abend in der Mokuti Lodge. Er sah Amara vor sich und spürte ihren heißen Körper. Für einen Augenblick kehrte die dortige Unbeschwertheit in seine Seele zurück.

Dr. Kleiner saß hinter seinem Schreibtisch; Machlik hatte sich einen Stuhl zu ihm herangezogen. Auf dem Tisch lagen grüne Mappen mit dem Aufdruck »Notariat Dr. Andreas von Stein«.

»Heute Nachmittag kommt der Rabenstein«, begann Machlik. »Wir müssen bis dahin wissen, was wir wollen. Maitre Bussier in Paris hat das Vertragswerk fertig. Wir haben innerhalb einer Woche zu bezahlen. Eine Verlängerung der Zahlungsfrist gibt es nicht. Aus Ihrer Aktennotiz, die Sie von ihrem gemeinsamen Abendessen gefertigt haben, geht hervor, dass Attelmann angekündigt hat, sein Darlehen nächstens abzuziehen. Wir sind uns doch hoffentlich darüber einig, dass den Attelmanns die Darlehen nicht zurückgezahlt werden? Von Mark stehen fünfundzwanzig Millionen, von Mathilde und Carmen je fünfzehn Millionen, das sind fünfundfünfzig Millionen, zuzüglich der angefallenen Zinsen. Gut, bis jetzt wissen wir nur von Mark, dass er sein Geld haben will. Aber was ist, wenn die anderen zwei auch noch kommen? Dies würde einen Abfluss von nahezu achtzig Millionen bedeuten. Zum jetzigen Zeitpunkt käme dies höchst ungelegen. Außerdem, um Sie zu beruhigen: Die Attelmanns haben mit ihrem Börsengang vor zehn Jahren genug Geld verdient. Sie leben ohne Sorgen und haben sich über das stehengelassene Kapital nicht gekümmert. Jeder von denen besitzt eineinhalb Millionen Stammaktien und noch ein paar Tausend Vorzugsaktien. Wenn ich richtig informiert bin, haben Sie sich für die Übernahme des Vorstands hunderttausend Stammaktien ausbedungen, Herr Kleiner. Alle fünf Millionen Stammaktien sind also in vier Händen. Die fünf Millionen Vorzugsaktien interessieren mich wenig. Zurzeit pendelt die Aktie zwischen fünfundzwanzig und achtundzwanzig Euro.

Es ist doch klar, dass wir uns von der Umklammerung durch die Familie freimachen müssen, bevor wir auf Charon losgehen.«

Machlik spürte, wie Kleiner sich quälte. Brutal hämmerte der Berater weiter auf das bereits warme Eisen. »Schauen Sie, Kleiner, wir haben ein Anlagevermögen von circa achthundert Millionen nach Buchwert. Bei den Banken stehen langfristige Kredite in Höhe von zweihundert bis zweihundertfünfzig Millionen. Das ist ein Drittel unseres Jahresumsatzes. Bei den Debitoren liegen wir mindestens fünfzig Prozent über den Kreditoren.

Wir haben die Banken auf unserer Seite. Wir mussten uns verpflichten, die Familienmajorität zu brechen. Dazu benutzen wir jetzt den Charon-Deal und die Gruppe um Milla. Ich sehe keinen anderen Weg.

Das Insolvenzgericht in Paris will von uns zweihundertfünfzig Millionen Euro bar auf den Tisch. Noch diese Woche. Es will von uns rechtsverbindlich und vertraglich garantiert, – mit Pönale und Rücktrittsoption – dass wir zehntausend Arbeitsplätze in Frankreich über einen Zeitraum von mindestens acht Jahren sichern. Das Gericht verlangt unsere Zusage, die Charon S. A. mit einem working capital in Höhe von einhundert Millionen auszustatten und einen Nachweis darüber, dass wir unser Versprechen erfüllt haben. Es besteht also ein Finanzbedarf von mindestens dreihundertfünfzig Millionen Euro. Gut, der Wert von Charon wird selbst in der Krise auf mindestens siebenhundert Millionen taxiert. Es ist also objektiv alles kein Problem. Aber bevor wir Charon wieder belasten können, müssen wir sie aus der Insolvenz auslösen, und dazu brauchen wir dreihundertfünfzig Millionen cash auf den Tisch des Hauses.«

Er blickte Kleiner an, der sich wie ein gepeitschtes Pferd unter diesen Worten krümmte. Beruhigend redete er weiter.

»Was soll ich drum herumreden: Ich habe mich gestern mit Milla getroffen und wir sind uns einig geworden. Milla gibt der Attelmann AG ein Darlehen über vierhundert Millionen, und wir geben der Erwerbergesellschaft ein Darlehen über dreihundertfünfzig Millionen. Mit diesem Kapital kann diese alle unsere Verpflichtungen dem Insolvenzgericht gegenüber erfüllen, und wir erhalten den Zuschlag.

Zur Finanzierung brauchen Sie keine Banken und keine Aktionäre. Die fünfzig Millionen Differenz nehmen wir in unseren Cashflow, der natürlich am Anfang durch den Deal etwas belastet wird. Die Sicherheiten für das Darlehen von Milla haben wir locker. Belasten Sie mal alles, was noch frei ist, mit Eigentümergrundschulden. Die Briefe legen Sie in Ihren Tresor. Sie sind dann kurzfristig verfügbar, und wir können sie bei Bedarf auf dem kurzen Weg übergeben, ohne dass wir jedes Mal zum Notar müssen. Der Graf bringt die entsprechenden Verträge bereits ausformuliert heute mit. Nach Unterzeichnung überweist Milla per Swift die zweihundertfünfzig Millionen direkt nach Paris und einhundertfünfzig an uns.«

Machlik musste Kleiner jetzt führen, das spürte er genau. Der Vorstandsvorsitzende wirkte unkonzentriert. Deshalb setzte er nach:

»Vergessen Sie nicht, wir haben keinen realen Abfluss, sondern zusätzlich fünfzig Millionen Liquidität. In der Bilanz wächst uns ein Vermögenssaldo von mindestens dreihundert Millionen durch Charon zu, ohne Berücksichtigung der Chancen, die sich aus der Synergie ergeben.«

Machlik verschwieg, und Kleiner wollte es übersehen, dass die Attelmann AG in der Erwerbergesellschaft nur vierzig Prozent der Anteile besaß, und deshalb die ganze Rechnung nicht stimmte.

6

Hauptkommissar Leicht rannte in seinem Büro herum wie ein Tiger im Käfig. Otto lehnte schweigend mit der Schulter an der Wand.

»Fassen wir zusammen: Der Attelmann war tatsächlich am Montag um einundzwanzig Uhr im Flughafen und hat das Ticket für den Flug am nächsten Morgen nach Windhoek gekauft. Anschließend checkt er im Hotel ein und bezahlt sofort, weil er am nächsten Morgen bereits um vier im Flughafen sein muss. Mit dem Flieger um fünf fliegt er los und kommt zehn Stunden später in Namibia an. Persönlich erinnert sich niemand an ihn. Das heißt doch, Attelmann hatte zwischen neun Uhr abends und drei Uhr morgens genug Zeit. Den Flieger hätte er noch problemlos erreicht. Er brauchte bei Nacht maximal achtzig bis neunzig Minuten, einfach. Otto, der Mann muss eine Riesenwut gehabt haben. Die schmeißen ihn aus der Firma, und dem fällt nichts Anderes ein, als sofort und ohne Ziel zum Flughafen zu fahren. Dort kommt er an, bucht für den nächsten Morgen den Abflug, und jetzt, tick, tick, tick, fängt es an, in ihm zu denken. Er hat eine Nacht Zeit und ist eigentlich schon weg. Er fährt zurück, bringt das illoyale Schwein um und fliegt seelenruhig ab. Verstehe ich sogar. Passt alles.«

Otto stieß sich mit der Schulter von der Wand ab, brachte seinen Körper ins Gleichgewicht und begann wie Leicht, im Büro herumzugehen.

»Klingt gut, aber was soll die Frau in dem Spiel?«

»Otto, gibst du mir recht, dass der Mann ein Motiv hatte?«

Otto nickte, und Leicht redete weiter vor sich hin:

»Attelmann ist nicht dumm. Im Gegenteil, er ist intelligent. Also müssen wir damit rechnen, dass er falsche Spuren gelegt hat.«

Otto hörte zu und wiegte zweifelnd den Kopf:

»Für raffinierte Vorbereitungen hatte er doch keine Zeit. Zwischen Motiv und Tat liegen nur ein paar Stunden.«

»Die Gerichtsmedizin sagt, Todesursache war Atemstillstand. Die Werr hat festgestellt, dass sie vergiftet wurden. Davon können wir ausgehen. Was für ein Gift kann uns jetzt noch keiner sagen. Eines, das wir jetzt noch nicht kennen.

Nehmen wir an, dass Attelmann zurückgefahren ist. Sowohl die Frau, wie auch Assfort kannten ihn. Beide hätten ihn ohne Zögern in ihre Wohnung gelassen. Beide hätten mit ihm gegessen und getrunken. Beiden hätte er ohne jede Gewalt und ohne jede Schwierigkeit etwas ins Glas geben können. Dem einen, um sich zu rächen oder ihn vielleicht für die Zukunft aus dem Weg zu räumen, und der anderen, um den Verdacht vom wirklichen Motiv abzulenken. Das Mittel zu besorgen, ist für einen Mann wie Attelmann kein Problem.«

Leicht stützte sich mit beiden Armen auf den Schreibtisch.

»Otto, Überwachung rund um die Uhr! Und übrigens, wir haben nichts Anderes.«

Mark hatte sich nach dem Gespräch mit Domler und Kleiner entschlossen, das Projekt in Afrika voranzutreiben. Der Auftritt der beiden Kriminalbeamten und die Szene, die seine Schwestern ihm bereitet hatten, belasteten ihn, und deshalb nahm er sich vor, wieder nach Südafrika zu fliegen. Außerdem fehlte ihm Amara mehr als er sich eingestand. Zuvor wollte er bei seinem Bankofficer in Zürich vorbeischauen und diesen über seine Pläne wenigstens bruchstückhaft informieren.

Er konnte genauso gut von Kloten aus nach Johannesburg fliegen. Vielleicht erlaubte ihm die Bank, sein Auto auf ihrem Parkplatz stehen zu lassen. Es wäre ihm lieber als im Parkhaus am Flughafen. Billiger wäre es auch.

Er bestellte sich eine Tasse Kaffee mit einem Fernet-Branca. Gerade das Richtige, um die Überfahrzeit der Fähre von Meersburg nach Konstanz auszufüllen. Sein Leben war dabei, aus den Fugen zu geraten. Dies beunruhigte ihn aber nicht sonderlich, da er kein ausgeprägtes Bedürfnis besaß, alles im Lot zu wissen. Seine Gedanken flogen ihm nach Afrika voraus, wo er bereits die Plantagen mit den ölhaltigen Nüssen entstehen sah und wo eine bezaubernde Frau auf ihn wartete. Ein neues Leben kam auf ihn zu.

In Zürich würde er zunächst eine Überweisung von einer Million Euro auf das gemeinsame Konto nach Durban veranlassen und sich mit Bargeld ausstatten. Die ersten Schritte könnten damit gemacht werden.

Als er mit dem schweren Wagen die Fähre verließ, erinnerte er sich, dass er am Grenzübergang schon mehrmals angehalten und kontrolliert worden war – auf deutscher Seite natürlich. Mit seinem bulligen Geländewagen, den er mit Jägerausweis an der Scheibe für diese Fahrten immer benutzte – Einkaufspreis hundertzehntausend Euro – erregte er nicht nur Neid, nein, er stand unter Generalverdacht, entweder unversteuerte Geldbeträge außer Landes zu bringen oder mindestens schwarze Geschäfte zu betreiben. Die Schweizer fragten freundlich nach dem Zweck der Reise und zwinkerten ihm verschworen zu, ohne eine Antwort abzuwarten. Heute konnte er die Grenze passieren und wurde von keiner Seite behelligt. Was ihm nicht auffiel, war der weiße Mercedes hinter ihm, der zunächst von den deutschen Grenzbeamten angehalten, aber dann sofort weitergewunken wurde. Kommissar Otto Müller zeigte lediglich seine Dienstmarke, und der deutsche Zollbeamte rief ihm in Richtung Schweizer Hoheitsgebiet zeigend nur zu, er solle sich nicht erwischen lassen. Die Eidgenossen seien manchmal komisch. Sie wollten keine deutsche Kavallerie auf ihrem Boden.

Otto hatte nicht die Absicht, der schweizerischen Polizei in die Quere zu kommen. Deshalb zeigte er an der Grenze nur seinen Pass und ließ die Dienstmarke stecken. Sein Auftrag hieß lediglich, Mark zu observieren, und als dieser in Meersburg auf die Fähre fuhr, informierte Otto seinen Chef. Leicht gab ihm grünes Licht, dranzubleiben, auch in die Schweiz hinein.

Bis Zürich war Otto vorsichtig hinter Mark hergefahren, und jetzt beobachtete er aus seinem geparkten Auto heraus, wie Mark die Geschäftsräume der Bank betrat. Nach etwa einer halben Stunde kam er in Begleitung eines jungen Mannes wieder aus der Tür. Beide gingen zu Marks Wagen. Mark holte einen Reisekoffer und eine Sporttasche vom Rücksitz, dann reichte er dem jungen Mann seinen Autoschlüssel.

Kurz darauf hielt ein Taxi. Mark verabschiedete sich durch Handschlag von dem Bankangestellten, ließ den Taxifahrer die beiden Gepäckstücke in den Kofferraum legen und setzte sich auf den Beifahrersitz.

Der junge Mann aus der Bank chauffierte Marks Fahrzeug in die Tiefgarage unter dem Bankhaus.

Otto gelang es, dem Taxi zu folgen, und als dieses auf das Gelände des Flughafens Kloten einbog, rief er Hauptkommissar Leicht an. Der studierte gerade in der Sache Attelmann-Mord das Gutachten der Gerichtsmedizinerin, als das Telefon läutete. Otto informierte ihn darüber, dass Attelmann in Zürich ein Bankhaus besucht und seinen Wagen übergeben habe. Er sei dort offensichtlich gut bekannt. Er habe sich mit dem Taxi zum Flughafen bringen lassen und mache Anstalten, abzufliegen. Er wolle wissen, wie er sich zu verhalten habe.

»Nicht eingreifen, das gibt einen Riesenärger. Wenn er abfliegt, lass ihn fliegen. Finde heraus, wohin. Und dann komme sobald als möglich wieder heim. Wenn er nicht fliegt, dann bleibe ihm auf den Fersen. Melde dich, sobald du mehr weißt.«

Leicht blätterte in dem Gutachten. Die Todesursachen von Assfort und der Christiansen waren identisch. Plötzlicher Herztod nach Atemstillstand. Mit größter Wahrscheinlichkeit ausgelöst durch Gift. Spuren des Giftes wurden gefunden im Mundbereich von Assfort und in der Scheide der Christiansen. Außerdem befanden sich auf der Innenseite des Bodens der Schokoladenschachtel minimale Rückstände. Die restlichen Schokoladenplättchen waren nicht kontaminiert. Irgendwelche weitere Spuren wurden nicht festgestellt. Im Zimmer konnte nichts gefunden werden, was auf die Anwesenheit einer dritten Person hingedeutet hätte. Auf der Cellophan-Hülle der Schokoladenschachtel befand sich eine Vielzahl von ziemlich verwischten Fingerabdrücken. Eine Identifizierung war nicht möglich.

Leicht memorierte die bisherigen Erkenntnisse:

Bei denjenigen Personen, mit denen er bisher gesprochen hatte, konnte er kein Motiv finden, außer bei Attelmann.

Bei keiner Person im Umfeld der beiden Toten waren verdächtige Handlungen auszumachen, außer bei Attelmann. Er war unmittelbar nach dem Mord weggeflogen und hatte sich zuvor ein Alibi konstruiert. Die Beschaffung des Giftes, also der Mordwaffe, war Attelmann problemlos möglich.

Jetzt, nachdem wir mit ihm gesprochen haben, fährt er fluchtartig in die Schweiz, hebt Geld ab und verschwindet.

Ich muss nochmals in die Firma, dachte er sich. Die wissen mehr, als sie mir bisher gesagt haben. Er schloss die Mappe mit dem Gutachten und machte sich auf den Weg.

Im Vorstandsbüro diskutierten Graf Hubertus von Rabenstein, Machlik und Kleiner über das Papier, das der Graf mitgebracht hatte. Es handelte sich um zwei Darlehensverträge. Im ersten Vertrag gewährte die Milla-Group der Attelmann AG ein Darlehen über dreihundertfünfzig Millionen zu zwölf Prozent Zins, abgesichert durch die Abtretung erstrangiger Eigentümergrundschulden über vierhundert Millionen. Die Auszahlung von zweihundertfünfzig sollte direkt an das Insolvenzgericht in Paris und von einhundert an die Erwerbergesellschaft erfolgen.

Im zweiten Vertrag gewährte die Attelmann AG der Erwerbergesellschaft ein ungesichertes Darlehen über vierhundert Millionen.

Kleiner wandte sich an Machlik:

»Da haben wir heute Morgen aber über andere Zahlen geredet. Um diese Aufgabe schultern zu können, haben wir zumindest im ersten Jahr einen erhöhten Finanzbedarf. Wir müssen einige Leute an Charon abstellen und auch sonst Leistungen erbringen.«

Machlik hörte sich den Vorhalt geduldig an und erklärte:

»Die Attelmann AG kann ihre Dienstleistungen für Charon sofort in Rechnung stellen. Charon ist ab dem ersten Tage zahlungsfähig. Die hundert Millionen aus dem Darlehen stehen sofort zur Verfügung.«

Kleiner versuchte nochmals grundsätzlich zu verstehen:

»Warum gibt denn Milla das Darlehen nicht direkt an die Erwerbergesellschaft? Warum werden wir dazwischengeschaltet? Warum sind auch die Konditionen wie Zinsen, Kündigungsfristen und Sicherheitsbestellungen für uns so negativ?«

Der Graf warf einen gequälten Blick zu Machlik.

»Das müssen wir aber nicht noch mal diskutieren. Ich denke, darüber sind wir weg.«

Es klopfte kurz, und die Weiß stand im Türrahmen.

»Herr Dr. Kleiner, entschuldigen Sie bitte, aber der Kommissar möchte Sie sprechen.«

Von hinten drückte sich Leicht an der Sekretärin vorbei durch die offene Tür ins Zimmer. »Guten Tag und entschuldigen Sie die Störung. Ich mache es kurz. Es müssen aber dringend einige Fragen geklärt werden.

Erstens: Wissen Sie, wo sich Herr Attelmann zurzeit aufhält?«

Kleiner war über die Störung sichtlich ungehalten und erwiderte verärgert:

»Nein, das weiß ich nicht. Herr Kommissar, Sie stören eine wichtige Besprechung. Ich habe gestern mit ihm zu Abend gegessen und ihn heute noch nicht gesehen. Weshalb fragen Sie? Gibt es Probleme?«

Leicht nickte und entschuldigte sich für die Störung. Sie sei jedoch leider unvermeidlich. »Zweitens: Wissen Sie, dass Herr Attelmann wieder verreist?«

»Nein!«, antwortete Kleiner erstaunt.

»Er ist gerade in Zürich abgeflogen. Wissen Sie, wohin?«

»Keine Ahnung.« Kleiner war irritiert.

»Es handelt sich also um keine Geschäftsreise? Eine seit längerem geplante? Unterhalten Sie eine Bankverbindung mit der UBS in Zürich?«

Kleiner schüttelte den Kopf.

Leicht ging einige Schritte und wandte sich mit einer plötzlichen Drehung den drei Männern zu: „Wie gut kannte Attelmann die Frau Christiansen und Herrn Dr. Assfort? Kannten sie sich auch privat?«

Kleiner räusperte sich: »Dazu kann ich Ihnen gar nichts sagen, Herr Kommissar. Ich bin erst nach diesem peinlichen Vorfall in dem Haus an Bord gekommen. Herr Machlik kann Ihnen da sicher besser weiterhelfen.«

Sichtlich erleichtert gab Kleiner die Frage weiter. Machlik schob nervös die Papiere auf Kleiners Schreibtisch zusammen und klopfte sie auf der Kante ordentlich gerade. Dann legte er sie zurück. Er überlegte, ob er antworten solle, da er von Leicht selbst nicht gefragt worden war. Kleiners Bemerkung konnte er ignorieren. Es war aber nicht zu übersehen, dass Leicht eine Antwort von ihm erwartete.

»Also, wenn Sie mich fragen«, begann Machlik ausweichend und Zeit gewinnend.

»Ja, das tue ich«, unterbrach ihn Leicht ruppig.

Machlik streckte sich, und er fuhr mit fester Stimme fort.

»Assfort hatte zu Herrn Attelmann ein sehr gutes Verhältnis. Ein besseres als zu uns allen. Ich glaube schon, dass sie sich auch privat gut verstanden haben. Ist das wichtig?«

»Herr Machlik, wenn sich die Herren Attelmann und Assfort so gut verstanden, wie sie sagen, dann muss das letzte Gespräch vor seiner Abreise nach Afrika doch eine große Enttäuschung für ihn gewesen sein. War Herr Attelmann nicht sehr empört? Es muss ihn hart getroffen haben, dass ihm der Stuhl vor die Tür gesetzt wurde.«

Machlik überlegte scharf, wohin diese Fragen führen sollten. Hatte der Kommissar Mark Attelmann im Verdacht, irgendetwas mit den zwei Todesfällen zu tun zu haben? Das war absurd. Andererseits würde es nicht schaden, wenn Attelmann zum jetzigen Zeitpunkt andere Sorgen bekäme und sich nicht um die Geschäfte kümmern konnte. Aus vielen Gründen konnte es günstig sein, wenn sich das Augenmerk von Leicht auf Attelmann konzentrierte. Mit Bedacht antwortete Machlik langsam und so, als ob er gewissenhaft nachdächte:

»Ich würde nicht sagen, dass wir ihm den Stuhl vor die Tür gesetzt haben. Er war auch nicht empört. Aber das Gespräch, aus dem er selbst die Konsequenz gezogen hat, war ihm sicher nicht angenehm.«

»Wer hat Attelmann denn gesagt, dass er den Vorstand abgeben soll. War das Dr. Assfort? Er war doch der zuständige Mann für die Finanzen, oder sehe ich das falsch?«

Leicht hatte beide Hände in den Hosentaschen vergraben und die Schultern leicht hochgezogen. Er stand jetzt direkt vor Machlik. Der wandte sich zur Seite, um den Abstand wieder zu vergrößern.

»Die finanzielle Situation wurde von Assfort vorgetragen. Welche Folgerungen sich daraus ergeben, hat Herr Attelmann im Beisein der Bankenvertreter spontan, aber ausschließlich selbst entschieden.«

Seine eigene Rolle und diejenige von Dr. Schwarzmann unterschlug Machlik. Er wollte den Kreis der Akteure nicht unnötig vergrößern, nachdem sich der Kommissar schon auf einen konzentriert hatte, der genau passte.

Mit ein paar Schritten brachte er den Schreibtisch zwischen sich und Leicht. Er wartete auf weitere Fragen und legte sich bereits die Antworten zurecht.

»Herr Machlik«, fasste der Ermittler nach, »wenn Sie sich an das Gespräch genau erinnern, halten Sie es für möglich, dass Herr Attelmann darüber nochmals privat mit Herrn Dr. Assfort sprechen wollte?«

Machlik spitzte seine Lippen und legte die Handflächen aneinander. Mit den Daumen griff er sich unters Kinn, und die Zeigefinger presste er gegen seine Lippen. Neben seinen sonstigen Talenten besaß er auch schauspielerische Fähigkeiten.

»Sie überlegen?« Leicht warb geradezu um eine Antwort.

Machlik wartete lange. Abrupt stützte er sich mit beiden Händen auf den Schreibtisch. Seine ganze Haltung zeigte Entschlossenheit.

»Ja, das halte ich nicht nur für möglich, sondern für höchst wahrscheinlich.«

»Dann habe ich noch eine Frage, eine indiskrete. Wussten Sie von dem Verhältnis zwischen Dr. Assfort und Frau Christiansen? Oder wusste Herr Attelmann etwas darüber?«

Leicht umkreiste den Schreibtisch und stand wieder vor Machlik. Der legte Zweifel in sein Mienenspiel, und der Kommissar bemerkte, dass er offensichtlich um die Antwort rang. Er schaute ihn lockend an.

»Ich glaube nicht, dass irgendjemand davon wusste. Obwohl sich Herr Attelmann trotz seiner häufigen Abwesenheit immer erstaunlich genau informiert zeigte über das, was im Hause geschah. Frau Christiansen kenne ich als eine Frau, die privat nicht so abweisend war, wie sie sich beruflich zeigte. Sie war ein Profi in jeder Hinsicht.« Machlik sah versonnen an Leicht vorbei.

»Eine Frau, auf die man sich absolut verlassen konnte. Sehr diszipliniert. Ich habe eine sehr gute Mitarbeiterin verloren. Aber eine definitive Antwort kann ich Ihnen auf Ihre Frage nicht geben. Ich weiß es nicht.«

»Habe ich Sie richtig verstanden, Herr Machlik? Sie schließen nicht aus, nein, Sie halten es für wahrscheinlich, dass Mark Attelmann die Beziehung zwischen Assfort und Frau Christiansen kannte?« Machlik sah dem Kommissar ins Gesicht und lächelte:

»Bei Attelmann schließe ich gar nichts aus, Herr Kommissar.«

Kleiner und der Graf verfolgten das Frage-und-Antwort-Spiel und zuckten bei der letzten Bemerkung Machliks merklich zusammen.

»War bekannt, wo Frau Christiansen wohnte?«, schob der wegen der Antwort verblüffte Leicht nach einer kurzen Pause eine letzte Frage nach.

»Aber natürlich«, erwiderte Machlik ruhig. »Die Hotelrechnungen waren an die Firma adressiert und wurden von hier aus bezahlt. Mehrere meiner Mitarbeiter wohnen in diesem Hotel.«

Leicht wandte sich langsam zur Tür, und im Hinausgehen sagte er laut und mit den Gedanken schon weiter: »Ich bedanke mich. Sie haben mir sehr geholfen.« Er verließ Kleiners Büro, ohne die Tür hinter sich zu schließen.

»Was war denn das?«, fragte der Graf, als der Kommissar das Zimmer verlassen hatte. Er sah seine beiden Geschäftspartner erstaunt an. Machlik informierte ihn kurz über den Mordfall, der inzwischen gut drei Wochen zurücklag.

»Es hörte sich an, als habe die Kripo den Attelmann in Verdacht«, wunderte sich der Graf.

»Das ist natürlich Unfug«, sagte Kleiner und wollte das Thema schnell verlassen. Er schloss die von Leicht offen gelassene Bürotür und versuchte, wieder zu den Verträgen zurückzukommen. Der unerwartete Auftritt von Leicht hatte die Diskussion unterbrochen.

Der Graf ließ aber nicht locker.

»Da hat er aber eine unangenehme Geschichte am Hals. Bei so etwas weiß man nicht, wie es sich entwickelt. Der Milla hatte auch die Staatsanwälte im Genick. Wenn die sich einmal jemanden ausgeguckt haben, ist alles möglich. Dumm, aber schneidig. Eben die Kavallerie der Justiz. Man kann das gar nicht ernst genug nehmen.« Er unterbrach sich und schaute starr und konzentriert auf den Boden. Dann wischte er die Handflächen an seinen Hosenbeinen ab und trat auf die beiden anderen zu. Er fasste leise und eindringlich zusammen:

»Für uns bedeutet das jedenfalls, dass wir keine Zeit zu verlieren haben. Wenn an die Öffentlichkeit kommt, dass Attelmann die Staatsanwaltschaft am Hals hat, dann ist das ein gefundenes Fressen für die Zeitungsschmierer, und niemand kann etwas dagegen machen. Ob es stimmt, was sie schreiben, ist völlig egal. Ich kenne das, glauben Sie mir. Milla wäre ruiniert, wenn ihn seine Freunde in dieser Situation nicht aufgefangen hätten. Privat und geschäftlich, das macht keinen Unterschied mehr. Wenn Attelmann im Zusammenhang mit dieser Sache in der Zeitung steht, sind wir in Paris aus dem Spiel. Ich werde noch heute Maitre Bussier das Angebot bestätigen. Natürlich unter der Voraussetzung, Herr Dr. Kleiner, dass Sie die Verträge jetzt sofort unterzeichnen und die Sicherheiten bestellen.«

Kleiner wurde immer nervöser, je länger der Graf sprach.

»Wenn Sie jetzt nicht mehr unterzeichnen wollen, Herr Dr. Kleiner, dann verabschiedet sich Attelmann eben aus diesem Geschäft. Ist vielleicht besser für uns.«

Der Graf streifte Machlik mit einem langen Blick. Kleiner, der seine Felle davonschwimmen sah, ging stumm an seinen Schreibtisch, unterzeichnete schnell die Schriftstücke und reichte sie an den Grafen weiter.

»Die Sicherheiten bestelle ich morgen bei unserem Notar. Die Grundschuldbriefe lasse ich Ihnen per Kurier zukommen. Sie können sich auf mich verlassen. Leiten Sie den Geldtransfer in die Wege. Ich will nicht, dass uns etwas dazwischenkommt. Meine Herren, ich muss Ihnen gestehen, dass ich jetzt etwas beunruhigt bin. Der Auftritt gerade eben hat mir gar nicht gefallen.«

Machlik stand am Fenster und blickte versonnen in den wolkenverhangenen Himmel.

Was haben wir für einen Dusel, dachte er, wenn ich das dem Mitterer erzähle, der glaubt es nicht.

Hauptkommissar Leicht fuhr von der Zentrale der Attelmann AG direkt zum Justizpalast zu der für den Mordfall zuständigen

Oberstaatsanwältin Dr. Rossmann. Er hatte Glück und traf sie in ihrem Büro an.

Die Chancen, einen Staatsanwalt ohne Terminabsprache in seinem Büro anzutreffen, sind äußerst gering. Entweder er nimmt an einer Verhandlung teil, oder er ermittelt. Ermitteln kann man überall, bei einem Waldspaziergang, auf dem Golfplatz oder bei einer Freundin. Richter und Staatsanwälte kennen keine Präsenzpflicht. Deshalb sind ihre Büros oft so grauenhaft geschmacklos eingerichtet. Sie stört es nicht. Sie sind selten dort. Die Abwesenheit lässt sich dann damit erklären, dass in dieser Umgebung ohnehin niemand arbeiten kann.

»Guten Tag, Frau Oberstaatsanwältin, gut, dass ich Sie antreffe. Ich brauche einen Haftbefehl.«

Leicht war ein wenig außer Atem, weil er die Stufen in den zweiten Stock des Gebäudes im Laufschritt zurückgelegt hatte. So langsam und bedächtig er beim Zusammentragen von Beweismitteln war, so atemlos und zielstrebig wurde er, wenn er ein Ziel ausgemacht hatte.

»Hallo, Herr Hauptkommissar Leicht. Um was geht es denn? Wen haben Sie heute im Visier? Setzen Sie sich doch erst mal.«

Frau Rossmann zeigte freundlich auf einen unbequemen Stuhl, der mit einem gelbgesprenkelten Stoff überzogen war. Auf Schreibtisch und Boden türmten sich Stapel roter verschnürter Akten.

Die Oberstaatsanwältin räumte so viele zur Seite, dass sie freie Sicht auf Leicht hatte. Heute war offensichtlich keine Verhandlung angesetzt. Marlene Rossmann war leger gekleidet. Sie trug bequeme Jeans und einen locker fallenden dunkelblauen Pullover. Die Fünfzigjährige war nicht geschminkt und ohne Schmuck. Ihr kurzgeschnittenes, schon mit grauen Strähnchen durchzogenes schwarzes Haar gab dem hageren Gesicht einen strengen Ausdruck.

»Wir ermitteln gerade im Mordfall mit den beiden Angestellten der Firma Attelmann.«

»Ach ja, das ist doch die etwas schlüpfrige Geschichte. Und kommen Sie voran?«

In der Jackentasche des Kommissars klingelte sein Handy. Mit einem um Verständnis heischenden Blick hielt sich Leicht das Telefon ans Ohr.

Die Staatsanwältin konnte nur Gesprächsfetzen mithören. »Hallo Otto… In einer Stunde …. Nach Johannesburg. Gut. Nein, nichts unternehmen. Komm zurück. Gute Fahrt und melde dich, sobald du da bist.« Leicht steckte das Telefon wieder weg.

Frau Rossmann sah ihn erwartungsvoll an:

»Also, was gibt es so Wichtiges zu besprechen?«

»Wir haben einen Verdächtigen, und es besteht dringende Fluchtgefahr. Ich brauche einen internationalen Haftbefehl.«

Im Gegensatz zu seiner Ruhe und Umsicht bei der Vernehmung von Zeugen war Leichts Verhalten der Oberstaatsanwältin gegenüber hastig und fast übereifrig. Nicht etwa, weil er besonders gefällig oder gar unterwürfig sein wollte, sondern weil er mit dem Sarkasmus, den die Staatsanwaltschaft pflegte, einfach nicht umgehen konnte. Er versuchte möglichst, eine Angriffsfläche für spöttische Bemerkungen zu vermeiden.

»Ach, einen internationalen Haftbefehl? Aber die NATO muss nicht ausrücken, oder sollen wir die auch in Alarmbereitschaft versetzen?«

Peng. Schon hatte er wieder eine gefangen. Das nächste Mal, wenn ich auf die Welt komme, werde ich Staatsanwalt, dachte er. Die hocken im Warmen, lassen sich alles zusammentragen und werden mit ihren Akten trotzdem nicht fertig. Und zu allem Überfluss reden sie noch arrogant daher. Wenn die Aufklärungsquote hoch ist, dann ist es ihr Erfolg. Bleibt etwas ungelöst, dann sind natürlich wir die Dummen.

Frau Rossmann bemerkte Leichts empfindliche Reaktion und sagte versöhnlich:

»Jetzt kommen Sie schon, erzählen Sie mir, um was es geht. Aber machen Sie es kurz. Sie sehen, ich habe wenig Zeit zum Plaudern.« Mit einer lässigen Handbewegung wies sie auf die Aktenberge.

Hättest du schon, dachte Leicht, wenn du keine solche Schlampe wärst. Laut sagte er natürlich etwas ganz Anderes.

Er erklärte den Ermittlungsstand, und warum Mark Attelmann der Tat dringend verdächtig war. Er berichtete von dem konstruierten Alibi in der Tatnacht, von den Verhören der leitenden Angestellten, und dass Attelmann sich zunächst seiner Einvernahme entziehen wollte und sie belogen habe.

»Heute ist Attelmann völlig überraschend und ohne irgendjemandem Bescheid zu geben nach Zürich gefahren, hat sein Schwarzgeldkonto bei der UBS abgeräumt und ist gerade dabei, nach Johannesburg in Südafrika zu fliegen. Er hat gemerkt, dass wir ihn verdächtigen. Er ist auf der Flucht.«

Die Staatsanwältin hatte interessiert zugehört. Der Name »Attelmann« war nicht irgendeiner in der Stadt.

»Woher wissen Sie das alles, Leicht?«, fragte sie nach. »Ist das belastbar?«

Leicht berichtete, dass sein Mitarbeiter hinter Attelmann her nach Zürich gefahren sei und ihn eben vom Flughafen aus informiert habe. Sie habe es ja selbst mitgehört. Die Oberstaatsanwältin erschrak:

»Sie haben, ohne mich zu fragen, einen unserer Beamten dienstlich in die Schweiz geschickt?«

Sie stand empört hinter ihrem Schreibtisch auf. Eigentlich wollte sie ein paar Schritte gehen, um ihren Unmut zu unterstreichen. Als sie sah, dass wegen der Aktenstöße am Boden jeder Schritt eher lächerlich, denn energisch wirken musste, setzte sie sich wieder.

»Das hätten Sie nicht tun sollen. Ich bin doch jederzeit zu erreichen. Ich darf solche Eigenmächtigkeiten nicht dulden. Stellen Sie sich vor, das wäre aufgefallen.«

Leck mich doch am Arsch, du alte Hutzel, schoss es Leicht durch den Kopf. Was meinst du, was ich jeden Tag ohne dich mache? Und er musste lächeln, weil ihn die Falten um Mund und Hals der Rossmann zu der Assoziation mit dem getrockneten und schrumpeligen Obst verleitet hatten, wenn auch nur in Gedanken.

»Ich finde das gar nicht lustig, Herr Hauptkommissar.«

Der Staatsanwältin war das unmotivierte Lächeln im Gesicht von Leicht nicht verborgen geblieben.

»Aber vielleicht haben Sie Recht. Geben Sie mir einen Bericht herein, und wir entscheiden dann, ob es für einen Haftbefehl reicht.«

»Frau Dr. Rossmann«, Leicht sprach langsam und betonte jedes Wort, »in spätestens acht Stunden landet Attelmann in Südafrika. Wenn wir ihn am Flughafen nicht festhalten, ist er fort. Schluss. Aus. Amen. Dann können wir die Akte zuklappen. Sensationsmord ungeklärt. Der Mann hat Geld. Der Mann hat Freunde überall auf der Welt. Wir können ihn vergessen. Und Tschüss. Sein Gelächter höre ich von Kapstadt bis in mein Büro.«

»Was wollen Sie denn, Leicht, was ich tun soll? Sie meinen doch nicht im Ernst, ich kriege jetzt einen Haftbefehl für Südafrika. Und wer soll denn den vollstrecken? Schlagen Sie sich das aus dem Kopf. Ich erwarte Ihren Bericht und ich möchte wissen, was wir in der Schweiz gemacht haben.«

Der abweisende und tadelnde Tonfall war unüberhörbar.

»Nein«, korrigierte sie sich nach einer Sekunde des Überlegens, »von der Schweiz möchte ich gar nichts wissen.«

Leicht verließ unverrichteter Dinge und ohne Gruß das Zimmer der Oberstaatsanwältin. Er hatte die Tür noch nicht richtig hinter sich geschlossen, da begann er schon vor sich hin zu fluchen.

Vor der beeindruckenden Flügeltür im obersten Stockwerk des Wilhelminischen Justizpalastes blieb er stehen. Dahinter residierte der Gerichtspräsident. Dr. Anton Zeiss war Ehrenvorsitzender des Ruderclubs der Stadt. In diesem Verein musste Mitglied sein, wer im öffentlichen Leben etwas galt. Egal ob in Kunst, Kultur, Wirtschaft, Politik, Verwaltung oder Kirche. Hauptkommissar Leicht war in seiner Jugend erfolgreicher Ruderer. Im Vierer hatte er es sogar einmal zur deutschen Meisterschaft gebracht. Der Pokal und die Urkunde sind im Clubraum ausgestellt. Jetzt bekleidete er die Funktion des obersten Zeugwarts und war verantwortlich für den Zustand der Boote und der Ausrüstung. Er nahm an den Vorstandssitzungen teil. Der Gerichtspräsident kannte ihn gut und hatte ihn bei Vereinsveranstaltungen wegen seiner Arbeit und seines guten Einflusses auf die jugendlichen Aktiven des Clubs mehrmals namentlich hervorgehoben.

Hauptkommissar Leicht klopfte an die Tür. Er wartete. Als er nach einer Weile nichts hörte, drückte er die schwere Klinge und öffnete. Eine einzelne Frau saß fast verloren in einem Saal und schaute auf.

»Ich hätte gern den Herrn Präsidenten gesprochen. Mein Name ist Leicht, Hauptkommissar Leicht.«

»Haben Sie einen Termin? Ich habe keinen eingetragen.«

»Nein, aber es ist dringend«, sagte Leicht. Die Angestellte wies auf die Überlastung des Herrn Präsidenten hin und versuchte, Leicht sanft, aber bestimmt, abzuwimmeln, als die Verbindungstür zum nächsten Zimmer aufging und der Gerichtspräsident im Türrahmen erschien.

»Ist noch etwas, Frau Meier? Wenn nicht, gehe ich heute etwas früher.«

Dann bemerkte er den Hauptkommissar und stutzte kurz.

»Herr Leicht?« Er sah ihn fragend an.

»Wollen Sie zu mir?« Der Kommissar nickte, und Dr. Zeiss sagte freundlich einladend, »na, dann kommen Sie doch gleich herein. Ich habe wenig Zeit.«

Das habe ich heute schon mal gehört, dachte Leicht. Scheint eine stehende Redewendung in diesem Hause zu sein.

Nach ein paar einleitenden Worten über die erfolgreiche Arbeit im Club fragte Dr. Zeiss, was ihn in sein Büro führe.

Leicht wiederholte, was er vor einigen Minuten der Staatsanwältin berichtet hatte. Er fügte hinzu, dass ihn die Frau Dr. Rossmann weggeschickt und mit einer Berichtsabfassung beauftragt habe. Sie kenne keinen Weg, wie der dringend verdächtige Herr Attelmann nach seiner Landung in Johannesburg festgenommen werden könne.

»Wenn wir ihn dort nicht bekommen, bekommen wir ihn nie«, schloss er seinen Vortrag.

Der Gerichtspräsident hörte sich alles sehr ruhig an und schob sich bequem in seinen schweren schwarzen Ledersessel zurück. Seine Hände faltete er über dem gewölbten Bauch. Die Anzugjacke hing neben der schwarzen Robe an einem Bügel neben einem mächtigen, dunklen Schrank. Eine blaue Weste umspannte den stattlichen Leib. Langsam begannen sich die beiden Daumen um sich zu drehen. Dies war die einzige sichtbare Bewegung. Die Augen von Dr. Zeiss waren konzentriert auf die blankpolierte, leere Schreibtischplatte gerichtet.

Ohne die Ausführungen von Leicht zu kommentieren oder ihn überhaupt zu beachten, drückte er eine Taste der Telefonanlage, die auf einem kleinen Nebentisch platziert war. Er nahm den Hörer ab und legte ihn zart an sein großes fleischiges Ohr.

»Hier Zeiss. Bitte geben Sie mir Dr. Domler. Nein, nicht später. Stellen Sie durch. Er wird es verstehen. Domler war dabei, einen Bauträgervertrag vorzulesen, als er von seiner Sekretärin unterbrochen wurde. »Herr Notar, ein dringendes Telefonat.«

Verärgert schaute er auf.

»Nicht jetzt! Rufen Sie später zurück.«

Die Sekretärin beugte sich zum Ohr des Notars und flüsterte einige Worte.

Dr. Domler stand sofort auf und verließ das Zimmer. Er nahm im Nebenraum das Telefon ab.

»Herr Präsident, was kann ich für Sie tun? Nein, Sie stören nicht.«

Der Aufsichtsratsvorsitzende Domler hörte mit wachsender Verwunderung der Stimme zu, und als Dr. Zeiss fragte, ob ihm in letzter Zeit etwas an Mark Attelmann aufgefallen sei, informierte er ihn über dessen Anruf vom Flughafen München, wo er ihn nicht ganz zutreffend darüber informiert habe, in der Bankensitzung sei beschlossen worden, ihn abzulösen. Herr Attelmann habe ihn gebeten, seine Interessen wahrzunehmen.

»Wann haben Sie ihn denn zum letzten Mal gesehen? Ist Ihnen etwas an seinem Verhalten aufgefallen? War er anders als sonst?« Dr. Zeiss fragte ruhig, eher beiläufig, und scheinbar ohne Interesse, wie er es in seiner Richterlaufbahn eingeübt hatte.

»Gestern Abend, Herr Präsident«, berichtete Domler beflissen. »Wir waren zusammen im Karpfenfischer beim Abendessen. Er war etwas schweigsam und ja, jetzt fällt es mir doch auf: Sein Aufbruch war etwas überhastet. Er hat uns fast sitzengelassen. Wir fühlten uns düpiert. Es ist sonst nicht seine Art.«

Mit gespielt gelangweilter Stimme fragte Dr. Zeiss nach, ob Domler denn wisse, wo sich Herr Attelmann jetzt aufhalte.

»Ich denke zu Hause, Herr Präsident. Er ist nicht mehr im operativen Geschäft tätig. Herr Attelmann wechselt in den Aufsichtsrat. Der Akt ist aber noch nicht vollzogen. Er war von der Reise noch ermüdet. Wir konnten die Einzelheiten deshalb nicht besprechen. Aber gestatten Sie, warum fragen Sie mich das alles? Ist etwas nicht in Ordnung? Liegt etwas vor, das ich auch wissen sollte?«

»Nein, alles in Ordnung, Herr Dr. Domler. Entschuldigen Sie die Störung. Ich danke Ihnen.«

Domler stand ratlos mit dem Telefonhörer in der Hand. Was wollte der Zeiss?

Der Gerichtspräsident war eine hochangesehene Persönlichkeit in der Stadt. Obwohl er sich politisch nicht betätigte, machte er aus seiner Parteizugehörigkeit keinen Hehl. Er gehörte nicht der Partei an, deren Fraktion Domler im Stadtrat führte. Aber natürlich begegneten sie sich bei vielen Veranstaltungen und hatten auch beruflich miteinander zu tun: der Notar Dr. Domler, Sprecher der Mehrheitsfraktion im Rathaus und Aufsichtsratsvorsitzender eines der größten Industrieunternehmen und Dr. Zeiss, Präsident des Landgerichts und Ehrenvorstand fast jeder kulturellen und sozialen Einrichtung der Stadt. Beide hatten ihr Terrain abgesteckt, und jeder hielt sich dem anderen gegenüber für überlegen. Domler wusste, dass er mit der erfolgreichen Expansion der Attelmann AG nach Frankreich der erste Mann in der Stadt sein würde. Könnte es sein, dass die anderen bereits Wind davon bekommen hatten? Mit Kleiner hatte er absolutes Stillschweigen vereinbart. Hatte Mark Attelmann die Sache bekannt gemacht? Er als Aufsichtsratsvorsitzender sollte mit dieser sensationellen Nachricht als erster vor die Öffentlichkeit treten. So war es mit Kleiner besprochen.

Unkonzentriert, und ohne mit seinen Überlegungen zu einem Ergebnis gelangt zu sein, kehrte der Notar zu den Bauträgern zurück.

Dr. Zeiss hatte den Hörer nach dem Gespräch sanft zurückgelegt und lehnte sich wieder in seinem Sessel zurück. Wie eine Riesenkröte, dachte Leicht nicht ohne Respekt.

Der Präsident atmete hörbar, indem er die Atemluft tief durch die voluminöse Nase zog und sie zwischen den gepressten vollen Lippen wieder ausstieß. Er überlegte angestrengt. Dann griff er wieder zum Telefon und wählte eine längere Nummer, die er offensichtlich auswendig kannte.

»Hier Gerichtspräsident Dr. Zeiss. Ich brauche den Präsidenten.« Es entstand eine längere Pause. Dann hatte Zeiss offenbar seinen Gesprächspartner in der Leitung.

»Hallo Josef. Ich bin's, Anton. Nein, ich bin noch im Gericht. Du, ich habe da eine delikate Angelegenheit. Kannst du in Südafrika jemanden verhaften? Ja, einen Deutschen.«

Dr. Zeiss lauschte aufmerksam in das Telefon und schaute plötzlich zu Leicht auf, den er seit dessen Bericht nicht mehr beachtet hatte.

»Wann landet die Maschine in Johannesburg, sagten Sie?«

»Morgen früh«, antwortete Leicht.

»Geht das etwas genauer?«

»Entschuldigung, Herr Präsident.«

Leicht kramte nach seinem Handy und rief Otto an. Dr. Zeiss fixierte ihn scharf und beobachtete ihn genau. Es schien, als sei er aus einer Art Ruhestellung in Gang gekommen. Leicht hörte Ottos Auskunft und wiederholte laut und deutlich:

»Ankunft 8.45 Uhr Ortszeit. South African Airways. Direktflug von Zürich nach Johannesburg.«

Der Präsident wiederholte die Daten präzise für seinen Gesprächspartner.

»Ja Josef, wir haben hier einen Mordfall. Der Verdächtige heißt Mark Attelmann. Richtig, aus der Fabrikantenfamilie Attelmann. Was sagst du? Mord geht nicht. Dann mach halt was Anderes. Waffenhandel, Terrorfinanzierung, Geldwäsche oder Drogen. Falsa demonstratio non nocet.[1] Hauptsache, der Mann kommt wieder hierher. Ihr habt aber auch seltsame Vorschriften. Wie geht es deinen Kindern. Ach, alle Jura. Ja, Bayreuth ist gut. Kriegt einen immer besseren Ruf, trotz Guttenberg. Also ich danke dir und gib mir Bescheid. Gruß auch an deine Frau.«

Zeiss legte den Hörer weg und wandte sich dem Hauptkommissar zu. Im Sessel aufgerichtet erteilte er präzise seine Anweisungen:

»Herr Leicht, Sie machen jetzt Ihren Bericht für die Staatsanwaltschaft hier. Ich bekomme eine Kopie. Um Herrn Attelmann kümmert sich das BKA. Bis wir hier den Haftbefehl ausgestellt und weitergeleitet haben, können die den da unten allemal festsetzen.«

Der Präsident hatte mit deutlicher Stimme begonnen und in einem Gemurmel, das nur für ihn selbst bestimmt schien, geendet.

»Also, machen wir uns an die Arbeit.«

Er holte sein Jackett vom Bügel und zog es schwungvoll an. Leicht hatte seinen Auftrag, und ihn selbst erwartete ein geruhsamer Abend.

Während der Kommissar widerwillig den geforderten Bericht anfertigte, gingen ihm seltsame Gedanken im Kopf herum. Wie man sich irren kann, dachte er. Da hält alle Welt den Zeiss für einen gemütlichen Mann. Ich möchte ihn nicht zum Feind haben.

---

1 »Eine unrichtige Bezeichnung schadet nicht.«

7

Der Innenraum des Airbus war nur spärlich beleuchtet. Die Uhr zeigte fast halb zwölf, und viele Passagiere hatten bereits die Beleuchtung ausgeschaltet und sich eingezwängt auf den Sitzen halb liegend mit angezogenen Beinen in ihre Decken gehüllt.

Andere starrten mit übergestülpten Kopfhörern auf den kleinen Monitor auf der Rückseite des nächst vorderen Sitzes und verfolgten einen Film. Manche raschelten mit einer zerknitterten Zeitung, die sie inzwischen zum wiederholten Mal durchgeblättert hatten, und einige wenige, zu denen Mark zählte, tranken Bier, Wein, Cognac oder Whisky und hingen ihren Gedanken nach. Gespräche zwischen den Passagieren fanden so gut wie nicht statt.

Das ist der Nachteil der Holzklasse, dachte Mark. Ein Nachtflug ist wirklich der reinste Horror. Er konnte sich nicht dazu überwinden, die wahnsinnigen Preise für einen Flug in der ersten Klasse aus eigener Tasche zu bezahlen. Die Früchte einer strengen Erziehung im sparsamen Elternhaus blieben ein Leben lang haltbar, auch wenn sich die Umstände geändert hatten.

Sollten der Kleiner und der Domler doch die Charon S. A. kaufen, wenn ihnen die Arbeit nicht reichte, dachte Mark an den gestrigen Abend zurück. Viel falsch machen konnten sie nicht. Die Idee mit der Übernahmegesellschaft war gar nicht schlecht. Wenn wirklich etwas schiefging, dann blieb die Attelmann AG unbeschädigt. Eigentlich müssten seine beiden Schwestern, Mathilde und Carmen, über diese Entwicklung auch informiert werden. Marks Gedanken flogen etwas sprunghaft in dem vollbesetzten

Flugzeug mit der diffusen Beleuchtung und den seltsam verrenkten Gestalten.

Die Stewardess kam vorbei. Sie war eine Mischung zwischen schwarz und indisch, schätzte Mark. Sie hatte die langen Beine und den hoch angesetzten Steiß der Schwarzen und ein fein geschnittenes Gesicht, wie man es bei den Inderinnen häufig findet.

Manche Passagiere hatten ihre Beine auf den Zwischengang gestreckt, ganz vorne neben der Toilette hatte Mark sogar eine Gestalt am Boden liegen sehen. Die Stewardess konnte keinen Servierwagen mehr schieben, sondern musste einen kleinen Hindernislauf machen, und Mark sah ihr dabei amüsiert zu. Er war einer der wenigen wach gebliebenen Fluggäste und traf keine Anstalten, sich für einen provisorischen Schlaf einzurichten. Als das Mädchen neben ihm stand, wünschte es ihm eine gute Nacht. Mark meinte, dass es damit wohl nichts werde. Es sei denn, sie würde ihm ein wenig Gesellschaft leisten. Daraus wiederum, so erwiderte sie, werde auch nichts. Aber sie könne ihm eine Flasche Wein bringen, wenn ihn das tröste. Mark fand das ganz wunderbar, und nach nur wenigen Minuten standen eine Flasche Rotwein und ein passendes Glas vor ihm. Er schenkte sich das Glas halb voll und drehte den Stil gelangweilt und nachdenklich zwischen Daumen und Zeigefinger.

Seine Augen blieben an dem Monitor mit dem kleinen Flugzeug hängen, der in der Mitte des Passagierraumes an der Decke angebracht war und auf dem man die jeweilige Flugposition erkennen konnte. Der Flieger befand sich in südlicher Richtung über der Weite der Sahara in fünfunddreißigtausend Fuß Höhe mit einer Reisegeschwindigkeit von neunhundert Kilometern, las er die Daten ab. Ein winziger, wandernder Stern im Nachthimmel über Nordafrika.

Im Halbdunkel des Flugzeugs begann es in Marks Gehirn zu denken. Er durchwanderte die turbulenten Jahre, die hinter ihm lagen und in denen er alles einbringen konnte, was er an Fähigkeiten besaß. Vor seinen geschlossenen Augen sah er sich selbst,

wie er nach dem Fall der Mauer in Berlin von der Treuhand aufgefordert wurde, sich am Aufbau Ost zu beteiligen. Diese Anstalt
war mit einem Heer von Liquidatoren dabei, die Kombinate zu
zerlegen und Restitutionsansprüche zu prüfen und zu erfüllen.
Geld stand in nahezu unbeschränktem Umfang zur Verfügung.
Der Erfolg der Mitarbeiter bemaß sich an der Zahl der entflochte-
nen und verkauften Betriebe, an der Anzahl der durch den Käufer
garantierten Arbeitsplätze und an der Höhe der zugesagten Investitionen. Der Kaufpreis selbst spielte eine völlig untergeordnete
Rolle. Im Gegenteil: Für jeden garantierten Arbeitsplatz konnte
der Käufer mit einer finanziellen Ausstattung für die Fortführung
des Betriebes rechnen. Die Käufer hatten ein Unternehmenskon-
zept vorzulegen und den Nachweis zu erbringen, dass sie dieses
Konzept auch umsetzen konnten. War der Käufer keine natürliche
Person, sondern ein eingeführtes Unternehmen, so endete diese
Prüfung automatisch positiv. In der Treuhandanstalt in Berlin
lernte er Sigrid Holzmann kennen. Sie war eine Rechtsanwältin
aus Stuttgart, die im Auftrag der Treuhand Liquidationen be-
arbeitete. Eine Blechverarbeitung in Chemnitz gehörte zu dem
Maschinenbaukombinat, das sie aufzulösen hatte.

Sie gehörte zu den auffällig vielen jungen Frauen, die in dieser
Behörde arbeiteten. Für Berufsanfängerinnen in Jura, Volkswirt-
schaft und Betriebswirtschaft kam die Treuhandanstalt einem
Karriereturbo gleich. Der damalige Finanzminister mit den buschigen Augenbrauen und die Präsidentin hatten sich wohl abgesprochen, der deutschen Wirtschaft einen personellen Eman-
zipationsschub zu versetzen.

Als Sigrid Holzmann realisierte, dass Mark Geschäftsführer und
Gesellschafter der Attelmann-Werke, damals noch einer GmbH
& Co KG war, ließ sie ihn nicht mehr aus den Augen. Sie unterhielt ein Zweigbüro in Dresden. Bei Marks erstem Besuch dort
wühlte sie aus einem Stapel Liquidationsakten mindestens zehn
Werke heraus, die für ihn interessant waren. Chemnitz schauten
sie dann zusammen an. Aus dem Kombinat waren diesem Werk

ursprünglich zwei Millionen Mark Liquidität zugeordnet worden. Es umfasste achtzigtausend Quadratmeter, davon waren etwa dreißigtausend überbaut. Dazu gehörte eine Unternehmervilla aus der Gründerzeit. Sie war heruntergekommen, aber in reinstem Jugendstil und in der besten Wohnlage der Stadt auf mindestens zehntausend Quadratmetern Grund gelegen. Beschäftigt waren noch vierhundert Leute.

Als Mark sie fragte, was die ganze Chose kosten solle, schaute sie ihn an, als ob er den Abschluss einer Hilfsschule nur mit Hilfe von Repetitoren geschafft hätte. Dass der Kaufpreis keine Rolle spielte, erfuhr Mark erst später. Sie sind nach Dresden zurückgefahren und haben im Hilton neben der Ruine der Frauenkirche gegessen und im Blauen Ei noch einen Absacker getrunken. Zum Übernachten lud sie ihn in die Waldschänke nach Moritzburg ein. Ein fürchterlich überladenes Gebäude mit schweren grünen Sesseln und allen möglichen Jagdtrophäen an der Wand. Wuselnde Kellner in grünen Samtanzügen liebedienerten permanent um den Tisch. Der sich als strammer Antikommunist gerierende Bayer Strauß traf sich hier häufig mit Honecker und dessen Schalck zu Gesprächen. Streng vertraulich natürlich. Wahrscheinlich ging es auch um Fleischlieferungen nach Rosenheim. Nach der Wiedervereinigung kam Schalck- Golodkowski in der Villa dieses Rosenheimer Fleischfabrikanten am Tegernsee unter.

Diesen Mann hätten sie zum Chef der Treuhand machen sollen, dachte Mark oft. Er hätte wenigstens gewusst, wovon er redet und wo das versteckte Staatsvermögen zu finden war

Beim Aushandeln der Übernahmebedingungen für das Werk Chemnitz lernte Mark dann einen Abwicklungsdirektor der Treuhandanstalt kennen. Der hatte spritzige Sprüche drauf. Sigrid Holzmann machte er darauf aufmerksam, dass sie als Liquidatorin keine Politikerin sei und deshalb mit ihrer Wahl kein Armutsgelübde abgelegt habe. Trotzdem würde es den Kontrolleuren auffallen, wenn sie pro Tag mehr als dreißig Stunden für sich abrechne, da auch bei der Treuhand der Tag nur vierundzwanzig

Stunden habe. Mark erklärte er, dass er an seiner Stelle nach der Eingliederung des Werkes Chemnitz in die Attelmann GmbH & Co KG mit dem ganzen Laden an die Börse gehen würde. Damit hätte er ausgesorgt. Die Zeit dafür sei jetzt am günstigsten. Der Katzenjammer ginge in zehn Jahren los, wenn all die schönen Zusagen nicht eingehalten, und die Kapitalausstattungen verbraucht seien. Dann rückten die Prüfer nach und fieselten alle Akten nochmals durch. Das gäbe noch Heulen und Zähneklappern. Bis dahin müssten alle, die jetzt die Drecksarbeit machten, vom Acker sein. Der Mann hat Recht gehabt, dachte Mark. Ich bin an die Börse gegangen, und das war meine beste Idee. Na ja, eigentlich war es die Idee von diesem Treuhanddirektor. Da haben die Holzmann und ihre Stuttgarter Kanzlei auch richtig Geld verdient. Sie haben aber auch gut gearbeitet.

Der Börsengang hat richtig Kapital in die Kassen gebracht, und wir haben irrsinnig investiert. Da bin ich zum ersten Mal nach China geflogen, erinnerte er sich. Mit einer Delegation des Ministerpräsidenten. Die Stimmung im Flugzeug war einfach irre. Alle waren der Meinung, die Welt gehöre uns. Das hat sich richtig aufgeschaukelt. Während des Hinfluges haben wir schon ordentlich gezecht und die erste Strophe des Deutschlandlieds gesungen. Politiker, wir Wirtschaftsleute und die Pressefritzen. Nichts ist rausgekommen. Den Politikern hätte das den Kopf gekostet. Aber die Stimmung war damals so. Auch ohne Alkohol waren alle besoffen. Wir glaubten wirklich, das vergangene Jahrhundert habe uns kaputt gemacht, und das nächste wird wieder das unsrige.

Mark füllte sich im Halbschlaf ein Glas Wein nach. Von einer Eurokrise hatte damals noch niemand etwas ahnen können.

Das war ein anderer Flug als heute. Keiner hat geschlafen. Einer hat den Kaiser Wilhelm gespielt und aus dessen Hunnenrede vorgetragen: »Benehmt euch so, dass kein Chinese es je wagt, einen Deutschen scheel anzuschauen.« Gegröle. Mensch, waren wir blöd, aber alle. Wie Menschen in kürzester Zeit jede Erziehung, Kultur und Erfahrung vergessen können, wenn es die Umstände hergeben. Leute, die man zur Elite zählt. Man darf gar nicht daran denken. Und ich mitten drin. Angegeben haben wir wie eine Steige voller Affen. Jeder hat noch tollere Geschäfte in der Pfanne gehabt.

Die Chinesen haben uns empfangen wie die neuen Herren. Riesige Umsatzchancen, ein gigantischer Markt, keine Bürokratie. Und überall herzlich willkommen. Erst auf dem Rückflug haben wir gemerkt, dass buchstäblich nichts gelaufen ist. Wir hätten das Knowhow und das Geld mitbringen sollen. Die Chinesen hätten uns dann erlaubt, als Juniorpartner in ein Joint Venture einzutreten. Eigentlich haben die uns richtig verarscht. Und wir waren so benebelt, dass wir es erst auf dem Rückflug gemerkt haben. Die lachen wahrscheinlich heute noch über uns.

Zuhause mussten nach der Umwandlung in eine Aktiengesellschaft ein Vorstand und ein Aufsichtsrat installiert werden. Meine Halbschwester Mathilde ging mit in den Vorstand, Carmen wollte mit dem Betrieb nichts zu tun haben. Ich erhielt die klangvolle Position des Vorstandsvorsitzenden.

In den dreiköpfigen Aufsichtsrat setzte ich meinen Hausanwalt und Notar, den Chef unserer Hausbank und den Betriebsratsvorsitzenden. Mark lächelte versonnen vor sich hin. Später habe ich die Holzmann nochmals getroffen. Sie schlug mir einen weiteren Unternehmenskauf vor. Wir verabredeten uns im Waldschlösschen in Dresden. Sigrid saß an der langen Theke vor einem kleinen Bier. Die Rückwand bildeten ein Kupferkessel und eine Vielzahl von kupfernen Leitungen zum Bierzapfen. Das Lokal war hergerichtet wie ein Sudhaus. Erlebnisgastronomie nennt sich das. Da kein Stuhl frei war, stellte ich mich neben Sigrid. Sie hielt mir ihr Gesicht entgegen, also küsste ich sie links und rechts zur Begrüßung. Nach nur ein paar Jahren war es schon egal, ob du in München oder Dresden in eine Kneipe kamst. Die gleiche Bussi Gesellschaft war entstanden. Sigrid war etwas fülliger geworden und kam sofort zur Sache. Eine Eisengießerei sollte ich unbedingt mitnehmen. Ihre Augen waren nicht mehr so strahlend wie vor zehn Jahren, und auch sonst wirkte sie irgendwie weniger spritzig. Sie erzählte, dass sie wieder in Stuttgart arbeite, aber immer wieder in die neuen Bundesländer fahre. Meist wegen Reparaturen aus früheren Geschäften, die sie noch abwickeln müsse.

Sie ist dann unsere Hausanwältin geworden. Insbesondere im Arbeitsrecht. Da gab es nach der Umwandlung jede Menge Arbeit. Eigentlich hat sie mir viel geholfen, die Sigrid Holzmann. Ich müsste sie mal wieder treffen. Es war immer interessant mit ihr.

Die Stewardessen brachten feuchtheiße Tücher: Ein untrügliches Zeichen für das Ende der Nachtruhe im Flugzeug.

Noch eine gute Stunde, dann hat auch die Tortur dieses Fluges ein Ende, dachte Mark. Er richtete seine Gedanken in die Zukunft und spürte, wie sein Herz leichter wurde. Ich freue mich auf Nelson. Vielleicht hat er Amara dabei. Er weiß, dass ich ankomme und holt mich sicher ab. Auf unser gemeinsames Konto in Durban habe ich eine Million Euro überwiesen. Hunderttausend habe ich am Mann. Wenn die Pachtverträge über das Land unterzeichnet und das Saatgut von Malawi tatsächlich eingetroffen sind, dann ziehe ich mein Darlehen ab. Domler und Kleiner sind bereits informiert. Auf Nelson und Amara ist Verlass. Er stellte sich die beiden vor. Sie waren nicht auf den ersten Blick als Geschwister zu erkennen. Beide gehörten zu den tiefdunklen Schwarzen, aber Amara war hochgewachsen und langgliedrig. Nelson dagegen nicht kleiner, aber massig. Sein Stiernacken bildete einen wurstförmigen Wulst, und er besaß Muskeln wie ein Rugbyspieler. Auf seiner Stirn und den breiten Nasenflügeln perlten meist kleine Schweißtropfen. Trotz seiner mindestens einhundertfünfzig Kilo war er kein behäbiger und schwerfälliger Mann. Er besaß die ruhigen und sicheren Bewegungen einer satten Raubkatze.

Zwischenzeitlich war das Frühstück serviert worden. Obwohl Mark sehr schlank war, reichte der Platz mit dem heruntergeklappten Tischchen für ein unbehindertes Essen kaum aus. Er schob deshalb das ohnehin unappetitlich matschige Weizenbrötchen samt eingewickelter Butter, eingeschweißtem Käse und den kleinen Plastikbecherchen mit Erdbeerkonfitüre zur Seite und beschränkte sich auf die Tasse Kaffee. Eine Offenbarung war auch die nicht.

Als das Flugzeug in Johannesburg endlich gelandet war, hangelte er seine Sporttasche aus dem Gepäckfach über sich, kontrollierte, ob er Pass und Geld präsent hatte und sah zu, wie die Passagiere ins Freie drängten. Nachdem sich der Gang zwischen den Sitzreihen geleert hatte, stand auch er auf und ging unbehindert zum vorderen Ausgang, wo die Treppe an den Ausstieg gefahren war. Er verabschiedete sich von der freundlichen Stewardess, die ihn durch die Nacht begleitet hatte und wieder ausgeruhter schien, und schritt die Stufen hinunter. Nach der unruhigen Nacht blinzelte er in die grelle Vormittagssonne und spürte angenehm die samtwarme Luft im Gesicht. Unten an der Treppe standen zwei Polizisten, die die Passagiere beim Verlassen der Maschine aufmerksam musterten.

»Sind Sie Herr Attelmann, Mark Attelmann?«, fragte einer von beiden, als er die letzte Treppenstufe erreicht hatte. Mark nickte verwundert.

»Kommen Sie mit. Sie sind verhaftet.«

8

Sigrid Holzmann fuhr mit ihrem roten BMW Cabrio in die Tiefgarage unter dem Bürohaus, in dem im vierten und fünften Stock die Räume der Anwaltskanzlei liegen, in der sie arbeitete. Sie betrieb die Kanzlei in Stuttgart zusammen mit neun weiteren Anwälten. Mit anderen Kanzleien weltweit hatten sie über eine hierauf spezialisierte Agentur belanglose Kooperations-vereinbarungen abgeschlossen. So entstand für nicht ganz informierte Kunden ein respektabler Kanzleiname, der auf dem Türschild und dem Briefkopf prangte und der suggerierte, die Kanzlei sei in Prag, Moskau, New York, Paris und in noch weiteren Geschäftszentren auf der Erde tätig. Global Play heißt das Spiel, dem sich alles unterordnet. Wenn man schon nicht spielte, so musste wenigstens der Eindruck erweckt werden, man tue es.

Sie war auf das weite Feld des Arbeitsrechts spezialisiert. Mit Kündigungsschutzklagen verdiente sie ihr tägliches Brot. Meist unkompliziert, langweilig und anspruchslos. Solche Klagen brachten schnelles und sicheres Geld. Der Streitwert belief sich meist auf drei Bruttomonatsgehälter, und schon in der ersten Güteverhandlung werden regelmäßig Vergleiche abgeschlossen. Vertrat sie den Arbeitgeber, zahlte der sofort nach Ende des Prozesses; vertrat sie den Arbeitnehmer, so erhielt sie das Honorar von dessen Rechtsschutzversicherung oder behielt es von dem ausgehandelten Abfindungsbetrag ein.

Ein solcher Rechtsstreit war in den häufigsten Fällen innerhalb von drei Monaten beendet. Ihre Kollegen, die sich mit Scheidungen, Schadensersatzklagen, Vertragsstreitigkeiten oder gar

Verwaltungsprozessen herumschlugen, konnten von einer solch kurzen Verfahrensdauer nur träumen. Sie wurde deshalb wegen der Schnelligkeit ihrer Rechtsstreite beneidet; andererseits aber wegen der aus Sicht ihrer Kollegen anspruchslosen Materie nicht ganz ernst genommen. Ein höheres Ansehen erwarb sie sich dann, wenn sie Betriebsvereinbarungen und Sozialpläne auspokern musste oder zu Schlichtungsverhandlungen hinzugezogen wurde.

Seit Beginn ihrer Anwaltstätigkeit ist sie auf diesem Feld bewandert. Die Arbeit ging ihr locker von der Hand. An Mandanten mangelte es nicht. In den Wendejahren erklärte sie sich bereit, für die Kanzlei in den neuen Bundesländern tätig zu werden. Als Liquidatorin erhielt sie damals die Aufträge von der Treuhand. Sie hat gut verdient, war letztlich aber doch froh, als sie die Entlastungsurkunden in ihre persönlichen Unterlagen einheften konnte. Es war ihr gelungen, diesen beruflichen Lebensabschnitt ordentlich zu beenden. Dies war nicht selbstverständlich. Nicht wenige ihrer Kollegen waren bei dieser Tätigkeit auf die schiefe Bahn geraten und wurden zu Recht oder Unrecht wegen Untreue von den hauseigenen Staatsanwälten der Treuhand verfolgt. War man einmal in die Schusslinie geraten, war es nahezu unmöglich, mit einer weißen Weste herauszukommen. Deshalb hatte sie beim Erhalt der Entlastungsurkunden erleichtert eine Flasche Heidsieck geöffnet und die anwesenden Kollegen zu einem Umtrunk eingeladen.

Ihre Kollegen beneideten sie manchmal wegen der Freiheit, die sie damals im Gegensatz zu ihnen, die in der Kanzlei ihrer Anwesenheitspflicht nachkamen, genoss. Andererseits waren die Jahre mit viel Reisetätigkeit und völlig unregelmäßiger Arbeitszeit belastet. Rückschauend war es ein interessanter, aber auch sehr anstrengender Berufsweg gewesen. Im Unterschied zu ihren Kollegen verlor sie durch die Vernetzung von unternehmerischer und juristischer Tätigkeit die menschliche Distanz zu den Fällen, die sie zu bearbeiten hatte. Für sie war mit der rechtlich einwandfreien und erfolgreichen Entflechtung eines Kombinats die Arbeit nicht beendet. Sie sollte die entstandenen Einheiten als wirtschaftlich überlebensfähige Konstruktionen einem Unternehmer übergeben und den ökonomischen Erfolg überwachen. Sie empfand sich als ein Rädchen im Getriebe eines wirtschaftlichen und sozialen Umbruchs.

Ihr Vater war Landrat und Mitglied im erweiterten Landesvorstand der führenden Partei. Sie wurde daher schon als Kind in ihrem Elternhaus politisch geprägt. Deshalb ging sie ihre Aufgaben nicht nur als geschickte Anwältin, sondern auch mit staatsbürgerlichem Enthusiasmus an. Umso enttäuschter und niedergeschlagener fühlte sie sich, als sie das Ergebnis ihrer Arbeit im Zusammenhang beurteilte.

In manchen Stunden rechnete sie sich einen wirtschaftlichen und politischen Fehlschlag als eigenes Verschulden an. Dies war natürlich Unsinn, was sie sich auch immer wieder bewusst zu machen versuchte. Ihre Kollegen hatten diese Skrupel nicht. Sie rissen Witze über die neuen Bundesbürger, bei denen sie nicht nur nicht mitlachen konnte, sondern die sie meist nur als dümmlich empfand. Nachsichtig bezeichneten die anderen Anwälte dieses ihr Verhalten in Anlehnung an die Erschwerniszulage bei den Gehältern der in den Osten abkommandierten Beamten als verbuscht. Der Seniorchef, der die Kanzlei in den letzten zwanzig Jahren zusammenhängend noch nie länger als acht Tage verlassen hatte, pflegte in diesem Zusammenhang einen Mandanten, der der Personalabteilung eines großen Autokonzerns vorstand, zu zitieren: »Schicke ich einen Mitarbeiter nach Arabien, so wird er verwüstet, schicke ich ihn in den Osten, dann wird er verbuscht. Für eine anständige Arbeit ist er für alle Zukunft verloren.« Zustimmendes Gelächter war ihm sicher.

Tatsächlich musste Sigrid nach ihrer Rückkehr in den alltäglichen Kanzleibetrieb einige Probleme überwinden, bis sie sich wieder an das disziplinierte Arbeiten am Schreibtisch gewöhnt hatte. Aber das alles lag einige Jahre hinter ihr. Vor drei Jahren lernte sie in der Kanzlei einen jungen Anwalt kennen, der sich ausschließlich auf Strafrecht konzentrierte und anders als die meisten Mitglieder dieser Zunft außerordentlich zurückhaltend und schweigsam war. Er vergrub sich in seine Akten und recherchierte äußerst genau. Ein Privatleben schien er nicht zu führen, da er oft bis spät in die Nacht in seinem Büro arbeitete. In der Kanzlei nannte man ihn nicht beim Namen, sondern nur »den Terrier.« Er verbiss sich in jeden Fall und gab ihn niemals verloren. Im Kollegenkreis munkelte man, dass ihm zu Beginn seiner Karriere ein Fehler unterlaufen sei und er eine Strafsache verbockt habe. Ein anderer Verteidiger habe das Verfahren durch einen Wieder-aufnahmeantrag zu einem besseren Ergebnis geführt. Der Terrier habe damals geschworen, dass ihm eine solche Blamage niemals wieder in seinem Leben passierte.

Eines Abends, als auch sie noch lange im Büro festgehalten war, hatte sie sich zu einer Tasse Kaffee an seinen Schreibtisch gesetzt. Er schob die Akten beiseite und hörte ihr zu, wie sie ihre Zeit in Dresden schilderte, und sie ließ ihn ihre Enttäuschung und auch ihre Verbitterung über manche Entwicklung erkennen. An diesem Tag erzählte er ihr, dass er als Abiturient aus Halle in einem Zeltlager in Ungarn gewesen und mit vielen anderen jungen Leuten ausgeharrt habe, bis sich für sie der eiserne Vorhang nach Österreich öffnete. Er sei dann nach München weitergefahren und habe dort einen Studienplatz für Rechtswissenschaften erhalten. Er wolle über diese Zeit aber nicht mehr reden, da es ihm vorkomme wie aus einem früheren Leben. Die Menschen seien nicht dafür geschaffen, dankbar oder demütig zu sein. Sein Vater sei zu Unrecht und willkürlich in Bautzen inhaftiert gewesen und im »Gelben Elend« misshandelt worden. Deshalb habe er, nachdem er die Möglichkeit dazu bekam, sich entschieden, Strafverteidiger zu werden. »In den Mühlen der Justiz bist du als Angeklagter eine ganz arme Sau«, sagte er.

»Kein Staatsanwalt, Richter oder Schöffe ist zu klein, um nicht auf dich herunterzuschauen. Schau dir mal die Gerichtsshows im Fernsehen an. So blöd sie sind, bleibt doch ein Ekel über das selbstgerechte Gehabe. Das ist in jedem System das Gleiche. Homo homini lupus, seit zweitausend Jahren, und daran ändert sich nichts. Ein paar Jahre vielleicht, nach einer Katastrophe, wenn man richtig überdreht hat und die Schrauben davongeflogen sind. Das hält aber nicht lange an, wie man sieht. Ich würde jedem Richter und Staatsanwalt die Verhandlungen von Freisler so lange im Original vorspielen und die Folterkeller im »Gelben Elend« zeigen, bis sich ihnen die Mägen umdrehen. Aber nein: Die Justiz ist eine Säule des Staats, und der Staat ist eine Errungenschaft der Zivilisation, und die Zivilisation muss mit allen Mitteln verteidigt werden. Nach den Menschen fragt doch niemand. Ach was, kommen Sie Sigrid, trinken wir einen.«

Er holte eine Flasche Wodka aus dem Schreibtisch, stellte zwei Gläser auf die Platte und schenkte ein. Mit einem Zug leerte er das Glas und schenkte sich sofort nach.

Sie schaute ihm lange in die Augen und stieß mit ihm an. Als sie das Glas ausgetrunken hatte, wusste sie, dass sie sich in ihn verliebt hatte. Zwei Monate später zogen sie zusammen. Inzwischen liebte sie ihn.

Dass sie nicht heirateten, gefiel insbesondere ihren Eltern nicht. Auch die verheirateten Kollegen in der Kanzlei empfanden es als Makel, als Unordnung im Leben. Sie beide aber wollten keine Behörde in ihr Leben holen, die ihren persönlichen Bund abstempelte. Diese Übereinstimmung hielt sie fester zusammen, als es eine standesamtliche Beurkundung gekonnt hätte.

Sigrid stieß die Tür zu ihrem Büro auf und stellte die schwere, schwarze Ledertasche, die sie von ihrem Vater nach ihrer Zulassung zur Anwaltschaft geschenkt bekommen hatte und von der sie sich nie trennen würde, neben den Schreibtisch auf den Boden und warf sich in den Sessel. Sie trug einen dunkelblauen Hosenanzug und ziemlich neue Pumps. Die Schuhe drückten noch, und deshalb schlüpfte sie heraus und rieb ihre Füße aneinander. Als sie gerade Beine, Füße und Zehen unter dem Schreibtisch wie bei einer Gymnastikübung bog und streckte, trat ihre Sekretärin ins Zimmer.

»Frau Holzmann, wir haben heute einen Anruf bekommen und wissen nicht, wo wir ihn zuordnen sollen. Der Anrufer sprach englisch und wollte Sie sprechen. Ich habe gesagt, Sie seien bei Gericht, und er bat um ihren Rückruf sobald als möglich.«

Fräulein Kramer legte ein Blatt aus einem Gesprächsnotizblock auf Sigrids Schreibtisch. Auf dem Blatt befand sich in Kramers Mädchenschrift eine lange Telefonnummer. Sigrid betrachtete das Blatt. Ländervorwahl 0027. Das ist doch Südafrika. Kenne ich da jemanden? Vielleicht einen Urlauber, dem ganz dringend etwas eingefallen ist. Es geschah oft, dass Mandanten, die in Urlaub gefahren waren, aus allen Winkeln der Erde anriefen und Informationen zu ihren Rechtsfällen durchgaben. Offensichtlich inspirierte der Urlaubsbeginn die Leute, sich mit ihren anhängigen Rechtsstreiten zu beschäftigen, und es kamen ihnen dann Dinge in den Kopf, an die sie zu Hause nicht gedacht hatten. Sigrid tippte die Nummer ins Telefon, stellte auf Lautsprecher und setzte ihre Gymnastik fort.

»Hi, this is Nelson Zaka here. Jo'burg.«Sigrid beherrschte soweit Englisch, dass sie das Gespräch führen konnte.

»Hier Rechtsanwältin Holzmann, Stuttgart, Deutschland«, sagte sie. »Sie baten um meinen Rückruf.«

Nelson hatte im OR Tambo International Airport in Johannesburg auf Mark gewartet und beobachtet, dass er von zwei Polizisten abgeführt wurde. Er stellte sich in den Weg und fragte die beiden uniformierten Schwarzen, was hier vor sich gehe. Sie verweigerten die Auskunft und erklärten erst dann ihren Auftrag, als Nelson aus dem Stapel seiner Visitenkarten eine mit dem Siegel der Regierung vorzeigte. Genaues konnten sie aber nicht sagen, sondern erklärten lediglich, sie hätten den Auftrag, Herrn Mark Attelmann in Auslieferungshaft zu nehmen. Sie erlaubten aber, dass Mark auf die Rückseite von Nelsons Visitenkarte einen Namen und eine Telefonnummer notierte. Nelson umarmte Mark und versicherte, er solle sich keine Sorgen machen. Er werde sich um die Angelegenheit kümmern. Solche Irrtümer kämen eben manchmal vor.

Nelson informierte also Sigrid darüber, dass Mark Attelmann in Johannesburg in Auslieferungshaft sitze und es sich dabei wohl um einen Irrtum handeln müsse. Es wäre aber sicher hilfreich, wenn sie sich aus Deutschland mit dem Polizeipräsidium in Johannesburg in Verbindung setzen könnte. Er gab die Nummer an Sigrid durch, und sie schrieb sie auf das vor ihr liegende Blatt.

Nein, er habe keine Ahnung, was Herrn Attelmann vorgeworfen werde. Mehr könne er nicht sagen, weil er selbst nicht mehr wisse. Er mache sich jetzt auf den Weg zum Polizeipräsidenten und melde sich dann wieder.

Sigrid rief sich die Begegnungen und Geschäfte mit Mark in ihr Gedächtnis zurück. Sie hatte ganz am Anfang der neunziger Jahre und dann zehn Jahre später mit ihm zu tun gehabt. Außerdem war er Mandant der Kanzlei bei der Umwandlung seines Unternehmens in eine Aktiengesellschaft. Er wird sich doch nicht in krumme Geschäfte, ausgerechnet mit Südafrika, eingelassen haben. Trockener Buchhalter war er keiner, erinnerte sie sich. Aber so leichtsinnig wird er doch nicht sein.

Sie stand auf, quälte sich in die Schuhe, nahm das Blatt vom Tisch und machte sich auf den Weg zum Terrier. Selbst sie nannte ihn bei diesem Spitznamen. Tatsächlich hieß er Adam Adorno. Vielleicht traf sie ihn im Büro, und er saß nicht in irgendeinem Gerichtssaal oder bei Mandanten. Strafsachen waren schließlich sein Metier, und die Verhaftung eines Deutschen in Südafrika war zweifellos eine Strafsache.

Adam freute sich, als Sigrid in sein Büro kam. Er konnte eine angenehme Unterbrechung seiner Gedanken brauchen. Zurzeit beschäftigte er sich mit einer Anklage wegen Hinterziehung von Sozialabgaben. Ein Tischlereibetrieb mit zehn oder zwanzig Mitarbeitern war insolvent geworden, und der Betriebsinhaber hatte für einige Monate nur verspätet und die letzten zwei Monate die Abgaben und die Lohnsteuer gar nicht mehr zahlen können. Er hatte alles versucht, den Betrieb zu retten und auch sein bisschen Erspartes hineingesteckt. Jetzt saß er wegen Untreue und Unterschlagung auf der Anklagebank. Richter und Staatsanwalt lasen dem Mann die Leviten. Beide kannte Adam gut. Keiner von seinen Anklägern hätte das Zeug und die Lust, einen eigenen Betrieb auch nur ein halbes Jahr zu führen. Aber zur Verurteilung für zwei Jahre, gnädigerweise zur Bewährung ausgesetzt, reichte es. Wenn er daran dachte, welche Summen bei den Bankenrettungsaktionen im Raum standen, und wie der kleine Tischlermeister zwischen die Mühlsteine der Justiz geraten war, drehte sich ihm der Magen um. »Adam, pass auf«, sagte er sich, »du darfst das Schicksal deiner Mandanten nicht an dich herankommen lassen.« Sein berühmter Münchener Professor, mindestens genauso bekannt als Karl-May-Fan, hat es seinen Studenten im Strafrechtsseminar immer wieder eingeschärft.

Er strich Sigrid übers Gesicht und küsste sie zart auf die Nasenspitze. »Was gibt es? Keine Lust mehr heute?«

»Ich habe einen Fall für dich, Terrier. Ein Bekannter von mir sitzt in Südafrika fest. Kein Mensch weiß, warum. Kannst du das rauskriegen?«

»Du hast aber auch Freunde? Gibt es eine dunkle Seite an dir? Wenn du gestehst, kriegst du Bewährung«, neckte er sie.

»Ohne Schmarrn, Adam. Da fliegt der Attelmann nach Südafrika und wird dort festgenommen. Kannst du was tun?«

»Der Attelmann von der Attelmann AG?« Adam wurde ernst.

»Ja, der«, antwortete sie.

»Der wohnt doch sicher in dem Gerichtsbezirk seines Werks?« Auf dem Schreibtisch vor Adam stand das neueste Modell eines Flachbildschirms und davor lag eine Tastatur, auf die Adam jetzt mit zwei Fingern einhackte. »Staatsanwaltschaft beim Landgericht«, murmelte er vor sich hin und zog den Telefonapparat zu sich heran. Er gab eine Nummer ein, die er vom Bildschirm ablas.

»Hier Rechtsanwalt Adorno. Mit wem spreche ich? Frau Oberstaatsanwältin Dr. Rossmann. Da bin ich ja goldrichtig. Hören Sie, ein Mandant von mir hat seinen Wohnsitz in ihrem Bezirk und ist verhaftet worden. Das wüssten Sie doch? Ja, natürlich nicht jeden. Aber diesen schon. Es handelt sich um Mark Attelmann. Jawohl, den Maschinenbau-Attelmann.«

Marlene Rossmann saß inmitten ihrer Aktenberge. Als sie den Namen »Attelmann« hörte, sprang sie auf und rief in das Telefon: »Was, verhaftet? Wo denn? In Johannesburg. Woher wissen Sie das?«

Der Terrier erzählte alles, was er von Sigrid erfahren hatte.

Die Staatsanwältin beendete das Telefonat schnell und routiniert:

»Bitte schicken Sie mir Ihre Vollmacht und melden Sie sich wieder.« Sie wartete keine Antwort ab, legte auf und war dabei, ihre Fassung zu verlieren. Sie schlug mit der flachen Hand auf die nächstliegende Akte. Dann wurde sie blass und leise: Wer hat das veranlasst? Ich muss den Leicht sprechen, sofort. Das ist eine Riesenschweinerei! So etwas ist mir noch nie passiert.

Aus dem Nachbarzimmer kam Staatsanwalt Maier und blieb im Türrahmen stehen. Er wollte mit Rossmann eine Tasse Kaffee trinken. Die Klinke hielt er noch in der Hand. Seine Kollegin stand hinter einem völlig überladenen Schreibtisch und veränderte ihre Gesichtsfarbe von blass zu hochrot. Sie schnappte nach Luft und zwang sich, langsam und tief zu atmen. Als sie Maier sah, fragte sie gefährlich nuanciert und leise:

»Haben Sie einen Haftbefehl für Attelmann beantragt? Das ist mein Fall! Sind Sie wahnsinnig? Mit mir machen Sie das nicht!«

»Frau Kollegin, ich verstehe kein Wort«, sagte Maier, und sein Gesichtsausdruck unterstrich diese Worte glaubhaft.

Staatsanwalt Maier war ein ruhiger, besonnener Mann, etwa fünfunddreißig Jahre alt, und voller Bewunderung für seine ältere Kollegin.

»Frau Dr. Rossmann, ich habe gar nichts beantragt, und ich weiß nicht, wovon Sie reden. Trinken wir einen Kaffee zusammen?«

Die Oberstaatsanwältin setzte sich und starrte auf ihren chaotischen Schreibtisch. Ihr Blick war völlig leer.

Maier zog sich einen Stuhl aus der Ecke und nahm auf der anderen Seite des Tisches Platz.

»Was ist denn los, Frau Kollegin? So kenne ich Sie gar nicht. Ich hole uns einen Kaffee.«

Er verließ kurz das Zimmer und kam mit zwei Tassen Kaffee wieder. Er schob einige Akten zusammen und stellte die Tasse für Frau Rossmann ab. Die seine behielt er in der Hand. Er schlürfte ein wenig und wartete geduldig. Auch sie trank vorsichtig. Der Kaffee war frisch gebrüht und sehr heiß.

»Danke, Maier. Aber das ist eine bodenlose Frechheit. Was würden Sie tun, wenn in einem Ihrer Fälle ein Haftbefehl vollstreckt wird, den sie nicht beantragt haben? Nein, nicht nur das, sondern wo Sie es abgelehnt haben, einen zu beantragen?«

Der junge Staatsanwalt konnte mit der Frage nichts anfangen. Dass seine ältere Kollegin eine solche Frage an ihn stellte, nicht um ihn zu examinieren, sondern um eine echte Antwort zu erhalten, war außerordentlich ungewöhnlich. Er ließ sich für die Antwort Zeit.

»Ich bin immer froh, wenn mir einer eine Arbeit abnimmt«, wich er aus.

»Reden Sie keinen Unsinn. Das ist ungeheuerlich. Oder etwa nicht?«

»Ja gut, ich wollte schon auch gerne wissen, was dahintersteckt«, lenkte er ein.

»Ich auch, Maier. Ich auch.«

Frau Dr. Rossmann hatte sich wieder gefangen. Staatsanwalt Maier merkte, dass sie das Gespräch nicht fortsetzen wollte und mit ihren Gedanken woanders war. Er stellte seinen Stuhl in die Zimmerecke zurück und verließ das Büro. Da ist aber dicke Luft, dachte er.

Adam Adorno wandte sich in seinem Büro nach dem Telefonat an Sigrid: »Die war aber kurz angebunden. Mein Riecher sagt mir, da stinkt irgendetwas.« Adam rieb sich nachdenklich die Hände.

»Der Terrier nimmt Witterung auf. Das ist gut.« Sigrid freute sich, dass Adam Interesse zeigte. Sie selbst befasste sich mit Strafsachen nicht gern. Ihr fehlte die Erfahrung und sie wollte ein solches Mandat ordentlich bearbeitet wissen. Attelmann war schließlich nicht irgendwer. Aus so einer Geschichte konnte ein Dauermandat werden, um das sich jede Kanzlei reißt. Auch für eine Arbeitsrechtlerin könnte Arbeit abfallen. Immerhin hat der mehrere tausend Arbeitnehmer. Da gab es immer Probleme, dachte sie.

»Was hast du jetzt vor?«, fragte Sigrid.

»Weiß noch nicht. Sammeln. Ich muss viel mehr wissen. Wer kann mir was sagen? Kennst du die Leute?«

Adam drehte sich zu Sigrid.

»Wer ist der Attelmann? Wie gut kennst du ihn? Warum lässt er gerade dich anrufen? Denke nach. Alles kann jetzt wichtig sein. Fehler und Schlampereien am Anfang lassen sich nur ganz schlecht ausbügeln.«

Sigrid grübelte nach und sagte schließlich:

»Terrier, ich weiß es nicht. Vielleicht ist ihm einfach niemand anders eingefallen. Ich hatte seit Jahren nichts mehr mit ihm zu tun. Zuletzt versuchte ich, ihm eine Eisengießerei zu verkaufen. Das ist bestimmt vier oder fünf Jahre her.«

Adam bohrte nach:

»Ist er verheiratet? Versteht er sich mit seiner Frau? Was macht er beruflich? Übrigens, kann er uns bezahlen?«

»Wenn er nicht zusammengebrochen ist, was ich wirklich nicht glaube, brauchst du dir um das Honorar keine Gedanken zu machen. Mir gegenüber war er recht großzügig. Und soweit ich mich erinnere, ist er verheiratet, zumindest gewesen. Aber am meisten weiß in solchen Dingen doch die Sekretärin.«

Sigrid konnte zur Aufklärung nichts mehr beisteuern und schickte sich an, Adams Büro zu verlassen. Sie drehte sich nochmals um:

»Wegen des Anrufs aus Südafrika, erledigst du das? Wie sieht es mit deinem Englisch aus?«

Adam meinte, dass es dafür reiche.

»Also dann, die Nummer liegt auf deinem Schreibtisch«, sagte sie und ging in ihr Büro zurück.

Adorno war achtunddreißig Jahre alt, eher klein, etwa ein Meter und siebzig, schlank, mit kurzen blonden Haaren. Er kleidete sich gepflegt, aber unauffällig, und wenn er sprach, konnte man seine Herkunft aus Halle nicht mehr erkennen. Sein Leben spielte sich zwischen Büro, Gericht und Wohnung ab. Das Zusammenleben mit Sigrid gab ihm an privatem Sozialkontakt alles, was er brauchte. Er lernte beruflich so viele menschliche Schicksale kennen, dass er privat sehr zurückgezogen leben konnte, ohne etwas zu vermissen.

Zuerst erfragte er über die Auskunft die Nummer der Attelmann AG. Als sich das Fräulein von der Telefonzentrale meldete, bat er darum, mit dem Büro von Herrn Attelmann verbunden zu werden. Die freundliche Stimme informierte ihn darüber, dass Herr Attelmann nicht mehr im Hause tätig sei, aber sie könne das Gespräch gerne mit seinem Nachfolger herstellen. Dr. Kleiner nahm das Telefonat entgegen, und als Adam nach Attelmann fragte, erzählte er ihm mitteilsam, dass dieser sich nach vielen Jahren aus den Geschäften zurückgezogen, aber einen sehr guten persönlichen Kontakt mit ihm als seinem Nachfolger unterhalte. Er könne alles, was Herrn Attelmann oder das Unternehmen betreffe, ganz offen mit ihm erörtern. Adorno fragte seinen Gesprächspartner, ob er, da er doch einen so guten Kontakt zu Herrn Attelmann pflege, eine Ahnung habe, weswegen dieser in Südafrika festgehalten werde. Ihm sei doch bekannt, dass sich sein Vorgänger in Johannesburg aufhalte? Kleiner schluckte und atmete tief durch.

»Selbstverständlich bin ich darüber informiert«, log er. »Wir sprechen uns in diesen Dingen nach wie vor ab. Ich wusste allerdings nicht, dass er in Schwierigkeiten steckt. Das trifft doch zu, wenn ich Sie richtig verstanden habe?«

»Ich weiß selbst noch nichts und hatte gehofft, von Ihnen einige Anhaltspunkte zu bekommen. Ich weiß nur, dass er nach der Landung am Flughafen festgenommen wurde. Können Sie sich wirklich nicht vorstellen, was für Gründe vorliegen könnten?«

Adorno versuchte irgendeinen Anhaltspunkt zu finden, von dem aus er beginnen konnte, zu recherchieren. Bis jetzt hatte er aus diesem Telefonat nichts entnehmen können, was ihm weiterhelfen konnte.

»Meiner Meinung nach müssen Sie im persönlichen Umfeld suchen, wenn es sich nicht überhaupt um eine Verwechslung handelt. Im geschäftlichen Bereich ist alles in Ordnung. Mit wem spreche ich doch gleich? Also Herr Rechtsanwalt Adorno, ich wiederhole: Es sind keine Gründe denkbar, die ihren Ursprung im Betrieb haben. Was haben Sie jetzt vor? Wir müssen doch eine Lösung finden. Das ist ja furchtbar, insbesondere, wenn diese« – Kleiner suchte vergeblich nach einem passenden Wort – »na, Sie wissen schon, an die Öffentlichkeit kommt.«

Adam spürte, dass er aus diesem Gespräch keinen Honig saugen konnte und bat um die Nummer des privaten Telefonanschlusses von Herrn Attelmann. Er bedankte sich und hinterließ seine eigene Nummer für den Fall, dass Herrn Kleiner doch noch das eine oder andere, was interessant sein könnte, einfiele.

Als er die Privatnummer gewählt hatte, meldete sich der Anrufbeantworter. Der Terrier hinterließ seine Nummer und bat um Rückruf.

Sofort nach Beendigung dieses Gesprächs drückte Kleiner die Nummer von Machlik ins Telefon. Als der sich meldete, berichtete ihm Kleiner von dem Anruf, den er soeben erhalten hatte. Machlik ließ sich die Nummer und den Namen des Anwalts geben, notierte diese Angaben und konnte das Handy nur mit Mühe in der rechten Außentasche des zu eng sitzenden schwarzen Jacketts unterbringen. Er sah in die Runde der im Zimmer Versammelten und sagte: »Mindestens einer von uns ist ein gottverdammtes Glückskind.«

Machlik befand sich in Paris. Maitre Dr. Bussier hatte die Herren Milla, Dr. Mitterer, Graf von Rabenstein und Machlik in ein kleines Bistro im achten Arrondissement geführt. Die Verträge waren unterzeichnet, vom Insolvenzgericht gestempelt und von Maitre Bussier ausgefertigt. Die Bestätigungen der Swift-Überweisungen waren schon Teil der Urkunden geworden. Jeder der Herren hatte ein Vermögen verdient, das sie sich gegenseitig neidlos gönnten. Bezahlt war es von anderen. Man stand auf der richtigen Seite des Lebens und wendete sich nach einigen anstrengenden Stunden in den stickigen Räumen des Insolvenzrichters den angenehmen Seiten von Paris zu. Als Machlik die anderen über den Inhalt des Telefonats mit Kleiner unterrichtete, hoben alle ihre Champagnergläser und prosteten sich gegenseitig zu.

»Das Glück ist bei den Tüchtigen«, brachte Bastian Milla einen Toast aus.

9

Mark Attelmann verließ den Justizpalast seiner Heimatstadt durch einen Seitenausgang. Seine Schultern hingen nach vorn. Er bot das Bild eines erschöpften Mannes. Er schien noch schlanker und schmaler als ohnehin. Sein Gesicht war spitz und bleich, und nur an seinem Hals leuchteten hektische rote Flecken bis in den Hemdkragen hinein. Er presste seine Lippen aufeinander, dass sie einen blassen Strich bildeten. Die einst strahlenden blauen Augen irrten grau und ruhelos umher.

Soeben war er von der Anklage des Doppelmordes freigesprochen worden. An seiner rechten Seite eskortierte ihn ein hagerer, alter Mann mit kranker, gelber Gesichtsfarbe, einer Habichtsnase und stechenden, kleinen Augen und hinter ihm, ihn um Haupteslänge überragend und nahezu doppelt so breit, stapfte in einem braunen Anzug und klobigen schwarzen Halbschuhen die massige Erscheinung eines Schwarzen. Man hätte ihn für einen Bodyguard halten können, wenn er nicht von einer Frau mit bezaubernder Ausstrahlung begleitet gewesen wäre, die die Aufmerksamkeit aller auf sich zog. Sie hielten sich an den Händen, und sie war genauso schwarz wie er. Wenn sie geglaubt hatten, durch die Wahl des Seitenausganges der wartenden Pressemeute zu entgehen, so erwies sich dies als Irrtum. Kaum war die Tür geöffnet, sahen sie sich einer Schar von Fotografen gegenüber, die ein wildes Blitzlichtgewitter auslöste. Mark zuckte zusammen. Plötzlich spürte er eine Pranke auf seiner rechten Schulter, die ihn einen Meter zurückzog, und er verschwand hinter einer Masse von Mann. Die Gerichtsreporter stürzten sich auf die kleine Gruppe. Der alte

Mann mit dem gelblich gerunzelten Gesicht nahm die Zigarette aus dem Mund und stellte sich der durcheinander rufenden Meute von Gerichtsreportern. Ihre aufgeregten Fragen missachtend, erklärte er mit ruhiger dunkler Stimme:

»Das Verfahren war ein Skandal. Die Begründung war ein Skandal. Nur das Urteil ist richtig. Mein Mandant ist unschuldig und frei. Und Sie von der Presse sind auch ein Skandal. Und die Freiheit, das sagen zu können, habe ich nur, weil dies mein letzter Prozess war.«

Drei Wochen lang hatte das Verfahren vor dem Schwurgericht gedauert, und bis zuletzt war eine Verurteilung so gut wie sicher. Der Terrier hatte zwar die Verfahrensweise und die Indizien Punkt für Punkt zerpflückt, blieb aber ohne Erfolg.

Zunächst hatte er die Aufhebung des Haftbefehls beantragt, weil die Festnahme in Südafrika illegal gewesen sei. Die Oberstaatsanwältin Dr. Rossmann, die die Anklage vertrat, zog beide Schultern hoch und begründete das Zurücktreten formalen Rechts hinter den dringenden Tatverdacht. Es sei Pflicht der Behörden, einen flüchtigen Mörder festzuhalten und dem zuständigen Richter zuzuführen. Das Gericht folgte dieser Argumentation.

Daraufhin hatte er die Verhandlungsführung durch den Gerichtspräsidenten Dr. Zeiss gerügt und den Präsidenten wegen Befangenheit abgelehnt. Dieser habe eine ungeklärte Rolle bei der illegalen Verhaftung des Angeklagten in Südafrika gespielt. Das Gericht wies den Antrag mit der Begründung zurück, dass dieses Engagement des Präsidenten keinen Hinweis darauf gäbe, er sei in der Sache selbst befangen.

Den Antrag auf Entlassung von Mark aus der Untersuchungshaft lehnte das Gericht mit dem Hinweis ab, es bestehe konkrete Fluchtgefahr, da der Angeklagte über ausreichende Finanzmittel verfüge und diese nicht zuverlässig gesperrt werden könnten. Sicher sei den Behörden nicht jedes Depot des Herrn Attelmann bekannt. Auch den Finanzämtern nicht, lautete die Begründung. Außerdem habe er durch die Mitnahme von einhunderttausend

Euro nach Südafrika ein Devisenvergehen begangen, das ihm anzulasten sei. Alle Versuche, die Auffassung des Gerichts zu verändern, blieben ohne jeden Erfolg.

Der Angeklagte wurde an jedem Prozesstag aus der Untersuchungshaft durch ein Spalier von Pressefotografen und Gerichtsreportern in den Gerichtssaal geführt. Für die Reporter von Zeitungen, Radio und Fernsehen stand fest, dass Mark Attelmann nicht nur der Angeklagte, sondern der Täter war, und man verübelte ihm, dass er nicht endlich ein umfassendes Geständnis ablegte und genauestens schilderte, wie er es angestellt hatte, die beiden Opfer gerade auf diese Weise zu töten. Der Gerichtspräsident wurde für sein mutiges und unbürokratisches Einschreiten, ohne das der Täter in den weiten Savannen Südafrikas untergetaucht und der Justiz für immer verloren gewesen wäre, gerühmt.

Als der Terrier die Vorverurteilung durch die Öffentlichkeit anprangerte und die Befürchtung äußerte, dass das Gericht durch diese Art der Berichterstattung beeinflusst werden könnte, zog er sich eine scharfe Rüge des Präsidenten zu.

Die Staatsanwaltschaft begann die Beweisaufnahme mit der Aufbereitung des Tatmotivs.

Der Zeuge Machlik schilderte den Tag vor dem Mord. Beredt breitete er die Besprechung über die finanzielle Situation des Unternehmens an dem Morgen zwischen Assfort, ihm und Herrn Attelmann vor dem Gericht aus. Natürlich habe er bemerkt, wie sehr aufgewühlt der Angeklagte dadurch geworden sei. Besonders belastend sei die Atmosphäre in der anschließenden Bankensitzung geworden, als auf die Ausführungen des Finanzvorstandes hin, mehr oder weniger direkt, irgendwo aus dem Kreis der Banken die Erwartung nach einem Wechsel im Vorstandsvorsitz geäußert worden sei. Auf Nachfrage veränderte er seine Wortwahl dahingehend, dass es sich wohl nicht nur um ein Erwarten, sondern eher um ein Verlangen gehandelt habe. Kein Teilnehmer habe aber damit gerechnet, dass der Angeklagte die Runde brüsk und grußlos verlassen und sich unverzüglich aus der Firma entfernen würde. Wie verletzt der Angeklagte sich aber fühlte, habe sich darin gezeigt, dass er aus der Untersuchungshaft heraus das gegebene Darlehen von über fünfundzwanzig Millionen gekündigt und damit seinen eigenen Betrieb in große Schwierigkeiten gebracht habe.

Auf Nachfrage des Präsidenten, ob diese Kündigung rational verständlich und für den Angeklagten irgendwie von Vorteil sei, antwortete Machlik, dass das Gegenteil zutreffe. Der Angeklagte schade sich durch diese unlogische Aktion selbst am meisten.

Als die Oberstaatsanwältin wissen wollte, ob das Darlehen denn schon ausbezahlt worden wäre, und Machlik rätselhaft lächelnd den Kopf schüttelte, mischte sich der Verteidiger mit der Frage ein, ob dies alles wirklich noch Gegenstand der Beweisaufnahme sei oder nur der Stimmungsmache diene. Da durch die Gestik des Zeugen die Frage bereits negativ beantwortet war, beharrten weder Gericht noch Staatsanwaltschaft auf einer ausdrücklichen Auskunft dieses Zeugen.

Dr. Heinz Schwarzmann bedauerte zutiefst, dass ihm im Interesse des Unternehmens und insbesondere der Beschäftigten keine andere Wahl geblieben war, als die Möglichkeit anzusprechen, ob durch einen Wechsel im Vorstand die erforderliche Restrukturierung nicht beschleunigt werden könnte. Die Gesellschaft habe dringend ein Fitnessprogramm, bestehend aus personeller Verschlankung und einer konsequent betriebenen Fertigungsverdichtung benötigt. Dass die Entscheidung richtig gewesen sei, zeige sich bereits darin, dass die Attelmann AG sich nun auf dem Weg befinde, mit einer bedeutenden französischen Firma zu fusionieren.

Ein qualifiziertes Management müsse heute global denken können und sich Finanzinvestoren weltweit öffnen. Nichts Anderes habe er anstoßen wollen. Die fürchterlichen Folgen, über die das Gericht nun verhandele, habe er keinesfalls vorhersehen können.

Der Zeuge Dr. Domler berichtete von dem seltsamen Anruf des Angeklagten vom Flughafenhotel aus. Dieser habe ihm mitgeteilt, dass in der Bankensitzung beschlossen worden sei, ihn als Vorstandsvorsitzenden abzulösen. Im Nachhinein habe sich herausgestellt, dass diese Darstellung wohl nicht ganz korrekt war. Er sei aber über viele Jahre der Familie Attelmann, insbesondere wegen der Verdienste des Seniors, sehr loyal verpflichtet und zugetan. Höher werte er aber seine Wahrheitspflicht und die Zukunft des Unternehmens, die Auswirkungen auf das Wohl und Wehe der ganzen Stadt habe. Er dürfe deshalb auch nicht verschweigen, dass ihn das Verhalten des Angeklagten nach seiner Rückkehr, das anlässlich eines gemeinsamen Abendessens im bekannten Restaurant »Karpfenfischer« zu Tage getreten sei, sehr befremdet habe.

Der Präsident hinter dem mächtigen Richtertisch nickte zu diesen Worten des Zeugen wohlgefällig und herablassend und bemerkte jovial, dass so eine brutale Tat sehr wohl das Benehmen eines Menschen verändern könne.

Adam Adorno hatte diesen Zeugenvorträgen nichts entgegenzusetzen. Auf seine stereotype Frage am Ende der Vernehmungen, ob der Zeuge dem Angeklagten eine solche Mordtat zutraue, oder ob er schon jemals beim Angeklagten irgendeine Neigung zu Gewalt habe beobachten können, antworteten alle nahezu gleich mit einer entrüsteten Verneinung. Niemals hätten sie diesen Angeklagten einer solchen Tat für fähig gehalten. Sie seien irritiert und entsetzt.

Der Präsident und seine Geschworenen blickten bei dieser Frage und den Antworten mitleidig, fast amüsiert, ob der Hilflosigkeit des Bemühens auf den Verteidiger herunter und nahmen die Antworten verständnisvoll entgegen.

Nach einigen Tagen war das Thema des Motivs abgearbeitet, und Adam hatte nicht einen einzigen Pluspunkt gewinnen können. Es gelang ihm nicht einmal, Zweifel zu säen. Das Fazit dieses Problemkreises konnte klar gezogen werden: Wer auf diese Weise aus seinem eigenen Unternehmen gedrängt wird, ist zu jedem Verbrechen fähig. Geschworene, Richter und Öffentlichkeit fühlten den ohnmächtigen Zorn des Angeklagten nach. Mark Attelmann war ungerecht und verletzend behandelt worden. Zum Besten des Unternehmens und der Stadt natürlich, aber für ihn persönlich ungebührlich und kränkend. Deshalb hatte er fürchterliche und hinterhältige Rache genommen, was nachvollziehbar, aber trotzdem nicht hinnehmbar war.

Als Adam noch andere denkbare Motive ins Spiel zu bringen versuchte, wurde ersichtlich, dass er mit unzulänglichen Mitteln im Ungewissen stocherte. Der Präsident bat ihn belehrend, doch bitte konkrete Anhaltspunkte vorzutragen, wenn es welche gäbe, aber reine Spekulationen mit Rücksicht auf die Ernsthaftigkeit der Verhandlung zu unterlassen.

Der nächste Themenkreis umfasste die Feststellung des Tatherganges. Adam war sicher, auf diesem Felde punkten zu können, weil die Ermittlungen keine klaren Erkenntnisse ergeben hatten. Nach dem Verlesen des Berichts der Gerichtsmedizin, wonach der Tod durch Eindringen des in der Schokolade befindlichen Gifts in die Körper über die Schleimhäute verursacht worden war, trat Oberkommissar Leicht als der ermittelnde Beamte in den Zeugenstand.

Er berichtete zunächst über die Umstände beim Auffinden der Toten und die Sicherung des Tatorts und schilderte, dass sich aus den vielen Vernehmungen im persönlichen und geschäftlichen Umfeld der Ermordeten, trotz intensiver Bemühungen des Ausleuchtens aller Details, kein Tatverdacht ergeben hätte. Auch die Vernehmung des Angeklagten nach dessen Rückkehr aus Afrika sei zunächst routinemäßig angesetzt worden. Allerdings hätte sich dieser sehr seltsam verhalten und insbesondere die Beamten belogen, was sie von einem Mann mit dem Hintergrund dieses Angeklagten nicht erwartet hätten. Natürlich würden sie immer wieder bei Ermittlungen belogen. Im Falle Attelmann seien sie aber erst deshalb auf ihn aufmerksam geworden. Der Verdacht, den der Angeklagte dadurch selbst auf sich gelenkt hatte, habe sich dann sehr schnell erhärtet. Zunächst habe er überhaupt nicht mit ihnen sprechen wollen und die am Telefon gestellte Frage, warum er bereits am Montag an den Flughafen gefahren sei, wenn der Flug erst am nächsten Morgen abgegangen sei, nicht beantwortet. Auf die Frage, in welchem Hotel er denn übernachtet hätte, habe der Angeklagte das Gespräch unterbrochen, ohne auf die Frage einzugehen.

Man habe anschließend die Villa observiert und festgestellt, dass sich der Angeklagte entgegen seiner Ankündigung nicht wegen der Anstrengungen des Fluges ins Bett begeben, sondern Besuch empfangen habe. Von kurz vor acht bis zehn nach zehn sei seine Sekretärin anwesend gewesen. In diesem Gespräch habe sich der Angeklagte über die bisherigen Ermittlungen informieren lassen. Am folgenden Tag habe der Angeklagte, als er ihn in Begleitung des Kollegen Otto Müller aufgesuchte habe, das Zusammentreffen mit seiner Sekretärin verschwiegen.

Auffallend sei gewesen, wie sehr der Angeklagte sich bemühte, die Auseinandersetzung in der Firma herunterzuspielen und ihr keine Bedeutung beizumessen. Auch bei den Angaben seiner Abreise zum Flughafen und dem weiteren Ablauf sei er seltsam vage geblieben. Kommissar Müller habe ihn nach dem Gespräch im Auge behalten und ihn auf seiner Flucht nach Zürich observiert.

Der Angeklagte habe sich dort mit sehr viel Bargeld ausgestattet, wesentlich mehr als man für eine Reise benötige und außerdem eine Überweisung von einer Million Euro auf sein Konto in Südafrika veranlasst. Das Geld sei zwischenzeitlich aufgefunden und mit Hilfe der südafrikanischen Behörden beschlagnahmt worden.

Das Gericht und die vielen Zuschauer im Saal folgten den Ausführungen des Zeugen angespannt, und Horst Leicht genoss die erkennbar bewundernde Anerkennung, die seiner Arbeit entgegengebracht wurde. Den Abflug des Angeklagten in Zürich habe man nicht verhindern können. Dank des persönlichen Einsatzes des Herrn Gerichtspräsidenten hätte der Angeklagte bei seiner Ankunft in Johannesburg aber festgenommen werden können. Dadurch sei verhindert worden, dass er samt dem überwiesenen

Geld in den Weiten Afrikas untertauchte. Durch die Einvernahme des Zeugen Machlik konnte aufgedeckt werden, dass zwischen dem Opfer Dr. Assfort und dem Angeklagten eine über das Geschäftliche hinausgehende, persönliche Beziehung bestand, die vom Angeklagten in den Vernehmungen stets geleugnet worden war. Der Angeklagte habe auch abgestritten, das zweite Opfer – Frau Cora Christiansen – überhaupt zu kennen, was völlig unglaubhaft sei, weil deren Büro in unmittelbarer Nähe zum Vorstandsbüro gelegen war und die Frau doch eine auffällige Erscheinung gewesen sei. Unter den leitenden Herren des Unternehmens sei bekannt gewesen, dass Frau Christiansen beruflich äußerst professionell gearbeitet habe, jedoch ein extravagantes Privatleben führte, das bürgerlichen Maßstäben nicht ganz entspreche. Wegen des Leugnens jeder Bekanntschaft durch den Angeklagten begründe sich der Verdacht, dass er in diesem Bereich bewusst etwas zu verschweigen habe.

Bei der Rekonstruktion der Mordnacht konnte festgestellt werden, dass der Tod zwischen elf Uhr abends und ein Uhr nachts eingetreten war. Der Angeklagte habe sich für diese Zeit ein Alibi verschafft, das aber den Zeitraum nicht wirklich abdecke. Am Flughafen habe er zwischen acht und neun Uhr abends das Flugticket gelöst und anschließend zwischen neun und zehn Uhr im Flughafenhotel »Kempinski« eingecheckt. Die Rechnung habe er sich sofort ausstellen lassen und mit Kreditkarte bezahlt. Gegen halb zehn Uhr abends habe er von seinem Zimmer aus ein dreiminütiges Telefonat mit Herrn Dr. Domler geführt. Dies sei im Hotel vermerkt worden. Weitere Telefonate seien nicht aufgezeichnet. Von den Angestellten des Hotels war der Angeklagte nach dem Abendessen nicht mehr gesehen worden. Insbesondere habe niemand bemerkt, dass er am frühen Morgen das Hotel verließ. Eigentlich hätte dies dem Nachtportier auffallen müssen. Der Angeklagte konnte also problemlos mit seinem Wagen innerhalb einer guten Stunde den Weg vom Flughafenhotel zum Tatort zurücklegen, dort die vergiftete Schokolade platzieren oder persönlich abgeben und am nächsten Morgen den gebuchten Flug antreten. Nach Mitteilung der zuständigen Verkehrspolizei herrschte in dieser Nacht trockenes Wetter, und Staus hatten sich auf der Strecke keine gebildet. Das für die Tatnacht konstruierte Alibi sei wertlos. Erschwerend komme hinzu, dass sich ein Zeuge gemeldet habe, der sich durch den Jaguar des Angeklagten nachts gegen zwei Uhr auf der Autobahn nach München bedrängt fühlte. Dieser Zeuge konnte das Nummernschild zwar nur bruchstückhaft angeben; aber die Ortsbezeichnung würde auf den Wagen des Angeklagten zutreffen.

Weitere Fahrzeuge dieses Typs und dieser Farbe mit diesen Kennzeichenfragmenten habe man nicht finden können.

Der Angeklagte sei trotz intensiver Befragung bei seiner Version geblieben, dass er im Flughafenhotel übernachtet und sein Fahrzeug in dieser Nacht nicht benutzt habe.

Auf der Cellophan-Hülle der Verpackung der Schokoladenplättchen habe man mehrere Fingerabdrücke finden können. Diese seien aber so verwischt gewesen, dass eine konkrete Zuordnung nicht möglich sei.

Nach Beendigung des Vortrags dankte der Präsident dem Zeugen Leicht für seine ganz hervorragende Arbeit und gab das Fragerecht an die Oberstaatsanwältin.

Frau Dr. Rossmann erfuhr in diesem Verfahren eine schlimme Demütigung. Sie hatte sich der Verhaftung des Angeklagten in Südafrika widersetzt und später erfahren, dass der Gerichtspräsident an ihr vorbei unter Einschaltung seiner Kanäle zum Bundeskriminalamt und außerhalb der fachlichen Zuständigkeit die Festnahme des Angeklagten veranlasst hatte. Jetzt schien alles darauf hinzudeuten, dass dem Angeklagten die Tat zuzuschreiben war. Der Präsident und insbesondere Hauptkommissar Leicht ließen sie ihr Versagen deutlich spüren. Sie agierte ohne Spielraum. Es war der Prozess des Gerichtspräsidenten Dr. Zeiss. Sie sagte deshalb nur, die Aussage des Zeugen sei ihrer Meinung nach schlüssig und vollständig, und es wäre der richtige Zeitpunkt gekommen, an dem man den Angeklagten und seine Verteidigung darauf hinweisen solle, ob nicht endlich ein Geständnis im eigenen Interesse angebracht wäre. Die Staatsanwaltschaft würde ein solches zum jetzigen Zeitpunkt bei der Bemessung der Strafhöhe in ihrem Antrag noch positiv berücksichtigen. Dr. Zeiss neigte sich zu seinen linken Beisitzern und dann zu denjenigen an seiner rechten Seite und flüsterte mit diesen kurz.

Dann lehnte er sich in seinen mit einer erhöhten Rückenlehne ausgestatteten Stuhl zurück und verkündete mit dunkler, sonorer Stimme die vorläufige Rechtsmeinung des Gerichts, wonach die Anregung der Frau Oberstaatsanwältin durchaus erwägenswert sein könnte. Bei einem Delikt wie demjenigen, das hier verhandelt werde, gäbe es bei der Strafzumessung aber wohl keinen Raum für gerichtliches Ermessen. Allenfalls die Haftbedingungen und die Feststellung der besonderen Schwere der Schuld mit der Folge anschließender Sicherungsverwahrung wären verhandelbar. Dann schwieg er, und sein Blick ruhte fragend auf Rechtsanwalt Adam Adorno. Als von dort keine Reaktion erfolgte, fasste er den Angeklagten selbst ins Auge. Mark empfand die ganze Situation seit seiner Festnahme in Johannesburg grotesk und unwirklich. Er hatte sich aus seinem Körper gelöst, schwebte mal höher und mal näher über sich selbst und betrachtete sich und die Gerichtsszene, in die er geraten war, wie ein unsichtbarer Zuschauer. Die Wichtigkeit, die von der Richterbank ausstrahlte und die Beflissenheit der übrigen Beteiligten, sich mit virtuellen Geschehensabläufen zu beschäftigen, und der Eifer, ihn einer Tat zu überführen, mit der er überhaupt nichts zu tun hatte, begannen ihn zu amüsieren. Je länger das Verfahren dauerte, umso mehr verlor er den Bezug zur Realität.

Er verfolgte das kafkaeske Treiben um sich nicht als Wirklichkeit, sondern als Theater. Und so murmelte er leise, aber dennoch für alle hörbar vor sich hin, während die vordergründig ruhigen und hintergründig doch lauernden Blicke des Präsidenten auf ihm ruhten, was ihm aus einer Aufführung, die er vor vielen Jahren in der königlichen Oper in Stockholm besucht hatte, seit damals im Gedächtnis hängen geblieben war: »What fools these mortals be.«

Dr. Zeiss sah sich durch diesen ungehörigen Ausspruch deutlich in seiner Autorität, als einziger in diesem Saal Bemerkungen außerhalb des Rituals der Strafprozessordnung machen zu dürfen, angegriffen und wandte sich nach einer kurzen Pause mit dem Hinweis an den Angeklagten, wenn er meine, dass alle Narren seien, dann führe man den Prozess eben weiter wie bisher. Er fürchte aber, das Verfahren werde für den Angeklagten nicht in einem Sommernachtstraum enden. Mit sich, seiner souveränen Reaktion und dem gefundenen Bonmot sichtlich zufrieden, lächelte der Präsident respektheischend in den bis auf den letzten Platz gefüllten Saal.

Rechtsanwalt Adorno befand sich in einer verzweifelten Lage. Alle Annahmen und Folgerungen der Anklage wurden als sorgfältige Ermittlungsarbeit bewertet. Seine Gegenstrategie, die Annahmen keinesfalls als bewiesene Tatsachen bewerten zu lassen, stieß ins Leere. Die Zeugen der Staatsanwaltschaft waren aufmarschiert, und es war gelungen, ein Gemälde darzustellen, wonach nur der Angeklagte als Täter in Frage kam. Wo sich Lücken im Geschehensablauf zeigten, wurde auf die Flucht, das transferierte Geld und insbesondere das vermeintlich konstruierte und geplatzte Alibi verwiesen. Wenn es nicht gelang, den Prozess zu drehen, dann verschwand sein Mandant lebenslänglich im Gefängnis.

Der Terrier hatte beabsichtigt, Leicht wegen seiner Ermittlungen anzugreifen. Aber wenn er jetzt vortrug, dass es ungesetzlich gewesen sei, seinem Mandanten in die Schweiz hinein zu folgen oder ihn in Südafrika festzunehmen, dann erreichte er das Gegenteil von dem, was er erreichen musste. Sein Ziel konnte nur sein, Zweifel an der Täterschaft von Attelmann zu säen. Heute war das Gericht nicht mehr bereit, seinen Fragen zu folgen. So nutzte er die Zufriedenheit des Präsidenten mit sich selbst und bat um eine eintägige Verhandlungspause.

Der Präsident gewährte sie großzügig. Die Verteidigung solle nach Prozessende nicht sagen können, sie wäre in ihren Rechten in irgendeiner Form beschnitten worden.

Der Terrier fuhr in sein Büro mit der sicheren Überzeugung, dass das Gericht sein Urteil bereits gefällt hatte.

Er bat Sigrid und einen alten Kollegen, der mit seinen über siebzig Jahren nur noch selten vor Gericht auftrat, dessen Rat aber bei Mandanten und innerhalb der Kanzlei gefragt war, zu sich. Der Name des alten Anwalts stand auf dem Briefkopf ganz oben: Dr. jur. utr. Alexander Braun.

Adam bat Sigrid und Dr. Braun, an einem kleinen runden Tisch neben seinem Schreibtisch Platz zu nehmen, bestellte dreimal Kaffee und analysierte unverblümt die missliche Lage seines Prozesses. Der alte Dr. Braun, ein hagerer Herr, dessen ausgeprägte Hakennase mit einer gelben, pergamentenen Raucherhaut überzogen war, hörte sich Adams Bericht aufmerksam an. Dabei rauchte er unentwegt, wobei er die Zigaretten höchstens zur Hälfte abbrannte und sie dann im Aschenbecher ausdrückte. Danach klopfte er sofort die nächste aus der Packung.

»Wie kann ich diesen verdammten Leicht auseinandernehmen? So eine Beweislage darf doch zu keiner Verurteilung führen. Nichts, rein gar nichts ist bewiesen, was mit dem Mord zu tun hat. Aber dieser eitle Gockel von Präsident hat sein Urteil schon gefällt. Es ist nicht zu fassen. Ich, Adam Adorno, schaffe es nicht, diesen Prozess zu gewinnen. Alles ist auf Indizien gebaut. Es klaffen Lücken groß wie Scheunentore, aber der Mann steckt in der Falle.«

Adorno klemmte die Hände mit den Handrücken gegeneinander gepresst zwischen seine Oberschenkel und sah hilflos zu Sigrid und seinem Kollegen, den sie in der Kanzlei wegen seiner gelben Pergamenthaut und seines Alters »Mumie« nannten. Dieser inhalierte einen tiefen Zug aus seiner Zigarette und stieß den Rauch scharf aus Mund und Nase aus. Wie eine alte, rostige Dampflokomotive, die sich in Fahrt setzt. Dann sah er Adam aus seinen stechenden, kleinen Augen an:

»Hältst du den Mann für unschuldig? Quatsch, wer ist schon unschuldig?«, korrigierte er sich selbst und formulierte neu: »Ist deiner Überzeugung nach die Anklage zutreffend?«

Adam überlegte und zögerte mit der Antwort, aber nicht etwa deshalb, weil er Mark Attelmann tatsächlich möglicherweise für den Mörder halten würde, sondern um sich klar darüber zu werden, weshalb er so sicher war, dass er es nicht war.

»Also du weißt es nicht«, unterbrach der Alte, der Adams Zögern bewusst missverstand und auf eine Antwort nicht mehr länger wartete. »Das ist gut. Eine Verteidigung ist nämlich ein Schachspiel und keine Glaubensgemeinschaft.«

Adam wollte abwehren und sein Zögern klarstellen. Die Mumie gab ihm dazu keine Gelegenheit.

»Wenn ich dich richtig verstanden habe, ist der Prozess am Baum. Also weg vom Gas und Rückwärtsgang rein. Nach den bisherigen Spielregeln kannst du nicht mehr gewinnen, und die Revision ist auch versiebt. Tut mir leid, Adam, du bist am Arsch.«

Adam hatte seine verzweifelte Körperhaltung noch nicht verändert. Er kannte die Mumie gut genug, um zu wissen, dass Braun grundsätzlich immer ein Horrorgemälde an die Wand warf, bevor er nach Lösungswegen suchte. Dies war ein Geheimnis seines großen Ansehens bei den Klienten. Junge Kollegen neigten dazu, die Probleme und Risiken vor den Mandanten klein zu reden und die mit Sorgen und Zweifel beladenen Kunden zu beruhigen. Nicht so die Mumie. Er malte alle Risiken in düstersten Farben und zeigte den verzweifelten Klienten die Ausweglosigkeit ihrer Situation auf. Umso mehr Licht fiel auf ihn, wenn er ein doch noch überraschend positives Ergebnis erzielen konnte. Er brauchte über sein Honorar nie zu feilschen. Zu Weihnachten erhielt er die meisten Geschenke aller Kollegen aus dem Mandantenkreis, und die Mumie selbst betrachtete ihr Verhalten als wirksames therapeutisches Mittel zur Vermeidung von weiteren Dummheiten seiner Klientel.

Adorno widersprach also nicht, sondern wartete. Braun zündete sich erneut eine Zigarette an und blickte verständnisvoll auf seinen jungen Kollegen.

»Beginnen wir von vorn. Dein Mörder hat lauter wohlwollende Freunde, die ihm die Tat nicht zutrauen und ihn dennoch belasten.

Dein eitler Präsident zieht im Gerichtssaal Pirouetten, hat sich selbstherrlich in die Festnahme eingeschaltet und dominiert das ganze Schwurgericht.

Der Ermittler trägt nur zusammen, was deinen Mann belastet und zerpflückt alles Entlastende.

Dein Angeklagter hält den Prozess für ein Theater und kapiert nicht, dass es um seinen Kopf geht.

Und die Pressemeute hat endlich wieder etwas zu schreiben und schlägt sich auf die Seite des vermeintlichen Siegers, also auf die des Gerichts, das aus seiner Meinung keinen Hehl macht.

Und du stehst mit leeren Taschen und vollen Hosen da und hast nichts als die Kritik an den Ermittlungsmethoden im Köcher.

Die Staatsanwaltschaft braucht nichts zu tun und führt nur eine Strichliste mit den Treffern. Im Namen des Volkes: Aus.«

Dr. Braun stand auf, stellte sich hinter Adam und legte seine dürren, gelben Hände mit den dunklen Altersflecken auf dessen Schultern.

»Ist das die zutreffende Situationsbeschreibung?«

Adam sagte nichts, und niemand erwartete von ihm eine Reaktion auf diese rhetorische Frage. Der alte Anwalt holte tief Luft und fragte:

»Adam, cui bono?[2] Wer hat einen Vorteil vom Tod der beiden? Oder wenn dein Attelmann aus dem Verkehr gezogen ist? Ich stelle mir in solchen Fällen immer die zwei Alternativen vor:

Es gibt einen Freispruch, wer freut sich, wer nicht? Es gibt eine Verurteilung, wer ist zufrieden, wer nicht?

Erstens: Privates Umfeld: Familie, Freunde, Affären, Hobbys, Vereine, Schuldner, Gläubiger.

---

2   »Wem nützt es?«

Zweitens: Berufliches Umfeld: Arbeitskollegen, Chefs, Mitarbeiter, Untergebene, Neider, Konkurrenten, Geschäftskollegen.
Was wissen wir? Gar nichts, oder?«

Adam fuhr hoch.

»Diese Frage haben wir uns nie gestellt. Wir haben nur die andere Frage untersucht: Wer hat ein Interesse am Tod der beiden Mordopfer. Dabei blieben nur die Rache und die Genugtuung des Angeklagten.«

»Kann sein, muss aber nicht sein.«

Tief in der Mumie begann Interesse zu erwachen, und auch der Terrier löste sich aus seiner Erstarrung.

»Warum ist der Attelmann eigentlich nach Afrika geflogen?« Sigrid schaltete sich jetzt in das Gespräch ein. »Und warum wollten die ihn aus seinem Unternehmen heraushaben? Und wer sind die? Soweit ich weiß, hat die Familie doch die Mehrheit. Gibt es hier Krach?«

Braun hatte sich wieder gesetzt und drückte wieder einmal eine halbe Zigarette im überquellenden Aschenbecher aus.

»Was haben wir? Zwei Tote: Motiv zu Lasten des Angeklagten. Einen Rausschmiss aus der Firma – unklar. Die Flüge nach Afrika – unklar. Belastende Zeugenaussagen – unklar.

Wir müssen den Fall anders angehen. Nicht wer hat etwas davon, dass die beiden Nackten tot sind, sondern wer hat etwas davon, wenn dein Angeklagter aus dem Verkehr gezogen wird? Lieber Terrier, Angriff ist die beste Verteidigung. Also greife an, Attacke! Mache deinen Angeklagten zum Opfer!«

Braun hustete und klopfte sich eine neue Zigarette aus der Schachtel.

»Aber ich habe doch nichts.« Adorno quälte jedes einzelne Wort zwischen blutleeren Lippen heraus.

Die Mumie wanderte schweigend im Büro auf und ab. Dann blieb er abrupt vor Adorno stehen.

»Adam, verstehe mich jetzt bitte nicht falsch«, sagte er mit von ihm ungewohnt sanfter Stimme. »Ich mache dir jetzt ein Angebot.

Der Prozess braucht einen Schnitt. Sigrid und du, ihr schafft mir jetzt Tag und Nacht Fakten herbei, und übermorgen fahre ich in die Provinz und stelle mich diesem seltsamen Gericht. Der alte Braun, ich weiß – die Mumie – kann mindestens noch genauso imposante Räder schlagen wie dieser Pfau von Präsident.

Natürlich nur, wenn du einverstanden bist. Vielleicht ist es mein letzter Mordprozess. Vergiss, was ich gesagt habe, wenn du nicht willst. Mir ist es gleichgültig. Aber, ich weiß nicht warum, ich biete es dir einfach an.«

Sigrid und Adam waren beide völlig überrascht. Mit dieser Wendung hatten sie nicht gerechnet. Sigrid nickte.

»Also los«, sagte Adam, »wechseln wir die Pferde. Sie sind der Boss. Was brauchen Sie?« Adorno rief nach seiner Sekretärin.

Als sie im Türrahmen erschien, bat er sie alle Akten in Sachen »Attelmann« zu kopieren, und Braun rief hinterher, dass seine Termine für die nächsten vierzehn Tage zu stornieren seien – ausnahmslos. Wegen überraschendem Todesfall in der Familie oder sonst was.

Der alte Anwalt spannte sich und ließ die Schultern wieder nach vorn fallen. Bei der zweiten Brust-Heraus-Übung erteilte er Anweisungen:

»Sigrid, Sie übernehmen Afrika. Die Telefonnummer des Anrufers haben Sie, und Sie, Adam, finden heraus, weshalb der Angeklagte unbedingt das Unternehmen verlassen sollte. Den Rest mache ich.«

Während er auf langen, dürren Beinen zur Tür stakste, sah er zu Adam zurück:

»Das Mädchen soll mir die Akten in mein Büro bringen.«

Zur gleichen Zeit versammelten sich in Kleiners Büro sechs ehrenwerte Herren: Bastian Milla, Dr. Arnulf Mitterer, Graf Hubertus von Rabenhorst, Richie Machlik, der neue Finanzvorstand Leo Manns und der Vorstandsvorsitzende selbst. Milla unterhielt sich mit Mitterer an einem Fenster, und wie es schien, betrieben sie lockere Konversation. Der Graf und Machlik gruppierten sich mit Manns bei Kleiner um dessen Schreibtisch. Auf der Schreibtischplatte lagen die Vertragsurkunden des Notariats aus München.

Milla nahm an der Kopfseite des großen ovalen Tisches Platz. Er hatte nun ganz zweifellos die Führung übernommen. Mitterer, Machlik und Manns setzten sich zu Herrn Kleiner und dem Graf gegenüber.

»Also meine Herren, es ist wieder soweit. Alle Vorbereitungen sind getroffen. Wir müssen uns jetzt aufeinander verlassen und Zug um Zug das Projekt abwickeln. Schwarzmann ist über alles informiert, hat es aber aus verständlichen Gründen für richtig gehalten, nicht an der Besprechung teilzunehmen. Das Gleiche gilt für den höchstwahrscheinlichen Insolvenzverwalter Bäcker, den ich aus anderen Verfahren persönlich gut kenne. Er wird vom hiesigen Gericht mit großer Sicherheit ernannt. Insolvenzen dieser Größenordnung landen in dieser Region alle auf seinem Tisch. Die Kündigung des Darlehens durch Attelmann ist bei den Akten. Dies sind fünfundzwanzig Millionen. Ohne Zinsen. Meine Kündigung über dreihundertfünfzig Millionen habe ich mitgebracht. Herr Machlik und Herr Kleiner werden sie nach Bedarf benutzen. Das Datum habe ich offengelassen. Von Schwarzmann liegt ein Brief vor, dass die Banken ihren Kreditrahmen nach der Kündigung des Darlehens von Attelmann auf keinen Fall erweitern, sondern mit einer forcierten Rückführung rechnen. Graf Rabenhorst gibt ein Schriftstück zu den Akten, wonach mit einer Ablösung des Darlehens der Erwerbergesellschaft gegenüber der Attelmann AG in finanztechnisch kalkulierbarem Zeitraum zuverlässig nicht gerechnet werden kann. Reicht dies für einen Insolvenzantrag wegen drohender Zahlungsunfähigkeit, Machlik?«

Milla beendete seine präzise Lagebeschreibung mit der entscheidenden Frage, und Machlik spielte den Ball routiniert weiter.

»Meiner Ansicht nach locker und der Schwarze Peter liegt bei Attelmann selbst. So, wie Sie das vortragen, besteht sogar Antragspflicht. Der Antrag muss natürlich vom Vorstand unterzeichnet und eingereicht werden. Ich habe die Begründung zusammen mit Herrn Manns bereits fertiggestellt. Außerdem habe ich einen kleinen Insolvenzplan, eigentlich mehr einen Fahrplan für Bäcker entworfen, damit der rote Faden nicht verloren geht.«

Er legte ein Blatt Papier mit einer Zeichnung auf die Mitte des Tisches, sodass alle Teilnehmer einen Blick darauf werfen konnten. Der Jurist erklärte den Inhalt des Blattes stichwortartig und zog mit dem Finger die Linien auf dem Papier nach.

»Nach der Insolvenzeröffnung gründet der Verwalter eine GmbH, in die er alle interessanten Dinge hineinpackt. In unserem Fall ist das die Produktionsstätte »Wurstfeiler«. Es handelt sich hierbei um das modernste und leistungsfähigste Werk. Dazu kommen alle werthaltigen Fertigprodukte, Vorräte und Halbfertigprodukte, der Firmenname, die Patente und das operative Geschäft. Die Anteile dieser GmbH wird von der Milla-Group aus der Insolvenz herausgekauft. Damit geht das Geschäft weiter, und der Insolvenzverwalter hat mit dem übrigen Kram genug zu tun. Der Presse gegenüber hat er ein sehr positives Standing, weil er Arbeitsplätze gerettet und nicht nur ein Unternehmen durch Zerschlagung verwertet hat. Diese ausgegründete Gesellschaft ist schuldenfrei und dürfte nach bereinigten Buchwerten unter Zerschlagungsgesichtspunkten ein Vermögen von sechshundert Millionen haben. Wenn man Bäcker dazu bringen kann, die vierzig Prozent Beteiligung an der Erwerbergesellschaft von Attelmann auch noch in die Ausgründung zu übertragen, dann ist der Deal perfekt. Sobald etwas Ruhe eingekehrt ist, verschmelzen wir diese Attelmann GmbH mit der Erwerbergesellschaft Charon, trommeln ordentlich und gehen mit diesem Unternehmen an die Börse. Meine Herren, das wird ein gigantisches Geschäft.«

Milla hatte aufmerksam zugehört.

»Lassen Sie das nur meine Sorge sein, Machlik«, kommentierte er dessen Vortrag und seine eigene Gestaltungsmacht betonend.

Kleiner, wie immer makellos gekleidet, warf ein, der Aufsichtsrat, insbesondere Dr. Domler könnte möglicherweise Schwierigkeiten machen, da man den vollständigen Plan wohl nicht offen in den Gremien diskutieren könne. Auch er selbst erkenne die Notwendigkeit einer Insolvenzanmeldung nicht. Es müsse möglich sein, die Fusion Attelmann mit Charon ohne eine solche anrüchige Manipulation durchzuführen. Nachdem Milla und Mitterer einen genervten Blick gewechselt hatten, sagte Mitterer, dass der Aufsichtsrat bei einem Insolvenzantrag ohnehin nichts zu bestimmen habe und dieser ausschließlich in die Kompetenz des Vorstandes falle. Im Übrigen mache sich jeder Vorstand strafbar, wenn er in einer prekären Situation, wie sie hier vorliege und gerade von Milla drastisch und zutreffend geschildert worden sei, nicht handele. Es könnten sich Schadensersatzansprüche der Gläubiger gegen jedes einzelne Vorstandsmitglied ergeben, wenn in einer solcher Lage kein Antrag gestellt werde. Dann hafte nämlich jeder Vorstand persönlich mit seinem gesamten eigenen Vermögen. »So steht es wörtlich im Gesetz«, warnte Dr. Mitterer den zögernden Vorstandsvorsitzenden.

Im Übrigen, so informierte er die Runde, habe er bereits einen Investor für den Zeitpunkt nach der Verschmelzung, der das Aktienpaket in toto übernehmen werde. Für diesen spiele es keine Rolle, ob er zwei oder zehn Milliarden in die Hand nähme. Der Graf werde wohl Geschäftsführer dieser Ausgründung, und angesichts der Größe dieser Gesellschaft benötige man einen Beirat, der sich aus dem bisherigen Vorstand rekrutieren werde. Die Herren sollten schon mal einen russischen Sprachkurs belegen, denn aus dieser Richtung käme der nächste Finanzinvestor. Zunächst müsse aber das vorliegende Konzept abgearbeitet werden. Als er bemerkte, dass Kleiner sich noch mit Skrupeln plagte, fügte er hinzu, ein Insolvenzantrag sei kein Zeichen für unternehmerisches Versagen des Vorstandes, sondern eine zwischenzeitlich übliche Form der Sanierung eines Unternehmens. Wer auf diesem Klavier nicht spielen könne, habe heute in einem Vorstandsgremium nichts verloren.

»Herr Dr. Kleiner, lassen Sie sich mal ein kleines Privatissimum von unserem Machlik geben. Einen Besseren finden Sie nicht. Und außerdem verfolge ich ja auch ein wenig den Prozess hier. Attelmann scheint ja schwer unter Druck zu stehen. Weiter will ich mich dazu nicht äußern. Aber dass dies dem Firmennamen nicht guttut und dass man Ihnen keinen Vorwurf machen kann, wenn Sie die Konsequenzen ziehen, ist doch selbstverständlich. Zumindest die einschlägigen Kreise, und auf die kommt es bei Ihrer weiteren Karriere nur an, werden professionelles Handeln schätzen.«

Kleiner warf einen Blick zum neuen Finanzvorstand, und als er von dort keine Reaktion erhielt, bat er sich Bedenkzeit aus. Grundsätzlich trage er das Konzept jedoch nach wie vor mit, versicherte er eilfertig, als ihn Milla erstaunt anblickte.

Nachdem sich das Zimmer geleert hatte, huschte eine Frau im schwarzen Minirock mit hohen Stiefeln und einem rosa Wollhut mit breiter Krempe in das Büro und steckte das auf dem Tisch liegen gebliebene Blatt in ihre Bluse.

Sigrid hielt Adam im Arm, und ihre Körper wärmten sich gegenseitig. Vor dem Einschlafen gingen sie den Tag nochmals durch.
»Ich habe mit Südafrika gesprochen. Das klingt ganz plausibel. Die haben ein Projekt geplant, in das die Überweisung passt.«
Adam drehte sich um und küsste Sigrid auf die Nase.
»Ich treffe mich morgen mit seiner früheren Sekretärin. Ich denke, die kann mir einiges erzählen. Aber komm mein Schatz, einmal muss auch Schluss sein mit dem Job.«

Auf Brauns Schreibtisch lagen mehrere Blätter und eine Akte. Die Blätter waren unbeschrieben, schienen aber nach einer gewissen Ordnung gelegt. Auf einem Blatt lag der große Platinfüller, den Braun von seinen Kollegen zum 65. Geburtstag geschenkt bekam, als er sich entschloss, in der Kanzlei weiterzuarbeiten. Das war vor sieben Jahren.
Der alte Anwalt hing in seinem Sessel und sinnierte, wie schnell

sein Leben verflogen war, und wie es schien, immer schneller zerrann.

Der Tod seiner Frau lag jetzt schon über zwanzig Jahre zurück. Sie war an Lungenkrebs scheußlich gestorben. Die beiden Buben hatte er ordentlich erzogen. Der ältere wurde Jurist wie er und begann seine Karriere als Regierungsrat im Finanzministerium. Der jüngere studierte noch Geschichtswissenschaften an der Universität Tübingen. Er selbst stürzte sich in seine Arbeit und versuchte bisher vergeblich, einen Krebs herbei zu rauchen. Der Wehleidigkeit hatte er sich genauso wenig ergeben, wie der von ihm peinlich und aufdringlich empfundenen, ihm immer wieder mitgeteilten Bewunderung, wie er es geschafft habe, ohne Frau zwei Kinder zu erziehen. Tatsächlich hatte er ihnen jeden Freiraum gelassen, und sie hatten ihn genützt. Also fielen sie sich gegenseitig nicht zur Last. Sie wurden mit ihren Freunden groß und fanden auch Anschluss in deren Familien. An eine neue Ehe hatte er nie gedacht. Per Saldo holte man sich mit anderen Menschen mehr Ärger als Freude ins Leben, sagte ihm seine Lebenserfahrung. Der Mittelpunkt seines Daseins lag im Büro. Seine Mandanten als Menschen interessierten ihn längst nicht mehr. Was er mit Leidenschaft betrieb, war der Fall an sich, wenn er einen komplizierten Kern besaß. Anspruchslose Routinesachen schob er, soweit als möglich, an seine jungen Kollegen ab. Ganz allgemein hatte sich in ihm ohnehin die Auffassung verfestigt, dass die Menschheit mit zunehmender Geschwindigkeit verblöde, und zwar quer durch alle Gesellschaftsschichten. Er litt unter dieser Erkenntnis nicht, sondern nahm sie als gegeben hin. Wenn es einen Gott gäbe, dann wäre dies wohl dessen Problem, und wenn es keinen gibt, was er mit zunehmendem Alter für immer wahrscheinlicher hielt, dann blieb einem ehemals überzeugten Humanisten wie ihm der Zynismus als wohlige Heimstatt und Refugium seines Geistes. Sein Beruf ermöglichte ihm, solchen Gedanken nachzuhängen, ohne zu verzweifeln. Ab und zu traf er sich mit einem noch älteren Kollegen, der als Strafverteidiger in der Öffentlichkeit Berühmtheit erlangt hatte, und mit dem er seit Jahrzehnten eine offene Freundschaft pflegte, wie sie nur zwischen Menschen möglich ist, die eigentlich niemanden benötigen. Diesen bezeichnete man wegen seiner weißen Mähne, die ein grimmiges und prägnantes Gesicht einrahmte, und wegen seines Kanzleisitzes als »Münchener Löwen«, womit er kokettierte, und was seiner Eitelkeit frönte. Ihre Zusammenkünfte gerieten zu einem reizenden Wettbewerb an misanthropischen und pessimistischen Argumentationen in Schopenhauer Format, von deren intellektueller und verbaler Brillanz er noch nach Wochen zehrte.

Eigenartig war die Entwicklung seiner Lebenseinstellung deshalb, weil er als junger Anwalt mit großem Idealismus in seinen Berufsweg gestartet und seine Kindheit durch eine christliche Erziehung geprägt war. Je mehr er die Spielregeln, nach denen Staat und Gesellschaft funktionierten, kennenlernte und durchschaute, umso mehr geriet er an den Rand. Er litt nicht darunter, sondern stellte es analytisch fest. Und wenn er in nächtlich wacher Stunde in seinem Schlafzimmer, das eher einer Bibliothek glich, weil die Wände voller Bücherregale standen, nach seinem schon völlig zerlesenen »Faust« griff, so meinte er, ihn immer mehr und tiefer zu verstehen, gerade weil ihn das Buch durch alle Entwicklungsstadien seines Lebens begleitet, und er den Inhalt immer wieder mit neuen Erkenntnissen genossen hatte. Eine Erfahrung, die er auch mit anderen Werken der Literatur machte.

Die vor ihm liegenden Akten hatte er akribisch durchgearbeitet. Wie in den meisten Strafverfahren, deren Ergebnis sich später als unzutreffend herausstellte, stand auch hier nicht die aufzuklärende Tat, sondern der Angeklagte im Mittelpunkt des Interesses. Er musste den morgigen Prozesstag, an dem er die Verteidigung übernahm, dazu nutzen, diese Einengung zu zerreißen. Wenn ihm dies gelang, hatte er einen ersten Erfolg errungen. Sicherlich würde er sich den Zorn des Gerichts zuziehen. Das war ihm aber schon seit Jahren gleichgültig.

Adam traf Jasmin Weiß in einer Autobahnraststätte außerhalb

der Stadt. Die Weiß hatte diesen Ort vorgeschlagen, als er sie um ein Gespräch bat. Sie verfolgte den Prozess um ihren früheren Chef natürlich mit Interesse und konnte den jeweiligen Stand der örtlichen Presse entnehmen. Es stand nicht gut um ihn, und sie hielt es für besser, nicht innerhalb der Stadt mit dem inzwischen bekannten Anwalt bei einem vertraulichen Gespräch gesehen zu werden. In ihrem Arbeitsbereich fiel ihr auf, dass die Tätigkeit des Vorstandsvorsitzenden weniger dem operativen Geschäft galt, als vielmehr den Besprechungen mit Machlik und in den letzten Tagen mit einem schmuddeligen Grafen aus München, der sich in der Firma wie ein Hausherr aufführte. Sie beobachtete seine Telefonate aufmerksam und sichtete in seiner Abwesenheit auch die Unterlagen, die Kleiner auf seinem Schreibtisch liegen ließ. Er war im Umgang mit Unterlagen nicht vorsichtig. Ganz im Gegensatz zu Machlik. Bei ihm fand sich nichts außer den zu veröffentlichenden Geschäftsberichten. Alle anderen Unterlagen waren unauffindbar. Dagegen war das Vorstandsbüro eine wahre Schatzgrube. So konnte Jasmin Weiß die Notarverträge des Notariats Dr. Andreas von Stein in München kopieren, ohne dass es auffiel. Den handschriftlichen Zettel von Machlik aus der gestrigen Besprechung hatte sie ebenfalls ungesehen an sich gebracht. Dieses ganze Vertragswerk war ihr zwar unverständlich, aber sie hatte das sichere Gefühl, die Unterlagen seien wichtig, und irgendetwas an diesen Geschäften stimme nicht. Sie trug deshalb die Kopien in einer schwarzen Ledertasche bei sich, als sie zu dem Treffen mit dem Anwalt in die Raststätte fuhr.

Adam verschaffte sich zunächst ein Bild von der früheren Sekretärin des Angeklagten und als er sicher war, dass sie nach wie vor loyal zu ihm stand, redete er nicht lange um den heißen Brei herum:

»Frau Weiß, die Sache steht schlecht. Sie arbeiten mit Herrn Attelmann seit vielen Jahren. Was halten Sie denn von den Vorwürfen gegen ihn?« Der Terrier hatte mit dieser Frage wie einst Moses auf den Felsen geschlagen, und Jasmin Weiß sprudelte gleich einer Quelle los:

»Herr Anwalt, das ist alles eine einzige Sauerei. Herr Attelmann würde so etwas nie tun. und ich kenne ihn gut.« Der Terrier stoppte den Redefluss, als er sah, dass die Weiß tief Luft holte, um sich weiter zu entrüsten.

»Frau Weiß, verstehen Sie mich richtig, Ihre Meinung ist interessant, aber können Sie auch was Konkretes sagen?«

»Will ich doch, ich bin ja schon dabei. Hören Sie mir einfach mal zu. Mich hat ja niemand gefragt. Ich hätte schon was zu erzählen gehabt. Also mein Chef hätte so etwas nie getan. Vielleicht hätte er jemanden erschossen; aber dann nicht den Bonsai, sondern den Machlik und vielleicht den Schwarzmann, diese falsche Kröte. Bei beiden hätte er keinen Unschuldigen erwischt. Die machen nämlich seine Firma kaputt. Der Kleiner ist dumm wie Haferstroh. Der merkt gar nichts, oder er ist gekauft, das sage ich Ihnen. Und jetzt zeige ich Ihnen etwas.«

Jasmin Weiß nahm die schwarze Ledertasche, zog den Reißverschluss auf und packte den Inhalt auf den Tisch.

»Alles gemacht, nachdem der Chef weg war. Hier ein ganzes Buch von Notarvertrag, teilweise sogar Französisch. Ich habe nur den Darlehensvertrag gelesen. Verstanden habe ich gar nichts. Aber sauber ist die Sache bestimmt nicht. Und dann dieser Zettel vom Machlik. Ich lese nur Insolvenzantrag. Zum Chef habe ich schon gesagt, dass diese Leute Verbrecher sind. Aber auf mich hat er ja nicht gehört. Und jetzt schleicht ein schleimiger Graf durch die Firma und führt sich auf, als habe er etwas zu sagen. Und der Manns, Sie wissen der Nachfolger vom Assfort, spielt einfach mit. Ich glaube, der blickt überhaupt nicht durch, was geschieht. Da kann man über den Bonsai sagen, was man will, aber der hätte das nicht mitgemacht. Zwischen dem und dem Machlik wäre es nicht mehr lange gut gegangen. Ich hätte nicht gedacht, dass ich dem noch mal eine Träne nachweine.«

Adorno hatte die Papiere zu sich gedreht, so dass er sie lesen konnte.

»Wo haben Sie die denn her, Frau Weiß?«

»Das habe ich mir gleich gedacht, dass Sie das fragen. Nachgelaufen werden sie mir sein.«

Das Gesicht der Sekretärin glühte unter dem Ungetüm von schwarzem Wollhut auf ihrem Kopf, und ihre Lippen zuckten vor Aufregung.

»Das einzig Gute am Kleiner ist, dass er seine Unterlagen herumliegen lässt. Sieht selber immer aus wie aus dem Ei gepellt. Sein Schreibtisch ist aber der reinste Saustall. Nichts wird weggearbeitet, nur hin und her gelegt. Nicht einmal die fertigen Verträge mit Humbeni kriegt er vom Tisch. Nun ja«, sie lächelte fast schüchtern »hat ja auch was Gutes. So bin ich zu den Kopien gekommen.«

Der Terrier schob die Unterlagen zusammen und versuchte, sein charmantestes Lächeln aufzusetzen:

»Darf ich die Unterlagen behalten? Vielleicht ist etwas drin, was uns helfen kann.«

Die Weiß schnappte hörbar nach Luft.

»Was meinen Sie, für wen ich sie gemacht habe? Klar können Sie die behalten. Von mir haben Sie die aber nicht. Da sind noch ein paar handschriftliche Notizen. Die Schrift stammt von Kleiner.«

Mit diesen Worten zog sie die letzten Kopierblätter aus der Tasche und legte sie vor den Anwalt. Sie trank ihren Cappuccino aus und nestelte an ihrer Tasche.

»Nein, Frau Weiß, Sie sind natürlich mein Gast«, deutete der Terrier die Geste richtig.

»Danke. Jetzt fahre ich wieder, sonst bin ich zu lange weg. Wissen Sie, was mich wundert, dass die mich noch nicht gefeuert haben. Die halten mich wohl für blöd.«

Schwarze Stiefel, schwarze Strümpfe, schwarzer Minirock und schwarzer Hut stapften davon, bevor sich Adorno erheben und ihr dankbar die Hand schütteln konnte, was er eigentlich wollte.

Eigentlich sollte Adam jetzt sofort ins Büro zu Dr. Braun fahren. Nach diesem Auftritt genehmigte er sich aber eine kleine Auszeit, bestellte ein Bier und sichtete die Unterlagen. Je mehr er sich darin vertiefte, umso nebensächlicher erschien ihm der laufende Prozess, und er fühlte, wie in ihm ein Bedauern darüber wuchs, dass er die Verteidigung an die Mumie abgegeben hatte. Er gestand sich aber ein, dass er ohne das gestrige Gespräch mit Braun wohl keinen Kontakt mit der Weiß aufgenommen hätte. Als er im Vertrag und bei den handschriftlichen Notizen auf den Namen »Milla« stieß, stockte er. Das ist ja interessant. Was tut denn der mit einem Maschinenbauunternehmen? Man kannte ihn nur wegen seiner Finanz- und Aktienmanipulationen, derentwegen er immer noch im Fadenkreuz der Staatsanwaltschaft stand. Nachweisen schien man ihm aber nichts zu können. Der Terrier gestand sich ein, dass er nicht ganz genau auf dem Laufenden war.

Als er an die Weiß zurückdachte, nahm er sich vor, in Zukunft mehr Sorgfalt auf seinen eigenen Schreibtisch zu verwenden.

Der Gerichtssaal war schon eine halbe Stunde vor Beginn bis auf den letzten Platz gefüllt. Der Prozess erlangte noch eine zusätzliche Publizität, weil die Zeitungen mit der Schlagzeile aufgemacht hatten: »Attelmann zieht Geld aus der Firma.« In einer Pressemitteilung streute das Unternehmen die Information, dass die Eigentümerfamilie Attelmann, insbesondere der frühere Vorstandsvorsitzende und Hauptaktionär, der wegen zweifachen Mordes vor Gericht steht, beabsichtige, ihr Kapital aus der Firma abzuziehen. Dadurch drohe dem im Kern gesunden Unternehmen zu einem Zeitpunkt die Zahlungsunfähigkeit, an dem es dem neuen Management gelungen ist, durch einen Vertrag mit einer französischen Firma den ersten Platz im europäischen Markt zu erobern.

Die weniger seriösen Blätter titelten: »Mordprozess bringt Traditionsunternehmen ins Wanken.«

Der gemeldete Kapitalabzug wurde dabei als Racheakt des Angeklagten wegen der Erhebung der Anklage und der für ihn negativen Zeugenaussagen gewertet. Er verfolge den Weg der verbrannten Erde. Jedenfalls sei es ein Zeichen dafür, dass auch er den Prozess verloren gebe, sonst würde er durch die Kündigung des Darlehens nicht die Vernichtung des eigenen Unternehmens betreiben. Einem Mann, der seinen Rachegelüsten in so unverantwortlichem Maße nachgebe, müsse auch zugetraut werden, dass er durch den Verlust seiner Vorstandsfunktion zu gewalttätigen Reaktionen verleitet werden konnte. Mark Attelmann neige offensichtlich nicht zu spontanen Wutausbrüchen, sondern zu berechnender, hinterhältiger Rachsucht.

Nach dem Einzug des Gerichts verstummte das Gemurmel im Saal, das bei der Vorführung des Angeklagten durch die Justizbeamten angeschwollen war.

Der Präsident warf einen fragenden Blick zur Bank der Verteidiger, als er neben dem bisherigen Anwalt Adorno einen alten Mann in schwarzer Robe und ledrigem Habichtgesicht entdeckte. Adam erklärte, dass er sich etwas unpässlich fühle und deshalb seinen Kollegen aus der gleichen Kanzlei, Herrn Rechtsanwalt Dr. Braun, gebeten habe, die weitere Verteidigung zu übernehmen.

Dr. Zeiss wandte sich direkt an den älteren Mann und fragte ihn jovial, ob er sich denn pässlicher fühle und die Verteidigung übernehmen könne, oder ob er eine längere Vorbereitungszeit benötige.

Aus dem Zuschauerraum ertönte vereinzeltes Gekicher zu dieser Bemerkung. Der Präsident schien diese Reaktionen zu überhören und nickte dem alten Anwalt verständnisvoll zu. Daran solle es nicht scheitern. Es komme in diesem Prozess auf eine Woche mehr oder weniger nicht an. Mit müder Stimme bestätigte Alexander Braun, dass er zur Verteidigung bereit sei und seinerseits keine Verzögerung des Prozesses gewünscht werde. Der Gerichtsvorsitzende diktierte diese Bemerkung ins Protokoll und wies darauf hin, dass von der Verteidigung noch keine Zeugen benannt worden seien. Er wolle nun mit der auf Wunsch der Verteidigung unterbrochenen Einvernahme des Zeugen Leicht fortfahren.

Die Mumie begleitete die Worte des Präsidenten mit beständigem Kopfnicken. Nachdem Zeiss mit warmer Stimme den Kommissar auf die bereits vor zwei Tagen erfolgte Belehrung und seine Wahrheitspflicht hingewiesen hatte, fragte er die Staatsanwältin, ob sie noch Fragen habe, und nachdem diese den Kopf schüttelte, gab er das Fragerecht an die Verteidigung.

»Herr Zeuge, wie oft haben Sie den Angeklagten vor seiner Festnahme gesprochen?«

Dr. Braun fragte freundlich mit einer tiefen, brüchigen Raucherstimme. Leicht wiederholte seinen Bericht. Zunächst von dem Anruf und dann dem Besuch mit dem Kollegen Otto Müller am nächsten Vormittag. Dass der Angeklagte entgegen seiner Behauptung an dem Abend seine Sekretärin empfangen, aber ihm gegenüber behauptet habe, er sei für seinen Besuch zu müde und wolle zu Bett gehen. Die Mumie hörte freundlich zu und ließ den Zeugen ausführlich erzählen.

»Habe ich Sie also richtig verstanden, dass Sie den Angeklagten ein einziges Mal vernommen haben?« Der Zeuge bestätigte.

Die Mumie fasste nach.

»Ich habe in meinen Akten kein Vernehmungsprotokoll finden können. Sie haben sicherlich ein Protokoll gefertigt?«

Der Präsident blätterte in den Akten, und der Zeuge berichtete, dass er lediglich eine Aktennotiz, aber kein Protokoll gemacht habe.

»Das verwundert mich aber. Wissen Sie noch, warum?«

Leicht erklärte, dass es sich um ein informelles Gespräch und um keine Vernehmung gehandelt habe.

»Also keine Vernehmung und kein Protokoll. Haben Sie denn den Angeklagten auf seine Rechte als Beschuldigter hingewiesen?«

Der Präsident zog die Augenbrauen hoch.

»Herr Verteidiger, der Zeuge hat erklärt, dass er keine Vernehmung, sondern ein informelles Gespräch geführt habe. Erübrigt sich dadurch Ihre Frage?«

»Wenn dies bedeutet, dass der Angeklagte vor seiner Festnahme niemals als Beschuldigter rechtliches Gehör bekommen hat, dann ja. Ist es so, Herr Zeuge?«

Leicht wendete sich dem Verteidiger zu und schien ihn zum ersten Mal richtig zu bemerken.

»Ich hatte keine Veranlassung, ihn als Beschuldigten zu vernehmen.«

Dr. Braun hob die Stimme:

»Sie hatten keine Veranlassung, ihn als Beschuldigten zu vernehmen? Warum hatte dann die Staatsanwältin Veranlassung, gegen ihn einen Haftbefehl zu beantragen? Ohne Vernehmung, ohne Rechtsbelehrung, ohne rechtliches Gehör?«

Der Präsident blickte den Verteidiger interessiert an.

»Herr Dr. Braun, Sie haben den bisherigen Verlauf der Verhandlung nicht verfolgen können. Der dringende Tatverdacht ergab sich erst nachträglich.«

»Ach, das interessiert mich jetzt aber wirklich, wo die Frau Oberstaatsanwältin nachträglich den dringenden Tatverdacht gesehen hat. Dürfen wir an diesen Erkenntnissen teilhaben?«

Hauptkommissar Leicht erkannte, dass der Verteidiger die Rossmann ins Spiel bringen wollte, und nahm die Frage schnell selbst auf.

Entscheidend sei gewesen, dass der Angeklagte nach seiner Vernehmung – »Ich dachte, es war keine Vernehmung«, – warf Braun dazwischen – äh, nach unserem Gespräch völlig überstürzt in die Schweiz gefahren, dort eine Million überwiesen und hunderttausend in bar abgehoben hat und damit nach Südafrika geflogen ist.

»Wenn es diese Aktion nicht gegeben hätte, hätten Sie dann einen Haftbefehl beantragt, Frau Oberstaatsanwältin?«

»Herr Verteidiger«, der Präsident wurde im Ton schärfer, »richten Sie Ihre Fragen an den Zeugen und bitte konkret und nicht hypothetisch. Plädieren können Sie später.«

»Also Herr Zeuge, weil der Angeklagte von seiner Bank in Zürich sein eigenes Geld bewegt hat und nach Südafrika geflogen ist, ohne es Ihnen vorher anzukündigen, steht er unter Mordverdacht. Ist das richtig?«

Wieder unterbrach der Präsident:

»Herr Verteidiger, wir müssen uns auf die Spielregeln in diesem, meinem Gerichtssaal verständigen. Der Zeuge hat über seine Ermittlungen zu berichten, und welche Fakten sie ergeben haben. Nicht darüber, welchen Verdacht er wann, wo und warum hegte.«

»Danke, Herr Präsident. Ich werde mich bemühen, Ihre Spielregeln einzuhalten«, sagte die Mumie.

»Herr Zeuge, Sie haben die Frage des Präsidenten gehört: Welches Ermittlungsergebnis haben Sie in Zürich erzielt, das zur Aufklärung der Mordtat beitrug?«

»Herr Verteidiger, ich unterbreche ungern und schon gar nicht einen älteren Kollegen, aber der Zeuge soll seine Ermittlungsergebnisse nicht bewerten. Das ist unsere Aufgabe. Er soll darlegen, und ich denke, das hat er schon getan.«

Unbeeindruckt durch die präsidiale Intervention setzte die Mumie sein Fragespiel fort:

»Also legen Sie dar, Herr Hauptkommissar, welche Ermittlungsergebnisse Sie in diesem Mordfall vor dem Abflug des Angeklagten nach Johannesburg hatten. Wegen anderer Dinge haben Sie doch wohl nicht ermittelt, oder?«

»Wir hatten das Motiv, wir hatten die Gelegenheit, und wir hatten die Flucht.« Leicht trug vor, als stünde er als Dozent vor einem Erstsemester von Kommissar Anwärtern.

Das Gesicht des alten Anwalts wurde zunehmend länger, gelber und trockener:

»Herr Zeuge, Sie sollen doch nicht bewerten, belehrte uns Ihr Präsident eben. Sie hatten den nicht ganz freiwilligen Rücktritt des Angeklagten als Vorstandsvorsitzender. Das nennen Sie ein Motiv. Sie hatten die Geldbewegung und den Flug nach Johannesburg, das nennen Sie Flucht. Und bitte was ist die Gelegenheit? Ich verstehe nicht?«

»Aber Herr Verteidiger, diese Fragen hatten wir vorgestern alle schon gestellt und beantwortet erhalten.«

Dr. Zeiss neigte sich weit nach vorn über den Richtertisch und breitete seine Arme aus. Er blickte zu seinen Beisitzern zurück, und diese nickten ihm stumm zu.

»Herr Präsident, ich bin ein alter Mann und brauche manchmal länger, um etwas zu verstehen. Der Zeuge wird mir helfen. Dafür habe ich aber ein gutes Gedächtnis.«

Der alte Verteidiger versuchte ein bittendes Lächeln.

Du bist ein ganz durchtriebener Hund, dachte Zeiss, und die Oberstaatsanwältin auf der anderen Seite des Gerichtssaales begann ihre geduckte Haltung zu verändern und langsam wieder aufrechter zu sitzen.

»Also Herr Zeuge, beantworten Sie die Frage«, brummte der Richter.

»Unsere Ermittlungen haben ergeben, dass der Angeklagte die späteren Mordopfer auch privat kannte und zum Tatort Zugang hatte. Sie haben weiter ergeben, dass er die Möglichkeit besaß, sich das verwendete Gift zu verschaffen und schließlich haben sie ergeben, dass er mit seinem Fahrzeug entgegen seiner Behauptung zum Tatzeitpunkt in der Nähe des Tatortes war. Dies verstehe ich unter Gelegenheit.«

Das fleischige Gesicht des Präsidenten glänzte vor Zufriedenheit.

»In Summe oder im Einzelnen?«, fragte der Alte aus der Verteidigerbank.

»Alles zusammen«, triumphierte der Hauptkommissar zurück.

»Dann halten wir das einfach mal fest. Ich habe keine Fragen mehr, Herr Präsident.«

Dr. Zeiss bedankte sich beim Zeugen und entließ ihn. Dann wandte er sich an den Verteidiger direkt.

»Wie verfahren wir weiter? Die Zeugenliste der Anklage ist erschöpft. Haben Sie noch irgendwelche Beweisanträge oder Beweismittel, die wir heben sollten?«

»Aber ganz gewiss, Herr Präsident. Ich schlage vor, wir arbeiten uns durch den Slalom, den uns der heutige Zeuge so brillant aufgesteckt hat. Erstens, das Motiv; zweitens, die Flucht und drittens, die Gelegenheit.«

Alexander Braun hatte die Blätter vor sich liegen, auf denen er mit seinem Platinfüller Notizen gemacht hatte.

»Zum Motiv rufe ich in den Zeugenstand den jetzigen Vorstandsvorsitzenden der Maschinenbauwerke Attelmann AG, Dr. Michael Kleiner.

Zur Flucht benötigen wir einen Gerichtsdolmetscher der englischen Sprache. Den Zeugen werde ich in die Verhandlung stellen.

Und zur Gelegenheit werde ich noch ausführlich Stellung nehmen. Im Übrigen weise ich aber aus gegebenem Anlass darauf hin, dass nicht der Angeklagte seine Unschuld zu beweisen hat, sondern die Staatsanwaltschaft seine Schuld. Wenn die Staatsanwaltschaft keine schlüssigeren Beweise vorzulegen hat als diejenigen, die wir erhoben haben, dann kann nach Ansicht der Verteidigung auch sofort plädiert werden. Entlastungsbeweise sind nicht erforderlich.«

Der Präsident schmunzelte bei diesen Worten, während er Stichpunkte in seine Akte notierte.

»Ich fürchte, Herr Dr. Kleiner wird zurzeit andere Sorgen haben, wie ich heute der Presse entnommen habe. Aber wenn Sie ihn hören wollen, so machen wir auch das.«

Er griff zum Telefon, das neben dem Richtertisch stand und drückte einige Tasten. Was er sprach, konnte im Saal nicht verstanden werden. Nachdem er den Hörer aufgelegt hatte, teilte er mit, dass es sich Dr. Kleiner am kommenden Montag einrichten könne, vor Gericht zu erscheinen. Er setze also für Montagvormittag die Fortsetzung der Verhandlung an und bestelle für Nachmittag den Gerichtsdolmetscher für den geheimnisvollen Zeugen der Verteidigung, wie er süffisant anfügte. Damit unterbrach er die Sitzung bis Montag.

Dr. Braun zündete noch im Gerichtssaal eine Zigarette an, öffnete ein Fenster und stellte sich davor. Tief zog er den Rauch durch seine Lunge und presste eine dünne Rauchfahne zwischen den Lippen wieder heraus. »Immer diese Unterbrechungen«, hüstelte er vor sich hin und ließ im Unklaren, ob er den Prozess oder das Rauchen meinte.

Nachdem Dr. Kleiner die Zeugenladung bekommen hatte, wurde er nervös.

»Machlik, haben Sie eine Ahnung, was ich in diesem Prozess zu suchen habe? Als ich an Bord kam, war doch schon alles vorbei!«

Der Unternehmensberater hatte einen seiner Mitarbeiter zur Beobachtung der Gerichtsverhandlungen abgestellt und war unterrichtet, dass der neue Verteidiger den Nachfolger des Angeklagten zum Motiv für die Verbrechen befragen wollte.

»Man wird Sie fragen, ob Sie eine Ahnung haben, warum die beiden umgebracht worden sind«, meinte Machlik teilnahmslos.

»Das weiß ich doch nicht«, jammerte Kleiner, der im Gegensatz zu seinem Gesprächspartner noch nie in seinem Leben vor einem Gericht aufgetreten war.

»Dann sagen Sie es und damit basta.«

Machlik reagierte auf die unentschlossenen und wechselhaften Verhaltensweisen von Kleiner immer unduldsamer, ja fast schon ruppig.

»Ich kann doch nicht sagen, was ich nicht weiß«, japste Kleiner hilflos.

»Lieber Kleiner«, Machlik nahm sich jetzt doch etwas Zeit, »vor Gericht und in der Ehe ist es die beste Position, nichts zu wissen. Sie sind in dieser glücklichen Lage. Sie wissen nichts und haben keine Ahnung, warum, wer, wen umgebracht hat. Wenn Sie das erzählen, sagen Sie die reine Wahrheit. Mit Ihnen als Zeugen hat der Verteidiger das große Los gezogen. Sie waren nicht einmal bei der Bankenbesprechung dabei. Das weiß der Verteidiger wahrscheinlich nicht, und schon sind Sie wieder aus dem Gerichtssaal entlassen. Auf Zeugengeld würde ich an Ihrer Stelle verzichten. Und denken Sie einfach an die drei Affen: Nichts hören, nichts sehen und nichts sagen.«

Machlik versuchte zu scherzen und Kleiner etwas aufzuheitern.

»Was kann man mich sonst noch fragen? Ich habe da keine Erfahrung«, wandte sich Kleiner nochmals an Machlik.

»Ob Sie mit dem Angeklagten verwandt sind oder verheiratet, heute ist ja alles möglich.«

Es war klar: Richie Machlik wollte dieses Gespräch nicht weiterführen. Er hielt es nicht für nötig, Kleiner auf den Prozess vorzubereiten.

»Haben Sie eigentlich Ihre Überlegungen zur Insolvenz abgeschlossen? Mein Antrag ist fertig. Aber Sie sind der Vorstand. Anmelden müssen Sie schon selber.«

Dr. Kleiner zuckte mit den Schultern. »Ich weiß nicht, ob ich das verantworten kann.«

Machlik lächelte. »Das hätten Sie sich wohl früher überlegen müssen«, sagte er kurz.

Im Büro von Dr. Braun hatten sich mehrere Kollegen versammelt, darunter Sigrid und der Terrier. Sigrid unterrichtete die Runde darüber, dass Nelson und seine Schwester bereits am Sonntag in München eintreffen. Nelson bringe die Kontoeröffnungsunterlagen mit. Der Terrier berichtete über sein Gespräch mit der Weiß und die Papiere, die sie ihm übergeben hat. Diese seien insgesamt unrechtmäßig in den Besitz der Weiß gekommen und deshalb im Prozess nicht verwertbar. Bei der erkennbaren Haltung des Gerichts könne mit einem richterlichen Entgegenkommen nicht gerechnet werden. Als Beweismittel seien sie also wertlos. Die Mumie saß am Schreibtisch, auf dem die Akte und die Dokumente sorgfältig ausgebreitet lagen und saugte an seiner Zigarette.

»Adam und Sigrid, Sie holen am Sonntag die Afrikaner am Flughafen ab. Ich möchte kein Risiko eingehen, dass sie nicht rechtzeitig im Gerichtssaal sind. Und wenn ihr dort seid, schaut doch bitte das Hotel an und das Parkhaus. Vielleicht fällt euch was auf. Tickets, Überwachungskameras oder so was Ähnliches. Ich habe die Unterlagen letzte Nacht genauestens studiert: Die Verträge und die Notizen. Wenn der Attelmann, mein Angeklagter, jemanden von denen umgebracht haben sollte, mein Verständnis hat er. Tut mir leid, wenn ich das nach einem langen Anwaltsleben sage.

Nur egal, wie ich es hin und her drehe, die beiden Toten waren effektiv die falschen. Im Übrigen, meine Damen und Herren Kollegen«, die Mumie verfiel ins Dozieren, »während wir ein Verbrechen verhandeln, das begangen ist, sind wir Zeugen eines anderen, das soeben begangen wird. Ich bin fasziniert. Ich hätte nicht gedacht, dass ich meinen Beruf noch einmal so lieben würde. Meine Mutter, müssen Sie wissen, war eine einfache Bauersfrau. Sie hat immer gesagt: »Man wird so alt wie eine Kuh und lernt doch immer noch dazu.« Ich lerne gerade. Adam, Sie rufen mich morgen an, sobald Sie die Leute am Flughafen eingesammelt haben.«

Einen besseren Zeugen hatte selbst der Gerichtspräsident Anton Zeiss in seinen vielen Prozessen noch nie. In dunkelgrauer Hose mit messerscharfen Bügelfalten und einem schwarzen Jackett mit fünf goldenen Knöpfen an jeder Ärmelseite, einem blütenweißen Hemd mit den Initialen MK an der linken Kragenspitze und mit sorgfältig nach vorn gezogenen Manschetten stand der Vorstandsvorsitzende Dr. Michael Kleiner etwas verlegen vor dem Richtertisch. Er überragte die anderen Leute im Gerichtssaal um Haupteslänge. Lediglich sein Teint ließ darauf schließen, dass er sich unwohl fühlte: Sein Gesicht war leicht gerötet. Ansonsten strahlten seine Körperhaltung und sein kontrolliertes Mienenspiel souveräne Ruhe aus.

Bereits auf dem Gerichtsflur hatten ihn die Gerichtsreporter umlagert.

Die Antworten von Kleiner waren unabhängig von den gestellten Fragen stereotyp: Zum Prozess könne er nichts sagen, da er erst nach den bedauerlichen Ereignissen in das Unternehmen gekommen sei, und das Unternehmen selbst werde durch die Darlehensrückzahlung zwar geschwächt, aber nicht gefährdet.

Es handele sich lediglich um einen sehr unfreundlichen Akt des Angeklagten.

Der Präsident war in Begleitung seiner Beisitzer in den Gerichtssaal eingezogen und ließ zufrieden das Blitzlichtgewitter der Pressefotografen über sich ergehen, bevor er seine fleischigen Hände rieb und darum bat, das Fotografieren einzustellen, damit er die Verhandlung eröffnen könne.

»Sie wissen, wir sind nicht in Amerika. Aufnahmen während der Verhandlung sind untersagt«, erklärte er bedauernd.

Dann begrüßte er den Zeugen mit zuvorkommender Höflichkeit und entschuldigte sich für die Belehrung, die zu geben er gesetzlich verpflichtet sei und die keinerlei Misstrauen des Gerichts zum Ausdruck bringe. Er wisse, dass der Zeuge beruflich wichtige Aufgaben wahrzunehmen habe. Er wolle deshalb die Vernehmung so kurz und prägnant wie möglich halten, um keine wertvolle Zeit zu vergeuden. Ihm selbst sei unklar, worüber der Zeuge eine Aufklärung geben könne, da er ja bekanntermaßen erst nach den Verbrechen, über die zu verhandeln sei, auf der Bühne erschienen wäre. Die Verteidigung habe ihn aber benannt, und deshalb habe das Gericht diesem Beweisantrag entsprechen müssen.

Nachdem er diese Einleitung abgeschlossen und die Personalien festgehalten hatte, fragte er Dr. Kleiner:

»Also, was können Sie zur Aufklärung beitragen? Sie wissen ja, um was es hier geht.«

Kleiner saß an dem Zeugentisch direkt vor dem Präsidenten, hatte die Beine übereinandergeschlagen, und seine Hände ruhten aufeinander gelegt auf dem Oberschenkel.

»Hohes Gericht, sehr geehrter Herr Präsident. Buchstäblich nichts. Ich weiß nicht, weswegen ich hier bin. Ich habe Herrn Attelmann zum ersten Mal anlässlich meiner vorgesehenen Berufung zum Vorstandsvorsitzenden gesprochen und dann wieder bei einem Abendessen, zu dem mich der Aufsichtsratsvorsitzende Herr Dr. Domler hinzugezogen hat. Dies war nach der Rückkehr des Herrn Attelmann aus Afrika.« Zeiss nickte und bemerkte, dass er sich das schon so gedacht habe. Der Zeuge solle aber künftig, wenn er vom Angeklagten spreche, diesen auch so bezeichnen.

»Also Herr Verteidiger, wir sind gespannt auf Ihre Fragen«, gab er das Wort an die Mumie. Alexander Braun raschelte mit seinen Papieren, die vor ihm ausgebreitet lagen und schoss sofort scharf:

»Herr Zeuge, Sie wissen, dass Sie die Wahrheit zu sagen haben. Ich erinnere an die Belehrung zu Beginn Ihrer Vernehmung.«

Kleiner schaute verständnislos zum Präsidenten. Der erwiderte den Blick ermunternd.

»Sie wollen also wirklich behaupten, Sie hätten Herrn Attelmann – zum damaligen Zeitpunkt war er kein Angeklagter – zum ersten Mal in Ihrem Leben wegen Ihres Eintrittes in den Vorstand der Attelmann AG getroffen. Also am Tattag? Bleiben Sie bei dieser Aussage?«

»Aber natürlich«, antwortete Kleiner ruhig.

»Haben Sie an der Vollversammlung der Arbeitgeberverbände im letzten Oktober in Köln teilgenommen?«

»Soweit ich erinnere, ja.«

»Ist der Angeklagte damals in den erweiterten Vorstand gewählt worden?«

»Ja, das ist möglich.«

»Aber Sie haben den Angeklagten zum ersten Mal in Ihrem Leben anlässlich Ihrer Berufung in den Vorstand getroffen?«

Kleiner wandte sich an den Präsidenten.

»Natürlich traf man sich hin und wieder. Da eine Tagung, dort ein Empfang. Aber das bedeutet doch nichts.«

Die Mumie ließ keine Zeit für eine gerichtliche Intervention, zu der Dr. Zeiss ansetzte.

»Wir hatten am letzten Verhandlungstag schon einen Zeugen, der uns die Bewertung seiner Aussage gleich mitliefern wollte. Herr Dr. Kleiner, beschränken Sie sich einfach auf die Wahrheit; aber diese vollständig.

Übrigens, wann sind Sie denn aus Paris zurückgekehrt?«

»Ich war nicht in Paris.«

»Sie waren noch nie in Paris?«

»Doch, natürlich. Aber der letzte Besuch liegt schon mehrere Jahre zurück.« Der Zeuge suchte den Blick des Präsidenten. Dieser griff auch prompt ein.

»Herr Verteidiger, was sollen diese Fragen? Erhellt es unseren Prozess, wenn wir wissen, wie oft der Zeuge in Paris war? Ich muss Sie bitten, zum Thema zu fragen.«

»Das ist das Thema, Herr Präsident«, betonte die Mumie und fuhr unbeirrt fort, den Zeugen zu befragen.

»Die Presseerklärung Ihres Hauses von vor wenigen Wochen, Herr Zeuge.« Der Anwalt hielt ein Blatt Papier in die Höhe. »Die Verträge der Attelmann AG mit Charon S. A. in Paris unterzeichnet. Die gemeinsame Zukunft hat begonnen. Entspricht dies der Wahrheit?«

»Selbstverständlich«, antwortete Kleiner mit fester Stimme.

»Wer hat denn die Verträge unterzeichnet, wenn Sie nicht in Paris waren?«

»Das tut doch nichts zur Sache«, wehrte Kleiner ab.

»Doch, das tut zur Sache«, echote der Verteidiger. »Dass die Zeugen in diesem Prozess nicht einfach die Fragen beantworten können, die ihnen gestellt werden.« Die Mumie brummelte so laut vor sich hin, dass jeder im Saal es hören konnte.

»Das lässt sich nicht mit einem Satz beantworten. Dazu muss man die Zusammenhänge kennen«, ließ sich Kleiner auf die Frage ein. Seine Gesichtsfarbe wurde eine Nuance röter.

Die Mumie lehnte sich zurück, holte als Ersatz für die im Gerichtssaal verbotene Zigarette eine Schnupftabakdose aus der Tasche, klopfte umständlich eine Prise auf seinen Handrücken und zog das Tabakpulver genüsslich in seine Habichtnase ein. Dann zauberte er langsam ein blütenweißes Taschentuch aus der Hosentasche unter der Robe hervor und wischte sich damit die Reste des Tabaks von der Nase.

»Wir haben unendlich Zeit, Herr Zeuge und die Zusammenhänge sind es, die uns interessieren.«

»Quousque tandem abutere patientia nostra?[3]«, zitierte der Gerichtspräsident gereizt wegen dieser Vorstellung aus dem Beginn von Ciceros Rede gegen Catilina und warf Braun einen warnenden Blick zu. Der tat, als habe er nichts gehört und genehmigte sich demonstrativ eine zweite Prise. Als der Zeuge keine Anstalten machte zu antworten, fragte der Verteidiger, ob er seine Frage wiederholen solle und ob sie dem Zeugen entfallen sei.

»Meine Anwesenheit war zur Unterschriftsleistung nicht erforderlich«, erklärte nun Kleiner.

»Ach«, nahm Braun den Ball auf. »Hatten Sie jemandem Vollmacht erteilt? Dürfen wir den Namen erfahren?«

»Nein, das war nicht nötig«, versuchte der Zeuge die Frage abzuschütteln.

Die Mumie blickte starr zu dem gepflegten Herrn auf dem Zeugenstuhl und wartete. Dieser machte keine Anstalten, weitere Erklärungen abzugeben.

»Haben Sie noch Fragen, Herr Verteidiger, oder können wir den Zeugen entlassen?«

Der Präsident schaute verständnislos auf das bewegungslose, gelbe Gesicht des Verteidigers.

»Ich pflege eine neue Frage zu stellen, wenn die vorhergehende beantwortet ist«, dozierte Braun zur Richterbank hin. »Ich habe vor vielen Jahren einmal gelernt, dass ein Zeuge die Antwort nur dann verweigern darf, wenn er sich durch die wahrheitsgemäße Beantwortung selbst belasten würde. Wenn dies zutrifft, so möge es der Zeuge sagen. Ansonsten: Ich warte.«

»Der Zeuge sagte doch, dass es nicht nötig gewesen ist«, intervenierte Dr. Zeiss.

»Der Zeuge sagte, er habe den Angeklagten zum ersten Mal vor Kurzem gesehen. Diese Antwort war falsch.

Der Zeuge sagte, die Attelmann AG habe in Paris Verträge unterzeichnet. Als Vorstandsvorsitzender vertritt er die Gesellschaft.

---

3 »Wie lange noch, wirst du unsere Geduld missbrauchen?« – Cicero, Catilinaria 1

Der Zeuge sagte, seine Anwesenheit zur Unterzeichnung der Verträge sei nicht erforderlich gewesen. Also möchte ich wissen, wer für die Gesellschaft unterzeichnet hat. Ist das eine schwer zu verstehende Frage?«

Die Haut der Mumie zog sich noch eine Spur straffer über die Hakennase.

»Also, Herr Zeuge, ich weiß zwar auch nicht, was die Verteidigung mit dieser Frage bezweckt, aber beantworten Sie sie bitte.« Der Präsident winkte unwirsch mit der rechten Hand zu Kleiner.

Dieser hatte sich nun eine Erklärung zurechtgelegt und holte zu einer Antwort aus.

»Für die Zusammenarbeit mit unserer französischen Partnerfirma haben wir eine rechtlich selbständige Tochtergesellschaft gegründet. Diese wird von einem eigenen Geschäftsführer vertreten, und dieser hat die Verträge in Paris unterzeichnet.«

»Ist damit die notwendige Klarheit hergestellt?«, fragte Zeiss. »Fragen Sie jetzt bloß nicht, warum der Zeuge nicht Geschäftsführer der Tochtergesellschaft ist. Oder wollen wir ein Organigramm des ganzen Konzerns aufstellen?«

»Mitnichten, hohes Gericht. Herr Zeuge, warum sind Sie nicht Geschäftsführer der Tochtergesellschaft, wie der Herr Präsident zutreffend fragt?«

Dr. Anton Zeissens Kopf schien zu platzen. Von den ausgeprägten Ohrmuscheln über die feisten Backen bis zu der fleischigen Nase überzog ein dunkles Rot das Gesicht.

»Herr Verteidiger, ich verstehe die missliche Lage, in der sich die Verteidigung in diesem Prozess befindet. Ich lasse aber nicht zu, dass Sie diesen Prozess zu einer Farce machen. Wenn Sie keine weiteren Fragen zur Sache haben, dann entlasse ich diesen Zeugen. Und versuchen Sie nicht, mich lächerlich zu machen. Ich unterbreche die Verhandlung für dreißig Minuten, und anschließend erwarte ich eine Erklärung der Verteidigung. Die Sitzung ist unterbrochen.«

Nach diesen Worten erhob er sich und demonstrativ und mit

gleicher entrüsteter Entschlossenheit die ganze Richterbank, und die Richter entschwanden durch die rückwärtige Tür aus dem Saal.

Die Mumie stand langsam auf, klopfte sich eine Zigarette aus der Packung und öffnete beide Fensterflügel hinter sich. »Frische Luft«, sagte Braun und suchte den Blick der Oberstaatsanwältin. Er meinte, in dem strengen Gesicht ein aufmunterndes Blitzen zu erkennen. Entgegen seiner sonstigen Gewohnheit trat Braun auf den Angeklagten zu und reichte ihm die trockene, altersgefleckte Hand. Auch Mark streckte ihm seine knochige, feingliedrige Hand zum Druck entgegen.

»Heute Nachmittag sehen Sie gute Freunde. Sie machen das ganz hervorragend. Halten Sie durch.«

Mark schaute auf den alten Mann in seiner schwarzen Robe, und es war ihm, als würde der Beobachter über ihm in seinem Gelächter verstummen und interessiert näherkommen. Auf dem Flur schaltete Braun sein Handy ein, trat etwas abseits von der übrigen Zuhörerschaft und drückte Adams Nummer. Der meldete sich sofort. Braun hörte nur schweigend zu. Nach einigen Minuten konnten die neugierig an ihn herangerückten Gerichtsreporter erlauschen, wie er sagte: »Das sind aber interessante Neuigkeiten. Danke, Adam.« Das war alles, was sie erfahren konnten. Ihre übrigen Versuche, von ihm Auskünfte oder Statements zu erhalten, missachtete er wie die Fragesteller selbst.

Er ging in den Gerichtssaal zurück, zog die Robe aus und legte sie über die Akten an seinem Tisch. Anschließend suchte er ein Straßencafé in direkter Nachbarschaft des Justizpalastes, bestellte einen doppelten Espresso und zündete sich eine Zigarette an. Es war eines jener typischen Lokale, die man in der Nähe eines jeden größeren Gerichts findet, wo die an Verfahren beteiligten Personen Wartezeiten überbrücken.

»Darf ich mich zu Ihnen setzen?« Über ihm tauchte das Gesicht einer Frau auf.

»Aber selbstverständlich«, entgegnete Braun, ohne die Fragestellerin zu beachten. Erst als sie sich gesetzt hatte und einen Cappuccino serviert bekam, blickte er auf und erkannte die Oberstaatsanwältin. Er trank einen Schluck Espresso, schaute ihr über den Tassenrand in die Augen und, nachdem sie den Kontakt aushielt und sich nicht abwandte, charmierte er als der um mindestens zwanzig Jahre ältere Kollege auf der anderen Seite des Gerichtssaals.

»Sie sind Stammgast in diesem Etablissement. Darf ich fragen, wie lange Sie schon an diesem Gericht tätig sind?«

Braun achtete das ungeschriebene Gesetz, wonach außerhalb des Gerichtssaals zwischen den an einem laufenden Prozess beteiligten Personen nur Belanglosigkeiten ausgetauscht werden.

»Über zwanzig Jahre«, bemerkte Frau Dr. Rossmann mit einem unhörbaren Seufzen. »Ich gehöre bereits zum Inventar. Und wie lange wollen Sie noch praktizieren, Herr Dr. Braun?«

In dem ledernen Gesicht des Anwalts zogen sich zusätzlich einige Fältchen um die Augen zusammen, als er amüsiert die direkte und wenig schmeichelhafte Frage der Oberstaatsanwältin beantwortete:

»Ich denke, ich bin Ihnen mindestens zwanzig Jahre voraus. Man tut sich als Anwalt schwer, den Beruf an den Nagel zu hängen. Aber Sie haben recht, dies wird wohl mein letzter Prozess sein.« Er hüstelte vor sich hin.

»Sie rauchen zu viel, Herr Kollege.« Hinter dem Tadel versteckte sich Sympathie.

»Ach, wissen Sie, mich erwartet kein Ruhestand, für den ich mich schonen müsste«, parierte der hagere, alte Mann.

Frau Rossmann sah ihn scharf an: »Ich schone mich nicht, Herr Kollege, ich halte mich nur zurück. Sie haben es sicher bemerkt, es ist nicht mein Prozess.«

Die Mumie hob überrascht den Kopf. Diese erfahrene Staatsanwältin brach ein Tabu, und sie wusste, dass ihm dies auffallen musste. Vorsicht, alarmierte das Gehirn des Anwalts. Falsche Verbündete haben schon manchem den Sieg gekostet. Er zog es vor, auf die Bemerkung jetzt nicht einzugehen und erst darüber nachzudenken.

»Ich gehe wieder rüber. Zeus beginnt pünktlich.« Marlene Rossmann legte abgezählte Münzen neben ihre Tasse und ging.

Hat die jetzt Zeiss oder Zeus gesagt? fragte sich Alexander Braun. An diesem Gericht knirscht es wohl ganz schön im Gebälk.

Dann zahlte auch er, überquerte die Straße, betrat durch das große Portal das mächtige Justizgebäude und schleppte sich die breiten, steinernen Treppen bis zum großen Sitzungssaal im zweiten Stock empor. Er zog seine Robe über und sortierte die vor ihm liegenden Papiere.

»Hat die Verteidigung ihre Strategie überdacht?«, eröffnete der Präsident die Verhandlung nach der Pause.

Die Mumie schaute dem Gerichtspräsidenten Dr. Anton Zeiss, Ehrenvorsitzender fast aller gemeinnützigen Vereine und angesehenster Bürger der Stadt, entschlossen in die Augen:

»Dazu gibt es keine Veranlassung. Ich möchte mit der Zeugenvernehmung fortfahren. Im Hinblick auf eine mögliche Revision dulde ich auch keine Behinderung.«

Über das Gesicht des Präsidenten fiel ein dunkler Schatten. Er lehnte sich zurück, verschränkte die Arme vor der imposanten, Talar geschmückten Brust und antwortete mit eisiger Stimme:

»Sie müssen wissen, was Sie tun. Erfahren genug sind Sie ja. Also fahren wir fort. Herr Zeuge, nehmen Sie Ihren Platz ein.«

Alle höfliche Verbindlichkeit war wie weggeblasen. Jeder im Saal konnte es spüren. Die Temperatur war um Grade kälter geworden. Eine geradezu frostige Atmosphäre war von einer Sekunde zur anderen eingezogen.

»Also, Herr Zeuge, was hat es mit der Tochtergesellschaft auf sich? Was ist ihre Aufgabe, wer vertritt sie, wer sind die Gesellschafter?«

Braun schoss die Fragen auf den Vorstandsvorsitzenden Kleiner ab, ohne Luft zu holen. Dieser suchte den Blick des Präsidenten. Der aber saß demonstrativ uninteressiert mit immer noch verschränkten Armen und sah zur Saaldecke. Die Staatsanwältin zog ihre Robe wie zum Schutz vor der Kälte enger um sich und malte Strichmännchen in ihre Akten, um ihren Blick nicht heben zu müssen. Als der Zeuge mit diesen Fragen auf sich allein gestellt war, wandte er sich dem alten Verteidiger zu. Dieser wies ihn sofort zurück. »Sprechen Sie zum Gericht. Ich frage nur.«

»Ich beantworte Ihre Fragen gern. Ich weiß nur nicht, warum sie gestellt werden. Wir haben die Tochtergesellschaft gegründet mit dem Auftrag und Geschäftszweck, die Geschäfte der französischen Firma zu betreiben. Es handelt sich um eine Besitz- und Betreibergesellschaft mit einer eigenen Geschäftsführung. Diese hat die Verträge in Paris unterzeichnet.« Kleiner endete seinen Vortrag zufrieden und Braun tat so, als ob er nicht bemerkt hätte, dass die Frage nur teilweise beantwortet war.

»Ist es also richtig, dass diese Betreibergesellschaft, wie Sie sagen, Eigentümerin dieser ominösen französischen Firma ist und deren Geschäfte führt?«

»Dies ist richtig, Herr Verteidiger. Aber es handelt sich nicht um eine ominöse französische Firma, sondern um ein äußerst interessantes und werthaltiges Unternehmen. Die Synergieeffekte bei der Produktion und auf dem Markt rechtfertigen das eingesetzte Kapital bei weitem. Es ist doch selbstverständlich, dass wir die Last der Organisation gerade zu Beginn der Zusammenarbeit auf mehrere Schultern verteilt haben. Ich bin froh über jeden guten Mann, den wir an Bord haben.«

Kleiner wähnte sich wieder auf sicherem Boden, und der Präsident hatte seine Körperhaltung um keinen Deut verändert.

»Und diese Besitz- und Betreibergesellschaft ist eine Tochter der Attelmann AG?« Der Verteidiger stellte die Frage in einem abschließenden Tonfall. Der Zeuge empfand es auch so und antwortete deshalb nur: »Ja.«

»Eine hundertprozentige Tochter, Herr Zeuge?«, fragte die

Mumie mit spitzem Gesicht, gerunzelter Stirn und erhobener Stimme.

Frau Dr. Rossmann beobachtete interessiert dieses Verhör. Der weiß etwas, was nicht in den Akten steht, dachte sie. Wo will denn der hin? Sie lockerte ihre vor der Brust eng zusammengezogene Robe und legte den Kugelschreiber zur Seite. Jetzt blickte auch sie auf den Zeugen und ihr fiel auf, dass Kleiners Augen bei ihr Halt suchten. Sie verweigerte ihn, und der Zeuge sah wieder gerade aus auf den Präsidenten, der den Kopf in den Nacken gelegt hatte und scheinbar unbeteiligt zur Saaldecke starrte.

»Nicht ganz. Eine solche Aufgabe kann man nicht alleine bewältigen. Weder finanziell, noch personell. Da braucht man einen starken Partner an Bord.«

»Und diesen Partner haben Sie gefunden?« Des Anwalts Stimme klang jetzt milde und werbend.

»Ja«, antwortete der Zeuge kurz.

»Dürfen wir erfahren, um welchen starken Partner es sich dabei handelt, Herr Zeuge?«

Da Kleiner weder beim Präsidenten, noch bei der Staatsanwältin Unterstützung fand, besann er sich auf sich selbst und klärte auf, dass es sich um eine international tätige Finanzinvestorengruppe handele, mit der zusammen man diese Gesellschaft gegründet habe. Dies sei ein durchaus üblicher Vorgang.

Das spitze, gespannte Ledergesicht hörte interessiert zu und nickte gelegentlich verständnisvoll.

»Sie sind doch relativ kurz in dieser neuen Verantwortung, wie Sie uns eingangs dargelegt haben. Wann haben Sie denn diese Gesellschaft gegründet?«

»Nachdem Herr Attelmann grünes Licht gegeben hatte«, antwortete Kleiner und wusste, dass es nicht stimmte.

»Ach, Sie haben mit dem Angeklagten über diese Aktion gesprochen?«, hakte Braun sofort nach. Mit einer solchen Antwort des Zeugen hatte er nicht gerechnet. Der gequälte Blick des Präsidenten wanderte von der Decke in den Gerichtssaal zurück, und die strenge Verschränkung der Arme begann sich zu lösen. Frau Dr. Rossmann hielt den Zeugen voll im Visier. Sie bemerkte, dass er unruhig wurde. Sein Gesicht war noch geröteter als zu Beginn des Vormittags, und seine Hände streiften öfters über den makellos gebügelten Stoff am Oberschenkel, als wolle er die Handflächen trockenreiben.

»Wir haben bei dem gemeinsamen Abendessen im Hotel »Karpfenfischer« über dieses Projekt gesprochen, und Herr Attelmann hat in Anwesenheit von Herrn Dr. Domler zugestimmt.«

Der alte Verteidiger bemerkte, dass er von seiner Frageliste, die er anhand seiner Informationen aus dem Studium der Verträge und Unterlagen sorgfältig aufgestellt hatte, abgekommen war. Er durfte nicht in ungewisses Fahrwasser kommen. Deshalb kehrte er unverzüglich zu seinen Notizen zurück.

»Wenn es sich bei dieser Tochter nicht um eine hundertprozentige handelt, so ist aber doch die Attelmann AG der dominante Partner?«

Der Zeuge spürte die Blicke von Mark Attelmann, der das Frage-und-Antwort-Spiel gebannt verfolgte, brennend in seinem Rücken. Wenn ihm jetzt niemand half, dann verlor er vor Attelmann sein Gesicht. Er suchte wieder den Blick des Präsidenten.

»Muss ich hier Firmeninterna bekannt geben? Es ist für die Konkurrenz sehr interessant, diese Informationen zu haben. Für den Prozess ist diese Frage doch unerheblich. Ich habe überhaupt den Eindruck, der Verteidiger interessiert sich mehr für das Unternehmen als für die Morde. Vielleicht vertritt er auch die Interessen von »Weber« und »Andechser«. Es würde mich nicht überraschen.«

Für alle im Gerichtssaal kamen die im Stakkato heraus gepressten Sätze des Zeugen überraschend. Nur die Mumie lächelte im Wissen um den Inhalt seiner Aktentasche unmerklich vor sich hin. Die Oberstaatsanwältin suchte seinen Blick und schien zu fragen, ob sie ihm bei diesem unbotmäßigen Zeugenauftritt als Organ der Rechtspflege zur Seite springen solle. Er schüttelte den Kopf. Der Blick des Präsidenten bohrte sich wieder in die Saaldecke. Nach einer Pause kam es mit eisiger Stimme von der Richterbank:

»Beantworten Sie die Fragen der Verteidigung.«

Dr. Michael Kleiner überlegte und schwieg.

»Wenn es Ihnen schwerfällt, Herr Zeuge, sich zu erinnern, können wir den beurkundenden Notar und den Handelsregisterauszug zu Rate ziehen«, drängte der Verteidiger sarkastisch. »Das Notariat von Stein in München ist uns sicher gerne behilflich.«

Ich wusste es, dachte die Oberstaatsanwältin. Der alte Fuchs hat die Tasche voller Hühner.

Der Präsident hielt seine ablehnende Haltung durch, bemerkte aber das wachsende Interesse seiner Kollegen auf der Richterbank am Auftritt des Zeugen, und Kleiner verfluchte die Situation, in die ihn Schwarzmann und die IMC gebracht hatten. Er konnte doch nicht wissen, was auf ihn zukam, als er dem Drängen nachgab, den Vorstandsvorsitz bei dieser verdammten Attelmann AG zu übernehmen. Sollte doch Machlik hierher sitzen oder einer von den anderen. Aber warum gerade er, der am wenigsten mit den Plänen zu tun hatte. Es war doch schon alles fertig, als ich kam, dachte er. Die haben doch nur einen Dummen gesucht. Und der bin ich jetzt. Ich – Dr. Michael Kleiner – habe das alles nicht nötig und bin am Arsch. Soll ich meinen Kopf für alle anderen hinhalten. Für diesen Job gibt es genügend Leute auf dem Markt. Warum musste gerade ich in diese Scheiße geraten? Meine Frau zieht mir die Haut ab, wenn sie davon erfährt.

»Herr Zeuge«, der Präsident beendete die lange Pause, »ich kann in der Frage der Verteidigung nicht die Brisanz entdecken, die Sie hineinlegen. Bitte beantworten Sie also die Frage, so gut Sie es ohne Hinzuziehung von Unterlagen können.«

Kleiner erkannte den schmalen Ausweg, den der Präsident ihm aufzeigte.

»Gut, ich will es versuchen. Als ich an Bord kam, waren viele Dinge bereits vorbereitet. Dazu gehörte auch das Engagement in Frankreich. Die Finanzinvestoren standen als Partner bereit, und die Übernahmeverträge waren von dem französischen Insolvenzgericht in den wesentlichen Kernbereichen vorgegeben. Das Vertragswerk musste nur noch unter Dach und Fach gebracht werden. Das habe ich zusammen mit der IMC, einer international renommierten Beratergesellschaft, die von meinem Vorgänger ins Haus geholt worden war, und in Absprache mit den beteiligten Banken dann getan. Wenn ich zu den Details Auskunft geben soll, dann muss ich mir die Verträge bringen lassen.«

»Das wird nicht nötig sein.« Dr. Zeiss hatte die Verhandlungsführung wieder übernommen. »Noch weitere Fragen, Herr Verteidiger?«

»Oh, ja, Herr Präsident. Habe ich den Zeugen richtig verstanden, dass bei seinem Amtsantritt oder seiner Berufung, oder wie man es nennen will, das Vertragswerk im Wesentlichen vorlag?«

»Ich denke ja, so hat es uns der Zeuge soeben berichtet«, bestätigte der Präsident.

»Warum hat Ihr Vorgänger, der Angeklagte, die Verträge nicht schon unterzeichnet?«

Der Zeuge glaubte sich wieder auf sicherem Boden.

»Ich weiß es nicht, Herr Rechtsanwalt. Ich hatte keine Gelegenheit, mit ihm darüber zu sprechen. Die Kontinuität war durch Aufsichtsrat, IMC und Banken gewährleistet. Vielleicht fühlte er sich überfordert. Seine Demission kam ziemlich überhastet.«

»Überhastet«, wiederholte Braun. »Das ist richtig. Bewerten Sie die Verträge für die Gesellschaft, für die Sie Verantwortung übernommen haben, in der Summe für vorteilhaft?«

»Das habe ich nun aber schon öfters dargelegt«, beschwerte sich Kleiner.

»Das sehe ich auch so. Wir drehen uns im Kreise«, griff der Präsident wieder ein.

»So, im Kreise, meinen Sie?« Der alte Verteidiger zog nun einen mit Hand beschriebenen Zettel aus den Unterlagen hervor und legte seinen knochigen Zeigefinger auf die Linien.

»War es von Vorteil für Ihre Gesellschaft, an der Erwerbergesellschaft mit nur vierzig Prozent beteiligt zu sein?

War es von Vorteil, ein Darlehen in Höhe von dreihundertfünfzig Millionen zu zwölf Prozent Zins aufzunehmen und der
Erwerbergesellschaft ein Darlehen über vierhundert Millionen
mit einem Zinssatz von vier Prozent zu gewähren? War es ein
Vorteil, das genommene Darlehen mit erstrangigen Grundschul-
den abzusichern und das hingegebene ungesichert zu lassen? Ich
wiederhole: An eine Gesellschaft, an der Sie nur vierzig Prozent
Anteile besitzen? War das ein Vorteil, Herr Zeuge? Ich frage den
Vorstandsvorsitzenden! Ich frage den Vorstandsvorsitzenden!«

Mark Attelmann hatte bestürzt zugehört, und als sein Verteidiger endete, schlug er mit seiner rechten flachen Hand krachend
auf den Tisch vor der Anklagebank.

Im Zuhörerraum entstand ein Tumult.

»Ruhe, Ruhe bitte«, rief der Präsident. »Herr Verteidiger, was
sollen diese Zahlen? Woher stammen diese Daten?«

Braun ging auf die Intervention des Präsidenten nicht ein.

»Herr Zeuge, wo liegt der Vorteil? Erklären Sie uns das!«

Der alte Anwalt insistierte mit schneidender Stimme, und Kleiner blickte irritiert zwischen Präsident und Verteidiger hin und
her und schwieg.

Der Verteidiger wandte sich an den Präsidenten und seine Beisitzer auf der Richterbank.

»Hohes Gericht, Sie suchen ein Mordmotiv? Hier ist es. Dr.
Philipp Assfort hätte diese Verträge nie unterzeichnet, und der
Angeklagte auch nicht. Finden Sie die Nutznießer dieser unsäg-
lichen Verträge! Dann haben Sie die Mörder. Dieser Angeklagte
ist es jedenfalls nicht.«

Die Mumie war vor dem letzten Satz aufgestanden und hob
jetzt seinen dürren rechten Arm mit dem herunterhängenden,
schwarzen Ärmel mit ausgestrecktem Zeigefinger in Richtung
Anklagebank, wo Mark vor Zorn und Ohnmacht bebte.

Der Präsident ließ den Lärm im Saal langsam abebben. Während dieser Zeit flüsterte er mit seinen Beisitzern zur Linken und Rechten. Dann neigte er sich nach vorn. Wieder ganz der souveräne Vorsitzende dieser Verhandlung, die aus den Fugen zu geraten drohte.

»Zunächst möchte ich auf einiges hinweisen, Herr Verteidiger. Für einen Schlussvortrag ist es noch zu früh. Zum anderen sind wir dankbar, dass wir nun wissen, wo Sie mit Ihren dunklen Fragen hinwollten, und schließlich bitte ich den Zeugen, zumindest zu den vom Verteidiger behaupteten Fakten noch kurz Stellung zu nehmen. Anschließend beabsichtige ich, die Verhandlung für eine kurze Mittagspause zu unterbrechen.«

Während der Gerichtspräsident sprach, öffnete sich die hintere Saaltür, und Adam Adorno betrat mit Sigrid Holzmann in Begleitung eines stämmigen Schwarzen und einer strahlend schönen, jungen schwarzen Frau den Verhandlungssaal. Sie zogen sofort die Aufmerksamkeit des Publikums auf sich. Adam nahm neben Dr. Braun Platz. Nelson und Amara drückten Mark gegen alle Gepflogenheiten des Verhaltens in einem Gerichtssaal herzlich an ihre Brust. Die beiden Justizvollzugsbeamten neben dem Angeklagten waren so überrascht, dass sie nicht einschritten.

Dr. Zeiss wartete, bis wieder Ruhe eingekehrt war, wobei er die beiden Wachtmeister tadelnd fixierte.

»Herr Zeuge, sind die Behauptungen, die der Verteidiger in Frageform vorgetragen hat, zutreffend? Das heißt: Gibt es die Verträge mit den genannten Inhalten?«

»Diese Verträge gibt es. Auch mit diesen Inhalten. Sie sind aber aus dem Zusammenhang gerissen.« Michael Kleiner versuchte mit fester Stimme und Disziplin zu retten, was nicht mehr zu retten war.

»Gut, Herr Zeuge. Gibt es noch weitere Fragen?«

Der Präsident schaute zum Verteidigertisch, an dem sich die beiden Anwälte miteinander unterhielten und von seiner Frage provozierend uninteressiert keine Notiz nahmen. Dann wandte er sich zu Frau Dr. Rossmann. Als diese den Kopf schüttelte, schickte

er sich an, den Zeugen zu entlassen, als sich plötzlich der Angeklagte bemerkbar machte.

»Ich verlange die sofortige Entlassung dieses Vorstands«, rief
Mark in den Saal. Dr. Zeiss warf den Kopf zurück und blickte
empört auf. Dann bohrte er seinen Blick in Mark:

»In welcher Funktion? Als Angeklagter?«, fragte er verächtlich.

»Also kehren wir zu unserem Prozess zurück.«

Er entließ den Zeugen deutlich distanzierter, als er ihn begrüßt
hatte, und unterbrach die Verhandlung für zwei Stunden. Braun,
Adorno und Sigrid Holzmann zogen sich mit Nelson und Amara
in ein Besprechungszimmer des Gerichtsgebäudes zurück und
setzten sich um einen hässlichen Pressplattentisch, um den Nachmittag vorzubereiten. Nelson legte einen Kontoeröffnungsantrag
und einige Auszüge auf den Tisch, und der Terrier grub aus seiner
Aktentasche eine Filmkassette hervor.

»Eigentlich müsste das reichen«, sagte Adorno.

»Schauen wir mal«, schränkte die Mumie skeptisch ein. »Ich
habe schon Pferde kotzen sehen. Auf hoher See und bei Gericht
sind wir alle in Gottes Hand.«

Über sein Pergamentgesicht zog sich dabei ein listiges Lächeln.
Höflich klopfte ein Justizbeamter an die Tür und informierte den
Verteidiger, dass ihm der Angeklagte dringend sprechen wolle. Als
Braun nach einer halben Stunde wiederkam, diktierte er telefo-
nisch seiner Sekretärin:

»Schreiben an den Aufsichtsratsvorsitzende Dr. Domler.

*Namens und im Auftrag der Stammaktionäre, die die Mehr-
heit in der Hauptversammlung stellen, weise ich Sie an, den
Vorstand der Attelmann AG mit sofortiger Wirkung aus
wichtigem Grunde wegen Untreue abzuberufen.«*

Nach Wiedereintritt in die Verhandlung wurde auf Antrag der
Verteidigung Nelson Zaka in den Zeugenstand gerufen. Nelson

erzählte, und die Dolmetscherin übersetzte, dass der Angeklagte und er sich nach reiflicher Überlegung entschlossen hatten, ein gemeinsames Projekt zur Gewinnung erneuerbarer Energien in Mosambik und Südafrika zu verwirklichen, und dass sie aus diesem Grunde ein Konto eröffnet hatten. Beide seien berechtigt gewesen, über dieses Konto zu verfügen. Der Angeklagte habe darauf vereinbarungsgemäß eine Million Euro einbezahlt. Beim Umfang des Projekts entspreche diese Summe den Gründungskosten. Dieses Konto sei nach der Festnahme des Angeklagten bis zum heutigen Tage gesperrt, was nicht nur zu beträchtlichen Verzögerungen bei der Realisierung des Vorhabens geführt, sondern es geradezu gestoppt habe.

Auf Nachfrage des Gerichts erläuterte Nelson mit ruhiger Stimme den Inhalt dieses Geschäfts. Bei seinen Ausführungen öffneten sich die engen Mauern des Gerichtssaales und der Stadt. Auch der Präsident schrumpfte in seiner provinziellen Wichtigkeit, als deutlich wurde, welche über sein eigenes Unternehmen hinausreichenden Pläne Mark verfolgte. Nelson Zaka übermalte das düstere Bild des Angeklagten wortreich mit leuchtenden Farben. Dr. Zeiss war bemüht, diesen exotischen Zeugen schnell zu entlassen, und weder Verteidigung noch Staatsanwaltschaft hatten weitere Fragen an Nelson. Daraufhin rief Braun seinen Kollegen Adorno in den Zeugenstand.

»Was wollen Sie denn damit bezwecken?«, fragte der Präsident überrascht, der nach den vergangenen Stunden merklich zurückhaltender geworden war.

Die Mumie spürte, wie sich der Prozess wendete, und bemühte sich, die Distanz, die vom Präsidenten aufgebaut war, weiterhin aufrechtzuerhalten.

»Der Kollege hat die Arbeit der Staatsanwaltschaft erledigt«, sagte er süffisant und warf einen um Nachsicht bittenden Blick zur Oberstaatsanwältin. Diese saß mit niedergeschlagenen Augen so teilnahmslos hinter ihrem Tisch, als ginge sie diese Veranstaltung gar nichts an.

»Ihre Personalien kennen wir. Die Belehrung ist Ihnen bekannt. Herr Rechtsanwalt Adorno, was können Sie aus eigener Kenntnis zur Aufklärung beitragen? Es ist etwas ungewöhnlich, dass die Verteidigung die Zeugen aus den eigenen Reihen stellt.«

Adam überhörte die Spitze. Bescheidenes und zurückhaltendes Auftreten hatte er sich verordnet.

»Herr Präsident«, begann er leise und jeden Triumph in der Stimme vermeidend, »als ich die afrikanischen Gäste am Flughafen abholte, habe ich mich etwas umgesehen, und weil ich schon eine Stunde zu früh dort war, mein Auto im Parkhaus abgestellt. Im Hotel, in dem der Angeklagte vorgibt, übernachtet zu haben, trank ich eine Tasse Kaffee, und dann wartete ich in der Empfangshalle auf den Zeugen, den Sie eben gehört haben.

Da er nicht allein ankam, sondern in so reizender Begleitung, konnte ich nicht umhin, die beiden zu einem Weißwurstfrühstück einzuladen. Fragen Sie mich nicht, wie es ihnen geschmeckt hat. Jedenfalls haben sie es gegessen.«

Adam mühte sich, die Atmosphäre zu entspannen und die Sympathie des Gerichts zu gewinnen.

»Als ich mein Auto aus dem Parkhaus holen wollte, stellte ich fest, dass die Seitenscheibe eingeschlagen, und das Radio, mein Mantel und sogar mein Aktenkoffer entwendet waren. Ich habe den Schaden wegen der Versicherung dem Mann an der Kasse des Parkhauses geschildert und ihn gebeten, den Vorfall zu protokollieren. Er drückte daraufhin auf der Tastatur einiger Monitore herum, und ich konnte auf dem Bildschirm ansehen, wie ein Mann sich an meinem Auto zu schaffen machte.«

»Herr Kollege Adorno, das ist sicher sehr interessant und bedauerlich, aber was hat das mit unserem Fall zu tun?«

Braun spielte den Ball geschickt zu seinem Kollegen zurück, bevor der Präsident eingreifen konnte. Die Mumie demonstrierte, dass nach der Zeugenaussage von Nelson die Verteidigung den Prozess gestaltete.

»Langsam Herr Verteidiger«, Adam nahm das Spiel der Mumie

an, »ich dachte mir, wenn mein Auto durch Kameras überwacht wird, so vielleicht auch andere, und ich fragte bei dem Mann im Kassenhaus neben den Monitoren nach. Der erklärte mir, dass fast das ganze Parkhaus ständig durch Kameras überwacht ist. Und da – mit Verlaub Herr Präsident – machte es bei mir klick. Der Angeklagte behauptet, dass er sein Auto am frühen Abend des Tattages in diesem Parkhaus abgestellt hat. Er behauptet, dass es dort zwei Wochen stand. Hauptkommissar Leicht behauptet, der Angeklagte sei mit seinem Auto in der Tatnacht zum Ort des Verbrechens zurückgefahren und habe es danach wieder im Parkhaus abgestellt. Ich habe mir die Filme von Montag auf Dienstag – also der Tatzeit – angesehen und Ihnen die Kassetten mitgebracht. Dabei hat der Angeklagte außerordentlich Glück. Nicht nur, dass die Filme nicht überspielt sind und nur die Ein – und Ausfahrten dokumentiert werden können. Nein, der von ihm benutzte Parkplatz, an dessen ungefähre Lage er sich erinnern konnte, liegt im Überwachungsfeld einer Kamera. Das Fahrzeug wurde am Montag um zwanzig Uhr siebzehn abgestellt und neunzehn Tage nicht bewegt. Das Auto und das Nummernschild sind deutlich zu erkennen. Sie können sehen, wie der Angeklagte das Fahrzeug abstellt und wieder abholt.«

Adorno stand auf, legte eine Kassette auf den Richtertisch und setzte sich wieder auf seinen Zeugenstuhl.

Durch den Gerichtssaal ging ein Stöhnen. Der Präsident wurde sichtlich blasser, und Frau Rossmann warf dem alten Verteidiger einen anerkennenden Blick zu.

»Dann schauen wir uns diese Sache einmal an.« Dr. Zeiss beauftragte den Gerichtsdiener, die Vorbereitungen zu treffen, und Zuschauer und Gericht bereiteten sich darauf vor, den Film zu sehen. Tatsächlich war trotz des heftigen Flimmerns deutlich zu erkennen, wie der braune Jaguar langsam suchend auf den Parkplatz zufuhr und in die enge Lücke einparkte. An der oberen linken Ecke des Films waren Datum und Uhrzeit angezeigt. Mark konnte erkannt werden, wie er aus dem Fahrzeug ausstieg, seinen Reisekoffer holte und das Auto abschloss.

»Bitte achten Sie auf die Reifenstellung und auf den Abstand zur Säule neben dem Fahrzeug«, warf Adorno ein.

»Sie können nun im Zeitraffer den Film die Tage weiterlaufen lassen oder noch besser – halten Sie den Film doch um zwölf Uhr nachts an.«

Nach einigen Momenten zeigte das Datum und die Uhrzeit den gleichen Tag und elf Uhr fünfundfünfzig an. Das Auto befand sich in unveränderter Parkstellung.

Das Gericht ließ den Film mehrere Minuten laufen und beobachtete die Datumsumschaltung um Mitternacht. Nach wiederum mehreren Minuten Zeitraffer in starkem Tempo traf der Gerichtsdiener nach mehreren Versuchen den Anreisetag und schließlich den Zeitpunkt, als der Angeklagte das Fahrzeug abholte.

Aus der Reifenstellung war ersichtlich, dass das Fahrzeug nicht bewegt worden war.

Die Zuschauer konnten beobachten, wie Mark sein Auto aufschloss, das Gepäck im Kofferraum verstaute und losfuhr.

Danach wurde der Film abgebrochen, und der Verteidiger stellte mit unbewegtem Gesicht und tiefer, rauchiger Stimme fest: »Dass uns Hauptkommissar Leicht als Zeuge Märchen aufgetischt hat, steht nun wohl außer Frage.«

Der Präsident unterbrach ihn ungehalten:

»Ich habe Ihnen schon einmal gesagt, dass Sie genügend Zeit haben für Ihr Schlussplädoyer. Bestehen noch Fragen an den Zeugen?«

»Aber natürlich.« Die Mumie legte beide Arme nach vorn weit über den Anwaltstisch hinaus und neigte sich dem Zeugen entgegen:

»Herr Kollege Adorno, wissen Sie, wer in Ihr Auto eingebrochen ist?«

»Nein, bisher nicht«, antwortete Adam, ohne zu ahnen, was diese nicht abgesprochene Frage bedeuten sollte.

»Können Sie mir wenigstens sagen, was in Ihrer gestohlenen Aktentasche war?«

»Ach Gott, ich glaube nicht.«

»Handelte es sich um Akten, die diesen Prozess betreffen, insbesondere um Unterlagen, die mit den Geschäften des Zeugen Kleiner und der Firma Attelmann zu tun haben?«

»Nein, Herr Verteidiger. Diese liegen gebündelt in meinem Safe«, antwortete nun Adam bestimmt, und ein Lächeln umspielte seine Lippen. Der Alte ist ein grandioser Fuchs, dachte er.

»Dann bin ich ja beruhigt. Aber dem Koffer sah man das von außen sicher nicht an, dass die Akten im Safe lagen«, betonte der Verteidiger und beendete seine Fragen.

Die Oberstaatsanwältin kam mit ihrem Kopfschütteln der Frage des Präsidenten zuvor.

»Also keine weiteren Fragen mehr«, stellte Dr. Zeiss fest.

»Werden noch weitere Beweisanträge gestellt?« Rossmann schüttelte wieder den Kopf, und der alte Verteidiger flüsterte mit dem als Zeuge entlassenen Adorno und tat so, als habe er die Frage des Präsidenten nicht gehört. Konsequent ignorierte er dessen Versuche, den Prozess wieder zu dominieren. Nach einer einstündigen Unterbrechung sollten Staatsanwaltschaft und Verteidigung ihre Plädoyers halten.

Alexander Braun schlenderte den langen Gerichtsflur entlang, zündete sich eine Zigarette an und überlegte, ob er wieder in das Café über die Straße gehen solle, als er sich plötzlich am Arm genommen fühlte.

»Haben Sie eine Sekunde Zeit? Kommen Sie mit Ihrer Zigarette vom Flur.«

Marlene Rossmann schloss ihr Zimmer auf und zog den Verteidiger hinter sich hinein. Sie nahm einige Akten von dem Stuhl an ihrem Schreibtisch und bot mit einer Handbewegung diesen als Sitzgelegenheit an. Dann zog sie ihre Robe aus, warf sie achtlos über die Stuhllehne und machte sich an einer Kaffeemaschine zu schaffen. Während dieser Zeit sagte sie kein Wort, und auch der Verteidiger blieb stumm. Als sie bemerkte, dass er sich nach einem Aschenbecher umsah, schob sie ihm wortlos eine Untertasse zu.

Der Kaffee war fertig, und die Staatsanwältin stellte eine Tasse vor dem Anwalt ab. Ihre eigene platzierte sie auf zusammengeschobene Akten und setzte sich an ihren Schreibtisch.

»Sie trinken schwarz und ohne Zucker, nicht wahr?« Braun nickte.

»Dachte ich mir. Ich werde auf Freispruch plädieren. Sind Sie überrascht?«

Frau Rossmann sah in ihrem hellblauen Mohair Pullover mit breitem, weiten Kragen trotz ihrer strengen Gesichtszüge und dem bereits grau durchsetzten Haar fast mädchenhaft aus. Die Mumie betrachtete sie nachdenklich. Mit seiner Antwort ließ er sich viel Zeit. Sie ist jünger geworden während des Prozesses, dachte er. Die Krähenfüße um seine Augen zogen sich zusammen, und seine Pupillen flackerten.

»Sie sind eine interessante Frau«, sagte er und fügte entschuldigend hinzu, »in meinem Alter darf ich das sagen.«

»Danach habe ich Sie aber nicht gefragt.« Marlene Rossmann sah ihm unbeirrt in die Augen. »Sollten Sie dies als Kompliment gemeint haben, muss ich mich wohl bedanken. Ich kann es zurückgeben: Sie sind ein interessanter Mann.«

Die Mumie drückte seine Zigarette auf der Untertasse aus und zündete sich eine neue an.

»Sie wollen also auf Freispruch plädieren? Da wird Ihr Präsident nicht glücklich sein. Ich gehe nach diesem Prozess wieder. Sie aber bleiben hier. Sagten Sie nicht, Sie gehörten bereits zum Inventar. Ich bin Ihnen nicht böse, wenn Sie Ihrem Präsidenten zuliebe eine Verurteilung beantragen.«

»Sie müssen einen enttäuschend schlechten Eindruck von unserem Gericht gewonnen haben, Herr Braun. Das gibt Ihnen aber nicht das Recht, mich zu beleidigen.« Das hagere Gesicht, überzogen mit der straffen, trockenen Haut, schaute nachdenklich vor sich hin, und müde antwortete der alte Mann: »Ich beleidige niemanden, und man kann mich längst nicht mehr enttäuschen. Ich denke nicht einmal an den Angeklagten, der einige Zeit im

Gefängnis saß und jetzt möglicherweise freikommt, und dem man gerade vor unseren Augen sein Vermögen stiehlt. Was mich aber immer wieder amüsiert, ist der Mut zur falschen Zeit, insbesondere dann, wenn er auch noch Anerkennung erwartet.« Die hellblauen Augen in dem gelben Gesicht blickten glasklar und stechend.

»Waren Sie schon immer so selbstgerecht und überheblich, oder sind Sie es erst geworden?«

»Ich bin mir nicht sicher, ob Ihre Einschätzung zutrifft. Aber glauben Sie mir, auch ich habe einmal als Idealist begonnen.«

Er sprach versonnen und unterbrach sich, als wäre er von seinen eigenen Worten erschrocken. Ein solches Bekenntnis wollte er nicht ablegen.

»Aber Frau Staatsanwältin, darüber wollen wir jetzt wirklich nicht sprechen. Ich danke Ihnen jedenfalls, dass Sie mich über Ihre Absichten informiert haben.«

Die Mumie wählte einen das Gespräch beendenden Tonfall.

»Oh, der alte Kämpe bedeckt seine Wunden«, spöttelte die Staatsanwältin, und dann sagte sie, den kühlen Ton des Anwalts abmildernd:

»Sollte Sie Ihr Weg wieder einmal hierherführen, so würde ich mich über Ihren Besuch freuen, auch wenn wir nicht die Klingen kreuzen.«

»Haben wir das denn?«, stichelte der Anwalt, der sich plötzlich wieder jung fühlte.

Die Staatsanwältin richtete vor dem Spiegel hinter der Tür ihre Haare und zog ihre Lippen nach. Der Anwalt rauchte bedächtig vor sich hin, betrachtete die Frau bei ihren Vorbereitungen, und es schien, als nähmen sie sich gegenseitig gar nicht wahr. Dann gingen sie gemeinsam in den Gerichtssaal zurück.

»Es ist zu vieles ungewiss geblieben, und vieles, was als sicher schien, hat sich nicht bestätigt, so dass sich die Staatsanwaltschaft nicht im Stande sieht, einen Schuldspruch zu beantragen.«

Oberstaatsanwältin Dr. Rossman hatte fast dreißig Minuten lang ohne erkennbares Engagement den Verlauf der Verhandlung nachgezeichnet, zog das Fazit und nahm nach ihrem Plädoyer wieder Platz.

Der Präsident hatte den lustlosen Vortrag mit zunehmend gerötetem Gesicht verfolgt und erteilte nunmehr dem Verteidiger das Wort zu dessen Schlussvortrag.

Rechtsanwalt Braun machte seinem Spitznamen alle Ehre. Er erhob sich ächzend und stand mit hängenden Schultern und Armen hinter seinem Pult. Die mit trockener, faltiger Haut überzogenen und von Altersflecken gezeichneten Hände berührten abgespreizt die Tischfläche. Diese war leer und blank. Kein Notizblock, keine Akte, nicht ein einziges Blatt Papier lag auf dem Anwaltstisch. Die lange, schmale Nase stach aus dem Gesicht hervor. Über den Nasenrücken zog sich die gelbe Haut so straff, dass sie dort dünner schien als im übrigen Gesicht und aufzuplatzen drohte. Das schüttere graue Haar war über die Jahre hinter einer wachsenden Stirn zurückgewichen, und diese Stirn war mit drei geraden langen Linien durchfurcht. Die einstmals schwarzen und buschigen Augenbrauen ähnelten jetzt grauen und unregelmäßig dichten Pinseln. Die eingefallenen und faltigen Wangen fielen in diesem Gesicht, das von Nase und Augen geprägt war, ebenso wenig auf, wie der schmallippige, blasse Mund. Der dünne Hals glich, bevor er hinter der Krawatte verschwand, einem gerupften, faltigen Gänsekragen. Unterhalb des Gesichts war die lange dürre Gestalt von einer formlosen schwarzen Robe, der man die vielen Berufsjahre ihres Trägers ansah, umhängt.

»Hohes Gericht, Herr Präsident, sehr verehrte Frau Oberstaatsanwältin«, der alte Anwalt begann mit seiner rauchtiefen Stimme, die gar nicht zu dem hageren Körper passte, und wandte sich direkt an Dr. Zeiss, der es sich auf seinem erhöhten Richterstuhl bequem gemacht hatte. Er saß zurückgelehnt, und seine gefalteten Hände lagen schwer auf der über dem Bauch gewölbten Richterrobe. Der Wulst unter dem massigen Kinn erinnerte an den

Hals eines Stieres. Die Unterlippe war in Erwartung eines längeren Vortrags des Verteidigers und damit erzwungener, eigener Schweigsamkeit nach vorne geschoben und etwas geschürzt. Die dicken, halb geschlossenen Augenlider erweckten den Eindruck eines entspannten Gesichts. Allein einige rote Flecken auf den Wangen neben der kräftigen Nase, die sich bis zur breiten Stirn hochzogen, verrieten, unter welcher Anspannung der Mann stand. Auch die weniger als sonst gebändigten schwarzen Locken ließen an der Echtheit stoischer Ruhe, die der Präsident auf die durch Willenskraft zu steuernden Teile seines Gesichts zwang, zweifeln. Die Stimme des alten Anwalts füllte den Saal:

»Es ist wohl der letzte Prozess meines Lebens, in dem ich wegen einer Mordanklage zu plädieren habe, und ich bin außerordentlich enttäuscht, mehr noch, ich fühle mich betrogen. Während wir uns hier im Gerichtssaal darum bemühten, die Beteiligung des Angeklagten am Tod zweier Menschen nachzuweisen, nimmt außerhalb dieses Saales das eigentliche Verbrechen seinen Fortgang. Wir sind Zeitzeugen eines gigantischen Raubes und einer Intrige, durch die dieses Gericht zum Erfüllungsgehilfen der Räuber gemacht wurde. Während nämlich der Angeklagte rechtswidrig im Gefängnis festgehalten wird, plündern die wahren Täter sein Familienvermögen. Wie Einbrecher, die einen Wachhund durch eine mitgebrachte Katze ablenken, um ungestört in ein Haus einsteigen zu können, haben die Räuber dem Gericht den Angeklagten präsentiert. Und wie der Wachhund kläffend unter dem Baum steht, auf den sich die Katze geflüchtet hat, hat sich das Gericht darum bemüht, Beweise zusammenzutragen, um den Angeklagten eines Mordes zu überführen, den er nicht begangen hat. Am Schluss ist das Haus leergeräumt, und der Hund hat die Katze nicht gefangen, und der Angeklagte hat sein Vermögen verloren, und das Gericht steht mit leeren Händen am Ende dieses Prozesses.

Es ist wahr – die Hände des Gerichts sind leer.

Ich wiederhole, weswegen der Angeklagte des schlimmen Verbrechens verdächtigt wurde.

Wir hatten das Motiv, die Flucht und die Gelegenheit, erklärte uns der Zeuge Leicht als ermittelnder Beamter.

Heute wissen wir: Es gab kein Motiv, keine Flucht und keine Gelegenheit.

Es gab die Pläne des Angeklagten, sich an einem respektablen Projekt in Südafrika zu beteiligen, und es gab hierfür konkrete Vorbereitungshandlungen. Seine Reisen, völlig legal, seine Geldüberweisungen – versteuert und korrekt.«

Die Stimme des Verteidigers wurde immer gequälter, und seine Schultern waren nun ratlos hochgezogen, so als bedaure er dieses magere Ergebnis der Anklage.

»Und zu allem Überfluss taucht auch noch das Video aus dem Parkhaus auf, nachdem meinem jungen und tüchtigen Kollegen von unbekannten Dieben die Aktentasche gestohlen wurde. Kein Angeklagter zur Tatzeit am Tatort. Auto im Parkhaus. Angeklagter im Bett. Zweihundert Kilometer vom Ort des Geschehens entfernt.

Und während wir in diesem Saal sprechen, und der Angeklagte durch eine Verhaftungsaktion, auf die ich hier und zu diesem Zeitpunkt nicht eingehen werde, sich in staatlichem Gewahrsam befindet, ist ein Schwarm von gefräßigen Heuschrecken dabei, sein Vermögen zu verzehren. Aber gegen eine Heuschrecke gibt es keinen Haftbefehl. Sie kommt mit dem Wind und geht mit dem Sturm. Man sieht nur am Ergebnis, dass sie da war. Der einzige, der den Einfall hätte verhindern können, ist tot. Und der andere, der sie hätte vertreiben können, sitzt wegen dessen Tod in Haft. Eine Tragödie, über die man philosophieren könnte, wenn es sich um ein Theater und nicht um die brutale Wirklichkeit handelte.

Die Justiz ist ein seltsames Metier. Wir können immer nur reagieren. Die Akteure sind unsere Kunden. Sie erfinden neue Geschäfte und neue Verbrechen, und wir beschäftigen uns mit den uns bekannten Verhaltensweisen und wähnen uns noch als die Herren des Geschehens. Draußen vor dem Hauptportal dieses Gerichts in dieser alten und stolzen Stadt haben Ihre Väter« – der

Anwalt machte eine ausladende Geste in den Zuhörerraum – »eine große Statue der Justitia aufgestellt. In den Händen die Waage und das Schwert und mit einer Binde vor den Augen. Der Sinn ist uns allen klar. Justitia soll ohne Ansehen der Person ihr Urteil fällen. Sie soll den Ankläger und den Kläger nicht erkennen, sondern nur den Sachverhalt beurteilen. Eine immerwährende Herausforderung für die in ihren Diensten tätigen Personen. Hier aber«, – der alte Verteidiger straffte seinen Körper und legte Tremolo in seine Stimme – »hat Justitia den Angeklagten gesehen und blieb dem Sachverhalt gegenüber blind. Reißen wir ihr also die Binde vom Gesicht, oder leihen wir ihr zumindest unsere Augen. Es gibt ein Verbrechen – es ist immer noch im Gange. Darauf sind unsere Blicke zu richten. Was tun wir? Wir haben uns auf den Angeklagten fixiert und lassen dem Verbrechen seinen Lauf.

Herr Präsident, hohes Gericht, machen Sie sich nicht der Beihilfe schuldig! Lassen Sie diesen Angeklagten frei, damit er sich um seine Angelegenheiten kümmern kann! Es ist bitter nötig, vielleicht schon zu spät!«

Der Verteidiger rief die letzten Sätze mit allem Pathos, über das er in jahrelanger Übung verfügte, in den Saal und setzte sich. Seine letzten Worte gingen im Tumult des Publikums unter.

»Ruhe, Ruhe bitte!« Der Präsident verschaffte sich mit vor unterdrückter Erregung gepresster Stimme und hochrotem Gesicht Gehör.

»Herr Verteidiger, Sie haben die Grenzen der berechtigten Interessenvertretung überschritten. Nur der Respekt vor Ihrem Alter hindert mich daran, Sie zur Ordnung zu rufen. Der Angeklagte hat das letzte Wort.«

Mark erhob sich langsam als überlege er noch, was er sagen solle.

»Ich verlange die Entlassung des Vorstands und des Aufsichtsrates«, rief er nach einigen Sekunden laut. Dann setzte er sich wieder.

»Eine Entscheidung darüber fällt nicht in unsere Zuständigkeit«, antwortete der Präsident abweisend. »Das Gericht zieht sich zur Beratung zurück.«

Die Richter, angeführt vom Präsidenten, verließen den Gerichtssaal durch die Tür hinter dem Präsidentenstuhl.

Nachdem sich die Richterbank geleert hatte, schlenderte Frau Rossmann auf den Verteidiger zu. Der stand an seinen Tisch gelehnt und klopfte sich eine Zigarette aus der Packung.

»Gratuliere, Herr Kollege. An Ihnen ist ein Schauspieler verloren gegangen. Zum Prozess haben Sie ja gar nichts gesagt.«

Mit mädchenhaftem Charme spottete die Staatsanwältin, wobei sie den Verteidiger anerkennend, ja respektvoll, anlächelte.

»Jetzt haben wir uns aber einen Kaffee verdient. Darf ich Sie in mein Zimmer einladen? Sonst holen Sie sich doch noch einen Ordnungsruf, allerdings wegen ihrer Zigarette«, fügte sie hinzu.

Braun warf einen fragenden Blick auf den neben ihm stehenden Adorno, und als dieser leicht nickte, zog er mit einer ausladenden Geste seine Robe aus und faltete das alte Tuch sorgfältig, fast liebevoll, zusammen.

»Gerne, Frau Kollegin. Wie könnte ich die Einladung einer so reizenden Kombattantin ablehnen, zumal die Schlacht vorbei ist.« Die Staatsanwältin ging schwungvoll mit wehender Robe voran, und der hagere Mann folgte ihr, ohne die wartenden Zuschauer, die sich um ihn zu drängen suchten, nur eines Blickes zu würdigen.

In angenommenem Einverständnis stellte Marlene Rossmann zwei Tassen und zwei Cognacschwenker auf ihren Schreibtisch. Aus einem Seitenfach holte sie eine Flasche Hennessy und schenkte die beiden Gläser deutlich über die Hälfte voll. Dann rief sie über Telefon eine Sekretärin an und bat, dass Kaffee gebracht würde. Schließlich nahm sie beide Gläser und reichte eines davon an Braun: »Ich glaube, den haben Sie sich verdient.«

Die Mumie lehnte rückwärts am Schreibtisch und stützte sich mit der linken Hand ab. In der rechten hielt er das Glas, und die Zigarette war zwischen die Finger geklemmt.

Nachdem er zunächst leicht am Cognac genippt hatte, trank er das Glas wie nach einer plötzlichen Entscheidung in einem Zug leer. Die Oberstaatsanwältin beobachtete ihn und legte einen kleinen, unschicklich langen Moment ihre Handfläche auf die gefleckte, knöcherne linke Hand des alten Mannes. Sie schaute an ihm hoch und sagte leise und wie zu sich selbst: »Danke. Sie waren großartig. Ich danke Ihnen sehr.«

Dann trank auch sie ihr Glas aus, entledigte sich ihrer Robe, setzte sich und streckte entspannt die Beine unter den Schreibtisch.

Die Mumie genoss die Wärme, die der Cognac in seinem ausgemergelten Körper hervorrief. Die Geste der Frau irritierte ihn. Er konnte sich nicht mehr erinnern, wann er von einer Frau so vertraut berührt worden war. Das letzte Mal, als er die Hand einer Frau länger als zu einer Begrüßung gehalten hatte, war beim Sterben seiner eigenen, und dies lag fast ein halbes Menschenleben zurück.

»Der Präsident wird sich sehr schwertun mit dem Urteil, das er verkünden muss«. Die Oberstaatsanwältin rief die abschweifenden Gedanken des Anwalts in die Gegenwart zurück.

»Ich gönne es ihm von Herzen. Er hätte sich in meine Ermittlungen nicht einschalten dürfen. Was meinen Sie, Herr Kollege, ist Attelmann unschuldig?«

Sie blickte über den Schreibtisch weg den alten Mann an, der ihr gegenüber Platz genommen hatte.

»Ich weiß es nicht, es ist mir auch gleichgültig. Es war ein schlampiger Prozess. Mehr interessiert mich nicht.«

Frau Rossmann schwieg nachdenklich und sagte dann:

»Sie sind zynisch, und ich glaube Ihnen kein Wort. Was hat Sie so verbittert, Herr Braun?«

Der alte Anwalt, so vertraulich beim Namen genannt, stieß sich vom Schreibtisch ab, trat ans Fenster und sah auf die Mauer des gegenüberliegenden Gefängnisses mit den vielen, kleinen, vergitterten Fenstern. Über die Dächer ragte der hohe Turm des Münsters auf. Er rieb sich mit Daumen und Zeigefinger mehrmals die Augen.

»Liebe Frau Rossmann«, sagte er dann, ohne sich umzudrehen, »ich bin nicht verbittert. Nur machen Sie einen Fehler in Ihrem Leben nie: Betrachten Sie das System, in dem Sie leben und arbeiten, niemals von außen. Wenn Sie dies nämlich tun, werden Sie erkennen, wie töricht wir sind, und mit dieser Erkenntnis müssen Sie dann leben. Für einen Mandanten hatte ich vor einigen Wochen an der Hauptversammlung von Daimler Chrysler in Berlin teilzunehmen. Die leitenden Herren haben ihre Ziele vorgetragen. Noch mehr Autos in noch mehr Märkte. Mehr Geld für die Forschung und Entwicklung mit dem Ziel, attraktivere Autos zu entwickeln. Ein Ethikrat wird dafür eingesetzt, der überwacht, dass die konzerninternen Maßstäbe des Wohlverhaltens eingehalten werden. Compliance-Manager nennen sie sich. Der Gewinn soll um eine weitere Milliarde gesteigert, und die Arbeitnehmerzahl um mindestens zehntausend verringert werden.

Sehen Sie, diese Männer denken im System. Sie dürfen es nicht als unsinnig ansehen, wenn jemand im Badezimmer den Spiegel poliert, während ein Stockwerk darüber das Haus brennt. Sie dürfen es nicht als Irrtum betrachten, wenn die hohe Zahl der Arbeitslosen als Hauptproblem angesehen wird, während die erfolgreichen Erwerbstätigen den Globus ruinieren.

Vielleicht kommen später andere Erfolgreiche und reparieren die Folgen der Arbeit dieser Tüchtigen wieder. Innerhalb des Systems ist das alles logisch. Aber wagen Sie keinen Blick darüber hinaus. Luthers Satz, wonach er heute einen Baum pflanzen würde, wenn er wüsste, dass morgen die Welt untergeht, berauschte nicht nur ihn, sondern eine ganze Kultur. Jeder weiß, dass eine solche Handlungsweise völlig unsinnig ist. Ihr Präsident denkt im System dieser Stadt. Er hätte gerne den Angeklagten verurteilt, um zu beweisen, dass er mehr Macht besitzt als die reichsten und ältesten Familien. Nebenbei hätte auch sein ebenso eitler Rivale Domler ein paar Spritzer abbekommen. Steht nicht in nächster Zeit eine Oberbürgermeisterwahl an?

Und Sie nennen mich zynisch. Ich bin als kleiner Bub in einem Dorf nicht weit von hier donauaufwärts aufgewachsen.«

Der alte Mann schaute immer noch gedankenverloren aus dem Fenster, und es schien, als habe er seine Zuhörerin vergessen.

»Wir hatten dort einen alten Pfarrer, der uns Ministranten unterrichtete. Der Krieg hatte gerade erst begonnen, und ich sehe mich noch, wie wir zehn oder elf Ministranten mit dem Pfarrer am Tisch unter einem großen Apfelbaum im Pfarrgarten saßen. Wir konnten von der Höhe aus weit in das Donautal hineinsehen. Der Pfarrer erzählte uns Buben die Geschichte von der Vertreibung aus dem Paradies. Gott habe dem Adam gestattet, von allen Früchten des Gartens zu essen, nur von einem einzigen Apfelbaum nicht. Dabei zeigte der Pfarrer nach oben zu den Ästen und Zweigen, die an diesem Septembertag voller Äpfel hingen und von der Sonne beschienen waren. Ich habe noch den Geruch des Apfelbaumes und des Gartens im Gedächtnis. Adam habe sich über das Verbot hinweggesetzt und sei deshalb aus dem Paradies vertrieben worden. Der Pfarrer, Dr. Haller hieß er, fällt mir gerade ein, nahm diese Geschichte zum Anlass, uns Buben vor den Folgen weiblicher Verführungskünste und vor Ungehorsam gegen Eltern, Staat, Kirche und allen möglichen Autoritäten zu warnen. Erst später in meinem Leben habe ich selber zu diesem Buch gegriffen, und da war die Rede vom Baum der Erkenntnis. Es ging nicht um weibliche Verführung und Ungehorsam, sondern um die Warnung vor den Gefahren des Erkennens und Wissens. Der Mensch ist nicht geschaffen, die Folgen von Wissen und Erkennen auszuhalten, und deshalb muss er im Schweiße seines Angesichtes, also durch Arbeit, seinen Lebensunterhalt verdienen. Die Notwendigkeit zu arbeiten, ist nicht etwa eine Strafe für Ungehorsam, sondern die einzige Möglichkeit, sich von den Zweifeln und Grübeleien, die aus Erkenntnis erwachsen, abzulenken. Und genauso wird die Arbeit auch gehandhabt. Ich habe manchmal einen Traum. In ihm stelle ich mir den Zustand der Welt vor, wenn alle diese Leute, deren Namen in den Geschichtsbüchern und Lexika stehen, nicht gelebt hätten. Ich bin selbst erstaunt, dass mich diese Vorstellung nicht im Geringsten bedrückt.«

Der Anwalt hörte auf zu sprechen, und es lastete ein Schweigen im Raum. Nach einer Weile drehte er sich um und kehrte mit seinen Gedanken in das Büro der Staatsanwältin zurück.

»Entschuldigen Sie, dass ich Sie als Zuhörerin für das Selbstgespräch eines alten Mannes missbraucht habe. Alte Männer werden manchmal wunderlich, alte Anwälte besonders.«

Er lächelte sie zart an. »Wissen Sie, wie mich meine Kollegen nennen: *die Mumie*. Ist doch passend, finden Sie nicht?«

Die Oberstaatsanwältin stand auf, schenkte in die beiden leeren Cognacgläser noch jeweils einen Schluck nach und hob ihr Glas:

»Heute können wir uns das leisten; wir beide sind nur noch Zuhörer.« Dann umfasste sie den Kopf des überraschten Mannes und drückte ihn zärtlich gegen ihre Wange. »Einen Mann wie Sie hätte ich lieben können«, flüsterte sie. »Leider ist mir keiner begegnet.«

Als der Präsident mit seinen Richtern zur Urteilsverkündung in den Gerichtssaal einzog, erhoben sich die Zuschauer, der Angeklagte, die beiden Verteidiger und die Oberstaatsanwältin von ihren Plätzen. Es herrschte angespannte, völlige Stille.

Nachdem sich die würdigen Damen und Herren hinter der Richterbank geordnet hatten, nahm Dr. Anton Zeiss ein Blatt Papier auf, und seine Hände zitterten:

»Im Namen des Volkes! Der Angeklagte wird freigesprochen.«

Im Saal brach ein Tumult aus. Die Gerichtsreporter drängten zur Tür, als der Präsident mit kräftiger Stimme die Zuhörer zur Ruhe ermahnte. »Ich habe noch einige Worte zur Begründung zu sagen:

Herr Angeklagter«, er wandte sich direkt an Mark Attelmann, »dass Sie hier freigesprochen werden, heißt nicht, dass das Gericht von Ihrer Unschuld überzeugt ist. Es gelang der Anklage lediglich nicht, jeden Zweifel an Ihrer Schuld auszuräumen. Nach dem juristischen Grundsatz: In dubio pro reo – Im Zweifel für den Angeklagten – waren Sie freizusprechen. Der Haftbefehl ist aufgehoben.«

Dann schaute er zu Frau Dr. Rossmann und fragte mürrisch:

»Rechtsmittelverzicht nach Ihrem Antrag?«

»Ja«, antwortete sie mit fester Stimme.

Mit Blick zur Verteidigerbank bemerkte der Präsident:

»Sie haben keine Rechtsmittel. Das Urteil ist rechtskräftig. Die Sitzung ist geschlossen.«

Zweiter Teil

1

»Er ist also freigesprochen.« Dr. Kleiner saß hinter seinem Schreibtisch und sah Richie Machlik fragend an. »Nach meinem Auftritt bei Gericht kann ich meinen Platz räumen. Das war ein kurzes Gastspiel und blamabel dazu. Dr. Domler hat mich informiert, dass die Attelmanns meine Entlassung verlangen. Damit dürften auch Ihre Pläne gescheitert sein.«

Machlik blieb seltsam ruhig.

»Das sehe ich ganz anders«, entgegnete er.

»Wieso?«, fragte der große, weißhaarige Mann ratlos. »Die Mehrheitsverhältnisse sind nun einmal, wie sie sind. Attelmann kann allein bestimmen.‟

»Sie können ihn aushebeln.«

Machlik trat hinter den Vorstandsvorsitzenden und legte ihm eine Hand auf die Schulter. Der drehte seinen Kopf zur Seite.

»Mein Ruf ist ruiniert. Hätte ich dieses Büro nur nie gesehen«, stöhnte er. Machlik schüttelte die Schultern des Mannes. »Im Gegenteil. Sie kommen ganz groß raus.«

Kleiner hörte nicht nicht mehr zu. Machlik holte deshalb seine Aktentasche, klappte sie auf dem Schreibtisch auf und entnahm einen Hefter. »Insolvenzantrag der Fa. Attelmann AG« stand darauf.

»Was soll denn das jetzt noch?«, fragte Kleiner unsicher.

»Das ist Ihr Schlüssel zum Erfolg. Wachen Sie auf und nehmen Sie sich zusammen. Sobald Sie diesen Antrag eingereicht haben, sitzen Sie wieder fest im Sattel. Kein Aufsichtsrat und keine Hauptversammlung können Sie kippen.«

Ungläubig blätterte Dr. Kleiner in den Unterlagen. »Eigenantrag des Vorstandes mit beigefügtem Insolvenzplan« stand auf dem ersten Blatt.

»Sie müssen jetzt nur schneller sein als die anderen«, drängte Machlik. »Am besten fahren wir sofort los.«

»Wohin?«, fragte Kleiner.

»Zum Amtsgericht, verdammt noch mal. Oder meinen Sie in die Kirche?« Machlik nahm das Heft wieder fest in die Hand. Das jämmerliche Selbstmitleid des großen Mannes widerte ihn an.

»Also los, unterschreiben Sie, und Plan B läuft an.«

Er reichte Kleiner seinen Kugelschreiber und schlug die letzte Seite mit der Leiste der Unterschriften auf. Der Vorstandschef unterschrieb apathisch. Er fügte sich in sein Schicksal. Alles war besser als mit Schimpf und Schande entlassen zu werden.

Machlik nahm die Mappe und packte Kleiner am Arm.

»Vergessen Sie Ihren Ausweis nicht. Wir nehmen meinen Wagen.«

Wie in Trance ließ Kleiner sich zum Insolvenzgericht bringen. Machlik erledigte die Formalitäten, und er unterschrieb.

Als sie das Gerichtsgebäude verließen, rief Machlik den Mitterer an. »Alles erledigt. Der Antrag ist abgegeben. Eingangsstempel und Aktenzeichen sind klar.«

Arnulf Mitterer und Bastian Milla saßen in Mitterers Büro zusammen, als Machliks Anruf ankam. Sie hatten sich gerade darüber unterhalten, welche Auswirkungen der unerwartete Freispruch Attelmanns auf ihre Pläne haben konnte.

»Jetzt sieht die Welt ja schon wieder ganz anders aus«, sagte Mitterer, als er den Hörer auflegte. Zu Milla gewendet informierte er: »Kleiner hat den Antrag gestellt. Jetzt ist Bäcker am Zug.«

»Was wird es kosten, Arnulf?«, fragte Milla.

»Zehn Prozent maximal.«

»Zehn Prozent von was?«, fragte Milla.

»Bäcker schaufelt das zusammen, was einen Wert hat und schiebt es in die neue GmbH. Dann verkauft er alle Anteile, und du greifst zu. Kaufpreis zehn Prozent vom bereinigten Buchwert.«

»Und du meinst ernsthaft, er kommt damit durch?«, fragte Milla.

»Klar, wenn ihm Schwarzmann den Rücken freihält«, nickte Mitterer.

»Dann haben wir ja alles richtiggemacht.« Milla lehnte sich in seinem Sessel zurück und schaute zufrieden zu Mitterer hinüber.

Dann standen die beiden Männer auf, lachten und klatschten sich gegenseitig in die Handflächen, wie es bei Sportlern üblich ist, wenn sie gemeinsam einen Erfolg errungen haben.

»Jetzt müssen wir Schwarzmann informieren, Arnulf«, sagte Milla. »Das machen wir am besten persönlich.«

Der Bankdirektor residierte hinter mehrfach gesicherten Zugängen, und als Milla und Mitterer die Bank betraten, wurden sie von einem Angestellten bis vor seine Tür gebracht. Nach einigen belanglosen, einleitenden Worten saßen sie sich an einem futuristisch anmutenden Besprechungstisch gegenüber. Das ganze Büro war in Weiß und Glas gehalten. Umso mehr stachen die drei Herren in ihren dunkelblauen Anzügen hervor.

Arnulf Mitterer kam ohne jede Umschweife zum Kern des Themas.

»Attelmann hat Insolvenz angemeldet, und wir würden gerne die Auffanggesellschaft von Attelmann übernehmen. Gibt es von Ihrer Seite aus Einwände dagegen?«

Schwarzmann ließ seinen Blick langsam von Mitterer zu Milla wandern und sagte, während er seine ausgeprägte Unterlippe massierte: »Herr Machlik hat mir Ihren Besuch schon angekündigt. Wir können offen miteinander reden. Wenn meine Bank an dem Geschäft beteiligt bleibt, sehe ich keine Hindernisse, die nicht überwunden werden können. Sie wissen, dass ich Vorsitzender des Gläubigerausschusses sein werde. Ich rede also ein gewichtiges Wort mit.«

»Deshalb sind wir bei Ihnen«, entgegnete Bastian Milla. »Wir bitten Sie, unsere Geschäfte als Hausbank weiter zu begleiten. Wir haben Attelmann ein Darlehen über dreihundertfünfzig Millionen gegeben und sind damit auch erstrangig abgesichert. Wir sind bereit, das Darlehen mit dem Kaufpreis für die ausgegründete Gesellschaft zu verrechnen. Voraussetzung ist natürlich, dass die vierzig Prozent von Attelmann an der Betreibergesellschaft Charon an die Auffanggesellschaft übertragen werden.«

Schwarzmann lächelte: »Dann erhalten Sie den Attelmann geschenkt.«

Milla presste die Fingerspitzen seiner Hände gegeneinander. »Sehen Sie eine andere Möglichkeit?«

Der Bankdirektor überlegte und sagte dann:

»Ich kann diesen Weg nur dann mitgehen, wenn unsere Bank schadlos bleibt. Im Klartext bedeutet dies, dass die nach der Ausgründung beim Insolvenzverwalter verbleibende Masse ausreichen muss, um unsere Forderungen vollständig zu begleichen. Da auch wir in den verschiedenen Immobilien eingetragen sind, sind wir ohnehin als erste am Zug. Was im Rang nach uns passiert, bereitet mir keine Kopfschmerzen.«

Schwarzmann breitete auf dem Tisch Papiere aus, und die drei Herren überzeugten sich, auf welchen Grundstücken der Attelmann AG die Bank von Dr. Schwarzmann abgesichert war. Nach eifrigem Studium der Unterlagen sagte Milla:

»Das können wir machen. Sollte noch ein Rest bleiben, was ich nicht glaube, springen wir ein.«

»Gut, Herr Milla. Dann sind die Hindernisse beseitigt. Aber jetzt erzählen Sie mir doch, was Sie vorhaben«, forderte Schwarzmann seine Gesprächspartner auf. »Vielleicht können wir Ihnen ja helfen.«

»Wir werden mit Charon und Attelmann einen ganz fantastischen Konzern zusammenbasteln. Wichtig ist nur, dass uns Bäcker wirklich nur das in die Gesellschaft hineinpackt, was wir auch brauchen können. Ich baue da auf Ihre Unterstützung, Herr Dr. Schwarzmann«, antwortete Milla.

»Ja«, erwiderte der, »mir liegt bereits eine Liste aus dem Insolvenzplan vor. Machlik hat ausgezeichnete Arbeit geleistet.«

Vorsichtig tastete Milla weiter vor:

»Erwarten Sie Probleme vom Verwalter?«

»Nein, nein«, antwortete Schwarzmann. »Mit Bäcker sind wir uns schon einig. Ich rechne damit, dass Sie uns beim Aktienverkauf beteiligen.«

»Aber selbstverständlich«, erwiderte Milla.

»Dann freue ich mich auf unseren gemeinsamen Erfolg, meine Herren.«

»Ist ja nicht der erste«, beendete Bastian Milla das Gespräch.

2

Mark ließ sich nach Ende des Prozesses mit einem Taxi nach Hause fahren. Nelson und Amara begleiteten ihn. Schweigend und in sich versunken saß er neben dem Fahrer. Nelson und Amara waren hinten eingestiegen und überließen ihren Freund seinen Gedanken. Im Haus warteten seine Schwestern Mathilde und Carmen.

»Da hast du uns ja eine schöne Suppe eingebrockt«, empfingen sie ihn. »Es war das reine Spießrutenlaufen.« Nelson und Amara standen bei dieser Begrüßung verloren und trotz ihres auffälligen Aussehens unbeachtet daneben.

»Darf ich euch meine Freunde vorstellen?«, sagte Mark kühl. »Ich habe allen Grund, ihnen dankbar zu sein.«

Sie setzten sich um den Wohnzimmertisch, und Carmen brachte zwei Flaschen Wein. Mark entkorkte die Flaschen, und Amara stellte sich hinter ihn und legte beide Handflächen auf seine Schultern. Ihre Stirn lehnte sie an seinen Nacken. Mathilde und Carmen wechselten befremdete Blicke. Mark taute unter der zärtlichen Berührung sichtlich auf.

»Also Kinder«, sagte er, als er die Gläser füllte, »auf diese Erfahrung hätte ich gerne verzichten können. Aber es ist ja nochmal gut gegangen.« Nachdem sie angestoßen hatten, fragte Mathilde: »Mark, was machen wir denn jetzt? Du musst sofort eine Hauptversammlung einberufen.« Mark war der gleichen Meinung und griff bereits zum Telefon. Der Aufsichtsratsvorsitzende Domler beschäftigte sich gerade mit dem Entwurf seiner Haushaltsrede, die er abends im Stadtrat vorzutragen hatte. Wegen der Störung verärgert drückte er auf die Lautsprechertaste, als nach einer langen Minute der Apparat nicht aufhörte zu klingeln.

»Ja, was ist denn? Ich wollte doch nicht gestört werden.«

Die Vorzimmerdame informierte ihn, dass Mark Attelmann am Telefon sei und sich nicht vertrösten lasse. Das hatte gerade noch gefehlt! Vor zwei Stunden hatte Domler aus den Nachrichten erfahren, dass das Verfahren mit einem Freispruch letzter Klasse beendet war. Außerdem war ein Fax eingegangen, in dem ein Alexander Braun als Anwalt von Attelmann vom Aufsichtsrat die Abberufung des Vorstands verlangte. Ein Telefonat mit Mark Attelmann wollte er jetzt wirklich nicht führen.

»Vertrösten Sie den Mann auf morgen«, wies er seine Sekretärin an. »Heute habe ich dafür keine Zeit.«

Mark war irritiert, als das Büro Dr. Domler seinen Anruf nicht durchstellte und stattdessen einen Rückruf für den morgigen Tag ankündigte.

»Nun gut«, sagte er, »dann wollen wir heute den Freispruch feiern. Ich kann euch gar nicht sagen, wie sehr ich mich darauf freue, wieder im eigenen Bett zu schlafen.«

Die beiden Schwestern sahen sich wieder seltsam an, und unter dem Vorwand, noch etwas erledigen zu müssen, verabschiedeten sie sich schnell.

»Du kümmerst dich um die Firma«, forderte Mathilde zum Abschied eindringlich, »und ich möchte wissen, was du tust.«

Carmen drückte ihrem Bruder die Hand: »Pass auf dich auf, Mark.«

Er begleitete die beiden zur Tür und sah ihnen nach, bis sie die Treppe hinuntergestiegen und das Gartentor erreicht hatten.

Als er wieder ins Wohnzimmer kam, nahm ihn Amara wortlos in ihre Arme und drückte ihn fest an sich.

»Darf ich euch heute zum Essen ausführen?«, fragte er, nachdem er sich langsam aus der Umarmung gelöst hatte.

»Nein«, antwortete Amara. »Wir bleiben hier. Zeige Nelson sein Zimmer, und wir gehen ins Bad. Du hast es nötig.«

Nach den langen Monaten der Untersuchungshaft genoss Mark die Zärtlichkeiten Amaras. Sie wusch und bürstete ihn, als sei er ein kleines Kind. Wie ein Tier, das dem Käfig entflohen war und die wiedergefundene Freiheit neu entdeckt, trug er die schwarze Frau einer Beute gleich in sein Schlafzimmer und legte sie in sein Bett. Er erkundete ihren Leib, als sähe er ihn zum ersten Mal. Erschöpft vergrub er sein Gesicht zwischen ihren Brüsten und schlief seit langem tief und traumlos bis in den Morgen. Amara hielt ihn fest. Heute brauchte sie nur da zu sein. Das genügte.

Am nächsten Morgen saß Nelson bereits fertig angekleidet am Frühstückstisch, als Mark und Amara noch schlaftrunken in das Esszimmer taumelten. Amara hatte einen flauschigen Bademantel von Mark um sich gewickelt, und Mark trug lediglich Boxershorts. Die brave Haushälterin stand noch sichtlich unter Schock, weil statt des erwarteten Mark der bullige Nelson in ihre Frühstücksvorbereitungen platzte. Am Vormittag zeigte Mark Nelson seine Jagdwaffen. Während der diese fachkundig betrachtete, sagte Mark entschlossen, er werde jetzt in die Firma fahren. »Ich möchte den Kerlen in die Augen schauen. Kommt ihr mit?«

»Klar«, sagte Nelson, und auch Amara nickte.

Sie fuhren am langgezogenen Fabrikgelände entlang und bogen zum Haupteingang ein. Das Rolltor war geschlossen. Entgegen sonst, wenn Mark vorfuhr, öffnete sich das Tor nicht. Auch auf sein Hupen geschah nichts. Er stieg aus, ließ den Motor laufen und die Fahrertür offen. Mit langen Schritten trat er vor die Scheiben der Eingangskontrolle. Durch das Fenster sah er einen Mann, den er nicht kannte. Unwirsch verlangte er, dass das Tor geöffnet werde.

Der Mann fragte Mark, wer er sei. Mark holte tief Luft.

»Das ist meine Firma, Mann. Machen Sie auf! Aber dalli.«

Der Mann griff zum Telefon und nach einer langen Minute, Mark knetete nervös seine Hände, kam er wieder an das Fenster: »Tut mir leid, Herr Attelmann. Ich habe strikte Anweisung, keine

Unbefugten auf das Gelände zu lassen. Ich darf das Tor nicht öffnen und muss Sie bitten zu gehen.«

»Wer sind Sie? Sind Sie verrückt geworden? Das ist meine Firma!«, rief Mark und glaubte nicht, was er hörte.

»Ich bin Mitarbeiter der Kanzlei Dr. Bäcker«, erklärte der Mann unbeeindruckt. »Unsere Aufgabe ist es, die Masse zu schützen.«

»Was heißt denn das?«, rief Mark. »Ist Herr Kleiner im Haus? Ich muss ihn sprechen.«

»Das wird nicht gehen«, sagte der Mann ruhig. »Ich habe meine Anweisungen.«

»Von wem, Sie Idiot?«, brüllte Mark mit jetzt hochrotem Gesicht. Ruhig nahm der Mann von einem Stapel Visitenkarten die oberste ab und reichte sie Mark durch das Fenster. *Dr. Gotthard Bäcker – Insolvenzverwalter.* »Wenden Sie sich an die Kanzlei«, sagte der Mann, zuckte gleichgültig mit den Schultern, schloss die Scheibe und drehte ihm den Rücken zu.

Langsam schlurfte Mark zu seinem Wagen zurück. Die Visitenkarte knüllte er in seiner Faust. Betäubt, als habe er einen Prügelschlag auf den Kopf bekommen, hielt er sich an der offenstehenden Autotür fest. Er rang nach Luft, klammerte sich mit den Fingern an die obere Türkante und ging in die Hocke. Seine Knie trugen ihn nicht mehr. Blind stierte er auf den Boden vor seinen Schuhen. Nelson stieg aus. Zwei Muskel bepackte Arme umgriffen Mark und stellten ihn wieder auf die Beine. Der Schwarze sah in ein leichenblasses Gesicht und blutunterlaufene Augen. »Soll ich aufmachen?«, fragte er.

»Nein«, erwiderte Mark leise, »so geht das bei uns leider nicht. Fahren wir zurück.«

3

Rechtsanwalt Braun hatte sich nach seinem interessanten Auftritt und dem erfolgreichen Prozessende eine Flasche guten Rotwein gegönnt und eine angenehme, traumlose Nacht verbracht.
Ausgeruht saß er an seinem Schreibtisch und ordnete die Akten
des abgeschlossenen Prozesses für das Archiv. Obwohl er solche
Arbeiten schon tausende Male in seinem Leben erledigt hatte,
spürte er immer noch die Befriedigung, die sich einstellte, wenn
ein Prozess endgültig und erfolgreich beendet war. Vor ihm stand
eine Tasse Kaffee, und zwischen den dünnen Lippen klemmte die
unvermeidliche Zigarette.

In diese aufgeräumte Stimmung hinein läutete das Telefon:
»Herr Attelmann möchte Sie sprechen«, hörte er seine Sekretärin
sagen. Es kommt nicht oft vor, dass sich der Mandant nach einem
Prozess meldet, um sich zu bedanken und möglicherweise sofort
das Honorar zu begleichen.

»Herr Dr. Braun, ich brauche Sie dringend.« Der alte Anwalt
spürte sofort, dass der Anrufer sich nicht wegen des abgeschlossenen Verfahrens, aus dem er so glimpflich herausgekommen war,
meldete. Er unterbrach ihn deshalb:

»Herr Attelmann, Ihre Anwälte sind Frau Holzmann und Herr
Adorno. Ich bin nur eingesprungen. Kann ich Sie weiter verbinden? Warten Sie einen Moment.«

»Nein, nein!«, rief es aus dem Telefon. »Ich will Sie! Man lässt
mich nicht mehr in meine Firma. Sie müssen mir helfen. Ich muss
Sie unbedingt sprechen.«

»Gut. Kommen Sie gleich morgen früh in mein Büro.«

»Ich werde da sein«, bestätigte Mark erleichtert.

Brauns gute Stimmung verflog. Er rief seine Sekretärin und gab ihr den Auftrag, aus den Akten die Verträge des Notars Stein aus München und die Notizen der Weiß herauszusuchen und ihm bereitzulegen. Der Rest könne geordnet und weggeräumt werden.

»Aber noch nicht ins Archiv. Nehmen Sie es in Ihr Büro.«

Nach dem Telefonat mit Dr. Braun informierte Mark seine Schwestern über die neue Lage.

»Wir sollten schon mehr wissen, wenn wir morgen zum Anwalt gehen«, meinte Mathilde, »rufe diesen Bäcker an, der muss uns doch informieren. Schließlich haben wir die Mehrheit.«

Mark suchte die zerknüllte Visitenkarte und tippte die Zahlen ins Telefon. Er ließ sich mit dem Büro Dr. Bäcker verbinden und bekam ihn auch sofort an den Apparat.

»Ich habe Ihren Anruf schon erwartet«, begann dieser das Gespräch. »Herzlichen Glückwunsch zu Ihrem Freispruch. Ich habe von Anfang an nicht geglaubt, dass Sie etwas damit zu tun haben.«

Nein, zur Sache der Firma könne er nichts sagen. Er dürfe nur dem Gericht und den Gläubigern Rechenschaft ablegen.

»Ist denn Insolvenz angemeldet?«, fragte Mark.

»Ja natürlich, wussten Sie das nicht?«

Mark atmete tief durch. »Ich bin doch Gläubiger. Ein Drittel der Stammaktien gehört mir und meinen Schwestern der Rest.«

Geduldig klärte Bäcker ihn auf, dass Aktionäre keine Gläubiger, sondern Eigentümer und damit Schuldner seien. Mark hörte aufmerksam zu und fragte dann:

»Und was ist mit meinem Darlehen? Wenigstens da bin ich Gläubiger und zwar kein kleiner.«

Dr. Bäcker seufzte tief: »Da muss ich Sie leider enttäuschen. Sie sind, wie Sie richtig sagten, ein bedeutender Anteilseigner. Mit Ihrem Darlehen konnte ich Sie deshalb nicht in die Gläubigerliste aufnehmen. Es wird behandelt wie Kapital. *Kapital ersetzendes Darlehen* nennt man das.«

Mark wurde blass: »Was heißt das?«

Weit ausholend legte der erfahrene Insolvenzverwalter Dr. Bäcker dar, dass dieses Kapital bei der Endverteilung berücksichtigt
werde, wenn alle Gläubiger befriedigt seien und noch etwas Masse
für die Eigentümer übrigbleibe. Es werde nicht behandelt wie ein
Darlehen, sondern wie haftendes Kapital.

»Dann habe ich also überhaupt keine Rechte?«, fragte Mark.

Dr. Bäcker erwiderte lapidar: »Wenn Sie das so sehen wollen, ja.«

»Und was ist mit dem Aufsichtsrat und der Hauptversammlung?«

»Können Sie vergessen«, erwiderte Dr. Bäcker. »In der Insolvenz
ist die Gesellschaft aufgelöst. Keine Gesellschaft, keine Organe,
so ist das eben.«

Mark legte ungläubig den Hörer auf.

»Die wollen uns ruinieren«, sagte er. »Ich lasse mir das nicht
gefallen. Ich nicht!«

Nelson hatte Mark während des Telefonats beobachtet. Er
fühlte, wie der angeschlagene Mann zwischen Entschlossenheit
und Resignation taumelte. Mit beiden Pranken umschloss er
Marks Schultern, schaute ihm herausfordernd in seine rotgeä-
derten Augen und sagte ruhig wie ein in afrikanischer Sonne
unter einem Baum im Schatten liegender Löwe, Mark solle nicht
vergessen, dass er auch Freunde habe, auf die Verlass sei. Was
Nelson damit meinte, konnte Mark zu diesem Zeitpunkt nicht
wissen. Er spürte aber in Nelson eine mächtige Kraft, die ihn
daran hinderte, zusammenzubrechen.

Alexander Braun empfing seine Klienten im Besprechungszimmer der Kanzlei. Es war noch nicht neun Uhr und für einen Man-
dantenbesuch ungewöhnlich früh. Der Anwalt begrüßte Mark
und Mathilde Attelmann kühl und geschäftsmäßig. Jahrelange
Erfahrungen hatten ihn gelehrt, von Anfang an Distanz zu halten
und jeden Fall neu zu behandeln.

»Was kann ich für Sie tun?«, eröffnete er das Gespräch, während er den Zigarettenrauch durch die Nase blies. Mark zündete

sich nervös ein Zigarillo an und berichtete von seinem gestrigen Gespräch mit Dr. Bäcker. Immer noch entrüstet erzählte er, dass ihm der Zugang zum eigenen Werk verwehrt worden sei.

»Und was erwarten Sie von mir?«, fragte die Mumie abwartend. Mathilde schaltete sich ein: »Das ist doch unsere Firma und unser Darlehen. Die können doch nicht machen, was sie wollen.«

Hilflos und bittend schaute sie zu dem alten Mann. Die Mumie neigte sich zum Tisch, drückte die halb gerauchte Zigarette aus und wendete sich an Mathilde. »Ich glaube nicht, dass ich Ihnen da helfen kann.«

»Herr Dr. Braun, Sie waren doch mein Verteidiger. Sie haben den Kleiner auseinandergenommen. Sie wissen doch, dass ein falsches Spiel läuft. In Ihrem Plädoyer haben Sie es selbst gesagt. Sie haben sogar von einem Verbrechen gesprochen. Wieso wollen Sie uns nicht vertreten?« Verzweifelt versuchte Mark Brauns Bereitschaft zu gewinnen, nochmal für ihn tätig zu werden und nochmal eine günstige Wende herbeizuführen.

Alexander Braun ließ eine lange Pause verstreichen.

»Wer sagt das, dass ich Sie nicht vertrete? Ich sage Ihnen nur: Ich sehe keine Chance. Wenn Sie zu anderen Anwälten gehen, erhalten Sie sicher positivere Auskünfte. Im Übrigen, es geht nicht um Kleiner.«

Mathilde griff unterstützend in das Gespräch ein und versicherte, dass der Anwalt sich wegen des Honorars keine Sorgen machen brauche: »Wir können Ihr Honorar bezahlen, auch einen Vorschuss.«

Ein kleines, unsichtbares Lächeln erschien auf dem Gesicht der Mumie. Während Mathilde eindringlich auf ihn einsprach, tippte er eine Nummer ins Telefon.

»Bin ich richtig bei der Staatsanwaltschaft? Wer ist bei Ihnen zuständig für Wirtschaftskriminalität? Wer? Frau Dr. Rossmann. Danke.«

Der Anwalt legte bedächtig den Hörer zurück, und das Lächeln glänzte immer noch in seinen Augen.

»Ich übernehme den Fall. Hinterlegen Sie im Sekretariat genügend Vollmachten. Der Kollege Adorno wird Sie weiter instruieren. Warten Sie.«

Der alte Herr stand auf und verließ, ohne sich zu verabschieden, den Raum.

»Wie hat Ihr Präsident den Prozess überstanden?« Die Mumie war die Freundlichkeit in Person. Er saß an seinem Schreibtisch und telefonierte mit der Oberstaatsanwältin.

»Sie scheinen ja gut gelaunt«, bemerkte sie. »Haben Sie Ihre Depressionen überwunden? Was so ein gewonnener Prozess nicht alles ausmacht!«

Die Mumie überhörte ihre Spöttelei. »Wollten wir nicht mal ein Glas Wein zusammen trinken? Ich kenne ein vorzügliches Lokal. Auf halber Strecke. Ich lade Sie ein.«

Fast übermütig parierte Marlene Rossmann: »Ach, haben Sie Ihr Honorar schon bekommen?«

»Nein«, warf Dr. Braun den Ball zurück, »gerade darüber will ich mit Ihnen sprechen.«

Einige Tage später trafen sich die Oberstaatsanwältin und der drahtige alte Anwalt in einer gemütlichen Weinstube über Esslingen. Mit Weinreben behängte Holzvertäfelungen teilten den Raum in kleine Nischen mit jeweils einem Tisch. Der Weinregion nicht entsprechend und trotz eines beachtlichen lokalen Angebots stand vor den beiden eine Flasche roter »*Alder God*« aus Baden. Der vorzügliche Wein schimmerte samten und tiefrot aus den bauchigen Römern. Die beiden saßen sich gegenüber, und zwischen ihnen lagen auf dem kleinen dunklen Holztisch in einem großen Teller verführerisch duftende Käseecken mit roten und weißen Trauben garniert. Daneben flackerte eine Kerze.

»Wie lange wollen Sie jetzt noch um den heißen Brei herumreden, liebe Mumie? Sagen Sie schon, welchem Anlass ich diese Einladung verdanke.« Marlene Rossmann neigte ihren Kopf neckisch zur Seite und schaute so träumerisch, wie es ihr möglich war. Braun tauschte nette Belanglosigkeiten mit ihr aus, aber eigentlich steuerte er auf etwas ganz Anderes zu. So leicht war eine Staatsanwältin nicht zu täuschen.

»Also gut. Sie haben mich durchschaut. Ich habe ein großes Anliegen. Normalerweise versuche ich, unsere Kunden Ihren Krallen zu entreißen. Zum ersten Mal in meinem Leben möchte ich Ihnen welche zuführen.«

Er machte eine Pause und spitzte amüsiert den Mund.

»Geht es auch weniger kryptisch, oder muss ich Ihnen Mut machen?«

Sie hatte sich auf einen solchen Abend mit dem alten Anwalt gefreut. Während des Prozesses hatte sie Respekt vor seinen taktischen Fähigkeiten gewonnen. Er allein hatte den Prozess für den Angeklagten aus dem Feuer gerissen. In dem Monolog in ihrem Büro hatte er seine überraschend sensible Seite gezeigt. Er war ihr sympathisch geworden, sehr sogar. Unabhängig davon hatte er ihr die Genugtuung verschafft, die sie wegen der Haftaktion dringend benötigte. Der Präsident und sein Kommissar Leicht standen jetzt lädiert da. Sie selbst hatte sich für jedermann sichtbar korrekt verhalten.

»Neulich war Attelmann bei mir«, begann Braun, »und zwar wegen der laufenden Insolvenz. Er ist der Meinung, er wird über den Tisch gezogen. Und ich meine es auch.«

»Jeden Tag werden Leute über den Tisch gezogen. Das kann Sie ernsthaft nicht überraschen. Manchmal helfen Sie und Ihre Berufskollegen kräftig mit.«

Braun ging auf die schnippische Bemerkung nicht ein und fuhr ernst fort: »Das hat eine andere Qualität. Mich interessiert die Sache.«

Marlene Rossmann atmete tief ein, schaute der Mumie in seine kleinen grauen Pinselaugen und hob ihr Glas: »Na, lieber Freund, dann erzählen Sie mal. Ich habe schon vermutet, dass ich mir die Einladung verdienen muss. Frauen in meinem Alter bekommen wohl nichts mehr geschenkt.«

4

Die Sonne schien aus wolkenlosem Himmel auf die Berghänge und wärmte die sattgrünen Wiesen und strahlend weißen Mauern der renovierten Bauernhäuser um Kitzbühel. Auf dem Sattel eines Hügels prangte hingeduckt ein ausladendes Gehöft. Die vier Männer, die vor die schwere Eingangstür aus altem Eichenholz heraustraten, suchten sich einen Platz an dem grob behauenen Holztisch gleich rechts zwischen zwei mit grün gestrichenen Läden umrahmten Fenstern. Sie hielten gefüllte Champagnerkelche in den Händen. Ein brauner, mittelgroßer Hund kurvte in der Wiese vor dem Haus. Der Boxer konnte jeden Tag etwas Neues, Aufregendes erschnüffeln, denn keine Umzäunung hielt das Wild vom Haus fern.

»Der Skipper kennt die Tour ganz genau. Sie brauchen sich keine Sorgen zu machen. Nachdem wir uns so gut kennengelernt haben, können wir eigentlich auf das »Du« anstoßen. Das ist mein Bruder Fabian, hier mein langjähriger Freund Arnulf, du bist der Gotthard und mich kennt ihr ja, Bastian.« Die vier Gläser stießen zusammen.

Der Insolvenzverwalter Gotthard Bäcker, der M&A Spezialist Arnulf Mitterer und die beiden Brüder Fabian und Bastian Milla hatten sich zu einem Treffen auf Millas Kitzbüheler Anwesen verabredet. Nachdem die Attelmannsche Insolvenz überraschend reibungslos ablief, zog Milla Gotthard Bäcker in diesen kleinen Kreis hinein und stellte ihm zur Bestätigung dieser Freundschaft seine Yacht für einen Urlaub zur Verfügung.

»Ich lasse sie bereitmachen, und du kannst sie am Samstag

übernehmen, solange du willst. Und vergiss nicht, in Korfu auch in Kouloura anzulegen. Es gibt dort ein ganz ausgezeichnetes Fischlokal. Die Agnellis sind die Platzhirsche. Franco weiß Bescheid. Auf ihn kannst du dich blind verlassen. Ich habe ihn schon über fünf Jahre. Einen zuverlässigeren Kapitän findest du an der ganzen Côte nicht.«

Gotthard Bäcker bedankte sich und erzählte, dass er schon mehrmals durch die Ägäis gesegelt ist. Von Monaco nach Sizilien hinunter und dann nach Korfu sei aber schon eine besondere Reise. Für seine Frau und die beiden Buben werde es ganz sicher ein schöner Urlaub werden. »Wir können selten so lange beisammen sein. Seid mir aber jetzt nicht böse. Es war ganz wunderbar mit euch. Ich muss los.«

Bastian begleitete seinen Gast noch hinter das Haus, wo unter einer Ziegelbedachung ein roter Ferrari und drei Porsche standen. Er schüttelte ihm herzlich die Hand und umgriff mit der anderen Bäckers Unterarm. »Ich hätte nicht gedacht, dass es so glattgeht«, sagte er. Gotthard Bäcker klopfte seinem neuen Freund auf die Schulter: »Viel Glück mit der Firma, und vergiss den Schwarzmann nicht.«

Langsam rollte der schwarze Porsche des Insolvenzverwalters den Kiesweg zur Straße hinunter. Milla kehrte an den Tisch zu den anderen zurück. «Was machen wir jetzt mit dem Machlik?«

»Der Mohr hat seine Schuldigkeit getan. Der Mohr kann gehen«, zitierte Fabian. Die drei Männer lachten.

»Arnulf, was hat uns die Sache jetzt eigentlich gekostet?« Bevor Arnulf Mitterer auf die Frage einging, erinnerte er:

»Wir haben dem Machlik zehn Prozent versprochen und gekostet hat es uns nichts. Wir haben dreihundertfünfzig Millionen Darlehen gegeben. Bekommen haben wir die Auffanggesellschaft von Bäcker. Bestehend aus« – er streckte nacheinander die Finger seiner linken Hand und begann mit dem Daumen – »die vierzig Prozent der Erwerbergesellschaft, das ganze laufende Werk »Wurstfeiler«, dazu die Aufbauten, Vorräte, Fertigprodukte,

Halbfertigprodukte und Werkzeuge und so weiter und so fort, schuldenfrei. Nicht zu vergessen: Der Firmenname Attelmann mit allen Patenten und Geschäftsunterlagen. Hingegeben haben wir unsere Darlehensforderung und alle Grundschuldbriefe. Das ist alles. Per Saldo ein Gewinn von« – er rechnete –»Charon unterer Wert sechshundert, Filet von Attelmann: unterer Wert sechshundert, fünfzig liegen noch bar in der Kasse beim Grafen. Gegenwert: Darlehen von dreihundertfünfzig ist verrechnet. Also neunhundert Plus. Jetzt verschmelzen wir Attelmann und Charon zu einer AG mit einem ausgewiesenen Kapital von zwei Milliarden. Das ist gar kein Problem. Du nimmst dir alle hundert Millionen Aktien. Dann schlagen wir die Trommeln, und du verkaufst die Aktie für dreißig Euro. Die werden dir aus der Hand gerissen. Bingo. Dann auf in die nächste Liga.«

»Fabian, hole noch eine Flasche Schampus. Das wird heute ein herrlicher Tag.«

Bastian Milla legte seinen rechten Arm um Mitterers Schultern.

»Arnulf, wenn du damals nicht mit den Skiern in mich reingefahren wärst, hätten wir uns nie kennengelernt. Weißt du noch?«

»Ja, damals sind wir beide noch am Sudelfeld gefahren. Wir haben uns ganz gut gemacht in den letzten zehn Jahren, findest du nicht? Du warst wieder einmal pleite, und ich habe mich gerade selbständig gemacht.«

Stolz und sicher schauten die beiden Männer zu den hoch aufragenden Gipfeln des Wilden Kaisers.

5

In Assforts früherem Büro standen Kleiner und Machlik um den großen, blanken Schreibtisch. Nirgendwo lag auch nur ein Schriftstück, das darauf hindeuten hätte können, dass hier gearbeitet würde. Es gab auch die Vase nicht mehr, die zu Assforts Zeiten immer mit frischen Blumen gefüllt gewesen war. Machlik vergrub seine Hände tief in den Hosentaschen. Kleiner wirkte trotz seiner imposanten Größe irgendwie verloren.

»Bäcker hat mir mitgeteilt, dass er mich nicht mehr braucht«, sagte er zu Machlik. »Die Verwaltung der Grundstücke, den Einzug der noch offenen Forderungen und die weiteren Desinvestments werde sein Büro selber erledigen. Das ganze operative Geschäft liegt jetzt beim Grafen. Damit hat Bäcker nichts mehr zu schaffen. Er hat mir dringend geraten, für das letzte Jahr keinen Geschäftsbericht mehr zu machen. Nur die nackten Zahlen und die Bilanz.« Michael Kleiner blickte leer vor sich hin. »Den Milla und den Grafen bekomme ich nicht mehr ans Telefon. Ich habe den Eindruck, die wimmeln mich ab. Was meinen Sie, Machlik, haben die uns aufs Kreuz gelegt?«

Machlik umkreiste den Konferenztisch. Leise sagte er, so als wäre es für keinen Zuhörer bestimmt:

»Das können die nicht. Dafür wissen wir zu viel. Außerdem war mein Einsatz zu hoch. Auch wenn ich es so nicht gewollt habe.«

Kleiner hatte Machlik nicht zugehört, obwohl er doch die Frage gestellt hatte. Sein Speicher war randvoll und nicht mehr aufnahmefähig. Er hing weiter seinen eigenen Gedanken nach.

»Aber es gibt doch keinen Zweifel. Wir sind nicht mehr an

Bord.« »Lassen Sie mich nur machen. Ich bringe das mit Mitterer in Ordnung. Ich setze mich jetzt ins Auto und fahre hin.«

Auf dem Weg nach München sortierte Richie Machlik seine Möglichkeiten. Mitterer hatte ihm beim Stanglwirt im Beisein von Milla zehn Prozent am Profit versprochen. Wann aber Milla aus dem Geschäft Profit ziehen würde, das wurde nicht festgelegt. In Händen hatte er jedenfalls nichts. Er war in der misslichen Lage, dass er seinen Beitrag vollständig geleistet hatte und kein Druckmittel mehr besaß. Verunsichert war er deshalb, weil weder Milla noch Mitterer, noch der Graf die letzten Tage mit ihm telefoniert hatten. Ihm ging es nicht besser als Kleiner. Auch in ihm wuchs die Befürchtung, sie würden sich bei seinen Anrufen verleugnen lassen. Vor der Überschreibung der Anteile an der Auffanggesellschaft durch Bäcker hatten sie täglich mehrmals miteinander gesprochen. Nachdem durch den Insolvenzverwalter der Vertrag mit der IMC aufgekündigt war, bestand für ihn kein Grund mehr, länger in der Sache Attelmann präsent zu sein. Andererseits war es viel zu riskant, das Feld zu räumen, bevor er seinen Anteil erhalten hatte. Wenn sie jetzt schon den Kontakt abbrachen, wo er noch in der ehemaligen Firmenzentrale saß, dann würden sie ihn erst recht hängen lassen, wenn er sich um eine andere Firma zu kümmern hatte. Er empfand das Verhalten der drei umso ungerechter, weil sie ohne ihn, Schwarzmann und Kleiner dieses Geschäft niemals hätten machen können. Das wussten sie auch. Allerdings hatten sie keine Ahnung davon, dass er es war, der nicht nur Kleiner geführt, sondern auch das entscheidende Hindernis beiseite geräumt hatte. Er überlegte, ob er Mitterer gegenüber die Katze aus dem Sack lassen sollte. Jetzt noch nicht, beschloss er für sich. Vielleicht sehe ich auch nur Gespenster. Man wird eben unruhig, wenn man selber die Füße nicht mehr am Boden hat, sondern auf andere angewiesen ist. Dass Cora sterben würde, damit konnte er beim besten Willen nicht rechnen. Als sie zusammen die beiden ersten Schokoladenplättchen mit Aconitin präparierten, waren beide für Philipp Assfort gedacht.

Er aß diese Lindt-Plättchen zu gerne. Sicher hatte Cora ihm auch beide gegeben. In der Schachtel fand sich kein präpariertes mehr. Aber niemand konnte doch ahnen, dass dieses verdammte Mittel durch die Schleimhäute absorbiert wurde, auch wenn man es nicht schluckte. Ich habe dem Assfort diese Spielchen auch gar nicht zugetraut, dachte Machlik. So kann man sich täuschen. Kein Mensch wäre auf die Idee gekommen, einen Mord zu vermuten, wenn Cora den Notarzt gerufen hätte, wie es geplant war. Typischer Kollateralschaden, schoss es Machlik durch den Kopf. Friendly fire. Schade um Cora. Auf sie war immer hundertprozentig Verlass. Umso mehr durfte er sich jetzt nicht ausbooten lassen. Bei diesem Einsatz!

Als Mitterer der unangemeldete Besuch von Machlik gemeldet wurde, versuchte er, ihn zunächst abzuschütteln. Der Besucher drückte sich aber am Vorzimmer vorbei, ohne die abwehrende Sekretärin zu beachten, bis er im Türrahmen stand. Dem verblüfften Mitterer blieb nichts Anderes übrig, als Machlik freundlich zu begrüßen.

»Schön, dass Sie bei mir vorbeischauen. Wie gehen die Geschäfte?«

Machlik stand der Sinn nicht nach Smalltalk. Kaum war die Tür hinter ihm geschlossen, fragte er ohne einleitende Worte:

»Wie sieht jetzt meine weitere Rolle in der Sache Attelmann aus? Meinen Vertrag hat der Insolvenzverwalter beendet.« Mitterer trat an seinen Schreibtisch und tat, als würde er einige herumliegende Papiere ordnen.

»Das ist nicht meine Sache, Herr Machlik. Mein Job ist auch erledigt. Das operative Geschäft betreibt der Graf. Er ist Geschäftsführer. Im Augenblick wird er alle Hände voll zu tun haben. Er führt schließlich Attelmann und Charon. Ich könnte mir vorstellen, dass er Hilfe gut gebrauchen kann.«

Machlik trat an den Mitterers Schreibtisch und betrachtete interessiert dessen nervöses Getue.

»Herr Mitterer, in dieser Sache haben immer wir zwei miteinander gesprochen. Der Graf ist nicht mein Ansprechpartner.«
Arnulf Mitterer fuhr fort, die losen Blätter unsortiert zusammenzuschieben.

»Ich kann nichts für Sie tun, Herr Machlik. Meine Profession ist die Vermittlung von Kauf und Verkauf der Anteile, nicht der Betrieb. Ich sagte schon: Mein Job ist erledigt. Die richtige Adresse ist der Graf.«
Richie Machlik suchte überzeugende Worte.

»So können wir nicht miteinander umgehen. Als wir beim Stanglwirt zusammensaßen, haben wir vereinbart, dass ich mit zehn Prozent an dem Geschäft beteiligt bin. Sie wissen ganz genau, dass ohne mich der Deal nicht gelaufen wäre. Sie halten sich doch an Ihre Zusagen?«
Arnulf Mitterer suchte Zuflucht, in dem er den Beleidigten spielte.

»Selbstverständlich halte ich mich grundsätzlich an meine Zusagen. Ich wiederhole aber ganz deutlich: Ich habe keine Zusage gegeben. Ich bin der Vermittler, nicht der Herr des Geschäfts. Es ist doch ganz klar, dass gegen mich keine Forderungen bestehen.«
Machlik unterbrach ihn:

»Dann sprechen Sie mit Milla! Sie sind doch dicke Freunde. Ich finde, Sie spielen Ihre Rolle zu weit herunter. Und seien Sie ganz sicher: Ohne mich wäre das Geschäft nie gelaufen!«
Mitterer versuchte es mit versöhnlichem Ton:

»Herr Machlik, ich bin sicher, dass niemand Ihren Beitrag unterschätzt. Mit Milla können Sie doch selber sprechen. Da brauchen Sie mich nicht als Kindermädchen. Aber bitte haben Sie Verständnis, ich muss mich jetzt wieder um meine anderen Klienten kümmern.«

Wie auf ein Stichwort läutete das Telefon. Schnell schüttelte Mitterer Richie Machlik die Hand, und während er den Hörer abnahm, flüsterte er ihm am Telefon vorbei freundlich lächelnd zu:

»Kommen Sie wieder vorbei, wenn Sie in München sind.«

In Mitterers Vorzimmer bat Machlik, mit Milla verbunden zu werden. Die Sekretärin antwortete darauf, dass Milla diese Woche wegen einer Auslandsreise nicht erreichbar sei. Wenn das nur kein abgekartetes Spiel ist, dachte Machlik auf dem Weg zu seinem Auto verärgert.

6

»Attelmann auf Erfolgskurs« und *»Deutsch-französischer Maschi-*
nenbaukonzern gegründet«.
Mark studierte den Wirtschaftsteil der Morgenzeitungen. Er
saß auf der Couch im Wohnzimmer und blätterte die Zeitungen
durch. In drei- und vierspaltigen Artikeln wurde berichtet, dass
unter Führung des international erfahrenen Managers Hubertus Graf von Rabenstein die beiden Maschinenbaugesellschaften
Attelmann und Charon verschmolzen und zu einer Aktienge-
sellschaft umgewandelt seien. Der überaus fähige und erfahrene
Insolvenzverwalter Gotthard Bäcker habe mit seiner weitsichtigen
Abwicklungspolitik den Betrieb nicht zerschlagen, sondern die
Fortführung ermöglicht. Dadurch seien mindestens zehntausend
Arbeitsplätze in der Region erhalten geblieben. Durch die dy-
namische Firmenpolitik unter Graf Rabenstein eröffne sich die
Möglichkeit, dass weitere Arbeitsplätze geschaffen werden. Der
Maschinenbaukonzern habe das Ziel, künftig auch im Bereich des
Anlagenbaus tätig zu werden. Aus der früheren Sowjetunion lägen
bereits erste Anfragen vor. Nach Auskunft des Firmensprechers
Brandt befände man sich sogar schon in konkreten Vertragsver-
handlungen. Mit dem Konzern werde wohl in absehbarer Zeit ein
für Anleger interessantes Papier an die Börse kommen. Man emp-
fehle potenziellen Aktienkäufern, die Entwicklung aufmerksam
zu beobachten. Am Ende der Artikel wurde kurz vermerkt, dass
der Konzern zwar noch den Namen Attelmann trage, aber Familienmitglieder an dieser Gesellschaft nicht mehr beteiligt seien.
   Mark legte die Zeitungen beiseite und überdachte seine Situa-

tion. Die Aktien waren wertloses Papier, nachdem der gesunde Kern des Unternehmens ausgegliedert und verkauft war. Die Auszahlung der Darlehen der Familiengesellschafter wurde vom Insolvenzverwalter mit dem Argument, er bewerte sie als Kapital ersetzend, verweigert. Sein Anwalt Dr. Braun hatte ihm wenig Hoffnung gemacht, etwas erreichen zu können. Heute Nachmittag würde er mit Nelson und Amara offen sprechen müssen, dass er nicht mehr in der Lage war, an dem Jatropha-Projekt teilzunehmen.

Die beiden waren in der Frühe aufgebrochen, um das Schloss Neuschwanstein bei Füssen zu besichtigen. Er erwartete sie am späten Nachmittag zurück. Neben ihm lag sein Hund, der auf den sonderbaren Namen Popi hörte. Er schaute Mark aus seinen braunen, unter dichten Haarbüscheln versteckten Augen an, als wollte er fragen, was er denn tun könne, um seinen Herrn aufzuheitern. Den jungen Popi hatte Mark von einem Jagdfreund übernommen, der plötzlich verstorben war, und dessen Familie den Hund nicht behalten wollte. Er beließ ihm den Namen, und Popi dankte ihm durch besondere Anhänglichkeit. Unternahm Mark einen Spaziergang, so suchte er die Gastwirtschaft, in der er Rast machte, danach aus, ob auch für Popi etwas abfiel. War Mark traurig und niedergeschlagen, so geriet Popi zunächst in die gleiche Stimmung und schlüpfte dann in die Rolle eines Clowns und verwandelte sich erst dann wieder in den schläfrigen Haushund, wenn er seinen Herrn zum Lachen gebracht, und er seine Gage in Form von im Kühlschrank bereitgelegten Stücken von harter abgehangener Blutwurst bekommen hatte. In Marks Vorratskeller hingen die Würste zum Hartwerden an einer Schnur aufgereiht. Ab und zu genehmigte sich auch Mark ein Stück; aber nur, wenn Popi es nicht sah. Die beiden verstanden sich, und wahrscheinlich liebten sie sich sogar.

So hüpfte der Hund jetzt auf die Coach, machte einen kleinen Trampolinsprung und purzelte Mark auf den Schoß. Popi war wohl ein Mix aus Terrier und Rauhaardackel. Genau wusste es niemand, und es interessierte auch keinen. Das Ergebnis jedenfalls war einzigartig. Als Mark das Fellbündel gedankenverloren mit der rechten Hand zwischen den Vorderläufen an der Brust kraulte, legte sich Popi ergeben auf den Rücken, ließ seine Beine auseinanderfallen und begann, zärtlich an Marks Zeigefinger zu nagen.

»Also, was machen wir Popi?«, fragte Mark. »Ich glaube, die haben uns klassisch aufs Kreuz gelegt.«

Popi begann leise zu jaulen, stemmte seine Hinterpfoten gegen Marks Schenkel, die Vorderpfoten an die Brust, streckte seinen Körper und leckte am rechten Ohrläppchen seines Herrn. Mark nahm ihn auf den Arm, trug ihn zum Kühlschrank und gab ihm seinen Lohn.

Das Telefon klingelte. Mark wartete den Anlauf des Anrufbeantworters ab, und als er die Stimme von Dr. Braun erkannte, nahm er den Hörer ab.

»Ach, das ist gut, dass ich Sie erreiche«, sagte der Anwalt. »Ich komme gerade aus einer Besprechung mit ihrem Insolvenzverwalter. Mein Zug fährt erst in einer Stunde. Können wir uns vielleicht kurz sprechen?« Sie verabredeten sich im Bahnhofshotel.

Nach zwanzig Minuten saßen sie sich gegenüber. Der Anwalt vor einer Tasse Kaffee mit der obligatorischen Zigarette zwischen den gelben, dürren Fingern und Mark, der ungeduldig darauf wartete, was Braun zu berichten hatte.

»Ich habe nur schlechte Nachrichten«, begann der alte Herr. »Bäcker hat alles weggegeben, was einen Wert hat, und das, was jetzt noch vorhanden ist, deckt gerade die Kosten des Verfahrens. Die Aktionäre werden leer ausgehen.«

Mark schwieg fassungslos. Der Anwalt betrachtete ihn aufmerksam und stumm und, wie es schien, ohne jede innere Beteiligung. Der einstige Firmenchef und Mehrheitsgesellschafter rang nach Worten:

»Die haben mich aber doch betrogen. Es kann doch nicht sein, dass ich dagegen machtlos bin.« Die Mumie lächelte dünn:

»Denn so schließt er messerscharf, dass nicht sein kann, was nicht sein darf.«

Dann legte er Mark kurz, scharf und schonungslos die Rechtslage dar:

»Den Bäcker als Insolvenzverwalter bekommen wir nicht an den Hammelbeinen. Und das, was er gemacht hat, können wir auch nicht mehr rückabwickeln. Er hat für alles den Segen des Gerichts und der Gläubiger. Durch den Trick, Ihr Darlehen als Kapital ersetzend zu bewerten, sind Sie raus aus dem Geschäft. Sie sind kein Gläubiger.

Den Kleiner, den Machlik und wahrscheinlich auch den Aufsichtsrat können wir möglicherweise wegen Untreue quälen. Mit der Oberstaatsanwältin habe ich bereits gesprochen. Die sieht es genauso. Aber jetzt, Herr Attelmann, kommt das Bittere: Sie erhalten vermutlich keinen Cent. Der Nachweis des Schadens, falls ein Management einen Betrieb ruiniert hat, ist verdammt schwierig, und wenn Sie mich fragen, nahezu unmöglich. Sie können die Herren also vor Gericht bringen. Vielleicht werden sie auch verurteilt. Mehr an Genugtuung wird für Sie aber nicht abfallen. Selbst wenn wir einen Schaden beziffern könnten, zahlt die Haftpflichtversicherung nur für Fahrlässigkeit. Hier handelt es sich aber um Vorsatz. Die Versicherung ist also aus dem Schneider, und bei Machlik und Kleiner ist nichts zu holen. Darauf verwette ich meine Robe.«

Brauns Gesicht war gelb, spröde und spitz. Er hatte einen interessanten Fall seinem Mandanten korrekt erklärt und war mit sich trotzdem nicht im Reinen. Es lag nahezu ein Vierteljahrhundert zurück, dass er in einen Fall eigene Emotionen investiert hatte. Es war zu der Zeit, als seine eigene Frau langsam und unter unbeschreiblichen Qualen jeden Tag mehr dahinsiechte und kein Ende fand. Damals verteidigte er eine Frau, die ihrem Mann, der in ähnlicher Situation war wie seine Frau, eine Überdosis Morphium spritzte. Der Mann konnte sterben. Die Frau wurde angeklagt. Ein mitfühlender Arzt hatte ihr das Morphium gegeben und ihr das Versprechen abgenommen, seinen Namen unter keinen Umständen preiszugeben. Die Frau hatte sich während des ganzen Prozesses bis zur Verurteilung darangehalten und ihm als Anwalt verboten, vor Gericht den Arzt zu befragen. Nach dem Schuldspruch hatte sich Braun vorsätzlich betrunken. Allerdings war ihm nie in den Sinn gekommen, das Leben seiner Frau auf ähnliche Weise zu beenden. Aber unter der Verurteilung seiner Mandantin und noch mehr unter der arroganten Begründung des Gerichts litt er damals sehr. Immerhin gehörte auch er als Anwalt und Organ der Rechtspflege zu der verurteilenden Gewalt. Sicher, die jetzige Situation war damit nicht vergleichbar. Aber zum ersten Mal seit dieser Zeit empfand er wieder die eigene Ohnmacht angesichts einer ungerechten Übermacht. Seine Brust krampfte sich zusammen, als er sich damit abfinden wollte, mit einer solchen Erfahrung aus seinem Anwaltsleben auszuscheiden. Seine Ärztin hatte ihm nach der Untersuchung vor wenigen Tagen mitgeteilt, dass seine exzessive Raucherei, vor der sie ihn immer gewarnt hatte, Wirkung zeige. Im Hinblick auf das ihr bekannte Schicksal seiner Frau sagte sie nur:

»Sie wissen wenigstens, was Ihnen bevorsteht. Sie haben auch lange genug darauf hingearbeitet.«

Das war alles, was sie sagte, und etwas Anderes hatte er nicht erwartet.

Mark Attelmann sah sein Gegenüber in Gedanken versunken. Vielleicht hätte er doch einen anderen, jüngeren Anwalt wählen sollen, dachte er. Der Mann ist schon sehr kraftlos. Dann erinnerte er sich an dessen Auftritt als Verteidiger in seinem Strafprozess und war sich sicher, keinen besseren finden zu können.

»Und ich hatte so schöne Pläne, Herr Dr. Braun. Das Darlehen hätte ausgereicht, die Plantagen aufzuforsten und ein neues Leben zu beginnen.« Der Anwalt unterbrach seinen Mandanten.

»Bevor wir zu sentimental werden. Kennen Sie einen Bastian Milla?«, fragte er und seine Augen wurden wieder lebendig.

»Ja, aber nur aus der Presse und was eben so geredet wird. Persönlich habe ich ihn nie getroffen.«

»Sollten Sie aber«, sagte die Mumie und grinste.»Sie sind doch Jäger.«

Mark Attelmann wusste mit der Bemerkung nichts anzufangen.

Ist schon ein schrulliger alter Knabe, dachte er und begleitete Alexander Braun zum Bahnsteig. Mit energisch ausholenden Schritten strebte der Anwalt zur Tür des Restaurantwagens und schwang sich in den Zug. »Sie hören von mir«, rief er Mark zum Abschied zu.

Als er einen freien Tisch gefunden hatte, bestellte er beim Service ein Glas Wein und zündete sich, alle Verbote missachtend, eine Zigarette an. Dann lehnte er sich im Sessel zurück und streckte seine langen dürren Beine wie Gangstöcke von sich. Das wird mein letzter Kampf, dachte er. Eigentlich müsste ich müde sein nach diesen Jahren und mit meinen Aussichten. Stattdessen bin ich aufgekratzt wie ein kleines Kind vor Weihnachten.

Er trank einen Schluck Wein und nahm seinen Gegner ins Visier.

Ich eröffne die Partie mit einem Brief.

7

Amara und Nelson schlenderten nach der Besichtigung von Neuschwanstein durch das Schauspielhaus, in dem die König-Ludwig-Festspiele aufgeführt werden. Auf der Terrasse, das Theatergebäude im Rücken und mit Sicht auf den See, tranken sie Kaffee. Mark hatte ihnen seinen Geländewagen für Ausflüge zur Verfügung gestellt, und natürlich besuchten sie die nahegelegenen, weltberühmten Schlösser. Im Gegensatz zu den anderen Touristen, die sich an die Abfahrtszeiten der Busse halten mussten, waren sie unabhängig. Zwischen Japanern, Chinesen und allen möglichen anderen Nationalitäten fielen die beiden Schwarzen nicht auf. Amara und Nelson genossen diese Selbstverständlichkeit. Als sie den Kaffee ausgetrunken hatten, bestellten sie bei der bayrisch gekleideten Bedienung zwei Bier.

»Süßer als bei uns«, bemerke Nelson nach dem ersten Schluck.

»Und leichter«, bestätigte Amara. Sie sahen hinauf zur weltberühmten Silhouette und meinten, dass man schon verrückt sein müsse, ein solches Schloss zu bauen. Sie hatten die Erklärungen des Schlossführers durch Neuschwanstein noch im Ohr.

»Nelson, wieso ist Mark eigentlich nicht glücklich? Er ist doch freigesprochen. Ich verstehe das nicht. In Afrika war er viel lockerer.«

Nelson lachte: »Er gehört eben zu einem verrückten Volk. Wie der König.« Er konnte den Blick von dem Schloss in den Bergen noch nicht lösen.

»Nein, Nelson«, Amara ließ sich nicht ablenken, »ich mache mir Sorgen. Es geht ja auch um eure Pläne. Er scheint gar nicht mehr interessiert.«

Nelson wandte sich ernst seiner Schwester zu: »Kannst du dir vorstellen, einige Monate im Gefängnis zu sitzen? Das muss einer erst verdauen. Das zieht man nicht aus wie eine Hose. Mark fliegt mit uns nach Durban. Unser Konto ist wieder frei. Und dann fangen wir mit dem Transport von Malawi an. Weißt du, Amara, ich freue mich richtig darauf. Und in Afrika wird er wieder lachen können.« Nelson trank einen kräftigen Schluck Bier.

»Ich hoffe, du hast recht. Aber ich habe kein gutes Gefühl. Ich glaube, er braucht immer noch Hilfe.«

Nelson sah seine Schwester belustigt an. »Man hat immer Probleme mit den Weißen. Die können nicht geradeaus laufen. Aber ich werde mit ihm reden, wenn es dich beruhigt, Schwesterchen.«

In Marks Wohnzimmer waren Carmen und Mathilde um Mark versammelt. Er hatte bereits zum dritten Male sein Gespräch mit Dr. Braun erklärt.

»Das bedeutet also, dass wir unsere Aktien und unsere Darlehen abschreiben können, weil du alles hingeschmissen hast?«, fragte Mathilde. »Wenn ich ein Mann wäre, würde ich mir das nicht gefallen lassen.«

Carmen saß still in der Sofaecke. Sie beobachtete, wie Mark litt und Mathilde Salz in seine Wunden rieb.

»Arm sind wir doch auch so nicht, Mathilde. Mark konnte wirklich nicht damit rechnen, dass Kleiner die Firma verscherbelt. Übrigens hätte auch Domler mehr aufpassen müssen. Wir können nicht alles auf Mark abladen.«

Im Hause Attelmann herrschte eine düstere und bedrückende Stimmung. Die schwarze Wolke eines erlittenen, möglicherweise selbst verschuldeten Unrechts hing im Raum, und keiner fand eine Möglichkeit, sie zu vertreiben. Es gab kein Fenster, das geöffnet werden konnte, und durch das sie abgezogen wäre. Zumindest wurde es nicht gefunden. Als Amara und Nelson von ihrem Ausflug zurückkehrten, tauchten sie wie bei einem Landeanflug von Sonne und blauem Horizont kommend in eine graue, feindliche

Wolkenmasse ein. Das Gespräch mit seinen Schwestern hatte Mark überstanden, aber ihn bedrückte, Nelson und Amara jetzt reinen Wein einschenken zu müssen. Er hatte ungeschminkt klar und deutlich einzugestehen, dass er unter den veränderten Umständen nicht mehr erfüllen konnte, was er zugesagt hatte. Es würde ein trauriger und schneller Abschied werden. Mark würde hinter einer erfrischenden Episode seines Lebens die Türe schließen und in den Alltag zurückkehren. Er wollte es schnell hinter sich bringen.

„Setzt euch, ich habe etwas Wichtiges zu sagen." Amara und Nelson waren noch nicht richtig angekommen, als sie von Marks Aufforderung überrascht wurden. Er erzählte von seiner überstürzten Afrikareise nach dem unerfreulichen Gespräch in der Firma, den Machenschaften, wie er sie kannte, und endete mit den Auskünften, die er heute vom Anwalt erhalten hatte. Im Ergebnis waren sein und seiner Geschwister Darlehen und Aktienbesitz wertlos geworden.

»Insgesamt weit mehr als hundert Millionen, Nelson«, endete er. »Du wirst verstehen, dass ich bei deinem Jatropha-Projekt nicht mehr mitmachen kann. Es tut mir sehr leid. Ich bin draußen.«

Nelson hörte Marks Bericht aufmerksam zu, während sich Amara immer mehr im Sessel zusammenkauerte und ihre ungewissen Ahnungen bestätigt fand.

Nach einer langen Pause fragte Nelson:

»Und du kannst nichts dagegen machen? Ihr in eurem Europa habt doch für alles Gesetze?«

Mark erklärte umständlich, dass er machtlos sei und ihm die Gesetze nicht helfen würden. Hilflos gab er wider, was ihm sein Anwalt dargelegt hatte.

Während dieser Erklärungen wurde Nelsons Körper seltsam lebendig. Jeder Muskel schien unter Spannung zu geraten. Ähnlich einer Raubkatze, die ihren trägen Schlaf beendet und erwacht, um auf Jagd zu gehen, streckte sich Nelson in seinem Sessel. Sogar der braune Anzugstoff um die Schenkel schien sich praller zu füllen. Weiß leuchteten die Augen aus dem schwarzen Gesicht.

»Bei uns müssen wir uns gegen solche Leute selber helfen. Oder meinst du, das Empowerment hätte nur Freunde gehabt? Es musste durchgesetzt werden. Deshalb haben wir eine wirksame Taktik entwickelt. Wir nennen sie: »Die näher kommenden Einschläge«.

Amara veränderte sich bei Nelsons Worten. Das Strahlen kehrte in ihr Gesicht zurück, und ihr Körper entrollte und straffte sich. Mark lächelte matt, als er die Angriffslust seiner beiden Gäste spürte: »Bei euch mag das gehen, bei uns ist das nicht möglich.«

Nelson antwortete von Marks Argument unbeirrt: »Mark, wir sind im einundzwanzigsten Jahrhundert. Der Dschungel ist überall. Auch in eurem schönen Europa. Ihr werdet es alle noch merken. Banken, Konzerne, Hedgefonds und Spekulanten aller Art haben sich schon eingerichtet. Nur du träumst von einem umzäunten Park und einer Ordnung, an die man sich hält. Deine Gegner pfeifen darauf und lachen über dich. Und sie haben Erfolg damit, wie überall auf der Welt. Ich erkläre dir, was wir machen: Du brauchst ein Ziel, einen Gegner und drei Kreise. Dein Ziel ist klar: Du willst das Geld zurück, das sie dir gestohlen haben. Kennst du deinen Gegner? Um den ziehst du drei Kreise. Einen weiten, einen engeren und einen ganz engen. In jedem Kreis markierst du drei Punkte. Und dann greifst du an. Von außen nach innen. Solange, bis du dein Geld wiederhast.

Mark versuchte zu verstehen, was Nelson meinte.

»Bei uns nennt man das Erpressung«, sagte er dann müde.

»Und bei uns Entscheidungshilfe«, entgegnete Nelson belustigt. »Amara«, wandte er sich zu seiner Schwester, »wir werden den Aufenthalt etwas verlängern müssen. Lasse dir von Windhoek einen Auftrag geben und storniere den Rückflug.«

Dann erhob er seinen massigen Körper und machte sich mit dem ruhigen Gang einer Raubkatze auf den Weg in Marks Küche. Eine Flasche Whisky in der einen und drei Gläser in der anderen Hand kehrte er zurück. Er stellte die Gläser auf den Tisch, öffnete bedächtig die Flasche und goss sorgfältig ein.

»Dafür hat man Freunde, Mark. Weißt du, was das ist? Also Prost, so sagt ihr doch hier. Auf unseren Erfolg!«

Nelson, Mark und Amara stießen mit den Gläsern zusammen, und während der dunkle Klang verebbte, legten sie ihre Köpfe in die Nacken und tranken in einem Zug aus.

Mark hatte keine Ahnung, was geschah, während Nelson und Amara sich kampfeslustig anlächelten.

Dritter Teil

1

Bastian Milla saß am Schreibtisch seiner Spedition. Die mit weißem Leder überzogene, große Schreibtischplatte vor ihm war fast leer. Die Arbeit in der Firma erledigte sein Geschäftsführer. Mit Konrad Koch hatte er einen loyalen und fähigen Mann gefunden, dem er vertrauen konnte und der ihm den Rücken freihielt. Lediglich zwei Dinge, die als persönlich und vertraulich an ihn gerichtet waren, hatte er zu erledigen: Ein kurzes Schreiben von Richie Machlik, in dem dieser um einen Termin für eine persönliche Besprechung bat, und den Brief eines Rechtsanwalts Dr. Alexander Braun. Er nahm die beiden Blätter dieses Anwaltsbriefes und las sie nun zum dritten Mal:

Sehr geehrter Herr Milla,

wir zeigen an, Herrn Mark Attelmann anwaltlich zu vertreten. Ihnen ist bekannt, dass unser Mandant in der zurückliegenden Zeit große persönliche und wirtschaftliche Schicksalsschläge hat hinnehmen müssen.
Wir haben Grund anzunehmen, dass hinter diesen Vorgängen ein einheitlicher, gestaltender Wille zu erkennen ist. Nach unseren Informationen ist die zuständige Staatsanwaltschaft mit der Prüfung der Vorgänge bereits befasst.
Nachfragen bei den Handelsregistern und Auskünfte der BaFin haben ergeben, dass Sie, bzw. Ihre Group, den wesentlichen Kern des Attelmann Konzerns aus der Insolvenzmasse erworben und zu einer neuen Gesellschaft verschmolzen

haben. Alle Aktien (einhundert Millionen) befinden sich in Ihrem Besitz. Im Ergebnis ist Ihre Gesellschaft also Rechtsnachfolgerin der Attelmann AG geworden.

Uns ist zum jetzigen Zeitpunkt noch nicht bekannt, auf Grund welchen Rechtsgeschäfts und zu welchen Konditionen Sie Ihre Position erlangt haben. Es liegt zurzeit weder eine Schlussbilanz der Attelmann AG noch ein Bericht des Insolvenzverwalters vor.

Wir machen Sie jedoch darauf aufmerksam, dass Sie nach unserer festen Überzeugung verpflichtet sind, die Ansprüche unseres Mandanten gegen die Attelmann AG zu erfüllen. Diese geben wir Ihnen wie folgt bekannt, wobei wir darauf hinweisen, dass Frau Mathilde Attelmann und Frau Carmen Attelmann ihre Forderungen an unseren Mandanten abgetreten haben.

1. Ansprüche aus gewährten Darlehen:
Fünfundfünfzig Millionen zzgl. fünf Prozent
Zins seit zehn Jahren (82, 5 Millionen).

2. Ansprüche aus Aktienbesitz:
Fünfzig Prozent des gesamten Kapitals.

Wir dürfen Sie bitten, bei Ihren weiteren Dispositionen die Ansprüche unseres Mandanten zu berücksichtigen und wiederholen an dieser Stelle die bereits ausgesprochene Kündigung bezüglich der Darlehen.

Sehr geehrter Herr Milla, wir möchten mit allem Nachdruck betonen, dass wir uns nicht abhalten lassen werden, die berechtigten Ansprüche unseres Mandanten mit allen Mitteln durchzusetzen.

Die Rückzahlung der Darlehen erwarten wir innerhalb von dreißig Kalendertagen. Bezüglich des Aktienbesitzes sehen wir Ihren Vorschlägen umgehend entgegen.

Mit freundlichen Grüßen

Dr. Alexander Braun

Rechtsanwalt

Bastian Milla legte das Schreiben auf den Schreibtisch zurück. Er hatte im Laufe seines Lebens schon viele Anwaltsbriefe erhalten und war gewohnt, diese nicht allzu ernst zu nehmen. Die meisten waren mehr zur Beruhigung der eigenen Mandanten als für den Adressaten geschrieben. Der Inhalt dieses Schreibens beunruhigte ihn jedoch. Sein Instinkt meldete ihm Unübliches. Etwas, was sich nicht im geschäftsmäßigen Rahmen befand.

Jeder Jurist musste doch wissen, dass eine solche Forderung Unsinn und vor keinem Gericht der Welt durchsetzbar war. Er schob die Blätter in das Kuvert zurück. Sollten sich seine Anwälte damit herumschlagen. Dafür hat man sie schließlich. Er rief Arnulf Mitterer und seinen neuen Freund Gotthard Bäcker an und avisierte ihnen die Zusendung einer Kopie des Schreibens.

»Vertraulich und persönlich«. Dann legte er den Brief eigenhändig in das Faxgerät.

Im Büro von Dr. Braun waren Sigrid und Adam um die Mumie versammelt.

»Da lehnen Sie sich aber weit aus dem Fenster«, sagte Adorno, während er den Brief las. Brauns Haut war in den letzten Tagen grauer geworden, und er hüstelte öfters als bisher. Das Rauchen schränkte er dennoch nicht ein.

»Wir müssen mehr von Milla wissen. Kennt ihr einen guten Detektiv?«

Adam Adorno arbeitete in seinen Strafsachen öfters mit einer Detektei zusammen, und auch Sigrid Holzmann beauftragte diese manchmal, wenn Arbeitgeber wegen einer dubiosen Krankmeldung gekündigt hatten und festgestellt werden sollte, dass der Gekündigte nicht krank war, sondern während dieser Zeit einer anderen Tätigkeit nachging.

»Die sind aber nicht billig«, warf Adorno ein. »Sollten wir vorher nicht Attelmann fragen? Er muss schließlich zahlen.«

»Gut, rufe ihn an«, stimmte Braun zu. Adam wählte die Nummer und sprach mit Mark.

»Die haben schon einen beauftragt. Wussten Sie das?«, fragte er. Braun runzelte die Stirn.

»Dann passe nur gut auf deinen Mandanten auf. Sonst kannst du ihn bald wieder im Gefängnis besuchen. Ein zweites Mal lässt ihn der Zeiss nicht laufen. Der Herr Präsident hat eine Rechnung offen.«

Adorno lächelte süffisant: »Es ist Ihr Fall, Dr. Braun, nicht der meine.«

»Ja«, sagte der wider Erwarten ernst vor sich hin. »Ich glaube auch. Morgen fahre ich zu Attelmann. Es ist besser, wir halten die Sache soweit als möglich aus der Kanzlei raus.«

Als der ICE kurz nach elf in den Hauptbahnhof einfuhr, wartete Mark auf dem Bahnsteig. Eine Kopie des Schreibens an Bastian Milla hatte ihm die Kanzlei Dr. Braun zugeschickt. Inhalt und Diktion standen in krassem Gegensatz zu dem, was Mark vom letzten Besuch im Gedächtnis behalten hatte. Aussichtslos sei alles. Nichts zu machen. Und jetzt begann der Anwalt einen Streit, den er selbst als von vornherein aussichtslos einschätzte. Ging es auch ihm nur um das Honorar? Mark wollte sich das nach den gemeinsamen Terminen im Gerichtssaal nicht vorstellen. Aber bei Anwälten weiß man es nie genau. Alexander Braun trug kein Gepäck bei sich, nicht einmal eine Aktentasche. Wie ein unbeschwert reisender, distinguierter älterer Herr stieg er aus dem Zug und begrüßte Mark freundlich, fast herzlich. Mark wusste nicht konkret, warum der Anwalt gekommen war. Bei der Ankündigung des Besuchs hatte er dazu nichts gesagt. Deshalb fragte er Braun, wie lange er seinen Aufenthalt geplant habe. Er habe keine weiteren Termine, bekam er als Antwort. Mark lud den Anwalt zum Essen ein. In Marks Auto drehte der alte Anwalt den Hut auf seinem Schoß in den Händen.

»Herr Attelmann, ich muss Ihnen ein Geständnis machen. Ich werde diesen Fall zu Ende führen, aber nach meinen Spielregeln. Sie haben damit nichts zu tun. Sie müssen mir sogar versprechen, sich nicht einzumischen. Sie haben viele Feinde: Das hiesige

Gericht, Ihren Vorstand und Aufsichtsrat, vermutlich viele Ihrer Mitarbeiter und natürlich alle anderen Aktionäre, die wie Sie ihr Geld verloren haben. Alle machen Sie für den Verlust verantwortlich. Dazu kommen jetzt noch die Profiteure aus der Pleite. Also halten Sie sich aus der Sache heraus.«

»Das wird nicht gehen«, erwiderte Mark überrascht. »Auch, wenn Sie es nicht glauben: Ich habe auch noch Freunde.«

»Das habe ich befürchtet«, knurrte der alte Herr.

Dann schwieg er vor sich hin. Mark schlug den Weg zum »Karpfenfischer« ein. Zu Mittag würde er auch unangemeldet einen Tisch bekommen. Nur abends war dies fast unmöglich.

»Wer sind Ihre Freunde?«, unterbrach der Anwalt das Schweigen. »Zwei davon kennen Sie schon.« Mark begann die Situation zu amüsieren. Er betrachtete sich wieder von oben.

»Ich möchte sie näher kennen lernen«, sagte Braun.

»Dann werden wir gemeinsam essen. Aber nur, wenn Sie keine Vorurteile haben.«

»Ich habe nicht einmal mehr Urteile, lieber Herr Attelmann«, kommentierte Braun trocken.

Mark nahm Amara und Nelson zum Essen mit. Danach zog er noch Martin Moll, den Detektiv, den er beauftragt hatte, zum Gespräch hinzu. Der breitete die Informationen, die er zusammengetragen hatte, über eine Stunde lang vor seinen vier Zuhörern aus. Mark schüttelte den Kopf.

»Es ist doch nicht zu fassen: Schippert der Bäcker mit der Yacht vom Milla herum.«

Nelson hatte dem ausführlichen Bericht des Detektivs aufmerksam, geradezu lauernd, zugehört und malte jetzt mit einem blauen Filzstift auf einem Blatt Papier herum. Um ein »M« in der Mitte zeichnete er drei verschieden große, konzentrische Kreise. Auf jeden dieser Kreise knödelte er drei dick hervorgehobene Punkte. Dann begann er sie zu beschriften.

»Wir wissen also«, fasste Mark zusammen, »dass das ganze Vermögen bei Milla gelandet ist. Er hat eine Wohnung in München, eine in Monaco und ein Haus in Kitzbühel, das er selbst bewohnt. Wir wissen weiter, dass er Pferde und eine Yacht besitzt und seine Bankgeschäfte über Guernsey und St. Barthélemy laufen. Mit seiner Spedition führt er Spezialtransporte aus. Er nutzt das Büro dieser Firma gelegentlich, schaltet sich in den Betrieb aber nicht ein. Verheiratet ist er seit über zwanzig Jahren, und über irgendwelche Affären ist nichts bekannt. Die einzige Tochter Antoinette besucht ein Internat in Genf. Im Gegensatz zu seinem jüngeren Bruder Fabian achtet Bastian Milla sehr auf seinen gesellschaftlichen Ruf. Was nützt uns jetzt dies alles?«

Mark zog die Schultern in die Höhe und schaute seine Gesprächspartner ratlos an.

Dr. Braun hatte sich während Marks Zusammenfassung mit Nelsons Zeichnung beschäftigt, und Nelson war dabei, ein längeres Telefonat zu beenden. Sie hatten Mark nur mit halbem Ohr zugehört.

»Ich brauche ein gutes Team. Für eine ganz normale Aktion. Ich denke zwei Monate. Prima.« Nelson beendete das Gespräch und wählte sofort eine andere Nummer. »Hallo, hier Nelson. Das Team steht. Es kann losgehen.« Dann schob er sein Telefon umständlich in die Tasche zurück und grinste Mark breit an:

»Ich habe gerade hunderttausend Euro von unserem Konto ausgegeben.«

Es dämmerte schon, als Mark seinen Anwalt wieder zum Zug brachte. Zum Abschied umarmten sich die beiden Männer.

Am Abend, als Mark, Amara und Nelson noch bei einem Whisky zusammensaßen, läutete das Telefon. Am anderen Ende der Leitung sprach Alexander Braun. Mark hörte schweigend zu. »Ich verstehe das nicht. Der alte Herr sagt, ich solle für drei Monate eine Kreuzfahrt buchen und das Schiff nur in Begleitung verlassen. Jetzt ist er wohl übergeschnappt.«

»Das glaube ich nicht«, antwortete Nelson. »Das ist der beste Rat, den du je von einem Anwalt bekommen hast.«

»Das ist der normale Anwaltsquatsch. Wirf das Ding einfach in den Papierkorb. Mit dem Gotthard habe ich schon gesprochen. Er ist ganz meiner Meinung.« Arnulf Mitterer sprach auf Bastian Milla ein. Sie standen im »Dallmayr« bei einem Glas Chablis zusammen. Nebenher stocherten sie in einem Crevetten Cocktail.

»Eigentlich will ich schon reagieren. Meine Position ist doch ausgezeichnet, oder bin ich angreifbar?«

Mitterer bestätigte Milla, dass er eine bombensichere Rechtsposition habe und überhaupt nicht angegriffen werden könne. Wenn er aber das Schreiben dieses Dr. Braun wirklich beantworten wolle, dann solle er es nicht selbst tun, sondern besser seine Anwälte damit beauftragen. Dafür würden sie schließlich bezahlt.

»Aber, wenn wir gerade beieinanderstehen«, sagte Mitterer, »der Machlik war bei mir. Er wollte wissen, wie es mit ihm weitergeht.«

»Mir hat er auch geschrieben. »Was machen wir denn mit dem?«

»Irgendeine Wurst müssen wir ihm schon zum Schnappen geben«, meinte Mitterer.

»Sind wir verpflichtet?« Milla trank mit spitzen Lippen und schaute Mitterer über den Glasrand hinweg fragend an.

»Einklagbar ist gar nichts«, sagte er und fühlte sich nicht wohl dabei.

Während Milla und Mitterer über Machlik diskutierten, landete nur dreißig Kilometer entfernt eine Maschine aus Südafrika auf dem FJS-Airport. Neun gutgelaunte, junge Leute passierten die Einreisekontrollen und wurden von Amara und Nelson erwartet. Noch innerhalb des Flughafens neigten sich alle über ein Blatt Papier, das ihnen Nelson mit ausladender Gestik erklärte. Auf dem Blatt waren drei Kreise und mehrere Notizen zu sehen.

»Wir trennen uns jetzt und halten Kontakt per Handy, natürlich PrePay.«

Nelson stellte eine Plastiktüte auf den Tisch und teilte die Apparate aus. Jedem gab er ein Blatt Papier mit den Nummern.

»Gibt es irgendwelche Probleme, das Zentrum bin ich«, bestimmte einer der Männer. Er war der einzige Weiße in dieser Runde. »Nelson hält sich ab jetzt aus der Sache raus.« Er streckte den Daumen seiner rechten Faust nach oben und schaute sich um. »Noch Fragen? Keine. Also los!«

2

Alexander Braun brauchte den Brief kein zweites Mal zu lesen. Er war kurz und bündig. Ein Anwalt zeigte an, Bastian Milla zu vertreten und mokierte sich darüber, wie man als Jurist überhaupt auf die abwegige Idee kommen könne, bei einer aus der Insolvenzmasse heraus gegründeten Gesellschaft auf Rechtsnachfolge des insolventen Betriebes schließen zu wollen. Braun hatte keine andere Reaktion erwartet. Er griff zum Telefon und informierte Nelson.

»Wo ist Mark?«, fragte er

»Ab morgen auf See. Von Genua nach Venezuela«, erwiderte Nelson. »Er wollte Amara mitnehmen, aber ich habe es verhindert. Breiter könnte man eine Spur gar nicht legen. Außerdem brauche ich sie bei mir.«

Der Anwalt stützte sich schwer auf seinen Schreibtisch, nickte schweigend und wählte die nächste Nummer. Es meldete sich eine ihm inzwischen vertraute Frauenstimme. Das Ermittlungsverfahren gegen Kleiner und Machlik wegen Untreue sei eingeleitet, teilte Marlene Rossmann mit. Sie habe die beiden aufgefordert, eine Stellungnahme abzugeben. Sie würde sich aber unabhängig von diesem Verfahren freuen, mit ihm einmal wieder ein Glas Wein trinken zu können.

Er fühle sich zurzeit nicht sehr wohl, antwortete Braun und spürte einen kleinen Schmerz in seiner Brust, aber er komme gerne auf dieses Angebot zurück.

Dann diktierte er an Millas Anwalt, dass er sein Schreiben zur Kenntnis genommen habe, seine Meinung aber nicht teile. Man könne sich gerne wieder an ihn wenden, wenn sein Mandant zu einer realistischeren Einschätzung der Sach- und Rechtslage gekommen sei. Unterschrift Dr. Alexander Braun. Nach Diktat verreist.

Anschließend verließ er sein Büro.

3

Der erfolgreiche Insolvenzverwalter Gotthard Bäcker hatte seine
Familie, bestehend neben ihm aus Ehefrau und zwei halbwüch-
sigen Söhnen, in Monaco auf Millas Yacht gebracht. Franco erledigte routiniert alle Arbeiten, so dass sich die Mitglieder der
Bäckerschen Familie entspannt auf den bereitstehenden, weich
gepolsterten Liegestühlen räkeln und in den blauen Himmel sehen konnten, ohne eine Aufgabe übernehmen zu müssen. Franco
segelte an der über tausend Kilometer langen Westküste Italiens
entlang, und Vater Bäcker freute sich, seine ganze Familie um sich
zu haben. In den letzten Jahren war dies nicht oft möglich gewesen. Schon gar nicht zwei Wochen am Stück. Die beiden Söhne
besaßen keine Fluchtmöglichkeit, als ihnen ihr Vater, der Geo-
grafie folgend, Geschichtsunterricht erteilte. Zwischen Piombino
und Elba segelnd referierte er über das napoleonische Zeitalter.
In Höhe von Giglio wies Papa Bäcker auf die so leichtsinnig ha-
varierte Costa Concordia hin und warnte seine Söhne vor allzu
viel Übermut im Leben. Von Ostia nach Capri war die römische
Geschichte inklusive der Christenverfolgungen Gegenstand der
väterlichen Erörterungen, und von Salerno bis Messina konnten
Frau und Kinder alles über Vulkane und Erdbeben erfahren, was
sie zurzeit wirklich nicht interessierte. Entsprechend der Intensität
dieser Vorträge baute sich die Spannung an Bord auf. Gotthard
Bäcker schwieg inzwischen öfters. Nicht etwa deshalb, weil er
über die Straße von Otranto, die sie jetzt Richtung Korfu querten,
nichts hätte erzählen können. Nein, die zwei Söhne im Alter von
vierzehn und siebzehn Jahren waren es einfach nicht gewöhnt,

ihren Vater ständig um sich zu haben und verfielen in eine Art pubertärer Aufsässigkeit, die Bäcker zu der Bemerkung veranlasste, seine Worte seien ohnehin nur Perlen vor die Säue. Der Familienchef hüllte sich darauf in Schweigen. Seine Frau umgab sich mit der Aura der Beleidigten, und die beiden Buben wussten nicht, wie sie sich die Zeit vertreiben sollten. Der ältere lehnte an der Reling und popelte kunstvoll in seiner Nase herum. Zwischen Daumen und Zeigefinger knödelte er den Rotz trocken und schnipste ihn dann über Bord. Der andere schaute interessiert zu. Dies also waren seine Söhne. Schüler eines humanistischen Gymnasiums. Bäcker drehte sich ab und schaute über die weite, am Horizont nach unten gekrümmte Wasserfläche. Das Meer lag ruhig in der Mittagshitze. Er beobachtete die kurzen, dünenartigen Wellen und das Spiel, welches die See mit ihnen trieb. Auf ihren weißen Kämmen kräuselten sich schaumige Linien. Sie brachen ab und schwollen plötzlich wieder auf. Wie losgelassene Gedanken. Vor vielen Jahren, als die Kinder noch klein waren, hörte Bäcker, als er am Kinderzimmer vorbeiging, den jüngeren fragen, was Papa eigentlich mache. Der ältere erklärte, er verteile Geld. „Hat er so viel?", fragte der jüngere zurück. „Nein, er verteilt doch nicht das eigene", belehrte ihn sein Bruder. Er erinnerte sich, wie er damals spontan auflachte. Zehn Jahre später standen die gleichen Kinder auf einer Segelyacht, interessierten sich keinen Deut für seine Arbeit und bohrten in ihren Nasen. Jetzt könnte er ihnen erklären, wie wichtig sein Beruf war. Dass er in der Welt des Geldes die gleiche Arbeit verrichtete, wie diejenigen in der Natur, die Krankes und Abgestorbenes beseitigen. Er war nicht dafür verantwortlich, wenn Vermögen oder Unternehmen morsch wurden. Er hatte das Angefaulte im Interesse des Ganzen nur zu verräumen. Jetzt, wo sie ihn verstehen könnten, hörten sie ihm nicht mehr zu. Wäre er Milla nicht so entgegengekommen und hätte er die Verfahren nicht so vereinfacht, dass sein Büro auch einige Wochen ohne ihn klarkommen kann, dann stünden die Yacht und Franco nicht zur Verfügung, und zwei Wochen Zeit hätte er schon gar nicht. Ein wenig mehr Anerkennung und Dankbarkeit konnte er von seiner Familie mit Fug und Recht erwarten. Bäckers Blicke folgten den weißen kleinen Schaumkronen, die auf den Wellen tanzten, sich auflösten und plötzlich wieder auftauchten.

Seine Frau spielte immer noch die Beleidigte, weil ihm das Zitat mit den Perlen und Säuen herausgeplatzt war. Seine Söhne bewunderten Franco, der außer Segeln und Kochen nichts konnte. Ihm aber, der ihnen dies alles ermöglichte, hörten sie nicht zu. Wie gerne hätte er seiner Familie Homers Geschichte vom Land der Phäaken auf diesem Meer erzählt. Nein, man spielte beleidigt. Seine Leistung würde erst wieder geschätzt, wenn er sich eine Weile zurückzog und nicht alles selbstverständlich war, was er tat.

Als Franco verkündete, sie würden am späten Nachmittag Korfu erreichen und dort könnten alle wieder einmal an Land gehen und den Schiffskoller loswerden, stand Bäckers Plan fest. Er würde heute Abend eine Magenverstimmung haben und auf der Yacht bleiben. Sie würden ihn schon vermissen, wenn ein Ausflug an Land zu organisieren war.

Im Fährhafen von Saranda an der Küste Albaniens schlenderten an diesem Nachmittag drei Afrikaner an den Ladengeschäften vorbei. Im Land der Skipetaren fielen diese Gestalten nicht auf. Sie mieteten ein robustes Schlauchboot mit Außenbordmotor für vierundzwanzig Stunden. Es stammte aus den aufgelösten alten Militärbeständen. Einhundert Dollar zahlten sie dem Fischer im Voraus. Albanische Fischer sind verschwiegene Männer. Der illegale Transfer von Albanien nach Korfu und zurück ist ein übliches und notwendiges Zusatzeinkommen der Seeleute von Saranda. Kontrollen gibt es keine und wenn, sind sie problemlos zu umgehen. Für weitere zweihundert Dollar statteten sie das Boot mit zwei Ansaug- und Spritzpumpen samt Schläuchen aus. Die Leistung betrug mindestens hunderttausend Liter pro Stunde.

Über Funk meldete Franco die Ankunft der Yacht im Hafen von Kouloura. Die Verbindung war durch Nebengeräusche überlagert, aber verständlich. Er wurde gebeten, etwas außerhalb zu ankern, da das Hafenbecken überfüllt war. Agnelli und sein Clan hielten sich zurzeit in Korfu auf. Es werde eine ruhige Nacht, und ein Dingi hätten sie sicher an Bord. Franco war es recht, sparte er sich doch die Zeit und auch das Geld für allerlei Formalitäten bei den Hafenbehörden. Ein Küstennest mag noch so klein sein, für eine Bürohütte mit einem Hafenmeister, der Gebühren erhebt und sich wichtigmacht, reicht es allemal. Franco wusste, dass die Agnelli-Familie in Kouloura ein Domizil besaß und Vorrechte in Anspruch nahm.

Bei dem kurzen Funkgespräch entging ihm, dass das Englisch seines Gesprächspartners nicht griechisch eingefärbt war. Er hatte keine Veranlassung, darauf zu achten. In Saranda warf ein sportlicher, junger Afrikaner das Funkgerät achtlos vom Molenkopf in die sich an den Felsen brechenden Wellen. Das Einhaken in die Hafenfrequenz von Kouloura war eine seiner leichtesten Übungen.

Franco hatte mit Hilfe der zwei Jungen alle Segel gerefft, den Anker geworfen und die Nachtbeleuchtung in Gang gesetzt. Die Yacht dümpelte ruhig auf der glatten See, und die Sonne hinter den Bergen Korfus tauchte als große purpurrote Scheibe unter den Horizont. *Apollo fährt seinen Sonnenwagen ins Meer*, dachte Bäcker. Er stand an der Reling, schaute dem verschwindenden Sonnenball nach und schwieg vor sich hin.

Kouloura ist ein besonders malerisches Fischerdorf mit vorzüglichen, kleinen Esslokalen. Milla hatte seinem neuen Freund einen Besuch mit guten Gründen besonders angeraten. Trotzdem wollte Bäcker heute ein Exempel statuieren und an Bord bleiben. Morgen würde er dann mit seiner Familie Kerkyra besichtigen. Vielleicht würde sie ihm dann wieder mit mehr Aufmerksamkeit begegnen.

Als er erklärte, er werde an Bord bleiben, waren Söhne und Ehefrau bei weitem nicht so enttäuscht, wie er es erhofft hatte. Allein Franco machte den Versuch, ihn umzustimmen und zum Landgang zu überreden. Bäcker ließ nicht mit sich handeln.

»In spätestens vier Stunden sind wir wieder zurück«, verabschiedete sich Franco und ließ das Beiboot zu Wasser. Von der Yacht aus verfolgte Bäcker das Dingi, mit dem Franco und seine Familie in Richtung Hafen verschwanden.

Er verharrte noch über eine halbe Stunde an Deck, hörte dem Plätschern der rhythmisch an die Planken schlagenden Wellen zu und betrachtete den klaren Sternenhimmel über der dunklen Wasserwüste. Er warf einen letzten Blick auf die Lichter von Kouloura und stieg dann in den Salon unter Deck. Dort schaltete er das Fernsehgerät ein und stöberte in den Büchern der Bibliothek, die Milla und seine Gäste im Laufe der Jahre angesammelt hatten.

Draußen im Dunkeln näherte sich das Schlauchboot der vor sich hin dümpelnden Yacht. Die drei Männer hatten ihr Ziel gefunden. Sie befestigten ihr Boot mit einem Haken am Heck, und zwei von ihnen zogen die beiden Schläuche über das Deck der Yacht zum Treppenabgang. Der dritte blieb im Boot sitzen. Auf ein Zeichen der anderen warf er die Pumpen an. Die Schläuche drehten sich kurz und schwollen auf. Als einer der Männer dem Wasser folgend die Treppe hinabkletterte, um alle Türen zu öffnen, kam ihm der entgeisterte Bäcker entgegen. Bevor dieser irgendetwas sagen konnte, streckte ihn der Schwarze mit einem gewaltigen Faustschlag in den Magen nieder. Gotthard Bäcker verlor augenblicklich die Besinnung.

Knapp drei Stunden später übergaben die drei Männer dem Fischer an der Anlegestelle in Saranda das Boot samt Ausrüstung. Sie steckten ihm noch einen Hundertdollarschein in die Brusttasche und legten ihre Zeigefinger auf die Lippen. Der Fischer in seiner zerlumpten Arbeitskleidung lächelte und verneigte sich. Dann schaffte er die Schläuche und Pumpen aus dem Boot. Während er noch arbeitete, waren die drei Männer in die Nacht verschwunden.

Franco verbrachte mit seinen Gästen einen reizenden Abend. Sie bummelten durch die engen Gassen des Dorfes und fanden in einem üppig eingewachsenen Innenhof einen Tisch. Der Wirt umschmeichelte sie trotz Eurokrise mit ungetrübter griechischer Gastfreundschaft. Die Vorspeisen, der fantastisch gewürzte Fisch und schließlich das Dessert fanden begeisterten Anklang. Glaubte Vater Bäcker, er werde vermisst, so irrte er gewaltig.

Gut gelaunt bestiegen sie nach dem Landgang ihr Dingi. Franco warf den Motor an und brauste mit aufheulendem Geknatter auf das Meer hinaus. Die beiden Söhne stellten sich auf den Bug, um einige Spritzer abzubekommen. Plötzlich drosselte Franco den Motor und stand auf, um weiter sehen zu können. So sehr er auch umher spähte, er fand die Lichter der Yacht nicht mehr. Die drei Bäckers merkten, dass etwas nicht stimmte, und es wurde still im Boot. Nachdem sie fast eine halbe Stunde in immer weiteren Kreisen um den Platz, von dem sie sicher waren, dort die Yacht zurückgelassen zu haben, gefahren waren, fragte Franco die anderen, ob sie es für möglich hielten, dass ihr Vater auf eigene Faust weiter gesegelt sei. Alle drei verneinten entschieden.

»Dann haben wir ein Problem«, sagte der Skipper. »Ich muss Milla anrufen.«

4

Bastian Milla verbrachte einen ruhigen Abend. Er saß auf dem Sofa, hatte die Beine auf dem Tisch ausgestreckt und verfolgte die Spätnachrichten im Fernsehen. Tonia und Antoinette waren in irgendein Konzert gegangen. Anschließend aßen sie mit Freunden zu Abend. Vor Mitternacht waren sie sicher nicht zurück. Zufrieden trank er einen Schluck Wein. Von seinem Platz aus konnte er auf die beiden angestrahlten Frauentürme sehen. Stasi und Blasi, wie sie von den Einheimischen liebevoll genannt werden. Die heimeligen grünen Zwiebelhauben waren zum Greifen nah. Stolz genoss er diesen Ausblick und war sich sicher, dass es eine schönere Stadt auf der ganzen Welt nicht gäbe. Kitzbühel und München waren seine Lebenszentren. Ein Ort schöner als der andere.

Vor etwa einer Stunde hatte der Graf angerufen, um ihm mitzuteilen, dass mit Charon und Attelmann alles planmäßig verlaufe. Nach dem Börsengang würde er, Bastian Milla, ganz oben mitspielen können. Nach Auskunft seiner Anwälte sei das Schreiben dieses Dr. Braun völliger Unfug, und es lohne nicht, sich damit zu beschäftigen. Er war auf dem richtigen Weg. Die Bewunderung, die sein Beinahe-Nachbar in Kitzbühel auf sich zog, würde er natürlich nie erreichen. Da musste man schon ein begnadeter Fußballer und auch sonst ein Glückskind sein. Aber zumindest Anerkennung und Respekt würde er bekommen, wenn dieses Geschäft mit Erfolg abgeschlossen sein würde. Und nach allem, was Arnulf Mitterer und Heinz Schwarzmann sagten, war daran nicht zu zweifeln. Bastian Milla sah der Zukunft mit großer Zuversicht entgegen.

Als das Telefon läutete, tastete er dem Geräusch nach und fand den Apparat unter der aufgeschlagenen Zeitung. Auf dem Display erkannte er die Firmennummer von Konrad Koch. Eigenartig, dachte er, der Koch hat um diese Zeit noch nie angerufen. Was macht denn der noch in der Firma?

»Hallo Koch«, kam er der Meldung des Anrufers zuvor, »was treiben Sie denn noch im Büro? Hängt Ihr Haussegen schief?« Milla schaltete den Lautsprecher ein und stellte das Gerät auf den Tisch.

»Nein, Chef. Es ist etwas passiert, was ich nicht verstehe. Vor einer Stunde sind drei unserer Schwerlaster verunglückt. Alle drei sind samt Ladung eine Böschung hinuntergeflogen. Die Polizei steht vor einem Rätsel.«

»Sind die im Konvoi gefahren?«, fragte Milla.

»Nein Chef, eben nicht. Der eine bei Würzburg, der andere bei Heidelberg und der dritte bei Fulda. Und alle an einer steilen Böschung, so dass sie sich öfters überschlagen haben.«

Milla schüttelte den Kopf.

»Ist alles versichert?«

»Ja schon, Chef. Aber das ist doch ein seltsamer Zufall, oder?« Koch wartete auf eine Antwort.

»Sind unsere Fahrer schuld? Sind sie verletzt?«, fragte Milla.

»Das ist ja das Komische«, teilte der Geschäftsführer beunruhigt mit, »laut Polizei gibt es keine Unfallgegner und keine Zeugen. Unsere Fahrer stehen noch unter Schock. Ernsthaft verletzt sind sie anscheinend nicht.«

»Manchmal gibt es so Zufälle, Koch. Melden Sie den Schaden der Versicherung.«

»Klar, Chef. Ich wollte Ihnen nur Bescheid geben. Entschuldigen Sie die späte Störung.«

»Ist schon gut«, beendete Milla das Gespräch und versuchte, sich auf den Mankell zu konzentrieren, der im Fernsehen anlief.

Wieder störte das Telefon. Es war der Gebäudeschutz des Wohnkomplexes, in dem sich seine Wohnung in Monaco befand.

Milla hörte ungläubig zu. Nachbarn hatten sich beschwert, dass aus seiner Wohnung belästigende Gerüche ausströmten. Sie baten um Erlaubnis, die Wohnung betreten zu dürfen. Sie stünden vor der Tür, und tatsächlich rieche es eigenartig. Milla erlaubte den Security-Leuten, in seine Wohnung einzudringen und wartete am Telefon. Nach einigen Sekunden berichtete ihm der Officer, dass über den Teppich im Wohnzimmer und über das Bett im Schlafzimmer vermutlich Petroleum ausgeschüttet worden sei. Mindestens jeweils ein Zwanzigliterkanister. Die ganze Wohnung sei stark verschmutzt, und der Gestank sei unerträglich. Sie fragten, was sie veranlassen sollten.

»Lassen Sie den Dreck wegräumen. Ist Ihnen denn nichts aufgefallen?«

»Nein, gar nichts«, erhielt er zur Antwort.

»Ich komme morgen runter«, kündigte Milla an, schaltete den Fernseher aus und ging im Zimmer umher. Wer könnte Interesse daran haben, seine Wohnung in Monaco zu zerstören? Vermutlich irgendwelche aufgehetzten Jungrevoluzzer, dachte er. Wieso bezahlt man einen Security-Service, wenn er im Ernstfall nicht da ist? Unter Rainier wäre das nicht passiert. Der hatte seine Leute noch im Griff.

Bastian Millas gute Laune war verflogen. Er hasste Komplikationen, besonders, wenn sie ihn persönlich betrafen. Als Tonia und Antoinette endlich von ihrem nächtlichen Ausflug zurückkehrten, atmete er erleichtert auf. Seine beiden Mädchen, wie er Frau und Tochter bezeichnete, brachten eine ausgelassene Stimmung mit, und er ließ sich gerne anstecken. Sie erzählten, wen sie beim Konzert alles getroffen hätten und dass anschließend beim »Käfer« der Abend erst richtig losgegangen sei.

Als noch nach Mitternacht das Telefon läutete, nahm Tonia neugierig das Gespräch an und reichte es nach einem kurzen, aufmerksamen Hören an ihren Mann weiter. »Franco ruft an. Ich dachte, der ist unterwegs.«

Millas Skipper hatte schon wiederholt versucht, seinen Chef

zu erreichen, war aber nicht durchgekommen. Er stand mit Frau Bäcker und den beiden Jungen in der spartanisch eingerichteten Polizeistation im Hafen von Kouloura. Über die zerkratzte und verschmutzte Holzbarriere hinweg erzählte er immer wieder die gleiche Geschichte, und immer wieder wurde er von dem schläfrigen Polizisten aufgefordert, sie nochmals zu erzählen. Seine Yacht war mit einem Mann an Bord spurlos verschwunden. Nein, nicht gestohlen. Der Mann konnte sie nicht bedienen. Franco schwor bei allen Heiligen viele Eide, dass er das Schiff sorgfältig verankert hatte. Es gelang ihm trotzdem nicht, den griechischen Polizisten zu irgendwelchen Aktivitäten zu verleiten. Vor Sonnenaufgang sei nichts zu machen. Wenn sie das verschwundene Schiff während der Nacht suchen wollten, so stehe ihnen dies frei. Vernünftiger sei es, in der Polizeistation auf den Morgen zu warten oder sich im Ort durch die Nacht zu vergnügen. Es werde sich schon alles aufklären, wenn erst die Sonne wieder aufgegangen sei.

Franco fragte sich schon, angesteckt vom Gleichmut des Uniformierten auf der anderen Seite der Barriere, ob es nicht voreilig sei, Milla anzurufen, als die Verbindung endlich zustande kam. Er schilderte, was passiert war und kündigte an, dass er sich vormittags auf jeden Fall nochmals melden werde, sobald er sich ein Bild gemacht habe.

Bastian Milla hörte mit zunehmender Fassungslosigkeit zu.

Bäcker und die Yacht waren verschwunden, und Franco saß mit dem Rest der Bäckerschen Familie bei der Hafenpolizei auf Korfu.

»Was ist denn los mit dir? Du bist ja ganz blass. Hat Franco eine Havarie?« Tonia sah besorgt zu ihrem Mann.

Nein, nein«, antwortete er leise. »Franco wird mich in der Frühe nochmals anrufen. Ich gehe jetzt schlafen.«

»Hast du Papa schon einmal so gesehen, Antoinette? Eigenartig. Ich muss ihn wieder einmal zum großen Check nach Harlaching anmelden.« Sie entnahm ihrer Handtasche ein kleines, silberfarbenes Notizbuch und trug einen Vermerk ein.

Am Morgen verabredete sich Milla zu einem kurzfristigen Gespräch mit Arnulf Mitterer.

»Ich komme zu dir ins Büro«, kündigte Milla seinen Besuch an. Sie zogen sich in einen kleinen Besprechungsraum zurück und berieten bei einem schwarzen Kaffee die Lage.

»Einen Zufall halte ich für ausgeschlossen«, meinte Mitterer, nachdem ihm Milla seinen gestrigen Abend geschildert hatte.

»Glaubst du, dass Machlik hinter allem steckt? Das werden wir gleich wissen!«

Er legte den goldenen Kugelschreiber weg, den er nervös zwischen den Fingern gedreht hatte, und wählte Machliks Nummer.

»Hallo Machlik, stecken Sie hinter all den Schweinereien heute Nacht?« Machlik, der zunächst angenehm überrascht war, als er Millas Nummer erkannte, verspürte einen Schlag in die Magengrube. Er schnappte nach Luft und schluckte. »Also, was ist?«, insistierte Milla in einem Ton, den er von ihm noch nie gehört hatte. »Was wollen Sie damit erreichen?«

Richie Machlik stammelte ins Telefon, dass er kein Wort verstehe.

Milla beendete das Gespräch. »Der ist es nicht, Arnulf«, sagte er.

Millas Telefon summte. Machlik war dran.

»Ist schon gut, Machlik. Ich habe jetzt keine Zeit. Darüber sprechen wir später. Natürlich bleibt es bei dem, was wir besprochen haben.«

Ärgerlich und ratlos schwiegen Mitterer und Milla vor sich hin und überlegten, was sie tun könnten. In der Tür erschien Mitterers Sekretärin. »Entschuldigen Sie bitte, dass ich störe, Herr Milla. Ihre Frau hat sich eben gemeldet. Sie sollen dringend diese Telefonnummer anrufen.«

Sie legte ihm ein Blatt aus einem Notizblock auf den Tisch. Die Nummer begann mit 0030, der Länderkennzahl von Griechenland. Es meldete sich irgendeine unverständliche Männerstimme, und Milla verlangte nach Franco.

»Herr Milla, es ist etwas Furchtbares passiert. Die Yacht ist gesunken und Dr. Bäcker ist tot!«, rief Franco laut durchs Telefon.

Arnulf Mitterer sah, wie sich sein Freund zusammenkrümmte. Er musste eine schlimme Nachricht erhalten haben.

»Sie liegt am Anker, vollgelaufen mit Wasser. Nur zwanzig Meter tief. Zweihundert Meter vor dem Hafen. Die Polizeitaucher haben Bäcker gefunden. Sie sagen, sie sehen keine Schäden am Schiff. Die Bergung hat schon begonnen. Das Schiff muss weg. Es liegt in der Durchfahrt.«

»Franco, du bleibst vor Ort. Ich komme.« Milla legte auf. Er funktionierte jetzt automatisch, wie ein Uhrwerk. Zunächst informierte er Mitterer, dann rief er seinen Versicherungsagenten an und teilte ihm den Schadensfall mit. Anschließend sagte er bei der Security in Monaco sein angekündigtes Kommen ab und charterte eine Maschine nach Korfu.

»Soll ich mitkommen?«, fragte Mitterer.

»Nein, du bleibst hier und hältst die Stellung.«

Bastian Millas Stimme klang stählern, und die Züge in seinem Gesicht verhärteten sich. Die so sympathische Hülle seines bayerischen Charmes war wie weggeblasen.

5

Im Arrival Bereich des Frankfurter Flughafens herrschte geschäftiges Treiben. Wie Ameisen liefen die Menschen hierhin und dorthin, und trotz des Durcheinanders schien alles irgendwie geordnet und sinnvoll. Dazwischen standen drei Menschen an einem runden Tisch wie auf einer Insel und sprachen miteinander, als wären sie ganz für sich. Der alte, kränklich aussehende Herr musste angestrengt zuhören, um den neben ihm stehenden Schwarzen zu verstehen. Auf der anderen Seite des Alten lehnte Amara, um notfalls als Dolmetscherin einspringen zu können.

Nelson informierte Alexander Braun über die bisherigen Aktionen.

Der Trupp in Monaco hatte die leichteste Aufgabe zu erledigen. Die drei Männer machten Millas Wohnung ausfindig und stellten fest, dass die Anlage durch Überwachungskameras gesichert war. Durch ein Spiel an der Überspannung setzten sie diese außer Betrieb. Ein Gerät in der Größe einer Taschenlampe reichte hierfür aus. Um die Wohnungstür zu öffnen, benötigte dieses Expertenteam lediglich eine kleine Multifunktionskarte. Dann schleppten sie in unauffälligen Reisekoffern zwei Kanister mit Petroleum in das Schlafzimmer und leerten sie über die Betten. Die leeren Behälter nahmen sie wieder mit. Zwar entdeckten die Securities früher als erwartet den Einbruch, weil die benachbarten Wohnungen belegt waren und das Petroleum fürchterlich stank. Auf die drei Afrikaner, die am Morgen den Flughafen Nizza in Richtung Kairo verließen, fiel kein Verdacht.

Aufwändiger war es, die drei Schwertransporter über die Böschung zu drängen. Es sollten bei diesen drei Anschlägen noch keine Personen zu Schaden kommen. Man befand sich noch im äußersten Kreis. Unproblematisch kopierte das Team aus dem Computer der Speditionsfirma von Milla die Fahrtrouten. Selbst wenn er geschützter gewesen wäre, hätten diese Leute den Zugang geknackt. Die Informationen über die gefährlichen Stellen der Fahrtroute holten sie aus dem Internet. Dann musste sich das Team trennen. Ziemlich gleichzeitig die Fahrer an den geeigneten Stellen zum Anhalten zu bringen, war noch keine große Herausforderung. Ein mittelstarker Laserstrahl genügte. Mehr Mühe machte es, den überraschten Fahrer mit einem Elektroschocker zu betäuben und am Straßenrand abzulegen. Die Stärke des Stromstoßes löschte im Kurzzeitgedächtnis die Erinnerung an diese kurzen Momente. Etwas kompliziert war es, die Spezialfahrzeuge führerlos über die Straße hinweg in einen Abhang stürzen zu lassen. Hier zahlte es sich aus, dass sie bei der Vorbereitung sorgfältig gewesen waren und Streckenabschnitte mit starkem Gefälle ausgesucht hatten. Eine Erklärung dafür, weswegen beim Absturz die Fahrer nicht im Führerhaus saßen, würden später möglicherweise die Gutachter finden. Das interessierte Nelsons Leute nicht. Sie hatten ihre Mietwagen bei Avis zurückgegeben und waren inzwischen schon wieder in Südafrika.

Die Crew aus Albanien meldete einen unvorhergesehenen Zwischenfall. Vom Atatürk Airport in Istanbul aus teilte sie mit, der Auftrag sei erfolgreich abgeschlossen. Die Yacht liege vor Korfu auf Grund. Allerdings sei ein Mann auf dem Schiff gewesen. Dass es zum jetzigen Zeitpunkt bereits einen Toten gab, war nicht eingeplant. Unter den vorgefundenen Umständen hatte es wohl keine Möglichkeit gegeben, dies zu vermeiden.

Nelson beendete seinen Bericht an Dr. Braun mit einem zufriedenen Lächeln. »Einen falschen hat es wahrscheinlich nicht getroffen«, sagte er nur.

Der alte Herr hüstelte nachdenklich vor sich hin.

Nelson und Amara hatten die Nacht an der Bar ihres Hotels in

Frankfurt verbracht und den Barkeeper immer wieder in Gespräche verwickelt. Die Rechnung bezahlten sie nicht in bar, sondern Nelson bestätigte die Übertragung auf die Zimmerkosten durch seine Unterschrift. Ihre Anwesenheit im Hotel war lückenlos dokumentiert, sollte ein Alibi erforderlich werden.

»Das schlägt ein wie eine Bombe. Der Insolvenzverwalter der Attelmann AG versinkt mit der Yacht von Milla im griechischen Meer. Bei der Abfassung meines nächsten Schreibens werde ich mich darauf beziehen«, kommentierte Alexander Braun, nachdem Nelson seinen Bericht beendet hatte.

»Ich denke nicht, dass Sie damit schon erfolgreich sein werden«, zeigte sich der erfahrene Untergrundkämpfer skeptisch.

»Ich bereite auf jeden Fall die nächste Runde vor.«

Der Anwalt warf aus seinen kleinen Augen unter den pinseligen Brauen einen neugierigen Blick zu dem Schwarzen.

»Das wird schwieriger«, erklärte Nelson kurz und trat etwas ungeduldig von einem Fuß auf den anderen. »Sie wissen, die Einschläge müssen näher kommen für ihn. Ich denke an seine Konten und das Haus der Familie in den Bergen. Vielleicht kann man auch seine Tochter erschrecken. Väter reagieren dann manchmal schnell. Eigentlich müsste er dann merken, dass es ernst wird.«

Brauns Gesicht verdüsterte sich zu einem schmutzigen Quittengelb. In welchen Kampf habe ich mich da eingelassen? Er schüttelte kurz seinen kahler werdenden Schädel und zündete eine Zigarette an. »Erzählen Sie mir von Ihren Plänen in Südafrika, Amara!«

Nelsons Schwester malte dem begierig lauschenden Mann das Bild von Plantagen in Mosambik, auf denen die dortigen Familien Arbeit finden. Von kilometerlangen Strauchreihen, auf denen die Nüsse reiften. Von Ölpressen, aus denen das Pflanzenöl in Tanks gefüllt und das zurückbleibende Pressgut auf Wagen geladen und wieder als Dünger verwendet wird. Von Dörfern, die entstehen, und von Schulen, die gebaut werden. Sie sprach davon, dass die benötigte Energie in den Dörfern aus dem selbst erzeugten Öl gewonnen, und der Bio-Diesel im Hafen von Durban schließlich verkauft wird.

»Alles hängt davon ab, ob Mark sein Geld wiedererhält. Ohne Mark können wir nicht starten. Die Lobby der anderen ist zu stark.«

»Wer sind die anderen?«, fragte Braun interessiert.

»Die Erdölindustrie«, antwortete Amara. »Sie steckt überall. In der Entwicklungshilfe, in der Weltbank und in den Regierungen. Wie weit ist denn Ihr Herr Töpfer gekommen oder Ihr Herr Köhler? Alle wissen es, aber niemand kann etwas tun. Wir müssen es selber machen. Und wir machen es selber.« Sie schaute trotzig zu Nelson, und der nickte kräftig mit seinem massigen Kopf.

»Wenn ich zwanzig Jahre jünger wäre«, seufzte der alte Herr und führte den Satz nicht weiter. Amara legte ihre Hand auf seinen ledrigen und mit dunklen Flecken übersäten Handrücken. Er war eiskalt.

Am nächsten Morgen drängte es den alten Anwalt in sein Büro. Auf dem Weg dorthin kaufte er auch Zeitungen, die er sonst nicht beachtete. Er brauchte nicht lange zu suchen. »Rätselhafter Yachtunfall vor Korfu.« Die Yacht des bekannten Finanzinvestors Bastian Milla sei bei Korfu aus nicht geklärten Gründen gesunken, wurde den Lesern mitgeteilt. Auf tragische Weise sei bei diesem Unfall der renommierte Insolvenzverwalter Gotthard Bäcker ums Leben gekommen. Milla selbst habe sich nicht auf der Yacht aufgehalten. Der Unfall sei geschehen, während Bäckers Familie und der spanische Skipper einen Landgang unternommen hatten. Zuletzt habe sich Bäcker bei der Rettung der Attelmann AG hervorgetan.

Ein Redakteur der Lokalzeitung fragte in einem zweispaltigen Kommentar zum Unfall in Griechenland: »Was machte der Insolvenzverwalter Bäcker auf der Yacht des Bastian Milla? Zeigte sich Milla, der aus der Insolvenzmasse der Attelmann AG die Filetstücke herausgekauft hat, dem Insolvenzverwalter gegenüber erkenntlich? Hat sich gar der angesehene Verwalter von Milla korrumpieren lassen? Milla, der in einschlägigen Kreisen den Ruf besitzt, mit Firmen an der Börse zu spekulieren, hatte in den zurückliegenden Wochen die vom Insolvenzverwalter erworbene Auffanggesellschaft in eine Aktiengesellschaft umgewandelt. Es ist wohl nicht anzunehmen, dass der Unfall mit diesen Vorgängen zusammenhängt. Aber man müsse sich schon die Frage stellen, ob es nicht anrüchig sei, wenn ein gut beschäftigter und nicht mittelloser Insolvenzverwalter auf der Yacht eines zwielichtigen Finanzinvestors mit seiner Familie den Urlaub verbringt.«

Braun erkannte an den gewundenen Formulierungen, wie sehr der Redakteur bemüht war, sich durch den Kommentar nicht angreifbar zu machen. Die Nase hat er am richtigen Loch, dachte der Anwalt. Er las den Namen des Kommentators: Felix Neumann.

Braun suchte nach dem Impressum und wählte die Nummer der Redaktion. Auf seine Nachfrage bekam er Neumann ans Telefon. Sein Kommentar habe ihm gefallen, fühlte Braun vor, ohne seinen Namen zu nennen. Ob er denn Näheres wüsste. Der Redakteur freute sich über die positive Resonanz seiner Arbeit. Ihm sei eben aufgestoßen, dass Bäcker auf der Yacht von Milla gewesen sei. Als der Anwalt fragte, warum er von den weiteren Unfällen, die Milla getroffen haben, nichts erwähnt habe, beteuerte dieser, von nichts zu wissen. Ob er denn an einen Zufall glaube, wollte der Zeitungsmann wissen. Seiner Meinung nach, sagte Braun, seien Alekto, Megaira und Tisiphone auf Millas Spuren.

»Bitte wer?«, fragte es aus der Leitung.

»Ich nehme nicht an, dass der Mann an seinen Versicherungen verdienen muss«, fütterte die Mumie nach, ohne auf die erstaunte Frage weitere Aufklärung zu geben.

Tags darauf kreiste Michael Kleiner ziellos in seinem Büro herum. Er wartete auf Machlik. Die Stellungnahme, die die Staatsanwaltschaft von ihm verlangte, musste formuliert werden. Er wollte damit nichts zu tun haben. Sie hatten sich auf neun Uhr verabredet. Der Unternehmensberater war über eine halbe Stunde überfällig. Als sich die Tür öffnete, begann er mit »na, endlich«, bis er bemerkte, dass nur die Weiß eintrat und ihm ein Bündel Zeitungen auf den leeren Schreibtisch legte.

»Interessante Lektüre wieder heute Morgen«, bemerkte sie eisig und ließ ihn allein. Als er fragen wollte, ob sich Machlik gemeldet habe, war sie schon wieder verschwunden.

Er nahm die obenliegende Zeitung vom Stapel und blätterte. Die Nachricht vom gestrigen Tag über den Unglücksfall von Bäcker berührte ihn nicht sonderlich. Weder seine Arbeit, noch seine Zukunft wurde dadurch tangiert. Daran, dass Milla dem Insolvenzverwalter seine Yacht zur Verfügung stellte, konnte Kleiner nichts Verwerfliches finden. Peinlich war nur, dass Bäcker sie auf Grund setzte. Die Ankunft von Machlik unterbrach seine Gedanken. Im Sturmschritt betrat er Kleiners Büro. Wieder in einen schwarzen, engen Anzug gezwängt, klatschte er eine aufgeschlagene Zeitung, die er mitgebracht hatte, neben den Stapel der Weiß.

»Was soll denn dieser Quatsch?!«, rief er. Dann fiel ihm ein, dass er den ahnungslosen Kleiner noch nicht begrüßt hatte. Er reichte ihm die Hand. »Morgen, Kleiner«, sagte er kurz. »Ich möchte nur wissen, wer hinter diesen Schweinereien steckt?« Sein ausgestreckter Zeigefinger richtete sich auf die aufgeschlagene Zeitung. Der große Mann stützte sich mit beiden Armen am Schreibtisch ab und beugte den Kopf mit dem sauber gescheitelten weißen Haar über das Blatt. „Versicherungsbetrug oder Zufall: Rätselhafte Unglücksserie bei Milla" stand als Überschrift zu lesen. Kleiner überflog den Artikel, drehte sich zu Machlik um, zog seine Manschetten zurück und bemerkte arglos: »Das ist aber auch ein seltsamer Zufall.«

Machlik blickte ihn fassungslos an: »Zufall, so ein Unsinn. Wie naiv darf man eigentlich sein? Das ist eine ausgewachsene Sauerei!« Er trat an den Schreibtisch, warf einen Blick auf die Gazettenseite, die er schon genau kannte. »Und dann auch noch dieser Scheißkommentar! *Milla von Erinnyen gejagt?*«

Es falle schwer, so hieß es in dem Kommentar, bei den drei Transportunfällen in Deutschland, der Wohnungsverwüstung in Monaco und der gesunkenen Yacht in Griechenland an Zufall zu glauben, zumal die Ereignisse genau zur gleichen Zeit stattgefunden hätten. Die Biografie des Betroffenen und seine Verhaltensweisen im Geschäftsleben hätten ihm sicher ernstzunehmende Feinde eingetragen. Die Anzahl derjenigen, die glaubten, von ihm geschädigt zu sein, sei Legion. Möglicherweise sei er auch an den Machenschaften um die Insolvenz bei Attelmann in höherem Maße beteiligt als bisher bekannt. Nutznießer sei er auf jeden Fall geworden. Im Strafverfahren um den freigesprochenen Mark Attelmann habe dessen Anwalt durchaus konkrete Hinweise gegeben, die möglicherweise nicht genügend Beachtung gefunden hätten. Sollte sich aus den Reihen der Geschädigten wirklich das Motiv für die Unfälle ergeben, so erinnere dies an die aus dem Tartaros hervor- steigenden Rachegöttinnen der griechischen Mythologie. Die weitere Entwicklung werde man mit Interesse verfolgen. Mark Attelmann befände sich auf einer Kreuzfahrt in Südamerika und sei für eine Nachfrage leider nicht erreichbar gewesen. Auch Bastian Milla halte sich im Ausland auf und hätte keine Stellungnahme abgeben können. Der Name des Kommentators war Felix Neumann. Der Redakteur hatte offenbar nach dem Telefonat mit Dr. Braun sorgfältig recherchiert.

Kleiner verstand die Aufregung von Richie Machlik nicht. Ihn bedrückte die Anfrage der Staatsanwaltschaft in eigener Sache.

»Was schreiben wir jetzt der Oberstaatsanwältin?«, fragte er.

»Lecken Sie mich am Arsch«, antwortete Machlik. »Ihre Sorgen möchte ich haben.«

Dr. Braun las die Zeitung mit spitzbübischem Lächeln. Er faltete sie so, dass der Kommentar obenauf lag. Dann tippte er mit zwei Fingern den Brief an Milla. Sein Büro wollte er nach wie vor aus der Sache heraushalten.

Sehr geehrter Herr Milla,
mit Bedauern haben wir der Presse entnommen, dass Sie von
unerklärlichen Unfällen betroffen worden sind.

Das Schreiben Ihrer Anwälte haben wir erhalten. Dazu müssen wir Ihnen mitteilen, dass wir mit deren Auffassung nicht einiggehen können. Wir bestehen deshalb nach wie vor auf der Begleichung der im letzten Schriftsatz konkret bezifferten Forderungen. Sollten Sie nach Überprüfung Ihrer Auffassung unter dem Lichte der Argumente und Ereignisse Veranlassung sehen, zu einem anderen und angemessenen Ergebnis zu kommen, lassen Sie uns dies bitte unverzüglich wissen.
Mit freundlichen Grüßen
Dr. Alexander Braun
Rechtsanwalt

Kleiner war bei der rüden Reaktion von Machlik zusammengezuckt.

»Ich verstehe nicht«, sagte er, »wir müssen doch das Schreiben beantworten. Ich habe mir nichts vorzuwerfen. Oder sind Sie anderer Ansicht? Die uns gesetzte Frist läuft heute ab.« Machlik hatte sich zwischenzeitlich wieder gefasst.

»Also machen wir die Sache. Rufen Sie Ihre Sekretärin.«

Die Weiß setzte sich an den Beistelltisch neben Kleiners Schreibtisch und nahm das Diktat von Machlik entgegen.

Er zählte ausführlich auf, weswegen die angefragten Verträge abgeschlossen wurden und schloss sein Diktat ab:

»Zusammenfassend dürfen wir festhalten, dass wir bei allen unseren Aktivitäten ausschließlich das Interesse der Firma Attelmann Maschinenbau AG im Auge hatten. Wären nicht die Darlehen von Mark Attelmann und der Betreibergesellschaft Charon zur Unzeit gekündigt worden und hätten nicht die Banken deshalb die Rückführung ihrer Kreditlinie gefordert, so hätte die Insolvenzanmeldung vermieden werden können. Weder der Vorstand, noch die Unternehmensberatung IMC hatten auf diese unvorhergesehenen

Ereignisse irgendeinen Einfluss. Insbesondere spielte keine Rolle, dass der Hauptaktionär die Abberufung des Vorstands verlangte.«

Die Weiß hatte während des Diktats öfters ungläubig auf Machlik und Kleiner hochgesehen. Nachdem Machlik geendet hatte, raffte sie ihre Unterlagen zusammen und verließ schweigend den Raum.

»Also, das wäre auch vom Tisch«, sagte Machlik. »Das war aber meine geringste Sorge.«

»Was wird denn nun aus mir?«, fragte Kleiner.

»Nerven behalten, mein Freund, das ist jetzt das Wichtigste.«

Millas Anwälte zeigten sich über das Schreiben von Dr. Braun empört. Nicht nur, dass es standeswidrig direkt an den Mandanten und nicht an sie adressiert war. Der Kollege Braun setzte sich mit ihren Argumenten überhaupt nicht auseinander, sondern wiederholte lediglich seine haltlosen Forderungen. Und irgendwie meinten sie zwischen den Zeilen etwas Bedrohliches abseits jeglicher Juristerei zu entdecken. Als machte sich dieser dubiose Kollege die Ereignisse der letzten Tage zunutze, um seinen Forderungen Nachdruck zu verleihen.

»Irgendjemand schnüffelt mir hinterher«, unterrichtete Milla seine Anwälte. Franco erzählte mir, dass ihn im Yachthafen von Monaco ein Mann nach seiner Fahrtroute gefragt habe. Er hat ihm meine Adresse in Monaco gegeben. Der Mann hat behauptet, mit mir gut bekannt zu sein.

Wer ist denn dieser Rechtsanwalt Alexander Braun?«, fragte Milla plötzlich. »Irgendwo müssen wir doch einen Hebel ansetzen können. Lasst den Mann doch bitte observieren. Dafür gibt es fähige Leute genug, seit die Stasi aufgelöst ist. Angriff war schon immer die beste Verteidigung, und Dreck hat jeder am Stecken.«

Die Anwälte nickten beflissen, denn Milla war ein guter Klient.

6

Mark Attelmann langweilte sich zu Tode. Alle hatten ihn gedrängt, die Kreuzfahrt anzutreten. Wenn wenigstens Amara mitgefahren wäre. Außer den Mitgliedern der Besatzung war er die jüngste Person an Bord. Was hatte er nicht alles unternommen, um der Langeweile dieser Kreuzfahrt zu entgehen. Vergeblich. Sein Schiff war jetzt dabei, in den Hafen von Fort-de-France einzulaufen, dem angekündigten ersten Zwischenstopp nach Venezuela auf Martinique. Mark hatte seine Utensilien in einen Koffer gepackt, und sein Entschluss stand fest: Nichts wie runter von diesem Luxuskreuzer. Der Steward zeigte sich sehr erstaunt, als ihm der Passagier mitteilte, für ihn sei die Reise hier zu Ende. Weil aber keine Reklamationen und Geldrückforderungen erhoben wurden, fand sich Mark in die Freiheit entlassen. Verständigungsprobleme gab es keine. Mark sprach fast akzentfrei Französisch. Noch auf dem Hafengelände fragte er einen Mann, der ihm aufgeweckt und sympathisch erschien, wo man auf dieser Insel logieren könne, wenn man einige schöne Tage erleben wolle. Er sei gerade von dem Luxusliner geflüchtet. Er drehte sich um und zeigte auf das riesige Schiff. Der Martinikaner lachte herzhaft. Seine Zähne blitzten im dunklen Gesicht mit den Augen um die Wette.

»Ich nehme dich mit, Europamann. Ich zeige dir genau das Richtige.« Er nahm Mark den Koffer aus der Hand, trug ihn zu einem absolut verkehrswidrig geparkten Golf und warf das Gepäckstück auf den Rücksitz.

»Europamann, steige ein. Wir fahren zur Anse Mitan.« Natürlich wusste Mark damit nichts anzufangen. Der Mann stellte sich als »Claude« vor. Er kurvte durch einige enge Straßen und hielt an, wo die Gasse sich zum Marktplatz hin öffnete. Beladen mit einem überquellenden Einkaufskorb stieg eine junge Frau zu. Sie zeigte sich von Marks Anwesenheit nicht überrascht, schob ihren Korb auf den Koffer von Mark und setzte sich daneben. »Das ist Giselle, meine Frau«, stellte sie Claude vor. »Sie war einkaufen, wie man sieht. Und das ist ein Europamann aus Deutschland.«

Mark blickte erstaunt auf, und Claude erklärte gestenreich, dass er vier Jahre an der Uni in Heidelberg gewesen sei. »Da kennt man die Europamänner auseinander.« Giselle war Kreolin, also Angehörige einer französischen Einwandererfamilie. Weiß und blond und etwas zart. Sie lehrte in der Schule von St. Luce, einem kleinen Nest im Süden der Insel.

Claude, der Spross einer Sklavenfamilie aus dem Senegal, hatte sechs Semester Philosophie in Deutschland studiert, bevor er zu der Erkenntnis kam, dass er weder Philosophie studieren, noch irgendwann lehren wollte, sondern dass er die Möglichkeit hatte, philosophisch zu leben. Er kehrte also auf seine Insel zurück, baute sich ein Haus bei Le Diamant und kaufte ein Fischerboot mit Ausleger. Jetzt verdiente er sich seinen Lebensunterhalt damit, morgens vor die Küste zu fahren, einige Poissons Rouges, Red Snappers, Seeigel und Langusten zu fangen, wenn er Glück hatte, ging ihm sogar ein Hummer in den Korb oder ein Thunfisch ins Netz. Diese Beute verkaufte er anschließend auf dem Markt. Sein Handelstisch war eine leere, aufgestellte Kabeltrommel, und spätestens um elf Uhr war sein täglicher Fang umgesetzt. Dabei musste er drei oder vier Gläschen Rum mit seinen Kunden und den anderen Fischern trinken, so dass er erst ab vier Uhr nachmittags wieder Zeit fand, einige Touristen auf das Boot zu nehmen und diese an der Küste entlang zu fahren. Dabei wies er sie auf La Pagerie hin, die zwar nicht zu sehen war, weil sie sich einige Kilometer im Landesinneren befand. In grober Richtung deutete er aber seinen wissensdurstigen Gästen die Lage des Anwesens an, in dem Josephine geboren wurde und in dem noch heute die

Liebesbriefe aufbewahrt sind, die Napoleon aus seinen Feldzügen an sie schrieb.

Claude lud Mark ein, ihn zu besuchen, wenn ihm der Trubel im Hotel Bakoua, wo er ihn absetzte, zu viel würde.

Mark genoss es, die Kreuzfahrt abgebrochen zu haben und bummelte durch die malerischen Hafengassen, wo sich Bars, Bootsverleiher, Verkaufsbuden und Strandcafés in bunter Reihenfolge zusammendrängten. Lokale Touristenführer boten ihm Segeltörns in der Karibik oder auch nur ihre Begleitung bei der Besteigung des Mont Pelée und der Besichtigung des verschütteten St. Pierre an. Eine Stadt, die gleich Pompeji im Jahre 79 vom Vesuv, jedoch erst im Jahre 1902 mit dreißigtausend Menschen bei der gewaltigen Explosion seines Gipfels vom Mont Pelée begraben worden war. Ein riesiger pyroklastischer Strom hatte das Wasser vor der Küste zum Kochen gebracht. Mehr als dreißigtausend Menschen kamen ums Leben. Als einer von drei Einwohnern überlebte der gefangene Matrose Auguste Cyparis, den die mächtigen Mauern des Gefängnisses schützten. Sogar der Knast habe in der Karibik etwas Gutes, erklärte der Touristenführer nach einigen Gläschen Rum. Mark konnte nur säuerlich lächeln, als er an seinen eigenen Aufenthalt im Gefängnis zurückdachte. Stundenlang schlenderte er am Strand entlang und setzte sich vor Cafés, um dem farbenfrohen Treiben und scheinbar ziellos flanierenden, attraktiven jungen Frauen verschiedener Hautfarben und Rassen zuzusehen. Er sonnte sich in einer eigenartigen Hochstimmung, und ihn bedrückte nichts. Von Carmen, mit der er regelmäßig telefonierte, hatte er erfahren, dass Bäcker samt der Yacht von Milla abgesoffen war. Milla befände sich auch wegen anderer Dinge in den Schlagzeilen. Mark rief anschließend sofort seinen Anwalt an. Braun war seltsam kurz angebunden und wies ihn schroff an, nur ja aus Europa wegzubleiben und immer genügend Leute um sich zu haben. »Führen Sie ein Reisetagebuch, zumindest für die nächste Zeit«, trug er ihm auf. Dass Mark das Kreuzschiff verlassen hatte, passte ihm gar nicht. Er bestätigte aber, was Carmen berichtet hatte. Mark durchströmte ein warmes Gefühl angenehmer Genugtuung. Von einem schattigen Café aus sah er auf die sonnenglitzernde karibische See und sinnierte vor sich hin:

Ein guter Anfang! Aber was ist mit Machlik, mit Kleiner, mit Schwarzmann und diesem gottverdammten Gerichtspräsidenten? Seine Gedanken schweiften weiter zu Nelson und Amara, die sich bei seinem Abschied nach Genua etwas seltsam verhalten hatten. Sie schienen froh und erleichtert, dass er sich zu dieser Kreuzfahrt hatte überreden lassen. Ob sie noch in Deutschland waren? Sie hatten seit seiner Abreise nichts mehr von sich hören lassen. Wehmütig klebten seine Gedanken an Erinnerungen fest. Richtig gute Freunde sind sie mir geworden. Schade, dass ich sie enttäuschen musste. Die Sache mit Amara ist damit wohl erledigt. Es wäre eine schöne Zeit geworden in Afrika, flimmerten seine Gedanken.

Am Nebentisch unterhielten sich zwei Männer darüber, wie sie mit ihrem Schiff nach Trinidad segeln wollten und vorbei am Orinoco Delta nach Georgetown. Von dort würden sie an der Nordostküste entlang weiterfahren bis zur Amazonasmündung und dann den halben Atlantik auf der Äquatorlinie überqueren, um schließlich in Monrovia an der Pfefferküste anzulanden. Mark fragte sie spaßeshalber, ob sie noch für einen weiteren Passagier Verwendung hätten. Sie kamen sofort an seinen Tisch, und es wurde ein vergnüglicher Nachmittag, insbesondere, weil die beiden Weltumsegler an allen Ansen der Küste bekannt waren, und die Gesellschaft immer zahlreicher wurde. Einheimische Händler, Bootsverleiher und Tauchlehrer, Menschen aus Amerika und Europa, die der Wind des Lebens hierher geweht hatte und die zurzeit auf der Insel sesshaft waren, versammelten sich um die Tische. Es war ein Geplauder, ein Geproste, ein Verstehen. Wie hatte doch Claude seine Zeit an der Uni in Heidelberg beschrieben: In Europa gibt es sehr gute Philosophielehrer, viele Verfasser ausgezeichneter philosophischer Bücher und viele Studenten, die sich mit Philosophie beschäftigen. Leider gibt es keine Philosophen.

Auf Martinique traf Mark einige. Ob diese jemals eine Universität von innen gesehen hatten?

Nach einigen Tagen konnte man Mark beobachten, wie er neben dem Fischerboot von Claude saß, sich mit den Fangkörben beschäftigte und zu tüfteln begann, wie diese zweckmäßiger gebaut werden könnten. Claude versuchte, ihn mit einem Glas Rum abzulenken.

»Europamann«, sagte er zu Mark, »gib einfach Ruhe und schau in den Himmel. Unsere Langusten haben sich an diese Dinger gewöhnt.«

7

Tonia Milla sorgte sich um ihren Mann. Es war genau das eingetreten, was niemals wieder hätte geschehen sollen. Der Name Milla tauchte wieder in den Nachrichten auf und zwar im Zusammenhang mit negativen Meldungen. Bastian verschloss sich vor ihr, wie vor einigen Jahren, als ihm Betrug mit Aktien vorgeworfen wurde und sprach fast nur noch mit seinem Freund Arnulf Mitterer. Nachdem sich diese Verfahren damals nach und nach im Nichts aufgelöst hatten, war er lockerer geworden, und in letzter Zeit sprühte er schon wieder vor Charme und Elan wie in der Zeit, als sie ihn kennen und lieben lernte. Zu Antoinette fand er nach dem Prozessstress ein liebevolles Verhältnis, und sie ertappte sich gelegentlich dabei, wie sie fast eifersüchtig wurde, wenn Bastian seine Tochter bei ihren Besuchen in Kitzbühel spontan ins Auto lud und nach Salzburg fuhr. Sie kamen dann meist mit irgendwelchen teuren Klamotten zurück, und er freute sich kindisch, dass sich seine Tochter von ihm verwöhnen ließ.

Bastian Milla war ein stolzer und fürsorglicher Vater geworden. Ganz anders als Fabian, sein Bruder. Obwohl dieser nur wenige Jahre jünger war, dachte er nicht im Traum daran, eine eigene Familie zu gründen. Für ihn fühlte sich Bastian mitverantwortlich, was Tonia nie ganz verstand. Die Brüder liebten sich, und der lebenslustige und leichtsinnige Fabian lebte vielleicht so unbeschwert, wie es Bastian manchmal für sich erträumte, aber als der ältere Bruder nie gekonnt hatte. Ihr Vater teilte Bastian immer Arbeit und Verantwortung zu, während der kleine Bruder keine Zügel angelegt bekam. Mit dieser Arbeitsteilung wurden sie erwachsen, und so blieb es bis zum heutigen Tag. Fabian verbrachte seine Zeit auf Skipisten, Tennisplätzen, im frequentierten Rennzirkus und den angesagten Nobeldiskotheken, während Bastian sich innerhalb der zurzeit erfolgreichen Wirtschaftskreise wohlfühlte und das Vermögen der Familie mehrte. Dass sein Name jetzt wieder negativ in den Schlagzeilen auftauchte, verletzte Tonia persönlich. Typische Neidgesellschaft, dachte sie. Weil er tüchtiger ist als andere, fallen sie über uns her. Aber sie tröstete sich: Wie sagt man so schön: Neid muss man sich erarbeiten, Mitleid bekommt man geschenkt. Auf Mitleid konnte Tonia Milla verzichten. Wenn sie zum Einkaufen ging oder einen Termin beim Friseur wollte, wurde sie immer bevorzugt behandelt. Dass die Bevorzugung des einen die Benachteiligung eines anderen bedeutete, darüber machte sich eine Frau Milla keine Gedanken. In ihr wuchs in den letzten Tagen jedoch das Gespür einer nicht fassbaren Bedrohung. Bastian hatte sich offenbar wieder einige Feinde gemacht. Diesen Insolvenzverwalter Bäcker kannte sie nicht. Aber sein Tod warf einen langen Schatten. Sollte es wirklich einen Anschlag auf die Yacht gegeben haben, dann hätte dieser doch auch Bastian gelten können. Und uns als seiner Familie.

Bastian Milla saß gebeugt über dem Bericht, den er von seinem Detektiv erhalten hatte. Die Lesebrille baumelte an einer Goldkette vor seiner Brust. Der Detektiv hatte den Rechtsanwalt Braun observiert und die Geschichte der Kanzlei und ihre wichtigsten Mandanten aufgelistet. Besonders hob er die Rolle hervor, die Dr. Braun im Strafprozess gegen Mark Attelmann gespielt hatte. Was Milla nachdenklich machte, war die Schlussbemerkung in dem Bericht.

Die Ehefrau von Rechtsanwalt Dr. Braun verstarb im Jahre 1978 an Lungenkrebs. Der Observierte ist keine neue Ehe eingegangen. Er selbst befindet sich in ärztlicher Behandlung, und seine Diagnose lautet ebenfalls auf Lungenkrebs. Entgegen dem Ratschlag seiner Ärzte schränkt er seinen ex-

zessiven Nikotinkonsum nicht ein. Er raucht täglich mindestens zwei Packungen Zigaretten. Im Beobachtungszeitraum pflegte der Observierte keine Privatkontakte. Die Beziehungen zu seinen Kindern scheinen abgebrochen.

Milla stützte seinen Kopf in die hohle Hand und überlegte.

Der Mann ist todkrank, völlig allein und schreibt mir diese Briefe. Entweder ist er verrückt oder eine lebende Bombe. Aber Anwälte reden und Anwälte schreiben, sie versenken keine Yacht, drängen keine Autos von der Straße und verwüsten keine fremden Wohnungen. Ein Fünfundsiebzigjähriger, der nur noch ein paar Monate zu leben hat, schon gar nicht.

Und Bastian Milla tat, was das Erfolgsrezept seines Lebens war: Er griff zum Telefon und marschierte los. Unter den Papieren auf seinem Schreibtisch fand er den Briefkopf der Kanzlei Dr. Braun. Er tippte die Nummer in sein Telefon.

»Herrn Rechtsanwalt Dr. Braun bitte. Mein Name ist Milla, Bastian Milla.«

Als Linda Kramer das Gespräch durchstellte und als Anrufenden Bastian Milla ankündigte, konnte Braun das Gefühl eines gewissen Respekts nicht unterdrücken. Er stellt sich und versteckt sich nicht hinter seinen Anwälten.

»Hier Braun«, meldete er sich. »Es freut mich, dass Sie anrufen, Herr Milla. Sie haben Ihren Standpunkt überdacht?«

»Nein, Herr Dr. Braun, ich….«

»Das tut mir aber leid«, unterbrach ihn der Anwalt. »Ich glaube nicht, dass wir dann viel zu besprechen haben.«

Der alte Herr unterbrach mit einem Knopfdruck das Gespräch. Nach einigen Sekunden läutete es wieder:

»Herr Dr. Braun, Sie sollten mir zuhören.« Millas Stimme aus dem Lautsprecher klang hart und drohend. »Attelmann hat kein Recht, diese Forderungen zu erheben. Ich habe die Firma lastenfrei aus der Insolvenzmasse gekauft.«

Die Mumie unterbrach die Stimme aus dem Telefon:

»Bevor Sie mir eine Vorlesung halten, um die ich Sie nicht gebeten habe, möchte ich Ihnen nur ein einziges sagen, Herr Milla. Mit Ihnen und mit Ihresgleichen unterhalte ich mich nicht über Recht. Und Sie sollten das Wort nicht in den Mund nehmen. Von Ihnen erwarte ich ausschließlich die Ausgleichszahlung für ein gestohlenes Unternehmen.«

Milla stutzte. So hatte noch keiner mit ihm gesprochen. Instinktiv tat er, was er gut konnte. Er griff an.

»Da werden Sie lange warten. Viel Zeit haben Sie ja wohl nicht mehr«, höhnte er in das Telefon.

»Zu eins: Das glaube ich nicht und zu zwei: Für Sie reicht meine Zeit noch. Wenn Sie es sich anders überlegt haben, lassen Sie es mich rechtzeitig wissen.«

Die Stimme des Alten klirrte eiskalt. Milla hielt den Hörer noch in der Hand, als die Leitung längst unterbrochen war und schaute weit in die Ferne.

»Der ist es«, sagte er vor sich hin.

Braun wählte die Nummer eines Frankfurter Hotels und unterrichtete Nelson über das Telefonat mit Milla.

»Also Kreis zwei«, sagte Nelson kurz. »Ich werde ein Auge auf Sie werfen müssen, Herr Dr. Braun.«

Als das Gespräch beendet war, stemmte sich der alte Mann an seinem Schreibtisch hoch und ging mühsam und kurzatmig in das Büro von Adorno.

»Für alle Fälle«, hüstelte er vor sich hin.

Nach einer halben Stunde intensiven Zuhörens schüttelte Adam ungläubig den Kopf. »Aus Ihnen soll einer schlau werden. Trinken wir einen Wodka drauf.« Adam schenkte zwei Gläser voll und die Anwälte tranken sich zu.

»Ich werde tun, was Sie angeordnet haben, wenn der Fall eintritt«, versprach Adorno. Braun nahm seinen jungen Kollegen in den Arm: »Du kannst Alex zu mir sagen. Viel Zeit, um dich daran zu gewöhnen, hast du nicht mehr.«

8

Im Konferenzraum der neuen Attelmann Charon AG empfing Hubertus Graf von Rabenstein seine Gäste. Richie Machlik, Arnulf Mitterer, Bastian Milla und Heinz Schwarzmann waren zu einer Lagebesprechung verabredet. Die Nachrichten über den neugebildeten Konzern waren durchweg positiv. Der Graf lancierte das Gerücht über ein Milliardengeschäft in Sibirien. Im Rahmen der Energiegewinnung werde ein Kooperationsvertrag erarbeitet, wobei die Attelmann-Charon AG den Anlagenbau übernehme. Nach Überzeugung von Dr. Schwarzmann konnte es keinen günstigeren Zeitpunkt geben, zumindest einen großen Teil der hundert Millionen Aktien von Milla in den Markt zu bringen.

»Ich denke, ein Stückpreis von dreißig Euro plus lässt sich gut vertreten und wird von den Anlegern angenommen«, führte der Banker aus. »Die jetzt günstigen Nachrichten können Sie nicht mehr toppen. Nach einigen Monaten wird man Zahlen sehen wollen.«

Arnulf Mitterer bat darum, nicht mehr als knapp unter fünfzig Millionen Stück in Streubesitz zu geben. »Dann bleibt uns die Option, das gesamte Unternehmen zusätzlich zum Paketpreis zu verkaufen. Wir finden sicher interessierte Investitionsfonds. Es hängt grenzenlos Kapital in der Warteschleife.«

Bastian Milla saß neben dem Grafen und rückte noch näher an ihn heran: »Wie lange halten wir durch?« Der Graf lehnte sich zurück. Mit glänzend speckiger Zufriedenheit antwortete er:

»Von mir sind keine negativen Headlines zu erwarten.«

Schwarzmann nahm die Vorlage an: »Ja, da ist noch etwas. Weitere Querschläge aus der Yellowpress sind sicher nicht förderlich. Wir sollten uns auf Erfolgsnachrichten in den seriösen Blättern beschränken. Oder ist da noch etwas zu erwarten?«

Er schaute direkt zu Bastian Milla, und die Blicke der anderen folgten dem seinen.

»Wenn noch irgendetwas im Keller ist, dann sollte es jetzt auf den Tisch. Es ist besser, wir können uns darauf einstellen.«

Milla sah alle Augen auf sich gerichtet.

»Es gibt ein Problem mit diesem Rechtsanwalt Braun. Sie erinnern sich, dem Verteidiger von Mark Attelmann. Er verlangt von mir die Rückzahlung der Darlehen, die die Familie Attelmann gegeben hat, und eine Ablösung der Aktien, die durch die Insolvenz wertlos geworden sind. Ich habe den Eindruck, er hat sich in diese Sache verbissen.« Schwarzmann schüttelte den Kopf: »Damit kommt er nirgends durch. Vor keinem Gericht dieser Welt.«

»Das weiß der auch. Der geht vor kein Gericht. Das ist das Problem«, sagte Milla.

Der Banker neigte sich über den Tisch: »Ich verstehe nicht. Wo ist das Problem?«

»Ich denke«, antwortete Milla leise, »Braun führt einen Kreuzzug. Er steckt hinter den Schweinereien, die passiert sind.«

Mitterer schaute ungläubig zu seinem Freund Bastian, und Machlik grinste geradezu unverschämt. Der Graf popelte nervös an seiner Nase, und Schwarzmann, der alle anderen fragend angesehen hatte, sagte schließlich: »Aber Herr Milla, dieser Braun ist ein alter Mann und ohne jedes eigene Interesse. Ich habe seine Vermögensverhältnisse überprüfen lassen. Er ist kein Erpresser. Von dem ist doch nichts zu befürchten. Mir scheint, Ihnen ist die Sache mit Bäcker näher gegangen, als Sie zeigen. Vielleicht sollten Sie einige Tage ausspannen.«

Der Graf wuchtete sich wie auf ein Stichwort aus seinem Sessel und ging zum Schreibtisch. Mit seiner fleischigen, weißen Hand umschloss er eine kürbisförmige Flasche und stellte sie auf den Tisch. Dann holte er fünf Cognacschwenker, und während er das

Wachssiegel an der Flasche aufbrach, erklärte er den vier Herren, dass es durchaus Vorteile habe, mit einer französischen Firma liiert zu sein. Bei Durchsicht des Büros von Michel Charon habe er einige Flaschen besten Bas Armagnac »Vieille Réserve« gefunden und konfisziert: »Da lassen Sie jeden Cognac stehen, meine Herren.« In den dunklen Nachklang der Gläser hinein erzählte der Graf, dass die Leute in der Gascogne früher den Weinbrand auch für Umschläge gegen alle möglichen Krankheiten benutzten. Ein König von Navarra, Karl der Böse, sei bei dieser Kur im Jahre 1387 vom Fieber geheilt worden, aber an seinen Verbrennungen gestorben, weil die mit Branntwein getränkte Bettdecke Feuer fing. Seitdem beschränke man sich auf die innere Anwendung.

Die sich auflockernde Stimmung erreichte Milla nicht.

»Am besten, Sie geben unserem Bankhaus einen umfassenden Auftrag«, sagte Schwarzmann zu Milla, »und setzen sich auf Ihren Hügel in Kitzbühel oder noch besser, Sie fahren in die Gascogne«, lächelte er zum Grafen. »Da können Sie zuschauen, wie Ihr Konto wächst.«

Jetzt hielt Machlik seinen Zeitpunkt für gekommen:

»Wir müssen ohnehin noch eine Auszahlungsvereinbarung treffen. Mir sind zehn Prozent zugesagt. Das steht doch noch?« Er sah nach Bestätigung heischend zu Mitterer. Dessen Gesichtsausdruck war an Leere nicht einmal von einem in der Sonne dösenden Pavian zu übertreffen.

Dann wandte er sich an Milla. Auch von dort erhielt er keine Reaktion auf seine Frage. Vielmehr bestimmte Bastian Milla, um wieder zu zeigen, bei wem das Kommando liegt, mit fester Stimme: »Also machen wir vorwärts, Schwarzmann. Fünfzig Millionen Aktien stehen zum Verkauf. Liegen sowieso alle in Ihrem Depot. Arnulf, du suchst einen Investor für die Firma. Graf, Sie halten das Boot oben und trommeln die Begleitmusik.«

Und zu Machlik gewandt, sagte er betont beiläufig: »Verteilt wird dann, wenn die Jagd vorbei und die Strecke gezählt ist. Gibt es noch Fragen? Dies ist nicht der Fall. Also alles klar.«

Milla stand auf und wandte sich zum Gehen.

»Die Verträge schicke ich Ihnen zur Unterschrift zu«, rief ihm Schwarzmann hinterher. Nachdem Milla so unvermittelt den Raum verlassen hatte, schenkte der Graf noch einmal aus der bauchigen Flasche nach. »Ich mache mir Sorgen«, sagte er«, wir haben schon viel zusammen durchgestanden, aber selbst in der größten Scheiße war er noch nie so dünnhäutig. Es sieht fast so aus, als würde er diesen Anwaltsshit ernst nehmen. Eigentlich«, er wandte sich Machlik zu, »ist das doch Ihr Metier. Die Attelmanns sind doch so was von tot. Von da kommt doch kein Schuss mehr.«

Schwarzmann hatte nicht mehr zugehört. Er unterhielt sich mit Mitterer. »Dreißig Euro für die Aktie«, sagte Mitterer, »halte ich für die unterste Grenze. Ich biete die Gesellschaft mit drei Milliarden an. Es gibt Fonds, die zahlen das aus der Westentasche und zwar, wohin du willst.«

»Ja, eine Oma muss dafür lange stricken«, brummelte Schwarzmann dümmlich vor sich hin. Er war Armagnac nicht gewöhnt und zu dieser Tageszeit schon gar nicht.

9

»Was ist los mit dir, Bastian? Ich mache mir Sorgen, und Antoinette hat auch schon gefragt.« Tonia stand in ihrem Wohnzimmer mit dem grandiosen Ausblick über die Dächer der nächtlichen Stadt. Sie war aus Österreich nach München gekommen, um mit ihrem Mann zu reden. Den Boxer hatte sie aus Kitzbühel mitgebracht. Er lag zusammengerollt vor dem Sofa.

»Mit mir kannst du alles besprechen. Ich spüre doch, dass etwas nicht stimmt und halte immer zu dir, das weißt du.«

Bastian war nicht nach Reden zumute. Noch nie in seinem Leben hatte er ein solches Geschäft am Haken. Und noch nie fühlte er eine solche Gegenkraft, die er nicht orten konnte. Rechtlich war ihm kein Vorwurf zu machen. Das wurde ihm von allen Seiten bestätigt. Das Geschäft war so gut wie perfekt, und trotzdem fühlte Milla sich unwohl. Nicht weil er meinte, falsch gehandelt zu haben. Nein, er spürte eine Bedrohung auf seiner Haut. Und er konnte nicht zurückschlagen. Wohin sollte er schlagen, gegen wen sollte er kämpfen? Sein Feind hatte kein Gesicht. Er suchte: Attelmann war es nicht. Dessen war er sich sicher. Der Anwalt selbst konnte es auch nicht sein. Er war höchstens ein Werkzeug, oder er nutzte die in seinen Schoß gefallene Chance. Die Aktionäre aus seinen früheren Geschäften? Nein, sie prozessierten und verloren und schimpften. Mehr kam aus dieser Ecke nicht. Er hatte es mit Kriminellen zu tun. Immerhin war Bäcker tot. Und keine Spuren.

»Hörst du mir überhaupt zu, Bastian? Ich habe ein Recht zu wissen, was vor sich geht. Ich habe Angst um dich. Und auch um die Familie.« Tonia riss ihn aus seinen Gedanken.

»Muss ich Angst haben, Bastian, bitte sage mir die Wahrheit.«

Sie erwartete eine beruhigende Antwort. Ihre Augen waren ängstlich auf ihren Mann gerichtet.

Bastian ging auf seine Frau zu, nahm sie in den Arm und drückte sie fest an sich. Er strich ihr mit seiner Hand übers Haar, nahm ihr Kinn und drückte es nach oben. Dann gab er ihr einen zärtlichen Kuss.

»Solange ich stehe, kann euch nichts passieren«, flüsterte er.

Sie schob ihn zurück. »Das ist es ja. Was ist, wenn du nicht mehr stehst? Das sind doch keine Zufälle. Du musst einen gefährlichen Feind haben. Einen, der über Leichen geht.«

Während Tonia und Bastian Milla in ihrer Münchener Wohnung miteinander sprachen, liefen im Schutz der Nacht zwei Männer auf das Anwesen Millas in Kitzbühel zu. Ein dritter Mann wartete im Auto auf der Straße, von der der Schotterweg den Berg hinauf abzweigte. Sie trugen eine kleine Last in der Hand. Am Himmel hing die blasse Sichel des zunehmenden Mondes. Das Gehöft lag in völliger Dunkelheit. Entlang einer Hausmauer waren etwa vier Meter lang und zwei Meter hoch Holzscheite als Brennholz für den Kamin aufgeschichtet. Der eine Mann reichte dem anderen seine Last. Es hatte die Größe eines Scheites. Der andere Mann öffnete eine Flasche, beträufelte einen Stoff und wickelte den Barren ein. Währenddessen hatte der erste ein Scheit aus dem Holzstoß entfernt und das mit dem Tuch umwickelte Stück an dessen Stelle geschoben. Das herausgenommene Scheit legte der Mann sorgfältig wieder auf den Holzstoß zurück. Die Männer gingen ruhig den Weg zurück und stiegen in das wartende Fahrzeug ein. Vor Sonnenaufgang würden sie von Schwechat aus Österreich verlassen haben.

An Millas Gebäude schien nichts verändert. Nur befand sich inmitten der Scheite ein mit einem Handtuch umwickeltes Kilogramm Sempex. Der Schwefelkohlenstofflösung auf dem Handtuch war Phosphor beigemischt. Die Sonne würde am nächsten

Morgen den Phosphor in Brand setzen und den Sprengstoff zur Explosion bringen. Sollte jemand nach einem Zünder suchen, so wäre diese Suche ergebnislos.

Antoinette Milla lag auf dem Bett in ihrem Appartement in Genf. Es war kurz nach Mitternacht, und sie las noch ein wenig. Am nächsten Morgen musste sie frühzeitig aufstehen. Lehrer und Mitschülerinnen machten einen Ausflug nach Mailand, und sie wollten gegen neun Uhr dort sein.

Die dunkelhäutige Frau, die durch das Schlüsselloch eine feine Kanülen Nadel einführte und einen dünnen Strahl phosphorhaltigen Schwefelkohlenstoffs in die Garderobe spritzte, war nicht zu hören. Sie traf Antoinettes Leinenjacke, die am Bügel aufgehängt war, und die Post mit den Zeitungen. Den leichten Schwefelgeruch bemerkte Antoinette in ihrem Schlafzimmer nicht. Die Türe zur Garderobe war geschlossen. Am Abend hatte sie noch mit ihrem Vater telefoniert, wie sie es fast jeden Tag tat, wenn sie die Möglichkeit dazu fand. Seit dem Unfall mit der Yacht war er bedrückt, und sie hatte den Eindruck, er verheimliche ihr etwas. Sie kannte ihren Vater gut, und deshalb spürte sie die Veränderung, die in ihm vorging.

Sie liebte ihn über alles und ließ sich von den Zeitungsartikeln, die sich manchmal mit seinen Geschäften befassten, nicht beeinflussen.

Sie war stolz auf ihn, und wenn sie an seinem Arm durch Salzburg schlenderte und wenn er mit ihr einkaufte und bezahlte, entgingen ihr die Blicke der anderen Frauen nicht. Vater hatte diese kleinen Ausflüge gern und sie auch. Sie sprachen darüber nicht. Väter und Töchter verstehen sich schweigend. Deshalb sind ihre Mütter eifersüchtig. Antoinette verstand ihren Vater und wusste, dass er jetzt nicht reden wollte. Es wird die Zeit kommen, da redet er von sich aus. Er redet immer, wenn eine Sache abgeschlossen ist, nicht vorher. Wenn sie an ihn dachte, fühlte sie sich wohl und geborgen wie von einem warmen Meereswind umschmeichelt.

Durch eine mit Kisten überfüllte Lagerhalle musste man sich durchschlängeln, um zu einer Blechtreppe zu kommen, die in einen ebenso überladenen Büroraum führte. Die Firma handelte mit allem; insbesondere mit Elektrogeräten, Fernsehern und Computern. Natürlich vermittelte sie auch Geschäfte aller Art. Es war der Treffpunkt der schwarzen Computerfreaks in Pretoria. In der Lagerhalle wurde musiziert und getanzt, falls sich ein Platz dafür fand, und der fand sich immer, und oben saßen die alten Männer und diskutierten über Gott, die Welt, die Politik und ihre Geschäfte. Irgendwo dazwischen, neben der Blechtreppe, hatte sich Winston einen Raum eingerichtet, wo er es fertigbrachte, zwischen staubigen Pappkartons und Unmengen von Prospekten ein Computerzentrum zu betreiben. Nelson Zaka war ein guter Freund. Immer wenn er in Pretoria zu tun hatte, schaute er auch bei ihm vorbei. Für Nelson war Winston ein begnadeter Computermann, und wenn immer er die Möglichkeit hatte, schanzte er ihm Arbeit und damit Geld zu. Als Gegenleistung verschaffte ihm Winston Hinweise und Mitteilungen, zu denen er sonst nie gekommen wäre. Als er ihn vor Jahren einmal fragte, wie er zu seinen Informationen komme, sagte Winston nur: »Alles fliegt durch die Luft. Du musst es nur fangen.«

Bei seinem letzten Besuch lachte ihn Winston an und sagte: »Nelson, man kann auch Sachen fliegen lassen. Das ist noch schöner.«

Wie er es machte und von wem er es gelernt hatte, wusste Nelson nicht. Wenn er aber jemanden brauchte, der sich mit diesen verdammten Dingern auskannte, stand Winston ganz oben auf seiner Liste. Ihn störte die laute Musik nicht, nach der seine Altersgenossen in der Halle tanzten und johlten. Winston und sein Computer waren wie Reiter und Pferd. Was um sie herum vorging, drang zu ihnen nicht durch.

Ihm hatte Nelson Millas Daten gemailt und die der Banken in Guernsey und St. Barthélemy.

»Mache ihn fertig, Winston, das ist ein Schwein«, war alles, was er an Anweisungen beifügte. Millas Konten und Kontenstände in Erfahrung zu bringen, war für Winstons Fähigkeiten ein Kinderspiel.

Kann nur ein Schwein sein bei so viel Kohle, dachte er sich. Aber eigentlich interessierte es ihn nicht. Sein Ehrgeiz bestand darin, die Konten abzuräumen, und Nelson gab ihm freie Hand.

»Nur nicht auf unser Konto«, lachte er. Und so blieben Winston und sein Computer Tag und Nacht in Betrieb, bis das kleine Genie den Zugang geknackt hatte.

Die alten Männer, die einige Meter neben Winston über Gott und die Welt diskutierten, besaßen Listen von NGOs aus allen Kontinenten und für alle Anliegen. Naturschutzprojekte in Kanada, Robbenschützer in Alaska, Vereine gegen die Beschneidung von Frauen in Kenia, die humanitären Hilfsorganisationen in Äthiopien und sogar Organisationen gegen Kinderprostitution in Saigon, Bangkok und Phnom Penh erhielten neben vielen weiteren Adressen von Winston großzügige Spenden. Er suchte sich die Listen und Kontoverbindungen aus den Stößen von Papier, über deren Inhalt die alten Männer oft nächtelang diskutierten. Und obwohl er von seinem Erfolg gerne erzählt hätte, behielt er ihn für sich. Nur Nelson im fernen Frankfurt am Main erhielt die Nachricht, die Konten seien jetzt leer.

Antoinette hatte im Bus nach Mailand einen Fensterplatz ergattert. Sie lehnte sich mit der Schulter gegen das sich durch die aufgehende Sonne langsam erwärmende Glas und döste noch ein wenig vor sich hin, als das Mädchen hinter ihr plötzlich gellend zu schreien begann. Die Leinenjacke des Mädchens im Sitz vor ihr begann völlig grundlos zu brennen.

Die Sonne über Kitzbühel stieg hinter den Bergen herauf. Einige der wenigen noch tätigen Bergbauern hatten ihr Tagwerk schon begonnen. Die Geschäfte öffneten erst später, und die Sommergäste, die die halbe Nacht in den Bars verbracht hatten, schliefen noch. Die gelbe Morgensonne warf ihr warmes Licht auf die vom Tau feuchten Wiesenmatten, als plötzlich ein ohrenbetäubender Knall die Stille zerriss und mit sich wiederholendem Echo in den Bergen vergrollte. Ein Anwesen etwas abseits des Ortes war wie der Gipfel eines Vulkans vom Rücken des Hügels abgesprengt worden. Der Feuerball verwandelte sich in eine Staubwolke, und als diese verwehte, kehrte wieder ungestörte Ruhe im Tal ein. Am Ort der Explosion züngelten vereinzelt Feuer, solange sie in den zusammengestürzten Steinen und Balken noch Nahrung fanden.

In dem vornehmen Internat in Genf bemühte sich derweil die Feuerwehr, den Brand zu löschen, der im Appartement von Antoinette ausgebrochen war und rasch um sich gegriffen hatte. Da sich die Bewohnerinnen auf einem Ausflug nach Mailand befanden, kamen keine Personen in Gefahr. Der Schwelbrand konnte sich aber lange unentdeckt ausbreiten und auf die benachbarten Wohnungen übergreifen.

In einem Frankfurter Hotel gingen die Erfolgsmeldungen ein. Vor Nelson lag eine Liste, und er hakte Punkt für Punkt ab. Vielleicht reicht es jetzt, dachte er.

Unter dem letzten Haken stand in Nelsons ungelenker Handschrift: *Fabian Milla. (Aids).*

9

Die Nacht war fürchterlich. Alexander Braun schreckte aus einem Albtraum auf. Er lag schweißgebadet im nassgeschwitzten Bett und fröstelte. Als er die Nachttischlampe anknipste, sah man einen ausgemergelten, schreckensbleichen alten Mann mit spitzem Gesicht und geweiteten Augen. Am Boden neben dem Bett lag ein aufgeschlagenes Buch. Alexander setzte sich auf, tastete mit den Füßen nach den Hausschuhen und stützte den Kopf in die Hände. Er dachte an den Traum zurück.

Als er ein Junge war, stürzte nach der Ernte bei Arbeiten auf dem alten, elterlichen Bauernhof eine Wand ein und riss einen Teil der Außenmauer von Scheune und Stall um. Sein Vater beauftragte einen Maurermeister, die Mauer vor dem Wintereinbruch wieder zu schließen, damit die Kühe und das eingebrachte Heu geschützt wären. Einige Tage vor Weihnachten kam der Dorfpolizist und überbrachte die Mitteilung, dass der Vater ohne Baugenehmigung an seinem denkmalgeschützten, alten Bauernhof Bauarbeiten durchgeführt habe. Die dafür festgesetzte Strafe entsprach dem Wert zweier Milchkühe. Sollte er die Strafe nicht bezahlen, so würde er ersatzweise einen Monat in Haft kommen. Vater Braun war im Ort ein angesehener Mann, und der Polizist entschuldigte sich für den von ihm überbrachten Bescheid. Er wisse, dass es notwendig gewesen sei, die Außenmauer vor dem Winter zu schließen. Am Bescheid könne er aber nichts ändern. Er sei nur Bote. Die ersten beiden Tage nach dem Zugang dieser Nachricht war Vater entschlossen, nicht zu bezahlen. Ihm werde Unrecht getan, und deshalb werde er lieber einen Monat ins Gefängnis gehen. Im Winter werde seine Arbeitskraft auf dem Hof nicht gebraucht. Es entstehe also kein Schaden, wenn er vier Wochen fehle. Der Überredungskunst von Mutter war es zu danken, dass Vater von seinem Entschluss abrückte. Am Vormittag des Heiligen Abend, Alexander war dieses Ereignis im kindlichen Gedächtnis eingebrannt, holte der Viehhändler die zwei Milchkühe ab, und Mutter zahlte noch am gleichen Tag den Erlös als Strafe ein. Weihnachten verlief entsprechend. Die Kinder konnten sich über die vorbereiteten Geschenke nicht freuen, und Vater sprach kein Wort und brütete vor sich hin. Im Laufe der Zeit geriet die Sache in Vergessenheit. Einige Monate später sprach niemand mehr darüber.

Heute Nacht träumte Alexander, dass sein Vater an diesem Weihnachtstag vor fast siebzig Jahren den Schussapparat holte, mit dem der Hausschlachter immer das vorbereitete Schlachtschwein tötete, und nacheinander alle Kühe im Stall niederschoss. Jeder einzelnen Kuh und jedem Kalb setzte Vater das Gerät auf die Stirn und drückte ab, dass der Bolzen die Stirnwand durchschlug und die Tiere wie vom Blitz getroffen niederfielen. Sie verendeten, während ihre Beine noch zuckten. Vater beendete seine Raserei erst, nachdem kein Leben mehr im durch den ungenehmigten Bau vor Kälte geschützten Stall vorhanden war. Der grelle Schrei, den seine Mutter ausstieß, als sie die Gewalttat entdeckte, ließ Alexander aus dem Traum hochschrecken und erwachen.

Der alte Mann saß auf der Bettkante. Er fror und zitterte und konnte sich nicht daran erinnern, wann er jemals und zuletzt geträumt hatte. Aber dieser Traum war ihm bis in jede Einzelheit gegenwärtig. Er sah das entschlossene Tun seines Vaters und das entsetzte Gesicht seiner Mutter vor sich. In der Nase spürte er den Geruch des Stalles, den er in seiner Kindheit so liebte. Wenn er als Bub irgendetwas auf dem Herzen hatte, was ihn bedrückte, so wartete er, bis seine Mutter auf dem Schemel zwischen den Kühen saß und wie mechanisch die Milch aus dem Euter in den Kübel molk, der sich schäumend füllte. Er drückte sich dann mit seinem kleinen Hintern zu ihr auf den schmalen Melkstuhl, wo er kaum Platz fand. An diesem Ort, geborgen zwischen den warmen Kuhleibern und hingedrückt an die Mutter und bei dem beruhigenden Geräusch des Milchstrahls, wenn er im schaumigen Kübel auftraf, konnte er Mutter alles sagen und alles fragen, was sein unruhiges Herz bewegte. Später noch, als er auf das Gymnasium in die Stadt ging, fühlte er sich nirgendwo so zu Hause wie bei Mutter im Stall.

In all den folgenden Jahren hatte er versucht, anständig durchs Leben zu gehen, wie es Mutter ausgedrückt hätte. Im Großen und Ganzen war ihm dies auch gelungen. Die Ehe mit Marianne ging leidlich gut. Er pflegte sie bis an ihr Ende. Seine beiden Kinder entwickelten sich zu seiner Zufriedenheit und standen inzwischen auf eigenen Beinen. Er hatte sein Alter erreicht, ohne größeren Schaden anzurichten, zog er nüchtern und selbstkritisch Bilanz. Per Saldo hatte er die Spielregeln, die er vorfand, eingehalten, wenn auch zu Gunsten seiner Mandanten interpretiert. Geurteilt hatten ohnehin andere. Erst jetzt setzte er sich in der Attelmanngeschichte bewusst über die geschriebenen Gesetze hinweg.

Nelson hatte ihn gestern über das Gelingen der weiteren Aktionen unterrichtet, und er hatte sich bereits Gedanken gemacht, wie er sein Anschreiben an Milla formulieren könnte, ohne allzu sehr seine Mitwisserschaft aufzudecken.

Der alte Mann erhob sich von der Bettkante, zog sich einen Pyjama über und schlurfte ins Wohnzimmer. Mit einem Seufzer ließ er sich in den tiefen Ohrensessel fallen und zündete eine Zigarette an. Die Ziele, die wir verfolgen, sind in Ordnung. Darüber gibt es keinen Zweifel. Ohne die eingesetzten Mittel sind sie nicht zu erreichen, versuchte er sich zu beruhigen. Und Milla ist ganz sicher kein Opfer. Wenn durch vorhandene Gesetze das richtige Ziel nicht erreicht werden kann, dann sind sie ungeeignet und damit ungerecht. Gesetze dürfen dem richtigen Ziel nicht im Wege stehen. Der alte Mann krümmte sich schmerzhaft unter dieser eigenen Logik. Wer bin ich, fragte er sich, um zu einem solchen Ergebnis zu kommen? Bin ich ein Auserwählter, ein mit höherer Erkenntnis Ausgestatteter, ein Berufener und wenn ja, von wem? Und wenn ich es wäre, dürfte ich mich über Gesetze hinwegsetzen? Wem gegenüber müsste ich mich verantworten? Oder bin ich ein eitler, alter Mann, machtlos, einsam, verbittert und rechthaberisch?

Der alte Rechtsanwalt Dr. Alexander Braun, von einem Albtraum gefällt, sehnte sich nach seinem Kindersitz im Stall des elterlichen Bauernhofes. Dort zwischen den Kühen hätte er von dieser einfachen Frau, die seine Mutter war, eine Antwort bekommen, die er sich nicht geben konnte. Als er sich einmal über seinen Religionslehrer ärgerte, er wusste nicht mehr warum, hatte sie ihm gesagt: „Bub, ich habe schon viele Pfarrer gesehen, dumme und gescheite, sogar böse, aber der liebe Gott ist immer der gleiche." Sie hatte sich also auch ein Urteil angemaßt, aber ihren Orientierungspunkt nie verloren. Wo war sein Fixpunkt? Er begann seine Gedankenkette wieder von vorn. Eine Gesellschaft gibt sich Spielregeln. Wir nennen sie Gesetze. Die Gesellschaft kann diese Gesetze ändern oder neue hinzufügen. Also ist sie für das ganze Gefüge verantwortlich. Alexander merkte, dass er müde war und in seiner Gedankenführung kindisch wurde. Trotzdem trugen ihn seine Gedanken weiter. Und was ist, wenn die Gesellschaft verblödet, wie die unsere? Und was ist, wenn die Politiker, Wirtschaftsbosse, Wissenschaftler und auch die Journalisten nur noch Interessen vertreten und das Ganze aus dem Auge verlieren? Muss ich mich dann an die Gesetze halten? Dann durchzuckte ihn ein Blitz wie ein elektrischer Schlag: Muss ich mich an Spielregeln halten, wenn ich nicht nur sicher bin, dass diese falsch sind, sondern wenn ich auch sicher bin, dass diejenigen, die sie aufstellen, sich nicht am Gemeinwohl orientieren, sondern dem Druck und den Verlockungen der im Hintergrund agierenden Mächtigen erliegen? Er dachte nach und fürchtete die Antwort. Wer bin ich, fragte er sich müde, dies zu entscheiden, und der gnädige Schlaf, der ihn auch in seinem Sessel erreichte, erlöste ihn von den quälenden Fragen.

Als ihn das Telefon weckte, war es schon heller Morgen. Der alte Mann war über seinen Gedanken eingeschlafen und benötigte eine Zeit, um sich am ungewohnten Ort seines Erwachens zu orientieren. Er griff zum Hörer.

»Guten Morgen, Herr Braun«, meldete sich eine frische Frauenstimme. »Wie geht es Ihnen? Sie sind mir noch eine Einladung schuldig.«

Die Staatsanwältin, wie heißt sie doch gleich, überlegte er noch schlaftrunken.

»Sie haben eine Gelegenheit, Ihr Versprechen einzulösen. Ich habe heute einen Termin im Ministerium. Dann habe ich Zeit.« Marlene Rossmann hatte so lange gesprochen, dass sich Alexander auf sie einstellen konnte.

»Aber gerne. Ich freue mich.« Er ließ seine Stimme in sich nachklingen und schüttelte verwundert den Kopf: Es stimmt, dachte er, ich freue mich wirklich. Und irritiert stellte er fest, dass ihm zuerst ihr Vorname eingefallen war. »Marlene«, murmelte er vor sich hin.

Er kam schon etwas früher zum vereinbarten Treffpunkt und fand einen passenden, etwas abgelegenen Tisch, an dem sie ungestört sprechen konnten. Da er sich mit dem Blick zur Tür gesetzt hatte, sah er die Oberstaatsanwältin, noch bevor sie ihn entdecken konnte. Er winkte, und sie kam sofort auf ihn zu. Marlene Rossmann konnte ihr Erschrecken über das Aussehen des alten und kranken Mannes nicht verbergen. Es blieb ihr nur die Flucht nach vorn: »Sie sehen gar nicht gut aus. Sind Sie krank?« Alexander winkte ab. Nachdem sie sich eine Weile belanglos unterhalten hatten, brachte die Staatsanwältin ihr eigentliches Anliegen vor.

»Ich bin nicht ganz privat hier. Mir haben Kollegen Ihre Schreiben an den Bastian Milla zur Prüfung vorgelegt. Insbesondere im Zusammenhang mit den letzten Ereignissen um Milla scheinen sie mir durchaus interpretationsfähig zu sein. Hat Ihr schlechtes Aussehen damit zu tun?« Braun schaute sie aus wachen, klaren Augen an und lehnte sich in seinem Stuhl zurück.

»Mit wem sitze ich zusammen, mit der Oberstaatsanwältin oder mit meiner Freundin Marlene? Sprechen wir dienstlich oder privat?«

Frau Rossmann erkannte schmerzhaft, wie sehr der Herr ihr gegenüber in den letzten Monaten gealtert war. Sie sah ihn vor sich, wie er im Gerichtssaal dem kraftstrotzenden Präsidenten Paroli geboten hatte und erinnerte sich an das Pathos seines Plädoyers. Was ist mit ihm geschehen, fragte sie sich und antwortete ihm voller Zuneigung:

»Natürlich sprechen wir vertraulich miteinander und privat, selbstverständlich. Ich wollte nur nicht verheimlichen, dass ich die Briefe kenne.«

Der Anwalt atmete kurz und schwer. Trotzdem steckte er sich eine Zigarette an und stellte die Frage, die ihn seit der vergangenen Nacht umtrieb:

»Wenn Sie der Überzeugung wären, ein gerechtes Ergebnis nur erreichen zu können, wenn Sie bestehende Gesetze übertreten, würden Sie dies für vertretbar halten?« Rossmanns Antwort kam spontan und klar: »Nein, auf keinen Fall«, sagte sie und schaute Alexander forschend an. »Diskutieren wir einen konkreten Fall, oder philosophieren wir?«

Gequält fuhr in seinem Gedankengang fort: »Warum nicht?«

Und ebenso schnell wie auf die letzte Frage antwortete Marlene Rossmann: »Weil ich für das Ergebnis nicht verantwortlich bin. Ich habe nur die korrekte Anwendung der Gesetze und ein sauberes Verfahren zu verantworten. Das sich ergebende Resultat liegt im Willen des Gesetzgebers.«

Braun führte die Staatsanwältin mit seinen Fragen dorthin, wo er selbst angelangt war, aber dann seine Überlegungen abgebrochen hatte.

»Und wenn der Gesetzgeber faul, korrupt, inkompetent oder nur einfach überfordert oder unwissend ist?«

Verstehend und nachsichtig, fast amüsiert, lächelte die intelligente Frau vor sich hin: »Der Gesetzgeber sind wir, lieber Herr Demokrat. Dann müssen wir uns mehr kümmern.«

Brauns Gedanken galoppierten unbeeindruckt weiter.

»Und wenn eine Mehrheit verblödet, charakterlich verkommt oder ihre Pflichten nicht wahrnimmt?«

Marlene Rossmann brauchte nicht zu überlegen. Sie kannte diese Fragen. Sie hatte sie sich oft, allerdings nur theoretisch, gestellt und einen sicheren Boden gefunden. »Recht ist, lieber Anwalt, was der rechtmäßige Gesetzgeber als solches setzt. Nicht, was uns passt.«

Braun schüttelte den Kopf und wiederholte ihr letztes Wort:

»Passt, passt. Es geht nicht darum, ob es uns passt. Entscheidend ist das Ergebnis bei – da stimme ich Ihnen zu – korrekter Anwendung. Aber »passt« ist ein falsches Wort. Wenn das Ergebnis nicht verantwortet werden kann?«

Marlene Rossmann meinte sich zurückversetzt in ein Seminar zu Beginn ihres Studiums. Nachsichtig wiederholte sie, was sie bereits erklärt hatte. »Wir verantworten das Ergebnis nicht. Wir finden es nur. Die Moral des Rechts liegt nicht im Ergebnis. Die Moral finden wir im Zustandekommen des Ergebnisses. Wo kämen wir hin, wenn jeder sein eigenes Rechtsempfinden zum gültigen Maßstab erheben würde? Die Kirche, die mehr als der Staat in moralischen Kategorien argumentiert, kennt das einzelne Gewissen. Sie unterscheidet aber zwischen einem geschulten und einem ungeschulten Gewissen. Das geschulte Gewissen kommt zu den gleichen Ergebnissen wie die Kirche. Kommt ein Gewissen zu anderen Ergebnissen, ist es ungeschult und bedarf der Schulung.«

Die Oberstaatsanwältin lachte. »Der Staat argumentiert nicht einmal so dialektisch. Er verlangt nur die äußerliche Befolgung der Gesetze, nicht die innerliche Akzeptanz. Man kann Mensch-ärgere-dich-nicht links herum spielen oder rechts. Es müssen nur alle gleich spielen.«

Nach einer kurzen Pause wendete Braun nachdenklich ein, »und wenn ein Spieler einen Würfel mit mehr Augen hat als der andere?«

Marlene Rossmann antwortete ebenso ernst: »Wenn das der

Gesetzgeber so will, dann gehört es zum Spiel. Sie müssen es ja nicht spielen.« Braun trank einen tiefen Schluck Wein und neigte sich dann der Oberstaatsanwältin entgegen. So wie er es in vielen Plädoyers vor einem letzten, vernichtenden Angriff eingeübt hatte.

»Verstehe ich Sie richtig, dass Sie die Berechtigung des Rechts in seinem Zustandekommen sehen?«

Marlene Rossmann parierte überraschend. Sie verstärkte seinen Stoß. »Ganz richtig. Die zivilisatorische Leistung liegt nicht in der Zielsetzung, sondern in der Art des Zustandekommens und der Anwendung. Die Zielsetzung ist Politik. Das andere Kultur. Deshalb kann ich die Übertretung der Gesetze mit gutem Gewissen verfolgen. Weil ich darin einen Verstoß gegen die Kultur sehe. Ich bin keine Politikerin, und die Absicht, die mit einem Gesetz verfolgt wird, ist für mich belanglos. Mir ist es auch gleichgültig, aus welchen Motiven Gesetze gebrochen werden. Da gibt es sicher ehrenwerte und nachvollziehbare.« Marlene Rossmann lächelte den alten Anwalt schelmisch an. »Aber der Gesetzesbruch selbst ist ein Verstoß gegen unsere Kultur. Wem Gesetze nicht gefallen, muss sich der Mühe unterziehen, sie innerhalb des Systems zu ändern. Erreicht er dies nicht, so gelten sie, und er hat sich zu unterwerfen. Nicht weil er sie für richtig hält, sondern weil er sich in diesem Kulturkreis bewegt.«

Sie wusste, dass sie diese Runde gewonnen hatte, und wollte ihren Gesprächspartner, den sie in besserer Form gesehen und bewundert hatte, nicht demütigen. Deshalb unterbrach sie sich: »Jetzt sind wir aber zu ernst geworden. Wir wollten uns doch angenehm unterhalten. Ich mache mir Sorgen um Sie. Sie sehen krank aus heute. Hatten Sie eine schlechte Nacht?«

Alexander Braun berührte die Fürsorglichkeit, die er so lange entbehrt hatte, dass er sie nicht mehr vermisste. Umso überraschter und wehrloser traf sie ihn. Er erzählte also, dass ein Karzinom an seiner Lunge festgestellt worden war und er sich entschlossen habe, sich in seinem Alter keine sinnlosen Therapien mehr zu unterziehen. Er betrachte es durchaus als eine ihm gewährte Gnade, sein Leben geordnet beenden zu können. So ein Alterskrebs könne sich lange hinziehen, meinte er. Marlene Rossmann folgte seinen Worten aufmerksam. Sie überraschte nicht, was sie hörte. Aber dass ihr Alexander Braun diesen Einblick in sein Leben gab, hatte sie nicht erwartet. Von so viel Intimität irritiert, sagte sie nur, sie hoffe sehr, dass ihn die Situation nicht dazu verleite, noch Unordnung in ein bisher geordnetes Leben zu bringen, und sie fragte ihn, wie er die ihm noch verbleibende Zeit gestalten wolle.

Er werde an seinem Leben nichts mehr ändern. Wohl auch nichts mehr ändern können, antwortete er.

»Halten Sie sich heraus aus den Geschäften dieser Welt«, riet sie ihm. »Das ist nichts für uns. Wir sind wie Ärzte. Wir sehen nur die Kranken. Die Gesunden und Anständigen landen nicht bei uns.«

Erschöpft erkundigte sich der Greis: »Woher nehmen Sie Ihre Sicherheit, Marlene?«

Und die so vertraut Angesprochene entgegnete: »Wieso glauben Sie, lieber Alexander, dass ich sicher bin?«

Als sie sich verabschiedeten, nahm die Oberstaatsanwältin den alten Mann in den Arm und drückte ihre schmalen Lippen auf seine gelbe, kalte Wange. »Das Leben wird vorwärts gelebt und rückwärts beurteilt. Pass auf dich auf, Alexander«, flüsterte sie und verließ das Lokal, ohne sich nochmals umzusehen.

10

Bastian Milla trommelte mit den Fäusten auf seinen Schreibtisch. In den Räumen seiner Spedition besprach er mit Konrad Koch, seinem Geschäftsführer, die Abwicklung der Schadensfälle. Es gab Klärungsbedarf, weil die Erbsenzähler in der Schadensabteilung der Versicherung nicht glauben mochten, dass es sich bei den Unfällen um ein versichertes Risiko gehandelt habe. „Was denn sonst?", fragte Koch, und Milla gab ihm den Rat, alle Unterlagen seinen Anwälten auf den Tisch zu werfen und sich um die laufenden Geschäfte zu kümmern. Dann aber liefen die Hiobsbotschaften ein. Sein Anwesen in Kitzbühel sei aus unerklärlichen Gründen abgebrannt, informierte ihn der dortige Polizeichef. Er wollte wissen, was Milla dort gelagert habe. Er solle möglichst schnell eine vollständige Liste zusammenstellen. Weitere Informationen konnte er dem Mann nicht entlocken. Milla rief einen befreundeten Hotelier an. Toni Brunner war noch ganz aufgeregt. Nicht abgebrannt sei sein Anwesen, sondern buchstäblich in die Luft geflogen. In Kitzbühel gäbe es kein anderes Gesprächsthema. Man vermute, er habe größere Mengen Sprengstoff im Haus gehabt. Beamte des Staatsschutzes seien im Ort unterwegs und zögen Erkundigungen über ihn ein. Das Fass zum Überlaufen brachte seine Frau. Sie stürmte von einem Weinkrampf geschüttelt ins Büro und stammelte etwas davon, dass Antoinette angezündet worden sei. Milla wollte sie in den Arm nehmen, aber sie stieß ihn zurück. Er musste etwas tun. Aber was? Er fühlte sich in einer Blackbox und suchte verzweifelt den Ausgang. Es fiel ihm nur Dr. Braun ein, und er wählte seine Nummer. Die Sekretärin stellte das Gespräch durch. »Ach, Herr Milla«, zog Braun das Gespräch sofort an sich. »Ich habe Ihren Anruf noch nicht erwartet. Haben Sie mir etwas Neues mitzuteilen?«

»Sie sind eine gottverdammte Sau!«, schrie Milla in den Apparat.

»Kann sein«, kam es bedrohlich leise zurück, »dann stehen wir in benachbarten Koben.«

»Sie meinen, weil Sie sowieso bald der Teufel holt, können Sie sich alles leisten.«

»Für einen Mann, der andere Leute ruiniert, sind Sie bemerkenswert sensibel. Wenn Sie mir etwas Vernünftiges mitzuteilen haben, wissen Sie, wie Sie mich erreichen können.«

Die Leitung war tot. Der alte Anwalt hatte aufgelegt und das Gespräch beendet.

Bastian wandte sich wieder seiner Frau zu. Tonia hatte zugehört und nicht für möglich gehalten, dass ihr Mann jemals ein solches Telefonat führen könnte. Sie war entsetzt und hatte Angst. Angst um Bastian, Angst um Antoinette und letztlich Angst um sich und ihr gemeinsames Leben.

»Was hast du gemacht, Bastian?«, fragte sie, nachdem sie sich wieder einigermaßen gefasst hatte. »Ist es das wert?« Sie schaute ihn mit großen, tränennassen Augen vertrauensvoll und doch verzweifelt an.

In diesem Augenblick kam Konrad Koch in Bastians Büro zurück.

»Chef, Sie sollten Ihre E-Mails aufmachen«, sagte er, bevor er die Szene überschaute. Als er Frau Milla sah, zog er sich fluchtartig wieder zurück. Milla ging zum Computer und bediente konzentriert die Eingaben. Tonia sah ihm verständnislos zu. Er schaute angestrengt auf den flachen Bildschirm, dann krümmte sich sein Körper, und Bastian Milla erbrach sich auf die Tastatur. Sie beobachtete ihren Mann und sank in sich zusammen auf den Boden. Bastian Milla beugte sich zu seiner Frau. Seltsam verschlungen kauerten die beiden Menschen zwischen den Büromöbeln. Auf dem Bildschirm flimmerten die Kontoauszüge, die bei Null endeten.

»Was geschieht mit uns, Bastian?«, flüsterte seine Frau, »bitte, sage es mir.«

»Damit konnte ich nicht rechnen«, murmelte er leise vor sich hin. »Komm, Tonia, wir gehen.«

Die beiden verließen das beschmutzte Büro. Nicht einmal den Computer stellte Bastian ab. Mehr taumelnd als gehend erreichten sie den Parkplatz. Milla half Tonia in den direkt neben der Eingangstür geparkten Porsche. Im Schritttempo bewegte sich das sportliche Auto vom Gelände. Aus dem Fenster seines Büros beobachtete Konrad Koch die gespenstische Szene. Er eilte in Millas Büro, sah den flimmernden Bildschirm, die stinkende Kotze in der Tastatur und die unordentlich herumstehenden Stühle. Es musste Fürchterliches geschehen sein. Auch Konrad Koch bekam Angst. Bastian Milla machte sich auf den Weg nach Kitzbühel, um sich zurückzuziehen. Erst nach einigen Kilometern fiel ihm ein, dass es sein Anwesen nicht mehr gab. In München wollte er nicht bleiben. Seine Tochter in Genf zu besuchen, machte wenig Sinn. Neben ihm krümmte sich seine Frau und presste die Faust, in der sie ein Taschentuch hielt, vor ihren Mund.

Da er nichts Besseres wusste, steuerte er die Autobahn nach Salzburg an. Ziel hatte er keines.

11

Die aufgehende Sonne schickte ihre langen, glänzenden Strahlen über das weißgekräuselte Wasser. Der noch kühle Wind frischte ihre nachtwarme Haut auf, dass sie kribbelte. Die zwei Männer im Fischerboot vor der Küste von Le Diamant freuten sich auf den neuen Tag. Mark war besonders gut gelaunt, weil er von Nelson am gestrigen Abend über die Aktivitäten und Erfolge seiner Teams informiert worden war. Ganz im Gegensatz zu der aufgekratzten Stimmung Marks und dem herrlichen Wetter verdüsterte sich die Laune von Claude zunehmend. Dreimal hatten sie das Netz ausgeworfen und zum dritten Mal wieder eingezogen. Immer lag es schlaff und nahezu leer auf den Bootsplanken.

»Ich verstehe das nicht«, brummte Claude vor sich hin. Er schritt das Boot ab, schaute suchend in jede Ecke, schließlich lehnte er sich noch über die Bordkante und inspizierte die Außenwände. »Riechst du etwas, Mark?«, fragte er. »Haben wir etwas an Bord, was stinkt?« Claude nahm sogar seinen Chapeau Bakoua vom Kopf und schaute durch die geflochtenen Bananenblätter. »Die Fische fliehen vor uns.«.

Mark lachte. »Ich wusste gar nicht, dass du abergläubisch bist. Hier stinkt nichts. Im Gegenteil: Rieche nur. Eine wunderbare Luft heute Morgen.«

»Einmal noch«, bestimmte Claude, »dann ist aber Schluss«. Mark half beim Spannen des Netzes, und Claude warf es in einem großen Bogen aus und ließ es dann schleppen. Langsam tuckerte das Boot in die Richtung der Boje, die den Ort anzeigte, wo sie vor drei Stunden den Fangkorb für die Langusten versenkt hatten.

Starr und schweigsam saß der Fischer neben dem Motor. Mit der rechten Hand hielt er das Ruder fest. Obwohl Claude gerne sprach und sein Temperament kaum zügeln konnte, waren seine Lippen aufeinandergepresst und sein Gesicht verschlossen. Seine Augen schauten leer über das Wasser, als würden sie das magere Ergebnis des Fangs schon kennen. Mark, der zu seinem Vergnügen Claude manchmal bei seinen morgendlichen Fischzügen begleitete, nahm die bisher erfolglose Fahrt gelassen. Er war in bester Laune. Gestern am Abend konnte er mit Nelson telefonieren. Dieser erzählte ihm in knappen Worten, aber drastisch, was geschehen war. Milla musste nach diesen Hämmern waidwund geschossen sein. Nelson hatte bereits veranlasst, dass ihm aus Kinshasa ein Präparat HIV-infizierten Blutplasmas zugeschickt würde. Mark hatte Nelson darauf angesprochen, ob denn dieser Schritt wirklich notwendig sei. Nelson hatte ihn nicht zu Wort kommen lassen. Mit der Präzision einer programmgesteuerten Maschine spulte der erfahrene Kämpfer die einmal festgelegten Pläne ab. Die Methode hatte gegen die Apartheid funktioniert, und die Afrikaans bestanden aus härterem Holz als eine geldgeile Heuschrecke im blauen Anzug aus Europa oder Amerika. Manchen von diesen musste man ihre angemaßten Vorrechte eigenhändig aus dem lebendigen Leibe reißen. Mit Black Power sollte man sich nicht anlegen. Der lächerliche Chitinpanzer einer Heuschrecke knackt zwischen Daumen und Zeigefinger. Der substanzlose Rest hinterlässt einen gelbgrünen stinkenden Brei, wie Kotze. Das ist alles. Sie umgeben sich mit Anwälten und Gesetzen. Das ist ihr Chitin. Darunter nur Gestank, der an den Fingern klebt. Ohne sie ist die Welt gerechter. Nelson war mit sich im Reinen. Er kannte den getrübten Blick der hungernden Kinder, die vergeblich an den leeren Brüsten ihrer ausgemergelten Mütter sogen. Die Weiber der Heuschrecken ließen sich ihre Brüste formschön modellieren. Afrikanische Mütter besaßen milchleere bewarzte Hautfalten. Mit Moral brauchte man ihm nicht zu kommen. Er stand auf der richtigen Seite, dessen war sich Nelson bombensicher. Kein kalter

Hauch eines Zweifels umnebelte seine Seele. Niemand konnte ihn beeinflussen. Aufzuhalten wäre er nur mit größerer Gewalt. Diese hätte ihn als Ziel aber erst finden müssen.

Claude grübelte unter dem gemächlichen Heben und Senken des Fischerbootes und dem gleichmäßigen Motorengebrumm unzufrieden und ergebnislos vor sich hin. Er fühlte, dass sich Mark mit seiner Hochstimmung in anderen und für ihn heute nicht erreichbaren Sphären bewegte. Von der anderen Seite des Bootes her beobachtete Mark seinen neuen Freund und litt mit ihm. Kein Fang, kein Geld, dachte er. Dem Mann kann doch geholfen werden. Diesen herrlichen Tag machen wir nicht mit einer solchen Scheißstimmung kaputt. Nur wegen der paar Fische.

Mark stellte sich neben Claude und rief ihm durch den Lärm des Motors zu: »Claude, machen wir eine Wette? Ich habe gerade geträumt: Im Korb sind vier Langusten und drei Hummer. Hundert Euro.«

Er streckte Claude die offene Hand zum Einschlagen entgegen. Die Wahrscheinlichkeit, diese Wette zu gewinnen, war für Mark gleich Null, und hundert Euro glichen den Verlust aus, der Claude seine Stimmung vermieste. Der Fischer blitzte Mark schelmisch an und ergriff die Hand: »Die Wette gilt, Europamann.«

Claudes Laune hellte sich augenblicklich auf. Er scherzte, wie viel mehr an Zeit ihnen heute bleibe, weil sie keine Fische zu verkaufen brauchten. Morgen würden sie dann wieder in Schwärmen kommen. Kurz vor der Boje zogen sie zusammen das Netz aus dem Wasser. Es war fast leer. Sie hatten keinen einzigen Thunfisch und nur wenige Red Snappers gefangen. Claude konnte sich an einen solch schlechten Fang überhaupt nicht erinnern. Den Korb hievte er allein an Bord. Als der langsam aus der Wasseroberfläche aufstieg und das Wasser ausströmte, konnte man sehen, dass Mark seine Wette verloren hatte. Einige Seeigel hatten sich neben manch anderem Getier, das Claude gleich wieder ins Meer zurückschüttete, verfangen. Die beiden Männer zogen das Boot einige Meter auf den Sandstrand vor Claudes und Giselles Haus.

Vom Himmel brannte die Sonne. Die Hibiskushecke stand in voller Blüte und duftete. Sie zogen sich aus, schwammen in der ruhigen See und zerrten nach dem Bad ihre Hemden und Hosen wieder über die feuchte Haut.

Die wenigen Fische und Seeigel zu verkaufen, war eine Sache von nur wenigen Minuten. Die Käufer aus den Hotels kamen regelmäßig und nahmen den Fang des Tages ab. Claude und Mark saßen bald mit einigen anderen an dem langen Holztisch auf Marks und Giselles Grundstück. Etwas abseits, dass der Rauch nicht störte, war ein Grill aus Gusseisen aufgestellt. Die Glut wurde von allen versorgt, und jeder kümmerte sich um das, was er auf den Rost legte, selbst. In einem alten, aber funktionsfähigen Kühlschrank fanden die Gäste Fische, Koteletts und Teile von einigem Geflügel. Tomaten, Gurken, Avocados und anderes Gemüse lagen zusammen mit vollen Bierflaschen in einer mit Eiswasser gefüllten Plastikwanne. Gewürze, Teller und Besteck waren am Ende des langen Tisches zusammengeschoben. Jeder der Freunde, der zu der Runde stieß, mixte sich zunächst einen Ti-Punch. Dazu standen eine Flasche weißer Rum, ein Glas mit braunem Rohrzucker und eine Schale mit halbierten Zitronen bereit. Claude erzählte seinen ständig wechselnden Gästen immer wieder, dass heute das Meer verhext gewesen sei und er so wenig gefangen habe wie noch nie. Die anderen Fischer, die einen ganz normalen Fangtag hinter sich hatten, rätselten mit Fantasie und Witz über Claudes Missgeschick und neckten ihn damit, er habe wahrscheinlich einen Fisch mit langen Haaren und zwei Schenkeln ins Netz bekommen und deshalb weder Zeit noch Platz gehabt, solche mit Flossen und Schuppen zu fangen. Mark fühlte sich im Kreis dieser fröhlichen, unkomplizierten Menschen rundum wohl. Er sprach gut Französisch und konnte am Gespräch teilnehmen. Natürlich wurde auch seine verlorene Wette diskutiert, und Mark erhielt mehrere Einladungen, auch mit anderen auszufahren und solche Wetten abzuschließen. Er lachte herzlich mit über den Spott, der sich über ihn ergoss, und gewann dadurch die Sympathie aller Gäste.

»Was ist los mit dir, Europamann?«, fragte ihn Claude. »Du bist heute so gut gelaunt. Du hast eine Wette verloren und gelacht. Du hast bezahlt und gelacht. Jetzt lachen alle über dich und du lachst mit. Bist du verrückt? Brauchst du eine Frau? Kein Problem!«

Der Redewendung »*Kein Problem*« war Mark hier immer wieder begegnet. Nichts war ein Problem. Brauchst du Fisch – kein Problem. Brauchst du Auto – kein Problem, brauchst du Flugzeug – kein Problem, brauchst du Frau – kein Problem. Es gab keine Situation, deren Lösung ein Problem darstellte. Ähnlich wie bei Nelson und Amara. Nur: Nelson räumte die Probleme einfach weg, und für Claude gab es erst gar keine. Mark legte seinen Arm um Claude. Beide hatten bereits einige Gläser Ti Punch und Bier getrunken, und Mark war diesen hochprozentigen Rum nicht gewohnt. Schon gar nicht, wenn die Sonne vom Himmel brannte. Er erzählte deshalb, was er sonst für sich behalten hätte. In Deutschland habe man ihm die Firma gestohlen und seine Freunde seien daran, diesen nackthalsigen Aasgeiern die Beute wieder abzujagen. Mark begann, sich zu verändern. Das von der Sonne gebräunte Gesicht verlor alle weichen Linien und formte sich spitz und scharf. Die sonst fließenden Gesten wurden kurz und kantig. Sogar seine Stimme verschärfte sich, und er artikulierte trotz des Rums deutlich und nuanciert. Er redete sich aus der harmonischen Gemeinschaft des leben und leben lassen hinaus. Claude erschrak, welche Reaktion er bei Mark mit seiner harmlosen, aber offenbar unbedachten Frage ausgelöst hatte. Um ihn in seinem die lockere Stimmung störenden Redefluss zu stoppen, griff er zur Rumflasche und schüttete Mark und sich selbst ein Glas ein, gab einige kleine Löffel braunen Zucker dazu und drückte über allem aus einer halben Zitrone, die er in seiner Faust quetschte, etwas Saft darüber. Dann rührte er um und reichte Mark das Glas. Dieser nahm es, stieß mit Claude an und setzte unbeirrt seinen Bericht fort:

»Gestern habe ich erfahren, dass meine Freunde einen großen Schritt weitergekommen sind.« In knappen Worten erzählte er, was sich im fernen Europa abgespielt hatte. »Jetzt weißt du, warum es mir heute ausgezeichnet geht«, schloss Mark seinen Bericht.

Claude entzog sich einer Antwort und versuchte zur entspannten Unterhaltung zurückzukehren. Aber auf Mark hatte sich ein kühler Schatten gelegt. Wie ein Felszacken im Wasser, vor dem sich ein Schwarm Fische teilt und danach wieder zusammenschließt, saß er inmitten der munteren Gesellschaft, die sich um ihn herum amüsierte, ohne ihn weiter einzubeziehen.

Am späteren Nachmittag kehrte Giselle von der Schule nach Hause zurück und fügte sich schnell in die Gesellschaft ein. Sie hatte eine Kollegin mitgebracht, die mit ihr an derselben Schule unterrichtete. Chantal drückte sich neben Mark auf die Bank, denn bei ihm war nach seiner Erzählung Platz geworden. Claude und Giselle setzten ihr Tomaten und Gurken vor und versorgten sie immer wieder mit Fisch- und Fleischstückchen vom Grill. Chantal ließ sich verwöhnen und aß mit unverhohlenem Appetit. Dazu trank sie ein Glas Ti Punch, den ihr Claude mixte. Sie, die erst nach Marks Erzählung gekommen war, erzählte munter, dass sie auf Martinique geboren sei und in Aix-en-Provence studiert habe. Dies sei die einzige Stadt in Europa, in der sie leben könnte, wenn sie Martinique verlassen müsste, schwärmte sie über ihre Studienzeit in der Provence.

Mark gefiel Chantal. Er sah ihr beim Sprechen zu. Ihre Worte erreichten ihn wie aus weiter Ferne. Sie unterstrich, was sie sagte, mit weichen, dirigierenden Handbewegungen. Große goldene Armreifen baumelten an ihren Handgelenken, und dass sie mit genießender Sinnlichkeit aß, störte weder den Rhythmus ihrer Sprache, noch denjenigen der begleitenden Gesten. Sie trug ein weit geschnittenes, buntes Sommerkleid mit großflächigen roten und gelben Blumenmustern. Um den ihren Hals hingen zwei goldene, grobgliedrige Ketten und unter den nach vorn gekämmten braunen Haaren blitzten golden Kreolen Ohrringe hervor. An den Füßen trug sie weiße Sandalen, deren hohe Absätze sie mit ausgestreckten und an den Fesseln gekreuzten Beinen in den Sand stemmte.

Der Stoff des leichten Sommerkleids lag auf ihren Schenkeln auf, und Mark stellte sich die prallen Formen vor, die sich darunter verbargen. Ihn fesselte ihr unaufdringlicher, verführerischer Reiz. Sie erzählte von ihrem Schulalltag, und wie sie Schwarze, Kreolen und Békés unter einen Hut zu bringen hatte. Zwar warteten in der Regel unterschiedliche Lebenschancen auf sie, dies sei aber in anderen Gesellschaften auch nicht viel anders. Dummheit und Intelligenz, Fleiß und Faulheit, Ignoranz und Liberalität würden ziemlich gleichmäßig und von der Herkunft unabhängig verteilt sein. Alle Kinder verbinde ihre unbändige Lebensfreude. Diese halte meist das ganze Leben an. Dabei gäbe es sicher vieles zu kritisieren, zumal aus europäischer Sicht. Es sei aber nicht erwiesen, so meinte sie, ob sich bedrückende Lebensumstände nicht leichter dadurch veränderten, dass man sie nicht allzu ernst nähme, als wenn man ihnen mit geballter Vernunft zu begegnen versuche. Da fast alle Einwohner einer Religion angehörten, nämlich der katholischen, bestehe keine eifersüchtige Rivalität der religiösen Bekenntnisse. Sie müssten sich deshalb nicht in Sündenkatalogen und Ritualen der Vergebung gegenseitig überbieten. Die Menschen bewahrten meist lebenslänglich ihren Kinderglauben, den sie in der Grundschule einheitlich gelehrt bekämen. Im Gegensatz zu Europa werde der Zweifel hier nicht als positive Eigenschaft gewertet, sondern gelte als ein Ausdruck von Dummheit. Warum sollte man an etwas zweifeln, was man ohnehin weder wisse noch ändern könne?

»Die Leute leben gut damit«, lehrte sie weiter, während sie in kleinen Häppchen, aber beständig vor sich hin aß. »Wir haben in Fort-de-France ein Krankenhaus. Es ist auf dem modernsten medizinischen Stand und technisch hervorragend ausgestattet. Die Ärzte haben in Europa und Amerika studiert. Alle Schichten der Bevölkerung können es in Anspruch nehmen. Und jetzt sagen Sie mir, ob in Ihrem modernen Europa so etwas möglich wäre: Wir haben noch Familien oder besser Sippen, die ihre eigene Totenfeier nach überlieferter Stammesart abhalten. Wenn ein Familienmitglied gestorben ist, wird der Verstorbene auf den Beifahrersitz ins Auto gesetzt und um die Insel gefahren, damit er Abschied nehmen kann. Während dieser Fahrt, bei der ihn die engsten Familienmitglieder begleiten, verlässt die Seele beruhigt den Körper. Dann wird eine Totenfeier mit allerlei Brimborium veranstaltet. So einer Mischung zwischen christlich und Voodoo. Zunächst verbot die Verwaltung diesen Kult. Das Ergebnis war, dass die Familien ihre Schwerkranken nicht mehr zur Behandlung brachten oder die Leichen aus dem Krankenhaus stahlen. Sie verschwanden einfach. Heute wird für einen Verstorbenen aus einer solchen Familie vom Krankenhaus ein Entlassungspapier ausgestellt, wie es Genesene auch erhalten, und nach vierundzwanzig Stunden bringt die Familie den Toten zurück. Dann erst wird der Tod bescheinigt, und die ordentliche Bestattung ist gewährleistet. Gibt es ein Problem? Hier nicht. Bei euch wäre es Störung der Totenruhe oder Leichenschändung, oder wie ihr es nennt.«

Mark lachte. Noch nie hatte er eine plastischere und charmantere Beschreibung von behördlichem Respekt vor den Gefühlen einer Minderheit gehört. Er sagte es ihr als Kompliment.

»Ja, ja bei euch würde darüber diskutiert, ob es vom Staat klug und opportun ist, so zu handeln. Wir sagen, warum nicht? Wir bekehren sie nicht und sie bekehren uns nicht. Keiner weiß es besser. Das Leben spielt sowieso nach eigenen Regeln. Wir sind gar nicht so wichtig.«

Claude beobachtete vom Grill her, wie Chantal ihre Schulstunde fortsetzte und Mark wieder entspannt lachte. Er fasste ihn mit beiden Händen an den Schultern. »Alles wieder im Lot, Europamann? Kommst du morgen wieder mit zum Fischen?«

Er holte zwei Flaschen Bier aus dem Wasser und schenkte sich und den beiden nach.

»Heute Morgen haben wir die Fische verjagt«, erklärte er Chantal. »Wir waren erfolgreich. Alle sind geflohen«. Zwei große, glänzende, braune Augen schauten ihn verständnislos an. »Wenn Mark seine Wette nicht verloren hätte, wäre heute Sonntag für mich gewesen. Kein Geschäft.«

»Ihr habt gewettet? Um was ging es?«, fragte Chantal interessiert. Claude berichtete kurz und die Frau sah Mark fragend an. »Du hast absichtlich verloren, warum?«

»Ich hatte einen guten Tag«, antwortete Mark und bemerkte nicht, wie sich Claudes Miene verdunkelte. Auch ihr erzählte er die Geschichte, wie er um seine Firma gebracht worden war und wie seine Freunde sich darum bemühten, sein Vermögen zu retten.

»Wie viel Geld hast du denn noch?«, fragte Chantal direkt.

»Zum Leben reicht es gerade«, lächelte Mark, und man konnte erkennen, dass er beträchtlich untertrieb.

»Und warum machst du es dir dann kaputt?«

»Was?«, fragte Mark.

»Dein Leben«, antwortete Chantal.

»Ich mache doch nichts kaputt. Ich rette es«, entgegnete er empört.

»Dann gehörst du auch zu den Dummköpfen dieser Welt. Da solltest du dich mit Claude unterhalten. Ich bin nur eine einfache Lehrerin. Der hat Philosophie studiert. Übrigens bei euch in Heidelberg. Schau, wie er lebt. Der hat kapiert, um was es geht. Wahrscheinlich hätte er dazu erst gar nicht zu studieren brauchen. Aber ihr wisst alles, und ihr lehrt alles und tut das genaue Gegenteil. Niemand übertrifft euch in der Fähigkeit, eure Krankheit zu analysieren. Ihr heilt sie aber nicht. Und dann wundert ihr euch, wenn ihr verrückt werdet und die übrige Welt auch noch verrückt macht. Wenn sich dann einige andere Kranke dieser Welt wehren, ihre eigene Krankheit gegen die eure einzutauschen, nennt ihr sie Terroristen.«

Giselle und Claude hatten sich auf die andere Seite des Tisches gegenüber von Mark und Chantal gesetzt. Die Sonne versank im Meer, und die kurze Dämmerung hinein in die langen Nächte zwischen den Wendekreisen begann. Ein frischer Wind wehte die Schwüle des Tages hinweg und trug das sich ständig wiederholende Geräusch der an den Strand rollenden Wellen zu ihnen.

»Und ihr meint, ihr seid als Einzige gesund?«, fragte Mark spöttisch. Die kreolische Lehrerin hatte auf jede Frage eine Antwort. Vielleicht sogar mehrere. Sie war es gewohnt, gefragt zu werden und ohne Zögern antworten zu müssen.

»Das ist das Interessante, dass es viele Krankheiten, aber nur eine Gesundheit gibt. Unser Doktor definiert Gesundheit als die Abwesenheit von Krankheiten. Er sucht also nicht nach der Gesundheit, sondern vertreibt die Krankheiten. Dann stellt sich die Gesundheit von selbst ein. Ich habe aber nur eine Chance bei einem funktionierenden Immunsystem, sagt der Doktor. Und das habt ihr nicht mehr«.

»Und was fehlt uns zu unserem Immunsystem?«, fragte er ironisch. Giselle von der anderen Seite des Tisches griff in das Gespräch ein: »Die Lebensfreude, natürlich. Ihr relativiert alles, außer euch selbst.«

»Als ich in Heidelberg war«, erzählte Claude, »haben wir viele Philosophen gelesen und diskutiert. Die Fragestellung war immer die gleiche: Was ist der Mensch, und was hat er hier zu tun? Was gebietet die Ratio, die Vernunft? Wir haben gelernt, wie die einzelnen Theorien an die Fragestellung herangehen und wie sie die Lösungsansätze finden. Diese Lehren haben wir miteinander verglichen, gegeneinander abgegrenzt und die Logik und Brillanz der Gedankenführung dargestellt. Wer dies am besten konnte, erhielt gute Zensuren. Ich habe mir dann irgendwann gesagt, dass mich das alles nicht mehr interessiert. Wir waren alle Käfer, die sich selbst sezierten. Ich wollte mich aber nicht sezieren, sondern laufen und fliegen. Deshalb bin ich wieder hier. Wenn ich morgens zum Fischen fahre, dann spüre ich den Wind und das Wasser. Ich sehe die Sonne aufgehen, und wenn ich die Fische verkaufe, dann treffe ich meine Freunde. Abends sitze ich mit Giselle vor dem Haus, schaue zu den Sternen, und manchmal haben wir richtig

Spaß miteinander.« Giselle knuffte ihn lächelnd in die Seite. »Ein vergeudetes Leben«, würdet ihr sagen. »Was hat er aufgebaut, was hat er geschaffen? Nichts, gar nichts. Warum sollte ich? Ist doch alles da. Vielleicht bekommen wir noch Kinder, dann haben wir unseren Job gemacht.« Claude machte eine kleine Pause. Dann neigte er sich zu Mark über den Tisch:

»Wenn ich zwei Boote baue oder drei, dann verdiene ich mehr. Irgendwann habe ich eine Flotte und dann? Das Meer gehört doch nicht mir. Dann muss ich andere daran hindern, dass sie bei mir fischen. Ich muss das, was ich als erster gestohlen habe, gegen andere verteidigen. Ist der erste Dieb besser als der zweite oder dritte? Am Schluss sind nur noch Diebe unterwegs. Diejenigen, die bereits gestohlen haben, und diejenigen, die noch stehlen werden. Ist das vernünftig?«

»Aber es gibt doch Menschen, die mehr können als andere«, warf Mark ein. »Es ist doch klar, dass die mehr verdienen und also mehr besitzen?«

»Was ist klar?«, fragte Claude. »Warum soll der, der mehr kann als andere, mehr besitzen? Liegt nicht schon in der höheren Begabung ein Gewinn? Muss er anderen auch noch etwas wegnehmen?«

»Wieso wegnehmen, sie haben doch nichts.« Mark fand kindliche Freude an dem kurzweiligen Streit. Chantal aber begann sich zu langweilen und nahm am Gespräch nicht mehr teil.

»Was meinst du, Chantal?« Mark versuchte sie in das Gespräch einzubeziehen.

»Ihr macht einen Eiertanz«, antwortete sie gleichmütig. »Entweder ihr glaubt an Gott, dann könnt ihr eure Gescheitheiten einstellen, oder ihr glaubt nicht an ihn, dann könnt ihr weitermachen bis zum jüngsten Tag, ohne Ergebnis natürlich.«

Eine solche Bemerkung hatte Mark von dieser Frau nicht erwartet.

»Ich weiß, Ihr nennt das ein Totschlagargument. Aber eine sinnlose Diskussion muss man totschlagen. Du bist aus Heidelberg wieder hierher nach Le Diamant gekommen, Claude. Warum? Du hättest dich dort in eine Reihe von illustren Männern einreihen können, die seit mehreren hundert Jahren sinnlos diskutieren. Du hättest zu den vielen tausend Büchern noch ein paar dazu schreiben können. Warum hast du es nicht getan? Kluge Menschen schreiben keine Bücher. Betrachte es als Kompliment. Konfuzius nicht, Sokrates nicht, Jesus nicht. Hat irgendeiner mehr zu sagen als die drei? Gibt es da noch was, außer eitles Geschreibe? Schade um jeden Baum, der deshalb gefällt und zu Papier werden muss. Wir krabbeln einige Jahrzehnte hier auf dieser schönen Erde herum und haben nichts Besseres zu tun, als uns gegenseitig das Leben schwer zu machen. Nicht intelligent, würde ich sagen, wenn wir es nicht besser wüssten. Da wir es aber besser wissen, ist es charakterlos und böse. Darüber brauchen wir aber nicht zu diskutieren. Nehmen wir nur unseren Kulturkreis. Sokrates sagt, jeder hat ein Bild in sich, wie ein Mensch zu sein hat. Er nimmt eine Laterne und läuft beim helllichten Tag durch Athen und erzählt jedem, der ihn dumm anredet, dass er Menschen suche. Brauche ich eine Bibliothek und Heerscharen von Philosophieprofessoren, um das zu begreifen? Jesus sagt, er schickt seine Leute wie Schafe unter die Wölfe, umgibt sich mit gescheiten Weibern, die von der guten Gesellschaft verachtet werden, und zur Gier und Angst der Leute sagt er, sie sollten die Vögel des Himmels und die Blumen auf dem Feld anschauen, die machten sich keine Sorgen und seien schöner als Salomon in seiner ganzen Pracht. Er sagt, wer ohne Sünde ist, der werfe den ersten Stein, und schlussendlich gibt er den Menschen das Rezept, sich selbst und sich gegenseitig zu lieben, ob es einem passt oder nicht. Dann wird er verurteilt und umgebracht. Brauche ich Theologen, Exegeten, wichtigtuerische Imame aller Religionen, die mir das erklären? Außerdem hat er zu seinen Leuten gesagt, sie sollen seine Worte verkünden, in die Welt hinaustragen. Er hat nicht gesagt, sie sollen auslegen und deuten, als wären es ihre eigenen. So habe ich es wenigstens im Gedächtnis. Diese Vernunft reicht für viele Leben. Für meines auf jeden Fall. Und wenn einer meint, er ist gescheiter, dann soll er es probieren. Vorher muss ich mir das Gelaber aber nicht anhören.«

Claude und Giselle grinsten und nickten belustigt. Sie kannten Chantal. Mark war sprachlos. Eine solche in gleichmütigem Tonfall dahergeredete Tirade hatte er von dieser Frau nicht erwartet.

»Was ist dann dein Sinn des Lebens?«, fragte er, um sie in Verlegenheit zu bringen. Ohne nachdenken zu müssen, sagte sie nur: »Physisch: Reproduktion. Psychisch: Danke Gott, genieße die Schöpfung, mache keinen Schaden und gehe mit Anstand.«

Claude lachte: »Europamann, hier kannst du etwas lernen. Du bist unter karibische Lehrerinnen gefallen. Und morgen früh fahren wir wieder zusammen hinaus.«

Später stand Chantal schweigend auf und schlenderte zum Meer hinunter. Als sie nicht mehr zurückkam, erkundigte sich Mark bei Giselle, ob ihre Kollegin nach Hause gegangen sei. Claude antwortete: »Sie wartet.«

Mit einer kleinen Kopfbewegung zeigte er ihm die Richtung an. Langsam, um jeden Eindruck der Eile zu vermeiden, spazierte Mark an den Strand. Er sah die Silhouette der gedankenverloren auf das Meer hinaussehenden Frau. Als er sie erreicht hatte, legte sie ihren Arm schwer um seine Hüfte und hakte ihren Daumen in seinem Gürtel ein. Gemeinsam stapften sie durch den noch warmen, lockeren Sand. Nach einigen Minuten ließ sich Chantal langsam zu Boden sinken. Sie zog Mark mit. Er schob ihr Kleid hoch, riss sein Hemd auf und löste den Gürtel. Mark war kein fantasieloser Mann. Er nahm sich immer Zeit und schmeckte und küsste und genoss die Gerüche einer Frau. Er liebte volle, weiche Brüste und die zärtlichen Berührungen der Haut. Nichts von alledem jetzt. Die Anspannung der letzten Monate zerfetzte ihn. Ungeduldig, ja grob drang er in sie ein. Niedergeschlagenheit und Zorn, Ohnmacht und Wut, Hoffnung und Enttäuschung trieben ihn an. Mit aller Kraft stieß er zu und nagelte Chantals Körper, den er unter anderen Umständen mit seinen Küssen übersät und verwöhnt hätte, in den Sand. Erschöpft knickten danach seine

Arme ein, die im Sand zu Fäusten geballten Hände öffneten sich, und sein Körper legte sich ermattet auf ihren erhitzten Leib. Er schämte sich wegen seiner Grobheit und hielt verkrampft die Augenlider geschlossen. Erstaunt spürte er, dass ihn ihre Arme und Beine wie die Tentakel eines Kraken umschlungen hielten. Warme, weiche Saugnäpfe nahmen ihn gefangen, saugten ihn aus und erlösten ihn von seiner Verspannung.

Der Mann, der morgens um vier auf Claudes Boot saß und wartete, fühlte sich federleicht. Als Claude endlich aus der Dunkelheit auftauchte und verschlafen wie jeden Tag sein Auslegerboot in die Wellen schob, freute sich Mark auf die vor ihnen liegenden Stunden.

Während der Fischer die Schraube ins Wasser kippte und den Motor zum Laufen brachte, ordnete Mark die zwei Netze und inspizierte den Fangkorb. Auf dem Weg hinaus zum Fanggebiet rauchten sie eine Zigarette. Den gestrigen Abend sprach keiner von beiden an. Zunächst versenkte Claude den Fangkorb. Mark hatte die Boje bereits an der oberen Querleiste befestigt. Dann fuhren sie mit voller Motorleistung an ihre gestrigen Plätze. Mark setzte sich hinten im Boot neben das Ruder und hielt das Boot gerade. Claude ließ die engmaschigen Netze über die Bordkante ins Wasser gleiten. Nach nur wenigen Minuten ruhiger Fahrt begann sich die Maschine zu quälen. Claude war beunruhigt. Er bat Mark, den Motor abzuschalten. Dann kippte er den Antrieb nach oben. Die Schrauben waren frei.

Gott sei Dank, dachte Claude, das hätte mir gerade noch gefehlt. Dann zog er am ersten Netzseil. Er spürte einen starken Widerstand.

»Mark hilf mir«, rief er, »aber vorsichtig, nicht zerreißen, vielleicht hat es sich verhängt.«

Als sie das Netz mit größter Mühe auf das Boot hochgezogen hatten, schlugen drei Thunfische, zwei kleine Haie und eine Menge kleinerer Fische auf die Planken. Nach dem Einholen des zweiten Netzes stand Claude staunend vor einem Blue Marlin, einem Zackenbarsch und mehreren Barrakudas, die sich im Netz verfangen hatten.

»Das sind Harpunenfische«, erklärte er Mark. »Ich habe noch nie welche mit dem Netz gefangen.«

Vor ihnen lag das durchschnittliche Fangergebnis einer ganzen Woche. Sie öffneten die Fische mit den Messern und nahmen sie oberflächlich aus. Die Eingeweide warfen sie wieder ins Meer zurück und verstauten den Fang in den mitgeführten Behältern. Dann säuberten sie die Netze. Claude hatte entschieden, dass die Beute genüge und er die Netze heute nicht nochmals auswerfen werde. Zum Bergen des Fangkorbes für die Langusten war es noch zu früh, und so setzten sich Claude und Mark nebeneinander auf die Bordkante. Schweigend sahen sie zu, wie die Wellen an das Boot schlugen.

»Meint Chantal ernst, was sie gestern gesagt hat?«, durchbrach Mark die Stille.

»Hundertprozentig«, antwortete Claude. »Sie redet viel, aber sie lebt auch so.«

»Ich werde nach Deutschland zurückfliegen«, kündigte Mark an.

»Ich weiß«, entgegnete Claude.

»Ich werde die Sache beenden«, sagte Mark.

»Ich weiß«, wiederholte sich Claude.

Beide versanken wieder in Schweigen.

»Woher?«, fragte Mark nach einer Weile, und als Erklärung deutete Claude auf den reichen Fang, den das Meer ihnen heute freigegeben hatte.

12

Bastian Milla war seiner Gewohnheit folgend auf die Autobahn nach Salzburg aufgefahren. Seine Frau neben ihm blieb in sich zusammengesunken. Zwar hatte sie aufgehört zu weinen und schluchzte nur mehr ab und zu auf, aber sie schwieg leidend und vorwurfsvoll. Für Bastian war die Lage unerträglich. Er griff zum Telefon und wählte Arnulf Mitterers Nummer. Als er mit ihm verbunden war, bat er ihn, zu ihm ins »Bachmair« zu kommen. Er müsse dringend mit ihm reden.

»Der Machlik ist bei mir«, informierte ihn Mitterer.

»Bringe ihn mit«, antwortete Milla kurz. Dann bog er in das Tegernseer Tal ab.

Das aufmerksame Mädchen im weißblauen Dirndl an der Rezeption freute sich, das Ehepaar Milla wieder zu Gast zu haben. Tonia verbrachte seit Jahren im November zwei Wochen in dem Hotel, um sich innerlich und äußerlich zu regenerieren. Die Millas waren gute Gäste.

Seine Suite war frei, und so buchte er zunächst für zwei Nächte. Dann würde die Welt wieder anders aussehen, hoffte er. Als Tonia nach einem kurzen Schlaf auf den Balkon hinaustrat und über den See in die herrliche Berglandschaft blickte, und auch weil sie hier fast zuhause war und sich an dem Ort gewöhnlich wohlfühlte, fand sie ihre Sprache wieder. Der Eklat im Büro vor wenigen Stunden schien in weite, fast unwirkliche Ferne gerückt. Bastian trat hinter sie. »Ich glaube, das ist die Sache nicht wert«, flüsterte er. »Es wäre schön gewesen, aber die sind zu brutal.«

Tonia drehte sich zu ihrem Mann um.

»Kennst du sie? Weißt du, wer hinter allem steckt?«

Bastian umfasste mit beiden Händen die Balkonbrüstung, dass seine Knöchel weiß hervortraten. »

Nicht genau«, presste er heraus, »sonst könnte ich mich wehren. Aber ich denke, ich weiß, aus welcher Ecke ich angegriffen werde. Das ist die Scheiße an dieser Globalisierung«, schimpfte er vor sich hin, »nicht nur die Geschäfte werden weltweit gemacht, du kannst dir auch Leute für jedes Verbrechen auf dieser Welt kaufen.« Milla dachte an den alten, kranken Anwalt, der nichts mehr zu verlieren hatte und ihn so kaltblütig bedrängte. Ich habe nichts gewonnen, wenn der weg ist. Ich komme an die Leute nicht ran. Er ging in sein Zimmer zurück und rief Dr. Braun an.

»Sie haben gewonnen«, sagte er, ohne erst seinen Namen zu nennen. »Aber den Schaden, den sie angerichtet haben, ziehe ich von der Forderung ab.« Alexander Braun war völlig überrumpelt. Ehe er realisierte, wer sprach, hatte Milla die Sätze schon herausgeschossen. Brauns Körper hatte in den letzten Wochen weiter an Kraft verloren, und Alexander wollte keinen Kampf kämpfen, bei dem er keine Chance hatte, zu gewinnen. Das Ende würde unweigerlich kommen, und er hoffte, dass es kein solches Siechtum würde, wie er es bei seiner Frau erlebt hatte. Er wünschte sich einen schnellen Tod. Die schreckliche Nacht hatte ihn geschüttelt wie der Orkan einen Baum, und seine Wurzeln gelockert. Nach dem Gespräch mit Marlene Rossmann fasste er den Entschluss, sich aus der Aktion Attelmann zurückzuziehen. Die Wucht, mit der Nelson vorging, war beeindruckend und beängstigend zugleich. Er, Alexander Braun, gehörte aber nicht in ein solches Spiel. Er hatte sich falsch eingeschätzt, als er empört über seine Machtlosigkeit, Mark Attelmann mithilfe des Rechts gegen seine hinterhältigen Schädiger schützen zu können, bereit war, mit Nelson zusammenzuwirken. Es machte einen gewaltigen Unterschied, ein gedankliches Gebäude, eine virtuelle Strategie zu entwickeln oder aber mitzuerleben, wie sich die Gewalt tatsächlich entlädt. Alexander Braun war ein Mann des Geistes und des Wortes. Nicht der Tat. Die Tat ängstigte ihn wegen ihrer Endgültigkeit. Ein Wort lässt sich überdenken und korrigieren. Eine Tat verändert die Verhältnisse. Ein Gedanke ist wie Schreiben auf der Schiefertafel. Es gibt immer einen nassen Schwamm. Wie Schreiben auf dem Bildschirm. Der Cursor geht zurück, und alles kann verändert werden, als wäre es nie geschrieben gewesen. Die Tat ist die Arbeit eines Bildhauers. Es gibt kein Übermalen. Ein falscher Schlag und der Stein ist ruiniert.

Alexander Brauns Hände waren nicht für Hammer und Meißel geschaffen.

So kam ihm der Anruf von Milla gelegen.

»Lassen Sie uns über alles reden, Herr Milla«, sagte er.

»Da gibt es nichts zu reden. Stoppen Sie Ihre Mörderbande. Mit Menschen wie Ihnen rede ich nicht.«

Milla schrie ins Telefon. Seine Wut, seine Verzweiflung und Hilflosigkeit entluden sich in wenigen Sätzen. Tonia legte ihm müde ihre Hand auf die Schulter, als er das Telefonat beendet hatte.

»Haben wir es jetzt überstanden?«, fragte sie.

»Ich weiß es nicht«, antwortete er müde, während die Frau an der Rezeption über das Haustelefon mitteilte, dass die zwei Herren, die von Herrn Milla erwartet würden, eingetroffen seien.

»Schicken Sie sie hoch«, wies sie Milla brüsk an. Sein rüder Ton entsprach nicht dem Stil dieses Hauses.

Tonia zog sich auf den Balkon des Schlafzimmers zurück, und Milla öffnete die Tür. Er reichte weder seinem Freund Arnulf, noch Machlik die Hand. Irritiert über die kühle Begrüßung ließen sie sich nicht in die schweren Sessel fallen, sondern blieben im Zimmer stehen, wo ihnen Milla schroff mitteilte, dass sich Veränderungen ergeben hätten. Aus dieser Attelmann-Geschichte sei kein Gewinn zu ziehen. Während Mitterer diese Bemerkung verständnislos, aber gefasst aufnahm, wurde Machlik leichenblass. Bevor er aber etwas sagen konnte, versuchte Mitterer zu beschwichtigen: »Aber selbstverständlich ist daraus Gewinn zu ziehen. Schwarzmann verkauft doch die Vorzugsaktien schon wie verrückt. Es läuft alles wie geplant.«

»Nichts läuft wie geplant«, brüllte Milla auf. »Der Bäcker ist tot, mein Haus ist in die Luft gesprengt, meine Konten sind abgeräumt und meine Tochter wird angezündet. Wie geplant?«

Milla spuckte die Worte mit sich überschlagender Stimme heraus. Tonia, die ihren Mann nie schreien gehört hatte, stürzte entsetzt zu den Männern ins Zimmer. Milla hielt sie am Handgelenk fest. Beherrscht ruhig presste er heraus: »Ich habe genug. Das Spiel ist aus.«

Machlik starrte auf Milla. Seine Lippen zitterten. Hektische rote Flecken brannten auf seinem Gesicht, und bebend vor Zorn schrie er ihn an: »Nichts ist aus! Deshalb habe ich euch den Assfort nicht aus dem Weg geräumt, dass ihr jetzt schlappmacht. Cora ist tot, und ihr wollt auf halbem Weg aufhören. Nicht mit mir. Wir haben eine Vereinbarung, Herr Milla. Diese Vereinbarung gilt! Ist das klar! Zehn Prozent und zwar von allem!«

Als Richie Machlik drohend auf Milla zuging, stellte sich Mitterer dazwischen. Er breitete die Arme zu einer beruhigenden Geste aus. »Wir dürfen jetzt nicht die Nerven verlieren. Lasst uns über alles reden.« Tonia verfolgte ungläubig, was sich in ihrer Suite abspielte. An einem Ort und Ambiente, wo sie sich immer wohl gefühlt hatte. Sie befreite ihr Handgelenk von der Umklammerung ihres Mannes, ging zur Tür und öffnete sie. »Würden die Herren bitte gehen«, sagte sie völlig ruhig und fast höflich. Nur an ihrem bleichen Teint war die Anspannung zu erkennen. Machlik und Mitterer suchten den Blick von Milla. Als der keine Reaktion zeigte, verließen sie dem ausgestreckten Arm Tonias folgend die Suite.

»Das war nicht unser letztes Wort, Herr Milla.«, rief Machlik vom Flur zurück. Tonia schloss die Tür und kehrte wortlos auf den Balkon zurück. Bastian Milla setzte sich schweigend auf die Armlehne eines Sessels, stützte die Ellbogen auf die Knie und legte das Gesicht in seine Hände. Ohnmächtiger Zorn trieb ihm

Tränen in die Augen. Das Telefon läutete mehrmals, ehe Milla abhob.

»Hier Braun«, meldete sich eine müde Stimme. »Ich habe Ihre Nummer auf dem Display gespeichert«, erklärte er. »Ich biete Ihnen ein Gespräch an, Herr Milla. Es könnte sich für uns beide lohnen, meine ich.«

»Dann kommen Sie her. Sie wissen ja offensichtlich, wo ich bin«, entgegnete Milla scharf.

»Ich reise nicht mehr«, sagte Braun, ohne auf den groben Ton Millas einzugehen. »Wenn Sie mit mir reden wollen, müssen Sie sich zu mir bemühen. Bitte sagen Sie Fräulein Kramer rechtzeitig Bescheid, damit sie mich informieren kann.«

Dann legte er auf und ließ Milla mit seiner Antwort allein.

So verletzt hatte sich Bastian Milla noch nie gefühlt: Bedrohungen aus der Dunkelheit, die jede Furcht vor ihm vermissen ließen. Frechheiten eines Machlik, der sich vor einigen Tagen noch vor ihm in den Dreck geworfen hätte. Ein alter Anwalt, der ein Telefonat mit ihm beendete, ohne seine Antwort abzuwarten.

Was ist mit mir? fragte sich Milla. Er wusste, dass man bei Menschen deren Angst spüren konnte. Bisher hatte er diese Angst immer bei anderen gefühlt und entsprechend gehandelt. Rieche ich jetzt nach Angst? Wann wird mich Tonia verachten? Tut sie es nicht schon? Sie hat diesem Rüpel, aber auch einem Freund von ihm die Türe gewiesen. Er stand dabei wie ein Schuljunge. Und sie war ohne ein Wort wieder in das Schlafzimmer gegangen. Bastian öffnete die Tür und sah seine Frau auf dem Balkon. Sie stand mit dem Rücken zu ihm und sah über den See, auf dem gerade ein Touristendampfer vor dem Hotel vorbeizog. Sicher spürte sie, dass er sie ansah. Sie fühlte seine Blicke immer und wendete sich ihm dann lächelnd zu. Jetzt blieb sie abgewendet reglos stehen. Er zog die Tür zu. Bastian Milla ist am Ende, dachte er. Seine eigene Frau missachtet ihn. Er versank in tiefschwarze Leere. Sie zog ihn immer schneller kreiselnd in die Tiefe. Um Millas Brust spannte sich ein eiserner Ring. Er hörte auf zu atmen. Alles war ruhig um ihn. Nichts als Stille. Von Ferne sah er aus der Schwärze ein Licht auf sich zukommen. Als öffne sich ein Tunnel. Wie im Kegel eines Scheinwerferlichts sah er Arnulf Mitterer. Seine Arme waren ausgebreitet und seine Lippen bewegten sich. Er konnte ihn nicht verstehen. Plötzlich fühlte er sich von einem Strudel erfasst, der ihn nach oben riss. Wie ein Ertrinkender, der an die Wasseroberfläche gelangt, schnappte er gierig nach Luft. Er beugte sich weit vor und umklammerte mit beiden Armen seine Knie. Nach einigen tiefen Atemzügen erhob er sich von der Sessellehne.

Arnulf hatte doch gesagt, dass sich die Vorzugsaktien der Attelmann-Charon AG ausgezeichnet verkauften, erinnerte er sich. Dies würde bedeuten, dass Kapital auf seine Konten bei Schwarzmann floss. Er hätte nicht zulassen dürfen, dass Tonia Arnulf hinauswarf. Auf Arnulf war immer Verlass gewesen. Alle Kraft, die noch in ihm war, bäumte sich auf. Milla ist nicht tot, sagte er sich. Milla ist nicht tot. Entschlossen riss er die Tür zum Schlafzimmer auf.

»Tonia, ich muss weg«, sagte er nur und stürmte ohne weitere Erklärung auf den Parkplatz. Er schob sich in den Porsche, startete die Maschine und umklammerte das Lenkrad. Der Motor heulte auf und der Sitz unter ihm vibrierte. Bastian Milla sitzt wieder im Sattel, dachte er, als er mit dem Wagen verschmolz und den Weg zur Autobahn einschlug.

Tonia brannten die Augen. Sie hatte keine Tränen mehr. Verdammtes Geld, dachte sie, immer nur Geld. Wir werden noch ersticken daran. Die einen an zu viel, und die anderen an zu wenig. Ruinieren wird es uns aber alle.

13

Nelson und Amara schlenderten durch die Frankfurter Innenstadt.

Vom Börsenplatz kommend überquerten sie die Zeil, ließen den Rossmarkt rechts liegen und gingen durch die Sandgasse direkt auf die Paulskirche zu. Sie hielten sich nicht lange auf und strebten den Römerberg hinunter, durch die Bendergasse am Dom vorbei der Schönen Aussicht zu. Dort setzten sie sich an das Mainufer und beobachteten mit vielen anderen Touristen den Schiffsverkehr zwischen der Alten Brücke und der Weseler Werft. In dieser Stadt und an diesem Ort erregten zwei Schwarze keine Aufmerksamkeit. Wenn Amara Blicke auf sich zog, was sie natürlich bemerkte, dann deshalb, weil sie an dem heißen Sommertag knappe, zitronengelbe Hot Pants trug und ihre langen Beine die Bewunderung der Männer und mehr noch der Frauen geradezu herausforderte.

Nelson steckte in seinem unvermeidlichen braunen Anzug. Sie schauten auf die Sachsenhausener Seite hinüber.

»Lange sollten wir nicht mehr bleiben«, meinte Amara. »Mir reicht es. Ich freue mich, wenn ich wieder zu Hause bin.« Nelson nickte.

»Ich denke, in einer Woche ist alles vorbei.« Amara schlüpfte aus ihren Sandalen und stellte sie neben sich.

»Werdet ihr Erfolg haben oder ist alles umsonst?«

Ihr Bruder grinste breit und zeigte seine starken weißen Zähne:

»Ich habe das Saatgut in Malawi schon bestellt, und die Plantagen am Limpopo werden bereits vermessen.« Amara blickte zweifelnd zu ihm auf: »Bist du so sicher?«

»So wie ich Nelson Zaka heiße und du meine Schwester bist«, sagte er liebevoll, legte seinen Arm um ihre Schulter und drückte sie an sich. »Ich will auch nach Hause. Wir werden viel Arbeit haben.«

Nelson hatte in den zurückliegenden Tagen Ausstellungen von Landmaschinen besucht und war begeistert, welche Zusatzgeräte relativ einfach, also auch von nicht ausgebildetem Personal, an die Zugmaschinen angebracht werden konnten. Mit einer einzigen Maschine konnte man roden, ernten und Transporte vornehmen. Er suchte sich immer die robustesten Geräte aus und besaß inzwischen eine umfangreiche Sammlung von Prospekten. Die Verkäufer der Herstellerfirmen berieten ihn zuvorkommend und engagiert. Sie erkannten an seinen konkreten Fragen ein echtes Interesse und erhofften deshalb einen lukrativen Auftrag. Die Auslieferung nach Maputo stellte kein Problem dar. Er stand in fast täglichem Kontakt mit seinem Onkel im Ministerium, und sie stimmten den Fortgang des Projektes miteinander ab.

»Amara«, sagte er zu seiner Schwester, die immer noch an ihn gelehnt saß, »meinst du, dass Mark mit uns nach Afrika kommt?«

»Ich glaube schon«, erwiderte sie.

»Hoffst du es?«, erkundigte er sich neugierig, und sie antwortete geheimnisvoll: »Vielleicht.«

Dabei legte sie ihr Kinn mädchenhaft verspielt auf ihre Knie, die sie mit beiden Armen umfasst hielt und schaute verträumt in die Strömung des Flusses. Als sie abends in ihr Hotel zurückkehrten, hielt sie der Mann an der Rezeption auf und übergab Nelson ein Päckchen, das ein Bote für ihn abgegeben hatte. In seinem Zimmer las er den Absender aus Kinshasa, riss den harten Karton auf, entzifferte das Etikett und stellte das Röhrchen und die steril verpackte Kanüle in die gekühlte Minibar. Er griff zum Telefon.

»Die Ware ist da«, sagte er nur und legte auf.

14

Am Rhein-Main-Flughafen herrschte die übliche Geschäftigkeit, als Mark, seinen Koffer hinter sich herziehend, über das Labyrinth der Rolltreppen den Zuganschluss suchte. Er war von Fort-de-France nach Paris und von dort nach Frankfurt geflogen. Von Charles de Gaulle aus hatte er das Büro von Dr. Braun angerufen und mit Frau Kramer einen Termin vereinbart. In zwei Stunden würde er in Stuttgart sein. Er konnte sich ohne Zeitnot auf das Gespräch mit dem Anwalt vorbereiten. Sicher würde er den engagierten, alten Herren sehr enttäuschen, wenn er ihm nach all den Aktionen mitteilte, dass er keine Fortsetzung dieser von ihm jetzt als barbarisch angesehenen Strategie mehr wünschte. Während des Fluges hatte er seine Entscheidung mehrmals überdacht. Chantal hatte es ihm in ihrer Art drastisch und geradezu körperlich fühlbar vor Augen geführt. Wenn er diesen Weg weiterginge, so war ihm klargeworden, würde er sein eigenes Leben zerstören. Claude lebte, wie er wollte und wie er war. Noch nie war ihm ein so wenig verbogener Mensch begegnet. Ich habe kein zweites Leben im Rucksack, hatte er ihm erklärt, als er ihn fragte, ob er wirklich mit seinen Fähigkeiten als Fischer in Le Diamant leben wolle. Weißt du, ich nehme mich einfach nicht wichtig.

Mark dachte nach. In Wirklichkeit nimmt er sich aber so wichtig, dass er sich sein Leben von niemandem aus der Hand nehmen lässt. Auch Chantal lebte ihr Leben. Auch sie sagte, sie nehme sich nicht wichtig. Mark war sicher, dass dies nicht stimmte. Diese Menschen nahmen sich wichtig. Er war es, der sich nicht wichtig nahm, und deshalb lebte er anders, als er selbst es wollte und es sich schuldig wäre. Und so war er durch die Jahre geschliddert. Durch seine Lebensjahre. Schluss damit, sagte er sich und blickte auf die vorbeifliegende Landschaft. Wie schwer die Gedanken doch werden, wenn man wieder in Deutschland ist, ging es ihm durch den Kopf.

Den Weg zur Kanzlei von Dr. Braun kannte Mark bereits von seinem früheren Besuch. Nachdem er den Koffer im Hauptbahnhof in einem Schließfach deponiert hatte, nahm er das nächste Taxi und ließ sich zu der Kanzleiadresse fahren. Er war trotz der langen Reise ausgeruht. Seine Haut war straff und gebräunt. Mark Attelmann sah gut aus. In der Kanzlei bat ihn Frau Kramer zunächst in das Wartezimmer, und nach wenigen Minuten forderte sie ihn auf, mit ihr zu kommen.

Hinter einem großen Schreibtisch saß, nein hockte, ein völlig ausgezehrter, alter Mann. Die graue Anzugjacke hing ihm schlaff um die geschrumpften Schultern. Die Hakennase sprang gelb aus dem dürren Gesicht hervor. Nur noch wenige Haarsträhnen bedeckten dürftig den mit dunklen Flecken übersäten Schädel. Die Augen schauten übergroß aus dem wangenlosen Gesicht. Sie blickten lebhaft, schienen aber bereits fiebrig in eine andere Welt zu sehen. Die fleischlosen, knöchernen Hände hielten sich aneinander fest. Mark erschrak und war sich nicht sicher, ob er sein Erschrecken vor dem Besuchten verbergen konnte. Alexander Braun machte erst gar nicht den Versuch aufzustehen. Er löste aber seine Hände voneinander und streckte Mark seine rechte zur Begrüßung entgegen.

»Sie sind vorzeitig zurückgekommen? Gibt es dafür einen Grund?« Die Mumie fragte mit fester und klarer Stimme, die zum übrigen Körper nicht passte.

»Ja«, sagte Mark, »den gibt es. Als wir uns zum letzten Mal sahen, zusammen mit Nelson und Amara, haben wir einen Plan entwickelt. Sie erinnern sich?« Mark vergewisserte sich, und der alte Mann nickte stumm.

»Ich weiß, dass schon manches in die Tat umgesetzt ist. Ich habe über alles nachgedacht. Ich möchte die Sache abbrechen. Selbst dann, wenn ich Sie enttäuschen muss.« Mark wollte an seiner Entschlossenheit keinen Zweifel aufkommen lassen.

Die Mumie bemühte sich, seinen Körper zu straffen, der Mund verzog sich leicht, und die Augen begannen aufzuleuchten. Sein ganzes Gesicht schien heller zu werden.

»Das ist gut. Ich freue mich für Sie«, sprach die kräftige Stimme aus dem siechen Körper. Mark war überrascht. Damals hatte Nelson den Plan entwickelt, und der Anwalt hatte zwar expressis verbis nicht zugestimmt, aber er ließ erkennen, dass er Nelsons Vorgehen für richtig hielt. Jetzt erweckte er den Eindruck, als sei alles ohne seinen Willen geschehen.

»Auch ich habe in den vergangenen Wochen nochmals alles überdacht«, sagte er, als habe er Marks Gedanken gelesen, »und ich bin zum gleichen Ergebnis gekommen.« Erschöpft und mit geschlossenen Augen trug er Mark auf: »Wir müssen Nelson Zeka informieren. Dringend.«

Vor der Tür war ein Tumult entstanden. Geräusche, die nicht in diese Räume passten. Die Tür flog auf, und hinter der hilflos getriebenen und erfolglos den Weg versperrenden Kramer stand Bastian Milla im Türrahmen. »Hier bin ich, Dr. Braun!«, rief er laut. »Was gibt es zu reden?«

Millas Haare hingen ungeordnet in die Stirn, und auch sein Anzug war nach dem spontanen Aufbruch und der langen Autofahrt ungewöhnlich zerknittert. Während der Fahrt hatte er seinen Auftritt in der Kanzlei mehrmals detailliert durchgespielt. Spontan und empört musste er wirken. Charakterlich und finanziell seinem Gegner weit überlegen. Sein Gesprächspartner musste die Gewissheit erhalten, dass er ihn zwar habe verletzen können, aber jetzt von ihm eine umso größere Gefahr ausgehe. Das Bild eines angeschossenen Büffels wollte er abgeben. Waidwund, aber wild zum Gegenangriff entschlossen. Dies alles hatte Bastian Milla kühl kalkuliert, und dies setzte er jetzt in die Tat um. Dabei hatte er so viel Schwung mitgebracht, dass er die tat-

sächliche Szene im Anwaltszimmer nicht wahrnahm. Als er aufblickte, um die erste Wirkung seines Auftretens zu überprüfen,
schlug ihm die Wucht, mit der er in die ruhige Atmosphäre des
Zimmers eingedrungen war, ins Gesicht zurück. Der Greis am
Schreibtisch blickte unbeeindruckt auf ihn. In einem bequemen
Sessel saß mit übereinander geschlagenen Beinen ein gepflegter
Mann seines Alters. Milla und Attelmann waren sich persönlich
noch nie begegnet, sie erkannten sich jedoch sofort. Milla fragte
sich, wie der Mann so ausgeglichen wirken konnte, wo er doch
sein Vermögen verloren hatte. Und von diesen beiden sollte die
Gefahr ausgehen, die sein Leben zu zerstören drohte? Er wusste,
dass der Anwalt an Lungenkrebs erkrankt war. Die Schnüffler seiner Anwälte hatten ihm dies ja mitgeteilt. Er rechnete aber nicht
damit, einen lebenden Leichnam anzutreffen. Die Stimme des
Anwalts am Telefon hatte ihn einen harten und entschlossenen
Mann erwarten lassen. Bastian Milla blieb im Türrahmen stehen
und überprüfte blitzartig seine Strategie. In seine Überlegungen
hinein hörte er die ihm bekannte feste Stimme: »Es freut mich,
dass Sie gekommen sind. Auch wenn ich mir Ihre Begrüßung
anders vorgestellt hatte. Bitte nehmen Sie Platz, und ersparen Sie
mir eine weitere Enttäuschung.« Der alte Mann straffte sich. Seine
jahrelange Routine wusste jede Situation so zu wenden, dass er einen Vorteil daraus ziehen konnte. Die immer noch sprachlose und
entgeisterte Sekretärin befreite er aus ihrer Starre mit den Worten:
»Frau Kramer, bringen Sie unserem Gast bitte eine Tasse Tee.«

Sie stürzte dankbar davon. Die Mumie hatte ihre aufrechte
Haltung wieder verloren. Wie ein zusammengesunkener Haufen
Asche, grau und unförmig, aus dem hin und wieder noch eine
gefährliche Flamme schlagen konnte, klebte er zwischen den Lehnen des Sessels. Er öffnete die Schreibtischschublade und holte
eine Schachtel Zigaretten hervor. Mit zitternden Händen klopfte
er eine davon heraus und zündete sie sich an. Zwischen blutleeren
Linien, die einmal Lippen gewesen waren, sog er in kurzen Zügen
den Rauch ein.

»Was haben Sie uns zu sagen, Herr Milla? Oh entschuldigen Sie, ich habe die Herren nicht miteinander bekannt gemacht.«

Mit einer kraftlosen und nachlässigen Handbewegung deutete er zu Mark. »Attelmann«, sagte er. »Dem Namen nach kennen Sie sich gewiss. Ich glaube, Sie haben einiges miteinander zu besprechen. Fühlen Sie sich beide als Gäste, und benehmen Sie sich auch so.«

Frau Kramer kam ins Zimmer, stellte vor Milla die Tasse Tee ab und verschwand sofort wieder. Milla saß Mark direkt gegenüber.

»Warum tun Sie das?«, fragte Milla. »Ich habe den Rest Ihrer Firma gekauft. Sie wurde mir vom Insolvenzverwalter angeboten. Ich habe bezahlt. Das ist ein korrektes Geschäft.«

»Das ist die halbe Wahrheit«, sagte Mark. Die beiden Männer sprachen Auge in Auge. »Die Wahrheit, die Sie sich zurechtbiegen. Sie haben vorher meine Firma ruiniert.«

»Das war nicht ich«, empörte sich Milla. »Mit solchen Machenschaften habe ich nichts zu tun.« Während er es sagte, wusste er, dass er log. Er hatte das Gespräch beim Stanglwirt mit Kleiner und Machlik nicht vergessen. Er erinnerte sich an den Auftritt von Machlik vor wenigen Stunden in Anwesenheit seiner Frau, bei dem dieser unverhohlen seinen Lohn einforderte. Deshalb schob er noch eine Bemerkung hinterher: »Sie werden mir niemals eine Beteiligung daran nachweisen können.« Mark hörte ruhig zu. »Das brauche ich auch nicht. Ich suche keine Beweise. Ich weiß es. Das genügt.«

»Und Sie glauben, das gibt Ihnen das Recht, mich auf so kriminelle Weise zu verfolgen? Nicht nur mich, sondern sogar meine Tochter? Sie sind ein Feigling, Attelmann. Wissen Sie, dass es einen Toten gegeben hat?«

»Das wiederum werden Sie mir nie nachweisen können«, antwortete Mark ruhig. Es stand unentschieden zwischen ihnen und schweigend starrten sie sich an. Beide wussten: Der erste, der jetzt zu sprechen begann, würde das Spiel verlieren. Nach einer Minute bedrückender Stille sagte Mark: »Was immer geschehen ist, ich habe beschlossen, die Sache zu beenden. Die Gründe werden Sie nicht verstehen, also erspare ich es mir, sie Ihnen zu erklären.«

Milla atmete tief durch. Für einen Erfolg kann ich mich auch einmal beleidigen lassen, dachte er für sich. Um Gewissheit zu bekommen, ob er das Gehörte auch richtig verstanden hatte, fragte er nach: »Dann hat der Terror ab jetzt ein Ende?«

Mark schaute seinen Gegner nachdenklich an. Eigentlich müsste er nun eine Gegenleistung heraushandeln. Es war der letzte und der günstigste Zeitpunkt. Er kannte die Briefe des Anwalts an Milla und wusste um die ausformulierten Forderungen. Aber seine Gedanken flogen zurück zu Claude und Chantal. Zu den leeren und den vollen Netzen. »Ich denke schon«, sagte er.

Aggressiv vergalt Milla ihm den nachdenklichen Ton: »Was heißt: Ich denke schon – ja oder nein?«

Mark Attelmann sah sich in die Enge getrieben. Er versuchte, einen Ausgleich zu schaffen, ja sogar nachzugeben und rief einen neuen Angriff hervor. Hilfesuchend wandte er sich an seinen Anwalt. Milla folgte dem Blick. Der Schädel auf dem dürren Hals war zur Seite gefallen. Die Zigarette lag glimmend am Boden, und die Arme hingen schlaff am Körper herab. Marks sonnengebräunte Haut wurde blass. Langsam erhob er sich, suchte das Sekretariat und informierte Frau Krämer.

Diese rief den Notarzt. Aus den anderen Zimmern liefen die Anwälte und deren Gehilfen zusammen und versammelten sich im Büro von Dr. Braun. Milla stand in der hintersten Ecke und sah dem Treiben unbeteiligt zu. Als der Arzt kam, musste er sich seinen Weg zu Braun durch die Herumstehenden bahnen. Er hob die linke Hand des Anwalts hoch und suchte den Puls. Dann zog er eine kleine Taschenlampe aus der Tasche seines ausgebeulten weißen Mantels und leuchtete in Brauns linkes Auge. Bedauernd schüttelte er den Kopf und streifte die Lider des Toten nach unten. Wenige Minuten später wurde Brauns Leiche auf einer Bahre aus der Kanzlei getragen. Der ausgeglimmte Zigarettenstummel lag hinter einer Aschespur neben seinem Sessel auf dem Teppich.

Als sich die Menschen im Büro wieder verlaufen hatten, trat Milla neben Mark. »Bleibt es dabei? Ist jetzt Schluss?«, nahm er das unterbrochene Gespräch wieder auf und drängte auf eine verbindliche Antwort. »Ich habe die Sache nicht in der Hand«, gestand Attelmann, der von Brauns Tod noch erschüttert war. Dann schwieg er. Adorno kam in den Raum und bat ihn mit gedämpfter Stimme in sein Büro. Um Milla kümmerte sich niemand. Er verließ die Kanzlei und wartete am Ausgang des Gebäudes auf Mark.

In Adornos Büro legte Adam die Akte, die er von Dr. Braun für diesen Fall erhalten hatte, auf den Schreibtisch.

»Dies sind die Unterlagen, die er mir für Sie hinterlegt hat«, sagte Adorno.

»Wie erreiche ich Nelson Zaka?«, fragte Mark. Als hätte er die Frage nicht gehört, fuhr Adorno fort. »Ich gebe sie Ihnen zu treuen Händen.« Er nahm die Dokumente und reichte sie an Mark. Dann schüttelte er ihm die Hand wie einer, der sein Gegenüber und das mit diesem verbundenen Problem schnell loswerden will. Mark verließ die Kanzlei mit der Akte in der Hand und fuhr mit dem Fahrstuhl zum Erdgeschoss. Auf der Straße vor dem Gebäude traf er auf den wartenden Milla. »Was heißt das, Sie haben die Sache nicht in der Hand?«, herrschte ihn dieser an. Mark ging ungerührt weiter. Milla lief hinter ihm her und packte seinen Arm. Mark drehte sich langsam zu ihm und blieb stehen.

»Lassen Sie mich in Frieden, Milla«, sagte er. »Ich weiß nicht wie, aber ich bringe die Sache zu Ende.«

»Was werden Sie tun?«, rief Milla aufgeregt und starrte auf die dünne Akte, die Mark von Adorno erhalten hatte. Als sich beide sprachlos gegenüberstanden, löste Mark den Verschluss des dünnen Hefters und blätterte. Auf einem Notizblatt fand er den Namen von Nelson Zaka, eine Telefonnummer und die Anschrift eines Frankfurter Hotels. »Ich muss nach Frankfurt. Lassen Sie mich endlich los«, sagte Mark.

»Ich komme mit«, bestimmte Milla.

15

Machlik und Mitterer hatten nach dem Rauswurf durch Tonia Milla das »Bachmair« fluchtartig verlassen. Sie waren mit Machliks Auto gemeinsam gekommen, und folglich fuhren sie auch wieder zusammen zurück. Bis kurz vor Holzkirchen sprachen sie kein Wort. Dann bog Machlik auf den Parkplatz eines Landgasthofs ein. Schweigend saßen sie nebeneinander im abgestellten Fahrzeug.

»Was ist jetzt?«, fragte Machlik.

»Schwierig«, antwortete Mitterer. »Er ist hart getroffen. Und es ist ja nicht vorbei. Er hat keine Ahnung, was noch kommt. Tonia ist schon gefallen.«

»Kann man denn keine Polizei einschalten? Die Kerle müssen doch zu fassen sein.« Machlik ereiferte sich immer noch.

»Die Polizei ermittelt doch sowieso überall. Die sind wie vom Erdboden verschwunden.«

»Kommen Sie, ich brauche jetzt ein Bier und einen Doppelten«, sagte Machlik. Sie stiegen aus. Mitterer schaute kurz auf die Straße zurück. Er erkannte Millas Auto, das viel zu schnell der Auffahrt zur Autobahn zuraste.

Das Lokal war gut gefüllt. Mitterer bestellte sich ein Kännchen Kaffee und Machlik ein Bier und einen doppelten Obstler. Mitterer verstand Machlik und seine nervöse Aufgeregtheit gut. Es ging um fürchterlich viel Geld, und es war nicht sicher, ob Machlik noch einmal in seinem Leben so nahe an ein großes Vermögen herankam. Deshalb versuchte er, ihn zu beruhigen.

»Schauen Sie, Machlik, bei Schwarzmann gehen jeden Tag Millionen ein. Glauben Sie, dass Milla die wegwirft? Außerdem weiß ich gar nicht, wie die Aktion gestoppt werden soll.«

Die Bedienung brachte die Getränke. Machlik stürzte den Obstler sofort hinunter, und als ihn die Kellnerin beifällig fragend ansah, nickte er nur kurz mit dem Kopf.

»Mitterer, Sie kennen den Milla doch ganz genau. Was war das denn heute? Hat er seine Alte nicht im Griff? Oder ist das ein abgekartetes Spiel?« Obwohl Mitterer Machliks Benehmen und seine flegelhafte Ausdrucksweise abstießen, verbarg er seinen Ekel. »Der Verkauf der Vorzugsaktien ist in vollem Gange und anschließend wird abgerechnet, Herr Machlik.«

Die Bedienung brachte den zweiten Doppelten. »Zum Wohl«, sagte sie und nickte dem smarten Machlik freundlich zu.

»Mich interessiert nur eines: Ich bekomme mein Geld«, betonte Machlik hartnäckig. Er unterstrich seine Worte mit einem kräftigen Schluck Bier. »Mein Einsatz war riesengroß, Mitterer. Denken Sie an den charakterlosen Angsthasen von Kleiner, denken Sie an den geldgeilen Schwarzmann und den feigen Bäcker, und denken Sie an Assfort, das erste Hindernis. Ohne mich hätte Milla den Laden nie bekommen. Und was habe ich dafür bezahlt?« Weinerlich fuhr Machlik fort. »Bäcker hat mich hinauskomplimentiert, und Cora musste auch dran glauben. Habe ich mein Geld nicht ehrlich verdient, Mitterer?«

Arnulf Mitterer wurde die Gesellschaft dieses Mannes zunehmend unangenehm und lästig. Die zudringliche und angeberische Rede Machliks zerrte an seinen Nerven. „Ich denke, wir fahren jetzt nach München zurück, und ich kümmere mich um Milla«, sagte er und griff demonstrativ nach seinem Portemonnaie, um zu unterstreichen, dass das Gespräch beendet war. Als das Mädchen vorbeikam, zahlte er.

Richie Machlik wurde immer sicherer, dass sein Beitrag von keinem der Beteiligten genügend gewürdigt wurde. Aber er fügte sich. Er hatte zurzeit keine andere Option. Ohne miteinander zu sprechen, brüteten die beiden Männer vor sich hin, als Machlik auf die Autobahn nach München einbog. Wie gewöhnlich herrschte reger Verkehr. Machlik übertrug seine angestauten Aggressionen auf die Räder. Er wechselte die Spuren und suchte die Lücken. Mit der Lichthupe trieb er die langsameren Fahrzeuge zur Seite. Sein Porsche erlaubte ihm diesen Tanz auf der dreispurigen Autobahn. Arnulf Mitterer, der wohl sah, dass Machlik seine aufgeblähten Emotionen direkt an das Auto weitergab, blieb schweigsam und vermied alles, um den zornigen Mann weiter zu reizen. In Kürze würden sie in Ramersdorf sein, und dann wäre auch diese Höllenfahrt überstanden. Zu dem setze ich mich nicht mehr ins Auto, versprach er sich.

In diesem Augenblick wechselte Machlik die Fahrspur von ganz rechts über die Mitte nach links und drückte das Gaspedal durch. Als er die linke Spur erreicht hatte und sie einsehen konnte, erkannte er den Stau vor seinen Augen. Instinktiv riss er seinen Porsche wieder auf die mittlere Spur zurück. Wenige Meter vor ihm schoss die blaue Rückwand eines großen Lastwagens wie eine heranrollende Monsterwelle auf ihn zu. Machlik verkrampfte, hielt das Lenkrad fest und stemmte sich in die Bremse. Das letzte, was er in seinem irdischen Leben sah, waren die fünf leuchtend roten Buchstaben des Fahrzeugherstellers auf der stählernen Rückleiste des Fahrgestells. Unter dieser verschwand funkensprühend das Auto mit quietschenden Reifen und dem fürchterlich kreischenden und krachenden Geräusch von berstendem Glas und reißendem Blech.

16

Nelson lag bequem auf seinem Bett und verfolgte im Fernsehen ein Rugbyspiel, als er das rhythmische Klopfen an seiner Apartmenttüre hörte. Drei – zwei – vier. Amara hatte sich allein zu einem ihrer zeitaufwändigen Stadtspaziergänge aufgemacht, die meist als Einkaufsbummel endeten und vor deren Teilnahme sich Nelson mit Erfolg drückte. Er trat zur Minibar, entnahm einige Dinge, umwickelte sie dick mit einem kleinen, hoteleigenen Abwischtuch aus dem Bad und übergab das Bündel wortlos dem wartenden, jungen Mann auf dem Flur. Der etwas ungewöhnliche, gegenseitige Daumendruck bei der Übergabe hätte einem außerordentlich aufmerksamen Beobachter auffallen können. Der Mann in den blauen Jeans und dem hellen, kurzärmligen Hemd fiel niemandem auf, auch wenn es ein Schwarzer war. In Frankfurt ein völlig normaler Anblick. Nelson warf sich wieder auf das unter seinem Gewicht ächzende Bett und zog Zwischenbilanz.

Der Zeitpunkt der Wahrheit rückte näher. Es war immer so, dass beim ersten Mal ein viel höheres Maß an Brutalität angewendet werden musste. Die Betroffenen nahmen die Warnfunktionen nicht ernst genug. Sie glaubten, dass es irgendwie aufhören würde. Erst wenn einmal das ganze Programm durchgezogen war, dann glaubten die nächsten, die die Vorgänge noch als unbeteiligt verfolgt hatten, dass sie es mit ernsthaften Gegnern zu tun hatten. Die Überheblichkeit der Reichen und Mächtigen musste nur einmal mit aller Gewalt gebrochen werden. Dann wurden sie sensibel für die näher kommenden Einschläge. Milla war so ein erster Fall. In Südafrika war es nicht anders gewesen. Keinesfalls

durfte man eine solche Aktion abbrechen, weil dann die Überheblichkeit gestärkt, und die nächste Aktion umso brutaler angelegt
sein musste. Zögern aus Mitgefühl in einem Fall führte unvermeidlich zu mehr Grausamkeit in einem anderen. Wer das Ende
der Grausamkeiten erreichen wollte, durfte das Programm nicht
unterbrechen, sondern war gezwungen, es mindestens einmal
durchzuziehen. Nelson hatte nicht gedacht, die Ekelhaftigkeiten
des letzten Rings noch anwenden zu müssen. Er hatte gehofft, jetzt
schon wieder zu Hause zu sein, und er nahm es dem Zielobjekt
mit dem Namen Milla persönlich übel, dass er immer noch in
diesem verdammten Hotel herumlungern musste.

Mark Attelmann hatte sich geweigert, in Begleitung von Milla
nach Frankfurt zu fahren. Er versuchte, ihn abzuschütteln und
ließ sich von einem Taxi zum Bahnhof bringen. Der ICE nach
Frankfurt verkehrte stündlich. Mark musste noch dreißig Minuten Wartezeit vertreiben. Er kaufte sich eine Tageszeitung und
bestellte in dem Bahnhofsbistro, das seinem Abfahrtsgleis am
nächsten lag, eine Tasse Espresso, dazu einen Fernet Branca. Er
dachte an Alexander Braun und was er mit ihm in den letzten
Monaten durchgemacht hatte. Claude und seine Freunde hatten
schon recht. Man irrte einige Jahrzehnte auf dieser Erde herum
und dann? Für einen selbst war alles aus, und die Welt drehte sich
weiter, als wäre nichts geschehen. Sicher saßen die Kollegen von
Braun bereits wieder über ihren Schriftsätzen. Während er den
imponierenden Auftritt des Anwalts in seinem Prozess, der ihm
schon unwirklich weit zurückzuliegen schien, in seine Erinnerung rief, sah er Milla die breite Treppe zur Halle hoch stürmen.
Er sah sich suchend um und entdeckte ihn. Er verlangsamte seinen Schritt und schlenderte auf Mark zu. Mit triumphierendem
Blick rückte er sich einen Stuhl zurecht und setzte sich mit provozierend zufriedener Miene, ohne zu fragen, ob seine Gesellschaft
auch erwünscht sei, ihm gegenüber.

»Dann fahren wir eben gemeinsam mit der Bahn und genießen
den Bahnhof, solange es ihn noch gibt«, sagte er sarkastisch.

»Das ist nicht Ihr Ernst«, fuhr Mark auf. »Ich habe keinen Sinn für solche Kindereien.« Bastian Milla lehnte sich zurück und grinste. »Hartnäckigkeit ist ein Teil meines Erfolgs, Herr Attelmann. Ich möchte Ihren großen Unbekannten kennenlernen, damit ich auch sicher bin, dass die Sache ein Ende hat. Sie können es ja nicht versprechen.«

Mark wusste auf diese kaltblütige Unverfrorenheit nichts zu erwidern. Er nahm die Zeitung auf und hielt sie so vor sein Gesicht, dass er Milla nicht sehen musste. Als die scheppernde Lautsprecherstimme im alten Bahnhofsgebäude ankündigte, dass der Zug von Stuttgart nach Frankfurt in wenigen Minuten abfahren werde, rührte sich Mark keinen Zentimeter. Über die Zeitung hinweg sah er Milla, wie er ihn mit provokativer Feindseligkeit musterte. Du hast keine Chance gegen mich, brüllte seine Körperhaltung. Am besten du kapitulierst sofort, dann verkürzt du deine Niederlage. Wie ein Posaunenstoß fuhr dieses Signal, das von Milla ausging, durch Mark. Als die schnarrende Stimme aus dem Lautsprecher letztmals die Abfahrt des Zuges ankündigte und die Fahrgäste zum Einsteigen aufforderte, machte Mark keine Anstalten zu gehen. Die beiden Männer saßen sich inmitten des Bahnhofsbetriebes wie allein gegenüber. Der Zug fuhr ohne diese beiden Passagiere ab und rumpelte aus dem Bahnhof, als Millas Handy klingelte. Obwohl der Ton im Lärm fast unterging, zersprengte er die Spannung, die zwischen den beiden Männern herrschte. Mark neigte seine Zeitung weiter nach unten und beobachtete sein Gegenüber. Offensichtlich sprach Milla mit einer ihm vertrauten Person. Er schien über den Anruf erfreut. Was gesprochen wurde, konnte Mark nicht verstehen. Plötzlich sprang Milla auf, warf seinen Kopf in den Nacken, ging einige Schritte vom Tisch weg und drehte Mark den Rücken zu.

Staunend sah Mark, wie Milla sich veränderte. Zunächst krümmte sich sein Oberkörper nach vorn. Dann knickten seine Knie etwas ein. So verharrte er eine Weile. Er steckte sein Telefon in die Tasche und dann ging alles ganz schnell. Milla streckte sich und kam auf den Tisch zu. Alle Häme und überlegene Arroganz war abgefallen. Seine Augen brannten vor Wut. Aus böse verzerrtem Mund brüllte er ohne Rücksicht auf die herumstehenden Leute.

»Du Hurensohn, du gottverdammter. Warum hörst du nicht auf?«

Mit beiden Händen packte er die Rückenlehne eines Stuhls und zerschmetterte ihn vor Mark auf dem Boden. Knirschend splitterte das Holz. Ein Zittern bemächtigte sich seines Körpers. Er sank auf den dritten Stuhl am Tisch und krümmte den Rücken. Mit beiden Armen umfasste er seinen Leib, und die Augen stierten auf die zertrümmerten Stuhlreste am Boden. Eine lange Weile blieb er in dieser Haltung. Dann hob er langsam den Kopf und blickte Mark aus hohlen Augen an. »Sie haben gewonnen, Sie Lügner«, keuchte er, ohne seine Körperstellung zu verändern. »Haben Sie das Schreiben Ihres Anwalts dabei? Ich unterschreibe.« Mark verstand nichts, sah aber den gebrochenen Mann und erfasste instinktiv die veränderte Lage. Er schlug die Akte, die ihm Adorno gegeben hatte, auf und fand Brauns Schreiben darin. Milla erkannte es sofort. Er griff in die Innentasche seines Jacketts, holte einen Stift und warf seine Unterschrift auf das Blatt. Sein Gesicht glühte vor Verachtung und Ekel. Mark hatte keine Erklärung für diese erneute Wandlung Millas. Bevor er weitere Überlegungen anstellen konnte, hörte er ihn keuchen: »Machlik ist tot und Arnulf Mitterer auch, erklären Sie das seiner Frau.« Mark verstand nichts, und er setzte an, seine Beteiligung, ja sogar sein Wissen, zu bestreiten. Milla hörte nicht zu. »Ich werde meine Anwälte anweisen, den Vertrag für Sie fertig zu machen. Stoppen Sie Ihre Aktionen.« Er sprach leise und scheinbar unbeteiligt. Ohne eine Antwort abzuwarten oder Mark nochmals anzusehen, verließ er taumelnd den alten, schmutzigen Bahnhof, den er so triumphierend betreten hatte. Mark sah ihm nach, ohne etwas verstanden zu haben. Erst als die Worte Millas in seinem Gedächtnis nachklangen, wuchs in ihm das Bewusstsein seines Sieges. Er stieg in den nächsten Zug nach Frankfurt, sah aus dem Fenster und variierte im wiederkehrenden Rhythmus des Geräusches der Räder auf den Schienen. Milla ist fertig, rumtata, Verträge sind fertig, rumtata, Aktionen stoppen, rumtata, Aktionen stoppen, rumtata.

Marks überladenes Hirn beruhigte sich allmählich, und es war ihm, als flöge er neben dem Zug her. Er fühlte sich so federleicht wie noch nie in seinem Leben. Als träte er in eine neue Wohnung, in der alle Zimmer leer waren und nur darauf warteten, von ihm in Besitz genommen zu werden.

Vom Bahnhof in Frankfurt aus rief er die Nummer an, die er aus Adornos Akten entnommen hatte.

Nelson lag in seinem Hotelzimmer auf dem Bett und starrte zur Decke. Obwohl er ein sehr distanziertes Verhältnis zum Wert der Zeit besaß, kratzte die Warterei inzwischen auch an seinen Nerven. Er sehnte die näherkommende Entscheidung, die für ihn gleichbedeutend mit Rückkehr war, herbei. Wie durch einen schweren Vorhang hörte er das Läuten des Telefons. Gelangweilt griff er zum Hörer und meldete sich mit einem kurzen »Hallo?«

»Hier Mark«, hörte er, »rate mal, wo ich bin.«

»In Amerika, hoffe ich«, lachte Nelson. »Du solltest mich doch nicht anrufen.« Mark überging den kleinen Vorwurf.

»Ich bin in Frankfurt. Wir müssen uns sehen.« Nelson behielt den Apparat am Ohr und wälzte sich vom Bett. »Warum, verdammt? Was ist los?«

Mark hatte sich die Reaktion anders vorgestellt. Er hatte erwartet, Nelson und Amara würden sich freuen, ihn zu sehen. Gerade in seiner gegenwärtigen Hochstimmung traf ihn die schroffe Reaktion Nelsons unvorbereitet. Er schwieg betroffen, bis Nelson das Gespräch fortsetzte.

»Okay Mark. Aber tue, was ich sage. Du kommst nicht in mein Hotel. Mische dich unter die Leute vor dem Römer. Ich bin in einer halben Stunde dort.« Nelson legte auf, schrieb einen Zettel, legte ihn für Amara bereit, schlüpfte in seine Schuhe, warf sich die Jacke um und machte sich auf den Weg. Komplikationen konnte er zum jetzigen Zeitpunkt nicht gebrauchen, und das unvorhergesehene Auftauchen Marks war eine solche. Seine angespannten Nerven signalisierten ihm bevorstehenden Ärger, als er sich auf den Weg machte.

Mark erwartete Nelson und erkannte ihn sofort. Er steuerte direkt auf ihn zu. Nelson jedoch sondierte misstrauisch das Terrain. Nachdem er Mark entdeckt hatte, entfernte er sich zunächst von ihm und umrundete den halben Platz. Erst als er sich sicher war, dass Mark niemand folgte, ließ er sich von ihm einholen.

»Komm, gehen wir ein Stück«, sagte er und schlug automatisch den Weg hinunter zum Main ein. Mark erzählte ihm sofort von seinem Zusammentreffen mit Milla. Er informierte ihn über Brauns Tod und schließlich über den Auftritt Millas im Hauptbahnhof in Stuttgart.

»Wir können die Aktion beenden«, schloss er. »Auch Dr. Braun war dieser Ansicht.«

Nelson hörte angespannt zu und überlegte lange. »Hast du dein Geld?«, fragte er.

»Nein, noch nicht. Aber Milla schickt mir den Vertrag. Außerdem kommt es darauf nicht mehr an.«

Nelson meinte, nicht recht zu hören. »Was kommt nicht mehr darauf an?«

»Ich will nicht mehr. Bäcker ist tot. Und jetzt Machlik, und noch einer, den ich aber nicht kenne. Hören wir auf, Nelson, es ist genug.«

Der große, bullige, schwarze Mann fasste Mark mit beiden Händen an den Schultern und drehte ihn zu sich. Sie standen sich gegenüber.

»Jetzt höre mir zu, Mark. Aufgehört wird, wenn das Geld da ist. Bäckers Tod war ein Unglück, und mit dem Tod der beiden anderen habe ich nichts zu tun. Vielleicht hat der Herrgott nachgeholfen. Mir soll es recht sein.«

»Lass den aus dem Spiel«, sagte Mark unwirsch. Er fühlte sich wieder bedrückt. Abgestürzt aus seiner Euphorie in düstere Verstrickungen, mit denen er nichts mehr zu tun haben wollte.

»Wir hören auf!«, sagte er fest.

»Was heißt wir?«, entgegnete Nelson entschlossen. »Ich habe die Sache begonnen, und ich führe sie zu Ende. Und zu Ende ist sie dann, wenn wir unser Projekt durchhaben. Oder hast du das vergessen?«

Nelsons harte Stimme wurde weicher, schmeichelnder:

»Mark, wir wollen Dörfer bauen. Wir helfen unseren Menschen. Der Mann hat dich bestohlen. Er hat uns bestohlen. Du wolltest doch investieren. Oder gilt dein Wort nicht mehr? Dann sage es. Außerdem ist es zu spät. Ich kann nicht mehr abbrechen.«

Mark griff nach Nelsons Händen und nahm sie von seinen Schultern. Er fühlte sich elend.

»Nein, nein«, sagte er, »natürlich stehe ich zu meinem Wort. Wieso kannst du nicht mehr abbrechen?«

»Die Aktion läuft bereits«, antwortete Nelson, und Mark hatte nicht das Gefühl, dass Nelson es bedauerte.

»Du musst stoppen!«, sagte Mark laut. Nelson sah sich erschrocken um. Sie zogen mit ihrem Streit das Interesse der Passanten auf sich.

»Komm, Mark!« Nelson hakte ihn freundschaftlich mit einem Arm unter und führte ihn weiter. »Lass uns miteinander reden«, sagte er. »Amara ist noch in der Stadt unterwegs, irgendwo. Wir sollten zusammen zu Abend essen. Was meinst du?« Mark schwieg. Dieser Wucht und dieser Entschlossenheit hatte er nichts entgegenzusetzen. »Du hast einen schlimmen Tag gehabt. Lass uns essen.« Nelson suchte sein Handy aus der Tasche, und obwohl er mit Amara vereinbart hatte, dass sie sich nur in dringenden Fällen gegenseitig anrufen sollten, wählte er ihre Nummer. Sie meldete sich sofort.

»Amara, ich habe eine Überraschung. Mark ist da. Wir wollen zusammen essen. Wo bist du?«

Mark beobachtete Nelson, wie er Amara zuhörte, die Verbindung unterbrach und das Handy wieder in seiner tiefen Hosentasche verstaute. »Sie steht unter dem Henninger Turm. Gehen wir. Sie wartet auf uns.«

»Da können wir aber nicht essen«, sagte Mark. »Die zwei Lokale sind seit Jahren geschlossen.« Nelson bemerkte klammheimlich erfreut, dass seine Ablenkung erfolgreich war und Mark die vorhergegangene Diskussion nicht fortsetzte.

»Wir finden etwas Anderes«, sagte er. »Um den Turm gibt es genügend Lokale.«

»Du kennst dich ja inzwischen gut aus hier«, stellte Mark fest.

»Leider«, erwiderte Nelson, »ich sollte schon längst wieder zu Hause sein.«

»Ja«, entgegnete Mark kurz und kühl.

Nelson entging die knappe Antwort nicht. So sind sie, die Weißen, dachte er. Man holt für sie die Kohlen aus dem Feuer, und sobald es heiß wird, haben sie die Hosen voll und sind weg.

»Ich habe viele Maschinen gesehen. Wir werden dringend erwartet in Afrika. Du kommst doch mit? Mein Onkel hat sich nach dir erkundigt.«

Mark spürte, dass Nelson seinen Blick geradeaus und nach vorne auf das gemeinsame Vorhaben richten wollte. Was war Millas Unterschrift wert? Hatte er immer noch alle Trümpfe in seiner Hand, fragte er sich

Nelson, der ein überraschend sensibles Witterungsvermögen unter der Masse seines Körpers besaß, fühlte, dass Mark sich verändert hatte und litt.

»Großzügig kann nur der Gewinner sein«, sagte er deshalb, »der Verlierer hat nichts zu verteilen als gute Worte, und davon wird niemand satt. So ist die Welt. Zuerst müssen wir gewinnen, Mark. Beim Essen sprechen wir weiter. Amara freut sich auf dich.«

17

Von den fünfzig Millionen Aktien, die Schwarzmann für Milla zu verkaufen hatte, waren bereits über die Hälfte gezeichnet. Der Kurs pendelte sich, wie von Mitterer vorhergesagt, bei etwa dreißig Euro ein. Die Bank würde eine hübsche Provision bekommen, und auch Schwarzmann persönlich hatte sich eine Erfolgsbeteiligung zusichern lassen. »Wenn jeder an sich denkt, ist an alle gedacht«, lautete Schwarzmanns Geschäftsmaxime. Da der Gewinn aus Aktiengeschäften steuerfrei gestaltet werden konnte, boomte die Spekulation, und es rappelte auf dem Konto von Milla, das der Direktor Heinz Schwarzmann persönlich für ihn führte. Bastian Milla war auf dem Rückweg nach Rottach. Während er ohne Hast mit dem Verkehrsfluss auf der Autobahn entlangglitt, zog er Bilanz: Yacht weg, Bäcker weg, Kitzbühel weg, die Konten in Guernsey und St. Barth abgeräumt, Machlik und Mitterer weg. Soweit das Negative. Andererseits hörte er die Erfolgsmeldungen von Schwarzmann. Mit Tonia würde er sicher wieder klarkommen, und Antoinette war ernsthaft nichts geschehen. In der Wohnung in Monaco waren die Schäden beseitigt, und das Security-Unternehmen hatte sogar die Renovierungskosten übernommen. Der Graf arbeitete recht erfolgreich, und auf Konrad Koch war ohnehin Verlass. Die Schäden der zunächst zweifelhaften Unfälle in der Spedition waren von der Versicherung anerkannt. Wegen der versenkten Yacht stritten seine Anwälte noch herum. Sie zeigten sich zuversichtlich, dass auch dieser Verlust abgesichert sei. Eigentlich war nichts passiert, zog er den Saldo. Vielleicht konnte man die Banken wegen der gefälschten Überweisungen auch noch in Regress nehmen. Mangelnde Sorgfaltspflicht, oder so ähnlich. Wofür beschäftigte er seine Anwälte? Milla wäre nicht Milla, wenn er sich mit Dingen beschäftigen würde, die Geschichte waren. Die Zukunft lag vorn, und da war sein Platz.

Wegen seiner früheren Aktivitäten hatte ein Aktionär vom Gericht, für Milla unverständlicherweise, einen Schadensersatzanspruch gegen ihn zugesprochen erhalten. Ein Einzelfall sei das, sagten seine Anwälte. In der Berufung würde man sich vergleichen, um keinen Präzedenzfall zu schaffen. Peanuts. Allerdings musste jetzt in der Attelmannsache Schluss gemacht werden. Er versuchte, sich die Details des Anwaltschreibens, das er unterzeichnet hatte, in Erinnerung zu rufen. Attelmann wollte seine Darlehen und die Hälfte des Kapitals, so hatte er es verstanden.

Maximalforderungen, wie bei Anwälten üblich, überlegte er. Also im Ergebnis die Hälfte. Das Kapital konnte um die Schulden ohnehin reduziert werden. Die Differenz lässt sich frisieren. Es wird eine teure Sache, aber das Geschäft rechnet sich immer noch. Mitterer und Machlik fallen mit ihren Forderungen aus, also wird man sich mit Attelmann arrangieren können.

Nach einigen Kilometern des Nachdenkens drückte er die Nummer der Kanzlei seiner Anwälte ins Autotelefon. Als er einen davon in der Leitung hatte, gab er ihm den Auftrag, das Angebot für Attelmann auszuarbeiten.

»Darlehen ohne Zinsen«, sagte er, »und fünf Millionen Aktien. Ohne Anerkennung einer Rechtspflicht und das übliche Blabla«, wies er seinen Gesprächspartner herablassend an.

»Das weiß ich auch nicht«, erwiderte er lässig, als er gefragt wurde, wohin das Angebot geschickt werden sollte. »Sein Anwalt ist heute abgenippelt.« Er zögerte kurz: »Rufen Sie doch seine Kanzlei an, es ist ja ein ganzer Stall voll.«

Zufrieden beendete er das Gespräch. Diese Sache wäre also auch erledigt, seufzte er vor sich hin. Wie lästige Fliegen verscheuchte er Probleme, an denen andere zerbrachen. Dann holte er Schwarzmann ans Telefon: »Sind wir schon in den schwarzen Zahlen?«, fragte er ohne Einleitung.

»Bis jetzt zweihundertzwanzig über dem Einsatz«, gab der Banker Auskunft.

»Richten Sie fünfundfünfzig für Attelmann her und reservieren Sie ihm fünf Millionen Vorzüge«, wies er seinen Gesprächspartner an. Auf dessen erstaunte Nachfrage antwortete Milla nur:

»Halten Sie Ausschau nach einem nächsten Objekt. Wir können den Einsatz erhöhen. Zehn Prozent zur Seite, wie immer. Ich sage noch, wohin. Nein, nicht wie bisher. Ich habe die Bankverbindung gewechselt.«

Euphemischer konnte man das Desaster seiner ausländischen Konten nicht umschreiben. Als ihm Schwarzmann erklärte, er warte noch auf ein Übernahmeangebot von Mitterer für die Stammaktien, vorher könne man das endgültige Ergebnis nicht genau definieren, erwiderte Milla:

»Da warten wir wohl vergeblich. Mitterer fällt aus. Wir brauchen eine andere Schiene. Ich habe da noch ein paar Freunde. Sie hören von mir.«

Der Verlauf dieses Tages hatte Millas Hormonhaushalt gesprengt.

Vom Unglück Mitterers und Machliks auf der Autobahn Salzburg erfuhr Schwarzmann erst zwei Tage später.

Tonia Milla war unglücklich in ihrer Suite zurückgeblieben. Eine tiefgreifendere Missstimmung hatte es in ihrer Ehe zuvor nie gegeben. So verzweifelt, wie er sich ihr gezeigt hatte, kannte sie Bastian nicht. Sie wollte ihn doch nur schützen und sich natürlich auch. Dass er ohne Gruß und Erklärung weggefahren war, verstand sie nicht. Jetzt konnte sie gar nichts für ihn tun. Durch ihre abweisende Kälte auf dem Balkon, als sie sich nicht zu ihm wandte, obwohl sie seine Blicke auf ihrem Rücken gespürt hatte, fühlte er sich sicher verletzt. Insbesondere bei der Anspannung, unter der er stand. Er musste aber doch auch sie verstehen. Das ganze Leben veränderte sich, und sie hatte keine Ahnung, warum. Wie sicher war der Boden unter ihren Füßen? Ihr wurde bewusst, dass ihre Wurzeln in Bastian steckten. Wenn er fiel, so fiel sie automatisch mit. Fabian musste es ähnlich gehen. Beide hatten sie ihr Leben auf Bastian gebaut. Dass er zusammenbrechen könnte, überstieg ihre Vorstellungskraft. Sie griff zum Telefon und wählte Fabians Nummer. Bei seinem Lebenswandel besaß er keinen festen Anschluss, sondern nur ein mobiles Telefon. Als er sich meldete, fragte sie:

»Wo bist du, Fabian? Kannst du kommen? Ich hätte dich gerne bei mir.«

»Hallo Tonia«, seine Stimme klang vergnügt wie immer. »Ich bin in Losinj. Wir feiern hier. Tolle Stimmung. Aber was ist denn los? Du hörst dich nicht gut an.« Tonia überhörte die Frage.

»Wo ist denn das? Habe ich noch nie gehört.«

»Insel in Kroatien. Noch ein Geheimtipp. Aber absolute Spitze. Da tanzen die Puppen«, rief Fabian ins Telefon. Tonia hörte im Hintergrund laute Musik, das unbeschwerte Gelächter junger Menschen und das dumpfe Heulen einer Schiffssirene.

»Ich möchte, dass du kommst. Ich glaube, mit Bastian ist etwas nicht in Ordnung. Bitte.« Fabian sah Tonia vor sich. Wenn sie ihn so niedergeschlagen und inständig bat, dann musste sie einen ernsthaften Grund haben. Seine Schwägerin war keine Frau, die zur Hysterie neigte.

»Wo seid ihr zurzeit?«, fragte er, und als er erfuhr, dass sie ihre Suite im »Bachmair« bewohnten, versprach er ihr, sich noch heute auf den Weg zu machen. »Zehn Stunden werde ich schon brauchen«, kündigte er an. »Ich muss mich verabschieden und alles zusammenpacken. Bei der Fähre kann immer ein Stau sein.« Tonia bedankte sich und bat ihn, sich zu beeilen. »Ich verlasse mich auf dich.«

»Kannst du, Tonia«, sagte Fabian großspurig und charmant, wie es seiner Natur entsprach.

»Ich muss nach München«, erklärte er Mitleid heischend seinen Freunden. »Wichtiger Termin.«

Unter dem theatralisch bedauernden, schrillen Geheul der jungen Frauen, mit denen sich die Freunde umgaben, verabschiedete er sich küssend und tätschelnd von der ausgelassenen Gesellschaft und bedauerte nur oberflächlich, dass er vorzeitig zurückkehren musste. Es wären sicher noch einige kurzweilige Feten geworden. Daran litt er aber keinen Mangel. Nachdem er seine Reisetasche zusammengepackt und die Zimmerrechnung beglichen hatte, fuhr er über die schmale Brücke bei Osor nach Cres und auf der engen gewundenen und einzigen Straße zum Fährhafen Porozine, um nach Brestova überzusetzen. Mit der langen Reihe der wartenden Autos rückte er langsam zur Fähre vor. Gelangweilt beobachtete er die entgegenkommenden Autos. Als zwei junge, dunkelhäutige Männer in einem weißen Golf mit der Aufschrift »Sixt« und Frankfurter Kennzeichen an ihm vorbeifuhren, fiel ihm dies auf. Die Insel macht sich, amüsierte er sich, wenn schon die Männer aus Afrika kommen. Die Mädchen werden ihre Freude haben. Er legte den ersten Gang ein und rollte rumpelnd auf das schaukelnde Deck.

Bastian Milla freute sich, als er nach über vier Stunden Autofahrt endlich am Tegernsee angekommen war. Beschwingt betrat er das Foyer und wechselte gut gelaunt einige Worte mit den zwei reizenden jungen Frauen hinter der Rezeption. Er erkundigte sich nach Tonia und erhielt die Auskunft, dass Frau Milla das Hotel nicht verlassen habe und in ihrer Suite sei. Im kleinen Blumengeschäft in der Einkaufspassage des Hotels kaufte er einen Strauß mit fünfundzwanzig langstieligen roten Rosen. »Nein«, sagte er, »braucht nicht eingepackt zu werden. Ich bin zu ungeschickt. Mit meinen Wurstfingern« – und er spreizte seine gepflegte, feingliedrige Hand – »verletze ich mich immer beim Auspacken.«
Bastian Milla war wieder der alte Charmeur. So wie die Leute ihn kannten, und wie er ihre Sympathien im Flug eroberte. Beim Vorbeigehen an der Rezeption zupfte er zwei Rosen aus dem Strauß und schenkte jedem der Mädchen eine davon. Wirklich

aufmerksam, dachten die beiden. Wenn nur alle Männer so wären. An der Tür benutzte er nicht den Öffnungscode, sondern klopfte und wartete, bis ihm geöffnet wurde. Als Tonia hinter dem Rosenstrauß die vertrauten, spitzbübisch blitzenden braunen Augen sah, wunderte sie sich über Bastians Verwandlung seit dem abrupten Aufbruch, und ihre Welt kam unverzüglich wieder in Ordnung. Erleichtert nahm sie ihn mit beiden Händen zärtlich an den Ohren und sagte innig:

»Basti, bin ich froh, dass du wieder da bist. Ich kann doch ohne dich nicht leben.«

Milla strich ihr zärtlich über die Wange, warf den Blumenstrauß achtlos auf einen nebenstehenden Sessel und küsste seine Frau sanft und liebevoll auf die Nasenspitze. Er nahm sie fest in den Arm und während sie sich an ihn schmiegte, dachte er:

Diese Schlacht wäre geschlagen. Ruhe an der Heimatfront ist die Voraussetzung für jeden Sieg da draußen.

18

Amara spürte es. Die Stimmung war angespannt. Zwischen Nelson und Mark stand eine Barriere, die sie nicht kannte. Auch ihr gegenüber verhielt sich Mark seltsam reserviert. Amara vertraute ihren Instinkten. War eine andere Frau ins Spiel gekommen? Oder gab es eine Ursache, die sie nicht kennen konnte? Die Warterei in Frankfurt hatte Nelsons und ihre Nerven strapaziert. Aber was war mit Mark? Er musste doch erholt sein. Obwohl sie beunruhigt war, lächelte sie, schwieg und wartete ab. Mit dem Essen hatten sie kein Glück. In den fetten Würsten und dem geräucherten Fleisch auf Weinsauerkraut, das ihnen der Ober als »local meal« empfohlen hatte, stocherten die drei lustlos herum. Mark dachte an Popi. Der hätte seine helle Freude daran.

In dem süffigen Rheinhessen fand Amara allerdings einen guten Verbündeten. Die Auslese der »Huxelrebe« Jahrgang 2004 vom Weingut Gres in Appenheim traf ihren Geschmack. Amara steigerte das Vergnügen zusätzlich dadurch, dass sie den Namen des Weines gar nicht oft genug aussprechen konnte und natürlich mit ihrer Zunge stolperte. Absichtlich und gespielt. »Den Wein muss man beißen«, hatte der Ober ihnen beflissen empfohlen, und sie nahm auch dies zum Anlass, einige Späße zu machen. Nelson und Mark spielten mit, denn auch sie wollten die düstere Stimmung vertreiben. Allmählich stellte sich wieder die alte Vertrautheit ein. Amara hielt deshalb den Zeitpunkt für gekommen und fragte Mark und bezog Nelson bewusst ein, warum sie so trübsinnig gewesen seien. Sie stellte die Frage so leichthin und beiläufig, dass sie die inzwischen aufgekommene gute Laune nicht gefährdete. Nelson antwortete für Mark.

»Mark meint, wir könnten nach Hause fahren, und ich habe gesagt, wir fahren, wenn wir fertig sind.«

»Oh, da habt ihr recht«, lachte Amara diplomatisch. »Ich will auch nach Hause. Lieber heute als morgen. Seid ihr fertig? Macht vorwärts!«

Mark bewunderte Amara für ihr taktisches Geschick und verfolgte interessiert das weitere Rollenspiel.

»Er sagt, wir sind ganz fertig.« Nelson bohrte seinen Zeigefinger auf Marks Brust und betonte das Wort ganz. »Ich sage, wir sind fast fertig.« Mit Gestik und Stimme unterstrich er hier das Wort fast.

»Ich bin für fertig«, lächelte Amara und forderte ihn auf, mit ihr anzustoßen. »Fahren wir nach Hause.«

Mark trank, und nachdem er sein Glas abgestellt hatte, sagte er leise, aber mit nachdrücklichem Ernst zu Nelson:

»Wir sind fertig. Pfeife deine Leute zurück. Bitte.«

Nelson verschränkte abwehrend die Arme vor seiner mächtigen Brust, und an seiner Stelle fragte Amara ebenso leise, fast flüsternd:

»Bist du sicher, Mark? Das ist kein Spiel, das man aufhören kann, wenn man keine Lust mehr hat.«

»Ja«, antwortete Mark. »Ich habe mich mit Milla getroffen. Es ist vorbei.«

Amara wandte sich zu ihrem Bruder, der seine Arme immer noch vor der Brust verschränkt hielt und seine Skepsis nicht verbarg.

»Ihr beide fahrt morgen zu diesem Milla und macht alles klar. Streitigkeiten können wir uns nicht leisten.«

Sie schaute zu Mark und suchte in seinen Augen nach einem Zeichen von Zustimmung.

»Ich weiß gar nicht, wo er ist«, antwortete er lustlos.

»Ja dann«, zuckte Amara die Schultern und lächelte Nelson zu.

Im Hotel, in dem Nelson und Amara logierten, war kein Zimmer für Mark mehr frei. Er fühlte sich von der so selbstverständlich engen Beziehung zwischen Nelson und Amara ausgeschlossen und verabschiedete sich schnell. Es war ein langer, anstrengender Tag gewesen, der für Mark schal endete. Amara bat ihn, als er aufbrach, doch gegen halb neun in ihr Hotel zu kommen, damit sie gemeinsam frühstücken könnten. Er sagte müde zu, ließ sich zum Hauptbahnhof fahren, wo er seinen Koffer aus dem Schließfach holte, und buchte auf Empfehlung des Taxifahrers in einem der neuen Apartmenthotels. Der Taxifahrer schärfte ihm ein, beim Einchecken seine Taxinummer zu nennen. Sicher erhielt er eine Provision. Das Zimmer war klein, aber sauber. Ein hundertsechzig Zentimeter breites Bett, eine Nasszelle, Fernseher und Telefon. Für eine Nacht genug, dachte Mark. Er setzte sich auf das Bett und dachte nach. Amara hatte ihn nicht eingeladen, bei ihr zu übernachten. Wahrscheinlich hatten Nelson und Amara ein einziges Zimmer gebucht. Sie hatte aber auch keine Anstalten gemacht, mit ihm zu kommen. Eigentlich war er ganz froh darüber. Die Stimmung passte nicht. Seine Gedanken wanderten weiter. Ob Milla sich wirklich an die Abmachung hält, die er heute unterschrieben hat? Einklagbar war das alles nicht. Und was würde geschehen, wenn Nelson weitermachte, möglicherweise ohne ihn zu informieren? Amara und ihr Bruder hatten es schon zu ihrer Sache gemacht. Vielleicht war Amaras Vorschlag vernünftig. Man musste Milla nochmals treffen.

Er suchte die Akte, die ihm Adorno so eilig in die Hand gedrückt hatte. Nachdem er die zwei Briefe Brauns an die Anwälte von Milla gefunden hatte, löste er einen aus dem Ordner und legte ihn neben das Telefon. Er blätterte weiter und stellte fest, dass Milla selbst nie geantwortet hatte. Eine Notiz mit weiteren Informationen war nicht zu finden. Der alte Anwalt hatte sich diese penible Aktenführung wohl erspart. Über die Gründe machte Mark sich keine Gedanken. Er bat die Auskunft um die Telefonnummer, die zur Briefanschrift Millas gehörte und wurde sofort verbunden. Niemand hob ab und ein Anrufbeantworter sprang nicht an. Mark ließ den ereignisreichen Tag noch einmal an sich vorüberziehen. Hatte nicht Milla, als er die Tür in das Anwaltszimmer aufriss, etwas gesagt, was darauf schließen ließ, Dr. Braun und Milla hätten bereits miteinander telefoniert? Wenn dies zutraf, so war Millas Nummer sicher in der Anlage der Kanzlei gespeichert. Obwohl es bereits fast Mitternacht war, tippte er die Nummer der Mumie ein. Diese Nummer brauchte er nicht nachzuschlagen. Überraschend meldete sich Adorno am Telefon.

»Sie sind noch im Büro?«, fragte Mark etwas dümmlich. »Hier Attelmann, Mark Attelmann.«

»Ach Sie. Was gibt es denn so Dringendes? Sind Sie wieder verhaftet?« Mark konnte über diesen verunglückten Scherz nicht lachen.

»Nein, ich habe eine Bitte. Ich brauche dringend die Nummer von Milla. Die Akte haben Sie mir heute Morgen gegeben.«

»Ich weiß«, antwortete Adorno. Haben wir die Nummer?«, fragte er zweifelnd.

»Sie müssen Sie haben. Dr. Braun und Milla haben miteinander telefoniert.«

»Dann warten Sie einen Moment, Herr Attelmann.«

Nach kurzer Zeit meldete sich der Anwalt wieder.

»Ich habe eine Nummer gefunden, die in Frage kommt. Zuerst wurde angerufen, und später hat Dr. Braun die gleiche Nummer zurückgewählt. Es war vorgestern. Wissen Sie, Dr. Braun hat in letzter Zeit nicht mehr viel telefoniert. Deshalb konnte ich das Telefonat so schnell finden. Sollte es jemand anders sein, dann vernichten Sie die Nummer. Versprochen?«

»Versprochen«, versicherte Mark und Adorno gab ihm die Ziffern der gespeicherten Nummer durch.

»Tonia Milla, wer spricht?«, meldete sich eine muntere Frauenstimme sofort nach dem ersten Tonzeichen.

»Attelmann, Mark Attelmann. Kann ich Herrn Milla sprechen?«

»Das ist jetzt ganz ungünstig, Herr Attelmann. Mein Mann ist gerade mit seinem Bruder in die Bar hinuntergegangen. Kann das nicht bis morgen warten?«

»Schlecht, ganz schlecht, Frau Milla. Kann er mich denn anrufen, wenn er wieder bei Ihnen ist? Egal um welche Uhrzeit.«

»Ich werde es ihm ausrichten.«

Tonia beendete das Gespräch und schüttelte wegen der Unzeit des Anrufs den Kopf. So wichtig wird das nicht sein, meinte sie. Was sich die Leute heutzutage nicht alles erlauben. Als Mark aufgelegt hatte, fiel ihm ein, dass Frau Milla ihn nicht einmal nach der Nummer gefragt hatte, die ihr Mann zurückrufen sollte. Er drückte die Wahlwiederholung. Es knackte leicht in der Leitung, und nach einigen Signalen meldete sich die Rezeption des Hotels »Bachmair« am Tegernsee. Mark wurde elektrisiert. Dieses Hotel kannte er gut. Er war dort schön öfters Gast gewesen.

»Kann ich eine Nachricht für Herrn Milla hinterlassen?«, fragte er höflich.

»Selbstverständlich«, kam es freundlich zurück.

»Bitte sagen Sie ihm doch, Mark Attelmann wartet auf seinen Rückruf. Dringend.«

»Sind Sie Mark Attelmann, *der* Mark Attelmann?«

»Ja«, bestätigte Mark geschmeichelt.

»Dann haben wir Ihre Nummer. Sie sind doch unser Gast.«

»Ja, sehr nett von Ihnen, aber ich bin momentan in Frankfurt, und deshalb muss ich Ihnen die hiesige Nummer durchgeben.«

»Ach ja, ich höre Herr Attelmann.« Sie schrieb die Nummer auf.

»Hoffentlich dürfen wir Sie bald wieder bei uns begrüßen«, klang es frisch und in sympathischer, bayerischer Sprachmelodie aus dem Telefon.

»Ja, wahrscheinlich morgen«, antwortete Mark.

»Darf ich reservieren?«, fragte das offensichtlich gut ausgebildete Mädchen bereitwillig.

»Nein, noch nicht. Aber bitte geben Sie Herrn Milla Bescheid.«

Die Brüder Milla standen nebeneinander an der Bar. Beide sportlich-elegant, gepflegt, mittelgroß und mit fein geschnittenen Gesichtern und leicht gebräuntem Teint. Für die Mädchen und Frauen an der Bar, die sich tagsüber im Wellnessbereich des renommierten Hotels verwöhnen ließen, eine interessante Abwechslung. Beide Männer schienen aber an ihrer Umgebung nicht interessiert. Sie genügten sich heute selbst und sprachen eifrig und aufmerksam miteinander.

Am Hafen von Mali Losinj mischten sich zwei junge, sportliche, gutaussehende Schwarzafrikaner in das swingende Gewühl junger Leiber. Sie hielten Ausschau nach einem Mann, dessen Bild sie sich genau eingeprägt hatten. Nach ihren Informationen befand er sich zusammen mit neun anderen Männern und einer unbestimmten Anzahl junger Frauen in dieser kleinen Hafenstadt. Sie würden ihn in Kürze gefunden haben. Ihm in diesem Gedränge eine kleine Spritze irgendwo in den Körper zu stoßen, war nicht schwierig, und wahrscheinlich spürte er es nicht einmal, wenn er dabei ordentlich angerempelt wurde. Ein kleiner Tropfen des HIV kontaminierten Serums reichte für eine todsichere Ansteckung aus. Als sie nach drei Stunden Suche zwar einige ausgelassene, deutsche Gruppen gefunden, aber ihr Zielobjekt nicht ausmachen konnten, verließen sie den Platz und erkundigten sich bei einheimisch aussehenden Passanten, wo man am besten essen könne und in welchem Hotel diejenigen Leute absteigen würden, die nicht jeden Euro zweimal umdrehen müssten, bevor sie ihn ausgaben. Am weitaus häufigsten wurde als Esslokal das »Restoran Mario« und als Hotel das »Apoksiomen« genannt. Da sie bei ihrer Suche fast bis vor das »Mario« gekommen waren, traten sie durch die offenstehende Gartentür ein. Den Gastraum erreichte man über zwei als Innenhöfe gestaltete Vorgärten, in denen lange Holztische aufgestellt waren. Die Luft roch nach Knoblauch und Rosmarin. Mehr als fünfzig Sitzplätze, einschließlich der Bestuhlung um den Außengrill, gab es nicht, und so waren die beiden nach nur einem Durchgang schnell sicher, dass sich unter den Gästen die von ihnen gesuchte Person nicht befand.
Die beiden Schwarzen schlenderten am Hafen entlang zurück zur Promenade, und als sie vor der alten, habsburgischen Fas-

sade des »Apoksiomen« angekommen waren, betraten sie die Eingangshalle und fanden die Rezeption besetzt.

Sie seien mit Fabian Milla verabredet und hätten sich verfehlt, erzählten sie hilfesuchend. Wer das denn sei, fragte die Dame. Ein Gast dieses Namens logiere nicht in diesem Hotel. Ein junger Mann, der ordentlich Geld hat und mit Freunden und Mädchen unterwegs sei, erklärten sie. Wenn sie nicht mehr wüssten, sei es schwer. Aber sie würde ihnen empfehlen, über den Berg zur Cikatbucht zu gehen. Dort stünden zwei russische Protztempel, wo sich alles einmiete, was Geld, aber keinen Geschmack habe.

Missbilligend rümpfte sie ihre Nase und zeigte den Weg. Die beiden durchquerten einen Hang mit alten Pinien und standen vor einer reizenden kleinen Bucht, in der einige Fischerboote schaukelten. Eine Strandseite war hell beleuchtet. Ein gewaltiger Hotelkomplex aus weißem Marmor war zwischen Bucht und Pinienwald hineingeschoben und auf der weitläufigen Terrasse, die bis ins Wasser reichte, bewegte sich eine Menge junger Leute in den bunten Lichtkegeln rotierender Scheinwerfer zu dröhnender Technomusik. Die zwei jungen Männer tanzten sich zwischen vielen ziemlich spärlich bekleideten Mädchen bis zur Hotelhalle durch, wurden von einer jungen Angestellten in einem spektakulären Minirock begrüßt und erkundigten sich auch hier nach Fabian Milla. Bereitwillig erhielten sie die Auskunft, dass Milla bereits am frühen Morgen unerwartet habe abreisen müssen. Seine Freunde seien draußen auf der Terrasse. Sie wohnten hier im Hotel. Von ihnen könnten sie sicher mehr erfahren. Die zwei jungen Männer bedankten sich für den Hinweis und fragten, ob sie denn wisse, wohin Herr Milla so plötzlich abgereist sei. Ja, er habe erzählt, antwortete sie stolz auf ihr Wissen, er fahre zu seinem Bruder nach München.

Vor dem Hotel beratschlagten sie, was zu tun sei. Sie entschieden sich, über Nacht zu bleiben und am nächsten Morgen loszufahren. Heute würden sie ohnehin keine Fähre mehr erreichen, die sie ans Festland bringen könnte. Ihren Einsatzleiter informierten sie über die veränderte Situation. Er stimmte ihren Plänen zu und gab den Auftrag, dass sie sich am nächsten Tag auf den Weg nach München machen sollten. Er werde sie unterwegs telefonisch kontaktieren und mit weiteren Anweisungen versorgen. Sie sollten nicht in dem Hotel übernachten, in dem Millas Freunde wohnten, und sich überhaupt von ihnen fernhalten. Unwillig machten sie sich wieder auf den Weg in den Ort. Sie wären lieber in der Bucht geblieben.

Es war fast zwei Uhr, als Bastian Milla sein letztes Glas austrank und seinen Bruder, den es noch nicht in sein eigenes Bett zog, in der immer noch vollen Bar zurückließ. In dem zu dieser Zeit ruhigen Foyer winkte ihm das Mädchen hinter der Rezeption zu.

»Herr Milla, ich habe eine Nachricht für Sie.« Vom Wein und den Strapazen dieses Tages ermüdet, winkte Milla ab.

»Das hat Zeit bis Morgen. Gute Nacht.« Das Mädchen legte die Nachricht wieder in das Postfach zurück.

Auf seinem Kopfkissen fand er ein Blatt mit der Handschrift seiner Frau. »DRINGEND« hatte sie mit Großbuchstaben geschrieben und unterstrichen. Darunter hatte sie einige Fragezeichen gemalt und den Namen «Attelmann« geschrieben. Tonia schlief eingemummelt im Bett daneben und er wollte sie nicht wecken. Milla überlegte und erinnerte sich an das Mädchen in der Rezeption. Er erkundigte sich nach der hinterlegten Nachricht. Als er Attelmanns Telefonnummer erfahren hatte, rief er ungeachtet der Uhrzeit an. Mark hob sofort ab. Er lag auf seinem Bett, wartete auf den Rückruf und rauchte ein Zigarillo nach dem anderen.

»Gott sei Dank«, stieß er hervor, als sich Milla meldete. »Wir müssen uns dringend treffen. Ich komme auch zu Ihnen.«

Milla überlegte kurz, dann erwiderte er weinselig:

»Nein, Herr Attelmann, noch so einen Auftritt wie mit Machlik kann ich meiner Ehe nicht zumuten. Geschäftstermine machen wir hier in Rottach keine.«

Er legte den Hörer auf und ging ins Bad. Zumindest die Zähne wollte er noch putzen, um den schalen Geschmack aus dem Mund zu bekommen, bevor er sich ins Bett legte.

Am anderen Ende der Leitung zitterten Marks Nerven empfindlich. Wahrscheinlich bin ich ein Idiot, sagte er sich. Ich mache mir Sorgen. Nelson schläft, Amara schläft, und Milla bürstet mich ab. Er stellte den Weckruf auf sieben und versuchte einzuschlafen.

Kurz nach sieben läutete in Rottach das Telefon. »Herr Milla, Sie sehen die Situation falsch«, redete Mark eindringlich, »wir haben keine Zeit zu verlieren.«

»Was ist denn noch? Ich habe Ihnen doch schon gesagt, dass meine Anwälte den Vertrag ausfertigen«, unterbrach ihn Milla unwirsch. Er war durch Marks Anruf aus dem Schlaf gerissen.

»Bis dahin kann schon wieder ein Unglück geschehen sein«, klang es gequält aus dem Telefon.

»Drohen Sie mir, Attelmann?«

»Im Gegenteil«, versuchte Mark zu erklären. »Aber Sie wollen nicht verstehen.« Milla hatte die Verbindung bereits unterbrochen, strich sich mit beiden Händen die Haare zurück, gähnte und ging ins Bad. Warum sollte er sich noch mit diesem Mann treffen? Er fand es lästig, Gespräche zu führen, die doch nur in Vorwürfen und Rechtfertigungen endeten. Für ihn war diese Sache so gut wie abgeschlossen. Unter der Dusche spielte er das Telefonat, das soeben geführt worden war, nochmals durch. Er erkannte jetzt, dass er das Gespräch abgebrochen hatte, als ihn Attelmann warnen wollte, ohne ihm zu drohen. Verstehe ich nicht, dachte er und frottierte sich ab. Dann rief er Mark zurück. Der meldete sich sofort.

»Also, was ist los, Attelmann? Aber bitte Klartext!«, forderte Milla entschlossen.

»Wenn wir die Sache nicht beenden, gerät sie außer Kontrolle«, antwortete Mark.

»Welche Sache? Dann beenden Sie sie! Was Sie erreichen konnten, haben Sie doch erreicht.« Milla war jetzt hellwach. Er sprach laut und mit erhobener Stimme. Tonia wachte auf, drehte sich und schaute mit großen, ängstlichen Augen auf ihn.

»Das kann ich nicht«, hörte Milla »Das können nur Sie!«

Milla zögerte und überlegte. Dann sagte er freundlich und mit einem besänftigenden Blick auf seine Frau: »Also gut. Wenn es denn sein muss. Wann können Sie hier sein?«

Mark hatte sich keinen Plan zurechtgelegt. Außerdem musste er ohnehin Nelson einbinden. Gegen neun Uhr war er zum Frühstück verabredet. Gut dreieinhalb Stunden ICE nach München. Er baute ein Sicherheitspolster ein. »Gegen drei Uhr bin ich in München, heute Nachmittag«, sagte er nach einigem Zögern.

»Wo?«, fragte Milla knapp.

»Ich rufe Sie an, bevor ich hier abfahre«, antwortete Mark.

»Gut«, hörte er Millas Antwort, »Sie können mich bis elf im Hotel erreichen.«

Mark packte die wenigen Sachen, die er für die eine Nacht gebraucht hatte, in den Koffer zurück. Dann ließ er sich mit einem Taxi zu Nelsons Hotel bringen. Dort bat er, sein Gepäck an der Rezeption abstellen zu dürfen. Im Frühstücksraum sah er Nelson und Amara, wie sie sich am Büffet, auf dem das Angebot angerichtet war, bedienten. Mark trat hinter sie und legte zur Begrüßung seine Hände vertraulich auf ihre Schultern.

»Guten Morgen, Mark.« Nelson drehte den Kopf zu ihm. »Du bist pünktlich. Typisch deutsch.« Sie lachten zusammen.

Eine Kanne Kaffee war auf dem Tisch bereitgestellt, und Amara goss in drei Tassen ein.

»Wir treffen Milla heute in München«, begann Mark ohne lange Einleitung.

»Warum?«, fragte Nelson.

»Ich habe ihn gebeten«, klärte Mark auf.

»Warum?«, fragte Nelson nochmals.

»Ich will, dass du die Sache stoppst«, erwiderte Mark.

»Hat er bezahlt?«, fragte Nelson träge.

»Das wird er uns sagen.«

Mark spürte, wie er begann, sich über die stupide Haltung Nelsons aufzuregen, und auch Amara fühlte eine wachsende Spannung zwischen den beiden Männern.

»Wir können uns die Sache doch ansehen, Nelson«, versuchte sie zu vermitteln. Nelson schwieg. Es war ihm nicht anzumerken, ob er überlegte oder einfach die Worte ohne Reaktion an sich abperlen ließ. In Ruhe kaute er an seinem Brötchen. »Was wird er uns sagen?«, begann er nach einer Weile vor sich hin zu reden und beantwortete die Frage selbst. »Mir ist egal, was er sagt. Das Sagen ist die große Stärke von denen, die nichts tun.«

Nelson setzte sein Frühstück fort. »Warum willst du Milla treffen, Mark? Willst du sehen, gegen wen du kämpfst? Willst du ihn erschrecken, einschüchtern?« Nelson sprach in südafrikanischem Singsang, der jede Emotion hinter einer trügerischen Lethargie verbarg.

»Nelson«, sagte Mark, »du hast mir sehr geholfen. Vielleicht bist du sogar der einzige Freund, den ich noch habe. Ich will mich mit dir nicht streiten. Du wolltest Milla treffen, bevor du stoppst. Ich möchte, dass die Schweinereien aufhören. Mir geht es nicht gut.«

Nelson unterbrach seine ausgeprägten Kaubewegungen und sah Mark erstaunt an. »Dir geht es nicht gut. Das ist schlecht. Man macht Fehler, wenn es einem nicht gutgeht. Ich passe auf dich auf, mein Freund.«

Bei diesen Worten legte er seine Pranke auf Marks Hand.

»Du kannst dich auf mich verlassen. Also, was schlägst du vor?« Von der fleischigen, schwarzen Hand strömte eine schier unerschöpfliche, schützende Wärme auf den knochigen und kalten Handrücken von Mark. Beruhigendes Schweigen breitete sich am Frühstückstisch aus, und wie sich durcheinandergeratene Metallspäne wundersam ordnen, wenn ein Magnet seine Kraft entfaltet, so richteten sich in der entstandenen Stille die diffusen Gedanken der drei auf ein gemeinsames Ziel: Mark sollte es wieder gutgehen.

»Wir treffen Milla heute in München«, nahm Nelson das Gespräch wieder auf. »Hat er sich gemeldet?«

Mark erzählte, dass er Milla die halbe Nacht gesucht habe und ihn zufällig in einem Hotel aufspüren konnte, das er sehr gut kenne.

»Eines der besten Hotels, die wir haben. Am Tegernsee, nicht weit von München.« Milla wohne dort und habe mit seinem Bruder die Nacht in der Bar verbracht, deshalb sei es schwierig gewesen, mit ihm zu sprechen. Nelson merkte kurz auf und widmete sich wieder entspannt seinem Frühstück. Er warf einen warmen, tiefen Blick auf Mark.

»Wenn du ihn treffen willst«, fragte Nelson, »gibt es einen Ort, wo ich alles unauffällig beobachten kann? Viele unbeteiligte Leute und trotzdem übersichtlich?«

»Warum? Traust du mir nicht?«, fragte Mark erstaunt.

»Dir schon«, antwortete Nelson, »aber das ist nicht entscheidend. Ich müsste euch unbemerkt beobachten können. Mir kitzelt die Haut, wenn etwas nicht stimmt. Das Beste ist ein Platz mit vielen Leuten.«

Mark überlegte. Es war Freitag. Nach dem Wetter am Morgen zu schließen, stand ein warmer Sommertag vor ihnen. »In München gibt es große Biergärten«, sagte er. »Ich könnte mich mit Milla treffen, und ihr setzt euch an einen anderen Tisch. Da fallt ihr nicht auf.«

Nelson überlegte kurz und fragte: »Wie viele Leute?«

»Mindestens vierhundert«, antwortete Mark, »alles Gäste und viel Betrieb. Die meisten sitzen, viele stehen oder laufen herum. Es ist zwar Gedränge, aber nicht zu dicht. Du kannst uns beobachten.« Das könnte klappen, überlegte Nelson, und nach kurzem Zögern wies er Mark mit einer Stimme an, die keinen Widerspruch duldete. »Du sagst ihm, du kommst allein. Okay?«

Nelson schaute zu Amara. Sie nickte. »Ja, so könnte es gehen«, pflichtete sie ihrem Bruder bei und war froh, dass Mark und Nelson wieder gemeinsam planten.

Mark ging zur Rezeption und erkundigte sich nach den ICE-Abfahrtszeiten nach München. Nelson führte währenddessen ein Telefonat. Seinem Gesprächspartner gab er kurz eine Information durch. »Bestes Hotel am Tegernsee. Keine Ahnung, wo das ist.«

Als Mark nach wenigen Minuten an den Tisch zurückkehrte, fragte er, ob sie zehn vor elf am Hauptbahnhof abfahren könnten. Als beide einverstanden waren, rief Mark Milla an.

»Treffen wir uns drei, halb vier, in München.«

Milla erkundigte sich, ob Mark allein komme, und welchen Treffpunkt er vorschlage. Ohne jedes Zögern bestätigte Mark: »Ich komme allein. Wir können alles besprechen. Schönes Wetter heute. Ich schlage den Hirschgarten vor.«

Nach kurzem Überlegen stimmte Milla zu und fügte sogar ein freundliches »Gute Fahrt« an, da seine Frau neben ihm stand und das Gespräch aufmerksam und misstrauisch verfolgte.

Nelson bestand darauf, dass Mark ihm die Örtlichkeit genau erklärte. So beschrieb also Mark, dass sich links neben dem Haupteingang die Giebelseite des Wirtshauses befände und auf der gleichen Seite vor der Vorderfront des langgestreckten Gebäudes die Tischreihen aufgebaut seien. Im ersten Bereich, wo die Tische mit Decken versehen seien, werde man durch Ober bedient. Im nächst entfernten Bereich müsse man sich Essen und Trinken selber holen. Dazu befände sich auf der rechten Seite eine lange Budenstraße, wo es Getränke und Speisen gäbe. Ganz am Ende des Bereichs, der noch mit Biertischen und Holzbänken ausgestattet sei, ginge der Biergarten in einen großen Park über. Einige bedauernswerte Damhirsche befänden sich noch in einem Gehege, die an die Geschichte des Parks als Jagdgebiet der bayerischen Könige und ihrer Gäste erinnern mussten. Am Anfang des großen Gartens stünde also das Längshaus der Gastwirtschaft und am Ende der Zeile mit Selbstbedienungsläden, vor denen ständig ein reges Kommen und Gehen herrsche, werde noch etwas abseits, wegen des Geruchs, die Fischbraterei betrieben. Dort drängten sich fast immer Leute wegen der begehrten Steckerlfische.

Nelson und Amara verfolgten Marks ausführliche Beschreibung

aufmerksam, während der Zug gegen München raste. Amara erkundigte sich neugierig, ob sie beide wegen ihrer Hautfarbe auffallen würden. »Seit Jahrzehnten nicht mehr«, versicherte Mark lächelnd. Nelson entschied, dass sie sich bereits vor dem Aussteigen im Münchener Hauptbahnhof trennen würden. Man müsse unauffällig im Hirschgarten ankommen. Sie sollten getrennt in die Nähe fahren, und die letzten zweihundert Meter jeder einzeln zu Fuß in den Biergarten gehen. Mark erklärte, dass dies leicht zu bewerkstelligen sei. Man solle ein Taxi zum Romanplatz nehmen und ab dort der Beschilderung folgen. Ein Verfehlen des Eingangs sei nicht mehr möglich. Nur er, bestimmte Nelson, werde Kontakt mit Amara oder Mark aufnehmen. Sie sollten dies unter keinen Umständen mit ihm tun.

»Was ist, wenn es überraschend etwas zu besprechen gibt?«, fragte Amara.

»Dann gehe ich auf die Toilette, und Nelson kommt nach«, schlug Mark als Lösung vor. Auch dort ist immer ein Gedränge.

Vom Münchener Hauptbahnhof fuhren die drei um etwa fünf Minuten versetzt mit Taxen zum Romanplatz. Der Weg zum Hirschgarten war wirklich nicht zu verfehlen. Als erster schlenderte Nelson durch das Eingangstor. Zunächst spazierte er nach links an der vorderen Längsseite des Gebäudes entlang und suchte den Eingang zum WC, dann suchte er einen Platz. Als er quer durch die Tischreihen in Richtung der Verkaufsbuden ging, stieg ihm der Geruch der über dem Grill bratenden Makrelen in die Nase. An ihm vorbei wuselten Kinder und Hunde, und hinter dem Absperrgestänge schoben sich die Menschen vom Bierausschank über die Verkaufsstände für Wurst, Käse, Radieschen, Hähnchen, Schweinshaxen und ähnlichen Schmankerln vorbei der Kasse entgegen. Nelson drehte sich im Kreis, und als er sicher war, alles übersehen zu können, setzte er sich an einen Tisch. Er hatte ein gutes Gefühl. Er verspürte keine Gefahr. Sein instinktives Misstrauen wich einer entspannten Aufmerksamkeit. Von seinem Platz aus beobachtete er, wie Mark zielstrebig zu den gedeckten Tischen ging. Er fand noch einen freien Tisch und setzte sich so, dass er den Eingang im Auge hatte. Als Mark eine schwarze Frau gelangweilt durch den Haupteingang kommen sah, konnte er Amaras Verwandlung zu einer völlig unauffälligen Person nicht glauben. Verschluckt im Pulk der anderen Besucher wirkte sie welk und blass. Er musste sich durch ein bewusstes Hinsehen vergewissern, dass diese Frau Amara war, und obwohl er ihr nachblickte, verlor er sie schnell aus den Augen. Sie hatte ihre Ausstrahlung ausgeknipst wie eine Nachttischlampe.

»Ein Bier«, bestellte Mark, nachdem der Kellner ihn in hartem Balkandeutsch zur Bestellung aufforderte. Seine Wiege stand offensichtlich nicht an der Isar, sondern eher zwischen Theiss und Donau.

»Mit dem Essen warte ich noch, es kommt noch einer«, erklärte Mark.

»Ist schon recht. Ein ganzes oder ein halbes?«, erkundigte sich der Ober, der dem Ort entsprechend knielange Lederhosen und ein weißes Hemd mit aufgekrempelten Ärmeln trug.

»Eine Halbe«, stellte Mark klar. Eine Maß erschien ihm nicht angemessen, solange er die Begegnung mit Milla nicht hinter sich hatte. Aufmerksam verfolgte er das ständige Rein und Raus am Eingang. Er war überrascht, als er Milla abseits der drängenden Menschen stehen sah, wie er unschlüssig seine Blicke über die Tische schweifen ließ. Er hatte ihn nicht durch das Tor kommen sehen. In schwarzer, scharf gebügelter Hose, grün und schwarz karierter Jacke und mit besticktem, weißem Hemd, dessen Kragen lässig geöffnet stand, sah er einfach gut aus. Mark stand auf und winkte, um Milla auf sich aufmerksam zu machen und Nelson zu signalisieren, dass der erwartete Gast eingetroffen war. Nach wenigen Augenblicken entdeckte ihn Milla, kam auf Marks Tisch zu und setze sich ihm gegenüber.

Nelson hatte Milla noch nie gesehen. Der Mann, der selbstsicher und trotz seiner lokalen Kleidung eigenartig verfremdet wirkte, wie er langsam durch das Tor schritt, zog seine Aufmerksamkeit sofort auf sich. Sein Haar war sorgfältig gescheitelt, und er wirkte sauber und frisch. Im Unterschied zu den meisten anderen Gästen, deren Kleidung ziemlich nachlässig war und deren Gesichter gerötet und schweißglänzend aussahen, schien er geradewegs aus dem Badezimmer zu kommen. Er war ganz offensichtlich allein. Ohne Begleitung. Ein Alphatier, dachte Nelson. Und als er Mark gerade diesem Mann demonstrativ zuwinken sah, überraschte es Nelson nicht. Vorsichtshalber warf er noch einige suchende Blicke vor den Eingang und beobachtete, ob in der Menschenmenge um den Tisch von Mark irgendwelche Auffälligkeiten zu sehen waren. Als keiner seiner alarmierten Sensoren eine Gefahr meldete, setzte er sich zu Amara. Sie passten sich der Mehrheit der Gäste an und Amara holte eine Maß Bier. Von seinem Tisch aus konnte Nelson den fast hundert Meter entfernten Platz, wo Mark und Milla sich gegenübersaßen, gut sehen.

Milla begrüßte Mark, ohne ihm die Hand zu geben. Millas Erscheinen schien den balkanesischen Ober zu beeindrucken, denn er kam sofort und nahm mit einer tiefen Verbeugung die Bestellung auf, obgleich Milla die beflissen dargebotene Speisekarte zurückwies und nur um eine Radlerhalbe bat. Als Milla das Getränk bekommen hatte, nahm er einen Schluck und schaute Mark herausfordernd fragend a: »Also, ich bin hier? Was gibt es so Dringendes, Herr Attelmanmn?«

Milla war zwar der Nutznießer, vielleicht sogar der Initiator des Verrats von Machlik und Schwarzmann. Der Zorn, die Wut und die Enttäuschung Marks konzentrierten sich aber auf Machlik. Ihm hätte er wegen seiner Heuchelei ohne Skrupel Gewalt antun können. Milla gegenüber fühlte er wegen der zurückliegenden Aktionen ein Unbehagen, das sich in seine Worte einschlich: »Ich will offen mit Ihnen reden, Herr Milla. Hören Sie mir einfach zu. Ihre Leute und Sie haben mir und meiner Familie unsere Firma gestohlen. Das ist eine Sache. Die andere Sache ist, dass ich das verschwundene Geld in ein ganz bestimmtes Projekt investieren wollte. Ich habe eine Zusage gegeben.

Nach allem, was Sie getan haben, kann ich diese Zusage nicht einhalten.«

Milla unterbrach: »Ich habe Ihnen doch gesagt, dass Sie das Geld bekommen, das ihr verdammter Anwalt verlangt hat. Sie haben sogar meine Unterschrift. Im Übrigen habe ich Ihnen Ihre Firma nicht gestohlen, sondern Sie haben sie sich nehmen lassen. Das ist ein feiner Unterschied. Nicht von mir, wohlgemerkt. Das waren alles Leute, die Sie sich selber ins Haus geholt haben.«

»Ich sehe das anders, Herr Milla, aber deshalb bin ich nicht hier. Ich will, dass diese Brutalitäten aufhören. Dies liegt aber nicht in meiner Macht«, führte Mark seine Erklärung weiter.

»Warum reden wir dann?«, fragte Milla.

»Weil Sie es können«, antwortete Mark.

»Da bin ich aber gespannt. Eine neue Erpressung? Attelmann, Sie bewegen sich auf dünnem Eis.«

Milla lehnte sich abweisend zurück und nahm einen Schluck aus seinem Glas.

»Mir wurde signalisiert«, antwortete Mark gespreizt, »dass die« – Mark suchte erfolglos nach einem passenden Wort – »Sachen aufhören, sobald das Geld für das Projekt zur Verfügung steht.«

»Steht doch«, unterbrach Milla. »Ich habe es Ihnen sogar unterschrieben. Wenn Sie es natürlich anderweitig verwenden ...«, Milla ließ den Satz unvollendet. »Bei der Auswahl Ihrer Partner sollten Sie etwas vorsichtiger sein«, lächelte er hintersinnig. »Die scheinen nicht besonders feinfühlig zu sein. Sind Sie vielleicht das nächste Ziel? Aber um mir das zu erzählen, sind Sie doch nicht hergekommen?«

»Nein, im Klartext: Wenn Sie nicht schnell die Sache erledigen, passiert das nächste Unglück. Ich kann es nicht aufhalten.«

»Wer dann?«, fragte Milla gespannt. »Bringen Sie mir den Verbrecher. Auge in Auge werde ich schon fertig mit ihm.«

»Waren wir Auge in Auge, Milla? Wissen Sie, ich wünsche Ihnen wegen Ihrer Machenschaften die Pest an den Hals. Soll Sie der Teufel holen. Aber jetzt ist Ihre Familie in Gefahr.«

Kaum hatte Mark diesen Satz beendet, verflog Millas Sicherheit. »Ihr gottverdammten Hurensöhne«, presste er zwischen seinen Lippen heraus. »Was wollt Ihr denn noch? Sie sind ein Schwein, Attelmann.« Milla spuckte die Sätze mit aller Verachtung über den Tisch. Er versuchte, den Stuhl zurückzuschieben und zu gehen. Da die Stuhlbeine sich in dem Kieselboden nur schwer bewegen ließen, hing er mit halbem Oberkörper über den Tisch, und Mark fasste ihn mit beiden Händen am Revers, um ihn daran zu hindern, das Gespräch abzubrechen. Auch er neigte sich nach vorn. Die Gesichter nur wenige Zentimeter voneinander entfernt, starrte Mark in Millas Augen:

»Sie sind ein Idiot, Milla. Ich will Ihnen helfen, und nur ich kann Ihnen helfen. Aber Sie sind nicht nur ein gerissener Gauner, sondern auch noch ein dummer dazu. Also gehen Sie und fahren mit ihrer Sippschaft zur Hölle, oder setzen Sie sich hin und hören zu.« Dann stieß er Milla zurück und ließ seine Jacke los.

Nelson hatte die Szene beobachtet und war aufgestanden. Er machte sich auf den Weg, um nötigenfalls eingreifen zu können. Als er aber sah, dass sich Milla wieder setzte und Mark intensiv auf ihn einredete, kehrte er wieder zu Amara zurück, behielt aber Marks Tisch verschärft in seinem Blick. Bereit, jederzeit mit einem Sprint seinem unvernünftigen Freund zu Hilfe zu kommen.

»Ist nicht genug geschehen?«, fragte Mark. »Machen Sie endlich Schluss!«

Milla staunte, verärgert und verständnislos.

»Wieso ich? Ich habe Ihnen doch schon gesagt, dass ich auf Ihre Forderungen eingehe.«

»Herr Milla, Sie kapieren nicht«, drang Mark in ihn. »Es hilft nichts, wenn Sie mir das sagen. Sie müssen es tun.«

»Nächste Woche wird alles veranlasst«, versprach Milla. Er hatte mit Schwarzmann ohnehin bereits alles telefonisch besprochen. Für ihn war diese Affäre so gut wie abgeschlossen. Dies konnte er Mark Attelmann bestätigen und endlich dieses unerfreuliche

Meeting beenden. Er versuchte wieder aufzustehen, aber Mark legte seine Hand auf Millas Arm.

»Das ist zu spät, Herr Milla. Dann ist das nächste Unglück schon geschehen.«

Er erinnerte sich an das Gespräch im »Karpfenfischer« und an die drei konzentrischen Kreise. Er malte sich aus, wer die nächsten Ziele sein würden, und er kannte die Entschlossenheit, mit der das Programm abgespult wurde. Das jetzt mit Milla erzielte Ergebnis brauchte er mit Nelson nicht zu diskutieren. Das Treffen wäre nicht nur vergeblich gewesen, sondern außerordentlich schädlich. Er war enttarnt. Alles, was künftig geschah, würde auf ihn zurückfallen. Er hatte sich in seiner Naivität als ein blutiger Dilettant erwiesen. Ohne die Begegnung mit Chantal, dachte er, wäre er nicht zurückgekehrt und säße irgendwo in Südamerika in der Sonne. Milla fühlte, dass sein Gesprächspartner mit seinen Gedanken nicht mehr am Tisch war und spürte immer noch die auf seinem Arm vergessene Hand.

»Aber Herr Attelmann«, sprach er leise und eindringlich, wie zu einem unverständigen Kind, »ich kann heute nichts mehr tun. Das müssen Sie doch einsehen. Selbst wenn ich jetzt eine Anweisung gebe, dann dauert es einige Tage, bis sie ausgeführt ist.«

Mark atmete tief durch.

»Wenn Sie nur erkennen könnten, dass es um mich gar nicht geht. Ob ich etwas einsehe, ist völlig egal.« Er war ratlos und verzweifelt. Nicht nur, weil er den Lauf der Dinge nicht wenden konnte, sondern weil er durch sein Eingreifen auch seine Freunde gefährdete. Ich bin ein Narr, dachte er. Le Diamant ist nicht die Welt. Hier herrschen andere Regeln. Er versuchte noch eine letzte Chance. »Bitte geben Sie mir fünf Minuten.«

Milla nickte, und Mark ging in das Gasthaus hinein. Zum WC. Nelson stieg klobig von seiner Holzbank, und als er Mark im Gebäude verschwinden sah, schlängelte er sich flink durch die Tischreihen in Richtung Toilette. Dort kamen sie nebeneinander zu stehen. Mark informierte Nelson mit leiser Stimme, dass es die Umstehenden nicht hören sollten, was in dem Gedränge nicht leicht war, über den Gesprächsverlauf und den jetzigen Stand. Misstrauisch hörte Nelson die zusammengeraffte Darstellung, überlegte kurz, zog einen unförmigen Geldbeutel aus seiner Gesäßtasche, fingerte nach einer der vielen Plastikkarten und reichte sie Mark. »Per Swift«, sagte er nur. »Die Bank ist bis achtzehn Uhr geöffnet.«

Sie schlossen die Reißverschlüsse an ihren Hosen und traten getrennt, als würden sie sich nicht kennen, wieder ins Freie. Milla schaute Mark entgegen.

»Es gibt eine Lösung«, kam Mark dessen Frage zuvor. »Hier, per Swift, sofort.«

Milla warf einen Blick auf die Karte, die ihm Mark in die Hand drückte.

»Das ist ja Südafrika«, las er leise lächelnd. »Meinen Sie, das ist sicher? Für mich ist das eine reguläre Ausgabe, Herr Attelmann. In meinen Büchern taucht die Überweisung auf.«

»Kein Problem«, hörte sich Mark sagen und dachte an Claude, für den es auch nie Probleme gab. Milla zog einen kleinen silbernen Taschencomputer aus seiner Joppentasche, gab die Daten aus der Karte ein und rief eine Telefonnummer an.

»Schwarzmann, hier Milla«, meldete er sich. Und vor dem Hintergrund der fröhlichen Biergartengeräusche gab er Anweisung, sofort fünfundfünfzig Millionen per Swift an die angegebene Bank und das Konto einer »Jatropha development Company« in Durban zu überweisen. Schwarzmann fragte zur Sicherheit noch einige höchst persönliche Daten ab, obwohl er Milla an seiner Stimme sicher erkannt hatte.

»Wir haben das Problem doch schon besprochen. Es ist die Sache Attelmann«, unterbrach ihn Milla. »Und bestätigen Sie mir den Abgang bitte sofort. Schriftlich. Per SMS. Ja, heute noch. Sofort! Ich weiß, dass Freitag ist. Ich erwarte Ihre SMS«, wiederholte er leicht ärgerlich und mit Nachdruck. »Meine Nummer haben Sie.«

Milla beendete das Gespräch mit seinem Banker und blickte Mark herausfordernd an: »Genügt das jetzt?«, fragte er ungeduldig und erleichtert zugleich, wie einer, der eine ungeliebte, unvermeidbare Arbeit hinter sich gebracht hat.

»Ich denke schon«, antwortete Mark unsicher.

»Sie grübeln zu viel, Sie alter Schwabe«, bemerkte Milla trocken.

Als wäre die Sonne durch die Wolken gebrochen, so plötzlich heiterte sich Marks Stimmung auf. Auch Milla fühlte sich nicht beschwert, weil er sich mit dieser Regelung bereits abgefunden hatte. Es war ja mit Schwarzmann schon alles besprochen. Er rechnete insgeheim damit, durch die prompte Erfüllung der ersten Forderung, die weiteren reduzieren zu können oder sie gar vergessen zu machen. Deshalb fragte er, Mark zu einer weiteren Erklärung einladend und ablenkend, dass nur eine Teilforderung erledigt worden war, was es denn mit dieser südafrikanischen Company auf sich habe, und ob er glaube, über dieses Konto in Südafrika das Geld am deutschen Fiskus vorbeischleusen zu können. Bevor Mark die jetzt völlig gewendete Konversation fortsetzen konnte, kam der Ober an den Tisch, und sie bestellten zwei Bier, und Mark erzählte erleichtert und ausführlich von dem Vorhaben, das er in Südafrika verwirklichen wollte. Milla fragte wegen der dargelegten Renditen sachkundig und interessiert nach, und Mark erklärte ihm plausibel all das, was er sich in monatelanger Arbeit zusammengetragen hatte.

Für so ein Projekt müsse es doch alle möglichen tolle Zuschüsse geben, spekulierte Milla.

»Ja schon«, erwiderte Mark, »aber nur dann, wenn das Land, in dem das Projekt verwirklicht würde, für diese Zuschüsse eine Staatsbürgschaft unterschreibt. Das machen die ungern.«

»Verstehe ich nicht«, dachte Milla laut vor sich hin, der den eigentlichen Anlass des Zusammentreffens bereits vergessen hatte, »normalerweise sind die doch recht kooperativ.« Er rieb Daumen und Zeigefinger aneinander, um den wirklichen Grund der Kooperationsbereitschaft zu verdeutlichen. Milla versprühte

Charme, und die Melodie seiner Sprache verführte Mark, dem gerade eine Zentnerlast vom Herzen gefallen war, sich in das Gespräch einzulassen. Er berichtete, dass er zwar mit den Ministerien verhandelt habe, aber noch keine endgültigen Verträge unterschrieben seien. »Es hat bisher an den nötigen Argumenten gefehlt.« Bei diesen Worten wiederholte er Millas Handbewegung.

Für Milla schien die abgepresste Überweisung schon längst vergangen und vergessen. Wie ein gutes Pferd, das durch einen Parcours geht, interessierte ihn ein überwundenes Hindernis nicht mehr. Augen und Ohren waren nach vorn gestellt. Er verbreitete eine angenehme Stimmung. Er lächelte liebenswürdig, und seine braunen Augen blickten warm und vertrauensvoll. Er verstand es meisterhaft, Menschen für sich einzunehmen. Die Natur hatte ihn hierfür mit allen Mitteln prädestiniert. Aus Millas Jackett machte sich das Phone bemerkbar und unterbrach ihr Gespräch. Er holte es heraus und drückte einige Knöpfe. Als auf dem Display eine Nachricht aufleuchtete, las er sie und zeigte mit ausladender Geste das Bild über den Tisch hinweg auch Mark:

»*Auftrag ausgeführt. 55 Mio. per Swift überwiesen. Schwarzmann.*«

Mark nickte und bemerkte verwundert, dass er sich über diese Geste Millas freute. Ich hätte allen Grund, diesem Kerl den Schädel einzuschlagen, dachte er, stattdessen sitze ich hier und lasse mir seine SMS zeigen.

»Wenn Sie in Ihrer Ölgeschichte weiterkommen, Herr Attelmann, dann würde mich das interessieren. Halten Sie mich doch auf dem Laufenden. Sie können mich Tag und Nacht anrufen«, sagte Milla und diktierte Mark seine Mobilnummer. »Mit wem haben Sie denn in der Regierung verhandelt?«

Mark nannte den Namen von Nelsons Onkel, und Milla notierte ihn sich auf. Dann winkte er den Ober herbei und zahlte wie selbstverständlich auch die zwei Biere von Mark. »Ich höre von Ihnen«, verabschiedete er sich. Mark hielt ihn am Ärmel zurück:

»Vergessen Sie den zweiten Teil der Abmachung nicht, Herr Milla!«

»Ja, ja«, sagte der flüchtig und verschwand in der Menge, die zum Ausgang drängte.

Nelson hatte alles beobachtet, aber natürlich kein Wort verstehen können. Er sah jetzt, nachdem Milla gegangen war, wie Mark aufstand und sich suchend umblickte. Nelson hatte noch keine Zeit für ihn. Er folgte Milla, und erst als dieser auf dem großen Parkplatz in sein Auto gestiegen und losgefahren war, kehrte Nelson zu Amaras Tisch zurück. Dort traf er auf Mark, der sich quer durch den Garten zu ihr mäandert hatte. Gut gelaunt gab ihm Mark die Bankkarte zurück. Das Geld sei da, sagte er. Er habe es mit eigenen Augen auf Millas Display gesehen. Nelson packte Marks Hand, drückte sie fest und zeigte mit einem breiten Lachen sein perlweißes, kräftiges Raubtiergebiss.

»Gut gemacht, Mark. Das hätte ich dir gar nicht mehr zugetraut. Du warst so verändert, als du von deiner Reise zurückkamst. Ich habe mir ehrlich Sorgen gemacht.«

Dann zog er ein Handy aus den Tiefen seiner Hosentasche, drückte eine gespeicherte Nummer und schützte das Gespräch mit seiner hohlen Hand. Kurz und konzentriert sprach er mit gebeugtem Kopf und wartete. Dann begann er heftig zu nicken.

»Alles Roger«, sagte er zu Amara, als er an den Tisch zurückkam. »Fünfundfünfzig Millionen auf unserem Konto.« Er umarmte Mark stürmisch und erdrückte ihn fast an seiner breiten Brust. So muss es sein, wenn du mit einem Grizzly tanzt, dachte Mark und atmete tief durch, als ihn Nelson wieder freigab.

„Jetzt kann es losgehen«, triumphierte Nelson und holte drei Krüge voll Bier. Mark stellte sich bei der Fischbraterei an und brachte in braunes Papier eingewickelte, heiß geräucherte Makrelen und eine Handvoll kleiner Holzgabeln mit. Die drei rollten das Papier aus und schaufelten mit den provisorischen Gabeln das würzige Fleisch aus den aufgeklappten Fischen. Amara benötigte für den schweren Bierkrug beide Hände, wenn sie ihn zum Trinken hochstemmte.

»Fast wie in der Mokuti Lodge«, lächelte Mark und sah ihr etwas verträumt in die Augen.

Ihm war an diesem Nachmittag ein ganzer Steinbruch vom Herzen gefallen. Er fühlte sich erfolgreich und wieder im Zentrum der gemeinsamen Pläne, an deren Realisierung er nicht mehr geglaubt hatte.

»Gott sei Dank«, betete er, und die drei stießen ihre Krüge zusammen, dass das dicke Glas dröhnte und der goldgelbe Inhalt unter den weißen Schaumkronen schwappte. Sie waren glücklich.

Le Diamant, Claude und Chantal waren für Mark in weite Ferne gerückt.

19

Nachdem die beiden Männer in Mali Losinj ihr Telefonat geführt hatten, mussten sie zwei Probleme lösen. Da ihnen untersagt worden war, im gleichen Hotel wie Milla und seine Freunde zu übernachten, brauchten sie ein Nachtquartier, und zum anderen hatten sie Hunger. Sie beratschlagten kurz. Dazu setzten sie sich auf die Stufen einer Treppe, die vom Pinienwald zum Meer hinunterführte. Über ihnen alberten einige junge Frauen. Offensichtlich hatten sie vor, noch zu schwimmen, denn sie trugen lediglich knappe Bikinis. Als sie die Treppe hinunterhüpften, stolperten sie über die beiden Schwarzen. Zuerst waren sie etwas erschreckt, dann fragten sie neugierig, ob die Männer als Flüchtlinge übers Meer gekommen seien. Die beiden lachten. Dann sagten sie, genau so sei es. Sie wüssten nicht, wo sie einen Platz zum Schlafen fänden. Dann schwammen sie zusammen und schließlich einigten sich alle darauf, dass die zwei Südafrikaner für die Einladung zum Abendessen zuständig waren und die Frauen für die restliche Nacht. Am Morgen erwachten sie und stellten fest, dass sie in einem Hotel namens *Aurora* waren. Sie schlichen davon, und weil direkt vor dem Hotel das Wasser an den Strand plätscherte und die Morgentoilette wegen der besonderen Umstände ausgefallen war, erfrischten sie sich noch, bevor sie ihre schweißtreibende Rückfahrt antraten. Gegen zehn Uhr fuhren sie auf die rappelvolle Fähre. Sie blieben in ihrem Golf sitzen. Die Wagen waren so eng eingewiesen, dass sie ohnehin aus dem Schiebedach hätten klettern müssen, wenn sie das Auto hätten verlassen wollten. Fast hätten sie das Telefon in dem Lärm auf dem Schiff nicht gehört.

Das Zielobjekt wohne in einem Hotel am Tegernsee, teilte ihnen ihr Leader mit. Der Tegernsee liege zwischen Salzburg und München. Es müsse sich um eines der besten, wenn nicht dem besten Hotel der Gegend handeln. Sobald der Auftrag erledigt sei, solle der Leihwagen am Münchener Flughafen abgegeben werden. Das war alles an Information, die sie erhielten. Behäbig falteten sie die Straßenkarte auf und fanden unter den vielen Seen, die nach der Beschreibung in Frage kamen, den Tegernsee. Vor ihnen lag eine unkomplizierte Autobahnfahrt von mindestens acht Stunden. Sie richteten sich darauf ein. Zu bereden gab es nichts mehr zwischen ihnen. Als sie die deutsch-österreichische Grenze bei Salzburg passierten, wurden sie angehalten und von Grenzbeamten kontrolliert. Da sie sich als Südafrikaner ausweisen konnten und weder Waffen, noch weitere Personen in ihrem Auto gefunden wurden, durften sie unbehelligt weiterfahren. Kurz nach zwanzig Uhr begann die Dämmerung von den Berggipfeln in die Täler herabzusinken. Die beiden Männer nahmen sich vor, ihren Auftrag noch heute zu erledigen.

Unter den hohen Kastanien im »Hirschgarten« vertrieb die angenehme Abendkühle die dampfende Hitze des Tages. Nelson foppte Mark mit seinen Beobachtungen: »Ihr seid ja fast Freunde geworden, sogar eure Telefonnummern habt ihr ausgetauscht. Man hätte euch für Brüder halten können, so gut habt ihr euch unterhalten«, lästerte er. »Ihr hattet euch viel zu erzählen, wie?«

»Milla überweist nicht jeden Tag fünfzig Millionen nach Südafrika«, lächelte Mark. »Übrigens hat er sich sehr für unser Projekt interessiert. Er wollte sogar die Adresse deines Onkels im Ministerium haben.« Nelson schaute erstaunt auf.

»Was will er denn mit meinem Onkel?«, fragte er. Dann grinste er breit. »Das kann ja interessant werden«, sagte er und nahm einen tiefen Zug aus seinem Bierkrug. Anschließend führte er ein längeres Telefonat. Ganz offensichtlich mit seinem Onkel in einer Sprache, die Mark nicht verstand. Amara amüsierte sich köstlich über das, was Nelson seinem Onkel erzählte.

Plötzlich wurde er sonderbar schweigsam. »Verdammt«, murmelte er und ging von den Tischen weg auf das Wildgehege zu, um ungestört telefonieren zu können. An seinen ungeduldigen Bewegungen und den hilflosen Gesten war für Mark und Amara, die ihn beobachteten, zu erkennen, dass er vergeblich versuchte, den gewünschten Gesprächspartner zu erreichen.

»Was hat er denn?«, fragte Mark. »Scheint ja enorm wichtig zu sein«, bemerkte er scherzhaft.

»Kann schon sein«, antwortete Amara ernst, und Mark hatte das Gefühl, dass sie mehr wusste, als sie ihm sagte.

Nelson kam an den Tisch zurück und sprach einige Worte in einer Sprache, die Mark wieder nicht verstand und als Suaheli einschätzte. Amara antwortete und es entwickelte sich ein kurzes Streitgespräch, das Mark verständnislos verfolgte. Auf seinen fragenden Blick hin erklärte ihm Nelson, dass er ein wichtiges Telefonat führen müsse, den Adressaten aber unverständlicherweise nicht erreichen könne.

»Um was geht es denn?«, fragte Mark unbefangen.

»Unsere Leute können nach Hause. Wir brauchen sie nicht mehr, nachdem du die Sache heute erledigt hast«, antwortete Nelson in merkwürdig unsicherem Ton. Amara verfolgte das Gespräch ungeduldig. Als Mark die Bedeutung von Nelsons Worten nicht begriff, erklärte sie mit nicht zu ihr passender Aufgeregtheit:

»Nelson kann den Leader nicht erreichen.«

»Ist das ein Problem?«, fragte Mark irritiert wegen der Hektik, die er bei Amara nicht kannte.

»Das ist ein Problem«, entgegnete Amara. »Nur der Leader kann die laufende Aktion stoppen.« Mark begriff sofort.

»Oh Gott«, seufzte er schwer. »Wo kann der denn sein?«

»Das fragen wir uns auch«, erwiderte Amara.

Mark überlegte verzweifelt und fand keinerlei Anhaltspunkte für eigene Vorschläge. Schließlich fragte er: »Habt ihr wenigstens eine Ahnung, was geplant ist?«

Nelson und Amara sahen sich gegenseitig fragend und unsicher an. Schließlich sagte Nelson: »Wir wollten dich aus der Sache heraushalten, Mark. Dein Anwalt hat uns unser Wort dafür abgenommen. Und auch wir finden es richtig. Amara und ich wissen nicht viel. Solche Sachen werden selbständig erledigt. Wir gehören nicht zu der kleinen Truppe, die die Aktion durchführt. Befehle gibt nur der Leader.«

»Und wo ist der?«, hakte Mark nach.

»Ich weiß nicht. Ich habe nur seine Telefonnummer.«

Nelson zuckte ratlos mit den Schultern. Mark fasste Nelson mit der Hand um den Oberarm.

»Jetzt könnt ihr mich nicht mehr heraushalten. Sagt mir wenigstens, was gestoppt werden muss.«

Seine Hand glitt ab. Sie konnte nicht einmal ein Viertel des Umfangs von Nelsons Arm umgreifen und fand keinen Halt.

»Ich denke, es geht um Millas Bruder.« Zögerlich öffnete Nelson die Tür einen Spalt, versuchte aber seine genaue Kenntnis weiter zu verbergen. »Sie wissen, dass er sich in einem Nobelhotel am Tegernsee aufhält.«

»Ist er in Gefahr?«, fragte Mark in der Hoffnung auf eine negative Antwort. Er erinnerte sich dabei an die drei Kreise. Nelson nickte wortlos.

»Wann?«, fragte Mark.

»Jetzt«, antwortete Nelson.

Marks Körpertemperatur fiel ins Eiskalte, und auf einen Schlag war die angenehm wattierende Wirkung des Bieres aus seinem Kopf verschwunden. »Dein Handy!«, bat er ungewöhnlich barsch, streckte, ohne Zweifel an seiner Entschlossenheit aufkommen zu lassen, die Hand aus, und Nelson reichte es ihm. Mark wählte die vor einer Stunde notierte Nummer. Das Tonsignal läutete lange. Aber Milla konnte es nicht hören.

Er stand mit seinem Pferdepfleger bei den Pferdeboxen im Stall. Sein Telefon hatte er im Auto liegen lassen. In den Stall zu den Pferden nahm er es grundsätzlich nie mit. Zumindest dort wollte er ungestört bleiben. Milla hatte sich auf dem Heimweg vom Hirschgarten entschieden, über Deining zu fahren. Nachdem er in der Landgaststätte »Wildpark« in Strasslach gut und allein zu Abend gegessen hatte, besuchte er den kleinen Bauernhof, den er dort vor den Toren der Stadt angemietet hatte. Ein Ehepaar mit Pferdeverstand kümmerte sich um seine Tiere. Dafür wohnten die beiden kostenfrei und durften zusätzlich zwei Boxen für ihre eigenen Pferde nutzen. Vor kurzem war der alte Eigentümer gestorben, mit dem Milla einen zehnjährigen Pachtvertrag ausdrücklich über dessen Tod hinaus geschlossen hatte. Es waren Schwierigkeiten entstanden, weil der Erbe diesen Vertrag nicht gelten lassen wollte. Offensichtlich wünschte er selbst in das Anwesen, das Milla im Hinblick auf die lange Mietdauer aufwändig saniert hatte, einzuziehen und es persönlich zu nutzen. Einen ersten Prozess gegen Milla hatte der Mann schon verloren. Er blieb aber uneinsichtig. Deshalb hielt es Milla für richtig, bei dem Pflegerehepaar eine Stippvisite einzulegen, um diesen beiden den Rücken gegen den unangenehmen Eigentümer zu stärken.

»Die Pferde sehen gut aus, Franz. Sie glänzen wie poliert«, lobte Milla den Mann. Er und seine Frau freuten sich sichtlich über Millas Anerkennung.

»Das Fell glänzt von innen. Sie stehen gut im Futter. Bewegung haben sie genug?«, fragte er, um sein Interesse zu unterstreichen. Zweifel an der zuverlässigen Versorgung der Tiere hatte er keine.

»Ganz sicher«, gab Franz zur Antwort, der lässig in seinem blauen Arbeitskittel an der Wand gegenüber den Boxen lehnte.

»Wir haben nur ein wenig Sorge wegen des Erben. Mit dem Alten ging alles reibungslos. Aber der Junge ist primitiv. Unberechenbar. In München bei Gericht verliert er und macht sich ganz klein. Hier draußen schleicht er aber um den Hof und die Koppeln herum. Neulich habe ich einen Haufen Reißnägel gefunden, als habe sie einer absichtlich in die Wiese geworfen. Gott sei Dank ist nichts passiert.«

Milla legte seiner Stute die Handfläche auf die Nase und ließ sie daran knabbern. Die Berührung des weichen Pferdemauls und der warme, nach Heu und Gras duftende Atem freute ihn immer wieder. Trotzdem hörte er aufmerksam jedes Wort, das Franz vor sich hinredete. Für was mache ich Verträge, dachte er, wenn sich nicht einmal mehr so ein primitiver Trottel dranhält. Gerichtsurteile sind sogar auf dem Dorf nur noch zum Tapezieren da. »Soll ich mit ihm reden?«, fragte er. »Vielleicht hilft es, wenn ich ihn ordentlich zusammenstauche«.

»Ich glaube nicht, dass das einen Wert hat«, meinte Franz. »Ich erwische ihn mal auf frischer Tat. Dann bekommt er eine ordentliche Abreibung. Das ist die einzige Sprache, die der Bursche versteht.«

»Na dann«, sagte Milla düster nachdenklich und kratzte sein Pferd zwischen den Augen. Die Stute hielt ihm ihren Kopf entgegen und forderte weitere Zärtlichkeiten. Als Milla darauf nicht einging und den Stall wieder verließ, blies sie ihm durch die Nüstern beleidigt hinterher.

»Andere Leute haben Sie nicht gesehen, Franz?«, fragte Milla seltsam beunruhigt. »Sind Sie sicher, dass die Nägel von dem Erben stammen?«

»Ganz sicher. Fremde Leute wären mir aufgefallen. Da treibt sich keine Maus auf dem Hof herum, ohne dass wir es merken.« Er kraulte der aufmerksamen Australian Shepherd Hündin, die sich katzenartig an sein rechtes Bein geschmiegt hatte, den zottigen Hals. Verliebt schaute sie zu ihrem Herrn auf.

»Dann bin ich wenigstens darüber beruhigt«, verabschiedete sich Milla, zwängte sich auf den Fahrersitz und griff nach dem Handy auf dem Beifahrersitz, wo er es abgelegt hatte. Die Abfrage zeigte an, dass einige Anrufe während seines Aufenthalts in den Stallungen eingegangen waren. Manche Nummern, die er kannte, rief er sofort zurück. Die anderen würden sich schon wieder melden. Er wählte die Strecke über Land nach Rottach. Über Sauerlach steuerte er den Wagen gegen Gmund. Die tiefstehende Abendsonne spielte mit den dunklen Schattenflecken, die die Wolken auf die satten, grünen Hänge warfen und trieb sie vor sich her. Dem Land stand ein herrliches Wochenende bevor. Als Millas Porsche Gmund erreichte, bauten sich von der Benediktenwand her hohe schwarze Wolkentürme über den Berggipfeln auf und trieben drohend auf den See zu. Er liebte dieses grandiose Naturschauspiel. In wenigen Minuten würde er sein Hotel erreicht haben und das Gewitter vor dieser fantastischen Kulisse vom Balkon aus bei einer Flasche Wein betrachten können.

Zur gleichen Zeit überlegte Mark verzweifelt, was er tun könne. Eben war er noch erleichtert und guter Laune gewesen, und jetzt drückte wieder eine Zentnerlast auf ihn. Er hatte versucht, Milla zu erreichen. Unter der ihm gegebenen Mobilnummer nahm niemand ab. Auch ein Anruf im »Bachmair« war erfolglos geblieben. Kein Mitglied der Familie Milla war erreichbar. Er sah nur noch eine Möglichkeit, einzugreifen. »Wir müssen nach Rottach«, sagte er zu Nelson und Amara.

Diese standen, seit Mark Nelsons Handy gefordert hatte, hilflos und abwartend neben ihm. Sie beobachteten, wie Mark ein Taxi vor den Haupteingang des Biergartens bestellte und schoben sich hinter ihm durch die Menge der fröhlichen Gäste, die den Beginn des Wochenendes feierten, dem Ausgang entgegen. Das Taxi wartete bereits. Mark setzte sich neben den Fahrer, und Nelson stieg mit Amara in den Fond.

»Zum Bachmair«, bestimmte Mark, als sie Platz genommen hatten. »So schnell als möglich.« Der Fahrer kannte das Ziel, erwartete keine weiteren Erklärungen und fuhr durch die Laimer Unterführung nach Süden.

Die beiden Afrikaner kamen langsamer als geplant voran. Der Regen peitschte an die Windschutzscheibe des weißen Golfs, und es schien, als ob das Wasser aus dem See auf die Uferstraße schäumte. Blitze zuckten, und die Donner krachten zwischen den Bergen. Das Echo warf das Dröhnen und Grollen vom aufragenden Wallberg zwischen den Gipfeln umher, als wollte es mit den entfesselten Gewalten spielen. Es war schwarze Nacht geworden im Tal, und keine Menschenseele hielt sich bei diesem Wetter im Freien auf. Die beiden dunkelhäutigen, jungen Männer im Wagen waren deshalb froh, als sie eine beleuchtete Tankstelle entdeckten und die dringend benötigten Informationen abfragen konnten. Sie hatten zwar ihr Ziel anhand der Straßenkarte gefunden und waren rechtzeitig von der Salzburger Autobahn in das Tegernseer Tal abgebogen. Jetzt wussten sie aber nicht mehr weiter. Sie fuhren also auf das Gelände der überdachten Tankstelle und trafen an der Kasse im Shop einen Studenten aus München, der seinen Wochenenddienst angetreten hatte, mit dem er sein Studium finanzierte. Ob er wisse, welches die besten Hotels am Tegernsee seien, und wie sie diese finden könnten, fragten sie und erhielten als Auskunft einige Namen. Welches wohl das bekannteste wäre, fragten sie weiter, und nach nur kurzem Zögern nannte der freundliche Mann ihnen das »Bachmair« und erklärte ihnen ausführlich den Weg dorthin.

Tonia hörte erleichtert, wie sich die Tür zu ihrer Suite öffnete, und Bastian im Türrahmen erschien. Sie hatte sich nach all den katastrophalen Vorfällen der letzten Wochen Sorgen gemacht, als er heute plötzlich allein wegfuhr und nur erklärte, er müsse nach München und würde abends wieder zurück sein.

»Du bist ja nicht allein. Fabian bleibt hier«, hatte er sie beruhigt. Offensichtlich hatte er nicht erkannt, dass sie Fabian nicht wegen sich, sondern wegen ihm hierhergebeten hatte, und dass jede gutgemeinte Beschwichtigung von ihm sie nur weiter verunsicherte. Ihr wäre viel lieber gewesen, wenn Fabian seinen Bruder begleitet hätte. Sie brauche keinen Schutz, meinte sie. Ihr Mann reagierte darauf nicht. Durch die geöffnete Balkontür beobachtete sie vom Zimmer aus das sich nähernde Gewitter. Tonia liebte dieses Naturschauspiel, das sich, der Regie einer Wagneroper folgend, drohend aufbaute und krachend entlud. Um es richtig genießen zu können, benötigte sie einen sicheren Logenplatz. Da Bastian wieder bei ihr war, hatte sie alles, was sie für dieses Theater benötigte und konnte dem Verlauf des Unwetters gefahrlos folgen.

»Ich bin froh, dass ich wieder da bin. Wo ist Fabi?«, fragte Milla beiläufig.

»Ich weiß nicht«, antwortete Tonia, »wir haben bis eben unten am See zusammengesessen, dann ist er verschwunden und bis jetzt noch nicht aufgetaucht. Wie war es bei dir?«

»Ich bin zufrieden«, fasste er seinen Bericht kurz, und sie stellte erfreut fest, dass er lächelte, ohne sie damit täuschen zu wollen.

»Eigentlich könnten wir runter an die Bar gehen. Ich lade dich zu einem Schampus ein.«

»Vor dem Essen?«, fragte Tonia erstaunt.

»Oh, ich habe schon gegessen«, sagte Bastian. Im »Wildpark«. Eine halbe Bauernente. Ein Gedicht, wie immer dort.« Er spitzte die Lippen und küsste genüsslich die zu einem Punkt zusammengedrückten Fingerspitzen.

»Mir reicht ein Salat. Den kriege ich auch an der Bar. Also gehen wir. Zwei Minuten«, rief sie ihm zu und verschwand im Bad. Bastian stellte sich vor das Fenster und beobachtete das Gewitter. Als Tonia nach zehn Minuten hinter ihn trat und mit beiden Armen seinen Bauch umschlang, drehte er sich langsam um und küsste sie zart auf den Haaransatz an ihrer Stirn, um das Kunstwerk, das sie gezaubert hatte, nicht zu gefährden. Dann verließen sie gemeinsam die Suite. Tonia war ein wenig traurig, dass ihr die weitere Betrachtung der entfesselten Naturgewalten entging. Andererseits freute sie sich auf einen Barabend mit ihrem endlich wieder entkrampften Gatten. Foyer, Bar und Restaurants quollen über vor Leuten, die Schutz vor dem Unwetter suchten. Diejenigen, die keine Hotelgäste waren und ihre Kleider nicht wechseln konnten, saßen durchnässt herum und warteten, bis das Gewitter vorüberging.

In der überfüllten Bar schauten sie sich zunächst nach Fabian um, und als sie ihn nicht finden konnten, suchten sie Plätze für sich. Für so bevorzugte Hotelgäste organisierte der Barkeeper sofort zwei zusätzliche Hocker, nachdem er ihre suchenden Blicke richtig gedeutet hatte, und Bastian bestellte zwei Gläser Schampus.

»Haben wir etwas zu feiern?«, fragte Tonia neugierig. Sie stießen mit ihren Kelchen zusammen und er sprühte vor Lebenslust:

»Ja, uns.« Und nachdenklich sprach er mehr zu sich als zu seiner Frau: »Wir machen einen Strich unter die letzten Wochen. Tonia, wir sind wieder oben. Versprichst du mir, dass du alles vergisst?« Wie ein schwärender Stachel in seinem Fleisch schmerzte ihn, dass er vor seiner Frau zusammengebrochen war. Insbesondere die Szene in den Räumen seiner Spedition durchlitt er immer wieder. Er hatte zwar gehört und gelesen, dass solche Anfälle von Schwäche zwei Menschen noch mehr zusammengeschweißt hätten. Für ihn galt das nicht, und er glaubte es auch nicht bei anderen. Sie redeten sich etwas Positives herbei, woraus nichts Gutes zu gewinnen war. Er jedenfalls konnte nicht weiter mit einer Frau zusammenleben, die ihn in seiner eigenen Kotze am Boden hatte liegen sehen, weil ihn ein anderer Mann niedergezwungen hatte. Ihm blieb nur die Möglichkeit, diese erbärmlichen Vorgänge zu überspielen und sie aus ihrem gemeinsamen Leben wieder hinauszudrängen. »Ungeschehen machen«, nannte man das wohl. Tonia war klug genug, die brennende Scham und den verletzten Stolz ihres Mannes zu spüren und ihm beim Vergessen zu helfen. Irgendwann würde es auch für sie nicht mehr festzustellen sein, ob es sich um einen schlechten Traum oder um reale Vorgänge handelte. Je erfolgreicher er wieder würde, umso schneller konnten sie diesen Dreck aus ihrem Leben kehren, als wäre er nie da gewesen. Also: Champagner mit Frau und Bruder, erkannt, beneidet, bewundert und gefürchtet auch von denen, die sich klammheimlich freuten, wenn sie Schmähartikel über ihn lasen. Zurück auf die Bretter, die die Welt bedeuten – und zwar als Sieger. Triumphierend hob Milla sein Glas und stieß mit der schönen, reifen Frau an seiner Seite an. Sie spürten die Blicke der anderen Barbesucher auf sich gerichtet, schon seit der Keeper so zuvorkommend die Hocker herbeigezaubert und ihnen einen guten Platz geschaffen hatte.

Ruhig, gelassen, wie selbstverständlich, sonnten sie sich in der Aufmerksamkeit, die sie erregten, als sich Fabian durch den Barraum an sie herandrückte und ihnen vertraut die Hände auf die Schultern legte. Der routinierte Mann jenseits der Theke ergänzte stillschweigend und ohne Aufforderung das Gedeck durch ein weiteres Glas und schenkte aus der Flasche, die er dem Eiskübel entnahm, auch Fabian ein. »Was haltet ihr eigentlich von Afrika?«, fragte Bastian, und der Schalk blitzte aus seinen Augen.

»Machen wir Urlaub?«, wollte Tonia wissen. »Das hättet ihr wirklich verdient. Bastian arbeitet zu viel«, unterstützte sie Fabian.

»Nein, nein«, erklärte Milla, »ich werde wahrscheinlich ein riesiges Projekt starten. Die ersten Kontakte habe ich schon.« Er griff in die Tasche und holte den Notizzettel hervor, auf den er bei seinem Zusammentreffen mit Mark den Namen und die Funktion von Nelsons Onkel notiert hatte. »Regierungsdirektor in Johannesburg«, las Fabian über die Schulter seines Bruders hinweg. »Ist dir unser Europa nicht mehr groß genug, du verrückter Hund?«, fragte er liebevoll. Und Tonia fügte besorgt hinzu: »Basti, pass auf dich auf, nochmals möchte ich so etwas nicht mitmachen.«

Milla lehnte sich zu seinem hinter ihm stehenden Bruder zurück und sah zu ihm hoch. »Das wird das beste Geschäft meines Lebens«, lächelte er siegessicher strahlend. Mit dem rechten Arm umfasste er seine Frau, und mit dem Glas in der linken forderte er sie auf, mit ihm darauf zu trinken. »Auf uns!«, sagte er, »die Millas!«

Der weitläufige Parkplatz vor dem Hotel war zwar ziemlich voll, aber es fand sich noch eine ausreichend große Lücke für den weißen Golf. Nachdem der Beifahrer ein kurzes Telefonat geführt und seinen inzwischen erreichten Zielort durchgegeben hatte, öffneten sie die Autotüren und rannten durch den wolkenbruchartigen Regen unter die Überdachung vor dem Eingang. Ein greller

Blitz fuhr durch die Wolken, und krachend folgte der Donner nahezu gleichzeitig. Bereits die wenigen Meter, die sie zurückzulegen hatten, reichten aus, ihre leichte Sommerkleidung fast völlig zu durchnässen. Mit der Handfläche streiften sie oberflächlich das Regenwasser von der Kleidung und betraten die überfüllte Halle. Langsam schoben sie sich durch die Menge und suchten die umlagerte Bar auf, um sich eine Tasse Kaffee zu bestellen. Die aufmerksamen Bedienungen reagierten sofort auf ihre Handzeichen und reichten zwei Tassen Kaffee hinter dem Tresen heraus. Die Männer drückten sich mit langsamer Selbstverständlichkeit nach vorn, um sich das heiße Getränk zu holen und gleich zu bezahlen. Ihre Augen wanderten ruhig über die Gesichter der Menschen, die sich in der Bar drängten. Plötzlich stieß einer den anderen an und deutete mit einer Kopfbewegung zu der Dreiergruppe am äußersten Ende der umlaufenden Theke. Die Blicke des anderen folgten der angezeigten Richtung, und sie blieben an der Frau und den beiden Männern hängen, die sich intensiv unterhielten und nicht merkten, dass sie anders als bisher beobachtet wurden. Nach langer, sorgfältiger Betrachtung schauten die in ihren nassen Kleidern fröstelnden Männer gelangweilt in ihre Kaffeetassen. Ihre rechten Daumen streckten sich nach oben. Sie hatten gefunden, wonach sie suchten.

Bis zur Autobahnausfahrt war das Taxi in schneller Fahrt vorangekommen. Als es aber in die Landstraße zum Tegernseer Tal einbog, brüllte das Gewitter los, und die Autos stauten sich zu einer langen, sich mühsam vorwärts quälenden Schlange. Nur noch im Schritttempo kroch der Verkehr. Mark versuchte mehrmals, mit Nelsons Telefon Milla zu erreichen. Der Angerufene meldete sich nicht. Milla hatte sein Handy in der Suite zurückgelassen, als er mit Tonia zur Bar ging. Er wusste, dass das Hotel Kommunikationszentren eingerichtet hatte und im Restaurantbereich die mitgebrachten Telefone keinen Empfang hatten. Das Hotelmanagement kompensierte das nicht vollkommene Vertrauen in die gute Erziehung aller Gäste durch den Einsatz technischer

Hilfsmittel und unterband das ungehemmte Telefonieren durch technische Störung. Nelson selbst versuchte wiederholt, den Leader der Aktion zu erreichen. Die Telefonnummern der von diesem eingesetzten Personen kannte er nicht. Als er ihn endlich ans Telefon bekam und mitteilte, dass der Erfolg eingetreten sei und deshalb die geplante Aktion abgebrochen werden könne, sagte der Mann zu, seine Leute zu informieren. Sie seien bereits am Zielort eingetroffen.

Nelson tippte vom Rücksitz aus Mark, der neben dem Fahrer saß, auf die Schulter und als der sich umwendete, hob er seine beiden Handflächen zu ihm und gab durch wischende Bewegungen und Kopfnicken Entwarnung. Kurze Zeit später schlug Nelsons Handy wieder Alarm. Der Regen peitschte klatschend an die Scheiben und die Donner krachten und grollten ununterbrochen zwischen den Bergen. Nelson presste das Gerät an sein Ohr und lauschte angestrengt. Der Einsatzleiter teilte mit, dass er seine Leute nicht erreichen könne. Die letzte Information habe er erhalten, bevor sie das Auto vor einem Hotel »Bach oder so ähnlich« verließen. Nelson informierte Mark und der trieb den Chauffeur an, doch bitte schneller zu fahren. Diese Aufforderung war völlig unsinnig, da sich die eine Autokolonne in das Tal hineinschob und die andere aus ihm heraus drängte. Lücken gab es keine, und die Straße war eng und zweispurig. Mark wusste dies auch selbst. Die Situation war beschissen. Er war hilflos.

Die entfesselte Natur beruhigte sich langsam, und der prasselnde Regen ließ nach. Die in der Hotelhalle zusammengepferchten Menschen rieselten zunächst vereinzelt und, nachdem es sich bestätigte, dass der Regen aufgehört hatte, strömten sie in einem Pulk ins Freie. In ihrer Mitte ließ sich ein junger Schwarzer mitschieben, der aber nicht unter dem ausladenden Vordach wartete, sondern zielstrebig auf die Stelle des Parkplatzes zuging, an der ein weißer Golf abgestellt war. Dabei vermied er sorgfältig, in die durch die niedergegangenen Wassermassen entstandenen Pfützen zu treten. Er schloss die Beifahrertür auf, setzte sich ins Auto und löschte die Innenbeleuchtung. Dies alles geschah routiniert, nahezu mechanisch. Solche Aufträge, wie er gerade dabei war, einen auszuführen, gehörten zu seinem Berufsalltag. Die Welt ist durchschwirrt von derartigen Aufträgen, andere Menschen einzuschüchtern, zu nötigen, zu erpressen oder zu töten.

Der Schwarze, der auf dem Beifahrersitz des weißen Golfs saß und in der Dunkelheit wie selbstverständlich aus einer mit einem Korken verschlossenen Ampulle eine Spritze aufzog, dachte daran, dass er in wenigen Stunden wieder in Joburg sein werde und das kommende Jahr finanziell für sich und seine Familie gerettet war. Die Spritze sicherte er an der Spitze durch ein Plastikhütchen, umwickelte sie mit Toilettenpapier und steckte sie in seine rechte Jackentasche. Dann schlenderte er in die Bar zurück. Der Raum hatte sich deutlich geleert. Zwar waren immer noch alle Sitzplätze belegt, aber die Zahl der dahinterstehenden Gäste war merklich geschrumpft. Er gesellte sich wieder zu seinem Kumpan, und die beiden jungen Männer behielten die Dreiergruppe am anderen Ende der Theke unauffällig im Auge.

Ihr Auftrag war so gut wie erledigt. In Gedanken befanden sie sich bereits wieder auf dem Heimflug. Offensichtlich wollte der Mann, der für sie wichtig war, die beiden anderen verlassen. Jedenfalls entstand Bewegung in der Gruppe. Das Ziel legte mit Blick zum aufmerksamen Keeper die flache Hand ablehnend auf sein Glas. Dann trat es einen Schritt zurück, verabschiedete sich und strebte dem Ausgang entgegen. Die beiden jungen Männer folgten ihm auf den Parkplatz. Fabian Milla hatte vor, noch nach München zu fahren. Er war mit Freunden im P1 verabredet.

Der Platz lag im Dunkeln, denn der Mond drang noch nicht durch die sich nur gemächlich auflösenden Wolken. Fabian Milla konzentrierte sich darauf, nicht in Pfützen zu treten, als ihm plötzlich, nachdem er schon fast sein Auto erreicht hatte, ein dunkler Schatten den Weg verstellte. Schemenhaft sah er durch die Finsternis, dass der Mann seine rechte Hand auffällig ungelenk in der Tasche des Jacketts hielt. In dem Gesicht leuchtete nur das Weiße der Augen. Angst durchzuckte ihn, und er suchte einen Fluchtweg zurück. Schnell wendete er sich um. Er stand vor einem zweiten Mann. Schwarz wie der erste. Wie ein in die Enge getriebener Fuchs blickte Fabian von einer Bedrohung zur anderen, und als er sah, wie einer der beiden mit bedrückender Überlegenheit seine Hand aus der Tasche zog, vermutete Fabian eine Waffe, griff schnell in die Gesäßtasche und warf seinen schwarzen Ledergeldbeutel vor den Angreifer auf den Boden. Zu seiner Überraschung interessierte die Männer das Portemonnaie aber nicht. Fabian spürte sich von hinten an den Schultern gepackt, und bevor er irgendeine Abwehrreaktion einleiten konnte, sah er plötzlich zwei grellgelbe Lichtkegel auf sich gerichtet. Aus einem noch rollenden Taxi stürmte ein massiger Mann in braunem Anzug und klobigen Schuhen auf die Gruppe zu. Er lief an Fabian vorbei und umarmte denjenigen, der dabei war, seinen tödlichen Auftrag auszuführen, stürmisch wie einen alten Freund. Dabei drehte er sich so, dass er zwischen ihm und Fabian Milla zu stehen kam. Mit den Fingern seiner rechten Hand trommelte er auf den Rücken des Mannes: Drei – zwei – vier. Langsam löste er die Umklammerung, und die zwei reichten sich die linken Hände. Die Daumen drückten in wechselndem Druck aufeinander. Der überraschte Fabian schaute zunächst dieser Szene befremdet zu und sprang dann, als er erkannte, dass der Fluchtweg offen war, in seinen Porsche und wollte mit aufheulendem Motor den Parkplatz verlassen. Völlig ruhig stellte sich ihm der große Schwarze, der ihn gerettet hatte, in den Weg. Während Fabian Milla überlegte, ob er anhalten oder das Hindernis einfach überfahren sollte, sah er im Scheinwerferlicht, dass der Mann den von ihm zu Boden geworfenen Geldbeutel an seiner Hose abwischte und ihm entgegenstreckte. Er ließ das Fenster herunter, packte wortlos das Leder und drückte das Gaspedal durch.

Mark hatte das Geschehen aus dem Taxi heraus beobachtet und sah die beiden anderen, wie sie zu dem weißen Golf gingen und der eine sich bückte, um etwas hinter das rechte Vorderrad fallen zu lassen. Der andere fuhr einige Meter zurück und wendete. Dann stieg der zweite zu. Vorsichtig rollte das Auto vom Parkplatz auf die Straße. Mark stieg aus und fand an der Stelle, an der das Vorderrad des Wagens gestanden hatte, nur noch einige winzige vom Reifen zermahlene Glassplitter auf dem regennassen Boden.

Fabian Milla fuhr einer amüsanten Nacht entgegen und hatte den Vorfall nach einigen Kilometern vergessen.

20

»Und Sie wollen dieses Projekt in Südafrika wirklich realisieren?«
Dr. Schwarzmann schaute Bastian Milla skeptisch an. »Sie wissen,
dass ich alle Attelmann–Zahlungen erledigt habe, wie das Ihre
Anwälte angewiesen haben?«

Der Bankdirektor verstand den Sinn dieser Transaktionen nicht
und ließ es Milla deutlich merken. Auch Milla war verärgert darüber, dass die Anwälte seine Anweisungen, die er unter einem
inzwischen verdrängten Druck abgegeben hatte, so korrekt ausgeführt hatten. Er hätte nach dem Gespräch mit Attelmann im
Biergarten sicher noch einen Abschlag aushandeln können. Aber
vorbei ist vorbei. Nach einer kleinen Pause, in der Schwarzmann
vergeblich auf Aufklärung wartete, fuhr er fort: »Und jetzt verfolgen Sie schon ein neues Ziel? Wie heißt das? Jatropha Sociedade
de Energia Lda., Maputo.«

Sie saßen sich in dem großen, futuristisch eingerichteten Büro
des Bankdirektors gegenüber. Dr. Heinz Schwarzmann und Bastian Milla. Langjährige Geschäftspartner in der Welt des Geldes.
Handelnd nicht mit Gütern, Waren und Dienstleistungen, nichts
produzierend, sondern auf der rastlosen Suche und erfolgreichen
Jagd nach Dingen, deren Wert sich ohne ihr Zutun erhöhte.

»Sie wissen, Herr Milla, ich bin von Ihren außerordentlich
großen unternehmerischen Fähigkeiten überzeugt. Ich halte
große Stücke auf Sie. Wir sind schon viele Wege gemeinsam gegangen. Nicht ohne Erfolg, kann ich sagen. Aber als Wohltäter
der Menschheit habe ich Sie noch nicht kennengelernt. Meine
Aufgabe als Ihr, sagen wir mal erfahrener Berater und Begleiter

in finanziellen Angelegenheiten, verstehe ich auch so, Sie vor un-
überlegten Investments zu warnen.«

Bastian Milla hörte Schwarzmann amüsiert zu. Er reckte beide
Arme weit in die Luft, dehnte und räkelte sich, warf die Verärgerung über die Zahlung an Attelmann ab und richtete seine Augen
nach vorn. Dann faltete er sich wieder zusammen und instruierte
seinen Banker:

»Herr Schwarzmann, in diesem Fall gibt es nichts mehr zu
überlegen. Ich habe mich entschlossen. Und Sie wissen, was es
bedeutet, wenn ich etwas will. Und nun zu Ihrer Beruhigung.
Das wird das beste Business meines bisherigen Lebens. Dagegen
ist die Attelmann-Charon-Sache trotz der bitteren Zahlungen am
Schluss ein Sandkastenspiel gewesen. Übrigens, trotz dieser bedauerlichen Abströme immer noch ein hervorragendes Ergebnis,
oder nicht?« Schelmisch überlegen schaute Milla seinen Banker
herausfordernd an.

»Doch, doch, natürlich«, bestätigte Schwarzmann und wunderte sich, wie schnell Milla nach den letzten Monaten wieder in
seine Spur zurückgefunden hatte. Keine Rede mehr von Machlik
und Mitterer. Nicht einmal von seinem Anwesen in Kitzbühel.

»Also, ich war vorige Woche in Südafrika«, begann Milla, holte
seinen Aktenkoffer unter dem Tisch hervor, legte ihn auf die Knie
und ließ den Deckel aufschnappen. »Hier ist ein Vertrag mit der
Regierung.«

Er entnahm der Tasche ein gebundenes Dokument und legte es
vor Schwarzmann auf den Tisch. Mit dem Staatswappen gezierte
und mit vielen runden Siegeln und schwungvollen Unterschriften
versehene Papiere quollen aus der Akte heraus.

Als ihn Schwarzmann erstaunt, aber ratlos fragend anschaute,
winkte Milla nur ab: »Das müssen Sie alles nicht verstehen. Es tut
auch nichts zur Sache. Eingezahltes Kapital achtzig Millionen.
Vierzig sind gestundet und werden mit dem Gewinn verrechnet.
Zehn sind für die Kooperation der Regierung und ihrer Beamten
gut angelegt und zehn werden voraussichtlich für den gleichen

Zweck noch benötigt. Mit zwanzig können wir gut loslegen. Dafür sind die Landpachtverträge unter Dach und Fach, die Company ist nach meinen Spielregeln gegründet und gesetzlich registriert, und zehn Jahre Steuerfreiheit sind staatlich garantiert. Der Devisentransfer ist per Ausnahmegenehmigung unbeschränkt möglich. Für die Beantragung von Fördergeldern habe ich die Unterstützung der Regierung. Die Anträge habe ich bereits eingereicht. An einem positiven Bescheid besteht bei diesen Papieren« – er wies mit der Hand auf die mit regierungsamtlichen Siegeln und Stempeln übersäten Unterlagen – »kein Zweifel. Das ist pures Gold, Schwarzmann.«

Milla unterbrach seinen Redefluss und kontrollierte den Eindruck, den sein Vortrag machte. Schwarzmann saß wie eine Statue und zeigte keine Reaktion.

»Damit Sie mich gut verstehen, und das ist wichtig, weil ich Sie dazu brauche«, fuhr Milla nach einer längeren Pause fort, »muss ich Ihnen von meinem Besuch letzte Woche erzählen. Selbstverständlich ist dies alles streng vertraulich.«

Schwarzmann lehnte sich in seinen Sessel zurück, bereit, lange und äußerst interessiert zuzuhören, was ihm einer seiner besten Kunden zu berichten hatte.

»Ich bin nach Jóburg geflogen und habe auch sofort einen Termin beim Direktor für Landwirtschaft im Ministerium erhalten. Ein älterer, sehr freundlicher Herr, sah aus wie der Zwillingsbruder von Kofi Annan. Ihm war dieses Projekt schon länger bekannt. Allerdings wurde es von anderen vorgetragen, denen nach seinen Angaben das nötige Kapital fehlte.«

Ein listiges Lächeln umspielte Millas Lippen. Er stellte sich das ungläubige Gesicht von Attelmann vor, wenn dieser erfuhr, dass ausgerechnet er ihm zuvorgekommen war.

»Ich hatte den Eindruck, dass er nicht daran glaubte, dass ich entschlossen und fähig war, diese Pläne zu realisieren. Es wird viel geredet und viel geträumt in diesen Ämtern. Der Mann saß hinter seinem Schreibtisch, ein Möbel zweimal so groß, wie Sie es hier haben und schaute mich zunächst gelangweilt an, als erwarte er zum zehnten Mal die gleiche Geschichte, nur wieder von einem anderen Sprüchemacher aus Europa. Sie müssen wissen, dass die größten Investoren nicht mehr von hier oder Amerika kommen, sondern aus China. Wie wecke ich diesen Beamten auf, habe ich mich gefragt, und dann habe ich ihm erzählt, dass in den nächsten Wochen hundert Traktoren aus Deutschland ankämen, und ob er genügend Leute hätte, die damit umgehen könnten. Er wollte wissen, im Rahmen welchen Entwicklungshilfeprojekts von welchem Land aus diese Maschinen geliefert würden. Ihm sei davon nichts bekannt. Er war dann völlig erstaunt, als ich ihm sagte, das sei ein privates Jatrophaprojekt. Wo ist die erste Million Hektar, Herr Direktor, die ich aufforsten kann, fragte ich ihn. Das riss ihn aus seinem Halbschlaf.

Da ist doch überhaupt nichts genehmigt! Wer bezahlt diese Maschinen, erkundigte er sich, und siehe da, jetzt wurde er wirklich interessiert. Ich, habe ich zu ihm gesagt und meinen Pass und Kontoauszug auf den Tisch gelegt. Er studierte den Kontoauszug länger als den Pass, und da wusste ich, wie ich ihn zu fassen kriegte. Dann führte er einige Telefonate, und keine zwei Stunden später saß ich mit ihm in einem Hubschrauber. Er war die Freundlichkeit in Person und zeigte mir das Buschland, das die Regierung zur Verfügung stellen werde. Für fünfzig Jahre kostenlos, erklärte er mir.

Am Abend lud mich der schwarze Minister für Landesentwicklung und Landwirtschaft zum Essen. Er hatte mehrere leitende Herren und auch einige Damen mitgebracht. Er wollte genau wissen, ob ich denn das ganze Projekt finanzieren könne. Ich ließ mich nicht lumpen und erklärte, dass hundert Millionen bereitstünden. Natürlich bräuchten wir Darlehen, wenn wir Häuser, Straßen, Schulen und so weiter bauen wollten. Wir haben kein Geld, hob der Minister die Hände. Ich erklärte ihm, dass sie Geld hätten ohne Ende. Wofür gibt es die UNO, die Weltbank, das Ministerium für wirtschaftliche Zusammenarbeit? Das wird nichts, meinte der Minister. Die Anträge können wir nicht stellen, und wenn die Regierung es trotzdem tut, dauert es Jahre, bis eine Entscheidung fällt. Jedenfalls länger, als sie an der Regierung wären. Damit wäre die Sache schon wieder zu Ende gewesen.

Für diesen Fall war ich natürlich vorbereitet. Ich fragte, ob ich mich meinerseits irgendwie erkenntlich zeigen kann. Der Schauspieler machte auf ziemlich reserviert und verwies mich für die weiteren Gespräche an den Direktor, der mit mir verhandelt hatte. Der war natürlich auch bei diesem Abendessen dabei.

Ja, sagte der, die Regierungen und einige soziale Organisationen würden immer Kapital benötigen. Mit ihm könne ich darüber ganz offen sprechen. Für diesen Zweck habe er ein Treuhandkonto, das in Zürich verwaltet würde. Von dort würde das Geld nach Bedarf abgerufen werden. An welchen Betrag er denke, fragte ich ihn, und er antwortete, ohne zu zögern: Zehn Millionen, Euro natürlich, könnten das Verfahren sehr beschleunigen.

Kein Problem, sagte ich ihm. Gegen die Verträge natürlich.

Selbstverständlich, antwortete Annans Zwillingsbruder und am nächsten Tag zeigte er mir alle Verträge. Gestempelt und gesiegelt. Aushändigung gegen Überweisungsbeleg.«

Bastian Milla legte seine beiden Hände gespreizt über die ausgebreiteten Papiere. »Und das sind sie«, sagte er triumphierend und schaute dem Banker voll Stolz auf seinen Erfolg ins Gesicht.

»Dafür sind also die zehn Millionen in die Schweiz geflossen?«

»Ja, genau«, bestätigte Milla. »Und jetzt laufen die Förderanträge, und wir geben dem Kind einen ordentlichen Namen, wie »Bio-Diesel-Africa« oder so ähnlich und gehen damit an die Börse. Das ist Ihr Job, Schwarzmann. Die Aktien werden uns aus den Händen gerissen. Wir liegen voll im Trend.«

Milla reckte die Arme in die Höhe und streckte sich, dass ihm fast Hemd und Jacke platzten. Er spürte förmlich die Thermik unter sich, die ihn dahinbrachte, wo er seinen angemessenen Platz sah: Ganz oben.

In seiner Euphorie entging ihm nicht, dass der Banker von seinen Plänen nicht annähernd so begeistert war wie er. Ja noch nicht einmal genügend überzeugt. Für Schwarzmann waren Transaktionen in Europa oder, wenn es sein musste, in Amerika und Japan noch überschaubar. Auf eine solche Geschichte hatte er sich aber noch nie eingelassen. Milla spürte die unausgesprochenen Vorbehalte.

»Dr. Schwarzmann, Sie verdienen mit mir ein Vermögen, ohne jedes Risiko. Das Risiko liegt immer bei mir. Also fangen Sie an!

Zeit haben wir keine zu verlieren. Wir müssen auf jeden Fall schneller sein als die Chinesen.

Erstens: Ich brauche von Ihnen ein positives Begleitschreiben zu den Anträgen an die Weltbank, EU, Ministerium in Berlin, alles, was geht. Die Idee ist ausgezeichnet. Keiner kann ablehnen.

Zweitens: Bringen Sie die Company an die Börse. Aber nicht in New York. Sonst kann es uns passieren wie Siemens. Frankfurt und London genügt vorerst.«

Milla hatte die Aufmerksamkeit von Schwarzmann mit dieser Bemerkung wiedergewonnen. »Ja, das ist der Unterschied zwischen Europa und den USA. In den USA macht die Politik die Drecksarbeit für die Wirtschaft, und bei uns spielen die Politiker ahnungslos, und die Unternehmen müssen selber ran. Wenn dann einer erwischt wird, dann kennt man ihn nicht mehr. Das haben unsere Leute nicht verdient, dass man sie der SEC und den Anwaltsganoven von Debevoise & Plimpton zum Fraß vorwirft.«

Der Banker befand sich wieder auf vertrautem Terrain.

»Wir müssen noch viel lernen. Je schneller, umso besser«, nahm Milla seinen Gesprächsfaden wieder auf. »Bin gespannt, ob sie den feinen Herrn Cromme wegen der Thyssen-Schiffe nach Südafrika auch bald abschießen. An Winterkorn und VW möchte ich gar nicht denken. Die USA sind uns um Lichtjahre voraus. Aber mit diesem Projekt liegen wir genau richtig. Wir bleiben im Hintergrund. Geben die Staaten die Bürgschaft, fließen die Dollars wie von selbst in das Land. Wohlgemerkt, nicht Buchgeld, sondern echtes Papier. Davon werden Provisionen bezahlt, und das erst später benötigte Kapital ist frei und kann angelegt werden. Ich habe die Herren überzeugt, dass für sie überhaupt kein Risiko besteht. Sie geben die Staatsbürgschaft. Dann kommt das Papier. Sie geben das Papier der Company, gegen eine ordentliche persönliche Anerkennung natürlich, ohne die geht gar nichts, und die Company verbürgt sich gegenüber dem Staat.

Außerdem ist das Ganze sowieso ein Eiertanz. Wenn die Staatsbürgschaft wirklich fällig würde, dann wächst eben die Schuldenlast, und irgendwann werden diese Schulden durch internationale Abkommen wieder reduziert oder erlassen. Der Umfang des gesamten Projekts beträgt jetzt absehbar eine Milliarde.« Milla wies mit einer kurzen Handbewegung auf die Papiere, die immer noch auf dem Tisch lagen.

»Hier liegt der Businessplan für die ersten zwölf Jahre. Von der Milliarde ist es offiziell gestattet, bis zu fünfzehn Prozent Provisionen zu verteilen. Schauen Sie, Schwarzmann, dass die Schreiben schnell fertig werden. Die mündlichen Zusagen liegen bereits vor.«

Bastian Milla hatte seinen Bericht beendet. Zufrieden schaute er zu Dr. Schwarzmann. »Habe ich zu viel gesagt? Das beste Projekt, das ich je hatte«.

»Und welche Rolle haben Sie mir zugedacht, außer Positivatteste für die Anträge auszustellen?«, fragte der Banker, der das Projekt nicht wirklich verstanden hatte, aber von der Begeisterung Millas nun doch beeindruckt war.

»Sie verwalten die Provisionen und das noch nicht benötigte Kapital. Man braucht unverdächtige Konten in Europa. Und jetzt kommt die echte Rendite. Die Teile der Zuschüsse, die wir als working capital noch nicht benötigen, müssen verwaltet werden. Machen Sie das doch über ein Counting-House in London, dann bleiben wir alle sauber. Ich habe gehört, die lassen Programme mit enormen Zinssätzen laufen. Mindestens hundert Prozent. Klopfen Sie das mal auf Ernsthaftigkeit ab, ob das belastbar ist, nicht dass wir dem Geschwätz von Brokern aufsitzen. Dieser Gewinn bleibt nur unter uns beiden, Schwarzmann. Davon braucht niemand zu wissen. Unglaublich, welche Möglichkeiten der Globus bietet!«

Milla streckte wieder die Arme weit in die Höhe. Sein Brustkorb unter dem gespannten Hemd hob und senkte sich kräftig und gleichmäßig. Gleich fliegt er los, dachte der Banker.

21

An der Balustrade auf der Dachterrasse von Amaras Penthouse in Umhlanga Rocks standen drei Männer und eine Frau. Amara hatte ihre linke Hand um Marks Hüfte gelegt und den Daumen im Gürtel verhakt. Sie sahen auf die Weite des Indischen Ozeans hinaus. Hinter ihnen lässig an die Wand gelehnt standen Nelson und ein weiterer Schwarzer. Er sah Kofi Annan zum Verwechseln ähnlich.

Von hier oben bot sich ein herrlicher Ausblick auf das Meer, das fünfzig Meter tiefer seine schäumenden Wellen an den Strand warf und sich bis zum Horizont erstreckte. Der weißrote Finger des Leuchtturms blinkte zu ihnen herauf, und sie konnten beobachten, wie sich in der Ferne vor der Einfahrt in den Hafen von Durban die wartenden Schiffe zu einer Kette stauten. Amara sah in der gleißenden Sonne und im Wind, der vom Meer herein blies und durch die Kleider und Haare wehte, bezaubernd aus. Es schien, als würden die Sonnenstrahlen vom schwarzen Körper aufgesogen und träten als gebündelte Energie aus den leuchtenden Augen wieder hervor. Nelson, der seinen Arm über die Schultern des anderen Mannes gelegt hatte, sagte lächelnd:

»Onkel, das hast du ausgezeichnet gemacht. Als Familie sind wir unschlagbar.«

Der Regierungsdirektor lächelte vergnügt vor sich hin. »Sehr schwierig war es nicht. Mark hatte ihn doch schon ganz scharfgemacht.«

Er zeigte hinaus auf die heranrollenden Wellenkämme. »Weißt du noch, Nelson, wie wir den ersten Hai gefangen haben? Wie lange haben wir uns umsonst abgerackert. Bis wir einen Eimer voll Rinderblut mitgenommen und ins Meer geschüttet haben. Dann hat er zugebissen. Vor lauter Gier sah er nicht, dass am Haken fast nichts hing. Ja, das war unser erster Hai. Wie lange ist es her? Fast dreißig Jahre«, beantwortete er seine Frage selbst. »Du warst damals neun Jahre alt.« Der hagere Mann schaute aus dunklen Augen versonnen in die Weite.

»Jetzt haben wir wieder einen gefangen, Onkel. Aber der spürt den Haken noch gar nicht. Er muss erst dran reißen. Was macht er, wenn er merkt, dass seine Papiere nichts wert sind, und wir die Sache machen?«

»Das weiß er schon«, erwiderte der Direktor. »Ich habe bereits eine Nachfrage aus Berlin erhalten. Er hat die Anträge gestellt.«

»Und was habt ihr geantwortet?«, fragte Nelson.

»Völlig unbekannt, alles Fälschungen«, lächelte der Ältere.

»Vielleicht verklagt er dich«, grinste Nelson.

Der Direktor brach in schallendes Gelächter aus. »Vor welchem Gericht?«, fragte er immer noch prustend vor Lachen. »Er wird sich hüten, hierher zu kommen. Korruption ist ein schweres Verbrechen.«

»Sagt unsere Regierung«, führte Nelson den Satz seines Onkels weiter.

»Und die USA«, ergänzte der Direktor.

»Na, dann sind wir ja auf der sicheren Seite, Onkel.«

Mark hatte das Gespräch mitgehört und wandte sich zu den beiden um. Mit dem Rücken lehnte er am Geländer. An Amara vorbei sah er zu den beiden Schwarzen: Nelson kraftstrotzend und mit seinen vierzig Jahren voller Optimismus. »Welcome!« mit hochgerecktem Daumen hieß sein Gruß für jedermann. Daneben der hagere, ältere Herr mit graumeliertem, gepflegtem Bart und einem ruhigen, so abgrundtiefen Blick, als würde er aus der Ewigkeit kommen.

Was für ein Kontinent, dachte Mark. Diese Menschen, diese

Kraft, diese Weisheit! Dann schaute er auf die direkt vor ihm stehende Amara. Und diese Schönheit, ergänzte er seine Gedanken. Zu Nelson gewandt sagte er: »Eigentlich könnte ich mir meine Firma jetzt wieder zurückholen. Meine Schwestern haben ihr Geld bekommen. Carmen hat sich übrigens bedankt. Von Mathilde habe ich nichts gehört.«

»Willst du?« Nelson, sein Onkel und Amara sahen auf Mark. Sie warteten gespannt auf seine Antwort. Nach langem Zögern legte er den Arm um Amara und ging mit ihr zu den beiden. Er ließ ihre Frage unbeantwortet. »Was hast du vorher gesagt, Nelson? Als Familie sind wir unschlagbar!«

Amara sah zu Mark auf, nahm seine Hände und gab sie Nelson und dem Direktor. Sie bildeten einen Kreis und steckten die Köpfe zusammen. »Ein wenig hat uns der Kerl schon geholfen«, flüsterte Nelson. »Wir wissen jetzt ziemlich genau, wie er es gemacht hätte. Dumm ist er nicht.«

»Mein Konto in der Schweiz kennt ihr ja«, wisperte kichernd der Onkel.

»Herzlich willkommen in der Familie«, lächelte Amara, drehte Marks Kopf zu sich und küsste ihn auf den Mund.

Es wurde noch ein langer Abend auf der Terrasse über dem Leuchtturm in Umhlanga Rocks.

Früh am Morgen löste sich Mark aus den Armen von Amara, zündete sich ein Zigarillo an und schaltete das Fernsehgerät ein. Er suchte den deutschen Sender, auf dem gerade die Nachrichten liefen. Zu seinem Erstaunen sah er das Bild von Bastian Milla eingeblendet.

»Heute Morgen wurde der bekannte Finanzunternehmer Bastian Milla in seiner Münchener Wohnung wegen Subventionsbetrugs in mehrstelliger Millionenhöhe verhaftet. Es wurde umfangreiches Beweismaterial sichergestellt. Es soll sich dabei insbesondere um ein Engagement in Südafrika handeln. Die Ehefrau des Verhafteten erlitt einen Nervenzu-

sammenbruch und musste in das Krankenhaus eingeliefert werden. Die Ermittlungen gegen Milla sind zentral bei einer Staatsanwaltschaft zusammengefasst. Die zuständige Oberstaatsanwältin Dr. Rossmann lehnte zum jetzigen Zeitpunkt jeden Kommentar ab, ließ jedoch erkennen, dass wegen der erdrückenden Beweislage und der zu erwartenden hohen Freiheitsstrafe die Haftanordnung wegen evident vorliegender Flucht- und Verdunkelungsgefahr unumgänglich sei. Die angebotene Kaution könne deshalb unabhängig von der Höhe nicht akzeptiert werden.«

Mark ließ die kristallklare Stimme der Nachrichtensprecherin in sich nachklingen, schaltete den Fernseher aus, sog an seinem Zigarillo, legte den Kopf in den Nacken und hauchte den Rauch als große blaue Schwade in einem tiefen Atemzug aus seinem weit geöffneten Mund. Dann ging er ins Bad.

Als er in den Spiegel sah, schaute ihm das Ledergesicht Alexander Brauns entgegen. Er blickte ihm lange in die Augen, bis das Bild langsam verblasste und schließlich ganz verschwand. Mark nahm irritiert das Zigarillo aus den zusammengekniffenen Lippen, warf es achtlos ins Waschbecken und wischte sich mit der Hand übers Gesicht. Er grübelte, was ihm an dem Gesicht so anders erschienen war, so wie er es nie gesehen hatte. Er schloss die Lider und holte sich das Bild zurück. Dann wusste er es: Die Mumie lächelte. Mark legte sich wieder zu Amara und träumte von Chantal.

ENDE

Weitere Titel des Autors

Hermann Severin; Donaublut; ISBN 978-3-7431-3571-0

Eine vertraute kleine Stadt an der oberen Donau wird erschüttert. Was zunächst aussieht wie ein alltägliches Verbrechen, führt den Kommissar und die Gerichtsmedizinerin weit über ihre Grenzen hinaus. Die skrupellose Welt der Geldwäsche, des Menschenhandels und der internationalen Bandenkriminalität schwappt über die Mauern mitten in ihre Gesellschaft.
Wie die Menschen sich dieser Bedrohung stellen, wie sie über sich hinauswachsen und ihre Welt verteidigen, und was hinter den sorgsam gehüteten Fassaden zum Vorschein kommt, ist Gegenstand dieses faszinierenden Romans.

Hermann Severin; Ende mit Hopsasa und Trallala; ISBN 978-3-7448-7616-2

Ein Zwischenruf zur rechten Zeit.
Höchstaktuell und erfrischend. Analysen und Lösungsvorschläge abseits ausgetretener Pfade.